오르두몽

2

옥루몽

2

남영로 씀

ㅣ리헌환 고쳐 씀

보리

겨레고전문학선집을 펴내며

우리 겨레가 갈라진 지 반백 년이 넘어서고 있습니다. 그러나 함께 산 세월은 수천, 수만 년입니다. 겨레가 다시 함께 살 그날을 위해, 우리가 함께 한 세월을 기억해야 합니다.

예부터 우리 겨레가 즐겨 온 노래와 시, 일기, 문집 들은 지난 삶의 알맹이들이 잘 갈무리된 보물단지입니다.

그동안 남과 북 양쪽에서 고전 문학을 되살리려고 줄곧 애써 왔으나, 이제껏 북녘 성과들은 남녘에서 좀처럼 보기 어려웠습니다.

북녘에서는 오래 전부터 우리 고전에 깊은 관심과 사랑을 보여 왔고 연구와 출판도 활발히 해 오고 있습니다. 그 가운데 〈조선고전문학선집〉은 북녘이 이루어 놓은 학문 연구와 출판의 큰 성과입니다. 〈조선고전문학선집〉은 가요, 가사, 한시, 패설, 소설, 기행문, 민간극, 개인 문집 들을 100권으로 묶어 내어, 고전을 연구하는 사람들과 일반 대중 모두 보게 한, 뜻 깊은 책들입니다. 한문으로 된 원문을 현대문으로 옮기거나 옛글을 오늘의 것으로 바꾼 성과도 놀랍고 작품을 고른 눈도 참 좋습니다. 〈조선고전문학선집〉은 남녘에도 잘 알려진 홍기문, 리상호, 김하명, 김찬순, 오희복, 김상훈, 권택무 같은 뛰어난 학자분들이 머리를 맞대고 연구한 성과를 1983년부터 펴내기 시작하여 지금도 이어 가고 있습니다.

보리 출판사는, 조선민주주의인민공화국 문예 출판사가 펴낸 〈조선고전문학선집〉을 〈겨레고전문학선집〉이란 이름으로 다시 펴내면서, 북녘 학자와 편집진의 뜻을 존중하여 크게 고치지 않고 그대로 내는 것을 원칙으로 삼았습니다. 다만, 남과 북의 표기법이 얼마쯤 차이가 있어 남녘 사람들이 읽기 쉽게 조금씩 손질했습니다.

이 선집이, 겨레가 하나 되는 밑거름이 되고, 우리 후손들이 민족 문화유산의 알맹이인 고전 문학이 지니고 있는 아름다움을 제대로 맛보고 이어받는 징검다리가 되기 바랍니다. 아울러 남과 북의 학자들이 자유롭게 오고 가면서 남북 학문 공동체가 이루어지는 날이 하루라도 앞당겨지기 바랍니다. 그리고 이 자리를 빌려, 어려운 처지에서도 이 선집을 펴내 왔고 지금도 그 작업에 몰두하고 있는 북녘의 학자와 출판 관계자들에게 고마운 마음을 전합니다.

2004년 11월 15일
보리 출판사

차례

옥루몽 2

옥루몽 1

선관 선녀가 달구경하며 술에 취하였구나
압강정에서 지기를 만나니
양 공자와 홍랑, 항주에서 엇갈리다
강남홍이 사내도 되고 계집도 되는구나
질탕한 뱃놀이, 떨어지는 꽃 한 송이
죽을 고비 넘기고 아득한 바다를 떠도누나
하늘소 타고 오던 길, 살진 말 타고 돌아간다
윤 소저와 혼례하자마자 귀양 길에 올라
벽성산에서 새 인연을 얻다
임금이 양창곡과 황 소저를 중매하다
여인의 간계가 더없이 흉악하구나
양 원수, 천기를 읽어 흑풍산을 불태우니
"양 원수가 넷 있음을 모르는고?"
소년 장수 홍혼탈
봉황 암수가 서로 겨루는도다

옥루몽 3

"우리 임금 허황한 도를 믿으신다."
선랑이 음률로 임금을 깨우치누나
빈 도성을 틈타 흉노가 쳐들어오니
간신은 역신이라더니
동초가 일천 군사로 수만 흉노에 맞서다
임금도 군마도 굶주린 연소성 싸움
"삼 년 산중 옛정을 생각할지어다."
홍혼탈 홀로 수천 적병을 물리치누나
돈황성의 괴이한 죄수
노균은 두 쪽 나고, 선우는 목이 베이고
연왕의 진법과 홍 사마의 검술

추자동으로 쫓겨난 위 씨 모녀
지옥을 구경하고 오장을 씻어 내니
선랑과 창곡 운우의 즐거움이 무르녹아
덕으로 원수를 갚나니
상춘원 꽃놀이
연왕과 일지련 혼례를 올리누나
동초, 마달이 연옥, 소청과 맺어지고
여인들이 풍류를 겨루누나
벌주라도 즐거이 마시리

옥루몽 4

동짓달의 우렛소리
연왕이 물러나기를 청하니
보리밥에 들나물 산나물로 배부르고
풍채는 아비를, 곱기는 어미를 닮았구려
벗이 멀리서 찾아오니 이 아니 기쁠쏘냐
자개봉으로 산놀이 가십시다
오선암에 신선이 내리셨나
세 살 때 헤어진 아비를 예서 만났구나
충신은 효자 가문에서 구한다 하였으니
아들마다 요조숙녀와 맺어 주고
풍정에 몸을 맡겨 질탕하게 노는구나
매랑의 풍정과 빙랑의 지조
양기성, 청루 발길 끊고 벼슬길에 올라
양장성, 북방 오랑캐를 누르다
관세음보살이 다시 오시도다

■ 일러두기

1. 《옥루몽 2》는 북의 문예출판사에서 2001년에 펴낸 《옥루몽 2》를 보리 출판사가 다시 펴내는 것이다.

2. 고쳐 쓴 이와 북 문예출판사 편집진의 뜻을 존중하는 것을 큰 원칙으로 했으나, 맞춤 법과 띄어쓰기는 '한글 맞춤법'을 따랐다.
   ㄱ. 한자어들은 두음법칙을 적용했고, 모음과 ㄴ 받침 뒤에 오는 한자 '렬'은 '열'로 '률'은 '율'로 고쳤다. 단모음으로 적은 '계'나 '폐' 자를 '한글 맞춤법' 대로 했다.
   예: 량쪽→양쪽, 군률→군율, 페하→폐하

   ㄴ. 'ㅣ' 모음동화, 사이시옷, 된소리 따위의 표기도 '한글 맞춤법' 대로 했다.
   예: 뛰여나다→뛰어나다, 해불→햇불, 손벽→손뼉

3. 남에서는 흔히 쓰지 않는 표현이지만, 북에서 쓰는 입말들은 다 살려 두어 우리 말의 풍부한 모습을 살필 수 있게 했다.
   예: (기침을) 깇다, 닫아들다, 답새기다, 동지다(동이다), 모대기다, 배무이, 서느럽다, 싸움길, 쓰겁다, 쓸어들다, 욱박다

4. 북의 문예출판사가 펴낸 책에 실려 있던 원문을 그대로 실었다. 다만, 오자를 바로잡 고, 표기를 지금 독자들이 알기 쉽도록 고쳤으며, 몇몇 낱말은 한자를 병기하였다.

옥루몽 2

남영로 씀
리헌환 고쳐 씀

홍혼탈이 연화봉에서 달을 바라보다

양 원수는 홍랑을 떠나보내고 곧바로 소 사마를 장막 안으로 불러 가만히 일렀다.

"남만 장수 홍혼탈은 본디 명나라 사람이라. 나탁 아래 있는 것을 은근히 부끄러이 여기어 명나라로 돌아올 뜻을 지녔으니, 이제 장군은 혼자 조용히 연화봉 아래로 가시오. 홍혼탈이 거기서 달빛을 구경하고 있을 것이니, 기분을 보아 가면서 믿음으로 사귀어 데리고 오시오."

소 사마는 너무나 뜻밖이어서 머뭇거렸다.

"홍혼탈이란 어떤 장수이오이까?"

원수는 빙긋이 웃었다.

"어제 쌍검을 춤추듯 휘두르며 싸우던 남만 장수 말이오."

소 사마는 눈을 크게 뜨고 원수를 바라보았다.

"원수께서 그 장수를 얻으시면 남만을 평정하기는 어렵지 않겠지만, 소장이 보건대, 달랜다고 순순히 따라나설 자가 아닐까 하옵니다."

원수는 소리 내어 크게 웃었다.

"하하하! 홍혼탈은 의기 있는 장수라 조국으로 돌아올 뜻이 있음을 내 잘 알고 있으니 장군은 의심치 마오."

소 사마는 명을 받고 나오면서 속으로 생각했다.

'그랬구나. 낮에 그 장수가 우리 원수와 싸울 적에 제 재주를 다하지 않기에 어쩐지 수상하더니, 서로 뜻이 통하여 약속이 된 줄을 어찌 알았으랴. 허나 그 장수 검술이 어찌나 능한지 지금도 가슴이 서늘하니 빈손으로 가서는 아니 되겠다.'

소 사마는 단도를 품고 연화봉으로 갔다.

한편, 홍랑은 처소에 돌아와 손삼랑에게 양 원수를 만나 이리이리 약속했다 말하고, 행장을 꾸려 함께 연화봉에 이르러 달빛 아래 서성거리고 있었다.

그때 소 사마는 홀로 말을 타고 연화봉으로 가고 있었다. 구름칼 같은 조각달이 서산에 걸려 있고 먼동이 터오는데, 멀리 바라보니 한 장수가 늙은 병사 하나를 데리고 연화봉 아래에서 달구경을 하고 있었다. 소 사마는 저 장수가 바로 그 홍혼탈이 틀림없으리라 생각하고, 가까이 다가가 공손히 절하며 말하였다.

"지금 양쪽 진영이 마주 대하여 장수들 모두 긴장하여 기회를 노리고 있느라 한가롭지 못한데, 장군은 어찌 음풍영월하는 서생처럼 달빛만 바라보고 계시오?"

그러자 홍혼탈은 상대를 자세히 살펴보더니 물었다.

"그대는 뉘시오?"

"소장은 명나라 척후 장수이온데, 장군의 한가로운 풍모를 흠모하여 이렇게 군복을 벗고 편히 왔소이다. 옛날 양호羊祜라는 장수는 편한 차림으로 국경을 지키면서 적장이 아프면 약까지 보낼 정도로 적을 의심하지 않았다고 하옵니다. 지금 장군께서는 이러한 옛 장수의 기풍을 어찌 생각하시오이까?"

소 사마가 하는 말에 홍혼탈이 웃으면서 말했다.

"대장부 세상에 나서 마음을 알아주는 사람만 있으면 어찌 따르길 주저하리오. 그대 이미 내 마음을 짐작하고 수고로이 찾아왔으니, 나 또한 마음 놓고 허물없이 말하리다. 내 비록 사람 볼 줄 모르나, 그대 거동을 보고 하는 말을 들으니, 양호와 같은 호의로 온 게 아니라 괴철蒯徹 같은 말재주를 자랑코자 함이 아니시오?"

"괴철은 모사꾼에 지나지 않소이다. 함부로 회음후 한신韓信을 달래어 그의 평생을 그르쳤으나 저는 그렇지 않소이다. 제가 장군께 온 것은, 한나라 때 흉노에게 잡혀 있던 이소경李少卿 장군이 떠올랐기 때문이오. 장군은 세상에 다시없는 재주를 가지고서 오랑캐가 되고자 하여, 지금 이 기회를 전화위복할 계기로 삼지 않으시겠소이까?"

홍혼탈은 머리를 가로흔들었다.

"내 어제 진 위에서 양 원수를 보니 나이 젊고 기분 따라 날뛰는 장군 같은데, 어찌 사람을 깊이 알아보며, 또 재주를 시기치 않겠소? 내 차라리 산속에 자취를 감추어 평생을 조용히 보낼지언정 마음을 모르는 사람에게 부하 되지 않으리라."

소 사마는 이때라 생각하고 양 원수를 힘껏 칭송했다.

"양 원수는 장군을 알지만, 장군은 양 원수를 모르고 있소. 내 사실은 양 원수 명으로 온 것이라오. 원수가 나를 보내며 '홍 장군은 의기 있는 장수라, 나를 따라오면 내 마땅히 지기知己로 믿고 평생을 사귀리라.' 하였으니 어찌 장군을 시기하겠소. 양 원수는 비록 나이 젊으나 뛰어난 재능과 큰 책략이 있음은 말할 것도 없거니와 수하 장수들을 예로 대하고, 인재를 사랑함이 참으로 옛 사람도 미치지 못할 것이오."

소 사마의 말을 듣고 혼탈은 머리를 숙이고 한참이나 생각에 잠기더니 문득 부용검을 들어 곁에 있는 바위를 힘껏 내려쳤다. 칼끝에서 불이 벙긋 일더니 바위가 두 조각 났다.

"대장부 만사를 결단함이 이 같으리라. 장군은 원수에게 나를 천거하시오."

소 사마는 크게 기뻐하며, 흔연히 따라나서는 홍혼탈과 늙은 병사를 데리고 본진으로 돌아왔다. 소 사마는 그들을 밖에서 기다리게 하고, 들어가 원수에게 고하였다. 그러자 원수가 환히 웃으며 말했다.

"내 앞서 홍혼탈 됨됨을 잠시 보니 교만하고 당돌한 사람이라. 항복한 장수라 하여 허투루 대접해서는 아니 될 것 같소."

원수는 곧 군복을 벗고 학창의를 입고 윤건을 쓰고 문밖으로 나가 홍혼탈 손을 잡고 반기며 말하였다.

"천하가 넓다 해도 한 하늘 아래 있고, 명나라가 크다 하나 한 세

상에 있거늘, 내 눈이 좁아 같은 세상에 산 지 이십 년에 영웅호
걸을 이곳에서 만나니 어찌 부끄럽지 않겠소."

그러자 홍혼탈이 선뜻 대답하였다.

"항복한 자가 어찌 지기를 말하리까마는 이제 겸허하신 원수를
뵈오니 소장이 칼을 짚고 따르더라도 후회가 없겠나이다."

서로 손을 잡고 진중으로 들어올 적에 홍혼탈이 늙은 병사를 가
리키며 말하였다.

"저 늙은 장수는 소장의 심복 손야차인데, 창 쓰는 법이 변변하
오니 바라건대 휘하에 두시고 써 주소서."

원수는 흔쾌히 허락하였다.

날이 샌 뒤에 원수는 장수들을 모이라 하고, 홍혼탈을 가리키며
일렀다.

"홍 장군은 본디 명나라 사람으로 남방에서 떠돌다가 이제 우리
명나라 장수로 되었으니 오늘부터 만 리 먼지 속에 고생을 같이
할 사람이라. 모두들 서로 인사 나누라."

그러자 먼저 선봉장 뇌천풍이 웃으며 나와 인사하고 말하기를,

"이 늙은 장수가 서투른 도끼를 믿고 두 번이나 섣불리 범의 수
염을 건드렸소이다. 비록 은덕을 입어 목숨은 보존했으나, 갑옷
이 칼자국으로 성한 곳이 없고 서리 앉은 이 머리가 지금까지도
없는 것 같소이다."

하여, 모두 한바탕 웃었다. 소 사마 또한 웃으며 홍혼탈이 차고 있
는 칼을 만지며 물었다.

"장군은 칼을 모두 몇 자루나 차시오?"

"두 자루 찼소이다."

소 사마가 또 웃으며 말했다.

"그렇다면 어찌하여 지난번 싸움에서 위아래며, 앞뒤, 양옆 할 것 없이 숱한 칼로 천지를 가득 채우셨단 말이오? 내 지금도 그 때를 생각하면 몸서리가 나고 정신이 얼떨떨하여, 다시 이 칼을 대하니 눈이 어지러워짐을 어찌할 수 없소이다."

모두들 그 말에 또 한바탕 웃었다.

양 원수는 소유경으로 좌사마 청룡장군을 삼고, 홍혼탈로 우사마 백호장군을 삼고, 손야차로 돌격장군을 삼았다.

이때부터 양 원수는 홍랑을 군중에 두고 끊어졌던 인연을 다시 이으니, 낮이면 군사 일을 의논하고 밤이면 마음을 나누며 한순간도 곁을 떠나지 않았다. 허나 홍랑이 눈치 있고 민첩하여 윗사람을 받들고 아랫사람을 대하는 것이 조금도 어색한 데가 없으니, 홍랑이 여자임을 눈치 챈 사람이 아무도 없었다.

한편, 나탁이 이튿날 새벽에 홍혼탈이 있는 숙소에 와서 안부를 물으니 아무런 기척도 없었다.

문지기 졸병 말이, 홍 장군이 날이 밝기 전에 늙은 졸병을 데리고 나갔으나 감히 묻지 못했다는 것이다. 나탁은 홍 장군이 달아난 것을 알고 처음엔 어이없어 낙심하다가 다시 생각하니 화가 치밀었다.

"내 저를 극진히 대접하였거늘 이렇게 말없이 가 버렸으니 이는 나를 업신여김이라. 내 마땅히 백운동에 가서 그 도사를 죽이고, 다른 곳에서라도 구원을 청하여 이 분함을 기어이 씻으리라."

분이 치받쳐 씩씩거리고 있는데, 한 장수가 나서며 말하였다.

"소장이 명장을 천거하오리다. 운남국 축융동에 왕이 하나 있사온데, 천하에 다시없는 영웅이옵니다. 그 왕에게 딸 하나가 있어 쌍창을 능란하게 쓰니 만 명이 달려들어도 당하지 못할 용맹이 있사옵니다. 다만 축융 왕이 탐욕이 많아 예물이 적으면 오지 않을까 하옵니다."

나탁은 금세 귀가 솔깃해서 곧 베 이백 필과 금은, 비단 따위를 갖추어 축융동을 찾아 떠나면서 철목탑, 아발도 두 장수를 불러 단단히 일렀다.

"내가 돌아오기 전까지는 문을 굳게 닫고 명 원수가 아무리 싸움을 걸어도 가벼이 나가 싸우지 말라."

두 장수는 명령대로 하리라 하였다.

어느 날 홍 사마가 원수에게 말했다.

"만왕 나탁이 여러 날째 아무 기척이 없는 것을 보니 아마 어디론가 구원을 청하러 간 것 같소이다. 이때를 타서 태을동을 들이치는 것이 좋을까 하옵니다."

"남만 골짜기가 명나라 땅과는 달라 그들이 공격을 하지 않고 지키고자 한다면, 한 사람이 지키는 관문을 만 사람으로도 열지 못한다 하니, 장군은 무슨 묘수가 있는고?"

"제가 남만 진중에 있는 장수들을 본즉 꾀 있는 자가 없어 속이기 쉬울 터이니 이리이리하면 좋을까 하옵니다."

홍 사마가 은밀히 하는 말에 원수는 기뻐하며 좋다 하였다.

"내 오랫동안 군사 일로 피로하니 홍랑은 나를 대신하여 꾀와 재주를 아끼지 말라. 지금부터 나는 장중에 높이 누워 좀 편안히 쉬고자 하노라."

홍 사마는 빙그레 웃었다.

밤이 되자 홍 사마는 손야차를 장막 안으로 불러 가만히 약속을 하였다.

이튿날 아침 양 원수가 장수들을 다 모아 군중 일을 의논할 때, 홍 사마가 긴장한 낯빛으로 원수에게 아뢰었다.

"남만 사람들은 천성이 몹시 교활하여 이랬다저랬다 함이 심하니 믿을 수 없사옵니다. 군중에 사로잡은 남만 병사들을 오래 두면 도리어 군중 기밀이 누설될까 하오니, 모두 진 앞에 끌어내어 머리를 베어 걱정거리를 없앰이 좋을까 하옵니다."

모두들 의아하여 서로 얼굴만 쳐다보는데, 손야차가 한 걸음 나서며 반대하였다.

"병서에 이르기를 '항복한 자는 죽이지 않는다.' 하였소이다. 이제 저들을 다 죽인다면, 이는 남만 병졸들이 항복할 길을 막아 오히려 적군이 한마음이 되도록 도와주는 것이오이다."

그 말에 홍 사마는 발끈 성을 내었다.

"내가 생각하는 것이 있어 그러는데, 늙은 장수가 어찌 감히 나서는고?"

"사마께서 생각하신 바를 다 알지는 못하나 남만 사람들 또한 우리 황제께서 아끼시는 백성이오니, 어찌 함부로 살육을 일삼으리까?"

홍 사마 얼굴에 순간 찬바람이 일었다.

"네 하찮은 오랑캐들을 이렇듯 싸고도니 분명 나탁을 위하여 나를 배반할 뜻을 품은 게 아니냐? 내 마땅히 네놈 목도 함께 베리라."

손야차도 더는 참을 수 없었다.

"내 본디 산중에 숨어 있던 사람으로 장군과 더불어 만왕을 구하러 왔으니, 어찌 장수와 부하 사이의 엄격함이 있으리오. 내 나이 예순에 백발이 성성하거늘 장군이 이렇듯 업신여기니, 구태여 장군을 좇아 욕을 받을 까닭이 없도다!"

홍 사마는 더 한층 결이 나서, 별 같은 눈을 매섭게 뜨고 푸른 눈썹을 까칠하게 세우고 부용검을 휘익 빼어 들며 호통을 쳤다.

"늙은 졸병이 어찌 이같이 무례하뇨? 네 한갓 백운동 초당에서 뜰 쓸고 나무나 하던 자로 스승의 명을 받아 창을 메고 나를 좇아 왔으니, 어찌 장수와 부하의 차례가 없다 하는고?"

"장군이 스승을 생각할진대, 어찌 만왕을 버리고 돌변하여 항복하였느뇨? 나는 본디 남만 사람이라. 이제 마땅히 산중으로 돌아가, 신의 없는 사람 부하 노릇은 그만하리라."

말이 채 끝나기도 전에 홍 사마는 자리에서 벌떡 일어나 칼을 빼어 손야차를 치려 하였다. 곁에 있던 장수들과 원수가 가까스로 말려 손야차를 밖으로 내보냈으나, 홍 사마는 그냥 분하여 입술이 푸들거렸다.

밖으로 나온 손야차도 분함을 이기지 못하였다.

"내 늙었어도 저를 위하여 지금껏 그토록 수고를 아끼지 않았거늘, 제 조그마한 재주를 믿고 이렇듯 교만하니 내 어찌 이런 모욕을 받는단 말인가."

장수들과 군졸들이 손야차를 위로하며 말렸다.

"홍 장군이 좀 심하긴 했으나 다시 들어가 사죄하고 더는 홍 장군 뜻을 거스르지 마시오."

손야차는 하늘을 우러러 탄식하였다.

"내 이미 머리털이 서리 같거늘 어찌 잘못도 없이 입에서 젖내 나는 아이에게 사죄를 하리오."

밤이 깊자 손야차는 창을 짚고 나서서 달빛 아래 어정거리며 한숨을 쉬다가 사로잡힌 남만 군사들이 갇혀 있는 곳으로 갔다. 모두가 머리를 조아리며 고마워하였다.

"저희들이 오늘 살아 있는 것은 모두 손 장군 덕이옵니다. 부디 저희들에게 앞으로 살길을 가르쳐 주소서."

손야차는 탄식하였다.

"너희들은 다 나와 한 고향 사람들이니, 이 마음을 내 어찌 숨기겠느냐. 낮에 홍 장군이 하던 짓을 보아라. 사람으로 어찌 그럴 수 있겠느냐. 더는 참을 수 없어 고향으로 가려 하니 너희들도 모두 빨리 도망치거라."

손야차는 칼을 꺼내어 동인 것을 끊으면서 말했다.

"너희들은 이 길로 흩어져 성을 넘어 달아나거라. 나 또한 말에 올라 홀로 빠져나가고자 하노라."

남만 병사들은 몹시 기뻐 눈물을 흘리며 손야차 손을 잡고 장군은 장차 어데로 가시려느냐면서, 함께 가기를 재촉하였다. 그러자 손야차는 병사들 등을 어루만지며 말하였다.

"이곳은 눈과 귀가 많아 오래 말할 곳이 못 되니, 동문을 빠져나가 외진 곳을 찾아 숨어서 나를 기다리라."

이날 밤 삼경에 손야차가 창을 들고 말에 올라 몰래 동문으로 나가려 하니, 문지기 졸병이 어디로 가느냐고 물었다. 손야차는 잠깐 적들 형편이 어떤지 알아보러 가노라 하고는 성을 빠져나왔다. 몇 리를 가자 길옆에서 남만 군사 대여섯이 달려 나오며 맞았다.

"어찌 이제야 오시나이까?"

"다른 병사들은 다 어데 가고 너희들만 여기 있느냐?"

"잠시 말에서 내려 저희들 말을 들으소서. 장군이 살려 주신 은덕을 갚을 길이 없어, 한 무리가 먼저 태을동으로 가 철목탑 장군에게 장군이 얼마나 덕이 높은지를 전하고, 저희는 장군을 모시고 들어가 부귀를 누리시게 할까 하옵니다."

손야차가 웃으며 말하였다.

"내 어찌 구차히 그런 것을 바라겠느냐. 같은 고향 사람으로 인정에서 한 것이니 너희들은 어서 돌아가 환난을 피하라. 나는 이 길로 옛날 있던 산중으로 들어가 사슴이나 좇고 토끼를 사냥하며 평생 아무 데도 매이지 않고 살겠노라."

손야차가 말을 채쳐 가려고 하니, 병사들이 눈물을 흘리며 말고삐를 잡았다.

한편, 철목탑과 아발도가 태을동 성문을 굳게 닫고 꼼짝 않고 있는데, 문득 명군 진영에서 만병 십여 명이 도망해 왔다.

"저희들은 벌써 죽을 목숨이었사온데, 손 장군이 살려 주었소이다. 만일 손 장군이 아니었던들 어찌 오늘 밤 이처럼 살아 돌아올 수 있으리까."

도망쳐 온 병사들이 한꺼번에 고하였다.

"홍 장군은 모진 사람이더이다. 저희들을 마구 진 앞에 끌어내다 죽이자고 하였나이다. 손 장군이 나서서 옳지 않다 이르니, 홍 장군이 크게 노하여 호통을 치다가 나중에는 칼을 뽑아 들고 손 장군을 베려 하였나이다. 손 장군이 하마터면 죽을 뻔하였는데, 다행히 장수들이며 원수가 한사코 말렸기에 살았소이다. 장수들이 손 장군을 가까스로 내보냈사온데, 손 장군은 온밤 울분을 참지 못하다가 고향으로 돌아가리라 결심하시고, 저희들이 묶인 것을 칼로 다 끊어 주시며 빨리 도망하라 하셨나이다. 이는 한 고향 사람이라 마음 써 주심이 아니겠나이까. 허니 이렇듯 인정 있고 의기 있는 장수를 우리 진중에 모셔야 하옵니다. 그리되면, 첫째로 홍 장군과 원수지간이 된 터라 마땅히 우리 나라를 위하여 힘을 다할 것이고, 둘째로 앞으로 부귀를 같이 누리면서 저희를 살려 준 은덕을 갚을까 하옵니다."

철목탑은 병사들이 하는 말을 들으면서 한동안 묵묵히 생각에 잠겼다. 그러다가 머리를 가로흔들었다.

"이거야말로 계교가 아닌지 어찌 알겠느냐?"

병사들이 펄쩍 뛰었다.

"저희들 눈으로 본 일이라 틀림이 없사옵니다. 만일 속임수라 할 것 같으면, 손 장군이 그렇게까지 탄식하면서 눈물을 뿌리며 통분해할 수는 없나이다. 손 장군은 홍 장군에 대한 원망이 뼈에 사무치고 가슴에 맺힌 게 분명하니, 어찌 거짓으로 지어서 하는 계교이겠나이까."

이번에는 아발도가 물었다.

"그래 손 장군이 지금 어데 있는고?"

아발도가 묻는 말이 채 끝나기 전에 또 만병 몇 명이 달려 들어와서 아뢰었다.

"손 장군이 지금 말을 타고 혼자서 골 앞을 지나가기에 저희들이 들어가자고 간절히 청하였으나 듣지 않더이다."

아발도는 병사들이 하는 말에 마음이 움직였다. 그래서 철목탑을 보며 자기 생각을 비치었다.

"사실 우리 군중에 장수가 많지 않고, 또 손 장군은 백운도사를 좇으면서 그래도 배운 것이 많을 터이니, 이제 만일 명나라에 등을 돌린 것이 참말이라면 손 장군을 그저 보내는 것이 어찌 아깝지 않겠소. 또 손 장군은 남방 사람이오. 우리가 함께 가서 손 장군 기색을 보아서 의심스럽지 아니하면 우리 쪽으로 오게 하는 것이 좋을까 하오."

그래도 철목탑이 망설이니 아발도가 서둘러 창을 들고 일어나서,

"그러면 내가 우선 혼자 가서 만나 보고 오겠소."

하고, 곧 병사 대여섯을 데리고 바삐 말을 몰아 나갔다.

과연 손야차가 말을 타고 남쪽으로 터벅터벅 맥없이 가고 있다. 아발도가 큰 소리로 외쳤다.

"손 장군, 그동안 평안하오? 내 잠깐 장군과 할 이야기가 있으니 말을 세우시오."

손야차가 고삐를 돌려 길가에 서니, 아발도가 얼른 달려와 말을 세우고 물었다.

  "장군이 공명에 뜻을 두어 흙먼지 날리는 싸움터에서 고생을 갖추 맛보다가 어찌 다시 그 적막한 산속으로 갑자기 돌아가오?"

  손야차는 아발도가 하는 말에 쓴웃음을 삼켰다.

  "인생 백 년이 풀 끝에 달린 이슬 같고, 공명과 부귀가 뜬구름 같거늘, 대장부 흰 터럭을 흩날리며 어찌 생사고락을 다른 사람 손에 맡기리오. 남방 산천 곳곳이 다 내 집이니, 흐르는 시내를 마시며, 내닫는 짐승을 사냥하여 주림을 면하는 것 또한 즐거운 일인가 하오."

  아발도도 따라 웃었다.

  "장군이 풍진을 떠나 산수를 찾고자 할진대 이는 이른바 천지간 자유롭고 한가로운 사람이라, 혐의쩍지도 않고 뭐라 탓할 바도 없으니, 누추한 골안에 들러 하룻밤 쉬어 간들 어떻겠소?"

  "장군 말씀은 고마우나 돌아갈 마음이 살 같아 머물지 못하겠소이다."

  아발도는 말 위에서 손야차 소매를 잡고 쉬어 가기를 두어 번 간곡히 청하였다. 손야차는 그제야 마지못해 말 머리를 돌려 아발도와 나란히 태을동으로 들어갔다.

  철목탑은 썩 내키지 않았으나, 손야차가 혼자이니 별로 겁낼 것은 없으므로 맞아들이고 자리에 앉았다.

  아발도는 철목탑을 보고 웃으면서 말했다.

  "오늘 손 장군은 어제 손 상군이 아니오. 어제는 적국 장수였으

나 오늘은 한 고향 벗이라. 마땅히 속마음을 숨김없이 터놓고 서
로 이야기를 나누려 하오."

그러자 철목탑은 의아해하며 말하였다.

"내 비록 손 장군과 지내며 사귄 정이 깊지는 않으오나 궁금한
것이 두 가지 있소이다. 장군이 홍 장군과 함께 산에서 내려왔고
군중에도 함께 있으면서 뜻이 통하고 정이 두터웠을 터인즉, 홍
장군이 비록 날래고 용맹스럽기는 하나 나이 아직 어리거늘 잠깐
다투었다 하여 저버리고 가려 하니 이것이 하나요. 뛰어난 재능
과 웅심깊은 책략을 지닌 명 원수에다가 무예와 책략을 겸한 홍
장군이 머지않아 공을 세우고 명나라에 돌아가 부귀를 누리겠는
데, 이제 장군이 조그마한 분을 참지 못하여 큰일을 저버리니 이
것이 곧 모를 바라. 만일 남을 속이려는 뜻이라면 이해가 되나 참
으로 명나라를 버리고 간다면, 이는 한갓 어린애들 장난이지 어
찌 도량 넓은 대장부가 할 일이라 하리오."

이 말을 듣고 손야차는 긴 한숨을 지을 뿐 철목탑에게는 대답지
않더니 아발도를 보며,

"내 장군이 보여 준 두터운 뜻에 감격하여 사례하고자 잠깐 온
것이오. 이제 돌아가겠으니 두 분 장군은 부디 몸조심하여 큰 공
을 세우소서."

하고 일어났다. 아발도는 다시 손 장군 소매를 잡고 기어코 앉혔다.

"장군은 조금만 더 앉아 술이나 몇 잔 더 마시고 가시오."

철목탑은 그제야 웃으며 말했다.

"내 한 고향 사람으로 의리를 믿어 서로 가슴을 열고 허물없이

충심을 이야기하려 하였더니, 서투른 말이 장군 귀에 거슬렸던가 보구려. 만일 그렇지 않을진대 푸른 산 흰 구름 속으로 돌아가는 걸음이 어찌 이다지 급하시오?"

손야차도 웃으며 다시 앉았다. 술이 두어 잔씩 돌아가자 손야차는 벌써 취하여 잔을 잡고 긴 한숨을 짓는데, 두 줄기 눈물이 흘러 내려 볼을 적셨다. 그런 손야차를 아발도가 가엾이 쳐다보며 위로하였다.

"장군은 마음에 무슨 괴로움이 있소이까? 오늘은 싸움마당이 아니라 술자리이니, 가슴속 괴로움을 속 시원히 말하여 서로 허물 없는 정을 표합시다."

손야차는 이를 갈고 팔을 뽑내며 북쪽을 보고 성난 목소리로,

"원통하도다! 여기 갔다 저기 갔다 하는 신의 없는 아이로다! 제가 알면 얼마나 안다고 조그마한 재주를 믿고 저렇듯 교만하니 내 기어코 그 애가 망하는 꼴을 보리라."

하니, 아발도가 물었다.

"장군은 대체 누구를 꾸짖소?"

손야차는 탄식하며 말했다.

"장군이 진심으로 물으니 숨기지 아니하리라. 백운도사가 홍혼탈을 보낼 때 나이 어리고 외로울까 걱정하여 늙은 나를 함께 보내며 잘 도와주라 하였기에, 이 늙은것이 몸을 아끼지 아니하고 생사고락을 함께하였소이다. 그런데 홍혼탈이 아침에는 이 나라, 저녁에는 저 나라로 손바닥 뒤집듯 하는 소인이 되어 이렇듯 나를 들볶으니, 여러 장수들이 아니있더면 내 벌써 제놈 손에 죽음

을 면치 못하였을 것이라 어찌 한심치 않겠소. 나 또한 도사를 좇아 제가 배운 재주를 나도 배우지 못한 것이 없거늘, 나를 이렇듯 업신여기니 내 어찌 머리를 숙이고 그 수모를 달게 받겠소? 아까 철목 장군이 두 가지로 나를 나무라시나, 그놈이 나를 죽이려 하니 내 어찌 저를 돌보며, 성품이 방정맞고 아는 것이 옅어 남이 하는 충고를 듣지 않으니 그와 무슨 일을 같이하겠소? 하여 이때를 타서 고향에 돌아가 뒷날 뉘우치는 일이 없게 하려는 것이오. 내 십 년 산속에서 병법과 창 쓰기를 배운 것은 장부가 세상에 났다가 초목과 더불어 값없이 스러짐을 면코자 함이거늘, 팔자가 사납고 운수가 막혀 기회를 만나지 못하니, 이제 두어 잔 술기운을 빌려 가슴속에서 부글거리는 불평을 감추지 못하였구려. 두 장군은 늙은이의 불우한 탄식을 웃지 마소서."

철목탑은 손야차가 진실로 홍혼탈을 원망하여 돌이키지 못할 결심이 선 듯한지라, 바야흐로 웃으며 다시 술잔을 들어 위로하였다.

"장군은 용맹이 있으니 어데 간들 공을 이루지 못하겠소? 구태여 적막한 산중으로 돌아가 일생을 마치고자 함은 장부가 지닌 뜻이 아닐까 하오."

손야차는 웃었다.

"나도 장군 뜻을 아오. 외로이 돌아가는 이 신세를 가엾이 보사 거두어 곁에 두고자 하심이나, 늙은 사람이 어찌 흰 터럭을 날리며 두 번 뉘우칠 일을 하겠소."

"두 번 뉘우칠 일이라니 그 무슨 말이오?"

"스승 명으로 대왕을 구하러 왔다가 신의 없는 사람 꾀에 속아 명나라로 넘어갔다가 이 꼴을 당하였으니 이것이 한 번 뉘우칠 일이오. 다시 장군 곁에 있고자 하면 얼굴이 두꺼울 뿐 아니라, 장군은 내 마음을 알려니와 대왕이 어찌 용납하시리오. 이는 두 번 뉘우칠 일이라. 어서 산중으로 돌아가 범을 쫓아 창법을 시험하고, 돌을 모아 진법을 연습하며 여생을 보냄이 옳을까 하오."

이 말을 듣고 철목탑은 손야차 손을 덥석 잡았다.

"장군은 의심치 말지어다. 우리 대왕이 재주를 사랑하시고 뜻이 넓으시사 좀스러운 홍 장군과 혈기 왕성한 명 원수 같은 과격함이 없을 게요. 장군은 본디 남방 사람이니 앞으로 이 나라 부귀를 함께 누림이 좋지 않겠소?"

손야차는 철목탑을 이윽히 쳐다보다가 일부러 소리를 높여 한번 을러댔다.

"내 홍 장군 명을 받아 거짓으로 항복하여 계교를 써 보자고 왔으니 장군은 빨리 내 목을 치시오!"

철목탑은 크게 웃었다.

"손 장군 사람 보는 눈이 과연 거울 같도다. 아까는 정말 장군의 뜻을 조금 의심하였으나, 이는 적국 사이에 흔히 있는 일이니 허물치 마오."

손야차도 크게 따라 웃었다.

"두 분 장군이 이렇듯 마음으로 환대하시니 내 어찌 감동치 않으리오. 허나 대왕이 돌아오신 뒤 내 갈 길을 다시 정하겠소."

세 장군은 다시 술을 마시며 이야기하였다.

밤이 이미 사오 경이 지나 군중 물시계에서 떨어지는 물도 끊어지고, 샛별이 벌써 동녘 하늘에 빛나고 있었다.

철목탑과 아발도는 몇 잔 술에 취하여 갑옷을 벗고 눈에는 졸음이 가득 실렸다. 이때 문득 북문 밖에서 함성이 크게 일어났다. 철목탑과 아발도가 깜짝 놀라 서둘러 갑옷을 입고 대군을 호령하여 북문으로 가려 하니, 손야차가 웃으며 말했다.

"장군들은 너무 놀라지 마소서. 이것은 홍 장군 전술이오. 남문을 치려 하면 먼저 반대쪽인 북문에 소리를 내어 그쪽 방비에 힘을 쏟게 함이니, 빨리 남문으로 가서 방비하도록 하소서."

철목탑은 그래도 믿지 않고 스스로 정예한 군사들을 이끌고 북문으로 가서 지키고 있는데 과연 인기척 하나 없이 괴괴하였다. 그런데 이번엔 서문 밖에 함성이 크게 일어났다. 철목탑이 다시 정병을 나누어 서문을 지키는데, 손야차가 또 웃으면서 말하였다.

"이 또한 홍 장군 전술이니 장차 동문을 치려는 것이오."

철목탑은 믿음 반, 의심 반으로 그냥 서쪽, 북쪽 두 문을 힘써 지켜 섰다. 이윽고 서쪽과 북쪽 두 문에는 함성이 멎고 과연 명나라 군사들이 일제히 동, 남 두 문을 쳐 포 소리가 하늘땅을 흔들며 바위만 한 처란이 동문을 깨뜨리려 하니 형세가 대단히 위급하였다. 철목탑과 아발도는 그제야 손 장군 말이 틀림없다 생각하고, 서둘러 서, 북문에 있는 정병들을 거두어 두 패로 나누어 철목탑은 남문을 지키고, 아발도는 동문을 지키며 남은 군사로 서북 두 문을 지키게 하였다. 이때 갑자기 손야차가 창을 들고 말에 올라 크게 소리지르며 나는 듯이 북문에 이르러, 문지기 병사를 단번에 찌르고 북문을 활짝 열어젖혔다. 그러자 명나라 군사들이 함성을 지르며 물밀듯 쓸어드는데, 대장 하나가 벼락도끼를 들고 우레 같은 소리로 외쳤다.

"명나라 선봉장군 뇌천풍이 여기 있으니, 철목탑은 부질없이 문을 지키지 말라!"

뒤를 이어 소 사마가 군사 수천을 거느리고 쳐들어오니, 손야차는 어느덧 또 서문을 열어젖혔다. 이번에는 동초와 마달이 또 군마 한 떼를 몰아 서문으로 쓸어들었다.

이때 동, 남 두 문에서도 포 소리가 요란히 울렸다. 철목탑과 아발도는 너무 급하여 손발이 말을 듣지 않았다. 아무리 창을 휘두르며 맞서려 해도 뇌천풍, 소유경과 동초, 마달 네 장수가 한꺼번에 들이치니 도저히 당해 낼 수가 없었다.

이럴 때 손야차가 얼굴에 환한 웃음을 띠고, 창을 두르며 말을 놓아 남문으로 달려가며 외쳤다.

"철목탑 장군은 나를 따라오라. 내 남문을 마저 열고 도망할 길을 빌려 주리라."

철목탑은 다급한 가운데에서도 손야차를 보니, 가슴속에서 불이 확 일어 화가 머리끝까지 치솟았다.

"이 수염 없는 늙은 도적놈아! 네 간교한 꾀를 내 알고도 속았으니, 결단코 네 간을 내어 씹어 이 분을 풀리라!"

창을 휘두르며 달려들어 찌르려 하니, 손야차는 맞서지 않고 말을 달리며 너털너털 웃어 댔다.

"장군은 진정하라. 산중으로 돌아가는 사람을 부질없이 잡아 두어, 사방으로 바삐 돌며 여러 문을 열게 하였으니 어찌 수고롭지 않으리오."

손야차 말을 채쳐 바람처럼 달려가서 또 남문을 활짝 여니, 양 원수가 홍 사마와 더불어 대군을 거느리고 태을동 안으로 들어왔다. 이렇게 되어 골안에는 일곱 장수와 십만 대군이 물밀듯이 들어와 골목마다 에워싸고 곳곳을 쳐부수니, 함성은 골짜기를 뒤집고 기세는 천지를 흔들었다.

축융 왕이 귀신장수를 불러내다

철목탑과 아발도는 도망치려 하나 도망갈 길이 없고, 싸우려 하나 당해 낼 방도가 없었다. 창을 들고 동쪽을 무찌르며 남으로 닫고, 서쪽을 치고 북으로 달리며 아무리 죽기로 싸워도 벌써 그물에 든 고기 신세였다.

얼마 뒤 동문으로 가는 길이 열리기에 말을 놓아 동쪽으로 달아나니, 손야차가 또 나타나 손을 휘두르며 외쳤다.

"철목 장군은 빨리 가라! 이 늙은 몸이 몹시 바빠 미처 동문을 열어 놓지 못하였으니, 장군은 직접 열고 나가라. 그리고 내일은 이 늙은이가 다시 산중으로 돌아가려고 하니, 아무래도 또 철목동에 들어가 남은 술이나 마저 먹어야 할 것 같구나."

철목탑이 손야차를 보니 눈에서 불이 일고 분노가 하늘을 찌를 듯하여 크게 고함지르며 달려들어 치려 하였다. 손야차가 웃으며 말을 채쳐 달아났다. 그러자 이번에는 또 양 원수가 거느린 대군이 들이닥쳤다. 철목탑과 아발도는 겨우 목숨을 보전하여 동문을 열고 철목동으로 들어가 남은 수를 헤려 보니, 절반이나 없다.

아발도는 깊은 자책감에 머리를 들 수 없었다. 아발도는 서글프게 한숨지으며 철목탑에게 말하였다.

"오늘 패한 것은 다 내 죄라. 장군의 밝은 지략을 거스르고 그 늙은 도적놈을 청해 들여 스스로 화를 불러왔으니, 무슨 낮으로 대왕을 뵈오리오."

말을 마치고 칼을 빼어 스스로 목을 찔러 죽으려 하니, 철목탑이 바삐 붙들어 말렸다.

"우리 두 사람이 같이 대왕 명을 받아 골짜기를 지키고 있었으니, 공을 이루더라도 마땅히 부귀를 함께 누릴 것이며, 죄를 짓더라도 마땅히 그 책임을 같이 질 것이오. 장군이 야차를 청한 것도 나랏일을 위한 것이니, 그 마음을 따진다면 털끝만큼도 딴마음이 없는데, 이렇게 외곬으로만 생각하고 죽음을 가벼이 여기다니 장군답지 않구려."

말을 마치며 칼을 빼앗아 땅에 던졌다. 아발도는 일어나 절하며 눈물을 흘렸다.

"나를 아는 이도 장군이요, 나를 사랑하는 이도 장군이로다."

한편, 양 원수는 태을동을 열어 대군을 골안에 머물게 하고, 크게 음식을 베풀었다.

소 사마는 홍 사마를 보고 감탄했다.

"오늘 싸움은 장군이 처음으로 쓴 전술이오. 내 장군을 무예가 뛰어난 청년 장수로만 알았을 뿐, 높은 기상과 빈틈없는 지략을 갖춘 백전노장의 기풍이 있으리라 어찌 짐작이나 하였겠소.”

손야차가 웃으면서 말했다.

“태을동 싸움은 죄다 이 늙은이 덕분인 줄이나 아시오. 말 한 필에 창 하나로 달밤에 적의 소굴에 혼자 가서, 나오지 않는 눈물을 억지로 뿌리며 마음에 없는 탄식을 억지로 자아내지 않았소? 아무리 도망하는 장수같이 잘 꾸미려 해도, 철목탑은 지혜 있는 자라 의심하는 눈치가 얼굴에 가득하니, 마침내 이 시커먼 팔뚝을 뽐내며 빠진 어금니를 빠드득 갈며 우리 홍 장군을 원망했다오. 어찌 재능 없이 할 수 있겠소?”

모두들 한바탕 웃어 댔다.

한편, 나탁이 백운동에 이르러 도사를 찾으니 이미 간곳없고, 다만 푸른 산이 겹겹이 둘러 있어 흰 구름이 뭉게뭉게 돌 뿐이다. 나탁은 분함을 이기지 못하여 머뭇거리다가 축융동으로 갔다. 골짜기가 험상스럽고 산천이 크고 깊어 대낮에도 범이며 승냥이들이 욱실거렸다.

축융동 안에 들어가 축융 대왕을 보니 키가 아홉 자나 되겠고, 눈이 푸르고 얼굴이 붉으며 범 같은 수염에 곰 같은 허리라 보기만 해도 끔찍했다.

축융은 예를 갖추어 나탁을 맞아들이고 자리를 권했다. 나탁이 빛 고운 비단이며, 밤에도 빛을 내는 야광주며, 여러 가지 보물을 내놓으며 도움을 청하니 축융은 몹시 기뻐했다.

"우리 서로 이웃 나라에 살면서 어찌 환난을 같이하지 않겠소."

축융은 쾌히 승낙하고 데리고 갈 장수 세 명을 뽑았다. 첫째로 천화장군 주돌통이니 강철로 만든 세모난 창을 잘 쓰고, 둘째는 촉산장군 첩목홀이니 산을 가른다는 큰 도끼를 쓰고, 셋째로는 둔갑장군 가달이니 반달 모양으로 생긴 언월도를 써서 저마다 뛰어난 용맹을 자랑했다.

나탁은 잠시 주저주저하며 축융에게 청하였다.

"제가 듣자니 대왕께 따님이 있어 그 영용함이 당할 자가 없다고 하는데, 감히 말씀드리기 죄송하오나 부왕을 모시고 함께 가시면 더욱 좋을까 하옵니다."

"그 아이가 아직 어리고 천성이 수줍어 기꺼이 싸움터에 나서지 않을까 하오."

나탁이 다시 야광주 백 개와 남만의 고운 베 이백 필을 주며 간절히 청하니, 축융은 결국 허락하고 말았다.

축융 왕에게는 일지련이란 딸이 있는데, 나이 열셋으로 얼굴이 절색일 뿐 아니라 무예가 기묘하고 성품이 명민하여 남만의 풍기가 전혀 없었다. 일지련은 늘 때를 만나지 못함을 탄식하며 명나라 문물을 한번 구경하고자 하나, 만 리 밖이니 남만 땅에서 갈 길이 없어 부질없이 북두칠성만 바라보며 여자로 태어난 것을 자나 깨나 한탄하였다. 그러던 가운데 나탁이 청을 넣어 왔다는 소식을 듣고, 일지련은 기꺼이 쌍창을 들고 따라나섰다.

나탁이 본국에 돌아와 보니 벌써 태을동을 잃고 철목동에 옮겨 들었기에 크게 놀라 철목탑과 아발도 두 장수를 찾았다.

"두 장수는 진문 밖에서 죄가 내릴 것을 기다리고 있나이다."

만왕 나탁이 곁에 있던 사람들이 하는 말을 듣고 두 장수를 불러들이니, 두 장수는 투구를 벗고 도끼를 지고 장막 앞에 엎드려 죽기를 청하였다.

"소장들이 대왕의 분부를 받들지 못하여 태을동을 잃었으니 중벌을 면치 못할 것이옵니다. 바라옵건대 소장들 머리를 베어 군중을 징계하소서."

만왕은 길게 한숨을 쉬고 두 장수에게 자리에 오르라 명한 뒤 위로하였다.

"이는 다 내 운수라. 어찌 장군들이 일부러 한 바이겠소."

하고는 명군 동정을 물으니, 두 장수가 낱낱이 아뢰고 홍 장군 지혜와 전략이 양 원수에 앞선다는 것까지 말하였다. 축융이 옆에서 가만히 듣다가 시샘하듯 말하였다.

"내가 비록 못났으나 대왕이 잃은 땅을 며칠 안에 도로 찾겠으니 걱정할 게 없소. 내일로 싸움을 걸겠소."

이때 홍 사마는 나이 어린 데다 연약한 몸으로 전쟁터에서 몸을 돌보지 못하여 몸이 자주 편치 않았다. 하루는 원수가 조용히 홍 사마를 장중에 불러 군사 일을 의논하는데, 홍 사마 얼굴이 파리하고 기색이 피곤한 것을 보고 놀랐다.

"홍랑이 나로 하여 이렇듯 고생하니 안쓰럽구나. 어리고 약한 체질이니 힘든 일에 억지로 나설 게 아니라 몸을 쉬며 돌보라."

홍랑은 웃으며 사례하였다.

"장수 되어 며칠 싸움을 어찌 수고롭다 하오리까."

원수도 웃으며 손을 들어 홍랑의 꽃 같은 뺨을 어루만지며 말했다.

"비단 휘장 거울 앞에서 곱게 꾸미며 새벽 기운을 겁내던 옥 같은 얼굴로 창검과 모진 바람을 무릅쓰게 하니, 이 양 공자가 과연 박정한 남자구려."

홍랑은 문득 눈썹을 찡그리며 물러앉더니 말하였다.

"장수는 한 번 내린 명령을 도로 거두지 못하거늘, 원수께서 허락하신 세 가지 약속을 어느새 잊으셨나이까? 창밖에서 소 사마 발소리가 들리옵니다."

이윽고 장수들이 들어오는 소리가 들리기에 홍 사마는 제 군막으로 돌아가 쉬었다.

이날 밤 이슥하여 손야차가 양 원수에게 서둘러 달려왔다.

"홍 사마가 갑자기 몹시 떨며 앓고 있나이다."

원수가 깜짝 놀라 홍 사마 군막에 달려갔다.

촛불 아래 베개를 벤 홍랑을 보니, 구름 같은 귀밑머리에 보석으로 장식한 성관이 기울었고, 버들 같은 가는 허리에 전포가 무거운 듯 흐무진 태도와 애처로운 얼굴에 어렴풋이 앓는 소리가 목안에 은은하였다. 원수가 곁에 앉아 어루만지니 홍랑이 놀라 벌떡 일어났다.

"어찌 이렇듯 출입을 허투루 하시나이까?"

원수는 대답 대신 맥을 짚어 보더니 웃고는,

"찬 바람을 많이 쐬어 생긴 탈이니 그리 걱정할 것은 없으나 몸 조섭을 잘하오."

하고 친히 허리띠를 풀고 전포를 벗기며 누우라 재촉하니 홍랑이 굳이 사양했다.

"군중이 규중과는 달라 원수의 행동 하나하나를 장수와 군졸들이 눈 밝히고 귀 기울여 살피나니, 상공이 돌아가셔야 제가 눕겠소이다."

원수 일어나며 말하였다.

"내 부질없이 홍랑을 장수로 삼아 뒷날 집에 돌아가 화촉 밝힌 방 안에서도 그 버릇을 고치지 않고 '군복 입은 사람은 절하지 않는다.'는 기풍대로 굴어 은근한 재미가 없으면 어떻게 한다?"

홍랑도 방그레 웃었다. 원수는 홍랑에게 며칠 동안 쉬라고 거듭 당부하고 군막으로 돌아왔다.

이튿날 나탁이 장수를 보내어 싸움을 돋우니 원수는 소 사마를 불렀다.

"홍혼탈이 병세가 가볍지 않기에 며칠 동안은 몸조섭하라 하였으니 오늘 싸움은 내가 직접 장군과 함께 지휘하리다."

"나탁이 구원병을 청해 왔다니 쉽게 대적하지 못할까 하옵니다."

원수는 머리를 끄덕이고 행군을 지휘하여 철목동 앞에 진을 치는데, 열 방위에 맞추어 음양진陰陽陣을 쳤다. 말 탄 군사 천 명은 검은 기를 가지고 북방에 진을 치고, 이천 명은 붉은 기를 가지고 두 떼로 나뉘어 정남방에 진을 치고, 삼천 명은 푸른 기를 들고 세 떼로 나뉘어 정동방에 진을 치고, 육천 명은 검은 기를 가지고 여섯 떼로 나뉘어 정북방 제이위第二位에 진을 치고, 칠천 명은 붉은 기를 가지고 일곱 떼로 나뉘어 정남방 제이위에 신을 치고, 팔천 병은 푸른 기를 가지고 여덟 떼로 나뉘어 정동방 제이위에 진을 치고, 구천 명은 흰 기를 가지고 아홉 떼로 나뉘어 정서방 제이위에 진을 치고, 오천 명은 누런 기를 가지고 다섯 떼로 나뉘어 중군이 되어 중앙방에 진을 치니 이른바 선천음양진先天陰陽陣이라. 진을 정돈한 뒤 뇌천풍에게 앞에 나가 싸움을 돋우라 하였다.

그때 축융 왕이 머리에 붉은 수건을 쓰고 몸에는 구리 갑옷을 입고 손에 붉은 기를 들고 코끼리를 타고 남만 병사들을 거느려 북을 치고 징을 울리면서 대열의 차례도 없이 어수선히 나왔다.

원수가 소 사마를 보며 말하였다.

"예부터 내려오는 병서를 좀 보았으나 저런 병법은 처음이구려."

말이 채 끝나기 전에 저쪽 장수 하나가 세모창을 휘두르며 말을 놓아 내달으며 외쳤다.

"나는 천화장군 주돌통이니 당할 자 있거든 내 창을 받으라!"

뇌천풍이 웃으며 벼락도끼를 들고 나서며,

"나는 명나라 선봉장군 뇌천풍이니, 이 도끼는 벼락도끼라. 네 천화장군이라 하니, 천화天火는 하늘의 불인 벼락을 따라다닌다 함이니 빨리 나와 내 도끼를 받으라!"

하고, 서로 싸워 십여 합에 자웅을 가리지 못하고 있는데, 남만 진영에서 또 다른 장수가 큰 도끼를 들고 나오며,

"나는 촉산장군 첩목홀이라! 내 또한 큰 도끼 있어 한번 찍으면 산도 무너지나니 늙은 장수 목이야 어찌 산에 비길쏘냐."

하거늘, 명군에서는 동초가 내달아 창을 휘두르며 외쳤다.

"나는 명나라 좌익장군 동초라! 내 손에 긴 창이 하나 있어 오랫

동안 창의 신에게 제사하지 못했더니 오늘 네 피로 위로하리라."

네 장수가 범같이 뛰놀며 곰같이 달려들어 크게 싸우기 이십여 합에 뇌천풍이 문득 말을 빼어 달아나니, 주돌통이 세모창을 들고 쫓아왔다. 이때 뇌천풍이 우레 같은 소리를 지르며 몸을 솟구쳐 벼락도끼를 번개같이 휘둘러 쳤다. 주돌통이 미처 피하지 못하고 말이 벼락도끼에 맞아 꺼꾸러지는 바람에 주돌통이 땅에 떨어지고 말았다.

이렇게 되니 만진에서 또 둔갑장군 가달이 크게 노하여 언월도를 휘두르며 내달아 외쳤다.

"나는 축융 대왕 휘하 둔갑장군 가달이라! 명나라 두 장수는 빨리 목을 늘여 내 칼을 받으라."

가달이 곧 뇌천풍에게 달려드니, 명진에서 또 손야차가 바삐 창을 들고 말에 올라 내달으며 크게 웃었다.

"네 둔갑을 잘할진대 네 머리를 벨 것이니 새로 붙일 머리가 있느냐?"

가달이 성이 나 손야차와 크게 싸우기를 두어 합에 문득 언월도를 옆에 끼더니 몸을 곤두쳐 머리 흰 큰 범으로 되어 달려들었다. 뇌천풍이 크게 놀라 바삐 벼락도끼를 휘둘러 손야차를 도우려 하는데, 머리 흰 범이 다시 곤두쳐 두 마리로 되어 두 장수에게 달려드니, 진 위에서 바라보던 양 원수가 깜짝 놀라,

"남만 장수가 부리는 요술이 저러하니 걱정스럽구나."
하고 징을 쳐 세 장수를 거두었다.

이때 축융이 진 잎에 나와서 싸움을 보다가 양 원수가 세 장수를

거두어들이는 것을 보고 바삐 깃발을 쓸며 입으로 주문을 외었다. 문득 붉은 구름이 사방에서 일어나며 수많은 귀신군사가 산과 들에 가득 차더니 입으로는 불을 토하고 코로는 연기를 뿜으면서 명군 진영을 엄습하였다.

양 원수는 서둘러 장수들을 단속하여 진문을 닫고, 방위를 차려 깃발을 바로 세우고 대오를 절대 흐뜨리지 말라 하였다. 그랬더니 귀신군사들이 사방으로 에워싸도 진을 깨뜨리지 못하였다. 축융 왕이 다시 북쪽을 보고 주문을 외며 술법을 썼다. 잠깐 사이에 하늘 땅이 캄캄해지고 비바람이 크게 일어 모래와 돌을 흩날리나, 명나라 진영은 끄떡없었다. 깃발들이 질서 있게 서 있고 북소리 우렁차게 울려 조금도 흔들리지 않았다.

본디 양 원수가 펼친 음양진은 무곡성관이 옥황상제를 호위하는 진이니, 음양오행이 서로 작용하는 이치를 이용하여 혼연히 한 덩어리로 뭉친 따스한 기운이라 요사스러운 기운이 어찌 침범할 수 있으랴. 축융은 다만 요술만 알고 진법은 몰라, 두 번이나 주문을 걸어도 깨뜨리지 못하자 미심쩍어 곧 군사를 거두어 돌아가서 나탁에게 말했다.

"명 원수 비록 진법을 아나 신기한 도술은 없으니, 내 내일 다시 싸움을 걸어 귀신군사들과 장수들을 호령하여 기필코 잡으리라."

나탁이 크게 기뻐하였다.

한편, 양 원수는 소 사마를 불러 의논하였다.

"축융 수하에 용맹스러운 장수가 많고, 요사스러운 술법이 헤아리기 어려우니 쉽사리 깨뜨리지는 못할 것이라 어쩌면 좋겠소?"

"홍 장군은 일찍이 도사를 좇아 여러 가지 병법을 배웠다 하니 요술을 막는 방략이 있을까 하오이다. 홍 장군을 불러 상의하는 것이 옳을까 하옵니다."

원수는 잠잠히 생각에 잠겼다.

'홍랑이 병이 난 까닭은 이역만리 싸움터에서 마음이 시달리고 몸이 지친 탓이라. 이제 다시 소란한 요술과 음산한 살기를 보게 되면 약한 몸에 어찌 병이 더치지 않겠는가?'

이렇게 생각이 움직인 원수는 소 사마더러,

"홍 장군은 몸이 좋지 못해 내가 쉬라 하였으니, 장군은 조용히 가서 다만 계교만 물어보고 오시오."

하니, 소 사마는 곧 홍 장군에게 갔다.

이때 홍랑은 정신이 아찔하여 군복을 벗고 침상에 누웠다가 소 사마가 온 것을 보고 일어나 앉았다. 파리한 귀밑에 추운 기색이 나타나고 조는 듯한 눈썹에 피곤한 티가 어려 숨소리 쌔근거리고 말소리에 맥이 없었다.

소 사마는 홍 장군 모습에 놀라는 한편 의심스럽기도 하여 속으로 생각하였다.

'내 홍혼탈을 용감하기 짝이 없는 장수로 알았더니, 어찌 이리도 서시가 찡그린 듯, 양귀비가 조는 듯 아리따운고?'

소 사마가 한 걸음 다가서서 물었다.

"오늘은 병세가 좀 어떠하오?"

"한때 몸살이라 걱정할 것 없거니와 오늘 싸움은 어찌 되었소?"

소 사마가 대강을 말한 다음, 원수가 계교를 묻더라고 하니 홍 사마가 크게 놀랐다.

"소장이 무슨 계교 있으리오마는 실정을 제대로 알지 못하고는 생각할 수 없으니 내 직접 가서 보겠소."

하고는 전포와 쌍검을 가져오라 하여 입고, 소 사마를 따라 진중에 이르니 원수가 보고 펄쩍 뛰었다.

"장군, 바람을 쐬면 병을 더치거늘 어찌 이렇게 나왔소?"

"그리 심하지 않으니 너무 걱정하실 바 아니오이다. 적의 형세는 어떠하옵니까?"

"나탁이 이번에 축융 왕이란 자를 청해 왔는데, 도술이 비상하고 수하에 용맹한 장수가 많아 내 남방에 온 뒤 처음 당하는 강적이오. 가벼이 대적하지 못할 듯하기에 문을 닫고 지켰으나, 내일 다시 싸움을 걸어오면 쳐부술 방략이 서지 않아 장군에게 혹시 무슨 계교가 있을까 하여 소 장군을 보냈소."

"소장이 아까 멀리서 바라보니 원수가 친 진은 하늘나라 무곡성관의 음양진이라, 그것으로 지킴은 족하나 이김은 부족하옵니다. 소장이 마땅히 후천진後天陣을 쳐서 적을 사로잡을까 하오니 원수께서 쓰는 깃발을 좀 빌려 주소서."

원수가 기뻐 그리하라 허락하니, 홍 장군이 곧 원수가 군사를 호령할 때 쓰는 수帥 자 깃발을 들고 진 위에 올라 북을 쳐 진을 다시 쳤다. 정남방과 정동방은 그대로 두고, 정북방과 정서방은 방위를 바꾸었다. 북방 제이위는 동북 간방으로 보내고, 서방 제이위는 서북 간방으로 보내었다. 동방 제이위는 동남 간방으로 보내고, 남방 제이위는 서남 간방으로 보내되 정방 군사는 붉은 기를 가지고 저마다 제 방위를 보고 서고, 중간의 간방 군사는 검은 기를 가지고 저마다 제 방위를 등지고 서게 한 다음 다시 명하기를,

"내가 붉은 기를 들거든 정방 군사가 응하고, 검은 기를 들거든 간방 군사가 응하라."

하며 진을 바꾸니, 진세를 살펴보던 양 원수가 신기하여 감탄하였다.

'내가 홍랑을 세상에 드문 미인으로만 알았지, 어찌 하늘땅의 조화를 마음대로 다스리는 재주가 있을 줄 알았으리오.'

홍 사마는 다시 소 사마와 여러 장수들을 불러 저마다 남모르게 약속을 정한 뒤, 원수의 장막에 들어와 고하였다.

"싸움에선 꾀 쓰기를 꺼리지 않나니 축융이 부리는 술법을 어찌 정직한 방략으로만 대적하리까. 제가 일찍이 백운도사를 좇아 선천 둔갑 방서와 귀신에게 항복받고 살기를 없애는 법을 배웠는데, 그 병법이 딴 사람을 꺼리나니 원수께서는 잠시 다른 장수들이 가까이 오지 못하게 하여 주소서."

홍랑은 그날 밤 삼경에 진 가운데에 장막을 내린 다음, 몸을 단정히 하고 다섯 방위에 다섯 등잔을 밝히고 부용검을 짚고 가만히 술법을 베푸니, 그 일이 비밀스러워 아무도 알 길이 없었다.

이튿날 축융 왕이 병사를 거느려 진을 베푸는데 열두 방위로 나눠 오색기를 꽂고 군사들마다 창검을 들고 나섰다. 이것을 본 홍 사마가 웃으며 뇌천풍을 내보내 싸움을 거니 남만 진영에서 첩목홀이 나왔다. 두 장수기 벌이는 싸움이 두어 합에 이르사 녕군의 동조

와 마달이 한꺼번에 창을 두르며 내달아 큰소리로 외쳤다.

"내 오늘은 축융의 머리를 취할 것이니 첩목홀은 어서 들어가고
너희 왕을 내보내라!"

남만 진영에서 주돌통과 가달이 크게 노하여 나오니 여섯 장수가
어우러져 싸움이 커졌다. 십여 합에 명나라 장수 세 사람이 차츰 물
러서니 나탁이 축융에게 일렀다.

"명나라 장수들이 싸울 기세를 보이지 않고 차츰 물러가니 이는
반드시 우리 장수들을 유인함이오. 명 원수가 쓰는 계책은 예측
하기 어려우니 장수를 거두어 낭패가 되지 않게 하소서."

본디 축융은 천성이 급한지라 이 말을 듣고 더욱 뽐내었다.

"내 오늘 양 원수를 잡지 못하고는 돌아가지 않으리라."

축융은 재빨리 깃발을 휘두르며 주문을 외었다. 문득 미친바람이
크게 일어나 음산한 구름이 흩날리며, 수많은 귀신군사가 기괴하
고 사나운 모습으로 산과 들을 덮으며 쓸어들더니 세 장수의 위세
를 도와 명군을 공격하였다.

홍 사마가 서둘러 북을 치며 검은 기를 좌우로 두르니, 간방의 군
사들이 한꺼번에 진문을 열고 갈라섰다. 이때 축융의 장수 셋이 귀
신군사를 이끌고 명진을 에워싸며 사방으로 들이쳤으나 깨뜨리지
못하더니, 문득 간방이 터진 것을 보고 귀신군사를 몰아 들이쳤다.
홍 사마가 다시 북을 치며 검은 기를 둘러 간방 진문을 닫고 부용검
을 들어 다섯 방위를 보며 가만히 술법을 펼쳤다. 문득 한 줄기 맑
은 바람이 칼끝을 좇아 일어나며 음산한 구름이 사라지더니, 그 많
던 귀신군사들이 봄눈 녹듯 사라지면서 풀뿌리와 나뭇잎으로 변하

여 공중에서 눈 날리듯 떨어졌다.

주돌통, 가달, 첩목홀이 크게 놀라 병졸 하나 없이 적진 속에서 갈팡질팡하며 바삐 달아날 길을 열려고 사방으로 부딪쳤다.

이럴 때 홍 사마가 진 위에 높이 앉아 부용검을 들어 남쪽을 가리키니 불길이 치솟아 하늘을 찌르고, 북쪽을 가리키니 또 난데없이 물이 솟아 아득한 바다로 되고, 동서를 가리키니 우렛소리와 함께 큰비가 쏟아져 앞을 막았다.

세 장수는 아찔하여 갈 바를 몰랐다. 둔갑장군 가달이 곤두쳐 변신코자 하나 홍 사마 또 검을 들어 가리키니 한 줄기 붉은 기운이 머리를 짓눌렀다. 세 번이나 곤두치나 끝내 몸을 바꾸지 못하고 외마디 신음 소리를 내며 말에서 떨어졌다. 그러자 주돌통, 첩목홀은 하늘을 우러러 탄식하고 칼을 빼어 제 목을 찌르려고 하였다.

이때 홍 사마가 손야차를 시켜 일렀다.

"들거라. 내 너희들을 불쌍히 여겨 죽이지 아니하나니 빨리 돌아가 축융에게 어서 와서 항복하라 전하라. 머뭇거리다가는 더 큰 화를 보리라."

곧 진문을 열어 주니 세 장수는 머리를 싸쥐고 도망가서 저희 왕을 보고 탄식하였다.

"홍 장군이 부리는 도술은 누구도 당해 내지 못할 것이니, 대왕은 홍 장군과 자웅을 겨루려 하지 마시고 어서 항복하심이 옳을까 하옵니다."

이 말을 듣고 축융은 크게 노하여 세 장수를 물리치고 칼을 들어 얼두 방위를 가리키며 한참 주문을 외었다. 그러자 분득 공중에서 포 소리가 일어나 하늘을 흔들더니, 살기가 자욱한 가운데 사면팔방에서 수많은 귀신장수들이 몰려들었다. 음산한 기운과 흉악한 몰골로 저마다 병기를 들고 질풍같이 몰아오더니, 하늘이 무너지고 땅이 꺼지는 듯 순식간에 명나라 진영을 덮쳤다.

홍 사마는 깃발을 높이 들고 큰소리로 호령하였다.

"모든 장수와 군사들은 다만 이 깃발만 바라보라. 한눈파는 자가 있으면 단칼에 베리라."

온 진중이 명령을 듣고 일제히 홍 사마가 든 깃발을 우러러보며 꼼짝하지 않았다. 홍 사마는 북을 치며 중앙의 기병 오천으로 방진方陣을 이루게 하고, 다시 북을 치며 붉은 기를 둘러 동서남북 정방 군사들이 한꺼번에 진문을 열고 갈라서게 하였다.

이때 축융은 귀신장수들을 호령하여 적진을 뚫고자 하다가 문득 진문이 열리는 것을 보고 좋아라 하고 귀신장수들을 몰아 진문으로 쓸어드니, 홍 사마가 또다시 북을 치며 기를 둘러 진문을 도로 닫고 부용검을 들어 다섯 방위를 가리켰다. 오색구름이 다섯 방위에서 일어나 진중에 가득 차니 귀신장수는 한 명도 보이지 않았다. 다만 말발굽 소리만이 뚜거덕뚜거덕 들렸으며 깃발과 창검만 구름 속에서 번쩍번쩍할 뿐이었다.

홍 사마가 또다시 북을 울리며 바야흐로 싸움을 시작할 때 정서방 기병 구백은 쇠가 나무를 이기듯 갑을방(동쪽)을 치고, 정동방 삼천은 나무가 흙을 이기듯 무기방(중앙)을 치고, 정남방 칠천은 불이 쇠를 이기듯 경신방(서쪽)을 치고, 정북방 칠천은 물이 불을 이기듯 병정방(남쪽)을 치고, 중앙 오천은 흙이 물을 이기듯 임계방(북쪽)을 치니 산이 무너지고 바다가 뒤집히는 듯하였다.

홍 사마가 다시 북을 울리며 검은 기를 휘두르니 동서남북의 간방 군사들이 한꺼번에 진문을 열었다. 그러자 빠져나갈 길만 찾던 귀신장수들이 한꺼번에 쓸어나와 사방으로 흩어지더니 간곳이 없었다.

축융 왕이 진 앞에서 바라보고 있다가 화가 치밀어 다시 주문을 외우며 들고 있던 칼을 공중에 던졌다.

쌍창 춤추며 달려 나온 여장수 일지련

축융이 독같이 성이 나 손에 들었던 칼을 공중에 휙 던지니 석 자 되나 마나 한 칼이 백 자 되는 긴 검으로 변하고, 몸을 한 번 솟구치니 키가 백여 길이나 되는 엄청난 거인으로 되었다. 백여 길 거인이 백 자 검을 들고 명군 진영으로 뚜벅뚜벅 걸어갔다. 홍 사마가 보더니 웃으며 일어나 장막으로 들어갔다. 사면에 휘장을 내리고 아무 기척도 없더니, 문득 한 줄기 흰 기운이 장막 안에서 일어나며 백 길이나 되는 홍 사마가 백 자 되는 부용검을 들고 축융을 맞받아 나섰다.

축융이 다시 팥알만 한 사람으로 되어 바늘 같은 칼을 두르며 달려오니, 홍 사마 또한 티끌만 한 사람이 되어 털끝 같은 부용검을 휘두르며 축융이 휘두르는 바늘 같은 칼날에 엉겨 붙어 떨어지지 않았다. 축융이 다시 몸을 감추어 한 줄기 검은 기운으로 되어 하늘에 닿자 홍 사마 또한 한 줄기 푸른 기운으로 바뀌었다. 푸르고 검은 두 줄기 기운이 허공에서 어우러지더니 다만 쟁그랑거리는 칼 소리만 구름 속에서 들릴 뿐이다. 문득 검은 기운이 땅 위에 떨어져 흰 잔나비로 변하여 달아나니, 푸른 기운 또한 동그란 탄환이 되어 잔나비에게 날았다. 잔나비가 다시 뱀으로 변하여 바위틈으로 들어가니, 탄환이 벼락이 되어 바위를 깨뜨렸다. 그러자 뱀이 입으로 검은 안개를 토하여 지척을 분간할 수 없게 하였다. 벼락이 또한 큰 바람으로 되어 안개를 단번에 휙 불어 없애니, 하늘땅이 밝아 아무것도 보이지 않았다.

이윽고 홍 사마가 웃으며 장막에서 나왔다. 이때 변화무쌍한 도술 싸움을 바라보며 손에 땀을 쥐던 장수들이 홍 사마를 보고 참으로 신기하여 저마끔 다가가 물었다.

"축융은 어데로 갔으며 장군이 쓴 도술은 무슨 술법이오이까?"

홍 사마가 웃고 나서 대답했다.

"세상에서 말하는 요술이란 오행 이치에서 벗어나는 것이 없나니, 서로 돕기도 하고 서로 해치기도 하는 이치를 알아 잘 대응한다면 사악한 술법을 막아 내기는 어렵지 않소. 나는 서로 모순되는 오행 이치를 바탕으로 진을 베풀고, 깃발을 높이 들어 군사들의 귀와 눈과 마음을 하나 되게 하였소. 군사들의 마음이 하나 되고 오행상극의 법칙을 잃지 아니하면 요사스러운 술법이 어찌 침범하리오. 또 나중에 쓴 것은 검술인데, 변화가 크기는 쉬우나 작기는 어려우며 검은 기운은 사악한 술법이고 푸른 기운은 올바른 술법이오. 흰 산나비나 탄환, 뱀이나 벼락은 다 옛사람들의 병법이며 안개나 비나 바람 들은 검술 하는 사람들이 예사로 베푸는 술법이오.

검술 하는 사람들이 꺼리는 세 가지가 있으니 재물을 탐내어 칼을 쓰는 것, 어진 사람을 죽이려고 칼을 쓰는 것, 조그마한 원망으로 함부로 칼을 휘둘러 사람을 죽이는 것 따위가 그것이오. 이제 축융이 쓰는 검술은 잡된 생각이 가득하여 옳은 도리가 아니나, 내 그자를 살려 둔 것은 사람을 함부로 죽이지 않음이오. 축융이 두 번 패하여 술법이 궁하니 더는 견디지 못하고 달아날 수밖에 없을까 하오."

장수들이 탄복해 마지않았다.

홍 사마와 벌인 대결에서 참패하고 돌아간 축융은 분통이 터지고 또 여러 장수들 보기 부끄러워 칼을 빼어 들고 스스로 목을 찌르려 하였다. 딸 일지련이 달려들어 두 팔을 붙들고 말렸다.

"제가 아버님을 모시고 이곳에 왔사오니 한번 싸워서 죽고 삶을 결단하고자 하옵나이다. 잠깐 분함을 참고 소녀가 돌아오기를 기다리소서."

축융이 탄식하였다.

"이 아비도 당해 내지 못하였는데 네 한낱 어린 여자로 어찌 대적할 수 있겠느냐? 명나라 장군은 병법과 검술이 하늘에서 내린 듯하니 아무래도 네가 당해 낼 것 같지 않구나."

하지만 일지련은 부왕의 걱정과 만류에도 꿋꿋이 말을 타고 명진으로 달려가 싸움을 걸었다.

홍 사마가 대군을 지휘하여 만진을 치려고 하는데 문득 한 여장수가 나와 싸움을 청한다는 말을 듣고 진 위에서 바라보았다. 과연 여장수가 붉은 모자를 쓰고 풀빛 수를 놓은 옷을 입고 말을 타고 쌍창을 춤추듯 휘두르며 달려왔다. 옥 같은 얼굴은 발그레한 빛을 띠어 반쯤 핀 복사꽃 같으니 어린 사람임을 알겠고, 먼 산같이 고운 눈썹과 가을 호수같이 맑은 눈에는 정기가 어렸으니 총명하고 지혜롭다는 것을 알 수 있었다. 게다가 하얀 이, 빨간 입술, 아리따운 자태와 윤기 있는 귀밑머리로 화려한 기상을 갖추었으니, 어찌 남방 풍토에서 나서 자란 사람이라 하랴. 홍 사마는 몹시 놀라 먼저 손야차에게 나가 대적하라 하였다. 손야차가 창을 들고 나가며 웃었다.

"이는 반드시 축융이 술법을 부려 귀신을 청해 온 모양이구나. 남방 오랑캐가 어찌 이런 딸을 낳았을꼬?"

그런데 일이 맹랑하게 되었다. 손야차와 일지련이 서로 싸워 두어 합에 이르자, 일지련이 쌍창을 옆에 끼고 손야차를 사로잡아서 바람같이 골짜기로 돌아가는 것이었다.

홍 사마가 깜짝 놀라 좌우를 돌아보며 외쳤다.

"누가 저 장수를 사로잡아 손야차를 구하리오?"

뇌천풍이 벼락도끼를 들고 분연히 달려 나갔다. 하지만 싸움이 사오 합에 지나지 않아 도끼 쓰는 법이 벌써 어지러워지더니 쌍창을 막는 것조차 힘겨워하였다.

이번에는 동초와 마달이 창을 들고 내달아 천풍을 도왔다. 또 싸우기 십여 합에 이르렀으나, 일지련은 오히려 정신이 더욱 날카롭고 기상이 매몰차 창법이 조금도 흔들리지 않고 털끝만큼두 속임수가 없었다. 이 광경을 바라보던 홍 사마는 일지련의 재주와 모습을 아낄 뿐 아니라 같은 젊은 여자로 마음이 끌려 자연 재주를 겨루어 볼 생각이 났다.

홍 사마는 징을 쳐서 세 장수를 거두고 몸소 말에 올랐다.

"세 장수가 나가서 여자 하나를 잡아 오지 못하니 어찌 부끄럽지 않겠소. 내 비록 병중이나 그 여장수를 사로잡아 올 테니 보시오."

하고 쌍검을 들고 춤추며 나갔다. 일지련이 맞받아 싸워 바야흐로 두어 합에 이르렀을 때였다. 양 원수가 홍 사마 출전 소식을 듣고 크게 놀라 친히 진 앞에 나와서 징을 쳤다. 홍 사마가 할 수 없이 돌아와 까닭을 물으니 원수가 엄히 말했다.

"내 장군을 사사로이 아끼는 것이 아니라 나라의 귀중한 인재이기에 아껴 병조섭을 잘하라 당부한 것인데, 도리어 앞장서 출전하니 어찌 된 일이오?"

"손야차는 소장과 생사고락을 같이하는 사이온데, 지금 적장에게 사로잡혀 갔으니 구하고자 함이오이다."

"내 장군 뜻을 아나니, 젊은 혈기로 어린 여자가 싸움을 걸어 온 것을 보고 무예를 겨루어 보고자 하는 것 같은데, 지금 장군의 얼굴과 기상이 전과 달라 함부로 싸움에 나가지 못할 것이오. 어찌 다른 장수가 없겠소?"

원수는 홍 장군을 한사코 말렸다. 이때 뇌천풍이 앞으로 나서면서 큰소리로 아뢰었다.

"소장이 다시 나가 아까 다 쓰지 못한 벼락도끼를 시험할까 하옵니다."

원수가 크게 기뻐하며 허락하니 홍 사마가 웃으면서 부탁했다.

"내 저쪽 장수를 보니 둘도 없는 미인이요, 짝이 없는 재주라. 내 그윽히 아끼고 사랑하니 삼가 죽이지 말고 사로잡아 오소서."

뇌천풍이 그 말에 크게 웃었다.

"이 천풍이 나이 칠순에 장부 마음이오. 어찌 입에서 젖비린내 나는 여자애를 도끼로 잡으리까. 마땅히 홍 장군을 위하여 고이 안아 올까 하옵니다."

하고는 말을 놓아 달려 나갔다.

한편, 일지련은 창을 거두고 진 앞에서 머뭇거리며 생각했다.

'내 일찍이 명나라 사람들을 만나 보지 못했더니, 오늘 명나라 원수가 쓰는 병법과 전술이며 여러 장수들의 인품, 생김을 잠깐 보니 과연 감탄하지 않을 수 없구나. 우리 남만 땅에 나서 자란 자는 참으로 우물 안 개구리라. 오히려 명나라가 만왕을 저버림이 없거늘 만왕이 싸움을 일으켜 명나라에 맞서니 어찌 하룻강아지 범 무서운 줄 모르는 격이 아니랴. 내 듣건대 명나라 원수는 살육을 일삼지 않고, 의리를 귀중히 여겨 덕으로 남방을 감화코자 한다니, 마땅히 이때를 타서 명나라에 귀순하여 아버님이 지은 죄를 덜리라.'

헌데, 다음 순간 의심이 더럭 생겨났다.

'아까 쌍검을 쓰던 장수는 얼굴과 풍채가 남다를 뿐 아니라 태도와 칼 쓰는 법을 보니 사람을 아끼고 사랑하는 뜻이 있음이 분명하나, 눈매와 얼굴이 맑고 아름다우며 말과 목소리가 낭랑하여

조금도 남자다운 기상이 없으니 어찌 이상한 일이 아니랴?'

이런 생각을 하고 있는데 뇌천풍이 다시 나와 싸움을 걸었다. 일지련이 곧 그에 맞서 다시 싸움이 시작되었다. 일지련은 왼손에 든 창으로는 도끼를 막으며, 오른손에 든 창으로는 천풍을 농락하였다. 서리 같은 창날이 번개같이 휘돌며 늙은 장수 귀밑에 잇따라 바람같이 지나건만, 도무지 한 군데도 상한 곳이 없어 천풍은 이상히 여기면서도 다시 힘껏 도끼를 둘러 한 번 치니, 일지련이 어느새 몸을 솟구치며 바른손에 든 창으로 뇌천풍의 투구를 번개같이 쳐 깨는 것이었다. 그 바람에 뇌천풍은 몸을 번드치며 말에서 떨어졌다. 일지련은 맑은 목소리로 깔깔 웃더니 이렇게 말했다.

"장군은 그만 늙었소이다. 빨리 돌아가 아까 쌍검 쓰던 장군을 내보내시오."

천풍은 일지련을 당하지 못할 줄 스스로 알고, 본진으로 돌아와 홍 사마더러 일지련이 쓰는 창법이 비상하다 말하였다. 홍 사마는 새로이 결심하고 원수에게 말했다.

"소장이 사나운 남방 기풍에 젖어 성이 나면 죽고 삶을 돌보지 못하나니, 만일 제가 나가는 것을 허락지 않으시면 도리어 병이 더칠 것 같사오이다. 바라건대 십 합까지도 만장을 사로잡지 못하거든 징을 쳐 거두소서."

양 원수는 허락하지 않으려다가 홍 사마가 거듭 간청하니, 남들의 눈을 저어하여 마지못해 허락하였다.

홍 사마는 얼른 몸을 날려 말에 올라 쌍검을 휘두르며 달려 나갔다. 일지련 또한 기다렸다는 듯 쌍창을 춤추듯 휘두르며 나아가 서로 맞아 싸워 두어 합이 지났으나, 좀처럼 자웅이 가려지지 않았다. 홍 사마는 속으로 생각하였다.

'일지련이 쓰는 창법에 조금도 속임수가 없으니 나 또한 바른 검술로 싸워 자웅을 정하리라.'

홍 사마가 손에 든 쌍검을 어지러이 휘두르며 한 번 뛰어 들어가고 한 번 물러나니, 이는 늙은 용이 여의주를 어르는 법이라. 일지련이 홍 장군의 검술에 법도가 있어 함부로 당해 내지 못할 줄 알고 쌍창을 춤추듯 휘두르며 홍 사마에게 달려드니, 이는 가을 새가 산에 내려 앉는 법이라. 홍 장군이 왼손에 든 칼을 공중에 던지고 오른손에 든 칼로 일지련을 겨누며 말을 달려 스쳐 지나가니, 이는 제비가 나부끼는 꽃잎을 차는 법이라. 일지련이 또 오른손에 든 창으로 칼을 막으며 왼손에 든 창으로 홍 장군을 겨누니, 이는 잔나비가 과일을 훔치는 법이라.

홍 장군이 몸을 굽혀 창을 피하며 두 손에 든 쌍검을 공중에 던지고 말을 돌려 달아나니, 이는 사나운 범이 꼬리를 샅에 끼는 법이라. 일지련이 말 위에서 몸을 솟구쳐 쌍창으로 쌍검을 막으며 말을 달려 홍 장군을 쫓으니, 이는 흰 이리가 사슴을 쫓아가는 법이라. 홍 장군이 말 머리를 돌리며 다시 쌍검을 들고 오른손에 든 부용검으로 공중을 겨누며 왼손에 든 부용검으로 일지련을 치려 하니, 이는 사자가 토끼를 덮치는 법이라. 일지련이 쌍창을 동쪽으로 겨누다가 서쪽으로 번뜩이며 한 번 나섰다가 한 번 물러서니, 이는 거미가 나비를 얽는 법이라. 문득 쌍검과 쌍창이 한데 어우러져 서리 같은 칼날과 번개 같은 창끝이 언뜻언뜻 어지러이 번뜩이니, 회오리

바람이 흰 눈을 날리는 법이라. 이윽고 창검과 사람은 간데없고 두 줄기 푸른 기운이 허공에 일어 서로 싸우니, 이는 교룡 한 쌍이 하늘에 닿게 나는 법이라. 얼마 뒤 일지련이 쌍창을 거두며 말을 채쳐 닫고자 하니, 이는 놀란 기러기 구름을 바라보며 날고자 하는 법이라. 홍 장군이 말을 놓아 들어가며 부용검을 옆에 끼고 팔을 뻗어 일지련을 말에서 사로잡으니, 이는 푸른 매가 꿩을 움키는 법이다.

홍 장군이 여섯 합에 일지련을 사로잡아 본진으로 돌아오니, 대체로 이번 싸움은 적수가 서로 만나 속임수를 버리고 정정당당히 겨루었으니 일지련이 마음으로 감복함은 말할 것도 없고, 홍 사마 또한 일지련을 사랑함이 간절하여 진중에 이르자 곧 일지련의 손을 잡고 위로하였다.

"내 오늘 낭자를 사로잡은 것은 내 검술이 뛰어나서가 아니라 하늘이 지기知己를 만나도록 도우심인가 하노라."

일지련이 사례하였다.

"싸움에 패한 장수를 어찌 지기라 하오리까? 장군이 가여운 신세를 불쌍히 여기실진대 마땅히 부하가 되어 미천하나마 충성을 다할까 하옵니다."

홍 사마가 웃었다.

"내 비록 부족하나 낭자가 나를 마다하지 않는다면 벗으로 사귈까 하노라."

일지련이 눈물을 뿌리며 말하였다.

"제 아비 일찍이 명나라에 죄 지은 바 없고 다만 이웃 나라 청을 들어 만왕을 구하러 왔다가 다시없을 큰 죄를 범하였으니 어찌 살기를 바라오리까마는, 어진 장군과 너그러운 원수께서 불쌍히 여기시어 죄를 용서하여 목숨을 보전하게 하신다면 그 은덕 죽어서라도 갚을까 하나이다."

"원수께 고하면 너그러운 처분이 있으리라."

홍 사마는 그길로 일지련을 데리고 원수에게 가서 보인 뒤 조용히 고하였다.

"축융 왕이 비록 만왕을 도와 죄를 지었으나 본심을 보면 이웃 나라 청을 사양하지 못함이며, 감히 불측한 마음을 품은 것이 아니오니 죄를 용서하여 항복을 받아 주면 이후로는 변함이 없을까 하나이다."

원수가 일지련을 곁눈질로 슬쩍 보며 잠깐 생각한 뒤 말했다.

"내 임금의 뜻을 받들어 덕으로 감화할 뿐 힘으로 항복받지 않을 것이니, 축융이 진심으로 투항하면 어찌 용서치 않으리오."

일지련이 머리를 조아려 사례하며 눈물을 방울방울 흘리니, 원수 또한 그 모양을 가엾이 여겨 위로하여 보내니라.

한편, 축융은 딸이 명군에 잡혀가는 것을 보고 바야흐로 투항하여 딸을 구하려 하던 차에, 뜻밖에도 일지련이 돌아와서 원수가 한 말과 홍 사마가 베푼 은덕을 찬양하니, 축융은 몹시 감격하여 항복하기로 결심하고 곧 수하 장수인 주돌통, 가달, 첩목홀을 거느리고 손야차를 데리고 딸을 좇아 명에 투항하였다.

원수가 흔연히 환대하여 조금도 의심하지 않으니, 축융이 본디 우직하고 고지식하여 거짓이 없는지라, 원수와 홍 사마가 환대하는 것을 보고 감격하여 눈물을 비 오듯 흘리며 손가락을 깨물어 혈

서로 '천은망극 백골난망'이라 쓰고 원수에게 맹세하였다.

"제가 비록 오랑캐 땅에 나서 자랐으나 사람으로 난 것이 분명하여 나무나 돌과 다르옵니다. 어찌 바다 같은 은덕을 뼛속 깊이 새겨 자자손손이 전하지 않으오리까."

원수가 크게 기뻐하며 군중에 축융 왕이 머물 처소를 정하고, 휘하 세 장수와 일지련을 데리고 살게 하였다.

일지련은 부왕을 모시고 장막에 들어가 속으로 생각했다.

'내 비록 사람 볼 줄 모르나, 홍 장군은 아무래도 남자가 아니라 틀림없는 여자일진대 누구를 위하여 만 리 밖 전쟁터에 나왔을꼬? 원수를 보면 얼굴이며 풍채가 참으로 비범한 장수이고, 홍 장군 또한 태도며 말씨를 보면 비록 충분히 조심하여 허물없는 티를 드러내지는 않으나 눈언저리에 은근한 정을 띠었으니, 이 어찌 지기를 따라 남자 차림으로 전쟁터에 나온 것이 아니겠는가. 여자로서 투기함은 세상 부녀들이 예사로이 하는 일인데, 홍 장군이 남자가 아닐진대 나를 이렇듯 사랑함은 무슨 까닭일까?'

일지련은 총명하고 슬기로운데, 조급한 마음을 참지 못하여 홍 장군 눈치를 살피려고 조용히 찾아갔다. 홍 장군은 마침 혼자 있었다. 일지련이 앞에 나가 고하였다.

"제가 장군이 살려 주신 은덕을 입어 휘하에 모시고 작은 정성이라도 다할까 하였삽더니, 다시 생각하옵건대 제 자취가 남자와 다르고 또 군중에 여자가 있는 것은 예부터 꺼리는 바라, 제 아비가 이미 군중에 있사오니 저는 본국으로 돌아가 행동거지의 불편함을 면할까 하옵니다."

홍 사마가 웃으며 말하였다.

"말이 지나치도다. 옛날 목란이란 여자는 아버지를 대신하여 만리 밖 전쟁터에 나왔으나 그르다고 한 사람이 없었나니, 낭자 어찌 이를 꺼리느뇨?"

일지련이 홍 사마를 보며 생글생글 웃었다.

"제가 미개한 곳에 살아 예법을 모르오나, 남녀가 자리를 같이하지 아니함은 옛 성인들이 밝히 가르치신 바이옵니다. 군중에 있게 되면 어찌 남자와 어깨를 가지런히 하고 자리를 같이하지 않겠나이까. 하오니 제 생각에는 목란이 충성과 효도는 극진하다 하겠으나 여자로 몸가짐을 단정히 함에는 부족함이 있을까 하옵니다."

홍 사마 이 말을 듣고 눈을 들어 일지련을 바라보니 어찌 그 말뜻을 모르랴. 자기 정체를 알고자 하는 것을 깨닫고 홍 사마가 긴 한숨을 지으며 말했다.

"세상에 평생을 한결같이 단정하여 규범과 예절에 어긋나지 않는 여자가 몇이나 되리오. 혹 난리를 당하여 어찌할 수 없이 된 사람도 있고, 혹 지기를 좇아 예절을 돌보지 못하는 사람도 있나니 어찌 한가지로 논할 바리오?"

일지련은 사례하고 돌아오면서 속으로 웃었다.

'과연 내 눈이 흐리지 않구나. 홍 장군이 어떤 여자인지는 모르나 말과 의기를 볼진대 반드시 내 평생을 그르치지는 않을 것이니, 내 맹세코 그를 좇아 명나라 문물을 한번 구경하리라.'

이튿날 축융 왕은 조용히 원수에게 말하였다.

"제가 듣건대 죄 있는 자는 공을 세워 갚는다고 하였으니, 원수께서 이때를 타서 철목동을 치신다면 저는 작은 힘이나마 바쳐 죄를 씻을까 하옵니다."

그러자 곁에서 일지련이 간하였다.

"이는 옳지 않사옵니다. 아버님은 이웃 나라 의리로 만왕을 돕고자 오셨다가 이제 도리어 만왕을 해침은 의리가 아닐까 하옵니다. 하오니 아버님은 조용히 만왕을 보시고 원수의 성덕을 찬양하사 만왕이 스스로 와서 항복하게 함이 옳을까 하옵니다."

축융은 딸이 하는 말을 옳이 여겨 곧 철목동으로 갔다.

한편, 나탁은 축융이 휘하 세 장수를 데리고 명에 투항한 것을 보고 크게 화를 내었다.

"내 두 번 남에게 도움을 청하였다가 두 번 다 도리어 적국을 도운 꼴이 되었으니, 어찌하면 이 분을 시원히 풀겠는고?"

나탁이 분을 삭이지 못하여 어지러이 왔다 갔다 하는 거동을 보고 장수들이 이때라 하고 한목소리로 대답했다.

"지금 명군은 양 원수의 비범한 장략과 홍 장군의 뛰어난 용맹에다 이제 다시 축융과 일지련을 얻어 날개로 삼게 되었으니 섣불리 대적지 못하옵니다. 일찍 항복하여 화를 복으로 바꿈이 옳을까 하나이다."

나탁이 묵묵히 앉았다가 벌떡 일어서며 칼을 뽑아 책상을 쳤다.

"우리 골짝에 십 년 먹을 양식이 있고 방비 또한 철통같으니 성문을 굳게 닫고 지키기만 잘하면 나는 새도 감히 날아들지 못할 것이라, 명 원수인들 별수 있겠는가. 헌데 항복이 웬 말인고? 앞으로 다시 항복을 말하는 자 있으면 이 책상처럼 되리라."

서릿발 같은 호령에 얼어붙은 듯 아무도 더 말하는 사람이 없었다. 이날부터 성문을 굳게 닫고 지키니, 철목동은 지형이 험악할 뿐 아니라 만왕의 집안 식구들과 보물, 재산까지 이곳에 두었으므로 방비가 물샐틈없는 천연 요새였다.

어느 날 나탁이 골안을 돌아보며 방비를 단속하는데 문득 축융이 문을 두드리며 만나기를 청했다. 나탁이 크게 노하여 문루에 올라 볼멘소리로 꾸짖었다.

"이 눈깔 푸르고 낯판때기 붉은 오랑캐 놈아, 구차히 목숨을 구걸하여 손바닥 뒤집듯 믿음을 저버렸으니, 내 마땅히 네 머리를 베어 천하에 신의 없는 놈들을 징계하리라."

말을 마치자 활을 당겨 축융의 가슴을 맞히니, 축융 또한 성이 하늘에 닿아 한편으로 가슴에 박힌 살을 빼며 칼을 들어 나탁을 가리키면서,

"불에 든 나비요, 솥에 든 고기처럼 네 목숨이 경각에 달렸음을 모르니 참으로 미웁하도다."

하고, 말을 채쳐 돌아와 양 원수에게 청하였다.

"저에게 정예한 군사 오천을 빌려 주시면 철목동을 깨쳐 걱정을 덜어 드리리다."

원수는 의기와 용맹에 감동하여 허락하였다. 그러자 옆에 있던 일지련이 또 아버지에게 간하였다.

"만왕은 꾀도 다하고 힘도 다했지만 항복하지 않고 골짝을 지키려고 하니, 이는 반드시 믿는 것이 있기 때문이옵니다. 섣불리 치

지 마소서."

축융은 듣지 않고 기병 오천과 세 장수를 데리고 철목동을 에워싸고 사흘 낮 사흘 밤을 쳤으나, 깨치지 못하였다.

본디 철목동은 둘레가 백여 리라. 사방으로 둘린 바위벼랑 높이만도 수십 길인데 바위벼랑을 따라 성을 쌓고 성 위에 구리를 녹여 부어서 철통같이 견고하였다. 또 바깥 성안에는 다시 성이 아홉 있어 겹겹이 방비하니 사람 힘으로는 깨뜨리기 어려웠다.

축융은 성격이 몹시 급한 데다가 성이 불같이 일어나서 도저히 참을 수 없었다. 귀신장수와 귀신군사를 부려 성 밖으로 돌아다니며 아무리 쳐도 철옹성 같은지라, 다시 귀신불을 일으켜 전후좌우로 불을 질렀으나 나탁이 성 위 곳곳에 바람을 일으키는 수레를 놓아 불이 번지지 못하였다. 또 북쪽에서 물을 끌어 골안으로 대었으나 나탁이 골안에 벌써 도랑을 묻어 놓아 물 한 방울 고이지 않으니, 축융은 하릴없이 돌아와 원수에게 고하였다.

"철목동은 천연으로 생긴 험한 요새라, 사람 힘으로는 깨뜨리기 어려울까 하옵니다."

원수는 그 말을 듣고 잠자코 생각하다가 말하였다.

"대왕은 물러가 쉬소서. 내 다시 생각해 보리다."

이날 밤 원수는 홍 사마를 불렀다.

"나탁이 이제 철목동을 지키고 나오지 않으니 어찌하면 좋겠소?"

"저도 곰곰이 생각해 보았으나 좋은 계교가 없고 다만 한 가지 방략이 있나이다. 나탁이 비록 철목동 안에 쌓아 놓은 곡식이 산

더미 같더라도 십 년 양식에 지나지 못할 것이니, 원수 이제 대군을 머무르사 십 년을 지키시면 항복을 받을까 하옵니다."

원수는 깜짝 놀랐다.

"아니 그렇게 할 수는 없소. 나랏일로 말하자 해도 대군을 거느려 만 리 변방에서 그렇듯 오래 머물기는 어려운 일이며, 사사로운 일로 말해도 늙으신 부모 곁으로 돌아가 모시고 싶은 마음에 하루가 삼 년 같은지라 어찌 부모님을 떠나 십 년을 더 머물겠소? 다시 계교를 생각해 보오."

홍 사마가 웃었다.

"상공께서는 힘과 용맹이 축융과 견주면 어떠하실 것 같사옵니까?"

"내가 어찌 그를 당하겠소."

"그러면 축융의 용맹으로 사흘 낮 사흘 밤을 치고도 깨뜨리지 못하였으니, 상공은 어찌코자 하시나이까?"

원수는 묵묵히 생각하다가 입을 열었다.

"정말 그대 말과 같을진대 내 만 리 밖에 출전하여 반년을 싸우다가 끝내 공을 이루지 못하고 그저 돌아간단 말인가?"

양 원수는 앞길이 막막하였다.

싸움길 반년에 승전고를 울리고

양 원수는 멍하니 홍 사마 얼굴만 바라보았다. 홍 사마는 웃으며 말하였다.

"이제 한 가지 계교밖에 없으니 상공은 저를 만왕 머리와 바꾸심이 어떠하시나이까?"

"그래 계교라는 것이 그게 다요?"

원수는 나무라듯 말하였다. 홍 사마는 반죽 좋게 웃으면서 물러서려고 하지 않았다.

"제가 여러 날 생각하였으나 철목동을 깨뜨릴 방책이 없사옵니다. 그러니 오늘 밤 삼경에 제가 몸을 바꾸어 칼을 품고 철목동에 들어가 나탁 앞에 놓여 있는 금합을 감쪽같이 가져와서 나탁이 꼼짝 못하고 항복하도록 하겠나이다. 하오나 만일 일이 뜻과 같이 되지 않으면, 나탁 머리를 벨 터이니 그러자면 저도 살아 돌아

오기 어려울까 하옵니다. 제 몸을 바치고 만왕 머리를 얻는 것이
오이다."

말이 채 끝나기도 전에 원수는 버럭 성을 내었다.

"차마 할 수 없는 일이고 해서도 안 되는 일을 하겠다고 하는구
려. 나를 실패하도록 부추김이오, 아니면 조롱함이오?"

홍랑은 방글 웃으며 사례하였다.

"제가 어찌 상공 뜻을 모르오리까. 저를 극진히 사랑하시는 것을
믿고 농을 하였사오니 용서해 주사이다. 제가 부용검 한 쌍만 가
지면 철목동에 들어가 나탁 머리를 베는 것쯤은 제 주머니 속 물
건을 꺼내듯 할 수 있사오니, 상공은 너무 걱정 마소서."

원수는 다시금 생각해 보았으나 그래도 마음이 놓이지 않았다.

"그대 검술이 신통하나, 앓고 난 몸으로 혹 실수가 있을까 걱정
이니, 내일 대군을 거느리고 다시 철목동을 쳐 보고 그래도 깨뜨
리지 못하면 그때 다시 의논해도 늦지 않을 것 같소."

이튿날 양 원수는 장수와 군사를 거느리고 철목동을 들이쳤다.
구름사다리를 놓아 철목동 안을 굽어보며 나무와 돌을 쌓아 성 위
에 오르려 하였다. 그러나 나탁이 성 머리에 파수를 세워 두고, 쇠
뇌로 독화살을 마구 쏘아 댔다. 원수가 다시 성 밖으로 돌아가면서
화포를 쏘았다. 바위 같은 포탄이 빗발같이 떨어지며 성벽을 치니,
돌이 부서지며 번개같이 번쩍이고 벼락 같은 포 소리가 하늘땅을
뒤흔들어 사방 십 리 안에 새 한 마리며 짐승 한 마리도 볼 수 없었
다.

이렇게 반나절이나 성을 들이쳤으나 깨뜨리지 못하였다. 이번에

는 땅굴을 파고 성벽 밑으로 길을 내며 철목동 안으로 들어가려고 수십 길을 팠으나, 성벽 밑 곳곳에 겹겹이 철망을 묻어 좀처럼 뚫을 수가 없었다.

홍 사마가 원수에게 말했다.

"예부터 군사를 쓰는 법이, 적이 힘으로 나오면 이쪽은 계교로 맞서며, 술법으로 나오면 정도로 막는다고 하였사오이다. 나탁이 지금 골짝이 험함을 믿고 힘으로 지키니, 명진으로 돌아가 지혜로 치는 것이 옳을까 하나이다."

그러고는 소 사마를 시켜 진 앞에서 큰소리로 외쳤다.

"명국 원수가 만왕에게 할 말이 있으니, 잠깐 성 위에 나서라!"

나탁이 성 위에 나타나니 홍 사마가 호령하였다.

"네 이제 모든 골짜기를 다 잃고 하나뿐인 성을 지키고자 하나, 이는 물고기가 가마솥에 들고 제비가 천막에 깃들인 것과 같도다. 원수가 황명을 받자와 덕을 베풀고 사람 목숨을 함부로 해치지 않아 네가 오늘까지 머리를 보전하였느니라. 이 망극한 은덕을 모르고 흉악한 마음을 버리지 아니하여 어찌 이처럼 대군을 오래 고생시키는고? 내 이제 돌아가 지혜로 네 머리를 가져오겠으니 너는 방비를 잘하여 후회 없게 하라."

하고 징을 쳐 군사를 거두어 가지고 돌아왔다.

이날 밤에 홍 사마가 축융을 조용히 불렀다.

"대왕은 나탁과 의리가 끊어졌는데 나탁이 아직도 건재하니, 이는 대왕에게도 불행일 듯하오이다. 대왕은 나탁을 잡아서 천은을 갚고 공을 세우는 것이 좋지 않겠소이까?"

축융이 놀라며 황송하여 말하였다.

"내 참으로 계교 적고 장수다운 지략이 없어 철목동을 깨뜨리지 못하였사오니, 장군이 가르쳐 주신다면 물불을 가리지 않겠소."

"내 대왕의 검술 솜씨를 잘 아노니, 철목동에 들어가 만왕 머리를 베어 오지 않겠소이까?"

축융이 머리를 들고 이윽히 생각하다가 웃으며 무릎을 쳤다.

"내 식견이 얕고 짧아서, 철목동을 깨뜨릴 방략만 생각했지 나탁 목을 베어 올 생각은 꿈에도 못 하였구려. 이제 바로 가겠소."

"대왕이 수고를 아끼지 않고 계교를 실행하려고 하시니 다시 부탁할 말씀이 있사오이다. 이제 원수 백만 대군을 거느려, 한낱 만왕을 마음으로 항복받지 못하고 자객을 가만히 보내어 머리를 베는 것은 본뜻이 아니오이다. 바라건대 대왕은 오늘 밤 삼경에 철목동에 들어가 나탁 장막에 들면, 머리를 자르지 말고 투구에 다는 산호 꼭지만 떼어 오되, 나탁 투구 위에 살짝 칼 흔적을 남기고 오소서."

축융은 곧장 떠나갔다.

원수가 홍 사마를 보고 물었다.

"축융에게 어찌하고 오라 하였소?"

"축융이 지닌 검술이 능하지 못하여 그저 나탁을 놀래 주고 올 것이옵니다."

"그러면 이것이야말로 자는 범 코침 찌르는 격이니, 어찌 뒤탈이 없겠소?"

홍 사마는 웃으면서 말하었나.

"그 가운데 계교가 있사옵니다."

얼마 뒤 어찌 된 영문인지 축융이 칼을 짚고 장막에 들어서며 연거푸 기침을 깆었다.

"내 검술을 배운 지 십여 년이오. 그동안 백만 군중에 칼끝이 서리 같아도 마음대로 드나들 수 있었으나, 지금 철목동은 하늘땅이 통그물이 되어 하마터면 다리 없는 귀신이 될 뻔하였소."

홍 사마가 무슨 소리냐고 물으니, 축융은 칼을 놓고 앉으며 자세히 말하였다.

"내 철목동 앞에 이르러 칼을 잡고 성을 넘으니 숱한 만병들이 서 있기도 하고 앉아 있기도 하며 다들 깨어 있기에, 바람이 되어 휘익 일곱 성을 이어 넘어 여덟째 성에 이르니 성 위에 철망을 치고 곳곳에 쇠뇌를 묻었더이다. 또 그 성을 넘으니 궁전이 하늘에 닿을 듯 솟아 있는데 그곳이 바로 나탁의 처소요. 둘레는 예닐곱 리 되고 높이는 수십 길이오. 헌데 몸을 솟구쳐 궁전을 넘으려 하니 길이 없고 뎅뎅 소리가 들리거늘, 자세히 보니 예닐곱 리 궁전 둘레를 온통 구리 장막으로 덮었으니 어찌 들어가리오. 다시 문을 찾아 들어가고자 하는데 갑자기 사나운 소리가 나며 좌우로 짐승 두 마리가 달려드니, 모양이 개와 같으나 키가 십여 척이요 날래기 바람 같더이다. 내 일찍이 숱한 맹수를 손으로 때려잡았으나 이 개들은 당할 길이 없더이다. 나탁이 매복해 둔 군사들이 나오기에 도망쳤으니, 나탁의 방비가 과연 고금에 듣지 못하던 바이오이다."

본디 만왕 궁중에 사자방이라고 부르는 삽살개 두 마리가 있다.

사자방은 남방에 있는 사자라는 짐승과 혈교라는 사냥개가 쌍붙어서 낳은 새끼이다. 어찌나 사나운지 범과 코끼리도 쉽게 잡으니, 나탁이 길러 궐문을 지키게 한 것이다.

홍 사마가 웃으면서 위로하였다.

"일이 뜻대로 되지 않을 때도 있으니 대왕은 돌아가 쉬소서. 내일 다시 의논하리다."

축융을 보내고 홍 사마는 원수에게 고하였다.

"제가 축융을 먼저 보낸 것은, 나탁을 놀래어 방비를 더 굳건히 하게 한 뒤 제가 가서 투구에 달린 산호 꼭지만 떼어 오려 함이오이다. 이제 갔다 오겠사오니 상공은 잠깐 앉아 기다리소서."

"홍랑은 어찌 이리 당돌하오? 내 비록 공을 이루지 못하고 그저 돌아갈지언정 홍랑을 보내지는 못하오."

"제가 설마 상공을 속이고 스스로 위태로운 곳에 들어가 위로는 상공이 사랑하시는 뜻을 저버리고, 아래로는 제 목숨을 가벼이 하겠사옵니까? 저도 생각하는 것이 있사오니 상공은 마음 놓으소서."

원수는 도무지 마음이 놓이지 않았다.

"축융은 일찍이 철목동을 나들며 그 속을 속속들이 아는데도 들어가지 못하였는데, 홍랑이 홀몸으로 낯선 곳에, 그것도 위태한 곳으로 들어가겠단 말이오?"

"검술이란 신이 부리는 조화인데, 축융이 부리는 검술은 신통력이 모자라 칼을 쓰는 데 머뭇거리고, 들며 날며 실수가 많사옵니다. 제가 비록 약하오나 검술로 신통력을 얻으면 바람같이 들어

갔다가 물같이 돌아 나오니, 잡으려 해도 잡지 못하며 막으려 해도 막지 못할 것이옵니다. 어찌 낯설고 말고를 걱정하오리까."

원수는 그래도 안심이 되지 않아 또 물었다.

"축융을 먼저 보내서 나탁을 놀래어 방비를 더 굳게 한 것은 무슨 까닭이며, 또 골짜기 안에 사나운 짐승이 있다는데 그것은 어찌하려 하오?"

홍 사마가 웃었다.

"검술 하는 사람이 오가는 것은 귀신도 헤아리기 어려우니 어찌 개를 놀래겠나이까. 이는 축융의 검술이 거친 탓이옵니다. 방비를 더 굳게 하도록 한 것은 제 검술의 신통함을 보여 한시바삐 항복하게 함이오이다."

원수 그제야 홍 사마 손을 놓고 손수 화로에 술을 데워 한 잔 권하였다.

"밤기운이 차니 한잔 마시고 가오."

홍 사마는 웃으며 잔을 받아 상머리에 놓으며 말하였다.

"이 잔이 식기 전에 돌아오겠나이다."

홍 사마가 부용검을 들고 바로 철목동 성을 날아 넘을 때는 벌써 삼경이었다. 하늘에 달이 밝고 성 위에 불빛은 환한데 수많은 병졸이 창검을 들고 둘러섰으니, 이는 축융에게 놀라 더욱 물샐틈없이 방비하는 것이다. 홍 사마가 아무도 모르게 아홉 성을 지나 안쪽 깊은 성에 이르니, 성문이 닫히고 푸른 삽살개 두 마리가 범같이 엎드려 있는데 두 눈이 불꽃같이 빛나 더없이 사나워 보였다.

홍 사마가 곧 한 줄기 붉은 기운으로 변하여 문틈으로 새어 들어

가니, 나탁은 방금 전 자객의 변을 겪고 휘하 장수들을 모아 양옆에서 호위하게 하여 칼과 창이 서리 같고 등불이 대낮같이 밝았다. 나탁이 긴 칼을 앞에 놓고 촛불 아래 앉으니 문득 촛불이 잠깐 흔들거리며 머리 위에서 쟁그랑 하는 소리가 나는 게 아닌가. 깜짝 놀라 서둘러 칼을 집어 공중을 겨누니 기척이 더는 없고, 궁문 밖에서 문득 벼락 치는 소리가 난다.

온 궁중이 모두 놀라 덤비며 장수들이며 병졸들이 한꺼번에 내달아 아홉 겹 성안을 발칵 뒤집어 샅샅이 찾으나, 아무런 자취도 보지 못하고 다만 사자방 두 마리가 죽어 나자빠진 것을 보았을 뿐이다. 자세히 보니 온몸에 칼자국이 수없이 나 있었다.

나탁이 그만 정신이 아뜩하여 장수들과 함께,

"예부터 자객이 드는 변괴가 많았으나 이렇듯 신통한 일은 보지도 듣지도 못한 바라. 이는 분명 사람이 한 일이 아니고 귀신이 부린 조화일까 하노라."

하니, 의론들이 구구하였다.

한편, 양 원수는 홍 사마를 보내고 도무지 마음을 놓을 수 없었다. 철목동이 여기서 얼마쯤 떨어져 있으니, 죽을 고비를 헤치고 나탁의 투구에서 산호까지 떼어 오자면 시간은 어지간히 걸리리라고 셈을 하면서, 지금쯤 홍 사마가 철목동 골짜기를 바라보고 있으리라 생각하고 있었다. 그러는데 불현듯 장막이 걷히며 홍 사마가 들어서는 게 아닌가. 원수는 놀랍기도 하고 기쁘기도 하였다.

"홍랑이 병으로 약한 몸이라 가다가 혹 중도에서 돌아오는 게요?"

홍 사마 쌍검을 던지고 짐짓 숨이 찬 듯 쌔근거리며 말했다.

"제가 앓고 난 뒤라 겨우 골안에 들어갔다가 사자 같은 개들한테 쫓겨 겨우 목숨만 건졌나이다."

"그래 다친 데는 없소?"

홍 사마 눈썹을 찡그리며 몸이 몹시 불편한 빛을 띠었다.

"다친 데는 없으나 너무 놀라 가슴이 결리오니 더운 술을 마시고 만왕 투구에서 산호를 떼어 와야만 진정될까 하나이다."

원수 그제야 홍 사마 무사히 다녀온 줄 알고 크게 기뻐 치하하니, 홍 사마 웃으며 품속에서 나탁 투구에 있던 산호 꼭지를 내놓으며 술잔을 가리켰다.

"제가 군령을 받들었으니 어찌 감히 어길 수 있사오리까?"

원수가 무척 신기하여 술잔을 잡아 보니 아직도 식지 않고 따스하였다. 홍 사마는 원수에게 나탁 투구에서 산호 떼던 이야기를 세세히 하였다.

"과연 나탁의 방비는 축융이 뚫을 것이 아니었나이다. 처음엔 산호만 떼고 자취를 남기지 않으려 했는데, 다시 생각하니 검술이라는 것을 알려야 나탁이 더 두려워할 것 같더이다. 우정 칼 소리를 내고 문밖으로 나오다가 사자방 두 마리를 죽였으니, 오늘 밤 나탁이 눈을 뜨고 앉아 저승 꿈을 꿀 것이옵니다. 이제 날이 밝으면 편지 한 장 써서 이 산호 꼭지를 도로 철목동에 돌려보내시지요. 나탁이 곧 항복하지 않을까 하옵니다."

원수가 크게 기뻐하며, 날이 밝자 홍랑에게 편지 한 통를 써서 산호와 함께 화살에 매어 철목동으로 쏘아 보내게 하였다.

이럴 즈음 나탁은 놀란 가슴이 좀처럼 가라앉지 않아 부하들을 돌아보며,

"먼저 왔다 간 자는 어두운 밤 아무도 모르는 사이에 뜻밖에 들어왔던 것이니 그리 이상할 것이 없거니와 이번에 들어온 자는 보통 자객이 아니다. 온 군중이 자지 않고 방비를 더하여 밤이 낮 같거늘 자취 없이 들어와 기척 없이 나가니, 어찌 옛날 이름난 자객들과 비기랴? 더욱이 미심쩍은 것은 궁중에 들어와 사람은 죽이지 않고, 문밖 사자방이 사납기가 범보다 더하거늘 순식간에 죽였으니 이 어찌 괴변이 아니리오."

하고, 온 궁중 사람들이 한곳에 모여 밤을 새우게 하였다.

이튿날 아침 문을 지키던 장수가 바삐 들어와 보고하였다.

"명 원수가 글월 한 장을 화살에 매어 보내왔나이다."

나탁이 받아 보니, 용을 수놓은 누런 비단 한 폭에 글 몇 줄 쓰여 있고 투구에 다는 산호 꼭지가 들어 있었다.

명나라 원수는 구태여 대군을 출동시켜 철목동을 깨뜨리지 아니하고, 장중에 높이 누워 만왕의 머리 끝 산호 꼭지 하나를 얻었다가 쓸데가 없어 도로 보내노라. 가엾도다, 만왕은 더욱더 튼튼히 지킬지어다. 내 산호를 얻어 온 솜씨로 이다음엔 다른 가져올 것이 있느니라.

나탁이 편지를 다 읽고 깜짝 놀라 얼굴이 파랗게 질려 두 손으로 세 머리를 만져 보니, 투구에 달렸던 산호가 없다. 손발이 떨리고

정신이 아뜩하다. 쓰고 있던 투구를 벗어 보니 칼자국이 또렷했다. 청천벽력이 꼭뒤를 치는 듯, 얼음덩이를 갑자기 품에 안은 듯 등골이 오싹하고 간담이 서늘하여 손을 들어 다시 머리를 만지며 옆사람들한테 물었다.

"과인 머리가 어떠한고?"

"영용하신 대왕께서 어찌 이렇듯 놀라시나이까?"

나탁은 탄식하였다.

"후유, 과인이 분명 자지도 않고 죽지도 않았는데, 제 머리에 달린 것을 베어 가는 것도 감감 몰랐으니 어찌 그 머리인들 제대로 있겠는가?"

장수들이 한꺼번에 입을 모아 위로하였다.

"위태함을 경계함은 평안함을 부르는 근본이요, 두려움이 있음은 기쁨이 올 징조이니 하찮은 자객을 어찌 이다지 근심하시나이까?"

나탁은 한동안 말없이 묵묵히 생각하다가 입을 열었다.

"하늘을 거스르는 자는 망하고 하늘을 따르는 자는 흥한다 하였노라. 과인이 다섯 골짜기를 잃고 철목동을 마저 잃을 수 없어 힘을 다하여 지켰으나, 수십 번 싸워도 한 번을 이기지 못하니 어찌 하늘이 정한 바 아니리오. 내 만일 철목동을 군이 지키려고 한다면 이는 하늘의 뜻을 거스름이요, 또 과인이 여러 번 죽을 고비에 들었으나 양 원수가 죽이지 않고 매양 너그럽게 살려 주니, 이제 항복하지 않으면 이는 은덕을 모름이라. 하물며 양 원수가 다시 자객을 보내어 비수로 투구 꼭지를 떼어 가듯 거듭 시험한다면,

과인이 살아서 하늘의 뜻을 거스른 죄를 면치 못할 것이고 죽어서는 머리 없는 귀신이 될 것이니 어찌 한심치 않으리오. 과인은 마땅히 오늘 항복하리라."

나탁이 곧바로 모든 장수들에게 항복을 알리는 흰 깃발을 꽂게 하고 흰 수레에 올랐다. 나탁이 흰 기를 들고 인장을 목에 걸고 명나라 진영에 이르러 항복을 받아 달라 청하였다.

양 원수는 대군을 거느려 진세를 베풀고 군법에 따라 만왕의 항복을 받는 의식을 차렸다.

양 원수는 붉은 도포 금빛 갑옷에 동개살을 차고 진 위에 우뚝 올랐다. 왼쪽에 좌사마 청룡장군 소유경이 서고 오른쪽에 우사마 백호장군 홍혼탈이 서자, 전부선봉 뇌천풍과 좌익장군 동초와 우익장군 마달과 돌격장군 손야차를 비롯 모든 장수들이 동서로 쭉 갈라섰다. 줄지어 선 깃발이 햇빛에 빛나고 우렁찬 북소리가 산천을 흔들었다.

이때 만왕이 무릎걸음으로 기어 나와 원수가 있는 장막 아래 이르러 머리가 땅에 닿게 조아리며 죄를 청하였다. 철목탑과 아발도를 비롯한 장수들도 투구를 벗고 장막 아래 엎드렸다.

원수가 엄숙히 일렀다.

"만왕은 듣거라. 네 하늘의 뜻을 모르고 변방을 소란케 하니 그 죄 마땅히 죽음을 면치 못할 것이로되, 내 황제 폐하의 뜻을 받들어 덕으로 항복받고 의리로 이끌겠노라. 네 만일 용맹이 남아 있다면 또 싸울쏘냐?"

만왕이 머리를 땅에 조아리며 말했다.

"이 몸이 오늘까지 살아 있음은 하늘 같으신 황제의 은덕이온지라, 제가 비록 미욱한 사람이오나 어찌 마음으로 항복지 않사오리까. 이 몸이 만 리 외진 곳에 태어나 어짊과 의로움을 모르고 듣고 본 것이 적사와 죄를 지었사오니, 이 몸 머리털을 빼어 그 죄를 헤아린다고 해도 다 헤지 못할까 하옵니다."

원수는 또 일렀다.

"지금 성스러우신 천자께서 위에 계시사 정사에 밝으시고 백성을 사랑하시어 천하를 덕으로 다스리시니 비록 풀 한 포기와 나무 한 그루, 새 한 마리와 짐승 한 마리라도 은혜를 입지 않은 것이 없느니라. 네 이제 하늘의 뜻을 거스르면 목숨을 보전치 못할 것이고 진심으로 항복하면 반드시 용서해 주실 것이니, 내 마땅히 황제께 아뢰어 처분하리라."

만왕이 또 머리를 몇 번이나 조아리며 말했다.

"나탁은 벌써 죽은 목숨이옵니다. 비록 성덕이 하늘같이 크고 바다같이 넓다 하여도 어찌 용서하시기를 바라오리까."

의식을 마친 뒤 원수는 곧 만왕을 가두었다. 이어 모든 장수와 병사를 거느리고 철목동에 들어가 승리를 알리는 풍악을 울리며 군사들을 푸짐히 먹인 뒤, 황제께 표문을 써서 승전 소식을 아뢰었다. 그리고 집에 보낼 편지도 따로 쓰고 있는데, 홍랑이 다가와서 서글피 말하였다.

"제가 오늘 살아 있는 것은 다 윤 소저 덕이오니 제가 살아 있다는 소식을 전하고자 하옵니다."

원수는 웃으며 허락하였다. 그러고는 좌익장군 동초를 불렀다.

"장군은 천자께 올리는 첩서를 받들고 서둘러 다녀와 대군이 변방에 오래 머물지 않도록 하라."

명령을 듣고 동초는 곧 황성으로 떠났다.

천자는 침식을 제대로 돌보지 못하며 양 원수에게서 승전 소식이 오기만을 기다렸다. 그때 동초가 나타나 첩서를 올렸다. 천자가 동초를 불러 보고 나서 한림학사더러 첩서를 읽으라 하였다.

정남도원수 신 양창곡은 머리를 조아려 백번 절하옵고 황제 폐하께 글월을 올리나이다. 신이 폐하의 명령을 받자와 남으로 출전한 지 벌써 반년이옵니다. 지략과 재주가 모자라 대군을 만 리 변방에 오래 머물게 하니, 진실로 황공하와 머리를 거듭 조아리옵나이다.

신이 이달 아무 날 철목동 앞에서 만왕 나탁에게 항복을 받고 첩서를 서둘러 올리오니, 마땅히 조서 내리시기를 기다려 돌아가려 하나이다.

신이 생각건대 남만이 폐하의 교화를 입기에는 너무 멀고, 풍속 또한 사나워 덕화로 어루만져야지 힘으로 누르지 못할까 하옵나이다. 남만 왕 나탁이 비록 죽을죄를 저질렀사오나 마음으로 항복하였사옵고 또한 나탁이 아니면 남방을 안정시킬 자 없을까 하옵나이다. 폐하께서는 나탁의 죄를 용서해 주시고, 왕 자리에 그대로 두시어 성덕에 감동하여 다시 반역함이 없게 하소서.

황제가 승전 소식을 듣고 크게 기뻐 황, 윤 두 각로와 모든 신하들을 모으고 첩서 내용을 알린 다음,

"장하도다. 창곡 장략이 제갈공명에 못지않으니 어찌 나라의 기둥이 아니리오."

하고 동초를 가까이 불러 물었다.

"너는 본디 어느 땅 사람이냐?"

"소신은 소주 사람으로, 원수가 장수 재목을 뽑는다기에 자원해서 출전하였나이다."

황제는 좌우 신하들을 둘러보며 칭찬하고는 동초에게 말했다.

"네 군중에서 직접 겪은 일들과 양 원수가 쓴 전략 전술, 군중에서 일어난 모든 일을 자세히 말하라."

동초가 신바람이 나서 낱낱이 아뢰니 황제가 경탄하였다.

"양 원수에게 장략이 있음은 짐작하였으나 홍혼탈은 어떠한 장수이기에 무예와 장략이 그렇듯 뛰어나뇨? 원수에게 복이로다."

동초는 또 말하였다.

"홍혼탈은 본디 명나라 사람으로 남방을 떠돌다 산중 도사에게서 술법을 닦았사옵니다. 나이 열여섯이오며, 사람됨이 의롭고 얼굴이며 풍채가 옛날 장자방을 방불케 하나이다."

황제는 머리를 끄덕이며 거듭 칭찬하였다. 그때 마침 교지(交趾, 지금의 베트남 북부 하노이 지방) 왕이 올린 상소가 이르렀다.

　교지에서 남으로 천 리 밖에 홍도국紅桃國이라는 나라가 있사옵니다. 예부터 명나라에 조공하지 않으며 그저 먼 곳에 있는 미개한 나라이옵니다. 한 번도 변방을 침범하는 일이 없더니 얼마 전에 백여 부족과 한데 뭉쳐 힘을 키워 교지를 침범하였사옵니다. 신이 이곳 군사를 동원하여 세 번 싸웠으나 세 번 다 패하니, 그들 힘이 더욱 강해져 이제는 대적지 못하겠나이다. 원컨대 폐하께서는 어서 병사를 보내사 적을 평정하여 주소서.

교지 왕이 올린 상소를 다 보고 나서 천자가 크게 놀라 황, 윤 두 각로를 보며 방책을 물으니 황 각로가 먼저 말하였다.

"적의 형세가 이렇듯 강성하니 웬만한 장수로는 대적지 못할 것이온즉, 아무래도 양창곡에게 조서를 내리사 군사 절반을 홍혼탈에게 나누어 주어 홍도국을 치게 하소서. 양창곡은 이미 공을 이룬 사람이옵고, 대군과 함께 오래 변방에 머무르게 해서는 아니 되오니 어서 돌아오게 하소서."

그러자 윤 각로가 말하였다.

"홍혼탈의 사람됨을 아직 다 알지 못하니, 나라의 큰일을 함부로 맡기는 것은 아니 될 일이옵니다."

황 각로는 자기주장을 굽히려 하지 않았다.

"듣건대 홍혼탈은 변방에 떠돌다가 전란이 일어난 틈에 제 재주를 나타내어 출세코자 하는 장수라, 폐하께서 조서를 내리사 그를 쓰시면 반드시 공을 세워 나라에 보답하려 할 터이니 기대에 어긋나지 않을까 하옵니다."

천자가 그럴듯이 여겨 곧바로 양창곡에게 조서를 내리고, 동초를 호분장군에 봉한 다음, 선걸음에 돌아서 서둘러 가게 하였다.

이때 양 원외 부부는 아들이 남만을 평정하고 무사히 돌아오기를 밤낮으로 기다렸다. 하루는 동초기 불쑥 니타니 편지 한 장을 드리고 서둘러 떠나갔다. 원외가 바로 편지를 뜯어보니, 남만 평정을 이루어 머지않아 승전고를 울리며 돌아온다고 했다.

편지 속에는 작게 봉한 편지 한 통이 또 들어 있었는데, 겉봉에 '윤 부인'이라는 세 글자가 또렷이 쓰여 있었다. 원외는 곧 편지를 며느리에게 주었다. 윤 부인이 바삐 떼어 보니 눈에 익은 홍랑 글씨가 확 안겨 왔다.

미천한 강남홍은 기박한 운명으로 부인의 남다른 사랑을 입사와 강물 속에서 놀란 혼을 산중에 맡기었사옵니다. 고생 끝에 다행히 하늘이 도우사 백운도사의 제자가 되어 무술과 도술을 배우고 또 장수로 되어 뜻밖에도 장막에서 백년지기 양 원수님과 끊어진 인연을 다시 이었사옵니다. 청루 출신 천한 자취를 굳이 말하지 않더라도 이리저리 모습을 바꾸어 귀신과 다름이 없사오니, 부끄럽기 짝이 없나이다.

다만 부인을 그리워하고 자나 깨나 사모하던 강남홍이 세상에서 죽어 이별하였다가 세상 밖에서 살아 다시 부인의 맑은 얼굴과 정다운 목소리를 들으며 여생을 즐기게 되니, 참으로 기쁘옵니다.

윤 부인은 평생 덤비는 일이 없는데, 뜻밖에 홍랑이 보낸 편지를 보고 하도 놀라 서둘러 연옥을 부른다는 것이 말이 앞뒤를 잃어,

"홍랑아, 연옥이 살았구나!"

하였다.

연옥이 무슨 소리인지 얼떨떨해서 대답을 못 하니 부인이 웃었다.

"서둘다가 말이 그만 앞뒤가 바뀌었구나. 연옥아, 네 옛 주인 홍
랑이 살아 있어 편지를 보냈으니 어찌 희한한 일이 아니냐?"

반가움이 지극하니 도리어 슬픔이 북받쳐, 연옥은 부인한테 달아
들어 울음을 터뜨리면서 발을 동동 굴렀다.

"아씨, 그게 무슨 말씀이옵니까? 지금 하신 말씀이 참말인가요?"

부인이 연옥이 등을 다정히 어루만지며,

"죽고 사는 것이 명이 있고 고생과 낙이 하늘에 있느니라. 홍랑
얼굴이 화기롭고 명랑해서 분명 물속 외로운 넋이 되지 않았으리
라 믿었더니, 과연 살아 있구나."

하고 편지를 내어 보였다. 연옥은 그 편지를 받아 보고 취한 듯 꿈
인 듯하고, 기쁜 듯 슬픈 듯하여 눈물을 뿌리며 어쩔 줄을 몰랐다.

"제가 옛 주인을 못 본 지 어느덧 삼년이니, 어찌하면 빨리 볼 수
있으오리까?"

부인이 다정히 타일렀다.

"상공께서 오래지 않아 돌아오신다니 그때 자연히 만나게 되겠
지."

연옥은 방글거리며 좋아 어쩔 줄 몰랐다.

"상공께서 돌아오시는 날 저는 남쪽 성 밖 십 리까지 나가서 옛
주인을 마중코자 하옵니다. 다만 고운 옷 가진 것이 없어 군사 보
기 부끄러우니 어찌하오리까?"

"편지에 홍랑이 장수 된 몸이라 하였으니, 이는 제 본모습을 감
추는 것이 분명하구나. 아직 이 말을 입 밖에 내지 마라."

이튿날 천자는 여러 신하들에게 말하였다.

"짐이 고쳐 생각하니 적의 형세를 소홀히 할 수 없거늘 한낱 편장더러 치게 함은 불가한지라, 다시 창곡에게 조서를 내리고 홍혼탈은 지금대로 양 원수를 돕게 하리라."

곧 양 원수에게 다음과 같은 조서를 내렸다.

경은 이제껏 들어 보지 못한 충신 명장이라, 덕망이 조정에 나타나고 위엄이 변방에 울리노라. 어리석게 날뛰던 남방 종족들이 바람 부는 대로 흩어졌나니, 이제부터는 짐이 베개를 도두 베고 편히 누워 걱정이 없으리라 하였더니, 교지 왕이 소식을 보내길 적의 형세가 심상치 않은지라. 경은 회군치 말고 곧 교지로 행군하여 적을 다스리고 돌아오라.

짐이 덕화가 모자라 경에게 이역만리에서 오래도록 거듭 전쟁을 겪게 하니, 머리를 돌려 멀리 남녘 하늘을 바라보며 부끄럽기 그지없도다.

이제 경을 특별히 우승상 겸 정남대도독을 삼노니, 부원수 홍혼탈을 데리고 편히 군사 일을 보아 짐의 뜻을 저버리지 말라. 남만 왕 나탁은 죄를 사하노니 왕호를 그대로 주어 남방을 다스리게 하라.

홍혼탈에게도 천자가 친필로 조서를 내렸다.

짐이 보위에 오른 지 벌써 삼 년이라. 덕이 모자라 인재를 쓰매 보석같이 귀한 인재를 놓치니 탄식하노라. 크나큰 포부를 품고도 펴 보지 못하는 숨은 인재가 많도다. 경 같은 뛰어난 인재를 놓쳐 조정에 이르지 못하고 이역만리에서 고단하게 하였으니, 이는 다 짐의 허물이로다.

이제 하늘이 돕고 나라가 복이 많아 경이 큰 공을 세우니, 또한 짐의 복이로다. 저 푸른 하늘이 짐을 살피시어 충신을 주심이라. 벌써 세운 큰 공은 금문자로 새겨 역사에 이름이 빛날 것이라. 이제 홍도국 도적이 다시 변경을 침노하여 형편이 참으로 다급하니, 경이 아니면 평정치 못할지라. 경을 특별히 병부 시랑 겸 정남부원수로 임명하나니 정남대도독 양창곡과 함께 대군을 거느리고 전장에 나아가 다시 큰 공을 세우기 바라노라. 전포 한 벌과 활과 화살, 절월, 부 원수 인신(도장)을 보내나니, 경은 내 믿음에 충성을 다해 보답하라.

천자가 곧바로 신하에게 조서를 주었다.
"이 조서를 가지고 밤중으로 떠나라."

자객, 한 점 앵혈을 보나니

한편, 선랑은 봄바람 같은 온화한 성품과 가을 달 같은 맑은 지조를 지녔으나, 생각지 못한 일을 당하여 억울한 누명과 간악한 죄명을 씻을 길 없었다. 어데 하소연할 곳도 없어 죄인으로 자처하고 문 밖출입을 끊은 지 반년이 되었다.

밤이면 외로운 등불 아래 잠을 이루지 못하고 낮이면 문을 닫고 눈물로 세월을 보내고 있으나, 액운은 가시지 않고 하늘이 무심하여 한바탕 거친 바람이 다시 이니 슬프다, 이슬 머금은 한 떨기 백합이 찬 서리를 어찌 이겨 내랴!

위 씨 모녀가 간특한 계교로 두 번이나 선랑을 모해하다가 뜻대로 되지 않자, 황 부인은 몸이 아프다고 핑계를 대고 집에 가 있었다. 모녀는 밤낮으로 머리를 마주하고 선랑을 해칠 궁리에만 골몰하였는데, 남만을 평정한 양 원수가 군사를 거느리고 돌아온다는 소식이 날아들었다.

위 씨가 서둘러 딸을 불러 의논하였다.

"이는 결코 좋은 소식이 못 된다. 너는 앞으로 어찌하려느냐? 사악한 계집이 독을 품은 지 오래니 원수가 집에 돌아오면 그 보복이 어디까지 미치겠느냐?"

황 씨는 고개를 숙이고 대답하지 않았다. 곁에 있던 춘월이 웃으면서 끼어들었다.

"봄이 가면 여름이 오고 여름이 지나면 겨울이 돌아오며, 초승달이 차서 보름달이 되고 보름달이 이지러져 그믐달이 되나니, 마님은 처음 계교가 선불리 되었다고 해서 걱정만 하지 마소서."

위 씨가 한탄하였다.

"춘월아, 너는 아씨의 심복이 아니냐! 어찌 죽고 사는 이런 때에 남 말하듯 하느냐? 너희 아씨는 천성이 착하고 연약하여 저렇듯 아무 말도 못 하지만, 너야 어찌 묘책을 말하지 않느냐?"

춘월이 다가앉으며,

"속담에 이르기를 풀을 매려거든 뿌리를 뽑으라 하였나이다. 마님이 끝내 화근을 묻어 두고 묘책을 물으시니 전들 어이하리까?"

하니, 위 씨가 춘월이 손을 덥석 잡으며 사정하듯 말했다.

"바로 내가 근심하는 바라. 어찌하면 뿌리를 뽑겠느냐?"

"오늘날 집안에 풍파가 가라앉지 않은 것은 선랑을 살려 두었기 때문이옵니다. 마님께서 큰일을 위해서 돈을 아끼지 아니하시면 제가 마땅히 장안을 샅샅이 뒤져서라도 날랜 자객을 구해 볼까 하나이다."

아무 말 없이 춘월이 하는 말을 듣고 있던 황 씨가 머리를 가로저었다.

"이런 일은 매우 중대한 일이니 그래서는 아니 되는 까닭이 두 가지 있느니라. 삼엄한 재상집에 자객을 들여보내는 일은 아무래도 경솔한 짓이니 아니 되는 첫째 까닭이요, 내 선랑을 해치려 함은 다만 고움을 시기하고 은총을 투기함이라. 이제 자객을 보내어 머리를 베면 피가 낭자하리니, 뜻은 이룰지 몰라도 보고 듣는 자들의 숱한 눈과 귀를 어찌 피하겠느냐? 이것이 둘째 까닭이다. 네 다른 계교를 생각하여라."

춘월이 차갑게 웃으며 말하였다.

"그리 겁이 많으시면서 별당에 사내는 어찌 들여보냈으며, 독약을 구하여 애먼 사람을 어찌 음해하셨나이까? 제가 듣사오니 선랑이 죄인으로 자처하여, 풀 자리와 베 이불에 파리한 낯빛과 가여운 자태로 원수가 돌아오시기만을 손꼽아 기다린다 하옵니다. 대장부 철석간장이라 해도, 자나 깨나 잊지 못하던 선랑이 그 꼴이 된 것을 보면 어찌 창자가 끊어지고 살점이 아프지 않으리까? 가엾은 곳에 인정이 생기고 처량한 가운데 사랑하는 마음이 더하는 법이옵니다. 이리되면 아씨 신세는 소반에 구르는 구슬이 될까 하나이다."

황 씨 문득 얼굴이 푸르러지며 맥맥히 춘월을 보니, 춘월이 다시 탄식하였다.

"선랑은 참으로 당돌한 여자이옵니다. 요즘 하는 말이, '황 씨 아무리 지혜 많으나 근원 없는 물이라. 동해가 변하고 산이 무너질지언정 양 원수와 벽성선의 사랑은 금 같으리라.' 하더이다."

황 부인이 발끈 성을 내었다.

"천한 기생 년을 그대로 두고는 내 이 세상에 있지 않으리라!"

하면서 곧바로 돈 백 냥을 꺼내어 춘월에게 주며 말하였다.

"어서 네 생각대로 하여라."

춘월이 옷을 갈아입고 남몰래 장안을 두루 다니며 자객을 구하더니, 하루는 늙스구레한 여인 하나를 데리고 와서 위 부인에게 보였다. 키 겨우 오 척에 백발이 귀밑을 덮었으나 별 같은 눈에 맹렬한 정기가 어려 있었다.

위 부인이 좌우를 물리치고 조용히 물었다.

"자네 나이는 몇이며 이름은 무엇인고?"

"나이는 일흔이요, 천한 몸의 이름은 알아서 무엇 하리까. 평생에 의기를 좋아하여 불의한 일을 들은즉 서둘러 처리하기를 즐길 뿐이오이다. 춘월이 말을 들으니 마님과 아씨 처지가 딱한 고로 한번 힘을 다하여 불평한 심사를 풀고자 하오이다. 복수는 중대한 일이니 조금이라도 속이면 도리어 화를 받나이다. 마님은 깊이 생각하여 하소서."

위 부인이 탄복하였다.

"참으로 의로운 사람이로다. 어찌 잡념을 가지고 사람 목숨을 해치리오."

위 부인은 음식을 차려 대접하면서 품은 바를 대강 말하였다.

"부녀자 투기는 흔히 있는 일이니 어미란 사람이 마땅히 웃는 낯으로 그때그때 꾸짖어 경계함이 옳거늘, 어찌 도리어 복수할 생각을 두겠는가. 허나 오늘 일은 참으로 천고에 없는 바요, 인간 세상에서 들어 보지 못한 바라. 내 딸이 본디 어리무던하여 투기가 무엇인 줄 모르고 자라더니, 간악한 사람 손에 걸려 한번 독약을 먹은 뒤로 병이 뼛속에 깃들었을 뿐 아니라 다시 시집에 발 들여놓기를 겁내며 제 어미 옆에서 평생을 마친다 하니, 내 어찌 차마 그 꼴을 보겠나? 또 생각건대 시댁 흥망에 딸애 신세가 달렸거늘, 요물이 생긴 뒤로 집안에 변고가 꼬리를 물고 더러운 말이 귀로 다 들을 수 없으니, 딸애 신세는 둘째 치고라도 양씨 집안이 패가망신을 면치 못할지라. 자네가 의로움을 좋아할진대, 서너 자 되는 시퍼런 칼을 한번 던져 양씨 가문을 위태로움에서 구하고 우리 딸애의 평생 화근을 없앤다면, 내 마땅히 천금으로 공을 갚으리라."

노인이 눈을 들어 위 씨 기색을 살피며 웃었다.

"사실이 그렇다면 꺼릴 것이 없나이다. 벌써 춘월이한테도 들은 바이니 며칠 뒤 마땅히 칼을 가져오리다."

위 씨가 크게 기뻐 먼저 백금을 꺼내어 성의를 표하려 하자, 노인이 한사코 받지 않았다.

"바쁘지 않으니 일을 이룬 뒤에 주소서."

이삼일 뒤 노인이 작은 칼을 품에 지니고 먼저 황씨 집에 이르러 위 씨 모녀를 보고 밤을 타서 양씨 집으로 갔다. 춘월이가 양씨 집 담에 이르러 뒤뜰과 별당 문을 자세히 가르쳐 주고 돌아갔다.

때는 바로 삼월 중순이라. 날씨는 훈훈하고 달빛은 대낮 같았다. 노인이 칼을 잡고 슬쩍 담을 넘어가 둘러보니 뒤뜰이 깊숙하고 수풀이 우거졌다. 살구꽃 벌써 지고 복사꽃 만발하니 백학은 쌍쌍이 수풀 속에 잠들고 이끼 깔린 섬돌 계단에는 한 가닥 길이 달빛 아래 희미했다. 가만가만 돌계단을 내려서니 별당이 동서로 벌여 있다. 동쪽 별당은 중문이 굳게 닫혀 있으므로 서쪽 별당에 이르러 몸을 솟구쳐 담장 넘어 들어가니 좌우 행랑이 벌여 있었다. 춘월이 일러 준 것을 생각하고 행랑 첫째 방 앞에 이르러 보니 문이 닫혀 있고 작은 창문에 촛불 그림자가 은은히 비쳤다.

창틈으로 가만히 엿보니 계집종 둘이 가물거리는 촛불 아래 잠들어 있고 미인 하나가 자리에 누워 있다. 자세히 살펴보니 풀을 깐 자리에 누추한 차림으로 누웠는데 얼굴이 초췌하면서도 눈에 띄게 아리따웠다. 봄날 졸음에 두 눈은 감겼고 근심 띤 빛이 눈썹 아래 깊이 찡기었으니, 노인이 의아하여 속으로 생각하였다.

'내 칠십 늙은 눈이 세상을 두루 살아오며 인정 사물을 한 번 보면 짐작할지니, 저러한 여인에게 어찌 그러한 행실이 있으리오?'

다시 창틈을 뚫고 자세히 보니, 미인이 문득 탄식하고 돌아누우며 옥같이 흰 팔을 쳐들어 이마 위에 얹고 다시 잠들었다. 노인이 찬찬히 살펴보니, 해어진 옷소매를 반쯤 걷어 올려 눈같이 흰 팔뚝이 절반이나 드러났는데, 붉은 점 하나가 촛불 아래 뚜렷이 보였다. 보통 붉은 점이 아니라 앵혈이 분명하니, 노인은 간담이 서늘하고 마음이 떨려 칼을 든 채 생각하였다.

'애먼 사람을 모해하여 죽임은 내 본디 불쾌히 여기는 바라. 평생에 의로움을 좋아하다가 이러한 여인을 구하지 않는다면, 어찌 협객이라 하랴!'

노인은 칼을 든 채 문을 열고 들어섰다. 선랑이 화닥닥 놀라 일어나며 계집종들을 부르니, 노인이 웃으며 칼을 던졌다.

"놀라지 마소서. 의로운 자객이 어찌 억울한 여인을 구하지 않으리까."

선랑이 떨리는 목소리로 물었다.

"웬 사람이오?"

"저는 황 각로 댁에서 보낸 자객이로소이다."

"그러면 어찌하여 내 머리를 베지 않소?"

"이 늙은것이 품은 뜻은 천천히 들으시고 먼저 낭자 처지를 말해 보소서."

"나를 죽이러 온 이가 어찌 곡절을 물으시오? 천지간에 삼강오륜을 어긴 죄인이 무슨 말을 하리오?"

노인은 탄식하였다.

"속마음은 듣지 아니해도 알겠구려. 이 늙은이는 본디 낙양 사람으로, 젊어 청루에 드나들면서 검술을 배웠다오. 늙으면서 문전박대 당하고 강개한 마음이 남아 자객으로 되어 살인을 일삼더니, 황씨 집 늙은것의 말을 곧이듣고 억울한 이를 해칠 뻔하였소이다."

선랑이 반가워하며 말하였다.

"저도 낙양 청루에 있던 사람이오. 팔자가 박복하여 강주에 있다가 이곳에 이르렀다오. 천한 몸으로 지아비를 올바로 섬기지 못하여 본부인에게 죄를 지었으니 마땅히 의로운 자객의 칼끝에 외로운 혼이 될지라. 나를 살려 둠은 그른 일이오."

노인은 다시 크게 놀라며 물었다.

"혹시 낭자 이름이 벽성선이 아니오이까?"

"어찌 제 이름을 아시오?"

노인이 선랑 손을 잡고 눈물을 흘렸다.

"이 늙은것이 낭자의 아리따운 명성을 우레같이 들었소. 낭자의 빙설 같은 지조가 거울같이 비치거늘, 황가 늙은 계집이 하늘을 이고 귀신을 속여 요조숙녀를 이같이 모해하는구려. 내 손에 잡은 서릿발 칼날이 무디지 않으니, 요망한 노친네와 간악한 딸년의 피를 묻혀 칼을 위로하겠소."

노인이 칼을 잡고 분연히 일어나니 선랑이 소매를 잡으며 말렸다.

"그러면 아니 되오이다. 처첩 사이는 임금과 신하 같으니 어찌 신하를 위하여 임금을 해치리오. 이는 의로운 사람이 할 일이 아니오. 뜻을 굽히지 않는다면 내가 이 더러운 피를 먼저 그 칼에 묻히리라."

선랑의 기색이 당당하고 엄하니, 노인이 다시 탄복하였다.

"낭자는 참으로 들은 바와 같구려. 내 십 년 검술을 황가에 시험치 못하니 분을 참을 길 없으나, 그리하면 낭자 낯을 보지 못하리니, 낭자는 귀한 몸을 잘 돌보소서."

노인이 칼을 들고 표연히 나가거늘 선랑은 거듭 당부하였다.

"만일 황씨 부인을 해친다면 그날이 제 목숨을 끊는 날이 될 것이니 그리 아시오."

"늙은것이 어찌 두말을 하겠소."

노인이 웃으며 말하고는, 다시 담을 넘어 황가에 이르렀다. 날이 벌써 푸름푸름 새날이 밝았더라.

황가 집에서는 위 씨 모녀와 춘월이 초조히 앉았다가 노인이 오는 것을 보자 춘월이 내달아 물었다.

"어찌 그리 더디오? 천기 머리는 어데 있소?"

노인은 허허 웃더니 왼손으로 춘월이 머리채를 단단히 거머잡고, 오른손으로 서리 같은 칼을 들어 위 부인을 가리키며, 불이 이는 두 눈으로 무섭게 노려보며 꾸짖었다.

"간악한 늙은 계집이 딸년의 투기를 도와 숙녀를 모해하니 내 손에 든 삼척 비수로 네 머리를 베고자 하였다. 허나 선랑의 지극한 부탁에 감동하여 용서하거니와, 선랑의 지조와 절개는 해가 밝히 비추고 푸른 하늘이 알고 있느니라. 십 년 청루에 앵혈을 간직함은 천고에 없는 일이다. 네 선랑을 다시 모해하면 내 비록 천 리 밖에서도 이 칼을 들고 나타나리라."

노인이 말을 마치고 춘월을 끌고 문밖에 나갔다. 황가 집안이 놀라 떠들썩하며 하인 수십 명이 와르르 달려들어 노인을 잡으려 하니 노인이 돌아보며 호령하였다.

"너희들이 덤벼들면 이 여자를 먼저 찌르리라."

아무도 감히 덤비지 못하였다.

노인이 춘월을 끌고 큰길에 나가 크게 외쳤다.

"천하에 의리를 아는 사람은 이 늙은이 말을 잘 들으시오. 나는 자객이오. 황 각로 부인 위 씨가 간악한 딸년을 위하여 이 늙은것에게 천금을 주기로 하고 양 승상 소실 벽성선의 머리를 베어 오라 하였소. 그래 내가 양씨 집에 가서 선랑 방을 창틈으로 엿보니 선랑이 풀 자리와 베 이불에 허름한 옷차림으로 있는데, 우연히 본즉 팔에 한 점 붉은 앵혈이 또렷하였소. 이 늙은것이 평생 의리와 기개를 좋아하다가 간악한 년들 말을 잘못 듣고 하마터면 숙녀를 죽일 뻔하였으니, 어찌 등골이 오싹지 않으리오!

내가 이 칼로 위 씨 모녀를 죽여 선랑을 위하여 화근을 덜까 하였건만 선랑이 지성으로 말리더이다. 말이 강개하고 의리가 중하니 슬프도다! 십 년 청루에 앵혈이 분명한 여자를 모함하는데도, 또 자기를 죽이려 하는 원수임을 알고도 처첩 사이의 본분을 굳게 지키는 대바른 여인을 도리어 간사하다 하니, 어찌 기막힌 일이 아니리오! 내 선랑의 충심에 감동하여 위 씨 모녀를 용서하고 그저 가거니와 만일 뒷날에 또 분별없는 자객이 천금을 탐내 선랑을 해치고자 하는 자 있으면, 내가 보고 듣고 있다고 일러 주시오."

칼을 들어 춘월을 가리키며 다시 말하였다.

"너는 천한 계집이므로 말할 바 아니나, 그래도 오장 육부를 가진 사람이거늘 하늘이 굽어보고 있는데 어찌 선랑같이 현숙한 분을 모해하느냐? 너를 이 칼로 없애고자 하였으나 다시 생각하니 뒷날 황 씨가 꾸민 이 흉악한 행실을 증명할 길이 없을까 하여 한 가닥 목숨을 붙여 두고 가노니, 그리 알라."

서리 같은 칼날이 한 번 번뜩이더니 춘월이 땅에 풀썩 엎어지고 노인은 간 곳이 없다. 모두들 깜짝 놀라 춘월을 일으켜 보니 피가 낭자하고 두 귀와 코가 없더라.

그 뒤로 소문이 서울 장안에 자자하여 선랑의 억울함과 황 씨의 간악무도함을 모르는 사람이 없더라.

황씨 집 하인들이 바삐 춘월을 업고 안으로 들어가니, 위 씨와 황 씨는 이미 노인의 기세를 보고 어쩔 줄을 몰라 하던 참에 춘월이 당한 꼴을 보고 더욱 놀라 서둘러 치료하게 하였다.

위 씨는 생각할수록 분하였다.

'천지신명이 우리를 돕지 않는 것인가. 사람이 지혜롭지 못하여 내가 부른 자객이 도리어 나를 해치고 죄인을 위할 줄 어찌 알았으리오? 세 번 쓴 계교가 한 번도 뜻대로 되지 못하고, 딸애 눈 속에 든 티를 뽑아 주려다가 도리어 눈에 상처까지 내었으니 어미 된 마음에 어찌 부끄럽지 않으리오. 선랑을 이 세상에서 없애지 못할 바에는 차라리 우리 모녀 죽어 이 모든 것을 모르리라.'

다음 날, 위 씨는 한 가지 계교를 생각하고 짐짓 춘월을 자기 방에 누이고 황 각로가 들어오기를 기다렸다. 황 각로가 들어와 위 씨와 딸의 기색을 보고 괴이하게 여겨 물었다.

"부인, 무슨 일이 있소?"

"상공은 진실로 귀먹고 눈 어두운 가장이로소이다. 밤새 풍파를 모르시나이까?"

각로가 놀라 물었다.

"밤새 풍파라니, 빨리 말하시오."

부인이 손을 들어 춘월을 가리키며 말했다.

"저것을 좀 보소서."

각로가 어두운 눈에 불을 켜고 자세히 보니, 온 얼굴이 피투성이

에다 두 귀와 코가 없으니 참혹한 모양을 차마 바라볼 수 없었다. 각로가 놀라 다그쳐 물었다.

"누구요?"

"춘월이오이다."

각로가 크게 놀라 곡절을 물으니, 위 씨가 서글피 탄식하였다.

"세상에 무서운 것이 사람이오이다. 부질없이 벽성선과 처첩을 맺어 화를 얻었으니, 악덕이면 여기서 더한 악덕이 어데 있으며 흉계면 이보다 더한 흉계가 어데 있으리까. 차라리 처음에 독약을 마시고 조용히 죽은 것만 같지 못하나이다."

"무슨 말이오?"

"지난밤 삼경에 웬 자객이 우리 모녀 자는 방에 들어왔다가 춘월이한테 쫓겨 갔나이다. 우리 모녀는 목숨을 보존하였으나 춘월이는 저같이 상하였으니 고금천지에 듣지 못한 괴변이옵니다. 제가 참으로 송구하나이다."

각로가 놀라며 물었다.

"어찌 그 자객을 선랑이 보낸 자인 줄 아오?"

"제가 어찌 알겠사오이까? 봄 꿩이 저절로 운다고 자객이 제 입으로 '나는 황 씨가 부른 자객으로 선랑을 죽이러 양씨 댁에 갔다가 선랑이 억울함을 알고 도리어 황씨 모녀를 해치러 왔노라.' 하고 문을 나서며 외치더이다. 그러니 어찌 선랑이 꾸민 간악한 계교가 아니리오? 제 이제 자객을 보내어 다행히 뜻을 이루면 우리 모녀를 없애고, 불행히 뜻을 이루지 못하면 흉악한 행실을 도리어 우리 모녀에게 미루고자 함이 아니옵니까?"

각로가 크게 노하여 관가에 알려 자객을 찾아내게 하고 황제에게 고하여 선랑을 처치하고자 하니, 위 씨가 오히려 말렸다.

"지난날 상공이 선랑 일을 황상께 아뢰어 뜻을 이루지 못한 것은 다름이 아니라, 조정이 모두 그 말씀에 사사로움이 있으리라 의심하였기 때문이오이다. 이제 나라의 중책을 맡고 있는 상공께서 크지 않은 일을 두고 폐하께 아뢰는 것은 좋지 못하오이다. 제 조카 왕세창이 간관諫官으로 폐하께 바른말을 잘하니, 조용히 불러 표문을 올리게 하시면, 나라법을 바로 세워야 하는 간관이 소임을 다하는 것이 될 듯하옵니다."

각로가 옳이 여겨 곧 왕세창을 불러 의논하니, 세창이 본디 줏대 없고 주견 없는 자라 응낙하고 물러갔다.

위 씨가 다른 한편으로 궁인 가 씨를 조용히 청하여,

"오랜만이구려. 늘 지나간 일을 생각하여 서로 의논하였으나, 오늘은 특별히 사람 목숨을 위하여 그대에게 약을 구하고자 하네."

하고는 춘월을 가리켜 말했다.

"저 애는 딸애 심복이라. 뜻밖에 화를 만나 주인을 대신하여 자객에게 칼을 맞아 외로운 넋이 될 뻔하였네. 비록 목숨은 건졌으나 얼굴을 크게 다쳐 보기조차 가엾더니, 의원 말이 칼에 상한 데 바르는 금창약을 도마뱀 피에 섞어 바르면 나으리라 하는구면. 금창약은 구하겠으나 도마뱀 피는 귀한 물건이라 어찌 얻으리오? 듣자니 궁중에는 많다 하니 이 아이 목숨을 불쌍히 여겨 약을 얻어 주겠나?"

가 궁인이 춘월이 꼴을 자세히 살펴보고 낯빛이 변하며 곡절을 물으니, 위 씨가 그리된 자초지종을 길게 늘어놓으며 탄식하였다.

"이 늙은것이 지난번 딸아이 혼사를 가지고 태후께 엄한 가르침을 받아 지금까지도 황송할 따름이네. 그대는 구태여 태후께 알리어 죄를 더하게 하지 말아 주게. 벽성선이 간악하기가 독한 뱀이요, 교활하기는 여우라. 괴이한 일이 꼬리를 물고 일어나 양씨 집안이 망하게 되었으나, 나는 딸애 평생을 위하여 보고도 못 본 체 듣고도 못 들은 체하려네."

가 궁인이 놀라,

"귀한 가문에 이같이 환란이 심하온데, 어찌 자객을 잡아내고 간악한 이를 조사하여 일벌백계할 도리를 찾지 않사옵니까?"

위 씨가 탄식하였다.

"다 딸애 운수니, 어찌 도망치리오? 하물며 우리 상공이 늙고 기력이 없어, 아녀자 일을 가지고 폐하께 두 번 아뢰려 하지 않으시니 어찌하리오?"

가 궁인이 돌아가 곧 약을 보내고 바로 태후에게 황씨 집안에 일어난 괴변과 위 씨가 한 말을 낱낱이 아뢰었다.

"황 씨 비록 덕이 적다 하나 벽성선 또한 간사하지 않은가 하옵니다. 위 씨는 마마께서 아끼고 돌보는 사람이니, 이러한 일을 당하여 어찌 굽어 살피지 않으시리까?"

태후가 낯빛을 흐리며 잘라 말하였다.

"한쪽 말만 듣고 어찌 믿을 수 있겠느냐?"

다음 날 아침, 황제가 조회를 받을 때 간관 왕세창이 표문 한 장을 올렸다.

풍속을 교화하고 법의 기강을 세움은 나라의 큰 정사이옵니다. 지금 싸움에 나간 원수 양창곡의 천첩 벽성선이 음란한 행실을 일삼고 간교한 술책으로 정실부인을 살해코자 하여, 처음에는 독약을 먹이려 하고 나중에는 자객을 승상 황의병 댁에 들여보내 잘못하여 몸종을 찔러 목숨이 경각에 달렸으니, 소문이 자자하고 비참한 형상이 말로 다 할 수도 없사옵니다. 또한 첩이 부인을 모해하니 이는 풍속을 그르침이요, 자객이 깊은 규중에 거리낌 없이 드나드니 이는 법도가 무너짐이옵니다. 바라옵건대 폐하는 법부에 단단히 타이르시어 먼저 자객을 잡으시고 또한 벽성선을 죄로 다스리사 풍속과 법의 기강을 바로 세우소서.

황제가 크게 놀라 황 각로를 보며,

"이는 경의 집안일인데 어찌 말하지 않았는고?"

하니, 황 각로 깊이 머리를 숙였다.

"신이 늙은 나이로 외람되이 대신 자리에서 물러나지 못하고 자주 사사로운 일로 폐하께 심려를 끼치오니, 황송하여 아뢰지 못하였나이다."

황제 잠깐 아무 말도 없더니,

"백성들 집이라도 자객이 출입함은 놀라운 일이거늘 하물며 원로대신 집에 이러한 변이 어디 있을 법한 일인가. 다만 자객의 종적이 묘연하여 잡지 못할 것이니, 누가 자객을 보냈는지 어찌 알아낼꼬?"

황 각로가 이때다 하고 위 씨가 하던 말을 죄다 아뢰었다.

"신이 지난달 벽성선 일로 상감께 하소연한 일이 있삽더니 조정 의론이 신이 잘못하였으리라 의심하였사옵니다. 이제라고 어찌 신이 흰 수염을 흩날리며 규중 아낙네의 자질구레한 일을 가지고 폐하 귀를 번거롭게 하오리까. 벽성선이 저지른 간악한 죄상은 서울 장안에 자자한 바이오며 오늘 괴변 또한 벽성선이 보낸 바이니 별로 조사할 것이 없을까 하나이다. 자객이 제 입으로 벽성선이 벌인 일임을 스스로 드러내어 장안 백성 가운데 모르는 자가 없나이다."

황제가 크게 노하여 말하였다.

"투기하는 일은 흔히 있는 바이나 어찌 자객을 써서 이 같은 참 상을 빚어내리오. 먼저 자객을 잡아들이고 벽성선을 본디 살던 곳으로 쫓아내라."

그러자 전전어사殿前御使가 아뢰었다.

"벽성선을 본디 살던 곳으로 쫓아내시면 둘 곳을 정하기 어렵사오니 금위부에 가둘까 하나이다."

황제가 한동안 생각하더니 대답하였다.

"이는 다시 분부할지니 벽성선 일은 그만두고 어서 자객이나 잡아들이라."

황제가 조회를 마치고 태후 궁중에 이르러 한동안 이야기를 나누다가 태후에게 벽성선 일을 여쭈고 처리가 난처함을 아뢰었다. 태후가 웃으며 말하였다.

"그 일은 나도 들었으나 부녀자들 사이에 투기하는 마음에서 말미암음이오. 일이 비록 커졌으나 사소한 곡절과 부녀자들 사이 일에 조정이 어찌 끼어들리오. 하물며 조금이라도 원통함이 있으면 여자는 외곬이라 명을 받은 뒤에 반드시 생사를 가벼이 여길지니, 어찌 평화로운 기운을 떨어뜨려 성덕에 누가 되게 하리오. 끼어들지 마시오."

황제가 깨달은 바 있어 말하였다.

"모후 가르치심이 극진하시니 제게 한 가지 방도가 있사옵니다. 우선 풍파를 가라앉히고 양창곡을 기다렸다가 처리하겠나이다."

"무슨 방도니이까?"

"벽성선을 고향으로 보내라 함이 어떠하리까?"

태후가 웃으며 고개를 끄덕이었다.

"이같이 생각함은 늙은 내가 미칠 바 아니구려. 두 쪽이 다 편안할 터이라 딱 맞춤하오."

황제가 웃었다.

"소자 늘 황 씨 일을 들은즉 안됐거늘, 모후께서는 조금도 생각해 주지 않사오니 혹시 억울해할까 하나이다."

"그리하는 것이 저희를 위함이라. 위 씨 모녀가 덕을 닦지 못하고 황 각로만을 믿어 자연 교만하고 방자함이 있을까 저어하오."

황제가 고개를 끄덕였다.

다음 날 조회 때 황제는 황, 윤 두 각로를 맞아 조용히 이야기하였다.

"벽성선 일이 비록 괴이하나 양창곡은 벼슬이 대신 자리에 이르고 짐이 예로 대하는 바라, 어찌 엄연한 소실을 법으로 잡으리오. 짐에게 한 가지 방도가 있소. 경들은 다 창곡의 장인들이라 환란

을 서로 도움이 마땅할 것이니, 오늘 조회를 마치고 가는 길에 양
현을 만나 보고 벽성선을 고향으로 보내게 하시오. 우선 집안 풍
파를 가라앉히고 양창곡이 돌아오면 처리하도록 하시오."

이때 윤 각로는 황씨 집에서 벌어진 살벌한 일들이 다 선랑을 모
함하려고 꾸며 낸 계략임을 짐작하고 괴로이 여기는 터라, 한편 생
각하면 불쌍한 선랑을 잠깐 고향에 돌아가 평안히 있게 함이 좋을
듯하였다.

"폐하의 처분이 이같이 극진하시니 신들이 마땅히 양현에게 폐
하의 뜻을 전하오리다."

조회가 끝나고 나오는데 황 각로는 끝내 마음이 개운하지 않아,

"내 딸애를 위하여 비록 마음 후련히 치욕을 씻지는 못하였으나,
그래도 그 계집을 고향으로 쫓아 보낸다니 눈앞에 보이지 않을
터, 그나마 다행이로다. 내 마땅히 가서 곧바로 쫓아 보내리라."

하면서 그길로 양씨 집으로 갔다.

봄바람에 미친 나비, 꽃을 탐하누나

황 각로가 먼저 양씨 집에 이르러 원외를 보고 황제가 내린 뜻을 전하였다.

"내 벌써 황명을 받자왔으니 마땅히 천기를 쫓아 보낸 뒤 돌아가겠소."

이러고 있는데 윤 각로가 들어서 이르기를,

"오늘 폐하의 처분은 집안 풍파를 가라앉히고자 함이니 달리 생각 마시고 간곡한 뜻을 저버리지 마소서."

하고 곧 돌아갔다.

원외는 부인과 함께 내당에 들어가 선랑을 불러 일렀다.

"내 귀먹고 눈이 어두워 집안의 법도를 바로 세우지 못하고 황제 명까지 받으니 황송하기 그지없구나. 그러니 네 당분간 고향으로 돌아가 창곡이가 돌아오기를 기다리거라."

선랑이 고요히 아미를 숙이고 눈에 눈물이 핑 돌더니, 급기야 막혔던 물목이 터진 듯 눈물이 두 볼로 쏟아져 내려 얼굴을 들 수 없었다.

원외 부부 가엾이 여겨 거듭 위로한 뒤 행장을 차려 자그마한 수레에 사내종 두엇과 몸종 소청을 딸려 떠나게 하였다. 선랑이 시부모와 윤 부인에게 하직한 뒤 섬돌 아래로 내려서는데 구슬 같은 눈물방울이 하염없이 흘러내려 하얀 뺨을 적셨다.

집안사람들이 다 나와 이 모습을 보고 눈물이 비 오듯 하고 위로하는 말에 정이 넘쳤다. 윤 부인과 황 부인 하인들도 구름같이 모여 구경하다가 차마 보지 못하여 얼굴을 돌리기도 하고 혹은 목메어 흐느꼈다. 오직 마당가에서 우두커니 이 광경을 바라보는 황 각로만은 불쾌하였다.

'예부터 간악한 인물이 인정을 얻으니 이 어찌 내 딸에게 방해가 되지 않으리오.'

선랑이 수레에 올라 강주로 떠나갔다. 황성은 걸음마다 멀어지고 천 리 먼 길에 산천이 첩첩하니, 쓸쓸한 행색이며 외로운 심사가 갈수록 더하여 무심히 흐르는 물과 높은 언덕만 보아도 애가 끊어지고 넋을 잃을 듯하였다.

문득 한바탕 사나운 바람이 폭우를 몰아와 하늘땅이 캄캄하고 지척을 분간치 못할지라. 겨우 삼사십 리를 더 가서 객점에 쉴 제 어찌 잠을 이루리오. 등잔 심지를 돋우며 처량히 앉았노라니 신세 한탄이 절로 나왔다.

'내 운명이 참으로 기박하구나. 어려서 부모 잃고 떠도는 몸이 되어 기댈 곳을 찾지 못하다가 뜻밖에 양 한림을 만나 한 조각 마음을 바다같이 기울이고 태산같이 바랐더니, 오늘 이 길이 어찌한 길인고? 강주에 간들 부모 친척 하나 없으니 누구를 바라고 가며, 떠난 지 일 년도 못 되어 이 몰골로 돌아가니 어찌 부끄럽지 않으랴. 내가 죄인이라 하지만 조정에 지은 죄 없고, 집에서 쫓겨난 여자라 하여도 낭군님 본뜻이 아니니 두려울 게 무어랴. 갈 곳도 없으니, 차라리 이곳에서 목숨을 끊어 하늘땅과 신령님께 하직하리라.'

선랑이 행장에서 작은 칼을 꺼내 들고 눈물을 흘리니 소청이 울며 말렸다.

"아씨 빙옥 같은 마음을 푸른 하늘이 아시고 밝은 해가 굽어 살피옵나이다. 만일 이곳에서 귀한 목숨을 끊으면 간악한 사람들 소원을 이루어 줄 뿐 누명을 벗을 날이 없을지니, 차라리 절간이라도 찾아가서 몸을 맡기고 때를 기다리옵소서. 어찌 이런 무서운 거동을 하시옵니까?"

"박복한 인생이 갈수록 구차해지니 무엇을 기다리며 어느 때를 바라리오. 내 나이 겨우 열다섯이라. 남에게 악한 일 한 적 없으나 청루에 몸을 던진 뒤 화를 벗어날 길 없으니, 어찌 죽어 모르니만 못하리오?"

"제가 들으니 군자는 의가 아니면 죽지 아니한다 하옵디다. 아씨 마음속 슬픈 사연을 제가 다 알지 못하오나 무릇 여자가 죽을 일은 두 가지라 하옵니다. 어려서 부모를 위하여 죽으면 효행이라 할 것이요, 자라서 지아비를 위하여 죽으면 열녀라 하지요. 이 두

가지 말고 여자가 죽는다면 이는 음탕하고 시샘 많은 여자가 저지른 제 행실 탓이라고들 하옵니다. 이를 어찌 생각지 아니하시옵니까? 하물며 머나먼 싸움터에 계신 우리 상공이 집안 환란을 모르고 뒷날 돌아와 이 소문을 들으시면 그 심정이 어떠하시겠나이까? 넋이 스러지고 애가 끊는 듯 상공이 겪을 슬픔을 생각하시어요. 넋이라도 돌아와 상공 앞을 오락가락하며 지난 일을 슬퍼하신다 해도 죽은 넋이 살아 돌아오지 못할 터이니, 이를 어찌하시려옵니까?"

선랑은 소청이 하는 말에 눈물을 멈추지 못하였다.

"소청아, 네가 나를 그르치려 하느냐? 내 마음이 모질지 못한 게 한이구나."

그러더니, 소청을 시켜 주인 할멈을 불렀다.

"나는 낙양으로 가는 사람이오. 꿈자리가 사나워 이 근처에 영험한 부처가 있으면 향을 사르고 기도하고자 하는데, 혹 근처에 절이 있소?"

"여기서 도로 서울 쪽으로 십 리쯤 가면 산화암이라는 암자가 하나 있는데, 관음보살을 모시어 매우 영험하오."

이튿날 날이 밝자 행장을 재촉하여 산화암을 찾아갔다. 절은 과연 경치가 그윽하고 빼어난 곳으로, 여승 여남은 명이 지내고 있었다. 불단에는 금빛 찬란한 불상 셋을 모시고 양쪽에는 고운 꽃을 꽂았으며 비단 휘장에 비단 주머니들을 숱하게 걸어 두어 기이한 향내가 절에 가득하더라.

여승들은 모두 선랑에게 다투어 차를 권하며 곁을 떠나지 않았다.

저녁 공양이 끝나자 선랑이 주지 스님을 조용히 청하였다.

"저는 낙양 사람으로, 집안 환란을 피하여 이 절에서 방 한 칸을 빌려 몇 달간 머물고자 하노니, 스님 뜻은 어떠하시오?"

스님이 합장하며 말하였다.

"불가는 자비를 베푸는 곳이니, 꽃다운 아씨 한때 액운을 피하여 누추한 곳에 기대고자 하신다면 어찌 영광이 아니리까?"

선랑이 사례하고 행장을 푼 뒤, 하인과 수레를 돌려보내며 윤 부인에게 편지 한 통을 써서 형편을 대강 알렸다.

황 각로는 그날 집에 돌아와 부인과 딸을 보고,

"이 늙은 아비가 오늘에야 네 원수를 갚았느니라."

하고 선랑을 강주로 쫓아 보낸 일을 알리니, 위 부인이 도리어 성을 내며 말했다.

"모진 짐승을 죽이지 못하고 놀래기만 했으니 도리어 후환을 더 한 것이오이다."

황 각로가 아무 말 없이 나갔다.

그사이 위 씨는 춘월을 지성으로 돌보았다. 한 달이 지나니 상처는 나았으나 얼굴이 온전해지지 못했다. 찢긴 흔적과 추한 얼굴이 옛날 춘월은 아니더라. 춘월이 거울을 들어 제 얼굴을 비추어 보며 이를 갈고 맹세하였다.

"지난날 벽성선은 아씨에게 원수이더니 오늘날은 춘월이에게 원수라. 결단코 이 원수를 갚으리라."

위 씨가 한탄하였다.

"그 천한 것이 이제 강주로 돌아가 평안히 누웠으니, 양 원수 돌아오면 일이 뒤집혀 우리 모녀와 네 목숨이 어찌 될 지 모르겠구나."

"마님은 조금도 근심치 마소서. 제가 먼저 선랑이 있는 곳을 알아내어 꾀를 내겠나이다."

이듬해 정월 보름이라. 황태후가 궁인 가 씨를 불렀다.

"내 해마다 황상을 위하여 하던 불사를 그만두지 못할지니, 네 향불과 과일을 가지고 오늘 산화암에 가 기도하고 오너라."

가 궁인이 명을 받아 곧 산화암에 이르러 불공을 드렸다. 화려한 휘장과 깃발이 바람에 나부끼고, 공양 올리는 북소리와 염불 외는 소리가 절간을 울리며 폐하께서 만수무강하시기를 빌었다.

공양을 마치고 절을 돌아볼새, 동쪽에 정갈한 방이 있는데 문이 닫히고 인기척이 없었다. 가 궁인이 문을 열고자 하니, 한 여승이 말리며 조용히 말하였다.

"이는 손님방이외다. 며칠 전 한 낭자가 지나가다가 몸이 불편하여 이곳에 머무는데, 그 낭자 성품이 활달치 못하여 사람을 꺼리나이다."

"내 남자 같으면 피하려니와 같은 여자가 잠깐 보기로 무슨 방해 되리오?"

가 궁인이 웃으며 문을 열었다. 방 안에 웬 꽃나이 미인이 몸종 하나와 쓸쓸히 앉았으니, 달 같은 모습에 꽃 같은 얼굴이 아리따웠다. 수심 깊은 눈썹 아래 끝없는 근심을 띠고 볼은 해쓱한 채 단아 하거늘, 가 궁인이 속으로 크게 놀라 앞으로 나아가 공손히 물었다.

"어떠한 낭자이온데 이같이 고운 얼굴로 적막한 절에 머무르시오?"

선랑이 눈을 들어 가 궁인을 보더니, 입가에 한 가닥 웃음을 지으며 또렷또렷하고 고운 목소리로 나직이 대답했다.

"저는 지나가던 사람으로, 몸이 불편하고 객점이 번잡하여 이곳에서 몸조섭을 하오이다."

가 궁인이 그 말을 듣고 용모를 다시 보니 마음이 끌리는지라, 옆에 다가앉으며 말하였다.

"저는 이 절에 기도하러 온 사람이니 성은 가씨외다. 아름다운 낭자 얼굴을 마주하고 아담한 말씀을 들으니 자연 사모하는 마음이 생겨 오랜 친구 같소이다. 낭자 나이는 얼마이며 성씨는 어찌되오?"

"제 성도 가씨요, 나이는 열여섯이옵니다."

"성이 같으면 친척과 같으니 내 오늘 돌아가지 못하겠구려. 같이 하룻밤 지내도 되겠소이까?"

선랑이 허락하자 서둘러 자기 이부자리를 선랑 방으로 옮겨 왔다. 선랑도 외로이 있다가 가 궁인을 만나 정숙한 품성과 친절한 마음씨에 감탄하였다. 물의 흐름은 다르나 근원이 같고 가지와 잎은 다르나 뿌리는 한가지라. 비록 선랑이 속마음을 다 털어놓지 않으나 낮은 소리와 은은한 정을 보이니, 가 궁인이 본디 지혜로운 여자라 선랑이 말하는 품이 예사롭지 않으매 가만히 물었다.

"내 같은 성씨를 만나 사귄 지 얼마 안 된다고 어찌 말씀이 깊지 않으리오. 낭자 범절을 보고 나니, 보통 여염 사람이 아닌데 어찌 이곳에 외로이 머무르시오? 마음속 감춘 바를 말해 보오."

선랑이 그 다정함을 보고 나니, 비록 제 신세를 말할 것은 못 되어도 속임은 도리가 아니라 여겨 사정을 대강 말하였다.

"저는 본디 낙양 사람으로, 부모 친척이 없고 집안 환란을 만나 갈 바를 모르고 이곳에 기대어 환란이 가라앉기를 기다리옵나이다. 제 비록 나이 어리나 세파를 겪으며 세상일을 돌아보니, 인생이 풀꽃에 맺힌 이슬 같고 괴로움의 바다 같아, 형편을 보아 머리를 깎고 절에서 살까 하나이다."

선랑이 말을 마치고 기색이 참담하니, 가 궁인은 선랑에게 말 못할 곡절이 있음을 짐작하고 더 캐묻지 못하나, 처지를 가엾이 여겨 위로하였다.

"낭자 처지를 다 알지는 못하나 앞길이 막히지 않았다오. 어찌 한때 액운을 견디지 못하여 평생을 그르치겠소? 이 암자는 내 자주 다니어 집과 다름없는 곳이요, 스님들이 다 내게 충실한 사람들이니 낭자를 위하여 부탁하겠소. 낭자는 마음을 굳게 먹고 불길한 생각을 하지 마오."

선랑이 한없이 고마워하였다.

이튿날 아침, 궁인이 돌아가면서 선랑 손을 잡고 차마 놓지 못하여 여승들에게 낭자를 간곡히 부탁하였다.

"가 낭자와 몸종의 아침저녁 끼니는 제가 좀 돕겠소이다. 만일 가 낭자가 머리를 깎는 일이 일어난다면, 스님들은 다시 나를 대할 낯이 없을 것이고 또한 죄를 면치 못하리다."

여승들이 손을 모두고 명을 받으니 선랑이 극진함에 고마워하였다.

가 궁인이 돌아와 태후께 산화암에 다녀온 이야기를 아뢰었다. 또한 선랑을 잊지 못하여 며칠 뒤 몸종 운섬을 시켜 얼마간 은전과 편지 한 통을 가지고 산화암에 가서 선랑에게 전하고 오라 하였다. 운섬은 곧 산화암으로 발길을 재촉하였다.

한편, 춘월은 선랑의 거처를 알아내려고 남자 옷으로 갈아입고 문을 나섰다. 얼굴 내놓기가 부끄러워 푸른 수건으로 머리와 귀를 싸고 코에 고약을 붙여 흔적을 감추나 제 보기에도 끔찍스러웠다. 춘월이 위 씨를 보고,

"옛적에 어떤 사람은 몸에 옻칠을 하고 문둥이 꼴을 하여 원수를 갚았다더니, 이제 춘월이가 제 한 몸을 돌보지 않고 벽성선을 없애려 하옵니다. 이게 다 누구를 위함이겠나이까?"

하니, 위 씨 웃으며,

"네 만일 성공하면 마땅히 천금을 주어 평생 복을 누리게 하리라."

춘월이 웃으며 문을 나서다가 생각하였다.

'우물에 살던 고기를 바다에 놓았으니 간 곳을 어데 가 물으리오. 만세교 아래 장 선생이 이름난 점쟁이라 하니 그를 찾아가 물어보리라.'

춘월이 곧 은자 몇 냥을 가지고 장 선생을 찾아갔다.

"나는 성안에 사는 사람인데 마침 원수가 도망한 곳을 알 길이 없으니 선생은 밝히 가르치소서."

장 선생이 말없이 있더니 이윽고 괘를 던지며,

"옛 성인이 점술을 낸 것은 장차 흉한 것은 피하고 좋은 것을 취

하여 인간을 구제하려는 뜻이라. 점괘를 보니 그대 올해 신수가 대단히 불길하구나. 허니 조심하여 남과 맞서지 마라. 비록 원수라도 화목하면 은인이 되느니라."

춘월이 웃으며,

"선생은 긴말 말고 그가 간 곳만 알려 주오."

하며 은자 몇 냥을 더 꺼내 주었다.

"그대 원수가 처음에는 남으로 가다가 나중에는 도로 북으로 왔으니 만일 산중에 숨지 않았다면 반드시 죽었으리라."

춘월이 다시 자세히 묻고자 하였으나 점치러 온 사람들이 줄을 섰기에 제 본색이 탄로 날까 하여 곧 자리를 떴다.

돌아오는 길에 우연히 가 궁인을 모시는 운섬을 만났다. 지난날 여러 차례 안면이 있는지라, 춘월이 아는 체를 했다.

"어디 가시오?"

운섬이 당황하여 미처 대답을 못 했다. 춘월이 해괴한 모양을 하니 순간 알아보지 못함이라. 춘월이 웃으며 말하였다.

"나는 황씨 댁 몸종 춘월이라오. 그새 괴상한 병을 얻어 이 꼴이 되었으니 몰라보는 것이 당연하구려. 만세교 아래 신통한 의원이 있다 하여 다녀오는 길이라오. 병중에 바람을 쏘일까 염려하여 잠깐 남자 옷을 입었더니, 내 모양을 내가 보아도 우습구려. 흉보지나 마시구려."

운섬은 펄쩍 놀랐다.

"옛 얼굴은 조금도 없으니 대체 무슨 병이 들었소?"

춘낭이 손으로 코를 가리며 딘식하었디.

"다 운수인 걸 어찌하리오. 죽지 않은 게 다행이지요."

"나는 우리 마마님 명을 받자와 산화암에 간다오."

"산화암은 무슨 일로 가오?"

"며칠 전에 우리 마마님이 기도하러 가셨다가 한 낭자를 만나시었소. 마침 같은 성씨라 처음 만나 옛 친구처럼 사귀더니, 오늘 편지와 은자를 그 낭자한테 드리고 오라 하시기에 가오."

춘월은 음흉한 인물이라, 이 말을 듣고 한편 놀라고 한편 의아하여 자세히 알고자 거짓 웃음까지 지었다.

"운랑은 나를 속이지 마오. 나도 며칠 전 산화암에 불공하러 갔으나 그런 낭자를 보지 못하였소. 언제 왔다 하더이까?"

"춘랑은 남을 잘 속일지 모르나 나는 속일 줄 모르오. 스님들에게 듣기로는 그 낭자가 절에 온 지 보름도 채 못 되는데, 몸종 하나를 데리고 손님방에 묵으면서 사람들을 꺼린다 하더이다. 다만 달 같은 자태에 꽃 같은 얼굴이라, 우리 마마님이 한번 보시고 돌아오셔서 이때껏 잊지 못하신다오. 어찌 거짓말을 하리오."

춘월이 하나하나 듣고 생각하되,

'이는 틀림없는 벽성선이로다.'

하고 속으로 크게 기뻐하였다.

운섬과 헤어져 서둘러 돌아와 위 씨 모녀에게 말하니, 위 부인이 놀랐다.

"가 궁인이 내막을 안다면 태후께서 어찌 모르시며 태후께서 아신즉 폐하께서 어찌 듣지 못하시리오?"

"마님은 근심치 마소서. 벽성선은 신중한 여자라 가 궁인한테 속

마음을 다 털어놓지 않았을 것이옵니다. 제가 가만히 가 본 뒤 묘책을 쓰사이다."

다음 날 춘월은 손님으로 꾸미고 저녁에 산화암에 들었다. 자고 갈 것을 청하니 여승이 손님방 한 칸을 내어 주었다.

밤이 깊자 춘월이 가만히 자리에서 일어나 밖으로 나와 큰방, 작은방들을 돌아다니며 창밖에서 엿들으니 곳곳에서 불경 외우는 소리라. 동쪽에 손님방이 있어 촛불이 희미한 가운데 인적이 잠잠하였다. 춘월이 가만히 창을 뚫고 보니, 미인 하나가 벽을 보고 누웠으니 다름 아닌 벽성선이요, 몸종 하나가 촛불 아래 앉았으니 바로 소청이라. 춘월은 발자국 소리를 내지 않고 조심조심 제 방으로 돌아왔다.

날이 채 밝기도 전에 여승에게 인사를 하고 집으로 돌아와, 위 씨 모녀를 보고 웃으면서 말하였다.

"양 원수 댁이 깊고 깊어 수단을 다 쓰지 못하였더니, 하늘이 도우사 이제 벽성선과 몸종 년을 지옥에 넣도록 묘책을 쓸 때가 되었나이다."

황 부인 놀라서 말하였다.

"벽성선이 과연 산화암에 있더냐?"

"제가 벽성선을 양씨 댁에서 봤을 적엔 그저 대단한 미인으로만 알았나이다. 어제 산화암 등불 앞에서 가만히 바라보니 참으로 이 세상 인물이 아니더이다. 분명 하늘에서 선녀가 내려온 것이니 양 상공이 비록 간장이 쇳덩이라 해도 어찌 마음이 끌리지 않으리까. 이 사람을 다시 양씨 댁에 들여보내면 우리 아씨는 소박에 구르는 구슬 신세일까 하나이다."

위 부인이 춘월이 손을 잡고 애걸하다시피 말하였다.

"춘월아, 아씨 인생은 곧 네 인생이 아니냐. 아씨가 뜻대로 되면 너도 뜻대로 되고, 아씨 신세가 처량하면 네 신세도 처량할 것이니 마음 단단히 먹어라."

춘월이 좌우를 한번 휘둘러보더니 바투 다가앉으며 입을 열었다.

"제게 꾀가 있으니 들어 보사이다. 제 오라비 춘성이가 방탕하고 불량하여 황성 청년들 가운데 친한 자가 많나이다. 그중에서도 더욱 방탕하기로 이름난 자가 한 명 있으니 성은 우요, 이름은 격이라 하옵니다. 힘은 당할 자가 없고 주색을 탐하여 죽고 살기를 가리지 않는다 하니, 제 오라비를 내세워 향기를 맡게 하면 봄바람에 미친 나비가 어찌 향기로운 꽃을 탐하지 않으리까? 일이 이렇게 되면 선랑은 아름다운 자색이 뒷간에 떨어진 꽃 신세가 되어 일생 헤어나지 못할 것이옵니다. 그리되지 않는다 해도 칼에 맞아 죽은 넋이 되리니, 어찌하든지 우리 아씨 눈에 든 가시를 없앨 수 있나이다."

위 부인이 솔깃하여 빨리 계책을 쓰라고 재촉하니, 춘월이 살기 띤 웃음으로 물러갔다.

우격은 예의도 법도 안중에 없는 방탕한 자라, 여러 차례 법을 어기고 패를 무어 이름까지 고치고 버젓이 다녔다. 하루는 패거리들 여남은 명과 십자 거리에서 술 먹고 지껄이다가 춘성을 만나 서로 손을 잡고 반기더니 술집으로 들어갔다.

"남자가 한번 세상에 태어났다가 절세미인을 코앞에 두고도 손목 한번 잡지 못하니 어찌 아깝지 않으리오?"

"그게 무슨 말인가?"

춘성이 웃기만 하고 대답을 않으니, 우격이 더욱 끈덕지게 물었다.

"이곳은 조용하지 못하니 오늘 밤 우리 집으로 와서 들으시오."

우격이 더욱 호기심이 나 마음이 급하매 날이 저물자마자 춘성이 집으로 찾아갔다. 춘성이 손을 잡고 자리에 앉히며 웃었다.

"내 형을 위하여 천하에 다시없을 미인을 중매하려는데, 형의 수단이 서툴러 성사하지 못할까 하오."

"어서 말이나 해 봐라."

"내 들으니 강주 청루에 이름난 기생이 있다 하더이다. 인물이 고금에 비길 데 없고 노래와 춤은 선녀를 무색케 하는데, 한번 찡그리거나 웃으매 옛 미인들이 시기할 정도라 하더이다. 이 같은 미인을 한번 가져 보지 아니하겠소?"

우격은 잡았던 손을 떨쳐 춘성이 뺨을 철썩 갈겼다.

"이놈아, 내 아무리 방탕하기로 두세 손가락에 꼽힌다 하지만, 네 황 각로 등을 믿고 나를 놀리려 드느냐? 강주가 여기서 몇 리인데 강주 소리를 하느냐?"

춘성이 뺨을 비비며 짐짓 노한 체 투덜거렸다.

"속담에 중매를 그릇하면 뺨을 세 번 맞는다 하지만, 말도 다 듣지 아니하고 뺨부터 치니 말하지 않겠소."

"만일 참이라면 어서 말해라. 석 잔 술로 내 사과하지."

우격이 다시 춘성이 손을 잡으며 말하였다.

"지금 말하는 그 미인이 여기에 와 있는가?"

그제야 춘성은 성이 풀린 듯 웃으며 말했다.

"그 미인이 서울 왔다가 돌아가는 길에 산화암에 머물러 쉬고 있으니, 형은 빨리 가서 제 것으로 만드소."

우격이 좋아서 벌떡 일어서며 말하였다.

"내 이 밤을 넘기지 아니하리라."

"형이 그리 기뻐 날뛰나 그 미인 뜻이 높아 겁탈하기는 어려울까 싶소."

"그런 건 내 수완에 달렸으니 걱정하지 마라."

우격이 서둘러 떠나갔다.

신랑은 은인을 만나고, 창곡은 또 싸움길로

양 원수는 동초를 보내고 황제의 교지를 받는 대로 돌아가고자 기다리고 있었다. 마침 동초가 황명을 받아 홍혼탈에게 군사 일만을 주어 홍도국을 치게 하고 원수는 돌아오라 하는 조서를 전하였다. 원수가 크게 놀라 홍 사마를 불러 조서를 보이니 홍 사마가 크게 놀랐다.

"제가 무슨 힘이 있고 지혜가 있어 무거운 책임을 혼자 감당하리까?"

원수는 아무 말 없다가 날이 저물자 다른 사람들을 물러가게 하고, 홍 사마를 장막으로 불러 불을 돋우고 옷깃을 쓸며 엄숙히 말하였다.

"내 그대와 더불어 반년이나 티끌 먼지 속에서 고초를 같이하였소. 하늘이 도우사 승전고를 높이 울리며 황성으로 돌아가는 날

수레를 함께 타고 돌아가려 하였더니, 황명이 엄하여 이제 우리
는 두 길로 갈라지게 되었구려. 나는 내일 서울로 돌아갈 터이니,
그대는 군사를 이끌고 홍도국으로 가서 공을 세우고 돌아오시
오."

홍랑이 이 말을 듣고 그윽한 눈을 들어 원수 기색을 살피더니, 얼
굴에 눈물이 소리 없이 흘러내린다. 창곡이 다시 말하였다.

"내 비록 어리석으나 사사로운 일로 황명을 거스르지 않을지니,
그대는 물러가 행장을 준비하오."

홍랑이 눈물을 거두고 하소연하였다.

"제가 어린 여자로 백만 대군에 섞여 칼을 두르며 창대를 잡고
오늘에 이르기까지 풍진을 무릅쓰고 부끄러움을 참아 낸 것이 어
찌 공을 세워 부귀를 바람이리까? 다만 이 몸을 상공께 맡기고
상공만을 믿었기 때문이온데, 이제 상공이 저를 버리고 돌아가신
다면 이 또한 제 탓이옵니다. 제가 지체 높은 가문에서 예절을 지
켜 상공을 지아비로 맞이하였다면, 어찌 이런 일이 있으며 이런
말씀을 하시리까. 제가 한낱 청루 기생이오나 먹은 마음 옥같이
정결하고 얼음같이 맑으니, 차라리 군령대로 칼을 받아 죽을지언
정 외로운 몸으로 장부들 속에 섞여 홀로 가지는 못하겠나이다."

말을 마치자 맹렬한 기색이 두 눈에 가득하고 눈물이 흰 뺨을 적
셨다.

"폐하께서 홍혼탈이 저리 약한 줄도 모르시고 무거운 책임을 맡
기시니 조정 일이 어찌 한심치 않으리오."

홍혼탈이 그제야 원수가 저를 놀린 줄 알고 부끄러워 대답을 하

지 못하였다.

날이 밝자 양 원수가 장수들을 모아 놓고 이 일을 의논할 때, 소 사마를 보며 말하였다.

"요즘 조정 일이 이같이 뒤바뀌니 어찌 한심치 않으리오. 내 이 제 표를 올리고자 하니 장군이 받아 적으시오."

소 사마가 받아 적었다.

정남도원수 신 양창곡은 머리를 조아리며 황제 폐하께 백번 절하 옵니다. 옛날 어진 임금이 장수를 변방으로 보낼 때 친히 수레를 밀 며 활과 도끼와 북으로 위엄을 돋운 것은, 다만 사기를 돋우고 격려 할 뿐 아니라 종묘사직과 나라의 흥망이 이에 달린 까닭이옵니다.

이제 남쪽 지방이 멀리 있어 폐하의 성덕이 미치지 못하고 풍속 이 불순하여 도적이 자주 일어나니, 은혜로 달래고 위엄으로 호령 하며, 때로는 어르기도 하고 엄벌도 내리며, 팽팽히 당기기도 하고 늦추기도 하지 않는다면, 평정할 날이 없을 것이옵니다.

폐하, 이제 홍혼탈에게 일만 병마를 거느리고 홍도국을 치라 하 시니 신이 그 뜻을 알지 못하나이다. 홍도국이 얼마나 강하고 약한 지를 폐하께서는 가늠하지 못할 것이오며, 홍혼탈이 어떤 사람인지 폐하께서 시험하지 못한 바이어늘, 크나큰 임무를 맡기어 종묘사직 의 안위와 나라의 흥망이 걱정되는 일을 시험하려 하시니, 신이 당 혹감을 누르지 못하옵니다. 바라옵건대 명을 거두시고 다시 널리 물어 큰일에 후회 없게 하소서.

양 원수가 표를 봉하여 마달 장군에게 주었다.

"장군은 한시바삐 떠나도록 하라."

마달이 명을 받아 부하 십여 명을 데리고 서울로 떠났다. 낮에 밤을 이어 바삐 가다가 가는 길에 임금의 조서를 가지고 오는 신하를 만나 새로운 조서가 내렸음을 알았으나, 원수가 내린 명령을 어길 수 없어 계속 달려 황성에 이르러 황제께 표를 올렸다.

황제가 표를 보고 크게 기뻐 황 각로와 윤 각로를 불러,

"창곡이 나라를 걱정하는 충성이 이 같으니 하찮은 적을 어찌 근심하리오?"

하더니, 두세 번 거듭 표를 읽은 뒤에 마달을 우익장군에 봉하고 곧 돌아가라 명하였다.

한편, 선랑은 좀처럼 문밖출입을 하지 않고 낮이면 여승과 불경을 공부하고 밤이면 향불 앞에 혼자 앉아 세월을 보냈다. 몸은 편안하나 오직 잊으려야 잊을 수 없고 생각지 말자 해도 저절로 떠오르나니 하늘가 저 멀리 변방에 있는 낭군 생각뿐이라.

하루는 창에 기대어 어렴풋이 잠이 들었는데, 양 원수가 옥룡을 타고 어디로 가며,

"내 옥황상제 명을 받아 남방 요괴를 잡으러 가노라."

하거늘, 저도 같이 가자고 발을 동동 구르니 원수가 산호 채찍을 늘여 주었다. 선랑이 잡고 공중으로 오르다가 떨어져 놀라 깨니 꿈이라. 선랑이 속으로 불길하여 여승을 불렀다.

"요즘 꿈자리가 사나우니 부처님 앞에 촛불을 켜 놓고 기도하려

하옵니다."

"부처님은 자비를 주장하실 따름이고, 인간 화복과 귀신을 내려 불행을 없애는 데는 저승을 맡은 시왕이 으뜸이니 시왕전에 비소서."

선랑이 소청과 함께 목욕재계하고 향불을 받들어 바로 암자 뒤 언덕에 있는 시왕전에 이르렀다.

선랑은 시왕 앞에 향불을 놓고 조용히 빌었다.

"천첩 벽성선이 전생에 공덕을 닦지 못하여 이승에서 숱한 재난을 받고 있으나, 지아비 양 공은 학식과 예절 있는 가문에서 나 가풍을 이어 충효를 빛내었으니 천지신명이 복을 내리심이 마땅하옵니다. 이제 황명을 받자와 만 리 밖에 있사오니, 바라옵건대 시왕님께서 굽어 살피시어 상공이 어데 가나 잠자며 먹는 일에 무탈하고 전쟁터에서 무사하도록 재액을 없애 주시고 복을 크게 내려 주소서."

다 빌고 나서 다시 절한 다음 길게 한숨을 쉬었다.

선랑이 돌아와 문 앞에 다다르자 여승이 나오며 말하였다.

"오늘 밤 달빛이 밝으니 뒷산에 올라 마음속 걱정을 풀도록 하소서."

선랑은 그리 내키지 않으나, 여승이 간절히 말하므로 소청과 여승을 데리고 뒷산에 올랐다.

"이 산이 높지는 아니하나 맑은 날 멀리 바라보면 낙양과 형산이 뚜렷이 보이나이다."

선랑이 머리를 들어 남쪽을 바라보며 서글피 눈물을 떨구니, 여승이 물었다.

"낭자는 어찌 남쪽을 보고 그처럼 슬퍼하시나이까?"

"나는 본디 남쪽 지방 사람이어서 남쪽을 바라보노라면 저절로 서글퍼지오."

선랑이 말을 채 끝내기도 전에 동쪽 마을 어귀에 불빛이 어지러이 오락가락하더니, 불한당 십여 명이 무리를 지어 절간으로 들이닥쳤다.

"낭자, 틀림없이 강도 무리요."

여승이 놀라 내려가니 절간에서는 큰 소동이 벌어졌다. 웬 남자가 괴상한 목소리로 낭자 방을 찾거늘 선랑이 소청더러 말했다.

"우리 액운이 다하지 못하여 불량배까지 난동을 일으키는구나."

"불량배들이라니, 어찌 여기서 죽음을 기다리겠나이까?"

소청이 선랑 팔을 붙들고 울다가,

"아씨, 어서 몸을 피하사이다."

하고 선랑 손을 이끌어 산기슭을 타고 달아났다.

달빛이 밝다 해도 산길이 희미하여 돌에 걸려 뒹굴기도 하고 덤불을 헤치다가 신발마저 잃고 옷은 찢어지니, 벌써 다리에는 힘이 빠지고 발이 부르텄다. 선랑이 자리에 털썩 주저앉고 말았다.

"이 어찌 죽음만 하리오. 소청아, 너는 살길을 찾아 숨었다가 내 시신을 거두어 양 원수 돌아오시는 길가에 묻어 망부석이 되게 해 다오."

선랑이 품속에서 작은 칼을 꺼내어 자결하려 하니, 소청이 서둘러 칼을 빼앗으며 말렸다.

"마음 굳게 잡수소서. 제가 어찌 홀로 살리까?"

선랑과 소청이 앞을 내다보니 벌써 산에서 내려와 큰길이었다.

잠깐 쉬었다가 다시 달아나고자 하는데, 불빛이 온 산을 덮으며 내려오고 있었다. 사람들 그림자가 언듯번듯 나무 사이에 어지러이 흩어져 바위틈과 수풀 속을 샅샅이 뒤지는 것이었다. 선랑과 소청이 죽을힘을 다하여 큰길을 따라 뛰었다. 겨우 수십 걸음을 뛰었는데, 불량배들이 벌써 산에서 내려와 고함을 치며 비바람같이 뒤따라왔다. 소청이 선랑을 안고 길에 엎디어 하늘을 우러러 통곡하였다.

"하늘아! 어찌 이다지도 무심하냐!"

말이 채 끝나기도 전에 저쪽에서 말발굽 소리 바삐 들리더니, 우레 같은 소리가 울렸다.

"도적 떼들은 함부로 다가오지 말라!"

선랑과 소청이 눈을 들어 살피니, 달빛 아래 웬 장수가 손에 긴 창을 들고 말을 달려 불량배를 쫓고 있었다. 그 뒤로 군사 십여 명이 칼을 빼어 들고 고함을 지르며 따랐다.

불량배 한 놈이 몽둥이를 휘두르며 장수와 맞서 싸우려다 장수가 크게 꾸짖으며 창으로 찌르니 얼굴을 싸쥐고 쓰러졌다. 이를 보고 다른 놈들은 넋이 나가 사방으로 흩어져 달아났다.

장수가 천천히 말을 돌려 오니, 선랑과 소청은 부들부들 떨 뿐이었다. 장수가 곁에 이르러 말을 멈추고 물었다.

"웬 낭자인데 무슨 곡절로 이처럼 고단히 나섰으며 불량배는 어찌 만났소? 그 까닭을 자세히 듣고 싶소."

선랑도 소청도 떨려 말을 못 하니, 장수 웃으며 안심시켰다.

"나는 우리 원수 명령을 받들고 서울에 갔다가 이제 남쪽으로 가는 중이오. 낭자를 해칠 사람이 아니니 어서 말하시오."

선랑은 놀랍고 반가워 정신을 차리고 소청에게 말을 전하였다.

"저희는 지나가는 길손이온데 어려운 일을 당하였사오이다. 제발 알려주사이다. 장군이 남쪽으로 가신다 하니 어디로 가시나이까?"

"나는 정남도원수 양 승상 막하 장군이오. 어찌 그리 자세히 묻소?"

선랑과 소청은 '양 승상'이란 세 마디 말을 듣더니 가슴이 막히고 정신이 아뜩하여, 서로 붙들고 실성통곡하였다.

그 장수는 바로 마달이었다. 마달은 양 원수가 올린 표를 바치고 바삐 돌아가느라 밤낮으로 달리던 중이었다. 문득 길에서 여자 울음소리가 들리고 불빛이 번쩍이는 가운데 남정네들이 무리 지어 쫓아가니, 묻지 않아도 여인을 쫓는 불량배들임이 분명했다. 갈 길이 바쁘나 어찌 사람 목숨을 구하지 않으랴. 그래서 불량배를 쫓은 뒤 곡절을 알고자 하여 조심스레 물었던 것인데, 그쪽이 자기를 보더니 억이 막혀 우는 것이 아닌가. 마달은 더욱 의심이 나서 물었다.

"낭자는 어찌하여 내 말을 듣고 그리 슬퍼하시오?"

선랑이 미처 입을 떼지 못하자 소청이 대답했다.

"우리 아씨는 바로 양 원수 소실이로소이다."

"양 원수라니, 어느 양 원수 말이냐?"

"자금성 제일방에 계시는 양 원수이시니, 만왕 나탁을 치러 출전하신 지 벌써 반년이옵니다."

마달이 깜짝 놀라 바삐 말에서 내려 두어 걸음 물러서며 말했다.

"그러하시냐? 이리 가까이 와 자세히 말해 보아라."

선랑이 소청을 보며 장군께 전하여 말하였다.

"제가 이 지경을 당하여 모르는 사람이라도 살려 주신 은덕이 고마워 예절을 무릅쓰고 응대해야겠거늘, 하물며 장군은 우리 원수 수하라니 한집안 식구와 다름없으므로 다 말씀드리겠나이다. 저는 원수가 출전하신 뒤 집안 풍파를 당하였나이다. 아녀자 나약한 성품으로 죽지도 못하고 이러한 꼴을 당하니 장군께 얼굴을 들 수 없나이다. 종이와 붓이 없어 마음속 품은 바를 원수께 부치지 못하오니, 장군은 돌아가 저를 위하여 전하소서. 제가 비록 죽으나 한 조각 마음은 저 달같이 둥글어 원수 진영을 비출까 하나이다."

마달이 두 손을 마주 잡고 몸을 굽혀 소청을 보고 말하였다.

"너는 부인께 고하라. 나는 우익장군 마달이라 하오이다. 군대에서 아랫사람이 위를 따르는 것은 임금과 신하, 아버지와 아들 사이와 다름없으니, 이제 부인이 처한 처지를 보고 어찌 그냥 가겠소이까? 부인이 이제 집안으로 돌아가지 못하신다니, 제가 마땅히 몸을 맡길 곳을 얻어 안정하심을 보고 돌아가야 원수 뵈올 낯이 있으리다."

마달이 곧 수하 군사들을 시켜 객점에 가서 작은 가마를 얻어 오라 하니, 선랑이 굳이 사양하였나.

"제가 기구한 팔자라 천지간 몸 맡길 땅이 없을 터이니, 장군은 너무 걱정하지 마소서."

"이곳에서 이렇게 부인을 뵈옴은 불행하오나, 그저 돌아가는 것은 도리가 아닐 뿐 아니라 인정을 봐도 그럴 수 없소이다. 길이 바쁘니 어서 일어나소서."

선랑이 할 수 없이 몸을 일으켜 소청을 붙잡고 말하였다.

"저를 어디로 데려가려 하시오?"

마달이 아무 말 없이 창을 잡고 앞서서 이끌며 몇 리를 가니, 그 사이 군사들이 객점에서 얻은 가마를 가지고 바삐 마주 온다. 소청더러,

"부인을 가마에 모셔라."

하고는 창을 들고 자기도 말에 올랐다.

"불량배가 분명 멀리 가지 아니하였을지니 이 동네에 머무르면 뒤탈이 있으리다. 저를 따라 하루 이틀 더 가서 깊은 산골 절을 찾아 편안히 지내시는 것을 보고 떠날까 하나이다."

선랑은 지극한 정성에 감동하고 또 원수 은덕임을 생각하여 가마에 올랐다. 마달이 재촉하여 다시 백여 리를 더 가니 객점이 나오기에 주인에게 물었다.

"이곳에 혹시 도관이나 절이 있느냐?"

"여기서 큰길을 버리고 동쪽으로 십여 리를 가면 유마산이 나오는데, 그 산속에 큰 도관이 있나이다."

마달은 크게 기뻐하며 일행을 재촉하여 유마산에 이르렀다. 과연 맑은 산과 기이한 정경이 그윽하고 아름답더라.

그곳에 도관이 하나 있는데 점화관이라 하였다. 점화관에는 여도사 백여 명이 지내고 있어 깨끗하고 단아하였다. 마달이 점화관 뒤에 있는 두어 칸짜리 깨끗한 방을 빌려 선랑과 소청을 그곳에 머물게 하고 부하 둘을 남겨 잡인이 들지 못하게 하였다. 마달이 선랑과 헤어지며 말했다.

"원수께서 황명을 받자와 다시 교지 땅으로 가시니 갈 길이 바쁘옵니다. 이곳이 깊숙하고 외딴곳이라 몸이 편하실 듯하오니 부디 귀한 몸 내내 평안하소서."

선랑이 바삐 편지 한 장을 써서 마달 장군에게 주며, 눈물을 머금고 인사를 나누었다.

"제 체면이 어려운지라 감사한 말씀을 다 못 하오니, 장군은 원수를 모셔 공을 세우고 쉬이 돌아오소서."

마달이 마지막으로 소청더러 말했다.

"정성을 다해 부인을 모셔 지키거라. 우리 군사 돌아오는 날은 구면이니 떨지 말고 반겨 맞아 다오."

소청이 부끄러워 두 볼을 살짝 붉히니, 마달이 웃으며 창을 들고 말에 올라 남으로 달렸다.

선랑과 소청은 다 죽은 목숨이 뜻밖에 마달을 만나 편히 머물 곳까지 얻으니, 꿈인지 생시인지 분간할 수 없었다. 둘은 기쁨에 겨워 마주 앉아 마달 장군의 정성과 의리를 칭송하였다. 도사들 또한 선랑의 훌륭한 자색에 놀라며 정성껏 보살펴 주었다.

우격은 춘성에게 꾀여 불량배들을 몰아 산화암에 들이닥쳐 낭자

를 찾았다. 여승들이 바로 댈 리 없었다. 그러자 우격이 크게 화를 내며 여승들을 숱하게 때리고는,

'분명 우리가 들어오는 것을 보고 산으로 도망하였구나.'

하고 산길을 넘으며 샅샅이 뒤졌다. 그러다 수풀에서 수놓은 신 한 짝을 찾아내었다. 우격은 크게 기뻐하며,

"미인이 분명 이 길로 갔구나."

하고 신을 집어 들고 산을 넘어 평지에 다다랐는데, 뜻밖에 웬 장수를 만나 창끝에 찔려 얼굴을 다치고 질겁하여 겨우 도망쳐 돌아왔다. 춘성더러 실패했다 하니, 춘성이 또한 계교를 이루지 못함을 한탄하며 춘월에게 이야기하였다. 춘월이 머리를 숙이고 이윽히 생각하더니 웃으며 말하였다.

"태평한 때 밤에 병졸들을 데리고 다니는 장수가 어찌 괴수 도적이 아니겠소. 이는 분명 도적 무리가 밤을 타 나다니다가 선랑을 빼앗아 간 것이오. 선랑이 눈같이 깨끗한 지조를 가지고 하루아침에 도적 안해로 되었으니, 우습구나. 비록 그 생사를 모르나 우리 아씨를 위하여 화근을 깨끗이 없앤 것이로다."

"그건 그렇다 하고 우리 공이 없을지니 어찌 절통치 않으리오?"

"오라버니는 근심하지 마오. 내 꾀를 써서 우격과 오라버니가 세운 공을 내세울지니 이 사실을 입 밖에 꺼내지 마오."

춘월은 곧 우격이 얻은 신을 가지고 황씨 집에 이르러 위 씨 모녀 앞에 꺼내 놓았다.

"아씨는 이 신을 아시겠나이까?"

황 씨가 자세히 보더니 집어 던지며 춘월을 꾸짖었다.

"그 천기 년 신은 무엇 하러 가져왔느냐?"

춘월이 그 신을 다시 집어 들고 한바탕 너스레를 떨었다.

"불쌍하다 선랑이여, 이 신 곱게 신고 천 리 강주 어드메냐, 낭군 따라 황성 와서 걸음걸음 한 떨기 금련화러니, 조물주가 시기하여 낭군의 은총을 못 누리네. 저승길에 발 벗은 귀신 될 줄이야 어찌 알았으리오?"

"웬 사설이냐?"

춘월이 손바닥을 뒤집으며 앞으로 다가앉았다.

"제가 오라비를 부추겨 우격이를 산화암에 보내어 선랑을 겁탈하라 하였나이다. 선랑이 절개 있는 여자라 따르지 않으니, 우격이 분하다 못하여 칼로 찔러 없앴다 하옵니다. 신발 한 짝을 증거로 보내왔으니 오늘부터 선랑은 이 세상에서 없는 사람이옵니다. 이는 우리 아씨 평생 화근을 없앤 저와 제 오라비와 우격이 공이니, 마님과 아씨는 무엇으로 갚고자 하시나이까?"

위 씨가 크게 기뻐 비단 십여 필과 은자 일백 냥을 주려 하니, 춘월이 차갑게 웃으며 말하였다.

"마님은 어찌 조그마한 재물을 아끼시어 다 된 일을 그르치려 하시옵니까? 춘성이가 처음 우격이를 보낼 때 천금으로 약속하고 우격 무리 또한 수십 명이옵니다. 거칠기 짝이 없는 놈이니 재물을 넉넉히 주어 입을 막지 않으면 뒷일이 어찌 될 줄 모르리다."

위 씨는 선랑이 죽은 줄로만 믿고 곧 천금을 내어 주었다.

한편, 양 원수는 마달을 보내어 천자께 표를 올린 뒤 황명을 기다리는 중이었다. 문득 조정에서 신하 하나가 먼저 이르러 조서를 드리거늘, 원수는 천자가 계신 북쪽으로 절을 하고 명을 받아 도독이 되어, 부원수가 된 홍랑의 인사를 받았다. 홍랑이 붉은 도포에 금빛 갑옷 차려입고 동개살 메고 절월을 잡고는 장수의 예로 뵈니, 도독이 기쁜 얼굴로 답례했다.

"성은이 망극하여 벼슬도 하지 않은 그대에게 부원수를 내리시니 이 은혜를 어찌 보답하려오?"

"도독이 위에 계시니 저야 무슨 방략이 있으리까? 다만 북을 치며 기를 들어 충성을 다할까 하나이다."

도독이 빙그레 웃었다.

홍 부원수 물러나서 막사에 돌아와 부원수 기와 절월을 세우고 장수들이 올리는 인사를 받은 뒤, 다시 도독 장막에 이르러 군사를 어찌 쓸지 의논하였다. 이때 마달이 이르러 황명을 보고한 뒤에 편지 한 통을 올렸다. 도독이 떼어 보니 벽성선이 보낸 편지였다.

천첩 벽성선은 풍류 방탕한 처지에서 예절과 법도를 배우지 못해 군자 문중의 법도를 흐리고는, 절간과 객점을 외로이 떠돌면서 불량배 칼끝에 혼이 됨을 면치 못할까 하였더니, 마 장군이 구하여 도관에 몸을 맡기고 있사옵니다. 이는 다 상공이 주신 은혜이옵니다. 다만 제가 어리석어 어디로 가며 어찌 살아야 할지 도리를 깨닫지 못하오니, 상공께서 거울같이 밝히 가르쳐 주시기 바라옵니다. 군자께서 교지로 가시매 숨어 사는 몸이 더욱 슬픔을 가눌 수 없나이다. 남쪽 하늘을 우러러 산같이 쌓인 그리움을 붓으로 적사오나 이루 다 적지 못하나이다.

도독이 놀라서 부원수를 보며 말하였다.

"이는 반드시 황 씨가 꾸민 일이로다. 선랑 처지가 가엾고 불쌍하나 내 군사를 거느린 몸으로 어찌 집안일을 의논할 수 있으랴. 머나먼 하늘가에 소식조차 전할 길이 막막하니 가슴이 터지는구려."

이튿날 날이 밝자 도독이 장수와 군사들을 모은 뒤 만왕 나탁을 불러 장막 아래에 꿇어앉혔다. 황명을 다 전한 뒤 장막 안으로 불러들여 위로하였다.

"만왕이 황제의 은덕을 입으사 다시 잘못하지 않으면 세세자손이 부귀를 누릴 터이니 명나라에 예를 갖추어 대하시오."

나탁은 머리를 깊숙이 숙여 인사하고 눈물을 흘리며 말하였다.

"제가 천명을 모르고 죽을죄를 저질렀으나, 천자의 자비와 도독의 너그러운 은덕을 입사와 목숨을 보존하고 다시 부귀를 누리게 되었으니, 보답할 바를 알지 못하나이다."

다시 부원수를 보고 말하였다.

"부원수 그때 절간에서 내려오신 것은 참으로 저와 인연이 있음이구려. 오늘 공명이 이처럼 드높을 줄 어찌 알았으리오?"

"대왕이 다섯 골짜기를 아주 잃지 않고 왕의 부귀를 여전히 누리게 되니 이는 다 성은이 망극하심이오. 이 홍혼탈 또한 대왕을 저버리지 않음인가 하오이다."

부원수 웃으며 하는 말에 나탁도 크게 웃었다.

이튿날, 도독이 군사들을 이끌고 교지 땅으로 갈 때 나탁이 수십 리 밖까지 전송하고 술과 소를 가져와 대군을 푸짐히 대접하였다. 여기에 축융과 일지련까지 다 모이니, 부원수가 만왕을 보고 말하였다.

　"대군이 다시 먼 길을 떠나니 대왕은 길을 인도하소서."

　나탁이 곧바로 정병 삼천과 장수 철목탑에게 명하여 선봉이 되게 하였다. 부원수 나탁을 보고 웃으며 한마디 하였다.

　"내 듣자니 대왕이 축융 왕과 원한이 있어 이웃 나라 의리를 돌보지 아니하신다 하니 장부가 할 일이 아니오이다. 이제 다 폐하의 신하로 되었으니 서로 화목하게 지내시오."

　만왕과 축융이 함께 일어나 사례하고 서로 형제지간처럼 지낼 것을 맹세하였다.

　나탁과 축융이 말하였다.

　"도독이 남방에 은혜와 위엄을 베푸사 더 바랄 것이 없소이다. 도독께서 살아 계시오나 저희가 사당을 지어 놓고 천추만세에 도독의 은혜를 길이 전할까 하나이다."

　"이는 다 폐하의 은혜요, 창곡의 은혜랄 게 있으리오."

　만왕 나탁과 축융이 다시 부원수에게 하직하였다.

　"제가 남방에서 나고 자라 보고 들은 것 없다가 부원수를 뵙고 사모하는 정이 깊으니, 살려 준 은혜 때문만은 아니오이다. 이제 이별하려니 산이 아득하여 뒷날 패물을 갖추어 천자를 뵈오러 갈 제 반가이 뵈올 것을 약속하나이다."

　부원수가 빙그레 웃었다.

"싸우면 적이요, 사귀면 벗이니, 사람이 만났다 헤어짐은 예사로 있는 일이오이다. 부디 대왕들은 자애를 베풀어 다시는 홍혼탈 같은 사람이 이 땅에 이르게 하지 마소서."

나탁과 축융이 따라 웃었다.

이때 일지련이 부원수에게 말했다.

"제가 이 길로 채찍을 들고 부원수 뒤를 따르고자 하오나 처녀 몸이라 마음대로 못하오니 뒷날 다시 뵈옵기를 바라옵니다."

부원수 속으로 생각하기를,

'내 일지련의 용모와 재질을 아껴 곁에 두고자 하였더니 따라갈 마음이 없는 게로군. 만인이라 성품이 고집스럽고 인정이 모자란 탓이로다.'

하며 일지련 손을 잡고 슬픈 얼굴로 한동안 아무 말이 없었다.

도독이 행군을 재촉하였다. 남만 장수 철목탑은 만병 삼천을 거느리고 선봉에 서서 길을 열고, 뇌천풍은 오천을 거느려 전장군이 되고, 소유경은 오천을 거느려 후장군이 되고, 동초와 마달은 좌우 장군이 되고, 도독과 부원수는 대군을 거느려 중군이 되어 교지로 행군하였다.

때는 삼월 이른 봄이라. 남쪽 지방이 절기가 일러 명나라 오뉴월 같이 덥지만, 산은 거의 다 벌거벗어 풀이며 나무가 드물었다. 한편 으로 넓은 바다가 가까워 괴상한 바람과 습한 기운이 자욱하고, 들 이 넓어 사오백 리 가도 인가 하나 없더라.

교지 왕이 토병을 거느리고 국경에 나와 맞이하니, 도독이 적들 사정을 물었다.

"홍도 왕 탈해脫解는 만족 출신이오이다. 천성이 흉악무도하여 제 아비를 왕위에서 내쫓은 자이오이다. 안해 소보살은 요사한 술법에 능하고 성품이 교활한데 지금은 오계동에 있사오이다. 본디 남방 여러 나라들 가운데 홍도국이 가장 풍속이 어지러워 천륜을 어기고 위력만 뽐내니, 사납고 굳셈이 금수와 다름없소이다."

"오계동이 여기서 몇 리요?"

"사백여 리 되는데 그 사이에 시내가 다섯 있어 황계黃溪, 철계鐵溪, 도화계桃花溪, 아계啞溪, 탕계湯溪라 하오이다. 황계를 건너면 사람 몸이 누렇게 되어 종기가 생기고, 철계에 빠지면 온갖 쇠붙이들이 다 녹아 물이 되옵니다. 도화계는 삼월에 복사꽃이 피면 물이 절로 붉어져 독기가 십 리를 흐르며 풍기옵니다. 아계는 그 물을 마시면 벙어리 되어 말을 못 하며, 탕계는 늘 물이 끓어 사람이 들어서지 못하니 제아무리 강한 군사를 거느린 용맹한 장수라도 이곳에 이르러서는 손쓸 도리가 없나이다."

도독이 이 말을 듣고 걱정이 되나 내색하지 않고 교지 출신 병사 오천 명을 거느려 오계동으로 행군하였다. 한 곳에 이르니 산천이 드넓고 땅이 평평하여 대군이 머무를 만하였다. 벌써 날이 저물어 산 밑에 진을 치고 밤을 지새는데, 달빛이 참으로 맑았다.

도독은 부원수와 함께 진문 밖에 나와 달빛을 따라 거닐었다. 문득 바람결에 뎅경뎅경 풍경 소리 아득히 들렸다. 교지 병사더러 무슨 소리인가 물었다.

"이 뒷산 아래 한나라 때 장수 마복파 장군 사당이 있나이다."

부원수가 도독에게 청하였다.

"마복파는 한나라 명장이니, 그 넋이 사라지지 아니하였을 터, 잠깐 향을 사르고 옴이 좋을까 하나이다."

도독이 허락하고 같이 사당에 이르러 향을 사르고 가만히 빈 뒤, 탁상에 있는 거북을 집어 괘를 보았다. 앞날이 길하였다.

사당 문을 나서니 밤이 벌써 깊었다. 사방에 검은 안개 자욱하여 달빛을 가리거늘, 도독이 부원수를 보고 타일렀다.

"이는 남방 장기瘴氣라. 안개 모양 독한 기운이라 사람이 쏘이면 병이 되므로, 마복파 장군이 율무를 먹고 이 기운을 막았다 하오. 그대가 연약한 몸으로 독기를 쏘이니 참으로 걱정이구려."

부원수 웃으며 머리를 가로저었다.

"소장은 만인이라 괜찮사옵니다."

이날 밤, 부원수 문득 피를 토하며 정신을 잃었다. 도독이 크게 놀라 부원수 장막에 이르러 보니 병세가 위급하였다. 도독이 좌우를 물리고 부원수에게 조용히 물었다.

"먼 길에 지친 몸으로 아까 독한 안개를 쏘여 그런 것이오."

"이는 제가 종신토록 앓을 병이옵니다. 십 리 전당호 물결을 마시고 하늘가 먼먼 곳을 떠돌던 몸이 낯선 땅에서 병을 더쳤나 하나이다."

부원수 하염없이 눈물을 흘렸다. 도독이 걱정스러워 바삐 약을 먹이고는 손을 꼭 잡으며 일렀다.

"교지는 예부터 괴이한 곳이오. 내 비록 재주 없으나 마땅히 그대를 대신하여 오계동을 칠 것이니, 그대는 후군이 되어 천천히 뒤따르며 몸을 돌보시오."

이튿날 부원수는 수레에 누워 후군이 되니, 도독이 대군을 이끌고 행군하다 한 곳에 이르렀다. 교지 군사가 이르기를 이곳이 황계라 하였다. 멀리 바라보니 누런 물결이 도도하여 하늘에 닿아 마치 황하수가 하늘에서 내리는 것 같더라. 다가가 보니 깊이는 한 길에 지나지 않으나, 흐름이 빠르고 넓기가 아득하여 바다 같았다. 도독이 군사들에게 명하여 나무와 돌을 모아 다리를 무으나, 가운데 이르면 물결에 채어 도로 무너졌다. 그 바람에 돌을 쌓던 군사 수십 명이 물에 빠져 겨우 건졌으나, 온몸이 누렇게 변하고 짓무르며 퉁퉁 부어올랐다.

도독이 크게 놀라 이번에는 뗏목으로 다리를 무으나 세 번 띄워 세 번 다 끊어지니 어찌할 도리가 없었다. 날은 차츰 저물고 군사들이 당황하여 모두 물에 다다라서는 말 머리를 돌리고 섰더니, 그중 말 한 필이 고삐를 끊고 강 가운데로 달려들어 흐르는 물을 마셨다. 군사가 바삐 말을 끌어 냈으나 온몸이 짓무르며 눕더니 일어나지 못하였다.

도독은 한동안 곰곰이 생각해도 묘책이 떠오르지 않았다. 군사를 물려 언덕에 진을 치고 밤을 지내도록 하고는 소 사마를 데리고 물가로 다가가 흐르는 물결을 하염없이 바라보았다. 밤이 깊어지자 누른 기운이 안개같이 일어나며 사람을 엄습하였다. 도독이 소 사마더러 말하였다.

"내 예와 오늘의 병서를 보고 천문 지리도 대강 배웠으나, 이는 자연 이치로 짐작할 수 없고 지혜를 짜도 어찌할 수 없는 일이구려. 하늘이 우리 나라를 돕지 않으심이요, 공을 세우지 못하도록 조물주가 막는 것 같소이다."

"홍 부원수와 상의함이 좋을까 하나이다."

"홍 부원수가 앓고 있을 뿐만 아니라 사람 힘으로 못하는 일을 부원수인들 어찌하리오?"

도독은 장막으로 돌아와 자리에 누웠으나 마음이 어수선하여 잠들지 못하고 뒤척거렸다. 다시 몸을 일으켜 군중을 돌아보고 부원수 장막에 이르니, 부원수 잠들었으나 앓는 소리가 그치지 아니하였다. 도독이 옆에 앉아 이마도 짚어 보고 손을 잡아 보아도 알지 못하였다. 옥 같은 얼굴이 파리하고 연약한 몸을 뉘었으니 가엾고 걱정스러웠다. 손야차를 불러 곁을 떠나지 말고 잘 살피라 하고 장막을 나서 돌아오는데 속으로 불안하기 그지없었다.

'내 대군을 거느리고 거친 땅에 깊숙이 들어와 공을 세울까 하였더니, 어찌 작은 시내에 막힐 줄 알았으랴. 홍랑 또한 병이 가볍지 아니하니 이는 반드시 조물주가 시기함이로다.'

도독은 책상에 기대어도 가슴이 답답하고 불안하여 모대기다 잠깐 잠들었다. 새벽바람이 장막을 걷어치며 온몸을 휩쓸더니, 갑자기 오한이 나면서 몸이 떨려 절로 앓는 소리가 나왔다. 군중에서도 웅성거리며 물을 찾는 소리가 여기저기서 들려왔다. 도독은 손으로 책상을 치면서 큰 소리로,

"일이 다 틀렸구나!"

하고는 정신을 잃었다.

파수병이 서둘러 이 사실을 부원수에게 고하니, 정신이 혼미하여

누워 있던 부원수가 크게 놀라 옷도 제대로 갖추지 못하고 허둥지둥 달려 도독 장막에 이르렀다. 침상에 누워 잠든 도독의 맥을 짚으니 속에서 화기가 치밀었다. 부원수가 도독 손을 잡고 소리쳤다.

"홍혼탈이 왔으니 정신을 차리고 병세를 말씀하소서!"

부원수 목소리에 도독이 가느스름히 눈을 떴다.

"내 정신을 잃은 것이 아니라 머리가 쪼개지듯 아프고 어지러워 견디기 어렵구려."

부원수가 두통과 어지럼증을 멎게 하는 약을 두어 첩 지어 먹이고, 차도를 보아 화기를 뽑는 약을 쓸까 하니 뜻밖에 병세가 더욱 걷잡지 못할 지경이 되었다. 도독이 젊은 나이로 무예가 산을 흔들고 하늘을 찌를 듯하며 나라를 위하는 마음이 어디에도 비길 데 없더니, 이제 황계에 앞길이 막히고 건널 방도가 없어지자 화기가 끓어오른 것이다.

부원수가 장수들을 불러 군중을 단속하고는 막사를 도독 막사 앞으로 옮겼다. 그런 뒤 다시 들어가 보니, 도독이 눈썹을 찡그리고 손으로 가슴을 치며 무슨 말인지 하려 하였다. 부원수가 옆에 다가가 조용히 물었다.

"두통과 어지럼증은 좀 어떠하시오이까?"

도독이 손을 들어 붓을 찾는 듯하였다. 곧바로 붓을 드리자, 도독이 베개에 기대어 글을 써 나갔다.

내 불충불효하여 낯선 곳에 와 병이 들어, 폐하의 높으신 은덕과 부모님의 간절한 기다림을 저버리게 되었으니 이 죄를 어찌하리오.

내 병이 보통 병이 아니라 조물주가 훼방함이라. 지금 혀가 밭고 정신이 흐려 긴 사연을 다 쓰지 못할지라, 모든 일을 그대에게 부탁하오. 그대는 아녀자이나 벼슬에 오르고 뛰어난 재능과 사람을 넘어서는 지략을 지녔으니, 나를 대신하여 군사들을 거느리고 큰 공을 세워 고국에 돌아가 황제와 부모님을 위로하여 창곡이 불충불효한 죄를 조금이라도 덜게 하오. 그것이 한평생을 같이 살려던 의리를 저버리지 않음이오. 사람 목숨이 예부터 이 같으니 그대는 지나치게 슬퍼 말고 뒷날 저승에 가서라도 이승에서 못다 누린 인연을 다시 이읍시다.

도독이 다 쓰고 나서 붓을 던지더니 홍랑 손을 잡아 이윽히 보며 탄식하다가 다시 혼절하였다.

"아, 못다 한 싸움이 앞에 있는데 장군은 어이하여 일어날 줄 모르시오! 나라 흥망이 장군에게 달렸거늘, 하늘이여 땅이여 장차 어찌하리오?"

부원수는 정신이 흐려지고 천지가 아득하여 취한 듯 앉아 생각하였다.

'내 한낱 여자로 부모 친척 없으니 생사 운명이 모두 도독에게 달렸도다. 구구히 애를 쓰며 오늘까지 살아온 것은 죽기를 겁냄이 아니라 도독을 위함이요, 화살이 빗발치는 싸움터에서 적을 쳐부수고 이긴 것도 공을 세우려 함이 아니라 도독을 위함이다. 이제 도독이 불행히 세상을 떠난다면 나라 방비를 내 어이 알며 삼군 통솔을 내 어이하리오? 마땅히 내 몸이 먼저 죽어 만사를

모르리라.'

부원수가 도독 앞에 다가가 조용히 말하였다.

"장군은 정신을 차리시고 한마디만 들어주사이다."

도독이 대답지 아니하니 부원수는 억이 막혔다.

'내 일찍이 의술과 점술을 배웠으니, 이런 때 쓰지 않으면 무슨 소용이랴.'

부원수가 이리 생각하고 괘를 얻으니 길흉이 분명치 않았다. 다시 맥을 짚어 약을 지으려 하니 정신을 가늠할 길이 없어, 큰 한숨을 내쉬었다.

"내 평생 큰일을 당해도 당황하지 아니하더니 이는 반드시 하늘이 넋을 빼앗은 것이로구나. 길하지 못한 징조로다."

부원수가 좌우를 잠깐 물린 뒤 다시 도독의 손을 잡았다.

"제가 상공을 만난 지 삼 년에 이 년을 이별하여 생사를 모르다가, 천 리 타향에서 뜻밖에 끊어진 인연을 다시 이어 여생을 함께 할까 하였는데, 이제 저를 버리고 가시면서 어찌 한마디 말씀도 없나이까?"

도독이 눈을 떠 보고는 잠깐 눈썹을 찡그리며 눈물을 머금었다. 조금이라도 의식이 있음을 다행으로 여겨 부원수가 약을 들어 권하는데, 도독이 문득 큰 소리를 지르고 다시 혼절하였다. 부원수가 놀라 약그릇을 던지며 얼른 몸을 만져 보니 병세에 조금도 차도가 없었다.

"내 차마 못 보겠구나."

부원수가 탄식하며 문밖으로 나가니, 손야차가 창을 들고 뒤를 따랐다.

"그대는 따르지 말라."

야차가 당황하여 물러났다. 새벽달이 거의 지고 별빛이 하늘에 가득하니 군중 물시계가 벌써 오경(새벽 네 시쯤)을 알리더라. 부원수는 곧바로 황계 물가에 다다라 하늘을 우러러 탄식하였다.

"넓고 푸른 하늘이여, 저를 살리려 하실진대 도독 병세를 어찌 이 지경에 이르게 하시옵니까. 저는 어려서 청루에 살면서 재주는 있으나 덕이 적고, 자라서는 좋은 집안에 몸을 의탁했으나 복이 지나쳐 재앙이 생겼사옵니다. 이제 이역만리에서 목숨을 끊게 하시니 이는 제명이 짧기 때문이오나, 양 도독은 부모님께 효도하고 임금께 충성하며 모든 행실에 한 점 흠이 없고 천지신명께 조금도 죄지은 바 없사옵니다. 하물며 나이 이팔이요 앞길이 만리 같으니, 부디 제 몸으로 도독을 대신하여 황계에 던져 거칠고 사나운 물을 고치게 하소서."

말을 마치고 몸을 솟구쳐 물에 빠지려 하는데, 문득 등 뒤에서 막대 소리 나며 부르는 소리가 들렸다.

"홍랑아, 그새 잘 지냈느냐?"

부원수가 놀라 돌아보니 백운도사라. 반가워 얼른 나아가 절을 하고 눈물을 흘리며 말하였다.

"스승님께서는 어데서 오시며 무슨 일로 이곳에 이르시나이까?"

"내 마침 관음보살과 남천문에 올랐다가 그대의 액운을 알고 구하러 왔노라."

홍랑이 기쁨을 감추지 못하며 말하였다.

"스승님께서 서천으로 가신 뒤 다시 뵈올 생각을 못 하였더니, 이같이 뵈온 것은 하늘의 뜻이옵니다."

백운도사가 웃으며 말하였다.

"돌아갈 길이 바쁘니, 도독 병세를 잠깐 보고자 하노라."

홍랑이 크게 기뻐하며 도사를 장막으로 이끌었다. 도독이 아직 정신을 차리지 못한지라, 도사가 한동안 유심히 살펴보다 주머니에서 금단金丹 세 개를 꺼내어 홍랑에게 주었다.

"이것을 먹으면 곧 나으리라."

백운도사가 말을 마치고 일어나 가거늘, 홍랑은 진문 밖에 나와 다시 부탁하였다.

"도독 병이 예사 병이 아니라 근원이 오계동에 있으니 방략을 밝히 가르치소서."

그러자 도사가 웃고 세 구절 글을 외웠다.

한 덩이 흙이 물을 이기고
만 자루 불이 쇠를 녹이나니라.

복사꽃 피어 물결이 붉어질 제
반드시 복사나무 꽃잎을 입에 물라.

아계 물 한껏 마시고
깊은 밤 탕계를 건너리.

도사가 읊고는 홍랑을 보며,

"네 미간에 드리웠던 액운이 오늘로 다하였으니 앞으로는 부귀
영화가 다함이 없으리라."

하고 손에 든 백팔 염주를 주었다.

"석가세존이 불법을 강론하실 때 염불하시는 구슬이니라. 마음
을 가다듬어 배우고 익히면 나쁜 기운이 들지 못하나니 자연 쓸
곳이 있으리라."

도사가 말을 마치고는 한 줄기 맑은 바람이 되어 어디론가 사라
졌다. 부원수는 허공에 대고 수없이 절하고 장중에 들어와 서둘러
금단을 갈아 도독 입에 넣었다. 한 개를 먹이니 도독 가슴이 오르내
리고, 두 개째에 정신이 맑아지며 눈에 정기가 돌고, 세 개째 먹이
니 온몸이 여느 때와 같아지더라. 본디 금단은 석가가 지닌 신령한
약이니, 도독은 약을 먹은 뒤 병이 나았을 뿐 아니라 총명과 기운이
전보다 더 좋아졌다.

부원수는 도독의 병이 다 낫자 기쁨에 겨워 백운도사가 왔다 간
일을 전하고 세 구절 글을 외웠다. 도독 또한 듣고 경탄하였다.

이윽고 부원수가 세 구절을 외며 서둘러 행군 명령을 내렸다.

"장수들과 군졸들은 듣거라. 모두가 흙 한 줌씩 가지고 황계를
건너되, 갈증이 심하거든 흙을 먼저 입에 넣고 물을 마시라."

백만 군사들이 앞 다투어 흙을 옷섶에 꾸렸다. 강을 건너다가 목
이 마르면 흙을 입에 물고 황계 물을 마시니, 과연 아무렇지도 않았
다. 군사들이 사기가 드높아 소리 지르니 우레 같더라.

다음 날 철계에 이르러 보니 물빛이 검푸르고 한기가 어렸다. 병

장기를 담가 보니 과연 녹아 버렸다.

"모두 횃불 한 자루씩 켜 들고 강을 건너라."

부원수가 명을 내리자 군사들이 대번에 마른 풀을 묶어 횃불을 만들어 들고 강을 건넜다. 횃불 백만 자루가 온 철계를 덮으니 신기하게도 횃불이 드문 곳에서만 군사와 말이 한기를 이기지 못하여 쓰러지므로, 다시 횃불을 더 갖춘 뒤 무사히 건넜다.

대군이 더 나아가 도화계에 이르니 때는 삼월 이른 봄이라. 남방 기후가 일러 언덕에 복사꽃 만발하고 물결이 불어 넘쳤다. 꽃이 떨어져 물에 가득히 떠내려 오니 물빛이 붉어 독기가 코를 거슬렀다. 군졸 가운데서 젊고 실없는 자가 손가락으로 물을 찍어 맛보니 손이 부르트고 입에서 피를 토하였다. 부원수가 명을 내렸다.

"모두들 언덕에 올라 복사꽃을 따서 사람과 말의 다리에 문지르고 꽃 한 송이씩 입에 물고 건너라."

백만 대군이 다투어 꽃을 꺾으니 언덕에 그 많던 복사꽃이 순식간에 없어졌다. 대군이 북을 요란히 울리며 도화계를 건널 때 숱한 꽃 그림자가 강물에 비치니, 부원수는 도독과 말 머리를 나란히 하여 걸으며 이야기를 주고받았다.

"강남 전당호 십 리 꽃물결이 아름답다 하나 여기에 견주지 못할 것이옵니다."

도독이 부원수를 정답게 바라보며 빙그레 웃었다.

대군이 도화계를 건너 아계에 다다르자, 부원수가 말하였다.

"만일 목마른 자 있거든 이 물을 한껏 마시고 건너라."

군사들이 무슨 영문인지 몰라 우물쭈물하자 손야차가 내달으며 소리쳤다.

"우리 부원수는 신령스런 분이니라. 어찌 의심하는고?"

그러고는 자신이 먼저 표주박으로 물을 떠 한 번 마시며 뇌천풍더러 아무 일도 없으니 빨리 마시라 말하려는데, 문득 혀가 굳어 말을 못 하였다. 표주박을 던지고 눈물을 흘리며 가슴을 치고 혀를 가리켜 큰 소리로 우니, 부원수가 크게 웃으며 다시 양껏 마시라 하였다. 손야차가 머뭇거리다 연거푸 두세 표주박을 더 마셨다. 그러자 가슴이 시원해지고 목소리가 제대로 나오거늘, 손야차가 기뻐하며 부원수에게 말하였다.

"이 늙은 신하가 항주에서 부원수를 업고 물속을 걸을 때 절강 짠물을 배불리 마셨더랬소. 허나 어찌 이처럼 시원하리오?"

부원수가 고운 눈썹을 살짝 찡그리며 눈을 흘기고 통을 놓았다.

"내 공연히 물을 더 먹여 쓸데없는 소릴 하게 하였도다."

손야차가 그제야 말뜻을 알아차리고 말없이 물러갔다. 이어 대군이 아계의 물을 말릴 듯 들이켜니, 정신이 맑아지고 기운은 샘솟는 듯하더라.

이튿날 탕계에 이르렀다. 세찬 물결이 햇빛을 따라 끓으니 뜨거운 기운이 무섭게 풍겨 가까이 가지도 못할 지경이었다. 부원수가 물가에 진을 치고는 물 가까이 다가가 때를 기다렸다. 밤이 삼경에 이르자 물결이 잔잔해지며 물 위에 서느러운 기운이 나직이 돌았다. 부원수가 서둘러 군사들을 불러 탕계를 건넜다. 장수와 군졸들이 부원수 신통하심에 탄복하더라.

본디 황계는 흙의 정기라 흙으로 흙을 이기고, 철계는 쇠의 정기라 불로 쇠를 이기고, 도화계는 복사꽃 독기라 독으로 독을 뽑고, 아계는 풍토가 달라 처음 한 모금 먹으면 병이 나고 실컷 마시면 오히려 오장 육부에 새 힘이 솟아나며, 탕계는 남방 화기가 이룬 것이나 한밤중이면 북쪽에서 찬 기운이 내려와 끓는 물을 식히는 것이었다. 무릇 천하 만물이 화기를 너무 받으면 독기가 생기는 법이라. 남방은 산천초목이 화기를 받지 않은 것이 없었다. 그런 까닭으로 이곳에 독기가 모인 것이다.

자고새 소리 처량하구나

홍도국 왕 탈해는 안해 소보살과 더불어 명나라 대군이 오계를 건넜다는 소식을 듣고 깜짝 놀라 곧바로 아우 소대왕 발해拔解를 청하였다. 발해는 만 사람을 당할 만한 용맹이 있고 성품이 불같았다.

"명나라 대군이 이제 오계를 건너니 어찌 방비하리오?"

탈해 말에 발해가 팔을 뽐내며 말하였다.

"보잘것없는 기마병들쯤이야 북소리 한 번에 무찌를 터이니 근심 마소서."

"아우는 쉬이 말하지 말라. 내 정예병 삼천을 주리니 자고성鷓鴣城을 지키어 들어오는 적을 막으라."

발해가 응낙하고 갔다.

자고성은 오계동으로 들어가는 북쪽에 있는 성이니, 높은 산 위에 있었다. 그곳에 자고새가 많아 자고성이라 하였다.

이때 도독이 오계동으로 행군하다가 한 곳을 바라보니, 산에 무성한 나무들이 하늘을 찌르고 외로운 성 하나가 은은히 보였다. 부원수가 교지 출신 군사를 불러 물으니,

"저희는 오계에 한 번도 온 적이 없어 자세히는 모르오나, 들으니 오계동으로 들어가는 길에 자고성을 지난다 하더이다."

부원수가 머리를 끄덕이며 도독에게 말하였다.

"탈해가 군사를 매복시켰다가 우리 대군 뒤를 치면 낭패할 터이니 먼저 자고성을 차지함이 옳을까 하나이다."

"어떤 방법으로 자고성을 차지하고자 하오?"

"이곳에 진을 치고 밤을 타서 동초, 마달 두 장군이 군사 오천을 거느려 자고성 북쪽에 매복하고, 저희가 날이 밝기 전에 대군을 몰아 오계동으로 가면, 자고성에 매복했던 적병들이 반드시 내달아 길을 막을 것이옵니다. 이때를 타서 동초, 마달 장군이 재빨리 자고성을 차지하면 될까 하나이다."

도독이 동초와 마달에게 군사 오천을 주어 보내고 날이 밝을 무렵 북소리, 나팔 소리 울리며 대군을 몰아 오계동을 바라보고 바람같이 나아갔다. 소대왕 발해가 과연 성문을 열고 산을 내려와 큰소리로 꾸짖었다.

"쥐 같은 아이 겁도 없이 범 아가리를 지나는구나! 네 담이 얼마나 크냐?"

발해가 말을 몰아 달려들자 부원수는 서둘러 진을 바꾸었다. 후군으로 선봉을 삼고 선봉으로 후군을 삼아 한꺼번에 말 머리를 돌

리며 기를 둘러 발해와 맞섰다. 부원수가 도독과 함께 대오 앞에서 적진을 바라보니 발해는 키가 열 척이요, 얼굴은 검고 범의 눈, 곰의 허리라. 흉악스러운 모양이 사람 같지 않은데 두 손에 커다란 철퇴를 들고 천지를 뒤흔들듯 소리치며 달려드니, 도독이 부원수를 보며,

"저것이 어찌 사람이리오? 귀신이 아니면 괴물이로다."

하더니, 뇌천풍더러 나가 대적하라 하였다.

뇌천풍이 달려 나가 벼락도끼를 들고 발해를 치려 하니, 발해가 오른손으로 철퇴를 옆에 끼고 왼손으로 벼락도끼를 받아 뺏으려 하였다. 천풍이 몹시 성이 나 도끼 자루를 쥐고 놓지 않았다. 발해가 문득 외마디 소리를 지르며 벼락도끼를 대번에 잡아채자, 그 바람에 천풍이 몸을 번쩍이며 말에서 떨어졌다.

"장하도다, 오래 버티었도다. 이 어른의 뛰어난 힘을 알려거든 이 철퇴를 한번 휘둘러 보아라."

발해가 거만스레 웃으며 철퇴를 하나 말 앞에 던지니 절반이나 땅에 박혔다. 천풍이 더욱 노하여 힘을 다해 들려 하였으나 무게가 천만근이었다. 겨우 한 번 들어 땅에 던지며 몸을 솟구쳐 말에 올라 서둘러 본진으로 돌아와 탄복하였다.

"예사 사람이 아니오이다. 항우 장사의 후신인가 하옵니다."

뇌천풍 말이 채 끝나기도 전에 발해가 크게 외쳤다.

"네 백만 병력을 말하지 말라! 명나라 천자가 온다 해도 내 겁나지 않노라."

그 말을 듣고 도독이 크게 노하여 꾸짖었다.

"오랑캐 아이 이렇듯 무례하니 그 머리를 베기 전에는 내 돌아가지 않으리라!"

이때 부원수 웃으며,

"제가 한번 싸워 보리다."

도독이 아무 말이 없었다.

"제 쌍검은 평생 아끼는 칼이온데, 오랑캐의 더러운 피를 어찌 묻히리까. 허리에 찬 살이 다섯 개 있으니 석 대에 죽이지 못하면 군령을 받으리다."

부원수가 쌍검을 끌러 손야차에게 주고 환도와 활과 화살을 차고 말에 오르니, 아리따운 거동과 화려한 풍채가 발해에 견주면 상대도 되지 않았다. 장수들과 군사들이 손에 땀을 쥐고 자웅을 구경하였다. 도독은 진 위에 높이 앉아 만일 부원수가 위태로우면 대군을 몰아 구할 태세를 갖추었다.

소대왕 발해가 철퇴를 휘두르고 싸움을 돋우며 명군 쪽으로 된욕을 퍼부었다. 그때 명나라 진영에서 젊은 장수가 금빛 갑옷을 입고 말에 올라 동개살을 메고 보석으로 장식한 활을 번쩍이며 가벼이 나오는데, 옥 같은 용모와 별같이 빛나는 눈에 정신이 또릿하고 풍채 늠름하여 일찍이 싸움터에서 보지 못하던 인물이더라. 또한 손에 아무 병기도 들지 않은 채 섬섬옥수로 말고삐를 거머잡고 천천히 나오니, 발해가 이윽토록 바라보다 호탕하게 웃었다.

"더러운 자식이 들어가고 아름다운 여자가 나오니 내 심심풀이나 하여 보리라."

발해가 철퇴를 공중으로 던졌다가 다시 받으며 재주를 자랑하고는 부원수를 얼렀다.

"네 얼굴을 보니 요물이 아니면 절세가인이로구나. 내 마땅히 사
로잡아 가리라."

발해가 철퇴를 옆에 끼더니 말을 달려왔다. 부원수 웃음을 띠고
말을 돌리며 활을 당기자, 화살이 번쩍이며 발해 왼 눈에 꽂혀 눈알
이 솟았다. 발해가 외마디소리를 지르니 마치 벼락 치는 것 같았다.
한 손으로 화살을 뽑고 다른 손으로 철퇴를 들고는 노기충천하여
갑옷을 벗어 땅에 던지니 검은 살이 드러났다.

"네 괴이한 재주를 믿고 이처럼 당돌하니 어디 한번 다시 쏘아
보아라. 내 마땅히 가슴으로 받으리라."

하더니 이를 갈며 달려들었다.

부원수 또다시 싱긋 웃더니 활을 당겼다. 시위 소리가 나니 발해
가 말 위에 일어서며 배를 내밀었다.

"내 마땅히 배로 네 화살을 받을 것이니, 너는 머리를 들어 내 철
퇴를 받으라."

발해가 오른손에 철퇴를 들고 부원수 쪽으로 던졌다. 부원수 얼
른 피하며 손을 번쩍이더니 시위 소리와 함께 번개같이 빠른 화살
이 이번에는 발해의 입을 맞혔다. 발해가 화살을 뽑아 피를 뿜으니,
남은 한 눈에서 불길이 무섭게 이글거렸다. 분을 이기지 못하여 말
에서 뛰어내려 범같이 달려드니, 부원수가 말을 채찍질하여 피하
며 꾸짖었다.

"네 눈이 있으나 하늘 높은 줄 모르기에 내 먼저 눈을 쏜 것이요,
입이 있으나 말을 삼가지 않기로 두 번째 화살을 날려 입을 맞힌

것이로다. 네 이같이 무례함은 흉악한 마음 탓이니, 내 셋째 화살로 네 심통을 쏘아 막힌 마음에 맞구멍을 내리라."

말을 마치고 하얀 팔을 한 번 번쩍이자 시위 소리가 울렸다. 발해가 겁에 질려 가슴을 가리며 피하다가 그만 빈 활에 속았다는 것을 알고는 더욱 분하여 길길이 뛰며 다시 달려들었다. 부원수 형세가 급하니 날래게 몸을 피하며 별 같은 눈동자를 한 번 굴리더니 시위 소리 울렸다. 화살이 발해 가슴팍에 맞고 등까지 사뭇 뚫고 나갔다. 발해가 반 길이나 솟구쳐 비명 소리를 지르고는 땅에 쓰러졌다.

부원수가 곧 환도를 빼어 발해 머리에 썼던 투구를 벗겨서 꿰어 들고 본진에 돌아와 도독에게 바쳤다. 도독이 크게 기뻐 부원수의 신묘한 활 솜씨와 담대함에 감탄하였다.

한편, 동초와 마달은 자고성 북쪽에 매복하였다가 발해가 산에서 내려오는 것을 보고 한꺼번에 고함을 지르며 달려가 재빨리 자고성을 차지하였다. 뒤이어 도독이 부원수와 함께 대군을 이끌고 잔병들을 무찌르며 성에 이르러 성지를 돌아보았다. 참으로 철옹성같이 견고한 성지였다. 창고를 열어 보니 군량이 적지 않고 병장기가 방마다 가득 찼는데, 모두 수전水戰에 쓰는 무기들이며 배 뭇는 재목이었다.

"우리 군사들에게 일찍이 수전을 가르치지 못하였으니, 만일 탈해가 수전으로 달려들면 어찌하리오?"

도독이 놀라며 걱정하자, 부원수가 웃으며 조금도 두려워하는 기색 없이 말했다.

"제가 비록 육전에는 능하지 못하나 일찍이 수전하는 법을 배워,

제아무리 이름난 옛적 장수들이 다시 살아 온다 해도 두렵지 않나이다."

도독은 그제야 마음이 놓였다.

이날 도독은 대군을 치하하고 음식을 푸짐히 차려 먹인 뒤, 저마다 처소를 정하여 쉬게 하고 부원수를 불렀다.

"우리 오랜 싸움길에 지쳐 언제 한번 정답게 앉아 술 한잔 나눌 겨를이 없었구려. 자고성 동쪽에 높은 누대가 있어 경치 좋다 하니 잠깐 올라 즐기고 싶구려."

부원수가 웃으며 장수들을 다 물린 뒤, 손야차만 데리고 편한 옷차림으로 도독을 따라 대에 올랐다. 석양에 물든 산 빛은 눈앞에 울창하게 벌여 있고 하늘가에 떠도는 흰 구름은 아득히 흩어지는데, 자고새 우는 소리 여기저기서 들려와 객지살이의 시름을 돕는다. 도독이 손야차에게 술을 가져오라 하여 부원수와 함께 한 잔 두 잔 주고받았다.

술기운이 오르자 부원수가 문득 고개를 숙이고 슬퍼하거늘, 도독이 웃으며 손목을 덥석 잡고 물었다.

"그대 낯빛이 흐려지니 무슨 일이오?"

"떠돌아다니는 사람은 고향 생각이 더 나는 법이라 하더이다. 고기도 놀던 물을 생각하나니, 저 자고새 소리는 강남에서 듣던 소리와 다름없으나 지난날엔 그리도 명랑하더니 오늘은 어찌 저리 처량하나이까? 제가 본디 청루 기생 천한 몸으로 뜻밖에 상공을 만나 이제 영광이 비길 데 없사옵니다. 예서 더 바랄 것이 없을 듯하나, 아녀자 마음에 만족을 모르고 매양 이러한 경개를 만나면 저도 모르게 눈물이 흐르고 탄식이 흘러나오나이다. 평생 풍류장에서만 놀아 예절과 법도를 배우지 못하고 노래하고 춤추는 것을 즐기는 마음이 있어, 세월이 빠름을 탄식하고 인생이 잠깐임을 슬퍼하는 버릇이 들었나 보오이다.

저 자고새 소리를 들어 보소서. 삼월 봄바람에 뒷산에 꽃 피고 앞산에 잎 푸르러 봄빛이 화창할 때, 쌍쌍이 나는 자고, 나래 가지런히 하고 꽃가지 찾아 암수 서로 부르고 화답하니, 그 소리 화창하여 강 언덕 버드나무 가지 흐늘흐늘 봄바람에 춤을 추고, 뜰의 풀은 봄비 맞아 여기저기 무성하옵니다. 자고가 한 번 울면 말 달리던 소년이 준마를 멈추고, 두 번 울면 청루 기생들이 몸단장을 재촉하고, 번화한 소리와 아리따운 웃음이 자고를 시기하며 젊음을 다투옵니다. 그러다가 물결 따라 봄도 가서 꽃이 날리고 서풍이 쓸쓸하니, 그 소리 슬퍼서 한 번 울면 절의 굳은 선비의 맑은 마음 조각조각 부서지고, 두 번 울면 미인 옷소매에 눈물 자욱이 아롱지니, 이는 무심한 자고 소리를 유심히 들어서이옵니다.

제가 상공과 강남에서 정을 한번 맺고 하늘가 이역에서 이처럼 다시 만나, 나탁과 축융의 서릿발 같은 칼날과 폭풍 같은 화살에도 조금도 흔들리지 않고 생과 사를 가르는 환난에도 헤어지지 아니하고 함께 이 누대에 오르니, 다만 한스러운 바는 백발이 무정하고 홍안도 제 시절이 있구나 싶사오며, 저물녘 자고새가 쓸쓸한 심회를 불러일으키옵니다. 저는 알 수 없나이다. 오늘 이 마음이 백 년 뒤엔 어디로 가나이까?"

"그대 지혜와 식견으로 어찌 그런 생각을 하는고? 내 그대와 이 대에 오름도 우연한 일이요, 또 자고를 들음도 우연한 일이라. 살아 정을 맺고 죽어 정을 잊지 않는 것이 인간 세상 당연한 이치라네. 백 년을 즐겁고 평안히 지내면 백년지락이요, 하루를 한가하고 조용히 보내면 일일지복이라. 서산에 지는 해 보내고 동산에 돋는 달 맞으매 아름답지 않음이 없노라.

군중에 남은 술이 있거든 가져오라. 내 그대와 함께 맘껏 취하여 울적한 심회를 풀어 주리라."

도독이 한 잔 부어 권하니 홍랑 또한 방긋 웃고 다시 잔을 받들어 마셨다. 어느새 밤이 깊고 이슬이 옷깃을 적시니 홍랑이 조용히 말하였다.

"백만 대군을 이끄는 분이 술에 취하여 장수를 대하심은 옳지 않사옵니다. 밤이 깊고 술이 독하오니 천금같이 귀한 몸 돌보시어 한순간의 즐거움에 끌리지 마시고 일찍 돌아가심이 옳을까 하나이다."

도독이 홍랑 손을 이끌며 잔을 잡고 말하였다.

"내 오래도록 술잔을 기울여 보지 못하여 가슴이 울적하다가, 마침 우리 군사 무사하고 이곳 경개 또한 빼어나니 잠깐 취한들 무슨 잘못이리오. 그런 말 말고 한 잔 더 부으라. 만리타향에서 이런 밤이 쉽지 않을까 하노라."

홍랑이 다시 눈을 들어 바라보았다.

"군사들은 싸움에 싸움을 거듭하면서 생사를 가늠할 수 없어 칼을 안고 창을 베고 잠조차 편히 이루지 못하는데, 상공이 이를 돌아보지 아니하고 한가로이 술잔만 기울이고자 하시니 이는 제 죄오이다. 제가 다시는 상공을 가까이 모시지 못할까 하나이다."

도독이 대번에 낯빛이 변하였다.

"요즘 홍랑 기색을 보니 조금도 유순하지 않고 말을 거스르며 불만스러우니 그 무슨 도리인고?"

홍랑이 고개를 숙이고 한동안 말이 없다가 술을 반쯤 채워 들고 도독에게 드리며 공순히 말하였다.

"제가 상공 말씀을 거스르면 뉘 말에 순종하오리까? 상공이 날이 감에 따라 자신을 과신하여 귀한 몸을 돌보지 아니하고 밤새도록 술을 마시려 하시니, 어찌 하늘가 저 멀리서 늙으신 부모 걱정하실 생각을 않으시오이까?"

도독이 더욱 언짢은 듯 잔을 받지 않고 장중으로 돌아가니, 부원수 따라와 감히 앉지 못하고 그 자리에 꼼짝 않고 서 있더라.

"부원수 체면에 오래 서 있는 것도 편안치 못하니 그만 돌아감이 좋을까 하노라."

양 도독이 정색하여 말해도 부원수 더욱 공손히 서서 물러가지 않았다. 도독이 손야차를 불러 명하였다.

"부원수를 모시고 빨리 막사로 돌아가되 내 부르기 전에는 출입하지 말라."

기색이 엄하니 부원수 할 수 없이 물러나는데, 손야차가 조용히 물었다.

"무슨 언짢은 일이라도 있었나이까?"

"노장이 알 바 아니니 너무 걱정 마시오."

그날 밤 부원수는 융복을 벗지 아니하고 자리에 들었으나 이리 뭉싯 저리 뭉싯 하며 잠을 이루지 못하였다.

'도독 성품이 본디 너그러워 괜스레 성내는 것을 본 적이 없더니, 오늘 일은 반드시 무슨 곡절이 있는 것 같구나. 내일이면 알겠지.'

부원수는 자리에 누웠다가 다시,

'내 늘 밝은 얼굴로 사람을 섬기더니 요즘 거친 행실이 많고 유순한 기색이 없어 군자의 기분을 언짢게 하였구나. 이 어찌 내 허물이 아니리오.'

하고 거울을 가져다 얼굴을 보며 낯빛을 고치려 애를 썼다.

홍랑은 온밤 잠을 이루지 못하고 날이 밝자 곧장 도독 장막 앞에 이르렀다. 감히 들어가지 못한 채 서성거리니, 도독이 어느새 눈치를 채고 또 손야차를 불러 호령하였다.

"내 어제 이른 말이 있거늘, 부원수 다시 장 앞에 이르렀으니 어찌 된 일인고? 어서 물러가게 하라!"

부원수 장막으로 돌아와 슬픔을 이기지 못해 어쩔 줄 몰라 했다. 우스운 일이다. 양 도독이 홍랑을 사랑하고 홍랑이 양 도독을 믿는 것에 어찌 노여움이 있으며 의심이 생기랴마는, 무릇 사람이란 정이 깊어 갈수록 가림이 있고 친함이 깊으면 노함이 쉬우니, 홍랑의 식견과 지혜로도 양 도독 앞에서는 마음이 약하여 도독이 웃으면 같이 웃고 도독이 근심하면 같이 근심하는 것이다. 이제 뜻밖에 꾸중을 들어 처음에는 곡절을 의심하고 나중에는 허물을 생각하며 마침내 설움이 북받쳐 어쩔 줄 모르니, 이는 다 부부간 간절한 마음이요 뜨거운 마음에서 나온 경계라. 이 마음이 없다면 여자의 마음이 아니요, 또한 이 마음이 지나치면 덕이 모자람이니 어찌 삼갈 바 아니랴.

이때 양 도독은 홍랑이 한 충언을 듣고 속으로 탄복하여 사랑함이 더욱 간절하니 도리어 걱정이 되었다.

'조물이 사람을 내실 적에 낯빛이 고운 자는 덕이 모자라고 재주가 있는 자는 지혜가 얕거늘, 이제 홍랑을 사귄 지 몇 해 세월이 흘러도 모자란 점을 보지 못하니 내 홍랑에게 한껏 반한 것이 아니랴. 다만 홍랑을 위하여 염려되는 것이 적지 아니하도다. 티 없는 옥이 부서지기 쉽고 꽃다운 풀이 번성하지 아니하나니 도리어 애처롭구나. 내일 오계동 싸움에 홍랑이 반드시 나를 혼자 가게 아니 할지니, 연약한 몸으로 날마다 고생하는 것이 마음에 걸리누나. 내 이때를 타 거짓으로 불만을 보여 홍랑이 방에 누워 몸조리나 하게 하리라.'

이렇게 생각하고 술을 마시며 자그마한 일을 가지고 괜히 노여운 척하였으나, 이런 마음을 알 리 없는 홍랑은 심란히 막사에 돌아와 책상에 기대어 아무 말도 없이 앉아 있었다. 이때 손야차가 와서 도독이 날이 밝으면 오계동을 치러 가신다는 군령을 전하였다. 부원수가 가만히 생각하다가 얼른 일어나 도독 장막 앞에 이르니, 도독이 마침 조용히 앉아 병서를 보고 있다. 부원수는 더 생각할 새 없이 퍼뜩 들어섰다.

"어제 제 잘못은 죽어도 한이 없으나 오늘 싸움에 참가하지 못하게 하심은 제 바라는 바 아니올시다. 제가 어제 발해를 보니 마땅히 탈해의 흉악함을 짐작하겠사옵니다. 오계동 또한 험지인데 오늘 싸움은 첫 대결이오이다. 그 허실을 모르고 적을 업신여기지 못할지니, 제가 상공을 좇아 이곳에 와 있으매, 상공 홀로 위험한 곳에 들어가심을 어찌 앉아서 보고만 있으리까. 제 비록 묘책은 없사오나 휘하에서 고난을 같이할까 하나이다.”

그 말에 도독이 큰소리로 말하였다.

“부원수 없으면 낭패할 줄 아는가! 전장에서 이기고 지는 것은 예사로운 일이라. 오늘 싸움은 못난 양 도독이 지휘하리니 부원수는 걱정하지 말라.”

부원수는 불안한 마음으로 돌아왔다. 곧 손야차가 또 도독이 내린 군령을 전했다. 군사 삼천과 손야차는 부원수와 더불어 자고성에 남아 있고 그 밖의 장졸들은 아침 해가 솟아오를 때 오계동으로 행군하라 하였다.

소 사마가 또 부원수에게 이르러 말한다.

“오늘 오계동 싸움이 쉽지 아니하나 도독이 부원수 병환을 근심하여 홀로 출전하시니 달리 생각 마소서.”

“장군이 모르시는 말씀이오. 창을 메고 칼을 둘러 적장을 베며 진을 좌충우돌함은 이 홍혼탈이 어느 정도 능하다 할 수 있으나, 정연한 진법으로 문무 두루 능하기로야 홍혼탈이 열인들 어찌 양 도독 한 명을 당하리오. 다만 휘하에 장수 적고 혼탈이 병들어 좇아가지 못하니, 소 장군은 어서 가서 도독을 모셔 싸우다가 만일 급한 일이 생기거든 내게 알려 고난을 같이하게 하시오.”

소 사마가 응낙하고 가니라.

해 뜰 무렵 도독이 군사를 이끌고 행군하니, 자고성에서 오계동까지 겨우 이십 리라. 도독은 대군을 다섯 무리로 나누어 첫째 부대는 선봉장군 뇌천풍이, 둘째 부대는 좌익장군 동초가, 셋째 부대는 우익장군 마달이, 넷째 부대는 우사마 소유경이 저마다 거느리고, 도독이 중군이 되었다. 오계동 앞에 진을 치는데, 기병들이 동서로 일자진一字陣을 치고 수레며 병졸들이 가운데서 동서로 뻗어 나갔다.

소 사마가 속으로 생각하기를,

'오랑캐 풍속이 달려들기를 좋아하니 만일 적병이 우리 진 중간을 친다면 허리가 끊어져 어찌하리오?'

하고, 가만히 진 형세를 그려 부원수에게 보내어 방도를 물었다.

한편, 도독은 진을 친 뒤 격서를 써서 화살에 매어 옥계동 가운데로 쏘았다.

내 황명을 받자와 남방을 덕으로 항복받고자 하노라. 무모한 충돌을 바라지 않으니, 홍도국 왕은 빨리 나와 항복하라.

이때 탈해는 동문에 올라 명군을 바라보며 웃었다.

"명나라 도독이 십만 대군으로 한일자 진을 치니 이는 형세를 과장함이로다. 속대 센 자는 겉을 자랑하지 않는 법이니, 내 기병을 내어 중간을 들입다 치면 머리와 꼬리가 두 쪽으로 갈라져 패하고 말리라."

곁에서 안해 소보살이 침착하게 말하였다.

"제가 명군의 진을 보니 깃발이며 말이며 병사들이 모두 질서 정연하오이다. 가벼이 볼 적수가 아닌가 하나이다."

소보살이 말을 마치기도 전에 화살을 타고 격서 한 장이 동중에 떨어졌다. 탈해가 격서를 보더니 껄껄 웃었다.

"내 짐작이 틀리지 아니하도다. 명나라 도독은 아직 철없는 어린 장수니 내 마땅히 북소리 한 번에 사로잡으리라."

탈해는 골짜기 문을 열고 군사 육칠천을 거느리고 명나라 진영으로 바람같이 들이닥쳤다.

도독이 서둘러 깃발을 쓸며 북을 쳐 동서진을 합하니, 머리와 꼬리가 서로 합쳐져 커다랗고 둥근 포위진이 되었다. 탈해는 포위에 들자 크게 놀라 바삐 군사들을 한곳에 모아 방어진을 치고 직접 창을 비껴들고 포위진을 뚫으려 하였다.

도독이 자세히 바라보니, 탈해는 키가 십 척이 넘고 얼굴이 푸르며 고리눈에 범수염이다.

"뉘 마땅히 탈해를 대적하리오?"

도독이 좌우를 둘러보며 말하자 뇌천풍이 벼락도끼를 들고 나섰다.

탈해가 뇌천풍을 보자 고리눈을 부릅뜨고 범수염을 거슬러 우레같이 호통을 치니 산이 무너지듯 한다. 천풍이 탄 말이 놀라 열 걸음 뒤로 물러섰다. 이 광경을 지켜보던 동초와 마달이 창검을 들고 힘을 합쳐 달려들었으나, 탈해는 조금도 두려워하지 않고 이쪽저쪽을 맹렬히 쳤다.

이렇게 되자 소 사마가 도독에게 말했다.

"탈해가 저렇듯 흉악하니 그를 사로잡으려다가 상할 사람이 많을 듯하오이다. 궁노수를 부르는 것이 좋을까 하나이다."

"병법에 이르기를 궁한 적을 쫓지 말라 하였소. 지금은 그저 기세를 꺾자는 것이니 그럴 것 없소."

소 사마가 거듭 간청하였다.

"탈해는 범 같은 자라 함정에 든 범을 놓아 뒤탈을 남김은 좋지 못할까 하나이다."

소 사마 거듭 말하니, 도독은 궁노수들을 부르라고 허락하였다.

소 사마는 곧바로 궁노수 수백 명을 불러 탈해를 에워싸고 활을 쏘았다. 탈해가 그제야 위태로움을 느끼고 말에서 뛰어내려 창을 들고 빗발치는 화살을 막으나, 몸에 벌써 살 십여 대를 맞고 피 흘리며 땅에 엎드렸다. 탈해가 벼락같이 소리 지르며 몸을 솟구쳐 두어 겹 에워싼 진을 뚫고 세 번 솟구치더니 진 밖으로 벗어났다. 기세가 더욱 흉악스러워 누구도 감히 앞을 막지 못하였다. 도독은 대군을 몰아 더욱 답새겼다.

이때 소보살이 군사를 거느리고 탈해를 구하고자 서둘러 달려와 보니, 명나라 대군에 맞서 한바탕 격전을 벌이다가 함성이 하늘땅을 울리고 주검이 산을 이룬 가운데 탈해가 중상을 입고 퇴각하고 있었다. 소보살은 곧 군사를 거두고 문을 닫았다.

해가 서산에 지고 날이 저물기 시작하자 도독이 군사를 돌려 자고성으로 오는데, 손야차가 말을 달려왔다. 도독이 놀라 어찌 된 까닭인가 물었다.

"부원수가 소 사마께 편지를 보냈나이다."

"부원수는 어찌 지냈는가?"

"종일 앓다가 아군 동정이 궁금하여 자고대에 올라 남쪽을 바라보며 안타까이 시간을 보내더이다."

도독이 빙그레 웃으며 속으로,

'내 한번 속여 보자 하였더니 어린 마음에 어찌 병을 더치지 않으리오.'

하고 뉘우치며, 소 사마에게 무슨 편지냐고 물었다.

"소장이 아까 진세를 걱정하여 편지로 물었더니 그 답이로소이다."

도독이 웃으며 편지를 보았다.

진 형세를 보니 솔연진率然陣이오이다. 머리를 치면 꼬리가 달려들고 꼬리를 치면 머리가 일어나며 허리를 치면 머리와 꼬리가 한꺼번에 달려들어 서로 합하니, 이름을 솔연(큰 뱀)에 비긴 것이오이다. 겉으로 가느다래 보이니 모르는 자가 허리를 치다가 낭패 보기 쉽소이다. 탈해 위인이 발해와 같으면 포위에 든 다음 힘으로 잡으려 하지 마시오이다.

'참으로 지혜 뛰어나구나.'

도독이 보고 웃더라.

대군이 자고성에 이르자 부원수가 성문에 나와 맞았다. 도독이 아무 말 없이 군사들을 정돈하니, 벌써 황혼이 지나 장막 안에 등불이 고요히 비쳤다. 도독은 짐짓 정색하고 아무 말 없이 앉았다. 앞에는 부원수 홀로 서서 아미를 숙였는데, 복사꽃 같은 두 뺨에 불그레한 기운이 무르녹아 어린 듯 조는 듯 그 모습이 마치 그림 속 사람 같더라.

도독이 그 자태를 곁눈질하여 보다가 참지 못하여 탄식하는 체하며,

"안에는 날랜 장사가 없고 밖에는 강한 대적이 있으니 어찌하면 좋으리오?"

하고 자리에 누웠다. 부원수가 힐끗 눈치를 살피며 조용히 물었다.

"오늘 진법은 효과가 어떠하였나이까?"

"백면서생으로 병서를 읽지 못하여 한탄하던 중 다행히 소 사마를 통하여 들으니 내가 쓴 진이 솔연진이라더구려."

부원수가 고개를 숙이고 몰래 웃었다. 그러자 도독이 크게 웃더니 부원수 손을 잡아 자리에 앉히며 속마음을 터놓았다.

"백만 대군의 장수가 되기는 쉬우나 싸움터에서 가장 노릇하기는 참으로 어렵구려. 내 오계동을 치기 전에 자고새 소리를 들으며 일부러 노여운 기색을 지어 싸움터에 따라나서지 못하게 하고 몸조리나 하라 하였더니, 내 지략이 모자라고 어려 청루에서 놀던 마음 걷잡지 못하여 기색을 드러냈으니 영웅 열사가 다 헛말이구려."

부원수가 새로이 부끄러워 아무 대답도 못 하거늘 도독이 다시 말하였다.

"나나 그대나 한창 젊은 나이거늘, 머나먼 싸움길에서 오랫동안 풍진을 겪으니 마음이 울적하여 한번 기꺼이 즐겨 볼 겨를이 없

구려. 이제 일은 한때 희롱으로 다 잊어버리시오. 오늘 싸움에서 적세를 보니 탈해는 나탁 정도가 아니라 더욱더 영악한 인물인 데다 그 곁에 소보살을 잠깐 보니 모략과 재주가 예측하기 어려 워 걱정이 적지 않소."

"제가 비록 재주 없사오나 마땅히 소보살을 잡을 것이니, 상공은 탈해를 잡아 힘을 나누어 씀이 어떠하나이까?"

도독이 웃으며 허락하였다. 부원수가 자리에서 물러가려 하자 도독이 손목을 잡았다.

"내 그대와 일찍이 세 가지 약속한 것이 있으나 그것은 나탁을 치기 전 약속이니, 오늘 밤은 같이 지내며 고적한 회포를 위로하 리라."

하고 손야차를 불러 분부하였다.

"오늘 밤에는 내일 싸움 준비로 상의할 일이 있어 홍 부원수는 밤이 깊어야 돌아갈지니, 그대는 막사를 비우지 말고 가서 지키 라."

야차가 명을 듣고 돌아오며 속으로 웃었다.

'시속 남정네들이 사랑하는 여인을 두고 사랑 끝에 다투고 다툼 끝에 함께 잔다는 말을 내 이상히 여겼더니, 어찌 침착한 도독과 단아한 부원수가 풍파를 일으킬 줄 알며, 또 오늘 운우지락으로 될 줄 알았으리오.'

도독은 홍랑과 자리를 같이하고 오래간만에 부부의 따뜻한 정을 나누며 지루한 싸움길에서 생사를 같이하리라 다짐하고 위로하였 다. 부원수는 자연 곤하여 새벽이 되어도 깨어날 줄 몰랐다. 도독이 먼저 깨어 보니 군중 물시계는 벌써 끊어지고 서산에 지는 달이 막사를 비추었다. 홍랑이 비췻빛 이불을 헤치고 원앙침을 베니 옥 같은 살결은 달빛에 영롱하고 구름 같은 머리칼이 베개에 서렸는데, 숨결이 맥맥하고 기운이 떨어져 기침을 자주 깇는다. 볼수록 어리고 연약한지라, 도독이 가만히 어루만지며,

'이렇게 연약한 몸을 장수로 부려 창과 칼을 무릅쓰고 화살을 맞받아 나가게 하니, 내 참으로 박정한 남자로다.'

하는데, 홍랑이 바야흐로 잠을 깨어 서둘러 일어나 갑옷을 입었다.

"내 그대 기질을 보니 내 맥이 다 풀리는구려. 오늘 싸움에도 나가지 말고 몸조리를 하오."

부원수가 스스로 생각해도 몸이 불편하여 싸움터에 나가지 못할 것 같아, 웃기만 하고 대답하지 않았다.

"내 오계동을 보니 지형이 낮고 앞에 큰물이 있소. 오늘 쳐서 깨뜨리지 못하면 내일은 물을 길어 오계동 안에 붓고자 하는데, 어찌 생각하오?"

"지형을 자세히 살펴보신 뒤 하소서."

도독이 머리를 끄덕였다.

*"쌍검아, 나를 도우려거든 쟁강 **소**리를 버어라."*

날이 밝자 도독이 손야차와 부원수는 성에 남겨 두고 대군을 거느려 오계동 앞에 진을 쳤다. 도독이 소 사마를 불러 일렀다.

"오계동에 괴상한 기운이 자욱하니 반드시 소보살이 무슨 술법을 피우려 함이오. 무곡진武曲陣을 쳐서 지키며 동정을 보리라."

이때 부원수가 도독이 이끄는 대군을 보내고 곧바로 자고대에 올라 오계동 쪽을 바라보다가 화들짝 놀라며 손야차를 불렀다.

"오늘 서풍이 쌀쌀하니 도독에게 여우 갖옷을 가져다 드리시오."

하며 붉은 보자기에 싼 것을 주었다.

"이 안에 갖옷과 편지가 있으니 부디 도독을 직접 뵙고 드리시오."

야차는 곧 보를 가지고 말을 달려 오계동으로 갔다.

도독이 무곡진을 치고 싸움을 걸었으나 탈해는 골짜기 문을 열지 않고 아무런 움직임도 없었다. 이때 문득 손야차가 달려와 부원수가 보낸 갖옷을 도독에게 드렸다. 도독이 이상히 여기며 말하였다.

"오늘 날씨가 춥지 아니하거늘 어찌 갖옷을 보냈는고?"

"편지도 넣으셨다 하더이다."

도독이 서둘러 편지를 펴 보았다.

대군이 성을 떠난 뒤 자고대에 올라 동남쪽을 살펴보니 괴이한 검은 기운이 가득하옵니다. 병서에 이르기를, '검은 기운 밑에 반드시 사악한 술법이 있다.' 하옵니다. 소보살이 술법에 비상함은 익히 들은 바라, 제압하기 어려울 것이옵니다. 제가 일찍이 강마진降魔陣을 배웠으니, 제석천이 마왕을 사로잡은 진법이오이다. 소보살이 마왕을 부리거든 이 진법을 쓰시면 범접하지 못할까 하나이다. 소보살 이름이 불가에 가깝고 마왕은 불가 우두머리 신장이옵니다. 비밀이 누설될까 걱정하여 갖옷을 보내나이다.

또 자그마한 봉투가 있어 떼어 보니 진법이 그려 있다. 도독이 손야차를 보고 일렀다.

"부원수에게 돌아가 오늘 날씨가 화창하나 오계동 바람이 싸늘하더니 갖옷을 보내 주어 고맙다 전하라."

손야차 곧 돌아와 부원수에게 고하니, 부원수 또한 머리를 끄덕이며 빙긋이 웃을 뿐이더라.

도독이 야차를 보내고 책상에 기대어 부원수가 보내온 그림을 펴보는데, 문득 함성이 크게 일어나더니 인차 소보살이 싸움을 걸어

왔다는 보고가 들어왔다.

탈해가 패하여 골짝 안 깊숙이 들어가 소보살과 마주 앉아 명군을 물리칠 방략을 상의하니, 소보살이 쓴웃음을 지으며 주먹을 불끈 쥐었다.

"대왕이 곧잘 용맹을 자랑하더니 백면서생을 당하지 못하고 이렇듯 낭패하였구려. 마땅히 제가 재주를 시험하여 원수를 갚으리다."

소보살이 군사를 이끌고 나와 진을 치고 싸움을 걸었다. 도독이 진 위에서 바라보니, 소보살이 붉은 수건을 쓰고 고운 옷을 입고 오른손에 장검을 들고 왼손으로 방울을 흔들며 나왔다. 거침없는 기상이며 요사스러운 자태가 이 고장에서는 뛰어난 자색이다.

소보살이 문득 오른손에 든 칼로 공중을 가리키며 왼손으로는 방울을 흔드니 오색구름이 진을 덮으며 수많은 신장이 마왕을 몰아왔다. 서른여섯 천강성天罡星과 일흔두 개 지살성地煞星이 코끼리를 타고 범을 타고 귀신군사들을 거느려 달려들더니 명나라 군사들을 닥치는 대로 죽였다. 그중 한 마왕은 사자를 타고 금빛 갑옷을 입었는데, 좌우 어깨에 해와 달이 돋았으며 머리에 칠성을 이고 가슴에 이십팔수를 새겨 광채가 십방을 비추었다. 그 기운이 사람을 쏘니 감히 앞으로 나갈 자가 없었다.

도독이 서둘러 진세를 바꾸어 강마진을 쳤다. 군사 오백은 북쪽으로 머리를 풀고 맨발로 주문을 외게 하고, 일천은 창을 들고 동남쪽을 보고 서게 하고, 또 일천은 칼을 들고 서남쪽으로 서게 하고, 다른 일천 군사는 북을 치고 징을 치며 사방으로 돌아다니라 하니,

장수와 군졸들이 무슨 영문인지 모르나 도독이 지휘하는 대로 하였다.

대체로 불법이 황당하여 사십팔만 대장경이 겨우 하나의 심법心法이라 한다. 부처는 마음이요 마왕은 욕심이니, 마음을 정히 하면 욕심이 사라지는 까닭에 마왕을 제어하는 데는 부처밖에 없다. 마음은 물 같고 욕심은 불 같으니 북방을 위함은 물이 불을 이겨 욕심이라는 불을 끄고 마음이라는 물을 얻음이라. 주문을 외는 것은 마음을 거두어 한가지로 모으는 것이니, 마음의 물이 안정되면 곧 '청정'이며 욕심의 불을 끄면 곧 '적멸'이라. 홍랑의 강마진이 비록 서름서름하나 북방 방위에 맞추어 마음이라는 물을 맑게 하니, 마왕이 욕심이라는 불을 어찌 끄지 않으랴.

이때 마왕이 귀신병사들을 몰아오다가 명나라 진을 바라보았다. 오백 나한과 이천 수호신이 창검을 짚고 섰으니, 전후좌우 사방을 둘러막은 그물이 겹겹으로 늘어져 들어갈 길이 없었다. 그러자 마왕의 광채가 봄눈 녹듯 스러져 간 곳이 없었다.

도독이 대군을 호령하여 활을 쏘니, 소보살이 깜짝 놀라 곧바로 군사를 거두어 저희 본거지로 돌아갔다. 소보살이 탈해에게 말하였다.

"명 도독 지략이 뛰어날 뿐 아니라 도술이 신통하니, 문을 닫아 걸고 기틀을 보아야 묘책이 생기리다."

한편, 양 도독은 소 사마를 찾았다.

"이제 소보살이 패하여 문을 닫고 나오지 아니하니, 내일 저 앞 물을 자아올려 오계동 안에 들이부으려 하오. 장군은 동초, 마달

두 장군과 함께 오계동 북쪽으로 가 지형을 자세히 보고 오시오."

소 사마는 명을 듣고 두 장군을 거느리고 갔다.

탈해가 소보살과 마주 앉아 명군에 맞설 계책을 의논하는데, 척후가 와 보고하였다.

"지금 명나라 장수 셋이 우리 골짜기 북쪽을 돌아다니며 지형을 살피옵니다."

탈해가 크게 노하였다.

"내 갑옷과 말을 가져오라! 명군 장수들 머리를 베어 오리라."

소보살이 웃으며 말렸다.

"노여움을 참으소서. 지형을 보러 온 장수 겨우 두엇인데, 그 머리를 베어 무엇 하오리까? 지혜로운 자는 동정을 잘 살핀다 하니, 이제 명군 장수들이 지형을 엿봄은 분명 오늘 밤에 성을 치려 함이오이다. 이때를 타서 계책을 써야 마땅하니 대왕은 오늘 밤 날이 어두워지기 시작하면 기병 오천을 거느리고 오계동 동쪽에 매복하소서. 저도 기병 오천을 거느리고 북쪽에 매복하겠나이다. 명군이 성에 들거든 한번에 내달아 치되, 골짜기 안에 남은 군사와 장수들에게 명하여 골짜기 어귀에서 함성이 일어나거든 모두 내달아 안팎에서 힘을 합하도록 하면 명군 도독을 사로잡을까 하나이다."

탈해가 칭찬하고 계책대로 하자고 하였다.

이때 소 사마가 동초, 마달 두 장군과 함께 지형을 보고 와서 도독에게 보고하는데, 세 사람 말이 좀 차이가 났다.

"일을 가벼이 못 하리니 오늘 밤 달빛 아래 내 몸소 가 보리라."

밤이 되자 도독이 소 사마를 장중에 두고 뇌천풍, 동초, 마달 세 장군과 휘하 병사 백 명을 데리고 가만히 오계동 북쪽에 이르렀다. 언덕은 높고 골짜기 안 지형은 낮아 물 나갈 길이 없었다. 도독이 크게 기뻐하며 이윽히 둘러보고 다시 달빛 아래 돌아오는데, 문득 함성이 크게 일었다. 오계동 북쪽에 소보살이 기병 오천을 거느리고 길을 막고, 동쪽으로 탈해도 오천을 거느리고 양쪽에서 협공하는 것이었다. 이때 골짜기 안에 있던 군사들도 쓸어나오니, 수만 명이 기세등등하여 도독을 철통같이 에워쌌다.

도독은 병사 백 명으로 방어진을 치고 동초, 마달 두 장군과 뇌천풍이 분연히 나서 힘을 다해 적진을 뚫으려 하였다. 만병이 벌써 들을 덮었는데 수를 헤아릴 수 없었다. 동쪽을 치면 서쪽에서 에워싸고 서쪽을 치면 남쪽에서 에워싸니 중중첩첩한 포위를 뚫을 길이 없다. 함성이 천지를 뒤흔들고 화살이 빗발처럼 쏟아지니, 뇌천풍이 도끼를 두르며 말하였다.

"일이 급하오이다. 소장이 마땅히 죽기를 다하여 만진을 헤치고 길을 열 터이니 도독은 홀로 소장 뒤를 따르소서."

"내 남방에 온 뒤로 한 번도 패한 적이 없더니, 오늘 잠깐 경솔히 나섰다가 곤궁에 빠졌도다. 이는 내 운수요, 어찌 화살을 무릅쓰고 홀로 도망하여 구차히 살아 욕을 보리오. 급한 화를 막으며 대군이 이르기를 기다림이 옳을까 하오."

도독이 손수 말고삐를 거머잡고 섰다. 동초와 마달이 창을 잡아 들어오는 만병과 장수 십여 명을 베며 도독을 지키고 섰는데, 진 밖이 더욱 요란하며 함성이 크게 일고 만병이 더 바싹 조여 들어왔다. 밖으로 소 사마가 도독이 위급함을 알고 대군을 몰아온 것이다. 소 보살이 군사를 지휘하여 도독을 점점 들이치니 형세 더욱 위급하더라.

홍 부원수는 자고성에 있었다. 몸이 노곤하여 막사에서 잠깐 졸더니, 문득 창밖에 자고새 한 쌍이 날아가며 울었다. 부원수 놀라 깨어 손야차를 불렀다.

"지금 어느 때쯤 되었소?"

"이경 되었나이다."

"밤이 깊었거늘 도독이 어찌 돌아오지 않으시는고?"

이때 부원수 앞으로 온 편지를 갖고 전령이 도착하였다. 부원수는 서둘러 편지를 뜯었다.

도독께서 오계동 북쪽 지형을 정확히 알고자 몸소 수하 장졸 백여 명을 이끌고 떠난 지 오래이나 아직 돌아오지 않사오이다. 시간이 흐를수록 불안하여 이곳 정황을 서둘러 알리오이다. 소장이 동정을 살피다가 대군을 거느리고 도독을 구하러 가려 하오이다.

"이 밤에 도독께서?"

부원수는 놀랐다. 불길했다. 뜨락을 거닐며 하늘을 우러러보니 하늘빛이 처량하고 뭇별들이 반짝이는데, 큰 별 하나가 검은 기운에 싸여 빛이 희미하거늘 자세히 보니 문창성이라. 부원수가 더 한

층 놀랐다.

"도독이 아니 오시고 문창성이 겁기에 싸였으니 반드시 까닭이
있을 것이다. 내 어찌 여기 있으랴."

부원수는 서둘러 손야차를 불러 전포와 쌍검을 어서 가져오라 하
여 부리나케 말에 올랐다. 손야차를 성에 남겨 두고 병사 백 명을
거느려 오계동으로 질풍같이 내달렸다. 문득 바람결에 천지를 뒤
흔드는 함성이 들렸다. 부원수가 더욱 바삐 말을 몰아 오계동에 이
르니, 말 탄 군사 하나가 마주 달려오다가 부원수를 보고 숨을 헐떡
거리며 말하였다.

"도독이 만장들에 둘러싸여 어찌 되었는지 모르옵나이다."

부원수 정신이 아뜩하여 더 묻지 못하고 말을 몰아 진 앞에 다다
르니, 소 사마가 대군을 거느려 창을 들고 좌충우돌하면서 한창 싸
우다 멀리 바라보며 외쳤다.

"부원수는 잠깐 말을 멈추시오!"

부원수가 말을 멈추고 바삐 물었다.

"도독이 지금 어디 계시오?"

"적병에 둘러싸여 있는 듯하오나 계신 곳을 모르오이다."

부원수는 말없이 말을 몰아 적진으로 뛰어들었다. 만병이 바다를
이루었으니 도독의 자취는 알 길이 없다. 부원수가 쌍검을 휘둘러
남만 장수며 졸병을 닥치는 대로 베니, 칼날이 번쩍이는 곳에 안개
같은 기운이 일며 진중이 혼란에 빠졌다.

소보살이 크게 성이 나 한편으로 만장의 목을 베어 군중을 진정
하려 했으나 어찌할 도리가 없었다. 난데없는 칼이 동쪽에 번쩍이

며 상수 머리가 떨어지고, 서쪽에 번쩍이며 졸병 머리가 떨어지니 바람에 날리는 가랑잎 같았다. 남쪽을 겨우 진정시키면 북쪽이 또 요란하고, 앞을 겨우 막으면 뒤가 다시 허물어졌다.

바람같이 날래고 번개같이 빠르니 말 그림자 한번 획 지나가면 병사들 머리가 우수수 떨어지는데, 동에 번쩍 서에 번쩍 하는 자취를 헤아리지 못하였다. 소보살은 방략이 더 없어 진중에 명하여 독화살을 쏘라 하였다. 만장이 한꺼번에 활을 당기는데, 동쪽에 간 것을 보고 동쪽을 쏘면 벌써 서쪽에 있고, 남쪽에 간 것을 보고 남쪽을 쏘면 벌써 북쪽에 가 있어, 맞힐 도리가 없었다. 도리어 만병들만 맞아 죽은 자가 산을 이루니, 소보살이 놀라 말하였다.

"이 장수를 살려 두면 억만 대군이 있어도 쓸데없겠구나. 양 도독은 오히려 둘째니, 이 장수를 먼저 잡으리라."

양 도독을 수백 겹 에워쌌던 만병들이 대번에 풀고는 다시 부원수를 쫓아 에워쌌다. 이때 도독은 도독대로 세 장군과 일백 병사로 더불어 힘을 다해 포위를 뚫으려 정신이 없었다. 문득 겹겹이 막아섰던 적군이 한번에 요란한 함성을 지르며 진을 옮겨 서남쪽을 에워싸니, 어찌 된 곡절인지 몰랐다.

세 장군과 병사들을 거두어 나올 때, 만병 머리가 수없이 깔려 말발굽에 밟혔다. 도독이 의아해하며 나오다가 소 사마와 명군을 만나니, 사지에서 벗어났구나.

"상한 자는 없나이까?"

"다행히 한 사람도 상하지 않았소."

"부원수는 어데 가셨나이까?"

도독이 크게 놀랐다.

"부원수가 어찌 여기에 왔소?"

"아까 한 필 말로 도독을 찾아 진중에 들어가는 것만 보았나이다."

도독은 그 말에 놀라 눈물을 흘렸다.

"홍혼탈이 죽었구나. 탈해 군사는 천하 강적이라 수를 헤아릴 수 없으니, 혼탈이 비록 용맹하나 체질이 연약하고 나이 어리니 나를 찾아 헤매느라 혼자 살아 돌아오지 않을 것이야. 혼탈이 나를 지기로 알아 풍진에 고난을 같이하다가 오늘 나를 위하여 죽을 곳에 빠져 생사를 알 수 없으니 내 어찌 차마 버리고 가리오. 옛말에 '의리는 의리로 갚고 덕은 덕으로 갚아야 한다.' 하였다. 내 평생 창대를 잡아 보지 않았으나 조금 배운 바 있으니, 오늘 만일 홍혼탈을 찾지 못한다면 돌아가지 않으리라."

도독이 분연히 이화창을 들고 말 머리를 돌려 만군 진으로 다시 달려들려 하니, 장군들이 말을 잡고 말렸다.

"저희들이 비록 용맹스럽지 못하나 맹세코 적진을 헤쳐 부원수를 찾아올지니 도독은 부디 참으소서."

도독이 젊고 씩씩한 혈기로 몸을 경솔히 아니 하나, 사랑하는 홍랑이 저 때문에 사지에 들어감을 보고 뼈가 부서지는 것 같아 견딜 수 없었다. 지기를 어찌 저버리리오. 용맹과 의기가 불같이 일어 도독 눈에 수십만 만병이 지푸라기 같은지라 허리에 찬 칼을 꺼내어 고삐를 끊고 바로 만진을 뚫고 들어갔다. 그 뒤를 따라 뇌천풍, 동초, 마달이 저마다 창을 들고 죽기로 따랐다. 도독이 이화창을 번개

같이 휘두르며 적진을 거침없이 짓부수니, 세 징군이 도독의 뛰어난 지략과 용맹을 새삼스레 느끼고 그 의리에 탄복하며 바야흐로 큰 힘을 얻었다.

이때 부원수는 홑몸으로 적진 속을 바삐 오가며 도독을 찾았으나 보이지 않았다. 부원수는 눈물을 흘리며 이를 악물고 도독을 찾고 또 찾았다. 소보살이 진 위에서 그 모습을 이윽히 바라보더니 좌우를 돌아보며,

"내 일찍이 옛 장수들 이야기를 수없이 들었으나 저 장수에 댈 바 못 되니, 암만 보아도 저 장수는 잡지 못하리로다."

하고 말없이 한동안 있다가,

"그 장수 거동을 보니 동서남북을 바삐 오가며 무엇을 찾는 모양이라. 틀림없이 명 도독 휘하 장수로 도독을 찾고자 함이니 죽은 우리 병졸 머리를 매달아 진 위에 멀리 보이며 도독이 죽었다 알리리라. 제 반드시 낙심하여 사기 떨어질 터이니 잡기 쉬울 것이다."

하고는, 만병 머리를 깃대에 달고 큰 소리로 외쳤다.

"저기 진중에 오락가락하는 장수는 헛되이 힘쓰지 말라! 네 도독 머리가 여기 있도다!"

부원수 비록 눈이 밝으나 달빛에 멀리 달린 머리를 어찌 분간하리오. 양 도독의 세상을 뒤흔드는 위풍과 부원수 총명한 예지로 평생을 믿은 바 거울 같으니 어찌 간계에 속으랴마는, 사람이 급하면 마음이 흔들리고 마음이 흔들리면 동산 초목도 의심이 간다 하지 않던가. 하물며 도독을 생각하는 지극한 마음이랴. 진 위에서 외치

는 소리를 듣고 머리에 벼락이 내린 듯 정신이 아찔하고 가슴속에서 불이 일어나매 죽고 사는 게 문제가 아니었다. 부원수는 더욱 억세게 쌍검을 뽑아 들었다.

"쌍검아, 네 나를 좇아 한 조각 마음이 서로 비치니 오늘 생사를 결판내리라. 네 또한 귀중한 보물로 신령이 깃들지니 나를 도우려거든 쟁강 소리를 내어라."

부원수 말이 채 끝나기도 전에 두 부용검이 함께 쟁강 울렸다. 이번에는 자기가 탄 말에게 조용히 타일렀다.

"네 비록 짐승이나 천지간에 영리하고 뛰어난 동물이라. 주인을 도우려 한다면 있는 힘을 다하라. 생사를 같이할 때가 오늘이라."

설화마 굽을 치며 투레질을 길게 하니, 부원수가 말을 채쳐 진중으로 질풍같이 달려가며 쌍검을 번개같이 휘둘렀다.

이때 소보살은 탈해와 진을 합쳐 군사를 지휘하였다. 장수들이 좌우에서 탈해와 소보살을 둘러싸 둘레에는 창검이 물샐틈없었으나, 문득 쟁강 칼 부딪치는 소리가 나더니 난데없는 흰 말 한 마리가 질풍같이 들이닥치는데, 다만 한 조각 눈빛과 한 줄기 푸른 안개만이 달빛에 번뜩였다.

좌우 군사들이 다급하여 일제히 창검을 추켜들고 대항하려 하나, 선들바람이 화살같이 지나가며 장수의 머리 몇이 가랑잎처럼 떨어졌다. 탈해가 형세 위급함을 알고 크게 소리 지르며 소보살을 옆에 끼고 몸을 솟구쳐 달아났다. 부원수가 뒤를 쫓았다. 형세 바쁜지라 소보살이 달아나면서도 그제야 부원수에게 애걸하였다.

"장군은 어찌 이같이 사람을 쫓으오? 도독을 해치지 않았소. 장
군을 속였으니 제발 원수를 갚으려 마시오."

부원수가 더욱 분통이 터질 듯하여 대답 대신 칼을 날려 소보살
을 치려 하였다. 그러자 탈해가 재빨리 소보살을 말 아래 내려놓고
말을 돌려 부원수에게로 달려들었다. 몇 합을 맞서 보았으나 도저
히 당할 수 없자 탈해가 몸을 빼서 달아나려 하였다.

이때 순식간에 만장 십여 명과 무수한 만병이 다시 부원수를 겹
겹이 둘러싸고 달려들었다. 나가거니 물러가거니를 번갈아 하면서
달려드니, 부원수가 칼을 날려 치면 뒤로 다시 물러서고, 왼쪽에서
달려들어 왼쪽을 치면 다시 오른쪽에서 달려들었다. 부원수가 만
명을 당해 낼 검술이 있으나, 백만 진중에서 한 필 말로 어지러이
다니며 밤새도록 힘을 다해 싸웠으니 어찌 위태롭지 않으리오.

이때 진중이 요란해지기에 부원수 달빛 아래 어렴풋이 바라보니
웬 청년 장군이 창을 두르며 말을 달려 만진으로 돌격해 오고 있었
다. 기세당당하고 위풍이 엄한데 날랜 몸동작이며 비범한 풍채가
푸른 바다 청룡이 물결을 솟구쳐 하늘로 오르는 듯, 깊은 산 호랑이
가 바람을 부르는 듯 한바탕 태풍이 일고 티끌이 일어나는 가운데
장수가 탄 말이 투레질을 하며 지나갔다.

'이 어찌 우리 상공이 타신 말 소리 아니리오. 바삐 달리고 어둡
다 하나 어찌 양 도독을 모르리오?'

"도독은 어디로 가시나이까? 홍혼탈이 여기 있나이다!"

"아, 장군이 죽은 줄 알았더니 살아 있었구려!"

도독은 놀랍고 반가워 더 말이 나가지 않았다.

"마침내 상공을 찾았나이다. 탈해와 소보살이 골짝 안으로 들어 갔으나, 진을 채 거두지 않았사오니 바삐 돌아가사이다."

둘이 말 머리를 가지런히 돌려 나오는데, 머리 없는 주검이 땅에 널렸다. 겁에 질린 만병들은 칼 들고 말 탄 장수만 보아도 머리를 싸쥐고 줄행랑을 놓았다. 저쪽에서 뇌천풍, 동초, 마달이 더욱 기세 등등하여 도망치는 적들을 수없이 치며 나오니 도독 얼굴에 만족 한 빛이 어렸다.

군사를 이끌고 본진에 돌아와 도독과 부원수가 말에서 내리는데, 부원수 문득 쓰러지며 정신을 잃었다. 도독이 놀라 바삐 촛불에 비 추어 보니 부원수 전포에 핏자국이 질펀하였다. 도독이 더욱 놀라 어디 다치지나 않았나 하여 친히 부원수 전포를 끄르고 몸을 자세 히 보니, 온몸이 땀으로 미역을 감은 듯 함뿍 젖었을 뿐 다친 데는 없었다.

이에 또 말 맡은 군사가,

"부원수 탄 말과 안장에 핏자국 투성이오이다."

하니, 도독이 몸소 부원수에게 약을 먹이고 부원수를 어루만지며 자닝한 마음을 가누지 못하였다. 얼마 뒤 부원수가 정신을 차리고 일어나 앉았다.

"상공께서 천금같이 귀한 몸을 가벼이 하사 늘 위험한 곳으로 뛰 어들기를 예사로 아니 이는 다 제 죄이옵니다. 적은 군사로 포위 되어 곤경에 처하심은 나라를 위한 것이니 제가 말할 바 못 되오 나, 저를 구하시고자 적진에 다시 들어오신 것은 아니 될 일임을 제가 아옵니다. 여인은 지아비를 좇아야 하는 법이니, 저는 마땅히 사생을 상공과 같이하려니와, 상공은 어찌하여 안위를 돌보지 않고 저를 좇고자 하시나이까? 아둔한 여자라면 감격할지 몰라도 지각 있는 사람이라면, 군자를 도리로 섬기지 못하고 한때 정으로 미혹케 한다며 도리어 저를 비웃을 터이니, 이는 상공이 저를 진실로 사랑하심이 아니요, 또한 제가 상공께 바라는 바가 아니옵니다."

도독이 낯빛을 고치며 탄복하였다.

"그대 말이 조금도 탓할 데 없는 귀중한 말이니 내 명심하겠소. 내 그대를 지기知己로 알고 부부로 대접지 않나니 어찌 급한 어려움에서 구하지 않으리오. 허나 나는 오히려 사랑함이 있거니와 그대는 호협한 사내같이 생사를 돌보지 않으니 이 또한 경계할 일이오. 앞으로 삼가시오."

부원수가 사례하더니 쌍검을 어루만지며 말하였다.

"요사스런 소보살이 흉한 소리로 사람을 놀라게 하여 지금까지 마음이 서늘하고 뼈마디가 다 저려 분한 마음이 가시지 않사옵니다. 제가 오늘 밤 분풀이로 동 안에 물을 대어 기어이 보살과 탈해를 사로잡으려 하나이다."

"물 대는 수레를 미리 준비하지 못하였다오."

"제 며칠 자고성에 한가로이 있으면서 벌써 준비하여 두었사오이다."

부원수는 마달을 자고성에 보내어 가져오라 하였다.

이윽고 마달이 십여 대 수레를 물에 띄워 가지고 왔다. 도독이 수레를 보니 하나하나 설계부터 정묘하여 보통 수레가 아니었다. 도독이 탄복하였다.

"부원수의 수레는 옛날 제갈공명이 마소 모양으로 만들어 군량을 운반한 수레에 못지않으리라."

부원수 군사 사백을 거느려 수레 열 대에 군사 이십 명씩 붙여 저마다 나누어 들게 하니 고래가 물을 뿜듯, 은하수가 구천에 떨어지듯 우레 같은 물소리와 안개 같은 물 기운이 공중에 요란한데, 스무 굽이 물결이 무지개를 이루며 오계동 안으로 떨어지기 시작하였다.

부원수 곧 본진에 돌아와 뇌천풍에게 기병 이천을 거느려 오계동 동문 밖에 매복하였다가 탈해가 도망치는 길을 막게 하였다. 또한 소 사마에게 일천을 거느려 수레를 잘 지키라 한 뒤 도독과 함께 대군을 거느려 오계동 남문 밖에 진을 치고 동정을 살폈다.

한편, 탈해와 소보살이 골짝 안에 들어가 장수와 군졸을 살펴보니 만여 명 가운데 절반이나 잃었다. 탈해가 칼을 안고 장수들에게,

"명 도독과 부원수가 아직 젖내 나는 아이들에 지나지 않으니 내가 내일 혼자 나가 결판을 내고 돌아오리라."

하니, 소보살이 굳이 말렸다.

"오늘 밤 쌍검을 쓰던 장수는 천고에 없는 명장이오이다. 땅에서는 당하지 못할지니 내일 수군을 뽑아 수전으로 자웅을 겨루는 것이 좋을까 하나이다."

"부인 말이 그럴듯하나, 수전에 쓸 무기들이 모두 자고성에 있으니 이 일을 어찌하리오?"

소보살이 한동안 아무 말이 없다가 이렇게 말하였다.

"쌍검아, 나를 도우려거든 쟁강 소리를 내어라." | 185

"대룡동 수군이 만여 명이요, 대룡강에 싸움배 백여 척이 있으니 어찌 명군을 두려워하리오."

이 말이 채 끝나기도 전에 장수 하나가 바삐 와 보고하였다.

"대왕, 어서 몸을 일으켜 화를 피하소서!"

북소리, 나팔 소리 천지를 뒤흔드누나

탈해가 급보를 듣고 놀라 보살과 함께 장대에 올라 오계동 안을 굽어보았다. 난데없는 물줄기가 하늘에서 폭포처럼 쏟아지는데, 하늘이 무너지고 바다를 기울인 듯 순식간에 오계동이 물바다로 되는 것이 아닌가. 탈해가 크게 놀라 말하였다.

"이는 명군이 수차로 물을 대는 것이 분명하구나. 골안에 큰 물길이 없고 물줄기가 저렇듯 세차니 이제 조금 있으면 아무리 도망치려 해도 도망칠 수 없겠소. 이제라도 북문을 열고 달아나는 것이 옳다."

이 말에 보살이 반대하였다.

"그것은 아니 되오이다. 명군이 분명 물을 대놓고 곳곳에 매복해 있다가 우리 가는 길을 막을 것이니, 큰길을 버리고 성을 넘어 제 가끔 목숨을 보존하는 것이 옳을까 하나이다."

틸해도 그 밑이 그릴듯하여 단도를 허리에 든든히 찬 나음 서둘러 보살과 함께 장대를 내려가는데, 군사들은 돌아보지도 않고 새벽에 가만히 성을 넘어 도망하였다. 장수 두세 명만 창을 쥐고 뒤따라와 함께 대룡동으로 들어갔다.

이때 도독과 부원수가 남문을 지키며 동정을 살피는데, 갑자기 남문으로 물이 넘쳐 누런 물결이 흘러나왔다.

"골안 물이 벌써 문을 넘으나 탈해는 아무런 동정도 없으니 벌써 다른 길로 도망친 것이 분명하나이다."

부원수 이렇게 말하고 수레를 멈춘 뒤 성 위에 올라 동 안을 굽어보니, 망망대해에 닭이며 개, 말 따위가 부평초같이 떴거늘 속으로 가여운 생각이 들었다.

'옛적 제갈량이 적벽강에서 큰불을 질러 적병을 숱하게 죽이고 난 뒤, 자기야말로 어찌 제명대로 살기를 바라겠느냐 탄식하였다더니, 오늘 이 홍혼탈이 오계동을 물에 잠그고 불쌍한 목숨들을 죽였으니 어찌 복 받을 일이라 하겠는가.'

이때 동초, 마달 두 장군과 뇌천풍이 군사를 거두어 돌아왔다. 어느덧 푸름푸름 날이 밝았다.

"오계동은 이미 물 세상이 되었으니 손쓸 바 없고 다시 자고성으로 가서 처리하리라."

이렇게 말하고, 도독은 장수들과 군사들을 거두어 돌아왔다. 장수 가운데 영리해 보이는 사람 하나를 뽑아 보내면서 탈해와 보살이 간 자취를 알아보라 하였다. 얼마 뒤 보고가 들어왔다.

"탈해와 보살이 대룡동에 거처하는데, 대룡동은 여기서 삼십 리이며, 대룡동 앞에 대룡강이라는 큰 강이 있소이다. 강 머리에 싸움배 백여 척이 있어 기를 꽂고 탈해와 소보살이 수군을 출동시킬 채비를 갖추었소이다."

도독이 부원수를 돌아보았다.

"과연 우리가 생각한 대로구나. 오늘 일은 장군이 나를 대신하여 수군을 거느리고 생각대로 하라."

부원수가 곧 동초와 마달을 불러 분부하였다.

"장군들은 제가끔 일천 군사를 거느리고 강기슭을 올라가면서 오고 가는 배들이 좋건 못하건 가리지 말고 빼앗아 오시오."

또 뇌천풍을 불러 말하였다.

"장군은 삼천 군사를 거느리고 산에 올라 나무를 베되 좋고 나쁨을 가리지 말고 많이만 모아서 강 머리에 쌓으시오."

동초, 마달, 뇌천풍 세 장군이 명령을 받고 나가자 다시 소 사마를 불렀다.

"우리 군중에 배가 없어 내 특별히 싸움배 수십 척을 만들고자 하나 여느 배들과 다를 것이오. 장군은 장인들을 데리고 잘 살피고 북돋워 빨리 만들도록 하시오."

하면서 도면을 내주니, 생김새가 자라와 같아 이름이 자라배라. 네 면에 발이 있어 안에서 기계를 돌리면 오고 가는 속도를 마음대로 하며, 머리를 숙이면 물 위에 떠올라 빠르기 비바람 같고, 안에 작은 배가 있어 바깥 배가 물속에 들어가고 나오고 해도 안에 든 배는 흔들리지 않는다. 또 사방에서 여러 가지 병기며 군사 백 명이 늘어서서 싸울 수 있었다.

소 사마 도면에 따라 배무이를 시작하자, 부원수가 하나하나 가르치니 장수들이 감탄하였다.

다음 날 동초, 마달 두 장수가 작은 배 수십 척과 큰 배 십여 척을 빼앗아 왔다.

부원수는 손야차와 철목탑을 조용히 불러 배들을 주며 비밀리에 어디론가 보냈다. 이때 뇌천풍이 목재를 강 머리에 쌓았다고 보고하였다. 부원수는 뇌천풍에게 군사 천여 명과 장인 십여 명을 주며 목재를 다듬어 떼를 무으라고 명령하였다.

한편, 탈해와 소보살이 대룡강 위에서 수군을 훈련시킬 때 수군 장수가 말하였다.

"물에서 싸우는 병장기가 모두 자고성에 있고, 또한 배가 모자라니 진영을 갖출 수가 없나이다."

소보살이 어찌할 바를 모르고 망설이는데 문득 강물 위에 어부 두서너 명이 배 두어 척을 저어 내려오거늘, 소보살이 만병을 시켜 배를 부르나 어부들이 대답도 없이 뱃머리를 돌려 달아났다. 소보살이 크게 노하여 배 한 척을 풀어 쫓아가 잡아 오라 하였다.

"너희들은 어떠한 놈들이기에 내 부름을 거역하는고?"

"저희들은 강에서 고기 잡는 늙은이들이옵니다. 며칠 전 자고성 앞에서 장군 둘을 만나 배 십여 척을 빼앗겼는데, 그때 너무도 무서웠던 생각이 채 가시지 않아 그랬나이다."

소보살이 크게 기뻐하였다.

"그러면 그때 빼앗기고 남은 배들은 어데 있는고?"

"강물 위에서 바람을 기다리고 있고, 저희들은 물고기 떼를 좇아 이곳에 이르렀나이다."

소보살이 곧 장수 두어 명과 군사 백 명을 보내 배들을 끌어 오라 하였다. 얼마 뒤 수많은 배를 끌고 왔는데, 푸른 도롱이에 작살을 들고 얼굴이 검고 수염이 누른 사람들이 탔으니, 묻지 않아도 어부임을 알 수 있었다. 소보살이 크게 기뻐하며,

"너희들은 남만 백성이니, 곧 내 군사들이라. 이곳에서 배를 만들라."

하니, 그중 얼굴이 남달리 검은 어부가 밝게 말하였다.

"저희들은 바다에서 나서 자란 몸이라 물속에 들어가고 나오는 게 땅에서와 다름없사옵니다. 만일 대왕 휘하에 쓰실진대 온 힘을 다하겠나이다."

소보살이 더욱 기뻐 깔깔 웃었다.

"네 물속 출입을 잘한다니 재주를 구경하고 싶구나."

어부가 작살을 들고 물속에 뛰어들어 고래같이 날뛰며 물결을 차는데, 평지에서와 다름이 없었다. 장수들과 소보살이 탄복하고 싸움배들을 돌아보았다. 소보살이 수군을 정돈하고 뱃심 좋게 싸움을 걸었다.

부원수는 소 사마에게 군사 이천 명을 주어 자라배들을 연결하여 이리이리하라 하고, 동초와 마달에게 저마끔 삼천을 주어 어찌어찌하라고 하였다. 그런 다음 나머지 장수들과 대군을 거느리고 떼를 타고 물결을 거슬러 대룡강으로 올라갔다.

때는 사월 보름이다. 남풍이 날마다 크게 이니 탈해와 소보살이 돛을 높이 달고 바람을 따라 북을 치며 행군하여 어느덧 중류에 이

르렀다.

이때 문득 명진에서 포 소리 한 방이 울리더니 탈해 쪽 배에서 난데없는 불길이 일어났다. 어부 둘이 크게 소리 지르더니 어선 하나를 타고 명군 쪽으로 달아났다.

얼굴이 남달리 검은 어부는 손야차이고, 다른 한 사람은 철목탑이었다. 부원수에게 명령을 받아 화약과 염초를 배 안에 감추었다가 포 소리가 울리자 불을 달고 달아난 것이다. 불길이 바람에 불려 눈 깜빡할 사이에 백여 척 싸움배에 번졌다. 탈해는 성이 나서 화염을 무릅쓰고 싸움배 한 척을 빼내어, 소보살과 장수 두어 명을 데리고 배에 올라 언덕을 바라고 달렸다.

이때 갑자기 명군 쪽에서 북소리 울리며 자라배 십여 척이 하나씩 강 위에 떠오르는데 빠르기가 바람 같고 생김새는 괴이했다. 입을 한번 벌리면 벼락같은 포 소리와 함께 번개같이 탄알이 쏟아져 나와 탈해가 탄 뱃전을 친다. 그러다 십여 걸음 뒤로 물러나며 물속으로 들어가면 다시 다른 자라배가 물 위로 솟는데, 입을 벌리니 다시 포 소리가 하늘땅을 진동하고 탄알이 비 오듯 한다. 자라배 십여 척이 차례로 번갈아 가며 반나절 동안이나 요란스레 구니 탈해의 사나움과 소보살의 꾀로도 당할 방도가 없었다. 뱃전은 부서지고 돛대는 꺾여 형세가 위급하였다.

그때 수십 걸음 밖에 자라배 한 척이 머리를 숙이고 물 위로 솟으며 탈해가 탄 배를 이고 한 번 곤두쳤다. 배가 뒤집히며 탈해와 소보살이 그만 물속에 빠졌다. 탈해는 본디 물에 익숙한 자라 소보살을 업고 물 위로 솟으니, 장수 하나가 작은 배를 바삐 저어 탈해와 소보살을 구하였다. 또 다른 자라배 한 척이 머리를 숙이고 들어오니, 소보살이 형세가 급함을 보고 술법을 부리려고 손을 들어 사방을 가리키며 주문을 외었다. 미처 술법이 이루어지기도 전에 자라배가 들어와 탈해 배를 이고 얼마간 내달리다 곤두쳐 물속으로 들어가니 배가 뒤집혀 탈해와 보살이 또 물속에 빠졌다.

탈해 진영의 싸움배는 거의 다 불타고 군사도 절반이나 물에 빠져 죽고 불에 타 죽었다. 남은 군사들이 정신을 수습하여 불에 타다 남은 배 십여 척을 저어 탈해와 보살을 구해 남쪽으로 달아났다.

부원수는 대군을 이끌어 뗏목을 타고 강을 까맣게 덮으며 활을 쏘았다. 이때 문득 앞을 바라보니 숱한 배들이 순풍에 돛을 달고 북을 올리며 마주 오거늘 부원수가 놀랐다.

"어인 배들인고? 혹 탈해를 구하러 온 병사들이 아니냐?"

그때 마주 오는 배의 선두에 선 젊은 장수가 손에 쌍창을 들고 나서며 외쳤다.

"패한 적은 달아나지 말라! 명나라 대군 부대가 여기 있으니 빨리 항복하라!"

탈해가 소보살을 보며,

"내 이 길로 가서 바닷가 여러 나라에 구원을 청할까 하였더니 뜻밖에 또 다른 적병이 길을 막으니 어찌 대적하리오? 빨리 뭍으로 올라가자."

하고 배를 바삐 저어 가까운 언덕에 올라 소보살과 함께 대룡동으로 달아났다.

이때 물 위로 내려오던 배가 명진 앞에 다다르자 쌍창을 든 젊은 장수가 창을 들고 읍하였다.

"부원수, 그새 안녕하시나이까?"

부원수가 놀라 자세히 보니 일지련이라. 부원수가 반가우면서도 놀라서 배를 가까이 대고 손을 잡으며 말하였다.

"철목동에서 길을 나누어 장군은 고국으로 가고 나는 남으로 왔거늘, 오늘 다시 만나니 뜻밖이구려."

"제가 부원수 은덕을 입고 어찌 그리 몇 마디 말로 영이별을 하겠나이까? 오늘이 있을 줄 알고 제 잠깐 부원수 휘하를 떠났더랬지요."

부원수가 일지련 손을 이끌고 도독께 뵈오니 도독이 또한 반겨 크게 칭찬하였다.

"장군이 탈해가 도망하는 길을 보기 좋게 막았으니 나라에 공이 적지 않도다."

일지련은 도독을 제대로 쳐다보지도 못하고 부끄러워 머뭇거렸다.

"저는 한낱 여자라, 어찌 나라를 위하여 공을 말하리까? 이 길은 제 아버지께서 부원수 은덕에 보답하고자 하신 일이옵니다."

말이 채 끝나기도 전에, 축융 대왕이 이르러 도독과 부원수에게 인사하였다.

"제가 지난날 철목동 앞에서 종군하고자 하였으나, 생각건대 홍도국 땅이 드넓어 남으로 바다를 끼고 백여 마을이 있으니 이를 평정치 못하면 두고두고 근심거리라, 딸애를 데리고 바닷길로 돌아오며 벌써 다 평정하였나이다. 도독은 근심을 털어 버리소서."

도독은 몹시 기뻐 오래 치하하였다.

"대왕이 이렇듯 충성을 다하니 이는 나라의 복이오. 다만 아직 탈해와 소보살을 잡지 못하였으니 근심이오. 그래 대왕이 거느린 군사가 얼마나 되오이까?"

"제가 수하 정병 칠천과 주돌통, 첩목홀, 가달 세 장수를 데려왔소이다."

부원수가 그 말을 듣고 크게 기뻐하며 도독에게 말하였다.

"소장이 벌써 동초, 마달 두 장군을 보내어 탈해가 도망하는 길을 막았으니 어서 대군을 몰아 뒤를 쳐 협공함이 옳을까 하나이다."

도독이 곧 대군을 거느리고 뭍에 올라 바로 대룡동으로 호호탕탕히 행군하였다.

한편, 탈해와 소보살이 걸음을 다그쳐 자그마한 언덕에 오르니 패잔병이 모이고, 병사들이 말에서 내려 탈해와 소보살을 태우고 대룡동으로 가려 하였다. 이때 문득 동문에 기를 꽂고 한 장군이 위엄 있게 서서 크게 꾸짖었다.

"나는 명나라 좌익장군 동초다! 대룡동은 이미 우리가 점령하였으니 탈해는 어디로 가려 하느냐? 어리석게 굴지 말고 항복하라!"

놀란 탈해가 얼결에 돌아서 달아나며,

"군사도 없고 골짜기마저 잃었으니 방략이 없구나. 남쪽으로 성수해星宿海를 건너 남의 나라에 기대 지내며 다시 복수할 방략을 도모하리라."

하고 소보살과 만장을 데리고 남쪽으로 가는데, 별안간 요란한 함성이 일어나며 또 한 장군이 길을 막았다.

"명나라 우익장군 마달이 여기서 기다린 지 오래니 탈해와 소보살은 어서 내 칼을 받아라!"

탈해가 성이 발끈 나서 있는 힘을 다해 몇 합을 싸우는데, 문득 등 뒤에 포 소리가 일어나며 북과 나팔 소리가 울리고 깃발이 하늘을 덮었다. 도독이 이끄는 대군이 다다른 것이다. 탈해가 당황하여 말을 빼어 달고자 하니 백만 대군이 철통같이 에워쌌다. 탈해가 겨우 병사 백여 명에게 소보살을 호위하게 하고는 몸소 창을 들고 분연히 나서며 외쳤다.

"내 지금 하늘이 돕지 않아 죽을 고비에 들었으니 한번 명 도독과 싸워 자웅을 가리리라!"

축융 대왕이 칼을 들고 나서며 꾸짖었다.

"도독께서 황명을 받자와 삼군을 이끄시는데 어찌 네까짓 오랑캐와 힘을 다투리오? 나는 남방 축융 대왕이라. 네 머리를 가지러 왔으니 빨리 나오너라!"

탈해가 한바탕 껄껄 웃더니 욕설을 퍼부었다.

"축융동은 남방 미개한 속국이라. 네 겨우 조그만 나라 연약한 왕에 지나지 않는 주제에 이웃 간 의리마저 저버리고 이같이 무례하단 말인고?"

축융이 쓴웃음을 지으며 꾸짖었다.

"인심을 얻으면 적국과도 화목할 것이요, 천도를 모르면 이웃 나라도 배반하니, 내가 이웃에 살면서 어찌 네 죄를 듣지 못하였으리오? 네 부귀를 탐내어 아비를 찬탈하니 이는 부자지간 정을 모름이요, 나라를 다스림에 힘을 숭상하고 인의를 본받지 아니하여 홍도국 땅이 짐승 소굴이 되게 하니 이는 풍속을 어지럽힘이라. 내 이제 너를 베어 홍도국 백성을 징계하고 남방의 수치를 씻으리라."

탈해는 성이 머리끝까지 올라 축융을 맞받아 나가 백여 합을 싸웠다. 축융이 영특하기가 범 같고 탈해는 흉포함이 곰 같아 산이 무너지고 천지가 흔들리듯 종일 치며 싸우는지라, 도독과 부원수가 바라보며 말하였다.

"탈해 기세가 저리 흉악무도하니 쉽게 잡지 못할지라. 다 같이 힘을 합해 쳐라!"

그러자 왼쪽에 있던 뇌천풍, 손야차, 동초, 마달과 오른쪽에 있던 주돌통, 첩목홀, 가달이 군사를 몰아 북을 치며 한데 내달아 창검을 날리니, 탈해 십여 곳에 창을 맞고 말에서 떨어졌다. 군사들이 잡아 몸을 동여 본진으로 돌아왔다.

소보살은 탈해가 잡혀가는 것을 보고 크게 놀라 바삐 주문을 외며 몸을 한 번 곤두쳤다. 그러자 미친바람이 일어나며 돌과 모래를 날리고 수없이 많은 괴물들이 포위진을 뚫으려 하였다. 축융이 독같이 성이 나서,

"요물이 도술을 자랑하는구나!"

하며, 몸을 변하여 여러 나찰귀신과 야차귀신으로 되어 괴물들을 쫓으니 순식간에 수없는 괴물들이 흔적도 없이 사라졌다. 그러자 괴이한 바람이 마른 잎사귀를 날리니, 잎사귀들이 사방팔방으로

흩어지며 크게 소리 내어 웃었다.

"축융은 부질없이 헛고생 말라. 넓은 산골짜기에 내 자취를 뉘라서 잡으리오?"

부원수가 깜짝 놀랐다.

"오늘 요물을 잡지 못하면 탈이 크겠구나."

재빨리 부용검을 들어 공중을 가리키며 가만히 주문을 외니 잎사귀들이 시끄러이 떨어지며 소보살이 본디 모습으로 되었다. 소보살이 놀라 서둘러 달아나려 하였다. 부원수가 대군을 재촉하여 에워싸니, 소보살이 다시 곤두쳐 백 명도 넘는 보살이 되었다. 눈앞이 어지러워 군사들이 잡을 생각을 못 하니, 부원수가 곧 백운도사가 준 염주를 꺼내어 공중에 던졌다. 백팔 개 구슬이 낱낱이 변하여 백팔 개 쇠고리가 되어 백여 개 소보살을 하나하나 씌우더니, 백칠 개 보살은 간데없이 사라지고 소보살 하나만 머리를 부둥키고 땅에 뒹굴며 살려 달라 애걸하였다. 부원수 군사를 호령하여 빨리 베라 하니, 소보살이 슬피 울며 빌었다.

"부원수는 어찌 백운동 초당 밖에 서 있던 여자를 모르시오이까? 옛정으로 은덕을 베푸시어 목숨만 살려 주시면 멀리 몸을 피하여 다시는 인간 세상에 머리를 내밀지 않겠나이다."

부원수가 그 말을 듣고 자세히 보니 백운동 초당 밖에서 여자로 변신하던 여우였다.

"네 요망하고 간사스러운 여우가 어찌 사나운 탈해를 도와 남방을 소란케 하느냐?"

"이 또한 천지 운수이니 어찌 제가 알겠나이까? 일찍이 도사한테

서 설법을 엿들어 깨달음이 있으니, 오늘부터는 속세의 죄악을 벗고 불도로 들어가 나쁜 짓을 하지 않겠나이다."

부원수 잠자코 말이 없더니 염주를 거두고 부용검을 들어 보살 머리를 치며 크게 외쳤다.

"요물은 빨리 가라! 다시 장난한즉 내 부용검이 용서치 않으리라."

그러자 소보살이 머리를 조아리며 백배사례하고 한 마리 붉은 여우로 바뀌어 간데없거늘, 장수들이 모두 눈이 둥그레지며 부원수에게 말하였다.

"저렇듯 요사한 것을 그냥 놓아 보내시니 뒷날 근심거리가 되지 않겠소이까?"

부원수가 웃으며 지난날 백운동에서 있었던 이야기를 하고는 덧붙여 말하였다.

"예부터 여우 귀신이 장난함은 다 사람과 인연이 있음이오. 나라가 태평하고 사람이 덕을 닦은즉 제 어찌 간악한 꾀를 부리리오. 운수가 불행하고 사람이 착하지 못한즉 깊은 산 험한 골짜기에 여우 귀신이 숱할 터이니 어찌 다 죽이리오."

도독이 대군을 이끌고 대룡동에 들어가니 해는 지고 땅거미가 내렸다.

부원수가 도독 장막에 와 조용히 물었다.

"상공은 축융이 멀리에서 와 저처럼 애쓰는 속을 아시나이까?"

"내 생각에도 좀 의심스러운데, 먼저 그대 생각을 듣고자 하오."

부원수가 웃으며 말하였다.

"축융은 욕심이 사나운 자이옵니다. 홍도국 땅이 넓어 남방에서 작지 않은 나라이므로 분명 이를 바라는 것이옵니다."

도독도 웃으면서 말했다.

"나 또한 같은 생각이오. 탈해 무도함이 극에 이르니 살려 두지 못할 자라. 홍도국을 진정하여 다스릴 자 없을까 하였더니, 축융의 뜻을 이루어 주어도 괜찮을 듯하오."

이튿날 날이 밝자 도독이 대군을 골짜기 앞에 모으고 탈해를 잡아들여 꿇리니, 탈해가 순순히 응하지 않고 도독을 쳐다보며 소리쳤다.

"내가 그래도 큰 나라 임금으로 명나라 황제와 같은 높이에 있거늘 어찌 네 앞에 무릎을 꿇겠느냐?"

"어리석은 오랑캐가 하늘 높은 줄 모르니 꾸짖고 싶지도 않구나. 너 또한 천지간 오행의 기운을 타고나 오장과 칠정이 있겠으니 네 죄를 어찌 모르리오? 사람이 사람다운 것은 충효를 알기 때문이라. 네 아비를 찬탈하니 부자간 의리를 모름이요, 황제 폐하의 뜻을 어기고 남방을 소란케 하니 임금과 신하의 의리를 모름이라. 내 폐하의 뜻을 받자와 비록 죽을죄를 졌지만 살려 주려 하였으나 너같이 무도한 놈은 도저히 용서치 못하리로다."

탈해가 눈을 부릅뜨고 수염을 쓰다듬으며 대답하였다.

"잘살려는 마음은 누구에게나 있는 바라. 무엇이 충이고 무엇이 효인고? 내게 만 사람을 대적할 용맹이 있고 천지를 흔들 힘이 있으나 시운이 불행하여 이 지경에 이르렀으니 네 어찌 간사한 소리로 충효를 말하는고? 저 뛰어다니는 짐승들을 보라. 약한 자의 고기를 강한 자가 먹으니 예절과 충효는 꾸며 낸 말이다. 내 앞에서 함부로 말하지 말라."

도독이 장수들을 돌아보며,

"이놈은 참으로 무도한 자라. 이런 놈을 죽이지 않고서 어찌 이곳 백성들을 징계하리오."

하고 병사들에게 명령하여 목을 베게 하였다.

탈해가 죽고 얼마 있다가 도독이 축융 대왕을 청하여 말하였다.

"대왕이 명나라를 위하여 이처럼 멀리 와서 충성을 다하니 공적이 적지 않소이다. 내 돌아가 황제께 말씀드려 공을 아뢰고 폐하의 뜻을 내리려니와, 이제 홍도국을 다스릴 사람이 없으니 대왕은 이 나라 왕이 되어 정사를 돌보되 백성들을 잘 가르쳐 그릇됨이 없게 하소서."

축융이 일어나 두 번 절한 뒤 아뢰었다.

"제가 조정 은혜를 입사와 이미 지은 큰 죄를 용서하고 살려 준 것만도 황공하온데, 홍도국까지 맡기시니 망극한 성은을 갚을 길이 없소이다. 자자손손 이 은덕을 명심하고 도독의 가르침을 잊지 않을까 하오이다."

도독은 크게 만족하였다.

그 뒤 도독이 군사들을 잘 먹이고 백성들을 불러 살피고 충효와 도리를 가르치며 극진히 돌보니, 모두 머리를 조아리며 백번 절하고 칭송하여 마지않았다.

며칠 뒤 도독이 돌아가려 할 때 축융이 장수들을 거느리고 멀리까지 나와 도독과 부원수에게 작별을 고하고 부원수에게 말하였다.

"내 비록 만족 사람이나 자식 사랑은 다름없소이다. 딸애 일지련이 천성이 괴이하여 항상 명나라를 구경하고자 간절히 바라던 차에 부원수님 풍채를 우러러 흠모하며 아득한 천만리에 아비를 버리고 부원수님을 따라가겠다 맹세하니, 그 뜻을 막지 못하겠소이다. 바라건대 부원수께서 데리고 가시어 잘 가르쳐 주소서."

그렇지 않아도 부원수는 일지련을 기특히 생각하던 차라 축융이 간절히 부탁하자 기쁘게 들어주었다.

축융은 딸애 손을 잡고 눈물을 흘리며 말하였다.

"아무쪼록 이 아비 생각 말고 부원수를 모셔 길이 영화를 누리거라. 네 아비 만일 폐하의 은덕으로 서울 갈 기회가 있거들랑 만날 날이 있을까 하노라."

일지련이 부왕 손을 받들고 눈물을 비 오듯 흘리며 한동안 말을 못 하다가 흐느꼈다.

"소녀 불효하여 아버님 곁을 떠나 혈혈단신 머나먼 길을 떠나니 이 또한 인연이옵니다. 부디 불효한 딸자식을 너무 생각지 마시고 홍도국을 번영케 하시고 부귀를 길이 누리시며 만수무강하소서."

도독이 길을 재촉하여 전군에 행군 명령을 내렸다. 선봉장군 뇌천풍이 제일대가 되고, 좌익장군 동초는 제이대가 되었으며, 우익장군 마달은 제삼대, 도독과 부원수는 대군을 거느려 중군이 되고, 손야차는 제오대, 소 사마는 후군이 되어 제육대가 되었다.

철목탑이 하직하니 도독이 군중에 남은 은자와 비단을 남만 병사들에게 상으로 주고, 만왕 나탁에게 편지하여 철목탑에게 상장군 벼슬을 내려 공을 표창하였다.

북으로 행군하며 장수들과 군졸들은 기쁨에 겨워 북소리, 나팔 소리 하늘땅을 울리며 힘든 줄 몰랐다. 그리운 부모처자가 기다리고 있을 황성의 고향 산천이 한 걸음 두 걸음 가까워 오자 걸음을 더욱 다그쳤다.

양 도독과 홍 부원수도 이루 말할 수 없는 기쁨과 참을 수 없는 안타까움이 가슴을 쳤다. 그중에서도 도중에 만나게 될 선랑을 생각하니, 처량한 마음이 벌써 유마산 아래 점화관을 맴돌고 있었다.

어느 날 고국산천을 바라며 나아가는데 병사들 가운데 한 명이 환성을 질렀다.

"저기 푸른 봉우리가 보이는 산이 유마산이니, 점화관이 그 아래 있나이다."

마침 해 질 무렵이라 도독은 여기서 밤을 쉬게 하였다. 부원수가 도독에게 말하였다.

"제가 선랑과 만난 적이 없으나 마음을 헤아려 보면 형제나 다름 없사오니, 이때를 타 한번 농질을 하며 정을 펴고자 하나이다."

도독이 웃으며 허락하니, 부원수가 갑옷에 쌍검을 차고 설화마를 타고 점화관으로 가니라.

이럴 즈음 선랑은 점화관에서 낮이면 도사를 따라 도술을 배우며 날을 보내고, 밤이면 창문을 열고 지는 달빛을 한가로이 바라보며 생각하였다.

'내 한낱 여자로 일가붙이도 없이 이곳에서 외로이 장차 무엇을 바라리오? 저 하늘의 둥근달이 내 마음 되어 만 리 밖 우리 상공을 비추고, 우리 상공의 보살피심이 저 달이 되어 나를 또한 비춘다면 얼마나 좋으랴.'

이리 생각하며 서러움에 잠기는데, 문득 뜨락에서 발자국 소리가 나더니 웬 젊은 장수가 장검을 짚고 천천히 들어와 촛불 아래 섰다. 선랑이 깜짝 놀라 얼른 소청을 깨우니, 젊은 장수가 웃으면서 말했다.

"그대는 놀라지 말라. 나는 녹림객綠林客이나 그대 재물을 탐내는 것도 아니요, 그대 목숨을 해치려는 것도 아니노라. 다만 꽃다운 이름을 듣고 자나 깨나 잊지 못하여 꽃을 찾는 미친 나비 향기를 찾아 이곳에 이르렀노라. 그대는 젊은 미인이요, 나는 푸른 숲 호걸이니, 그대는 헛되이 산중 절간에 틀어박혀 달 같은 모양 꽃 같은 얼굴 여위지 말고, 나를 따라가 산나물 캐는 부인이 되어 부귀를 누리는 것이 어떠한고?"

선랑은 고난과 풍파를 겪은 사람이라, 이런 정황에 놓이고 보니 마음이 떨려 어찌할 바를 몰랐다. 장수가 칼을 안고 가까이 다가오며 웃었다.

"이제는 내 그물에 걸렸으니 벗어나지 못할지라. 내 일찍이 들으니 그대가 청루 생활 십여 년에 한 점 앵혈을 지켰다니, 고금에 드문 바나 오늘은 쓸데없으리라. 죽고자 해도 죽지 못할 것이요, 도망치려 하여도 도망치 못할 것이니 어서 나를 따르라. 순순히 따르면 부귀를 누릴 것이요, 거역하면 죽으리라."

선랑이 처음에는 어찌할 줄 모르더니, 이제 와서는 모진 마음이 생겨 죽고 살고 가릴 형편이 못 되었다. 몸을 재빨리 일으켜 상에 놓인 칼을 잡고자 하니, 장수가 웃으며 앞을 막고 선랑 손을 잡으며 말하였다.

"그대는 제발 고집부리지 말라. 인생 백 년이 풀잎에 맺힌 이슬방울 같으니, 고운 얼굴이 북망산 한 줌 흙에 든다 해도 누가 그대의 구구한 지조를 말하리오."

선랑이 손을 뿌리치고 물러나 앉으며 크게 꾸짖었다.

"태평세월에 어데서 개 같은 도적이 나타나 이다지 무례하냐? 내 너를 대하여 입술과 혀를 더럽히지 않을 것이니 어서 내 머리를 베어 가라."

기색이 서릿발 같거늘 장수가 말하였다.

"그대가 비록 이같이 맹렬하나 내 뒤에 그대를 겁탈하러 오는 장수 또 있으니 그때도 끝까지 순종치 아니할쏘냐?"

말이 채 끝나기도 전에 밖이 요란하더니 과연 한 장수가 부하 장수 둘과 무장한 병사 여남은 명을 데리고 위풍당당히 들어서거늘, 선랑은 가슴이 철렁하였다.

'괴이하도다, 내 신세여! 천 가지 만 가지 고난을 뚫고 와서 도적 놈 칼머리에 원혼이 될 줄 어찌 알았으랴. 피하고자 하나 피할 길 없고 죽고자 하나 죽을 방도 없으니, 세상에 어찌 이런 일이 다시 있으리오?'

어느새 장수가 마루에 오르며 병사들을 물리고 방 안으로 천천히 들어와 촛불 앞에 서거늘, 선랑이 떨리는 마음을 애써 누르며 장수를 쳐다보았다. 선랑의 옥 같은 낯빛이 바뀌며 정신을 잃을 듯하니,

이게 웬일인가? 자나 깨나 한시도 잊은 적 없는, 그렇게 기다리고 기다리던 양 도독이라. 도독이 부원수를 먼저 보내고 대군을 쉬게 한 뒤 뒤미처 온 것이다.

자리를 정한 뒤에도 놀란 마음이 가라앉지 않자, 도독이 웃으며 농을 걸었다.

"선랑은 천지 풍파를 수없이 당하고 또 뜻밖에 방탕한 남자를 만났는데, 어찌 용케 욕을 면하였소?"

"도관에서 살면서부터 세상 소식을 들을 길 없으니, 오늘 상공이 오실 줄 전혀 뜻밖이옵니다. 저 장군은 누구옵니까?"

도독은 웃으면서 소개하였다.

"이는 선랑의 지기知己 강남홍이고 또한 나의 장수 홍혼탈이라오."

부원수가 선랑 손을 잡고 말하였다.

"선랑은 강주에 살고 나는 강남에 있어 서로 얼굴 한번 보지 못하였구려. 이름을 듣고 마음이 끌려 한번 만나기를 원하였더니, 평지풍파와 수중 원혼을 거쳐 온갖 재난을 다 겪고 난 뒤에야 이리 만날 줄 어찌 꿈에나 알았으리오!"

선랑이 사례하며 대답하였다.

"제가 활에 놀란 새와 같사옵니다. 홍랑이 수중 원혼이 되었다 하였을 때에도 이게 꿈인가 하였는데, 다시 장수 되어 제 목숨을 희롱하다니 더욱 꿈속의 꿈이옵니다."

막혔던 물목이 터진 듯 두 사람 이야기가 눈물 속에 웃음 속에 끝날 줄을 몰랐다.

이때 도독이 선랑 손을 잡고 말하였다.

"끝없는 이야기 다 듣지 않아도 알려니와 선랑 일이 마음에 걸리오. 그대가 어명을 받고 고향으로 쫓겨 가는 몸이니 아무래도 나를 따라 입성하지는 못할 것이오. 이곳이 마침 조용하고 도사들모두가 잘 아는 터이니, 얼마 더 이곳에 있다가 내가 부를 때를기다려 주오."

기꺼이 응하는 선랑을 바라보며 부원수가 또 우스갯소리를 하였다.

"선랑이 녹림객을 만나 크게 놀랐으니 놀란 마음을 가라앉히는압경주壓驚酒를 권하겠소."

그리고 손야차를 시켜 군중에 남은 술을 가져오라 하였다. 도독이 부원수와 선랑을 번갈아 보며 웃었다.

"세상에 저 같은 아름다운 녹림객이 어데 있으며 저같이 연약한산채 부인이 어데 있겠소?"

모두들 또 한바탕 웃었다.

이윽고 술상이 차려지고 서로 웃으며 술을 들었다. 갖은 고초 끝에 만난 사람들이라 쌓이고 쌓인 회포 끝없으니, 남실거리는 술잔에 시간은 빨리도 흘렀다.

밤 이슥히 놀다가 도독이 점화관 도사들을 다 불러 비단과 은자로 골고루 사례하니, 도사들이 황공하여 선랑을 더욱 공경하고 흠모하였다.

한편, 도독이 거느린 대군이 서울 가까이 이르자 황제가 예부 시랑 황여옥을 불렀다.

"정남도독 양창곡과 부원수 홍혼탈이 승전하고 가까이 이르렀다 하니, 경은 나아가 개선장군들을 맞으라. 더욱이 양창곡은 경의 매부이니 이 기회에 따뜻한 정을 나누라."

황 시랑이 명을 받고 곧 떠났다. 대군이 벌써 백 리 밖에 도착하였다.

본디 황여옥은 전당호 놀이에서 돌아온 뒤로 크게 뉘우쳤다.

'내 방탕하여 지조 있는 홍랑을 수중 원혼이 되게 하였으니 어찌 천지신명에 죄 되지 않으랴. 옛사람 말이, '누구나 허물이 없을 수 없으니, 고치는 것이 중요하다.' 하였으니 내 벌써 그름을 알고 고치지 못한다면 장부가 아니다.'

황여옥은 그날부터 주색을 멀리하고 딴사람이 되었다. 힘과 지혜를 다하여 정사에 힘쓰니, 그 소문이 퍼져 이웃 고을 백성들도 하나둘 모여들었다. 밭과 들이 크게 열리고 마을이 아담하게 들어섰다. 산을 깎아 길을 넓히고 나무를 베어 마을이 생기니 공적이 나라에서 으뜸이 되었다. 황제가 이 소식을 듣고 황여옥에게 예부 시랑 벼슬을 주어 서울로 불러올렸다. 가까운 친척들이 모두 입만 벌리면 딴사람으로 된 황여옥을 칭찬하였다.

황 시랑이 옷차림을 바로 갖추고 양 도독 대군이 있는 곳에 이르러 도독에게 통기하였다. 도독이 진문을 열고 황 시랑을 맞아들여 서로 인사를 나누었다. 도독이 눈을 들어 시랑을 보니 옛날 압강정에서 본 그 황 자사가 아닌가! 속으로 크게 놀라 몸을 움씰하고 웃으며,

"내 귀 가문에 장가든 지 몇 해 지났는데 형을 이제야 만났구려. 형은 압강정 연회석의 양씨 선비를 기억하오?"

하니, 황 시랑이 황송하여 용서를 빌었다.

"내가 못나서 풍류 과실로 도독에게 죄가 많으나, 세월이 흘러 이미 지나간 일이오니 허물치 마소서."

도독이 한바탕 웃고 나서, 제 잘못을 깨닫고 허물을 고친 것을 반가이 여겼다.

황 시랑이 또 부원수에게 뵈올 것을 청하였다. 도독은 본색이 탄로 날까 걱정하였으나, 어차피 알게 될 일이고 또한 치러야 할 절차라 말리지 못하였다. 황 시랑이 부원수 장중에 이르러 인사를 드리고 자리를 정한 뒤 눈을 들어 바라보았다. 붉은 입술 하얀 이에 눈썹조차 가늘어 아리따운 미인이 의젓이 앉아 있으니, 꼿꼿한 태도며 당당한 기상이 틀림없이 눈에 익으나 어렴풋하여 생각나지 않았다.

"하늘이 이 나라에 두 명장을 주어 도독과 더불어 부원수 높은 이름이 우레 같으므로 한번 뵈옵기를 바랐더니, 이제 황명을 받고 얼굴을 뵈오니 어찌 영광이 아니리오."

부원수가 황 시랑 행동거지를 살피며 말을 들으니, 옛날 소주 자사 황여옥과는 딴판이어서 속으로 이상히 여겼다.

"홍혼탈이 고향을 떠나 타향에 살다가 천은이 망극하여 개선장군이 되었으니 어찌 짐작이나 했겠소이까."

황 시랑이 목소리를 들으니, 옥을 부수는 듯 낭랑하고 대를 쪼개는 듯 힘 있고 퍽이나 귀에 익은 소리니 속으로 당황하다가 피뜩 떠

올랐다.

'강남홍 후신이 아니냐? 세상에 얼굴 같은 자 많으나 홍랑은 다시없는 국색이라. 그러니 하나만 있고 둘은 없을 것인데, 부원수 얼굴이 어쩌면 저리도 홍랑과 꼭 같을꼬?'

"부원수 올해 몇이시오?"

"스물다섯이오이다."

"아니, 저를 속이심이오이다. 스물을 겨우 넘겼다 해도 용모 어찌 이리도 어리시오?"

하고, 시랑이 가만히 손을 꼽아 보더니 다시 웃으며 조심히 말하였다.

"부원수 외모로 미루어 보건대 열일곱을 넘지 못할까 하나이다."

부원수 이 말을 듣고 속으로 생각하기를,

'황여옥이 방탕한 옛 버릇은 고쳤으나, 아직 나를 잊지 않고 이렇게 힐난하니 어찌 참으랴?'

하고 정색하여,

"대장부 평생 행동거지 쾌활하고 언행이 떳떳하고 정당하리니, 어찌 제 나이를 속이리오? 이는 시랑이 이 홍혼탈을 업신여기는 것이 분명하오."

하니, 시랑이 사죄하며 실언을 뉘우치더라. 시랑이 몸을 일으켜 다시 도독한테 가서 웃으면서 말하였다.

"승상이 남만을 정벌하며 이름난 장수를 얻었다기에 만나 보니 과연 소문이 헛되지 아니하옵니다. 그런데 신통히도 여자 같으니 참으로 이상한 일이더이다."

도독이 호탕하게 웃었다.

"한나라 장자방은 삼걸에 들었으나 얼굴이 부인 같다 하지 않소? 혼탈이 여자같이 곱게 생긴 것을 어찌 의심하겠소?"

도독이 황 시랑을 군중에서 쉬게 한 다음 홍 부원수를 불러 웃으며 말하였다.

"황 시랑을 보니 반갑지 않소?"

"몇 년 사이에 모든 일이 꿈만 같아 은혜와 원수를 잊었으니, 무엇이 반갑고 무엇이 밉겠나이까?"

"황 시랑은 그대에게 은인이라. 만일 전당호 풍파가 아닌즉, 백운도사는 어찌 만나며 부원수 공명이 어찌 생기리오?"

"황 시랑이 본디 어리석어 강남홍과 홍혼탈을 분별하지 못하는 것이 우스우나 그 사람됨이 변하여 군자가 되었으니, 앞으로는 압강정에서 양 공자를 붙잡아 오는 실수는 없을 것 같나이다."

그 말에 도독이 또 웃었다.

이어 도독이 행군을 계속하여 어느덧 황성 남쪽 교외 십 리 밖에 이르렀다.

황제가 문무백관을 거느리고 성 밖으로 나와, 잘라 온 적장의 머리를 임금께 드리는 헌괵지례獻馘之禮를 받으려고, 삼층 단에 올라앉아 남쪽을 바라보며 도독과 대군을 기다렸다.

이윽고 먼지가 뽀얗게 일어나며 군마 한 기가 앞서 달려오니 선봉 뇌천풍이라. 그 뒤를 따라 대오가 들어섰다. 도독과 부원수 뒤를 이어 장수와 삼군이 차례로 단 아래 백 걸음 밖에 이르러 모두 정렬하였다. 깃발과 창검이 해를 가리고 북소리, 나팔 소리, 포 소리가 천지를 뒤흔드니 출전하던 날과 다름없었다.

도성 안팎에 사람들이 구름같이 모여 성 밖 십 리 남쪽까지 인산인해를 이루었다. 도독과 부원수는 붉은 도포와 금빛 갑옷에 활을 차고 깃발을 들고 군사들을 지휘하여 헌괵지례를 시작하였다.

북을 쳐 진을 세 번 바꿔 방진을 이루고는 군악을 울려 승전곡을 아뢰었다. 삼군이 춤을 추며 승전가를 부르니, 산이 무너지고 바다가 뒤집히는 듯하였다.

부장 하나가 정남대도독 깃발을 잡고 제일위에 서고, 다른 하나는 세모난 창을 잡고 제이위 왼쪽에 섰으며, 금빛 도끼를 든 군사가 오른쪽에 섰다. 탈해 머리를 든 군사는 제삼위에 서고, 도독은 갑옷과 투구, 궁시를 차고 제사위에 섰다. 부장 하나가 정남부원수 깃발을 잡고 제오위에 서고, 또 하나가 세모난 창을 잡고 제육위 왼쪽에 섰으며, 그 오른쪽에 금빛 도끼를 든 군사가 섰다. 부원수 또한 갑옷이며 투구에 활을 들고 제칠위에 서고, 소유경, 뇌천풍, 동초, 마달, 손야차 아래 장수들이 차례로 벌여 섰다. 군악을 울리며 모두 단상에 오르는데 두 번째 층에 이르러서 군 깃발과 절월을 좌우로 갈라 세우고, 도독이 탈해 머리를 몸소 들고 부원수와 함께 세 번째 층에 올라 임금 앞에 놓고 세 걸음 물러서서 군례로 뵈었다. 황제가 자리에서 일어나 두 손으로 받으니, 이는 종묘사직의 안녕을 위함이다.

도독과 부원수가 헌괵지례를 마치고 본진으로 돌아와 군사들에게 잔치를 베풀어 푸짐히 먹였다. 군사들이 실컷 먹고 취하며 춤추고 즐기는 가운데 진을 해산하는 파진악을 울렸다. 진 앞에서 징을 치니 대군이 질서 있게 흩어지는데, 군사들이 모두 도독과 부원수와 헤어짐을 서러워하였다.

아들들을 싸움터에 보내고 애타게 기다리던 부모와 식구들은 자식들을 얼싸안으며 반겨 맞았다. 서로 손을 잡고 소매를 끌며 감격의 눈물을 흘리고, 춤도 추며 구르기도 하며 회포를 나누었다.

황제가 단상에서 도독이 진을 해산하는 것을 보고 얼굴에 기쁨이 가득하여, 황 각로와 윤 각로에게 감탄하며 말하였다.

"양창곡은 옛적 장군들도 당하지 못할 명장이구려."

황제가 궁으로 돌아가자, 도독 또한 부원수를 데리고 집으로 가려는데, 부원수가 근심 어린 얼굴로 도독에게 말하였다.

"제가 남복 차림 그대로 집안으로 들어가도 괜찮으리까?"

"천자 앞에서도 장부로 뵈었는데 제집에 들어올 때라고 왜 남자가 되지 못하겠소?"

도독은 호탕하게 웃으면서 부원수와 함께 휘하 장졸 백여 기씩 거느리고 일지련, 손야차와 더불어 입성하였다.

한편, 양씨 집에서는 도독이 온다는 소식을 듣고 원외는 사랑을 치우고 손님 맞을 준비를 하고, 허 부인은 문에 기대어 이제나 저제나 바라만 보고, 윤 부인은 음식을 준비하느라 바빴다. 남녀 하인들이 바삐 오가는데, 도독과 부원수가 문 앞에 이르러 수레에서 내렸다. 도독이 하인에게 부원수를 자기 방으로 인도하라 하고 바로 사랑에 이르렀다. 아버지 원외는 평생 성품이 엄하고 고지식하여 기쁠 때나 슬플 때나 그리 마음을 드러내는 일이 없더니, 이날은 기쁨을 감추지 못하여 아들을 데리고 안채에 들어가는데 걸음이 엉켜 신이 벗어지고 머리에서 관이 떨어져도 깨닫지 못하더라.

안채에 이르니 허 부인이 마주 달려 나와 아들 손을 잡고 기뻐 어쩔 줄 몰랐다.

"험한 싸움길에 고생 많았구나. 얼굴이 밝고 기질이 장대하니 어찌 기특하지 않으리오!"

"내 며늘아기를 통해 홍랑이 살아 있음은 대강 들었다. 부원수도 집에 도착하였다 하니 바로 홍랑이 아니냐?"

원외가 물으니 도독이 웃으면서 대답했다.

"소자 홍랑 정체를 숨기고 군사 일에 쓴 것은 나라를 위한 것이요, 집에 이르러 바로 부모님을 뵙지 못한 것은 여자 옷이 없어서이옵니다."

원외가 웃으며,

"임금과 신하는 한 몸이라. 황상께서 벌써 홍랑을 장수로 대우하였으니 내 어찌 꺼리겠느냐? 괜찮으니 어서 부르라."

이때 부원수가 집 안의 방에 앉아 있으나 벼슬이 있는 몸이라 군사들이 문 앞에서 잡인의 출입을 단속하였다. 연옥은 홍랑인 줄 뻔히 알고 한시바삐 보려 하여도 감히 들어가지 못해 발을 동동 굴렀다. 부원수가 손야차를 불러 조용히 분부하였다.

"잠깐 장졸들을 물리라."

군졸들이 물러나고 일지련과 손야차만 남았다. 내당의 계집종이 도독 명을 받고 부원수를 청하러 나오다 문밖에 서성거리는 연옥을 만나 함께 문 앞에 이르렀다. 문밖에 늙은 장수가 갑옷 차림에 활을 차고 섰는데, 검은 얼굴과 푸른 눈이 험상궂어 내당 아이가 와 뜰 놀라 뒤로 물러섰다.

하지만 연옥은 이모 손삼랑을 대뜸 알아보았다. 몹시 반가워 달려가 손을 잡고 목을 놓아 통곡하니, 손삼랑도 눈물을 흘렸다. 부원수가 방 안에 계시니 크게 떠들지 말라 하면서, 방으로 들어갔다가 인차 나와 연옥을 불렀다. 연옥은 계집종을 밖에 그냥 세워 둔 채 손삼랑을 따라 방으로 들어갔다.

두근거리는 가슴으로 방에 들어가니, 저승길로 떠난 뒤 눈에 삼삼 귀에 쟁쟁하여 자나 깨나 못 견디게 그립던 옛 주인 홍랑이 홀로 단정히 앉았더라. 연옥이 홍랑에게 엎드리며 목 놓아 우니 홍랑이 장부 같은 심정에도 한 줄기 눈물을 가누지 못하였다. 홍랑은 한동안 억이 막혀 말을 못 하다가 연옥이 손을 잡아 일으키며 물었다.

"너와 나 죽지 않고 다시 만났으니 이 끝없는 회포는 뒷날 천천히 나누자. 그래 도독이 어디서 나를 부르시더냐?"

"내당 시비가 문밖에 와 있나이다."

부원수가 부르니, 계집종이 들어서며 부원수 얼굴을 잠깐 쳐다보고 속으로 크게 놀랐다.

'내 천하 미인으로 우리 아씨와 선랑밖에 없는가 하였더니, 또 어찌 저러한 미인이 이 세상에 있단 말인고?'

눈이 황홀하고 정신이 아뜩하여 말 못 하고 어린 듯 서 있으니, 부원수가 물었다.

"어느 내당 시비이냐?"

"저는 마님을 모시고 있사옵니다."

"도독은 지금 어디 계시며 나를 어디로 오라 하시더냐?"

"도독께서는 윤 아씨 방에 들어가시며 부원수께 마님 거처로 오라 하시었나이다."

부원수가 일지련과 손야차를 보며 웃었다.

"내 수십만 군사들 속에서 남복 차림으로 움직이면서도 조금도 부끄러워 주저함이 없더니, 이제 이 모습으로 노상공과 노부인께 뵈옵자니 참으로 부끄럽구나."

홍랑은 활과 창검을 끌러 손야차에게 주고 차림새를 단정히 가다듬고는 연옥을 앞세우고 방에서 나왔다. 그러면서 일지련을 돌아보며 이제 처소를 정한 뒤 손랑과 함께 부르겠다 하고는 문을 나섰다. 문밖에는 벌써 여종 십여 명이 섬돌 아래 가득 모였다가 부원수가 나오는 것을 보고 다투어 뒤를 따르며 가만히 칭찬을 하였다.

"참으로 우리 상공 소실이로다. 벼슬이 우리 상공과 비슷하고 천자께서도 대견해하신다니 우리 집안에 영광이구나."

부원수가 중문에 들어서니 윤 부인, 황 부인 쪽 여종들과 서울의 모든 재상집 계집종들이 구름 모이듯 하여 홍랑을 가리키며 칭찬하였다.

"우리 이제껏 재상가에서 자라며 규중 숙녀를 수없이 보았으나 저렇듯 아름다운 얼굴빛은 처음 보는구나. 붓으로 그리고자 해도 물감이 없고 옥으로 새기고자 해도 흔적이 있을 것이니, 하늘이 무슨 조화로 이 같은 절세미인을 세상에 내었을까?"

모여 선 숱한 사람들 속에서 계집종 두엇이 반겨 내달으니 윤 각로 집 종으로 항주에 왔던 이들이다. 부원수가 걸음을 멈추고 윤 각로와 소 부인 안부를 자세히 물었다. 또 동자 하나와 창두 하나가 문안을 드리기에 살펴보니 동자는 바로 항주 왔던 동자요, 창두는 청루에서 부리던 아이라. 홍랑이 모두 정답게 맞더라.

부원수가 허 부인 내당 아래 이르러 걸음을 멈추고 계집종을 시켜 도착하였음을 고하니, 원외와 부인이 문을 열고 나와 반기며 어서 대청에 오르라고 재촉하였다. 부원수가 올라 손을 모두어 잡고 서니, 원외 가까이 앉으라 하고 한동안 눈여겨보고는 기쁘기 그지 없다.

"세상에 부모 된 사람으로 자식이 첩을 두는 것을 구태여 기뻐할 바 아니나, 너는 하늘이 우리 집안과 인연을 정해 준 사람이구나. 아들 시중이나 드는 여느 첩으로 대하지 않을 것이니, 너 또한 더욱 삼가 우리 뜻을 저버리지 말거라."

이번에는 허 부인이 기쁨에 겨워 말하였다.

"내 네 이름을 알고 놀라운 기별을 들은 뒤, 내 자식이 죽은 것처럼 슬픔을 이기지 못하였느니라. 이제 하늘이 도와 이렇게 며느리로 되었으니, 참으로 기특하구나!"

하며, 홍랑 소매를 걷고 손을 어루만지며 사랑함을 가누지 못하였다.

"네 나이가 몇이냐?"

"열일곱이옵니다."

"이같이 연약한 기질로 창칼이 번쩍이고 화살이 빗발치는 싸움터에서 장수 노릇을 하였다니, 그저 놀랍구나."

홍랑이 부끄러워 머리를 숙이고 아무 말도 없으니 노부인이 다시 웃으며 말하였다.

"내 늙고 할 일 없어 심심할 때 많으니, 너는 이 시어미를 어려워하지 말고 벗 삼아 전장에서 싸우던 이야기로 날을 보내자꾸나."

홍랑은 기뻤으나 옷차림이 괴이하여 오래 시부모 앞에 있을 수 없어 자리에서 일어나 인사를 하고 밖으로 나갔다. 원외가 부인을 보고 말하였다.

"예부터 미인은 복이 없다 하였으나 홍랑은 절세미인으로 평생 많은 부귀를 누릴 것이오. 여자로서 장수 되었다기에 혹 살기가 있고 당돌할까 하였더니, 단정하고 아담하며 유순하고 화목한 인물이구려. 우리 집 복이로다."

이때 윤 부인이, 홍랑이 노부인 방에서 나온 것을 알고는 연옥과 계집종들을 시켜 바삐 모셔 오도록 재촉하였다.

바람결에 들려오는 생황 소리

홍랑이 윤 부인 방에 이르니, 윤 부인이 문을 열고 나오며 울음을 터뜨렸다.

"홍랑아, 네 참으로 죽지 않고 옛사람을 찾아오느냐!"

"저는 벌써 죽은 몸이옵니다. 지금 이 홍랑의 목숨은 부인이 주신 바이니, 나를 낳은 사람은 부모이나 나를 살려 준 은인은 부인이옵니다."

서로 붙들고 방에 들어간 홍랑과 윤 부인은 그동안 울적하기만 하던 가슴을 녹이며, 넘치는 기쁨과 차오르는 슬픔에 웃고 울고 하였다. 그렇게 한동안이 지나 윤 부인이 물었다.

"물속 야차 손삼랑은 어찌 되고?"

"저를 좇아 밖에 와 있나이다."

부인이 연옥을 시켜 빨리 데려오라 하니 장군복을 입은 손야차가 들어와 문안드렸다. 부인이 반기며 놀라 말하였다.

"옛날 용모를 알아볼 길이 없구려. 나 때문에 물속 외로운 넋이 되었나 하였더니, 늙은 노장으로 나라에 이름을 떨칠 줄 어찌 알 았으리오."

손삼랑이 웃으며 말하였다.

"다 부인과 양 도독 은덕이로소이다."

이어 손삼랑은 전당호에서 구사일생으로 살아난 이야기며, 백운 도사를 만나 무술을 익힌 일, 싸움터에서 양 도독을 만난 일을 신이 나서 이야기하였다.

윤 부인과 홍랑, 손삼랑과 연옥은 묻고 이야기하고 울고 웃느라 시간 가는 줄도 몰랐다.

도독이 뒤뜰 동쪽에 새로 꾸린 별당을 홍랑 처소로 정하니, 홍랑 은 일지련과 손야차, 연옥을 데리고 들었다.

날이 이슥해질 무렵 양 도독이 부모 곁에 앉아 이야기를 나누는 데, 원외와 부인이 선랑이 겪은 풍파를 대강 전하며 가여워하였다.

"네 아비 귀먹고 눈 어두워 집안일을 다 알지 못하니, 이제는 네 가 알아서 처리하여라."

창곡이 죄송하기 그지없었다.

"이는 다 소자 죄이옵니다. 부질없이 여러 처첩을 두어 걱정을 끼치오니 후회하는 바 크옵니다. 집안의 간악한 일이 조정에까지 물의를 일으켰으니, 한갓 소자가 마음대로 할 바 아닐까 하옵니 다."

다음 날 황제가 문무백관을 다 모이게 하고 공을 의논하기로 하였다. 양 도독이 입궐하려 하니 홍랑이 말하였다.

"황제께 헌괵례를 드리는 자리에서 비록 제가 벼슬을 내놓지 못하였으나, 오늘 공을 의논하는 자리에 다시 들어가는 것도 옳지 않으니, 이제 상소하여 사실을 낱낱이 아뢰고자 하나이다."

"나도 그리 권하려 하였소. 그대 말이 옳소."

도독이 소유경, 뇌천풍, 동초, 마달과 여러 장수들을 거느리고 조회에 들어가니, 천자가 홍혼탈 부원수가 아니 들어온 까닭을 물었다. 이때 한림학사가 표를 가져와 황제께 아뢰었다.

"부원수 홍혼탈이 조회에 나오지 아니하고 표를 올렸나이다."

황제가 놀라며 표를 어서 읽으라 하였다.

　　신첩 홍혼탈은 강남의 천기옵니다.

천자 듣다가 아연실색하여 좌우를 보며 말하였다.

"이 어찌 된 말인고! 어서 읽으라."

　　신첩이 운수가 사나워 바람 세찬 물결에 표류하다 실낱같은 목숨이 기적같이 살아났으나, 남쪽 이역만리에 가 돌아오지 못하다 깊은 산 도관에서 도사를 만나 도술을 배웠나이다. 전쟁터에 나아가 장수로 몸을 맡긴 것은 고국으로 돌아오기 위함이요, 공명을 바란 것이 아니었나이다. 뜻밖에 이름이 조정에 이르고 벼슬이 부원수에 미치오니, 헌괵례 때 땀이 흘러 등을 적시며 나라를 속인 죄 속죄할 길 없어 몸 둘 바를 몰랐사옵나이다. 하물며 오늘 군공을 논하는 조회에 당돌히 들어가는 것은 임금을 계속 속이고 조정을 우롱하는 것이오니, 바라옵건대 폐하는 백성의 어버이로서 신첩의 사정을 가엾이 살피시어 분에 넘치는 벼슬을 거두시고 폐하를 속인 죄를 다스리시어 그릇됨이 없게 하시옵소서.

한림학사가 읽기를 마치자 황제 놀라며 양 도독을 바라보았다.

"이 어찌된 곡절인고?"

도독이 황공하여 머리를 조아렸다.

"신이 불충하여 오늘까지 폐하를 속였사오니, 죽을죄를 지었나이다."

"이는 짐을 속임이 아니라 짐을 위함이니, 자세한 내막을 듣고자 하노라."

도독이 더욱 황공하여 어쩔 바를 모르다가 머리를 들고 낱낱이 아뢰었다. 과거 보러 올라올 때 강남홍을 만났던 일이며, 전당호에 몸을 던져 죽은 줄만 알았던 일과 싸움길에서 우연히 다시 만나 함께 싸우던 이야기를 하나씩 아뢰니 황제가 무릎을 쳤다.

"과연 기이하도다. 참으로 아름답도다. 옛적에 없던 일이로다. 짐이 홍혼탈을 명장으로 알았더니 어찌 여중호걸임을 짐작하였으리오?"

황제가 곧 상소에 답을 내렸다.

기이하다, 경의 일이여. 여자를 신하로 쓴 일은 옛적에도 있던 바라. 나라에서 사람을 쓸 때는 재주를 볼 뿐이지, 어찌 남자 여자를 가리리오. 경은 벼슬을 사양치 말고 나라를 도와 큰일이 있거든 남복으로 반열에 따라 조회에 오르고, 작은 일은 집안에서 처리하도록 하라.

도독이 머리를 조아리며 굳이 사양하였다.

"홍혼탈이 신을 좇아 험난한 싸움마당에서 충성을 다한 것은 사실이나 실상을 말씀드린다면 제 지아비를 위한 것이니, 신의 벼슬이 곧 혼탈의 벼슬이옵니다. 여자가 관직을 오래 지니는 것은 아니 될까 하나이다."

그러자 황제가 웃으면서 말하였다.

"경이 총애하는 이를 위하여 짐의 장수를 빼앗고자 하니, 이때까지 믿던 경이 아니로다. 짐이 다시 홍혼탈을 만나 보고자 하나, 대신의 소실임을 헤아려 못 하거니와 벼슬은 거두지 못하리라."

하고는 벼슬을 주었다. 정남도독 양창곡은 연왕을 봉하여 우승상 지위를 주고, 부원수 홍혼탈은 난성후를 봉하여 병부 상서를 주고, 행군사마 소유경은 형부 상서 겸 어사대부를 임명하고, 뇌천풍은 상장군, 동초와 마달은 전전좌우장군을 명하고, 손야차는 파로장군, 그 밖에 여러 장수와 군사들도 공로에 따라 벼슬을 올려 주었다.

양 도독이 또 황제에게 아뢰었다.

"장수 가운데 손야차 또한 강남 여인이온데, 홍혼탈을 따라 군공을 착실히 세웠으나 관직을 줄 수는 없을까 하나이다."

황제가 머리를 가로저었다.

"공이 있는 자에게 벼슬을 주는 것이 나라에서 사람을 쓰는 법이라."

하며 그 자리에서 벼슬 임명 직첩을 주고 황금 천 냥을 특별히 상으로 내렸다.

도독이 다시 아뢰었다.

"남만 축융 왕이 홍도국과 벌인 싸움에서 공적이 클 뿐만 아니라 그가 아니면 홍도국을 다스릴 자 없어 임시로 홍도국을 맡아 다스리도록 하였으니, 왕으로 임명하심이 좋을까 하나이다."

황제가 허락하였다.

조회가 끝나자 양 도독 연왕이 은혜에 감사하며 물러가려 할 때 황제가 또 분부를 내렸다.

"난성후 홍혼탈이 성안에 거처가 없을 테니, 탁지부에 말하여 성안 연왕부 곁으로 난성부를 짓고 사내종 백 명과 계집종 백 명, 황금 삼천 냥과 갖가지 비단 삼천 필을 주라."

연왕과 난성후는 그 뒤로 두 번, 세 번 상소하여 굳이 사양했으나 황제가 듣지 않았다.

몇 달 뒤 난성부를 다 지으니, 웅장하고 화려하기가 연왕부와 같았다. 허나 난성후는 난성부에 하인들만 두고 연왕부에서 지냈다.

연왕이 왕위에 오르자 예부에서 원외와 허 부인, 윤 부인, 황 부인에게 저마다 직첩을 내려, 원외는 연나라 태공이 되고, 허 부인은 연나라 태비로 되고, 윤 부인은 상원부인, 황 부인은 하원부인이 되고, 벽성선은 숙인으로 봉하였다.

하루는 조회를 마친 뒤, 황제가 연왕을 조용히 만나 물었다.

"경이 출전한 뒤 집안에 요란한 일이 있는 것 같아 짐이 경의 소실을 잠깐 고향으로 보내라 하였노라. 이는 그사이에 풍파를 가라앉히고 경이 돌아오기를 기다리라 한 것이니, 경은 꺼리지 말고 뜻대로 처리하라."

연왕이 머리를 숙여 깊숙이 절하고 벽성선 일을 대강 아뢰니, 황제 웃으며 말하였다.

"예부터 집안에 이 같은 일이 혹 있다 하니, 경은 조용히 처리하여 화목함에 힘쓰라."

연왕이 황송하여 절하고 물러 나왔다.

돌아오는 길에 윤 각로 댁에 이르니, 소 부인이 문 앞에 나와 반겨 맞으며 이역만리에서 돌아옴을 치하하고 손수 술잔을 권하는데, 살뜰한 정을 나누느라 말이 그치지 아니한다.

"승상 나이 청춘이나 벼슬이 연왕에 오르니, 사위 본 재미는 모르고 귀한 손님으로 존경함만 있으니 살뜰한 이야기를 다 못하는구려. 한가할 때마다 자주 찾아와 이야기를 나누며 사위 재미를 보았으면 하오."

연왕이 웃으며 잔을 들어 마시고는, 그리하겠다 하였다.

"요즘 딸애를 오래 보지 못하였는데, 어엿한 왕후가 되었다 들으니 기특함을 말로 다 못 하겠구려. 내 마음엔 아직 포대기 속 어린아이와 다름없는데, 큰 허물이나 없더이까?"

절반쯤 취한 연왕이 환히 웃더니,

"제가 본디 허물이 많은 사람이옵니다. 안사람이 허물이 있는지는 모르오나 위로 부모님이 마땅하다 하시고 아래로 종들이 원망치 아니하오니, 평소 가르치신 덕인가 하옵니다. 다만 한 가지 부족한 점이 있사옵니다. 제가 방탕하여 첩 둘을 두었더니, 안사람이 투기하는 마음이 지나쳐 해괴한 일이 있으니 근심이옵니다."

하였다. 소 부인이 속으로 크게 놀라 혹시 자기 딸이 선랑 일에 끼어들었나 하여 잠자코 있었다. 연왕이 다시 웃으며,

"장모는 강남홍을 기억하시옵니까?"

"내가 강남홍을 항주에서 보고 그 인품에 탄복하여 지금까지 잊지 못하오."

"제가 남만을 평정하러 간 길에 뜻밖에 홍랑을 만나 데려왔더니, 안사람이 언짢아하며 그릇된 행동이 적지 않으니 이는 다 제 죄로소이다."

"승상이 이 늙은것을 속이는구려. 우리 딸이 홍랑과는 지기지우라 그럴 리 없소."

"장모님이 끝내 딸 사랑에 눈이 가려 미처 살피지 못하시는 것이옵니다. 지난날에는 홍랑을 한마음으로 사귀며 지기로 사랑하더니, 오늘은 마음이 변하여 눈엣가시처럼 여기옵니다. 이 또한 나 어린 여자로서 흔히 있는 일이니 장모님이 조용히 타이르소서."

소 부인은 이 말을 곧이듣고 부끄러워 얼굴을 들 수 없고 몸 둘 곳이 없어 더 말을 못 하였다. 연왕이 웃으며 뒷날 다시 오겠다 하면서 돌아갔다.

연왕은 그길로 황 각로 댁에 들렀다. 위 부인이 반기며 요란스레 인사말이 오간 뒤 쓸쓸하게 말하였다.

"승상이 공을 세우고 돌아와 기쁨이 비할 데 없으나 그 아이 병

이 뼛속에 사무쳤으니 참으로 걱정이오. '앞집이 소란하니 뒷집이 걱정'이라는 말같이 조물주가 시기함인가 보오."

"길흉화복이 다 제게 달렸으니 어찌 조물을 탓하리까?"

위 부인이 안달이 나서 다시 더 말하려 하니, 연왕이 바쁘다면서 곧 일어나 돌아가더라.

윤 부인이 시집에 들어온 지 몇 년이 되었지만, 언행이 첫날 신부 때와 다름없이 한결같아 시부모에게 효도하고 남편에게 순종하여 부부간 정의며 가솔을 거느림에 부끄러울 바가 없었다. 하루는 유모 설파가 어머니 편지를 가져왔다.

내 너를 아들같이 가르쳐 시집에 보내었으니, 칭찬은 바라지 못하나 듣기 싫은 소문은 없을까 하였다. 허나 들으니 현숙한 덕행은 없고 해괴한 소문이 있어 늙은 어미 몸 둘 바를 모르게 하니 참으로 한심하구나. 무릇 여자의 투기는 예부터 나쁜 행실 일곱 가지 가운데 가장 나쁜 행실이라. 내 몸 닦은즉 군자가 여러 첩이 있어도 도와주는 사람으로 될 것이고, 내 덕이 없은즉 군자 첩이 없어도 은혜와 덕망을 어찌 보존하랴. 내 세간에 덕이 있고 투기하는 자를 보지 못하였으니 슬프구나. 내 딸아, 어찌 이 지경에 이르렀단 말이냐!

윤 부인이 웃으며 한동안 말이 없다가 설파를 보며,

"여기로 올 때 어머님이 무슨 말씀을 하시던가?"

하고 물었다. 설파가 이윽히 생각하다가 대답하였다.

"별말씀은 없었으나 투기가 무엇인지, 아씨가 투기함을 걱정하시더이다."

윤 부인이 또 그저 웃기만 하였다. 설파가 은근히 궁금하여 물었다.

"투기란 무엇이옵니까? 아씨는 웃지 마소서. 마님이 크게 근심하시더이다."

윤 부인이 웃으며 끝내 대답하지 않으니, 설파가 끈질기게 물었다. 윤 부인이 무어라 말하기 딱해 천천히 대답하였다.

"할멈, 그것은 알아 무엇 하려오? 밥 먹고 잠자는 것이 투기라오."

"우리 마님이 노망이로소이다. 저는 늙을수록 세상에 생각나는 것이 투기밖에 없더이다."

윤 부인이 혼자 웃음을 참지 못하는데, 그때 난성후 홍랑이 들어왔다. 윤 부인이 어머니가 보낸 편지를 보이면서 물었다.

"이 소문의 출처를 알겠는가?"

난성후 홍랑이 편지를 다 보고 나서 웃으며,

"제가 오늘 밤 그 출처를 찾아 내일 부인의 의문을 풀어 드리리니, 다만 이리이리하소서."

하니, 윤 부인이 웃었다.

그날 밤 연왕이 홍 난성을 찾아 별당에 이르니, 난성이 촛불 아래 오똑하니 홀로 앉아 생각에 골똘해 있었다. 연왕이 곁에 앉으며 물었다.

"또 몸이 불편하오? 낯빛이 어찌 그리 좋지 않소?"

"낯빛이 좋지 않은 것이 아니라 마음이 좋지 않나이다."

"무슨 말이오?"

"사람이 남을 의심하게 되면 심사를 밝히기 어렵고, 심사를 밝히지 못하니 평상시 지기라도 틈이 생기오이다. 허니 어찌 슬프지 않으리까?"

연왕이 놀라며 곡절을 물으니, 난성이 한동안 아무 말도 없다가 겨우 입을 열었다.

"제가 아까 윤 부인 방에 갔더니, 설파가 노부인 편지를 가져왔더이다. 사연이 이러이러한데 설파가 저를 의심하는 눈치더이다. 제가 일찍이 싸움판에서 화살이 빗발칠 때도 두려움을 모르더니, 이 일을 당하여는 변명할 방책이 없어 자연 식은땀이 등을 적시며 처첩살이 어려움을 깊이 깨닫소이다."

"그대 생각이 짧구려. 윤 부인은 밝은 사람인데 설마 그대를 의심하리오?"

"처지를 바꾸어 생각하더라도 저밖에 의심할 자 없사옵니다. 부인의 어진 덕행이야 세상이 다 아는 바이니, 이런 말이 어디서 나왔겠나이까?"

홍랑이 낙심천만해 있으니, 연왕이 웃으며 손을 잡았다.

"이는 내가 잠깐 농을 해서 나온 것이니, 옹이를 맨 자가 풀 일이라. 내 마땅히 윤 부인을 만나 풀겠소."

연왕이 곧바로 윤 부인 처소로 가거늘 난성이 웃으며 가만히 뒤따라가 창밖에서 이들이 하는 이야기를 들었다.

"아까 설파가 무슨 편지를 가져왔소이까? 혹 내가 오래 장모한테가 뵙지 못하여 노여워하시는 것이오?"

"아니오이다."

"그 편지 어데 있소? 잠깐 보고자 하오."

하고는 그릇을 뒤져 찾아 들고 부인을 돌아보며 웃으며 물었다.

"이 편지에 혹 은근한 사연이나 없소이까?"

윤 부인이 아미를 숙이고 대답하지 않으니, 연왕이 촛불 아래 편지를 펴 들고 큰 소리로 읽어 내렸다.

"이 사위가 눈이 어두워 부인이 투기하는 마음이 없는가 하였더니, 장모님이 어찌 천금같이 귀한 딸에게 애먼 말씀으로 꾸짖으시는가?"

부인이 또 대답을 하지 않으니, 연왕이 다시 편지를 읽고는 웃었다.

"부인은 성내지 말고 지금부터라도 투기하는 마음이 조금이라도 있으면 버리소서. 속담에 '아니 땐 굴뚝에 연기 나랴?' 하였고 장모님이 명철하시니 어련히 아시고 말씀하시리까?"

"늙으신 어머니께 소문이 어찌 절로 가리까?"

"그러면 누가 이런 말을 지어냈다는 것이오이까?"

"군자의 사귐은 깨끗하기 물과 같고 소인의 사귐은 달기 꿀과 같다 하니, 그 사귐이 단즉 분명 변하기 쉽나이다. 제가 부질없이 달게 사귀어 허물없이 지냈더니, 마음이 차츰 당돌하여 이 지경에 이르렀나이다."

연왕은 홍 난성 말이 옳다 생각하면서 속으로 뉘우쳤다.

'윤 부인같이 통달한 여자도 다 같은 생각이라. 내 부질없는 농담으로 두 사람을 이간할 뻔하였구나.'

"이는 사실 내가 한 농이오. 지난날 장모님을 뵐 때 사위 재미를 못 본다 한탄하시며 부인이 배움이 없다 겸손해하시기에 이리이리하였더니, 장모님 그만 곧이듣고 속으신 것이오이다."

윤 부인이 혼자 웃음을 참지 못하는데, 창밖에서 기침 소리 나더니 난성이 웃으며 들어와 앉았다.

"상공이 백만 군사를 대적하시면서도 눈썹 하나 까딱하지 않더니, 이제 규중 부인 하나 당하지 못하여 흰 기를 드시옵니까?"

그제야 연왕은 난성이 꾸민 계교임을 알아차리고 크게 웃었다.

"내 부인에게 항복함이 아니라 홍혼탈 장군의 계략에 빠졌도다."

하고는, 문득 선랑 생각이 간절하여 부인과 난성을 보고,

"오늘 한마디 농은 한번 웃고자 함이오. 만일 난성이 아니면 어찌 쉬이 하리오? 예부터 부녀자 투기는 여자들 일곱 가지 악행 가운데서도 가장 나쁜 죄라 하였소. 불행히 내 집에 이를 범한 자 있어 조정에까지 알려졌으니, 내 마땅히 엄밀히 조사하여 밝힌 뒤 옥인지 돌인지 가려내려 하오. 이제 자객을 붙잡으면 악행이 밝혀지리라. 내 요즘 조정에 나가느라 시간을 얻지 못하여 집안 일을 단속지 못하였으니, 산중 도관에서 홀로 지내는 사람이 참으로 가엾소이다."

그러나 조정 일이 몹시 바빠 연왕은 아침마다 일찍 입궐하여 밤 늦게 나오는 날이 계속되었다.

하루는 달빛이 유난히 밝았다. 연왕이 일찍 집으로 돌아와 부모를 뵈온 뒤 바로 동별당에 이르니, 난성이 난간에 기대어 달을 바라보고 있다. 연왕이 웃으며 물었다.

"혼탈아, 오늘 밤 동별당 달빛이 지난날 연화봉 달빛에 비겨 어떠한가?"

난성이 웃으며 맞았다. 하늘에 밝은 달이 두 사람을 다정히 어루만졌다.

"옛일을 생각하면 한갓 봄꿈과 같나이다. 한가한 저 밝은 달이 어찌 홍혼탈이 분주함을 비웃지 않으리까?"

연왕은 호탕하게 웃으며 난성 손을 잡아끌어 당 아래 내려서서 달빛 아래 거닐었다. 하늘을 우러러보니 한 점 구름도 보이지 않고 수정 소반에 구슬이 흩어진 듯 별들이 총총하였다. 멀리 북쪽 하늘을 바라보니 옥황상제가 거처한다는 자미원紫微垣에 검은 기운이 자욱하고 삼태성을 중심으로 한 여덟 별자리에도 검은 기운이 어렸다. 연왕이 놀라 난성을 보았다.

"난성은 저기 저 검은 기운을 알겠소?"

난성이 눈을 들어 북쪽 하늘을 이윽히 바라보더니, 근심 어린 얼굴로 연왕을 보았다.

"제 어찌 천상 세계를 알리오마는 일찍이 백운도사에게 들으니, 삼태성을 중심으로 한 여덟 별자리에 검은 기운이 어리고 자미원도 검은 기운에 싸이면, 간신이 조정을 어지럽혀 천자의 총명을 가린다 하였으니, 어찌 나라의 큰 근심이 아니리까?"

"나 또한 마음속으로 염려하는 바요. 예부터 어진 임금이 어진 신하를 두고 늘 백성들의 어려움과 농사일의 수고로움을 알고 천하를 다스리나니, 이제 황상이 춘추 왕성하고 예지 총명하여 사방에 큰일이 없어 다행이오. 헌데 좌우 신하들이 식견이 없어 충언과 올바른 간언으로 평안함을 경계하고 요순의 덕을 찬양함이 옳거늘 그저 제 편할 생각에 태평세월이라 하며 달콤한 소리와 아첨으로 귀에 거슬림 없고 뜻에 어긋남 없게 처신하여 눈앞에 은총만 바라고 있소. 부귀와 공명을 탐하는 자 많고 나라의 앞날을 걱정하여 깊이 마음 쓰는 자 적으니, 이는 내가 근심하는 바라오. 이제 또 하늘이 저러하니 대신 된 처지에 어찌하면 좋으리오?"

홍 난성이 조용히 대답하였다.

"나라 중대사를 제 어찌 당돌히 말씀드리오마는 상공 나이 스물도 못 되어 안으로 벼슬이 높고 밖으로 병권을 잡으니, 군자도 지나침을 의심하고 소인은 권세를 시기할 것이옵니다. 부디 상공은 조정 대사를 함부로 처리하지 마옵고 말씀을 삼가 낯빛을 가벼이 드러내지 마시어, 권세와 명망을 남에게 양보하시는 것이 좋을까 하나이다."

연왕이 잡았던 손을 떨치며 말하였다.

"내 그대의 식견이 남달리 뛰어나 웬만한 장부도 당하지 못할까 여겼더니, 오늘 밤 이 말은 신통히도 아녀자의 말이로다. 내 본디 남쪽 고을 이름 없는 선비로 폐하의 은혜를 입어 벼슬이 왕후장상에 이르렀소. 만일 이 몸을 바쳐 나라에 조금이라도 이로움이 있다면 비록 만 번 죽어도 사양치 않을지니, 어찌 귀양살이나 죽음이 두려워 제 한 몸 돌볼 생각이나 하리오?"

"상공 말씀이 천만번 지당하와 제 어찌 더 할 말이 있으리까마는, 제 듣건대 조물은 원만함을 시기하여 둥근 바퀴는 이지러지고 가득 찬 그릇은 기울기 쉽사옵니다. 이를 잊지 말고 깨끗이 물러나도록 힘쓰소서."

연왕이 입을 다문 채 대답이 없었다.

팔다리가 게으르면 정신이 혼미해지고 온몸이 나른하여 갖가지 병이 드는 법이라. 천하를 잘 다스리고 어지럽힘도, 나라가 흥하고 망함도 사람 몸과 한가지니 늘 평안함을 조심할지라. 요순 같은 덕으로 나라를 다스리고 풍속과 기상이 즐겁고 화평하나 평안한 중에 어지럽고 위태함이 생기니 옛날부터 어진 신하들은 나라를 다스릴 때 안일함을 조심하라 경계하지 않았던가.

이때 나라에서는 남쪽 오랑캐를 평정한 뒤 바깥 근심이 없으니, 조정이 자못 나태함에 빠져 도리를 다해 나라를 다스리는 기풍이 없어지고, 궁중 후원에 꽃구경과 낚시질이 나날이 더했다. 가난한 집에 걱정이 쌓여도 벼슬아치들은 나랏일에 힘쓸 뜻이 없었다.

연왕이 늘 이를 근심하여, 조정에 들어가서는 충성된 말과 정직한 풍모로 도리를 다하고 제 한 몸을 돌보지 않았다. 군자는 덕망을 우러러 연왕을 하늘같이 믿으나, 소인은 엄한 위풍을 두려워하여 모해할 기회를 엿보았다. 그러나 황제와 연왕 사이가 구름과 바람같이 다정하고 물과 고기처럼 친하여, 온갖 묘한 말로 꾸며 대도 감히 나돌 수 없었다.

어느새 봄이 다하여 날씨가 차츰 무더워지니, 황제는 복잡한 정사 중에 잠깐 짬을 내어 후원에서 더위를 피하곤 했다. 하루는 달빛이 밝아 황제가 곁의 신하들을 데리고 뒷동산 완월대에 높이 올라 달구경을 하고 있었다. 문득 바람결을 타고 어디선가 생황 소리 끊

어질 듯 이어질 듯 처량하게 들리거늘, 황제가 본디 음률에 조예가 깊어 이윽히 듣더니 좌우를 돌아보며,

"이 소리가 어데서 나는가 알아 오라."

하고 명을 내렸다.

궁중 하인 하나가 소리 나는 곳을 찾아 어느 곳에 이르니, 웬 젊은이가 바위에 올라 앉아 달을 보며 생황을 불고 있고, 곁에는 또 청년 하나가 그 소리를 듣고 있었다. 하인이 젊은이를 데려와 궐 아래 대령하고 아뢰었다.

황제가 웃으며,

"짐이 다만 생황 부는 자가 누구인가 알아 오라 하였는데, 어찌 잡아 왔느냐?"

하면서 젊은이를 불러 보니, 생김새가 준수하고 행동이 민첩한데 용모 기색이 신통히도 여자 같았다.

"너는 어떤 사람이며 이름은 무엇인고?"

"소신은 황성 사람으로, 성은 동가이고 이름은 홍이옵니다."

황제가 웃으며 호기심이 동해 말하였다.

"그 생황 좀 보자."

동홍이 허리춤에서 생황을 꺼내 소매를 떨쳐 두 손으로 받들어 내시한테 건네는데, 행동이 절도 있어 조금도 어긋남이 없었다. 황제가 기특히 여겨 손수 받아 자세히 본 뒤 도로 주며 말하였다.

"짐이 마침 심심하거늘 네 여기 왔으니 한 곡을 다시 불라."

동홍이 꿇어 받자와 달을 우러러 한 곡 부니, 황제가 칭찬하며 다시 물었다.

"네 다른 풍류도 아느냐?"

동홍이 황송해하며 아뢰었다.

"조금 배웠사오나 서툴러 들을 만하지 못하옵니다. 하오나 분부 받자오리다."

황제가 크게 기뻐하며 궁중 악기를 가져오라 하여 한 가지씩 차례로 시험하였다. 동홍은 배운 바를 다하여 악기를 다루었다. 황제가 칭찬하고 상을 넉넉히 주어 보내며,

"한가한 날 다시 부르리라."

하니, 동홍이 머리를 깊숙이 숙였다.

소인이 조정을 어지럽히니 이 또한 나라의 운수라. 하늘이 반드시 기회를 엿보거늘 임금이 어찌 거동 하나하나 삼가지 않으리오.

이때 참지정사 노균은 가풍을 이어받아 소인배 심장으로 황제를 농락하여 위엄과 권세를 마음대로 하려 하더니, 연왕이 빛나는 충성과 높은 재주로 벗들이 끌끌하고 큰 공을 세워 명망이 날로 빛나는 것을 보고 흉악한 생각을 펼 곳 없어 기운이 떨어졌다. 그러던 중 연왕이 처음 과거에 올랐을 때 황제 앞에서 자기를 논박한 일과 과거 급제 축하연 때 청혼하였다가 거절당한 앙심이 차츰 머리를 들었다. 더구나 이즈음에 와서 심사 더욱 울적하여 병이 생겼다. 그래 날마다 음탕한 풍류를 가까이하여 마음을 위로하니, 자연 집안에 잡스러운 젊은이들 출입이 잦았다.

하루는 한 젊은이가 왔다가 동홍에 관한 말을 전하니, 눈치 빠른 노균이 낱낱이 듣고 속으로 기뻐하며 다시 물었다.

"내 벼슬이 재상 자리에 올라 크고 작은 조정 일을 모르는 것이 없거늘, 일찍이 그런 소리는 듣지 못하였다. 이는 터무니없는 헛소문이렷다."

젊은이가 펄쩍 뛰었다.

"남의 말을 들은 게 아니라 제가 직접 동홍과 같이 달밤에 놀다가 제 눈으로 본 일이옵니다. 또한 그 뒤에 동홍을 자주 만나 여러 번 들었는데 어찌 헛소문이겠나이까?"

그러자 노균이 윽박았다.

"이는 황상께서 사사로이 하신 일이니, 가벼이 그런 말을 아무 데서나 떠들지 말라."

"어르신께서 마침 풍류를 좋아하시기에 말씀드렸을 뿐, 어찌 감히 비밀을 누설하리까?"

노균이 다시 웃으며 말했다.

"나야 허물할 것도 없고 풍류도 좋아하니, 동홍을 한번 조용히 불러 오너라."

젊은이가 그리하겠다 하고 갔다.

노균은 별당 깊숙이 드러누워 벽을 마주하고, 사흘 낮 사흘 밤을 말도 않고 웃지도 않으며 생각에 골똘하였다. 며칠 뒤 젊은이가 과연 한 미남자를 데려왔다. 노균이 좌우를 물리고 몸을 일으키며 맞았다.

"네가 동홍이냐?"

동홍은 주저하며 어쩔 줄 몰랐다.

"미천한 사람을 이리 부르시니 황공무지로소이다."

"네 본향이 미산이라지?"

"그러하나이다."

"미산 동씨는 본디 번성한 성씨니라. 그 가문의 빛나는 역사를 내 자세히 알고 있으니, 어찌 잠깐 침체하여 높은 벼슬이 없다고 대접하지 않으리오? 옛적 어떤 사람은 이름난 선비로 오랜 벗을 위하여 거문고를 탔으니, 나 또한 그대의 높은 재주를 보고 싶구나."

동홍이 소매 속에서 작은 퉁소를 꺼내어 몇 곡 부니, 노 참정이 감동하여 칭찬하였다. 노균은 본디 풍류에 관심이 있는지라 홍이 가려는 것을 말려 서당에 두었다.

하루는 궁의 하인이 황명을 받고 동홍을 찾아 노균 집에 이르렀다. 홍이 노균을 보고 입궐한다고 고하니, 참정이 크게 웃으며 가만히 몇 마디 가르쳐 보냈다.

동홍이 입궐하니 벌써 밤이 깊었다. 황제는 편전에 있으면서 놀다가 동홍이 들어오니, 전각 위로 오르라 하여 다시 눈여겨보았다. 풍채 의젓하고 용모 아름다우니, 미남 가운데 미남이었다.

황제 몇 곡 들은 뒤 웃으며 물었다.

"짐이 너를 곁에 가까이 두고 싶은데, 네 소원이 무엇이냐?"

"미천한 몸으로 은총을 입사와 폐하를 가까이 모시게 되오니 걱정되고 겁이 나서 보답할 바를 알지 못하온데, 무슨 소원이 있겠사옵니까."

황제가 몹시 대견하여 다시 물으니, 홍이 말하였다.

"폐하의 명이 이에 미치시니 어찌 품은 바를 우러러 아뢰지 않으리까. 소인 집안이 대대로 벼슬하는 가문으로 한나라 때에 이르러 동탁이 지은 죄 때문에 집안이 차차 기울어 지금은 미천한 처지에 이르렀사옵니다. 구구한 소원이 있다면 다시 충효를 닦아 옛 가문을 찾을까 하나이다."

황제가 측은하고 기특하여 좌우를 돌아보며 말하였다.

"군자 은택도 오 대가 내려가면 끊어지고 소인 은택도 오 대가 내려가면 끊어지나니, 동탁이 지은 죄가 비록 천고에 씻지 못할 죄라 해도 어찌 자손에게 미쳐 지금까지 폐인으로 살리오."

다시 동홍에게 물었다.

"네 글은 아느냐?"

"조금 배웠나이다."

황제가 옆에 있는 책을 주며 읽으라 하니 홍이 무릎을 꿇고 앉아 책을 읽어 내려가는데, 옥을 바수는 듯 낭랑하고 고저장단이 분명하였다. 황제가 책상을 치며 크게 칭찬하고 곁의 신하를 보고 말하였다.

"선비가 경서에 통달하면 급제하는 법이 아니냐!"

좌우가 어찌 황제 뜻을 모르랴. 모두가 허리를 굽히며 대답했다.

"그러하옵니다."

황제가 그 자리에서 급제를 내리시더니, 동홍이 노 참정 집으로 돌아갈 때 황제가 또 명을 내렸다.

"궁궐 가까이 동홍의 집을 지어 주라."

조정에서는 이 일을 두고 까닭을 몰라 의아하게 여겼다.

이튿날 어사대부 소유경이 상소를 올렸다.

과거를 보아 선비를 고르는 것이 나라에서 사람을 쓰는 법이니, 반드시 공명정대하게 하여 사사롭거나 치우치지 아니하도록 하셔야 하옵니다. 비록 동홍의 사람됨은 보지 못하였사오나 폐하께서 그 인재를 취하실진대 마땅히 여러 선비를 모으사 재주를 겨루게 하여, 위로 조정으로부터 아래 백성들에 이르기까지 듣는 사람이 의문이 없게 하셔야 하옵니다. 하온데 어찌 밤중에 은밀히 궁중에 부르시어 크나큰 은총과 중대한 과거 급제를 그토록 쉽게 내리시나이까.

  슬프옵니다. 저 수풀 아래며 언덕 밑 무너진 집에서는 부모가 주리고 처자는 처량한데, 책을 펴 들고 글 읽는 가난한 선비와 글공부하는 젊은이들이 목마르고 기운이 다하고 있나이다. 마음을 태우고 정신을 다 쏟아 서리털 귀밑을 덮으나, 한마음으로 북쪽 궁궐을 쳐다보며 부모처자를 위로하여, '임금께서 위에 계시니 부지런히 재주를 닦은즉 버리지 않으시리라.' 하고 있사옵니다. 그들이 만일 이 일을 들은즉, 분명 책을 덮고 눈물을 흘리며 '옛사람들이 나를 속였도다. 만 권 서책을 배 안에 넣으나 주린 창자를 펴지 못하며, 고금 성패를 마음에 새기나 제 한 몸 부지하기 어렵구나. 십 년 글공부 빈궁을 도울 뿐이요, 잠깐의 때를 만나면 한 곡 생황으로 부귀를 얻으리라.' 하여 장차 과거장이 텅 비고 요행을 바라는 자 있을까 하옵니다. 어찌 이를 인재 뽑는 도리라 하리까.

  바라옵건대 동홍을 과거 이름에서 거두사 나라에서 사람 쓰는 법을 삼가도록 하소서.

문무백관이 조회에 참가한 가운데 황제는 소 어사가 올린 상소를 보고 낯빛이 변하였다.

"요새 조정에서는 사람을 쓰는 데 조금도 사사로움이 없는가? 어찌 짐은 한 사람도 뜻대로 쓰지 못한단 말인가?"

참지정사 노균이 이때다 하고 아뢰었다.

"동홍이 비록 미천하나 본디 번성하고 세력 있는 집안이옵니다. 폐하께서 그를 뽑으시니 만 사람이 한입처럼 성덕을 칭송하옵는데, 오늘 소유경이 이처럼 떠벌리는 것을 저는 이해하지 못하나이다."

윤 각로가 참을 수 없어,

"과거 법이 일찍이 조정 모르게 하는 바 없사옵니다. 만일 이 길이 열리면 뒤에 폐단이 끝없을 터이니, 소유경이 올린 상소는 이를 염려한 것인가 하나이다."

하니, 노균이 또 나섰다.

"비록 재상 귀인이라도 저마다 문객 몇은 있는 법인데, 폐하 어찌 황상 높은 자리에 계시면서 동홍 하나를 쓰지 못하리까. 신이 듣자오니 동홍을 편전에서 가려 쓰실 때 경서며 시문에 통달하였다 하오니, 이 어찌 과거가 아니라 하오리까?"

황제가 그 말에 힘을 얻어 명하였다.

"어사대부 소유경을 벼슬에서 물러나게 하라."

이때 연왕이 나아가 아뢰었다.

"간관은 조정의 귀와 눈이옵니다. 폐하께서 이제 간관을 죄주시어 귀와 눈을 막으시니, 어찌 애써 허물을 듣지 않으려 하시나이까? 설사 소유경이 올린 상소가 지나치다 할지라도 폐하께서 용납하사 그 소임을 다한 것을 격려하셔야 할진대, 하물며 간하는 말이 온당하온데 물리치시리까?

폐하께서 조정에서 인재를 쓰는 데 사사로움이 없느냐 하시온데, 신들이 용렬하와 공명정대하게 사람을 쓰지 못하오니 그 죄를 밝히시어 태만함을 꾸짖으소서. 어찌 그 같은 말씀으로 신하를 내리누르시고 입을 다물게 하시나이까? 신들이 사사로움에 빠져 공정해야 할 방도를 어지럽힌다면 이는 폐하를 속이고 제 한 몸만 위한 것이니, 그 죄 만 번 죽어도 아깝지 않사옵니다. 허나 이런 일이 있다 하여 과거에 급제하지 않은 사람을 사사로이 쓰심은 장차 누구를 위하고자 하심이옵니까?

조정은 폐하 조정이요 천하는 폐하 천하이온데, 이 못난 신하들을 거느리시어 폐하 비록 공평히 마음을 두시나, 신들의 보필이 이같이 값없어, 이제 폐하께서 여느 재상집에서 문객 두듯이 인재를 사사로이 쓰고자 하신다면 이는 위아래 서로 힘을 겨루어 사사로움에 치우치는 짓을 용납하는 것이옵니다. 폐하의 조정과 폐하의 천하를 뉘라서 다스리겠나이까.

신이 구태여 소유경을 구하고 동홍을 논박함이 아니옵니다. 간관을 죄주심은 실책인데도, 조정 의론이 도리어 소유경을 논죄하며 폐하께 허물을 듣지 못하게 하니, 신이 걱정스러워 견딜 수 없나이다."

연왕이 하는 말 한 마디 한 마디가 간절하고 충성스럽고 명쾌하게 울렸다. 노균의 간사함으로도 말이 막히고 기운이 떨어져 등에 식은땀이 물 흐르듯 하였다.

잠자코 듣고만 있던 황제가 웃으며 말했다.

"임금을 간하려면 이리하여야 하리로다. 경이 하는 말은 참으로 정정당당한 논리로구나. 그러하나 동홍은 짐이 총애하는 사람으로 벌써 급제시켰으니 어찌 도로 거두리오. 소유경을 용서하여 도로 벼슬을 돌려주라."

조회가 끝나 조정 온 신하가 나가는데, 황제가 따뜻한 낯빛으로 연왕을 따로 남으라 하였다.

"짐이 얼굴을 보고 사람을 취하는 변통이 있더니, 동홍은 참으로 뛰어난 인물이라서 마음이 쓰였구나. 관직을 지낸 양반가 자손으로 미천해졌기에 가엾이 여겨 뽑은 것이니, 경은 그리 알고 용서하라. 짐이 이제 동홍을 경에게 보내 인사하게 할 것이니, 짐을 위하여 잘 가르쳐 주게."

연왕은 황공하여 머리를 깊이 숙이고 한마디 더 하였다.

"신이 비록 불충하오나 폐하께서 사랑하시는 사람을 어찌 아끼지 않으리까. 다만 걱정하는 바는 그 본심을 모르고 겉모습만 보시고 편벽되이 사랑하시니 뒷날 뉘우침이 계실까 하나이다."

황제는 더 들으려 하지 않았다.

"홍은 틀림없이 영리한 인물이니 뒷날 무슨 뉘우침이 있으리오."

연왕은 조정에서 물러 나왔다. 집으로 돌아와도 울분을 삭일 길 없어 원외에게 죄다 이야기하였다.

"동홍을 보지는 못하였으나, 참정 노균이 당돌하고 간악하여 적지 않은 근심이옵니다."

이때 한 젊은이가 나타나 명함을 드리니 동홍이었다. 연왕이 곧 들어오라 하여 잠깐 보니, 해말쑥한 얼굴에 도홧빛을 띠고 춘산 같은 눈썹에 앵두 같은 빨간 입술이 꼭 여자 같았다. 연왕이 다정히 웃으며 물었다.

"나이가 몇인가?"

"열아홉이옵니다."

"천은이 망극하여 군을 특별히 과거에 급제시켰으니, 어찌 보답하려는고?"

홍이 그 말에 눈을 들어 연왕의 낯빛을 살폈다.

"저는 본디 미천한 사람이오니, 연왕 전하의 가르침을 듣자올까 하나이다."

연왕은 하고 싶은 말이 많지만 한마디만 하였다.

"내가 무엇을 알랴마는 그대는 다만 그대의 몸을 잊지 말게."

동홍은 무슨 뜻인지 몰라 당황하여 말을 못 하였다.

"내 말을 알아듣지 못하는가? 자식이 되어 불효하며 신하 되어 불충하면 그 죄가 어디에 미치리오? 그리되면 목숨을 보전치 못할지니 어찌 몸을 잊는 것이 아니겠는가?"

동홍이 그만 얼굴이 흙빛이 되어 대답을 못 하고 돌아와, 노균에게 연왕이 한 말을 그대로 전하였다.

"연왕은 예사 인물이 아니더이다. 말 한마디가 마른하늘 날벼락이 꼭뒤를 치는 듯하니, 등에 젖은 땀이 지금껏 마르지 아니하나이다."

노균이 싸늘하게 웃었다.

"세상에 진짜 충신이 몇몇인가? 초나라 굴 삼려와 오나라 오자서는 만고의 충신이나 맑은 강에 빠져 고기 배 속에 찬 뼈를 묻고 백마강 차디찬 물결에 원혼이 되었으니, 이는 다 썩은 선비가 하는 소리로다. 마음 쓸 거 없느니라."

동홍이 아무 말 없이 듣다가 서당으로 돌아갔다.

한편, 노균에게는 누이가 하나 있어 일찍이 연왕에게 통혼하였다가 실패한 뒤, 아름다운 덕이 없어 누구도 혼인하려 아니하매 열일곱에 지는 매화를 탄식하였다.

어느 날 노균이 동홍과 처남 매부를 맺으면 어떨까 하고 마음을 내었다. 천자가 총애하니 홍을 누이의 배필로 삼으면 부귀영화는 말할 것도 없고 이를 인연으로 하여 묘책이 있으리라 생각하여, 이튿날 조용히 동홍을 불렀다.

"내 자네 용모며 재주를 보니 앞길이 유망한데 다만 문벌이 보잘 것없어 조정이 의심하고 벼슬길에 지장이 있구나. 내게 마침 누이가 하나 있어 재덕이 남에게 뒤지지 아니하니 자네가 장가들어 나와 처남 매부 간이 되면 천한 신분을 씻을 뿐 아니라, 나 또한 나이 많고 벼슬이 높으니 그대를 위하여 앞길을 돌봐 줄 수 있으리라."

뜻밖의 말을 듣고 동홍이 황송하여,

"감히 그럴 수는 없사옵니다."

하고 굳이 사양하니, 노균이 제법 너그러이 웃으며 말하였다.

"지체와 문벌로 사람을 평가함이 요새 풍조이나, 사람이 잘나면 천한 사람도 일떠서 문호가 빛나고, 못나면 명문거족이라도 집안을 보존하지 못하나니, 내 어찌 그런 것에 매이겠느냐?"

노균이 곧 날짜를 받아 혼인할 때, 황제가 비단 백 필을 내리고 동홍에게 특별히 자신전 학사 벼슬을 내렸다. 조정 온 신하가 황제 뜻을 받들어 노 참정 집 혼례에 참석하나, 오직 연왕과 윤 각로, 소 어사, 황여옥, 뇌천풍, 동초, 마달 여남은 사람은 가지 않았다.

이 일로 조정 의견이 서로 어긋나, 청렴하고 대바른 자들은 노균의 더러운 심보와 아첨이 싫어 연왕을 따르니 이른바 청당淸黨이요, 권세를 탐내어 얻기 전에는 얻으려 걱정하고 얻은 뒤에는 잃지 않으려 안달하는 자들은 연왕의 공명정대함을 싫어하고 노균과 동홍에게 붙으니 탁당濁黨이다.

이렇게 청당과 탁당이 조정에 생겨나니 황제가 비록 청당을 옳이 여기고 탁당을 옳지 않다고 여기나, 음식으로 말하면 누구나 콩밥이나 조밥보다 기름진 고기와 차진 곡식으로 지은 밥을 먹으려 하며, 옷으로 말해도 베나 무명옷보다 비단옷을 좋아하기 마련이다. 황제는 겉으로 청당을 우대하고 정사를 의논하지만, 속으로는 탁당을 좋아하고 은근히 돌봐 주었다.

몇 달 뒤 동홍은 새 집을 받고 노 소저를 맞아 살림을 차렸다. 그리고 날마다 대궐에 들어가 황제를 모시니, 황제가 총애함이 날로 더했다. 동홍은 그럴수록 더욱 삼가고 조심하여 몸가짐을 황제 뜻대로 맞추니, 입 안의 혀 같았다.

간편한 옷차림으로 궁궐 출입이 밤낮없이 계속되니, 동홍이 어느새 궁중에서 가장 총애 받는 사람으로 되었다. 황제가 내시를 데리고 밤잔치를 벌일 때는 좌우에 수많은 궁녀들이 곱게 단장하고 별같이 서 있으나, 동홍은 한 번도 그들을 거들떠보지 않았다. 그러니 궁인들은 서로,

"동 학사는 남중 여자라."

하였다. 황제가 더욱 기특히 여겨 수많은 재물을 상으로 주었다.

동홍은 재물을 아끼지 않고 뿌려 수많은 문객들을 두고는 나라 안 형편과 변방 소식에 이르기까지 자세히 알아내, 밤이면 폐하를 모시고 마치 아버지와 아들처럼 다정히 이야기를 주고받았다. 하여 조정 대신이 미처 듣지도 못한 일을 동홍이 먼저 아뢰는 때도 있었다. 황제가 크게 기뻐하며 홍이 하는 말을 더 믿더니, 나중에는 조정 대신을 떼고 붙이는 일까지도 종종 의논하였다. 그러다 보니 동홍 집 문 앞에는 수레며 사람이 물 끓듯 하여 재상 귀인들도 동홍을 한번 보는 것을 영광으로 여겼다.

하루는 황제가 동홍에게 물었다.

"지금 조정 문무백관 가운데 누가 가장 이름이 높으냐?"

홍이 머리를 숙이며 말하였다.

"신하를 아는 데는 임금만 한 이가 없다 하는데, 폐하 거울 같으신 총명으로 어찌 모르시겠나이까?"

"네 생각을 듣고자 함이니 본 대로 말하라."

"임금이 신하를 쓰매 목수가 재목을 가려 씀과 같사옵니다. 큰 나무는 기둥과 들보로 쓸 것이요, 가느다란 나무는 외를 엮으며, 굽은 나무는 추녀로 쓸 것이요, 곧은 나무는 문짝과 문틀을 만들 것이옵니다. 연왕 양창곡은 문무를 겸비하며 용모와 풍채 또한

옛사람들을 뛰어넘으니 이름 높기로는 연왕이 제일이오며, 참지정사 노균은 문학이 출중하고 예지가 뛰어나며 사람됨이 점잖고 노련하니 노균이 둘째가나이다."

황상이 머리를 끄덕이며 칭찬하니 동홍은 신이 나서 계속하였다.

"그러하오나 연왕이 나이 적고 기력이 날카로우며, 벼슬이 장상에 올라 안으로 조정 권세를 잡고 밖으로는 병권을 가져 명망과 위엄이 천하를 뒤흔드니, 굳센 기세를 누르시어 권세를 덜어 주는 것이 연왕 자신에게도 좋을 듯하옵니다. 노 참정은 천성이 공순하고 정직하며 역사에 통달했사옵니다. 비록 전장에서 공을 세우지는 못하였으나 태평성대에 맞는 예악과 빛나는 문장이 옛사람들에 뒤지지 않을까 하니 삼가 쓰심이 좋을 듯하나이다."

황상이 웃더니, 이튿날 노 참정에게 자신전 태학사 겸 경연시강원 강관을 맡기고 날마다 만났다.

하루는 노균에게 물었다.

"요즈음 조정에 청당과 탁당이 나뉘어 서로 맞선다 하니 그 무슨 소리인고?"

"당론이란 예부터 있는 바라 하오나, 나라에 복이 아니옵니다. 기강이 약하고 인심이 괴벽하여 임금께 붙어 공순한 자는 탁당이라 하고, 임금을 핍박하며 언행이 완강하여 굴복하지 않는 자는 청당이라 하나이다."

"그렇다면 청당은 누가 영수이고 탁당은 누가 영수인고?"

"폐하 동홍을 사랑하사 출세시키려 하시었으니 신이 또한 가문을 보고 인재를 아껴 처남 매부로 의를 맺었사온데, 조정에서 험한 의견들이 신을 일컬어 세력을 따른다 지목하고 신을 탁당 영수라 하오니 어찌 변명할 수 있겠사옵니까. 연왕 양창곡은 언론이 조정을 누르고 위엄이 천하에 우레 같아 스스로 문호를 이루어 비록 폐하 앞이라도 뜻을 굽히지 않는 고로 연왕을 청당 영수라 하나이다."

황제 묵묵히 듣더니 낯빛이 흐려졌다.

뜬구름이 밝은 해를 가리도다

황제는 노 참정이 하는 말을 듣고 기분이 몹시 언짢아, 다음 날 조회에 연왕을 홀로 남게 하고 조용히 물었다.

"짐이 들으니 요즘 조정에 청당과 탁당이 생겨 의견들이 맞선다 하니 이 어찌 된 말인고?"

"《서경》에 '왕도는 넓고도 넓으니 치우치지도 않고 무리짓지도 않는다.' 하였으니 구태여 폐하께서 말씀하실 바 아니옵니다. 신이 아무리 불충하올지라도 어찌 붕당을 지어 권력을 다투오리까. 이는 몇몇 벼슬아치들이 의견이 맞지 않아 서로 의심하는 것이오니 폐하께옵서는 다만 인재를 가려 쓰고 불충한 자를 내치시며, 당론으로 시비를 가리고자 하지 마소서."

황제가 흔연히 웃으며 연왕 손을 잡고 말하였다.

"짐이 경의 충성을 알고 있으니 어찌 경을 당론으로 의심하리오마는 우연히 들으니 어떤 사람들이 짐이 총애하는 신하들을 이른바 탁당이라 한다니 이 어찌 좋은 말이리오?"

연왕이 다시 엎드려 아뢰었다.

"이런 말들이 폐하 앞에 이른 것은 나라에 복이 아니옵니다. 폐하를 격동시켜 당론을 돕고자 하는 자들이 바라는 바이오니, 부디 폐하는 그런 사람을 멀리하소서."

황제가 한동안 아무 말도 없더니 다시 말하였다.

"짐이 경의 마음을 알고 경이 짐의 마음을 알지니 임금과 신하 사이에 서로 틈이 없게 하라."

연왕은 고개를 깊이 숙여 인사를 하고 물러 나왔다.

집에 돌아와서도 근심에 잠겼는데, 난성이 다가와 조용히 물었다.

"상공이 며칠째 괴로워하시니, 조정에 무슨 일이 있나이까?"

연왕은 무거운 목소리로 우울한 속마음을 털어놓았다.

"조회 때 폐하께서 조정 당론을 물으시고 임금과 신하 사이에 틈이 없게 하자고 대놓고 이야기하시더이다. 내 다시 아뢸 말씀이 없으나, 이는 반드시 거짓을 꾸며 남을 비방하고 중상하는 말이 들어가 내 벼슬이 높고 지위가 중함을 시기하는 것이니, 어찌 신하로서 들을 소리겠소. 내 만일 임금의 뜻을 순순히 받든다 하면서 충성을 다하지 않으면 이는 임금을 저버리는 것이요, 바른말로 엄하게 아뢰어 마음속 품은 바를 감추지 않으면 이는 간신들이 참소할 구실을 주어 조정에 물의를 일으킬 것이니, 진퇴양난이구려. 또한 동홍의 음흉함과 노균의 간특함이 벌써부터 조정을 어지럽힐 뿌리이나, 내가 대신 자리에 있어 간관과는 다르니 은밀한 일을 가벼이 말하지 못할지라, 자연 마음이 어지럽소.”

“조정 대사에 아녀자가 말할 바는 아니나, 상공이 위엄과 인망을 갖추어 겸손하게 스스로 물러설 때이오니, 바라건대 말이며 행동을 삼가소서.”

연왕이 웃었다.

요즘 황제는 정사를 보는 바쁜 시간보다 한가스레 보내는 시간이 많았다. 강연을 마친 뒤 궁중 신하들을 데리고 동홍이 뜯는 거문고를 들었는데, 그때마다 노 참정이 또한 곁에서 모셨다. 황제의 얼굴에는 웃음이 가득 피어났다.

“옛날 성왕들은 정사를 보는 여가에 무엇으로 세월을 보냈소?”

노균이 황제를 우러르며 대답하였다.

“정사가 번화하며 분주하니 심성 공부로 시간을 보냈나이다.”

“심성 공부라니, 어떤 공부요?”

“세상이 넓고 만사가 중한데 고생과 복이며 기쁨과 슬픔이 임금에게 달렸나이다. 임금은 높고 높은 자리에 앉아 백성을 대하여 마음으로 교화하였으니, 무릇 마음은 늘 활발하고 우울함이 없어야 백 가지 정사를 대하고 만 가지 사무를 다 잘 살피옵니다. 그래서 옛날 어진 임금들은 먼저 마음을 공부하여 마음이 참되게 움직이도록 하였나이다.”

황제는 웃음을 띠고 인자하게 물었다.

“짐이 덕도 없이 귀한 자리에 올라 비록 화려한 옷과 좋은 음식에 풍류까지 들으나, 가난한 백성들이 굶주림을 생각하면 누워도 잠이 오지 않고 즐거워도 즐거움을 깨닫지 못하니 어찌하면 좋으리오?"

"옛날과 지금이 같지 않고 풍속이 변하여 초가집이 고대광실과 구중궁궐이 되었으나 오히려 모자람이 많습니다. 나뭇가지를 얽어 집을 짓고 나무 열매를 따 먹으며 하하호호하던 백성들이 변하여 예법이며 음악, 형벌과 정치, 문명으로 다스려도 교화하기 어려우니, 대체로 천하를 다스림은 방법이 여러 가지이옵나이다. 신이 들으니 힘을 쓰는 자는 이루는 것이 적고 마음을 쓰는 자는 크게 이루며, 덕으로 다스리기는 쉽고 법으로 다스리기는 어렵다 하옵니다. 바라옵건대 폐하는 덕을 닦으사 천지의 조화로운 기운을 부르고 마음을 넓게 하사 교화가 막힘이 없게 하소서."

"그런즉 마음을 넓게 하고 조화로운 기운을 부르는 방도는 무엇이오?"

"옛 성인은 예악을 지어 천하를 다스리니, 예는 땅을 본받고 음악은 하늘을 따라 만민을 교화하니 감응함이 빨라 그림자처럼 따랐다 하옵니다. 그러하오나 한나라, 당나라 이후로 예악이 무너져 교화를 이루지 못하고 다만 법률과 명령, 형벌과 정치로 다스리는 방도를 삼으니, 이것은 임금으로 하여금 옛 어진 임금이 지닌 도리로 나아가지 못하게 하고 힘으로 백성들을 다스리기를 바람이옵니다. 연왕 양창곡이 처음 과거에 오르던 때 힘으로 나라 기강을 세우도록 말씀드리기에 노신이 논박하였던 적이 있사옵니다. 폐하께서 즉위하신 뒤로 만백성에게 덕을 베풀고 문무를 신성히 여겨, 오늘 다행히 변방이 무사하고 백성이 편안하니 늙은이는 배불리 먹고 풍년이 들어 농민들이 태평세월을 칭송하는 격양가를 부르고 아이들은 좋아 올라 뛰고 내리뛰며 태평을 즐기는 강구요로 화답하옵니다. 오직 폐하께서는 홀로 깊고 그윽한 궁중에서 유한한 정신을 무한히 쓰며 절차에 하루 종일 잡히어 마음이 후련할 새가 없으니 어찌 조화로운 기운을 부르겠나이까. 신이 이때를 타 예악을 추켜세워 위로는 천지를 본받고 아래로는 민심을 대하여 태평세월을 칭송하면 자연 화기를 이룰 것이요, 상서로움과 복이 성하여 나라가 길이 번영하고 옛 태평성대를 다시 볼까 하나이다."

슬프다. 간신이 임금에게 말할 때마다 사탕 발린 말을 골라 하고 임금 눈치를 살펴 가며 뜻을 발라 맞추는도다. 황제 아직 젊은 나이에 풍류 즐김을 알고, 노균이 짐짓 태평세월이라 칭송하며 예악을 말하니 어찌 즐겨 듣지 않으리오.

황제가 웃으며 말하였다.

"짐이 덕이 없으니 어찌 예악을 서둘러 말하리오마는 경이 하는 말을 들으니 깨닫는 게 있도다. 짐이 요즘 피곤한 중에 정사를 보니 정신이 혼미하고 강론에 참가하면 산만하여 스스로 정신을 가다듬을 길이 없으니, 시험 삼아 풍류로 한번 마음을 후련하게 할 터인데, 뉘 마땅히 궁중 풍류를 주관하리오?"

말이 떨어지자마자 노균이,

"동홍이 음률 재주 비범하니 음악을 가르치는 이원梨園을 감당할 만하다 생각하나이다."

황제가 크게 기뻐하더니, 이튿날 곧 동홍을 자신전 학사 겸 협률도위를 시키고 날마다 궁중 후원에서 풍류로 마음을 풀었다.

　하루는 노 참정이 동홍을 불러 조용히 일렀다.

"폐하께서 그대를 믿고 음악을 주관하는 책임을 맡기니 마땅히 맡은 소임에 힘써야 하네. 요즘 이원에서 정하는 음악이 들을 만한 것이 없으니 그대는 악기를 늘리고 악공을 널리 구하여 황제의 믿음에 충성을 다해 보답할 생각을 하게."

"폐하께서 사사로이 답답한 마음이나 풀자 하여 아직 조정에 아는 자 없는데, 그처럼 판을 크게 벌이면 조정에서 알고 간하는 자 있을 것이니, 그랬다간 일을 그르칠까 하옵니다."

　참정이 정색하며 꾸짖었다.

"황제가 일을 한 가지 하여도 성대히 할지라, 어찌 남이 하는 말이 두려워 몸을 움츠리고 기를 펴지 못하리오? 예악을 장려함은 옛 성인들도 하신 일이니, 뉘 감히 간하겠나. 그대는 오직 소임을 다하여 성은에 보답할 일만 생각하라."

　동홍이 곧 아랫사람들을 띄워 항간에서 음률 아는 자들을 널리 구해, 재주에 따라 등급을 정하고 등급에 따라 벼슬을 주었다. 자연 소문이 널리 퍼져 공명을 바라고 벼슬을 탐내는 자들이 제 아들, 조카, 사위 들까지 총명과 재주가 있으면 풍류를 가르쳐 몰래 바쳤다.

　황제는 자리가 좁다 하면서 후원에 수백 칸 집을 짓고 이름을 의봉정儀鳳亭이라 하였다. 동홍과 노균은 밤마다 황제를 모시고 의봉정에서 풍류를 즐겼다.

　이 소식을 들은 어사대부 소유경은 더 참을 수 없어 상소하여 간곡히 간하나 황제는 끝내 들으려 하지 않았다. 소유경이 다시 여러 간관들과 더불어 표를 올려 완강하게 간하니, 황제가 크게 노하여 그 자리에서 소유경의 벼슬을 떼고는 노균과 벗인 한응문을 어사대부로 임명하였다.

한응문이 어사대부로 임명되자마자 상소하여 소유경을 논죄하니, 이때다 하고 탁당이 들고일어나 목소리를 같이하고 힘을 합쳐 소유경을 쳤다. 온 조정이 뒤숭숭하였다.

연왕이 참을 수 없어 윤 각로를 찾아갔다.

"조정 일이 이같이 어지러우니 신하 된 사람으로 어찌 보고만 있겠나이까. 장인어른께서 간하지 않으신다면 제가 간하고자 하나이다."

윤 각로가 한탄하였다.

"내 어찌 이를 생각지 않았으리오마는 폐하께서 현명하시니 곧 깨닫고 고칠까 하였네. 소 어사 충언도 폐하 뜻을 돌리지 못하였고 탁당이 한꺼번에 들고일어나니 내 이제 상소하고자 하노라."

다음 날 윤 각로가 상소를 올렸다.

신이 들으니 옛날 어진 왕은 나라가 번성하고 제도가 튼튼히 서고 백성들 살림이 안정된 다음 풍류를 지었다 하옵니다. 폐하 이제 즉위하신 지 얼마 안 되어 밝은 정사가 아직 널리 미치지 못하고 형벌이 백성들에게 그치지 않았거늘 예악이 민간에 먼저 사무치옵니다. 폐하의 거룩함과 지혜로움으로 음악에 빠지지 않으시리라는 것을 신은 분명히 아오나 천하 백성은 새 황제 오르신 뒤로 풍류만 일삼는다 하며 낙심천만하여 모두 얼굴을 찡그릴 것이옵니다. 이는 다 신이 대신 자리에 있으면서 폐하를 잘 보좌하지 못한 죄이옵니다. 삼가 바라옵건대 신을 법으로 다스리시고 음악의 즐거움을 끊으소서. 그리하여 듣고 보는 이마다 폐하께서 깨닫고 고침이 여느 사람보다 훨씬 뛰어남을 알게 하소서.

황제가 의봉정에서 한창 풍류를 즐기다가 윤 각로가 올린 상소를 보고 얼굴이 흐려졌다.

"짐이 고작 한순간 답답한 마음을 푸는데 윤 각로의 말이 지나치도다."

곁에서 노균이 붙는 불에 키질을 하였다.

"옛날 제나라 임금이 풍류를 좋아하니 맹자가 말하기를, '대왕이 풍류를 좋아하면 나라 정사도 그에 따라 잘된다.' 하였으며 또 '지금 음악이 옛 음악과 같다.' 하였나이다. 맹자는 나이가 많고 덕이 높아 귀한 손님으로 대접받는데도 임금께 고하는 것이 이같이 충직하고 순후하며 매우 정답고 친절하였나이다. 하물며 윤형문은 나이 많은 대신으로 나라에서 큰 권력을 잡고 있으면서, 폐하 춘추 높지 않음을 가벼이 보아 언행을 조금도 삼가지 아니하니 어찌 대신에게 바랄 바이리까? 또 어사대부 소유경이 윤형문에게 처조카인지라, 소유경이 벼슬을 뗀 데 따른 불만인가 하나이다."

"내 잠깐 풍류로 답답한 마음을 풀고자 할 뿐인데 신하들이 지나치게 마음을 쓰니, 이는 내가 나이 젊고 덕이 없어 신망이 적음이

구나."

황제가 불만스레 말하자 윤 각로는 곧바로 금위부에 가서 명을 기다렸다.

노균은 어사대부 한응문과 여러 간관을 거느려 윤 각로를 논박하는 상소를 올렸다.

폐하께서 정사를 보시는 여가에 예악을 장려하시니, 비록 천하 백성이 다 들어도 역심을 품은 자 아니라면 다른 생각이 없을 것이옵니다. 하물며 폐하께서 깊은 궁정에서 한때 풍류를 즐기셔도 밖에서 미처 들을 자 없거늘, 좌승상 윤형문이 장황히 글을 써서 마치 나쁜 기운이 떠돌아 나라 흥망이 조석에 달린 듯 여기고 세상 사람들이 혹시 듣지 못할까 두려워하니 신들이 그 뜻을 알지 못하나이다. 만일 폐하에 대한 충성이라면, 어찌 좋은 낯으로 조용히 아뢰는 기색이 없고 위협하고 강요하려는 뜻이 있으리까. 이는 마음속으로 당론을 편들어 폐하는 안중에 없는 것이오니, 법도가 문란해지고 신하의 도리가 없어짐과 다름없사옵니다.

바라옵건대 좌승상 윤형문을 법에 따라 죄를 주어 당파를 옹호하는 버릇을 징계하고 임금을 업신여기는 버릇을 고치게 하소서.

황제가 상소문을 다 보고 나서 말하였다.

"경들 하는 말이 지나치구나. 이는 대신의 본뜻이 아니라."

노균은 계속하여 간관 한응문, 우세충을 부추겨 서둘러 윤 각로와 소유경을 벌주자는 상소가 빗발치게 하니, 여기서 힘을 얻고 탁당이 모두 들고일어나 기승을 부렸다. 그래도 황제가 듣지 않자 이번에는 노균이 조용히 폐하께 고하였다.

"대간은 조정에 귀와 눈이옵니다. 공론이 이처럼 어수선하니 윤형문의 벼슬을 잠깐 떼고 소유경을 귀양 보내어 의견을 수습함이 어떠하리까?"

황제가 말없이 가만히 있다가 허락하니 조정 신하들이 모두 낙담하고 상처를 입어 다시 더 간하는 사람이 없었다.

이때 연왕은 몸이 불편하여 며칠 조정에 나가지 못하였다. 하루는 여러 관리들이 대루원待漏院에 앉아 궐문이 열리기를 기다리고 있는데, 노균이 늦게야 들어와 가운데 자리에 가 앉자 모든 벼슬아치들이 다투어 몸을 일으켜 인사를 하였다. 노균이 냉담한 기색으로 알은체도 하지 않으니 황 각로가 앞에 나가 말을 걸었다.

"참정이 명철하여 오늘 조정이 이 무슨 꼴이오? 우리가 천은을 입어 분에 넘치게도 대신 자리에 올랐으니 마땅히 힘을 다하여 나라 걱정을 같이해야 할 터이거늘, 어찌 붕당을 일으켜 이 같은 풍파를 지으리오? 내 비록 늙고 변변치 않으나 청당을 누르겠으니, 참정은 탁당을 제어하여 함부로 대립하지 않도록 하시오."

노 참정이 쓰겁게 웃으며 황 각로를 쏘아보았다.

"그 무슨 당치 않은 말씀이오이까? 오늘 조정이 모두 폐하의 신하인데, 어찌 다른 뜻이 있으리오? 탁당이 무엇인지도 모르거늘 제가 어찌 제어하겠소? 다만 황제의 허물을 들추어내어 공명을 바라는 자는 나라를 어지럽히는 반역자이니, 이런 무리를 없애면 청당이니 탁당이니 하는 당론은 자연 없어질까 하오."

그러고는 헛기침을 두어 번 하더니 제법 엄한 얼굴로 한응문 들을 보며 큰소리로,

　"공들은 대간 벼슬에 있으면서 임금에게 반역하는 신하를 규탄하는 데 마치 구멍 속 쥐같이 눈치만 보니, 이 어찌 된 일이오?"

　모두들 노 참정 기세를 보고 감히 다시 말할 엄두를 내지 못하였다.

　예부 시랑 황여옥이 분하여 일어서려 하자 황 각로가 놀라며 말렸다.

　"네 노 참정이 하는 거동을 보아라. 한번 임금에게 노여움을 사면 네 아비 늙은 뼈를 고향에 묻지 못할지니 망령된 말을 입 밖에 내지 말지어다."

　황 시랑은 하릴없이 분기를 참고 소리를 삼켰다.

　저녁에 연왕을 찾아 문병한 뒤 아침에 있었던 일을 말하니, 연왕이 분개하여 자리에서 벌떡 일어나 앉았다.

　"노균은 간악한 무리인데, 어찌 거동을 다 보아야 알리오? 다만 폐하가 밝으시니 잠깐 뜬구름이 해와 달을 가리어 빛이 희미해진 것이오. 내 이에 상소하고자 하오."

하고 좌우를 명하여 관복을 가져오라 하니, 황 시랑이 말하였다.

　"지금 병중이니 구태여 입궐하지 말고 상소를 올리는 것이 어떨까 하오."

　연왕이 한탄하여,

　"오늘 일이 하찮은 듯하나 나라의 안녕과 흥망이 달렸으니, 신하 된 자가 어찌 편안히 누워 상소문이나 써 바치겠나이까?"

하고, 곧 관복을 갖추어 입고 부모님께 말씀 올렸다.

"소자 불효하와 옥련봉 아래서 몇 이랑 밭을 갈며 오두막에서 부모 공대나 할 몸이 어린 나이에 과거에 급제하고 나라에 몸을 바쳐, 강남에서 귀양을 살고 남방에 출전하여 어느 하루도 극진하게 효도를 다한 적 없었나이다. 오늘 또한 임금께서 잘못하시는 일이 있어 간하지 않고는 견디지 못하겠나이다. 한번 간하여 듣지 않으신즉 두 번 세 번 다시 하여 엄한 처벌도 피치 못할 것 같사오니, 이는 다 소자가 불효하는 죄로소이다."

양 태공이 걱정 어린 눈으로 연왕을 바라보았다.

"대신 처지가 간관과 다르겠느냐?"

"지금 조정에 좋지 못한 기운이 돌아 직언을 올리는 간관이 하나도 없다 하오니, 대신 처지로 말할진대 한번 간하여 폐하 뜻을 돌리지 못한즉 벼슬을 버리고 물러나야 마땅하옵니다. 소자 남달리 천은을 입사와 으레 하는 말로 그친다면 옳지 않을까 하옵니다."

"내 늘그막에 너를 보아 사랑으로 기르며 일곱 살에 비로소 글을 가르치고, 열 살 뒤로는 나라에 충성을 다할 도리를 가르치면서 오직 바란 것은 어진 임금을 모시고 세상에 나아가 이름을 떨치는 것이지, 구태여 내 몸 평안할 것을 바라지 않았노라. 오늘 네가 지닌 뜻이 옛 성인에 부끄러울 바 없으니 이는 가장 큰 효도라. 나도 다른 생각이 없느니라."

어머니 허 부인은 걱정되는 마음을 감출 수 없었다.

"네가 남만을 평정하고 돌아와 세상이 무사하여 몇 해라도 조용히 영화를 누릴까 하였는데, 또 조정에 변이 생겼나 싶으니 걱정이구나."

연왕이 부드러운 말로 늙은 부모를 위로하였다.

"소자 비록 어리석으나 부모님 가르침대로 죄를 짓지 않을 터이니, 어머니는 마음을 굳게 먹고 지내소서."

연왕이 긴장한 얼굴로 씨엉씨엉 걸어 바로 대루원에 들어가니 때는 정오였다.

연왕이 대루원 관리를 불러 상소 쓸 지필을 가져오라 하니, 관리가 서둘러 대령하였다. 연왕은 글을 쓰는 서사관을 불러 입으로 부르며 쓰라 하였다.

우승상 신 양창곡은 엎드려 아뢰옵니다. 임금이 천하를 다스리며 일거일동을 가벼이 못함은 종묘사직의 중함이 여기 있고 온 백성들의 생사고락이 여기에 달렸기 때문이옵니다. 그런 까닭에 예부터 충성된 말이 귀에 거슬리고 아첨하는 소리가 마음에 들며, 귀맛 좋은 말이 위태롭고 좋은 약은 입에 쓰다 하였나이다. 하온데 폐하께서는 어찌하여 충신은 멀리하고 간사한 소리에 귀 기울이사 천추에 그르침을 돌보지 않으시나이까.

삼가 생각건대 폐하께서 문무에 밝고 즉위 초에 밝은 덕화가 높아 조정과 백성들이 우러르며 폐하가 하는 일거일동에 백성이 귀를 기울이고 한마디 말에도 목을 늘이고 '우리 황제가 무슨 은혜를 베풀꼬.' 하며 목마른 사람이 물을 찾듯 젖먹이 아기가 어미젖을 바라듯 하니, 이것이 인지상정이옵니다. 이제 폐하 비록 백성들 바람을 원만히 이루어 주지 못하더라도 어찌 차마 가슴이 철렁하게 하시옵니까.

폐하 풍류를 좋아하시니 신이 풍류에 관하여 말씀드리겠나이다. 《악기樂記》에 이르기를 '음악은 천지와 더불어 같이 화답한다.' 하였고, 또 '소리 없는 음악이 사방에 들린다.' 하였나이다. 임금이 덕을 닦아 정사에 힘을 쓰고 교화를 베풀어 백성이 안락하고 천하가 태평한즉 늙은이는 격양가를 부르고 젊은이는 강구요를 노래하니 거리에서 들리는 노랫소리며 천지에 가득한 음률이 풍류 아닌 게 없나이다. 금석이니 사죽이니 하는 궁중의 음악도 그 소리에 응한 것일 뿐이오니, 이야말로 어진 임금의 음악이옵니다. 후세 임금들은 덕을 닦지 않고 정사에 게을러 백성들 사이에서 걱정하며 탄식하는 소리 뒤숭숭하여도 궁중에서는 질탕한 풍악이 요란하였나이다. 당나라 현종이 즐긴 이원의 음악이나 진나라 후주後主가 좋아한 옥수곡玉樹曲이 듣기에 좋으나, 끝내는 나라를 망하게 하였음을 신은 가슴 아프게 되새겨지나이다.

임금들이 풍류를 즐기실 때 좌우에서 신하들이 성덕을 극구 칭송하며 듣기 좋은 말로 '천하는 태평하다.', '한때 풍류를 즐김은 해로움이 없다.', '옛 성인도 풍류로 마음을 후련히 하였다.' 하며, 미련한 자는 좋아서 길이 즐기려 하고 간사한 자는 마음속으로 그른 줄 알면서도 입으로는 옳다 하며 임금 뜻을 맞추옵니다. 하여 끝내 당 현종과 진의 후주는 나라를 망친 임금으로 되기도 하였나이다. 그들이 나중에 지난 일을 돌이켜 보며 충언을 생각하여도 때는 늦었나이다. 그러므로 순임금이 궁궐 다릿목에 나무를 세워 자신의 잘못을 적어 붙이라 함은 바른말을 미리 듣고자 함이요, 옛 임금들이 늘 곁에 격언을 두고 역사서를 두었던 것은 있을 수 있는 폐단을 미리 막기 위함이옵나이다.

신이 듣자오니 폐하께서 지금 후원에 크게 집도 짓고 민간에서 풍류 아는 자들을 불러다 놓고, 나라 중대사는 돌보지 않고 한때 머리를 쉰다 하시며 날마다 풍류를 일삼으니, 대체 폐하를 위하여 이 계교를 내놓은 자가 누구오니이까. 착한 사람들이 음탕한 소리와 어지러운 색을 멀리함은 마음이 방탕해질까 걱정하는 까닭이옵니다. 사람 마음이란 바깥 영향을 받으면 물들기 쉽나니, 폐하 오늘은 답답한 마음을 풀고자 풍류를 즐기시고 내일은 정사를 보시고, 모레는 다른 일에 눈 돌리지 않겠노라 하실 것이니, 이렇게 미루면 오늘 들으시는 풍류 내일은 싫증나서 부득불 새로운 소리를 생각하실 것이요, 또 다음 날에는 또 다른 음란한 소리와 어지러운 색깔이 차례로 이어질 것이니, 생각하면 온몸이 오싹하고 간담이 서늘하여 차라리 궁전 섬돌에 머리를 바수어 모든 것을 잊고 싶나이다.

폐하 만일 한때 기분으로 풍류를 즐긴다면 한 번 고침이 무엇이 어려워 언관을 죄주고 대신을 내치사 조정이 입을 봉하고 의기소침하게 하시나이까. 비록 친한 벗 사이라도 바른말로 충고하기를 꺼리나니, 오늘 신하 된 자들은 생사고락이 폐하께 달렸고 화복과 영예와 치욕이 폐하께 있사온데, 어찌 함부로 폐하의 귀를 거슬리는 말씀을 아뢰어 엄한 책벌을 스스로 받으려 하겠나이까. 사람들이 흔히 나라가 평안하면 제 몸이 평안하고 나라가 위태로우면 제 몸도 위태롭다는 말들을 하지만, 나라가 기울어지는 것을 뻔히 보면서도 태평성대라 칭송하며 백성들 원성 소리도 격양가로 들으니,

폐하의 해와 달같이 밝은 성덕으로 어찌 이를 분별치 못하시리오마는, 이는 눈앞의 즐거움만 보시고 뒤에 닥칠 폐단을 보지 못하시는 까닭이옵니다. 간특한 신하가 올리는 말은 취할 바 없사오나 조정 충언을 막고 장차 어찌하고자 하시나이까.

신은 본디 여남 고장의 시골 선비로 망극하신 은덕을 입사와 벼슬이 대신 반열에 오르고 폐하께서 내리는 녹을 먹고 폐하께서 내리는 옷을 입고 바다 같은 사랑을 받고 있나이다. 그러하온데 오늘 폐하의 허물과 나라의 위태로움을 보고 어찌 목숨을 아끼고 귀양살이를 두려워하여 그저 보고만 있겠나이까.

바라옵건대 폐하께서는 이 계교를 드린 자를 해당 부서에 넘겨 머리를 베어 하나를 징계하여 백을 격려하고, 이원 풍류와 의봉정을 철폐하사 만백성이 폐하의 해와 달같이 밝고 하늘땅같이 넓은 성덕을 알게 하소서.

부르기를 마친 연왕은 몹시 흥분되어 있었다. 여름날 매지구름처럼 짙어지는 불길한 생각을 털려고 절레절레 머리를 흔들었으나 납덩이를 매단 듯 가슴이 무거웠다.

"저는 충신이고 짐은 나라 망친 임금인고?"

황제가 의봉정에서 풍류를 즐기다가 연왕이 올린 상소를 보고 얼굴에 노여움을 가득 띠더니 노 참정을 보고 말하였다.

"짐이 비록 덕이 적으나 어찌 나라를 망칠만큼 허물이 크리오."

노균이 황제 곁을 맴돌면서 아첨이 뚝뚝 흐르는 달콤한 말로 황제 마음을 떡 반죽 주무르듯 하였다.

"이는 당론이오니, 소유경이 망령되고 경솔히 행동한 것이나 윤형문의 위협과 양창곡의 탄핵이 끼리끼리 통하여 서로 부르고 화답하는 것이옵니다. 폐하께옵서 이보다 더한 허물이 있다 해도 이처럼 부풀려 위협하다 못해 폐하를 구석으로 몰고 함정에 빠뜨릴 듯하지는 않으오리다.

신이 늙은 몸에 분에 넘치는 총애를 입사와 탁당으로 지목당하고 있으나, 이 상소 또한 공명정대한 의견이 아니옵니다. 창곡이

나이 어린 대신으로 병권을 잡고 벼슬이 높이 오르니 사람이 보이지 않는 듯 방자한데, 윤형문은 그 장인이요, 소유경은 싸움길에서 함께 싸우던 사이라, 관직이 삭탈됨을 보고 당파를 위한 심정으로 폐하를 위협하는 것이옵니다. 이런 습성을 징계하지 않는다면 조정에 임금과 신하 간 도리가 없어질까 하나이다."

황제가 아무 대답도 하지 않고 한림학사를 시켜 연왕이 올린 상소를 다시 가져오라 하여 또 보더니 서안을 쳤다.

"저는 충신으로 자처하고 짐은 나라 망친 옛 임금들에 대니 이 어찌 신하 된 도리랴! 이원의 악공들은 가까이 나와 계속 풍류를 아뢰라. 짐은 밤을 새워 음악을 듣겠노라."

그러자 먼저 동홍이 박자를 치는 단판檀板을 안고 풍류를 아뢰려 하였다. 이때 노균이 동홍을 잠깐 멈추게 하고 폐하께 간하였다.

"폐하, 어찌 동홍을 죄 없이 죽이려 하시나이까? 오늘 조정은 폐하의 조정이 아니라 연왕의 조정이오며 연왕 권세가 나라를 기울이고 폐하를 업신여기니, 연왕이 못 하게 하는 풍류를 동홍더러 아뢰게 하신다면, 이는 연왕 뜻을 거스르는 일이라 어찌 두렵지 않겠나이까. 신이 또 듣자오니 폐하 지난날 동홍을 시켜 연왕에게 가 보라 하시니, 연왕이 노하여 '네 장차 처신을 똑바로 하라.' 하였다 하옵니다. 요즘 조정에서 사람을 쓰는 것이 연왕 몰래 되는 것이 없거늘, 동홍이 오직 천은을 입사와 제 손을 거치지 않았음을 통탄하여 벌써 죽일 마음을 둔 지 오래이옵니다. 다시 연왕 뜻을 거슬러 당돌히 풍류를 아뢴즉 동홍이 목숨을 보전하지 못할까 하옵나이다."

황상이 더욱 크게 노하여 풍류를 재촉하니, 이원 악공들이 별의별 음악을 질탕하니 아뢰었다.

이때 연왕은 상소를 바치고 대루원에 앉아 비답을 기다리고 있었다. 오래도록 소식이 없고 이원에서 풍류 소리만 궁중을 흔드니, 연왕이 아직도 제 정성이 모자라 황제 뜻을 돌려세우지 못한 것을 알고 다시 상소를 올렸다. 그러나 황제는 보지도 않고 내치며 하교하였다.

"연왕이 올리는 상소를 받아 올리는 자는 목을 베리라."

대루원 관리가 상소를 도로 가지고 나와 올리지 못하였다고 알렸다.

연왕이 성나서 몸을 일으켜,

"내 그저 물러간다면 우리 황제 밝은 덕을 뉘라서 깨우치리오?"
하고는 편전 앞문으로 들어가 후원에 이르렀다. 이때 노균이 벌써 궁궐을 지키는 군사들에게 지시하여 후원 문을 막고 연왕을 들이지 말라 하였으나, 연왕이 군사들을 돌아보지도 않고 후원 문을 쑥 들어서며 말하였다.

"내 비록 옛 충신만 하지는 못하나 문을 밀치고라도 들어가 폐하께 간하리라."

연왕이 의봉정 앞에 다다라 궁전 섬돌에 오르니, 어사대부 한응문이 얼른 내려와 말렸다.

"폐하께서 승상을 들이지 말라 하시옵니다."

"그대는 우리 폐하 신하가 아닌고?"

연왕이 두 눈에 빛을 번쩍이고 위엄이 넘치니 한응문이 그만 기가 질려 물러섰다.

연왕은 뜰 앞에 엎드려 아뢰었다.

"폐하의 지나친 거동이 어찌 이 지경에까지 이르렀나이까. 신이 몇 년 전 한낱 앳된 선비로 은총을 입사와 폐하를 뵈올 적에는 천안이 온화하시고 우렁우렁하신 목소리로 '짐이 새로 즉위하여 나라 다스리는 도를 알지 못하니 경은 짐에게 기둥 같은 신하구려. 잘 도와주기를 바라노라.' 하신 말씀 어제런 듯 귀에 쟁쟁하온데, 어찌 오늘 임금과 신하가 마음을 통하지 못하고 이렇게 뵈올 줄 알았겠나이까?"

말을 마치자 떨어지는 눈물이 옷소매를 적시니 보는 사람마다 지극한 충성에 감동하여 함께 눈물을 흘렸다.

허나 황제는 노여움이 더하였다.

"경이 비록 옛 충신 같은 충성이 있다 하여도 나라를 망치는 황제가 여기 있으니 어찌하겠느냐?"

"폐하, 어찌 한때 언짢다고 신하를 내리누르려 하시나이까? 충신이 있으면 성인이 빛나고 성인이 빛나매 충신을 생각지 않을 수 있사오리까?"

황제가 더욱 노하여 물었다.

"짐이 나라 망친 옛 임금과 같은 게 무엇이냐?"

"폐하, 폐하께서 덕을 닦으시면 어진 임금이 될 것이요, 덕을 닦지 않으시면 망국지군이 되실 것이옵니다. 한번 마음 가다듬기에 달렸는지라 신이 비록 불충하와 폐하를 망국지군에 견주어도 폐하 만일 옛 성군 같은 덕이 있으시면 듣고 보는 이마다 성군이라

할 것이요. 신이 아첨으로 폐하를 옛 성군들에 비겨도 폐하 만일 망국지군의 허물이 있으시면 듣고 보는 자들마다 망국지군이라 할 것이옵니다. 바라옵건대 폐하는 다만 덕을 닦으시고 신하들의 귀 간지러운 칭송을 기뻐 마소서."

황제가 연왕이 하는 말을 다 듣고 초조하여 책상을 밀치고 어탑에 나앉아 말한다.

"요즘 조정에 임금과 신하 간 의리는 없고 저마다 편당을 나누어 싸우더니 짐까지 탁당으로 몰아 배척하느냐?"

연왕이 머리를 깊숙이 숙이며 아뢰었다.

"폐하, 늘 궁색한 말씀으로 신하를 누르고자 하시나 세상에 신하 된 자로 어찌 임금과 패당을 나누어 권세를 다투오리까. 이것은 반드시 간신이 참하는 소리를 믿으신 때문이옵니다. 바라옵건대 청룡검을 높이 들어 간신의 머리를 베어 천지간에 떳떳한 윤리와 기강을 밝힐까 하나이다."

황제가 참지 못하고 책상을 치며 목소리를 높였다.

"도대체 누구 머리를 베겠다는 것이냐? 누가 간신이란 말이냐?"

연왕이 엎드려 간절히 아뢰었다.

"신이 비록 어리석으나 벼슬이 대신에 이르렀사온데, 신하를 예로 부리셔야지 어찌 이다지 논박하시나이까. 참지정사 노균은 간신이옵니다. 두 임금에 걸쳐 특별한 은총을 입어 벼슬이 높고 백발이 성성하거늘, 무엇을 더 바라서 듣기 좋은 말로 폐하를 농락하고 예악을 빙자하여 당론을 말씀드려 은근히 폐하로 탁당 영수를 삼아 조정을 한칼에 베려 하는지 모르겠나이다. 폐하 만일 노균을 베지 않으면 천하에 총명한 군자들이 조정에서 벼슬함을 부끄러이 여길까 하나이다.”

말을 마친 뒤 연왕은 당당한 낯빛으로 노균을 노려보았다. 제아무리 소인배라도 어찌 기가 질리지 않으리오. 노균은 저절로 등에 땀이 흐르며 뜰아래 나가 머리를 수그려 죄를 청하였다.

황제가 독같이 성이 났다.

“경이 짐을 이같이 협박하니 장차 어찌코자 하느냐?”

성난 목소리 우레 같아 의봉정을 쩡쩡 울렸다. 곁에서 모시던 신하들이 모두 떨면서 얼굴만 쳐다보며 연왕에게 닥칠 화를 걱정하였다. 그러나 연왕은 한결같이 온화하며 태평스러운 태도로 다시 꿇어 엎드렸다.

“신이 어찌 폐하를 협박하리까. 소리 내어 크게 울며 따라감이로소이다. 신이 듣자니, 아버지에게 충고하는 효성스러운 아들이 없다면 불의에 빠지고, 선비에게 다정한 벗이 없으면 몸이 위태롭다 하옵니다. 이제 폐하께서 만백성이 우러르는 어버이로 충신 한 명도 없이 외로이 의봉정에 앉아 계시니 신이 감히 물러가지 못하나이다.

신 또한 사람이온데, 어찌 살기를 좋아하고 죽기를 겁내지 않겠나이까. 만일 폐하의 뜻을 돌리지 못하고 목숨을 이으려 그저 대궐 문을 나가면 문지기가 비웃으며 ‘불충하도다, 연왕이여. 임금의 은혜를 입지 않은 게 하나도 없거늘 죽기가 두려워 폐하의 허물을 강 건너 불 보듯 하는구나.’ 할 것이옵니다. 길에 나서면 사람들이 다투어 손가락질하며 ‘우리 임금 작은 허물이 있지만 조정 관리들이 한 사람도 간하여 깨우치지 못하니, 만일 큰일이 있으면 임금이 누구를 믿으시리오.' 할 것이옵니다. 집에 돌아가면 부모님이 엄하게 꾸짖으며 '임금을 충성스레 섬기지 못하여 가풍을 떨어뜨린다.' 하며 슬퍼할 것이옵니다. 조정에 오르면 군자들이 얼굴을 붉히며, '벼슬을 얻지 못했을 때는 얻지 못해 걱정하고 벼슬을 얻은 뒤에는 뺏길까 안달한다.' 하며 침을 뱉을 것이옵니다. 어찌하여 신에게 하루아침에 날도적이 되라 하시나이까.

폐하 이제 해와 달같이 밝은 총명을 찾으사 의봉정을 헐고 이원을 헤쳐 다시 정사에 힘쓰고 간신을 멀리하시면, 천하 만백성이 좋아하며 '밝도다, 우리 임금이여. 해와 달이 뜬구름을 헤치니 더욱 빛나도다. 착하도다, 연왕이여. 변함없이 총애를 받아 임금을 저버리지 않도다.' 할 것이옵니다. 폐하 마음을 돌리어 성덕이 온 바다에 우레같이 울리도록 하소서. 신같이 불충한 자도 폐하의 은혜를 입어 어진 재상이 될지니, 신이 이를 폐하께 바라지 아니하고 누구에게 바라겠나이까?"

말을 다 하였으나 연왕은 눈물이 비 오듯 하여 땅에 떨어지는 것도 깨닫지 못하였다.

황제는 분하여 대답도 하지 않고 일어나 의봉정 뒷문으로 해서 편전에 들었다. 호위하던 신하들도 서둘러 뒤를 따랐다.

연왕은 할 수 없이 몸을 일으켜 대루원에 나와 하교를 기다렸다. 곧 황상의 하교가 내렸다.

짐은 나라를 망칠 임금이라. 짐의 허물이 더욱 커진 뒤 연왕의 충성이 나타날 것이니 우승상 양창곡을 운남군에 귀양 보낼지어다.

좌우에서 여러 신하들이 폐하께 아뢰었다.

"대신을 귀양 보내는 법이 먼저 벼슬을 떼고 내보내야 하나이다."

"나라 망칠 임금이 어찌 법을 알겠느냐? 어서 귀양을 보내라. 어사대부 한응문이 직접 데리고 떠나도록 하라."

황명이 떨어지자 자신전 아래 한 사람이 꿇어 엎디어 대성통곡하였다.

"연왕은 충신이온데 폐하 어찌 충신을 용서치 않으시옵니까?"

상장군 뇌천풍이었다. 황제가 더욱 노하였다.

"하찮은 무사가 감히 무례하도다! 바삐 대궐 문밖으로 내치라."

좌우에서 우르르 모여들어 뇌천풍을 끌어내려 하니 뇌천풍이 두 손으로 난간을 억세게 잡고 외쳤다.

"연왕은 나라의 기둥이옵니다. 폐하 천하를 다스리려 하며 기둥 같은 신하를 없애시니 어찌 이런 망극한 일이 있사오리까."

황제가 분이 치밀어 올라 앞에 놓인 쇠 여의를 쥐어 뇌천풍에게 던지며 호령하였다.

"늙은 장수 머리를 바삐 베어라!"

여의가 뇌천풍 이마에 맞아 피가 흘러 얼굴에 가득하였다. 뇌천풍이 큰소리로 외쳤다.

"신은 뼈가 가루 되고 몸이 부서져도 폐하를 위하여 연왕을 구하고 죽겠나이다. 연왕이 폐하께 충성하고 나라를 사랑함은 천지신명이 밝히 아시옵니다. 다만 나이 청춘이요, 기질이 맑은 물 같고 약하여 운남 같은 오지에 가면 목숨을 보존하지 못할까 하오니 가까운 곳으로 보내소서. 폐하, 한때 기분으로 어진 신하를 죽이면 오래지 않아 후회하시리다."

황제가 더욱 노하여 좌우를 호령하여 빨리 베라 하니 전전어사가 여럿을 시켜 천풍을 끌어냈다. 난간이 부서지며 천풍이 대성통곡하였다.

"신이 화살이 빗발치는 싸움터에서 보존한 머리를 연왕을 구하다가 죽으니 한은 없으나, 폐하, 연왕을 살리고 신을 죽이시면 죽은 넋이라도 즐거울까 하나이다."

이때 전전어사가 명을 집행하려고 뇌천풍을 이끌고 문밖으로 나오니, 황제가 뇌천풍을 용서하라 하고 연왕을 어서 귀양 보내라고 재촉하였다. 날은 벌써 저물었다.

연왕이 황명을 받고 잠깐 집에 돌아와 부모에게 하직할새 참담한 심정을 어찌 다 말하리오. 허나 애써 환한 얼굴로 꿇어앉아 부모에게 고하였다.

"해와 달 같은 밝음이 잠깐 뜬구름에 가렸으나 오래지 않아 뜬구름이 가시고 밝히 빛날 것이오니, 그때를 기다리어 교외에 나가 가솔을 데리고 평안히 지내심이 좋을까 하나이다."

태공이 말하였다.

"내 뜻도 그러하나 마땅히 갈 곳이 없구나."

"윤 각로 교외에 별장이 있는데 산천경개가 아름답고 집도 좁지 않다 하니, 상의하여 보소서."

태공이 고개를 끄덕였다.

연왕이 물러가 부인과 작별하고 홍 난성을 찾으니, 난성이 벌써 얼굴에 화장을 지우고 하인 옷을 입고 태연히 나서거늘, 연왕이 그 뜻을 짐작하고 말하였다.

"지금은 난성도 벼슬이 있는 몸이거늘, 어찌 귀양 가는 사람을 좇아가려 하오?"

"운남은 사람 살 곳이 아니옵니다. 간악한 자들의 악독한 마음을 헤아리기 어려우니, 제가 어찌 편히 앉아 상공 홀로 위태한 곳에 들어가는 모습을 보리까. 비록 귀양 가는 몸이라도 아이종은 데려가실지니 제 변변치 못한 정을 막지 마소서. 만일 이 일로 조정에 죄를 짓는다 하여도 저는 조금도 두렵지 않사옵니다."

연왕은, 난성이 결심이 굳은 것을 알고 행장을 서두르며 아이종 하나와 사내종 다섯으로 수레 한 대를 몰아 떠나갔다. 어사대부 한 응문은 일찍이 난성을 본 적이 없어, 자주 눈길을 돌려 아이종을 유심히 보며 얼굴이 너무 고움을 의심하더라.

한편, 노균은 연왕에 대한 악독한 마음이 뼛속에 사무쳤다.

'만 리 적객이 되니 눈앞의 근심은 덜 수 있으나, 이 자를 세상에 두면 한시인들 맘 편히 자지 못할 것이로다.'

노균은 믿을 만한 종을 한 어사 일행에 딸려 보내며 이리이리하라 하고, 하인 대여섯 명과 자객 하나를 보내며 중도에 형편을 보아 계교를 쓰라 하니, 흉악한 비밀 계책을 어찌 다 알 수 있으리오.

이때 동초와 마달 두 장군은 연왕이 멀리 귀양 간다는 것을 알고

격분하여,

"우리 두 사람이 연왕께 산 같은 은덕을 입고 부귀를 함께 누리니, 고난에 처하여 저버림은 의리가 아니다. 이제 연왕이 만 리 오지에 심복도 없이 가시니 우리 마땅히 벼슬을 그만두고 연왕을 좇아 생사를 같이하리라."

하고는 곧 병을 핑계 삼아 사직하였다.

노균은 본디 두 장군 풍채며 인물이 마음에 들어 문하에 두고자 하던 차라 불러 좋은 말로 위로하였다.

"장군들이 연왕을 따르는 줄 알고 있노라. 연왕을 좇던 정성으로 내게 충실하면 벼슬이 어찌 좌우장군에 그치겠나?"

"소장은 무사라 비록 옛글을 읽지 못하여 믿음과 의리를 모르나, 어찌 차마 권세 잃고 귀양살이 떠난 옛 주인을 버리고 권세 있는 새 주인을 구하리까?"

말을 마친 마달의 얼굴빛이 편안치 않아 노균이 말을 못 하고 있으니, 이번에는 동초가 말하였다.

"저희가 본디 소주 사람으로 고향에 돌아가지 못한 지 벌써 여러 해 되옵니다. 잠깐 벼슬을 놓고 부모 무덤에 절하여 자손이 건재함을 알리고 다시 문하에 나와 오늘 너그러이 대우하심을 잊지 않을까 하나이다."

노균이 쓴웃음을 지으며 두 사람 다 자기 문하에 복종치 않을 줄 알고 벼슬을 거두니 동초, 마달 두 장군은 기뻐하며 곧 칼을 차고 말을 달려 남쪽으로 연왕 일행을 따라갔다. 말 머리를 나란히 하여 걸어가면서 동초가 마달을 나무랐다.

"권세를 쥔 자가 추한 주먹을 휘두르는데, 노균이 간특함으로 한 번 노한즉 우리 또한 타향 적객이 될지니 어찌 연왕을 좇아 고난을 구하겠나?"

마달이 웃으며 말하였다.

"대장부가 불쾌한 말을 들으면 죽기도 두렵지 않겠거늘, 어찌 그같이 간사한 말로 간악한 놈을 달래리오?"

두 사람은 서로 마주 보며 크게 웃었다.

"우리 이제 연왕을 따라 함께하면 연왕이 분명 좋아하지 아니할지니 멀찍이 따라가며 뜻밖에 변이 있는지 살펴 처리함이 좋겠네."

동초와 마달은 수풀과 들을 만나면 마치 짐승을 사냥하는 척하며 뒤쳐지기도 하고 앞서기도 하며 말을 달려 따라갔다.

한편, 한 어사는 노균 꼬임을 듣고 죄인 일행을 감독하더니, 대엿새 지나자 자연 마음이 해이할 뿐 아니라 이르는 곳마다 사람들이 연왕 행차를 알고 모두 놀라,

"상공께서 예전에 도원수로 출전하실 때 길옆 백성들한테 자그마한 폐도 끼치지 않아 고금에 없던 바라 칭송하였더니, 이제 무슨 죄로 이 길을 가시나이까?"

하며 술과 안주를 정성껏 드리거늘 연왕이 조금도 받지 않으니, 사람들이 한 어사에게 주며 눈물을 흘렸다.

"저희가 길가에 살면서 자자손손 전하는 말이, 한번 양반 행차를 겪으면 그 길에 닭과 개가 씨도 남지 않는다 하였나이다. 헌데 우

리 양 원수 행군하실 적에는 사람들이 다만 발자국 소리만 들을 뿐 술 한 잔도 허비함이 없사오니 길가 사람들이 모두 말하기를, '조정에서 이러한 상공을 쓰시면 백성들이 평안하리라.' 하였사옵니다. 헌데 오늘 무슨 죄명으로 가시나이까?"

한 어사는 할 말을 찾지 못하며 속으로 곰곰이 생각하였다.

'내 일찍이 연왕이 젊은 대신으로 문무 겸비하였다는 소리는 들었으나, 어찌 이같이 명망과 덕이 있을 줄 알았으리오?'

한 어사가 절로 감동하여 연왕이 머무는 객점 방에 이르러 이야기를 나누고자 하였다. 연왕 또한 반가이 맞으며 마음속 진정을 이야기하기도 하는데, 화려한 기상은 봄바람같이 온화하고 풍부한 식견은 바다와 같아 모든 일이 밝히 깨달을 만하였다. 한 어사가 탄복하여,

'내 평생에 허송세월하여 참사람을 구경하지 못하였더니 오늘에야 보는구나.'

하고 일행을 각별히 보호하더라.

한편, 홍 난성은 구차한 행색도 돌아보지 않고 다시 지아비를 좇아 아이종으로 변복하였다. 낮이면 일거일동과 음식을 몸소 받들고 밤이면 옷을 손질하며 연왕이 물 한 번 마시고 걸음 한 자국 떼어도 놓칠세라 잠깐도 곁을 떠나지 않았다.

어느덧 연왕이 길을 떠난 지 한 달이 되었다. 가을바람 선들선들 불고 하늘가에 기러기들 끼르륵끼르륵 구슬피 울며 길가 나뭇잎이 어지러이 날렸다.

날이 저물자 일행이 객점에 들었다. 이곳은 서울서 사천여 리 떨

어진 곳으로, 이름은 황교점이니, 서남으로 가면 교지 땅이요, 동남으로 가면 운남과 경계다.

연왕이 짐을 정돈하고 객점에서 밤을 보내는데, 깜빡이는 등잔불을 마주하며 깊은 생각에 잠겨 잠을 이루지 못하였다. 난성이 이를 알고 다가왔다.

"상공이 주무시지 못하니 어디 몸이 불편하시옵니까?"

"그런 게 아니라 임금과 부모님을 이별하고 외로운 길손이 되어 철이 바뀌는 것을 보니 절로 심사 즐겁지 못하구려."

난성이 행장에서 술을 꺼내어 권하며 살뜰한 말로 위로하니, 연왕이 잔을 들어 마셨다.

"요즘 서울은 생선이 술안주 할 만하리로다."

"아까 보니 문밖에 생선 파는 사람이 있던데 물어보겠나이다."

난성이 나가 말하니 객점 아이가 생선 두어 마리를 들고 들어왔다. 난성이 국을 끓이느라 부엌에 내려가 젖은 나무를 꺾어 불을 때고 손을 씻으며 바삐 돌아치니, 연왕이 보고 속으로 탄복하였다.

'나는 불충하여 유배객이 되었으나 난성은 아무 죄도 없이 고생하니 낯이 없구나.'

연왕이 난성에게 종아이 불러 시키고 어서 올라오라 하였다. 밤이 깊고 인적이 끊어졌으니 다른 염려는 없으리라 생각하고 난성은 사내종 한 명을 불러 불을 때라 하고 잠깐 방에 들어왔다. 난성이 연왕을 모시고 이야기를 주고받다가 다시 부엌에 내려가 보니 생선국이 다 되었기에 떠 가지고 올라와 국이 좀 식기를 기다렸다. 연왕이 취중에 숟가락을 들어 맛보려 하였다. 그러자 난성이 서둘러 말렸다.

"농사일은 농사꾼한테 묻고 길쌈은 아낙네한테 물으라 하였나이
다. 음식 맛보는 일은 여자 일이니 제가 먼저 맛보리다."

난성이 한 숟가락을 떠 후후 불면서 맛을 보더니 급작스레 숟가
락을 던지고 국그릇을 엎질렀다.

"상공은 잡숫지 마소서."

난성은 입과 온몸이 퍼레지고 피를 토하더니 의식을 잃었다.

창곡, 세 번 죽을 고비를 넘기니

연왕은 뜻밖에 봉변을 당해 얼른 짐을 뒤져 해독약을 찾아 난성에게 먹였다. 경과를 살피고 있을 때 한 어사가 이 소식을 듣고 놀라서 달려와 연왕에게 물었다.

"종아이가 중독되었다 하오니 어찌 된 일이옵니까?"

"내 지금 무슨 일인지 잘 모르겠으나 이는 분명 간악한 사람이 나를 해하려는 것을 뜻밖에 가동이 가로맡아 나섰다 당한 것인 줄로 아오."

한 어사가 깜짝 놀랐다.

"어르신 덕망이 높아 남방에 칭송이 우레 같으니 어찌 이곳에 모해할 자 있으리까. 무슨 모략이 있을까 하나이다."

어사는 데리고 온 사내종들을 하나하나 불러들이니 그중 한 명이 달아나고 간 곳이 없었다. 한 어사 크게 노하여 좌우를 명하여 힘껏 뒤쫓아 가서 잡아 오라 하고는 연왕에게 충심으로 고백을 하였다.

"신이 지금부터 승상의 문인이 되겠으니 어찌 제 마음을 속이리까? 제가 황성을 떠날 때 노 참정이 사내종을 하나 데려가 달라 간청하기에 허락하였나이다. 곡절을 알지 못하였더니, 오늘 일이 수상하고 그 자가 까닭 없이 도망하였으니, 빨리 붙들어 오는 것이 좋겠나이다."

한편, 동초와 마달은 연왕 일행을 좇아 멀찍이 따라오며 동정을 살폈다. 하루는 사슴 한 마리가 맞은편으로 지나갔다. 두 사람이 창을 들고 말을 달려 따라가니 사슴이 죽을힘을 다하여 산속 깊이 들어갔다. 두 사람이 말에 박차를 가하여 험한 고개를 넘고 끝없이 펼쳐진 숲을 지나 십여 리 산골짜기에 이르니, 사슴은 간데없고 웬 노인이 바위에 앉아 졸고 있었다.

"노인장, 앞으로 지나가는 사슴을 보지 못했소이까?"

두 사람이 다그쳐 물었지만 노인은 돌아보며 대답 대신 쓰겁게 웃었다. 마달이 벌컥 성을 내며 창을 들고 앞에 썩 나가 꾸짖었다.

"웬 늙은이가 귀먹은 체하고 묻는 말에 대답지 않으시오?"

노인은 태연한 얼굴로 엄히 말하였다.

"부질없이 불쌍한 사슴을 쫓지 말고 급한 사람을 구할지어다."

동초와 마달은 그제야 예사 노인이 아님을 알고 동시에 창을 놓고 앞에 나아가 가르침을 청하였다.

"급한 사람이 어데 있으며 누구를 이르시나이까?"

노인은 대답 대신 허리춤에서 쌈지를 꺼내더니 그 속에서 신선들이 쓴다는 단약 한 알을 꺼내 주며 타이르듯 말했다.

"이것을 가지고 이 산을 넘어 몇 리를 가노라면 자연 급한 사람을 만나 목숨을 구하리라."

말을 마치자 노인은 온데간데없이 사라졌다.

두 사람은 서로 얼굴만 쳐다보며 이상하게 생각하다가, 단약을 가지고 노인이 말한 대로 산을 넘어 남으로 달려갔다. 밤이 깊었는데 큰길을 따라 몇 리를 더 가니 어떤 사람이 바삐 달려오다가 두 사람을 보고 놀라 뒤돌아서서 달렸다.

"저자가 수상하니 뒤쫓아 가서 내막을 알아보세."

둘은 말을 채쳐 순식간에 그자를 잡았다. 옷차림을 보니 종 같았다. 동초가 물었다.

"네 어떠한 사람이관데 깊은 밤 혼자 도망하는 것이냐? 우리를 보고 놀라 피하니 대체 무슨 일이냐?"

"소인은 황성 사는 놈으로 주인어른 심부름으로 급히 남방에 갔다가 돌아가는 길이옵니다. 아무도 눈에 안 띄어 무섭던 중 장군들을 만나니 자연 겁이 더럭 나서 달아났나이다."

"그렇다면 뉘 집 종이며 무슨 일로 남방 어느 곳에 갔다 오느냐?"

그자는 머뭇거리며 하는 말과 행동거지가 수상하였다. 두 사람이 속으로 생각하기를,

'우리 연왕을 위하여 나쁜 놈들을 살피고자 하였는데, 저자 행동거지가 아무래도 의심스러우니 쉽게 놓아주지 못하겠다.'

하면서 말에서 내려 그자를 한동안 심문하였다. 바빠난 그자는 제편에서 성을 내었다.

"소인은 갈 길이 급하오니 두 장군은 근거 없이 길 가는 행인을 더디게 하지 마소서."

하고는 팔을 뿌리치며 달아나려 하였다. 마달이 웃으며 더욱 단단히 붙들고 을러멨다.

"우리는 사냥하는 사람들이니라. 요즘 산속에 늙은 여우가 있어 밤이면 길가에 내려와 지나가는 사람들을 해친다 하더니, 네놈이 이제 종으로 변신한 모양이구나. 동여 가지고 저 앞에 보이는 객점에 가서 사나운 개를 불러 사실인가 아닌가 시험하리라."

동초와 마달이 말고삐를 끊어 그자를 묶으려는데 문득 남쪽에서 횃불이 달려오는 것이 보였다. 예닐곱 사람이 횃불을 들고 길을 덮으며 달려오고 있다. 그러자 그자가 애걸하였다.

"제발 목숨을 살려 주소서. 저기 달려오는 자들과 원수 간이어서 잡히면 죽으니 제발 빨리 놓아주소서."

그러는 사이에 벌써 사내종 여럿이 앞에 나타났다. 동초, 마달 두 장군은 불빛 아래서 얼굴을 알아보고 놀랐다.

"너희는 연왕 상공을 모시고 운남으로 떠났던 아이들이 아니냐?"

"두 분 장군이 어찌 이곳에 계시나이까?"

사내종들은 황교점에서 일어난 불상사를 대강 고하였다. 동초와 마달이 묶인 자를 가리키며 얼굴을 보라 하자, 여러 사내종들이 불뭉치를 들고 비추어 보고는 노균의 종이라 크게 놀라 소리쳤다.

"나쁜 놈을 잡았구나!"

여럿이 달려들어 결박한 것을 더 조여 끌고 가면서 두 장수에게 난성이 연왕의 종으로 변장하고 가다가 객점에서 독약을 먹고 살아날 가망이 없다는 이야기를 조용히 하였다. 두 장수는 아연실색하여 서로 얼굴을 마주 보고는 산중에서 만난 노인이 한 말이 생각나,

"빨리 가서 위급한 사람을 구하자고!"

하고, 말을 채쳐 황교점으로 달려갔다.

이때 연왕은 이역만리 객지에서 사랑하는 홍랑이 자기를 대신하여 독약을 먹고 죽어 가니 기가 막히고 분하여 서러운 심사를 진정할 수 없었다.

"괴이하도다! 원통하도다! 내 저를 우연히 만나 한없는 풍파와 끝없는 고난을 겪고 끊어졌던 인연을 기적같이 다시 이어 여러 해나 고초를 같이하고 이제야 부귀를 함께 누릴까 하였더니 이곳까지 따라와서 원혼이 될 줄 어찌 알았으리오."

연왕이 다시 이불을 들추고 몸을 만져 보니 부드럽고 고운 모습이 싸늘하게 식어 가고, 빛나는 기상과 총명하고 슬기로운 재주가 가뭇없이 사라져 갔다.

연왕은 땅을 치며 통곡하였다.

"다 틀렸구나! 내 어찌 그대를 이곳에 버리고 간단 말인가. 청산에 옥을 묻고 물속에 구슬을 잃었구나. 안타깝고 분하도다!"

두 볼에 흘러내리는 눈물이 소매를 적셨다. 이때 문득 객점 문을 바삐 두드리는 소리가 났다. 문을 열고 보니 두 젊은이가 서둘러 들어와 엎드려 절하였다. 연왕이 자세히 보니, 이게 어찌 된 일인가. 동초와 마달 두 장군이었다. 연왕이 놀랐다.

"장군들이 어찌하여 여기 이르렀는고?"

두 장군은 좌우를 두리번거리며 다른 사람이 없는 것을 보고 마음을 놓으며 대답하였다.

"소장들의 이번 걸음은 옛사람들 충성을 본받고자 함이옵니다. 홍 부원수 병세가 어떠하시나이까?"

연왕이 얼굴에 눈물 자국을 닦으며,

"그대들이 몇 년 동안 싸움길에서 생사고락을 함께하던 벗들이니 어찌 슬프지 않으리오. 하룻밤 찬 서리에 꽃이 시들어 떨어졌으니 그대들은 장사 지낼 준비를 하여 고인의 옛정을 저버리지 말아 주게."

동초가 품속에서 단약을 꺼내어 연왕에게 드리며 산에서 늙은이가 하던 말을 대강 전하니, 연왕이 반신반의하며 곧 단약을 물에 갈아 난성의 입에 넣었다. 한참 지나 해쓱하던 얼굴에 혈색이 돌더니 입으로 붉은 물을 여러 번 토한 뒤 길게 한숨을 쉬고 돌아누웠다. 연왕과 두 장군은,

"살아났구나!"

하고 소리치며 기뻐 어쩔 줄 몰랐다. 연왕의 두 볼에 눈물이 흘러내렸다.

"난성이 오늘 다시 살아난 것은 두 장군 덕이라. 내 오늘 죄인의 몸이고 또 장군들은 옛날 부하라 같이 가면 간신들이 참소할 구실이 될 것이니, 그대들에게 화가 미칠 뿐 아니라 또 유배객으로서 황명을 받잡고 삼가는 도리가 아닐까 하노라."

두 장군이 허리를 굽혀 절하면서 말했다.

"소장들이 어찌 그 뜻을 모르겠나이까? 이제 홍 부원수는 천행으로 회복되었으니, 저희는 마음 놓고 물러가 남방 산천을 두루 밟으며 불우한 심사를 후련히 덜고자 하나이다."

연왕이 입속으로 웅얼거리며 깊이 생각하더니 웃었다.

"내 장군들 마음을 아나니 그대들은 너무 걱정하지 말고 어서 돌아가오."

두 장군이 기꺼이 물러갔다.

이러는 사이에 사내종들이 도망치다 잡힌 사내를 끌고 들어와 연왕 앞에 꿇렸다.

"네 일찍이 나와 은혜 진 것도 원수진 것도 없는데 무슨 까닭으로 나를 독살하려고 했느냐?"

그러자 그 자가 처음에는 구구히 변명하다가 끝내 사실대로 말하였다.

"소인은 노 참정 수하 심복이옵니다. 참정 어른 명령으로 독약을 가지고 한 어사 일행에 끼어 따라오며 상공을 해칠 기회만 엿보았으나, 종아이가 잠시도 상공 곁을 떠나지 않고 음식도 도맡아 대접하므로 감히 어쩌지 못하였나이다. 지난 밤 마침 종아이가 부엌에 있다가 방에 들어가고 불 때던 아이도 졸음을 이기지 못해 조는 것을 보고는 몰래 생선국에 독약을 쳤으니 백 번 죽어도 아까울 것이 없나이다."

연왕이 쓴웃음을 짓고 그자를 한 어사에 넘겨 처치하라 하니, 한 어사가 그를 본현에 보내어 단단히 가두어 두고 조정 명을 기다리라 하였다.

난성은 순간에 정신이 맑아지며 말짱해졌다. 연왕이 기뻐하며 동초, 마달 두 장군이 산속에서 만난 노인이 단약을 주며 이르던 말을 전하였다. 난성이 반기며,

"그 노인이 바로 우리 스승님 백운도사로소이다."

하고, 서쪽 하늘에 대고 두 번 절하고 기쁨과 서러움에 눈물을 흘렸다.

다음 날 아침 연왕 일행은 다시 길을 떠났다. 여남은 날을 더 가니 계림 땅에 이르렀다. 그곳은 서울에서 육천여 리 떨어진 곳으로, 산천이 빼어나고 인가가 드물어 백 리를 가도 객점 하나 없었다. 며칠 만에 한 객점을 찾아 쉬는데, 객점 이름이 초료점이라 하였다.

객점 여기저기에 말꼴을 산같이 쌓아 놓았기에 객점 주인더러 까닭을 물었다. 이곳은 말꼴이 귀하고 또한 남만이 가까워 어느 때라도 전쟁이 일어나면 대군이 움직일 터이니, 그때를 미리 생각하여 해마다 가을이면 백성들이 말꼴을 베어 곳곳에 산같이 쌓아 둔다는 것이다.

이날 밤 난성이 연왕에게 조용히 말하였다.

"이곳은 못된 자들이 불을 지를 위험이 크오니 마음을 놓을 수 없나이다. 그러니 일행에게 행장과 수레를 풀지 말고 기다리라 이르는 것이 좋을 것 같사옵니다."

그러고는 난성이 직접 객점 이곳저곳을 돌며 지형을 살피니, 앞뒤에 자그마한 흙산이 있는데 높지는 않아도 산세 깨끗하고 풀이나 나무가 없었다. 난성이 가만히 기뻐하며 객실에 돌아와 연왕을 모시고 옷을 입은 채 앉아 있었다.

이윽고 밤은 깊어 사오 경이 되자 객점 사람들도 모두 잠들고 사방은 쥐 죽은 듯 고요했다. 난성이 불안하여 연왕에게 말하였다.

"밤이 깊어 조용하니 지금이 위태로울 때로소이다. 잠깐 이 뒤 흙산에 올라가 피해 있는 것이 좋을까 하나이다."

"홍랑이 지내 마음을 쓰는 걸 보니 두려워하는 것 같구면."

연왕은 난성의 말을 부정하였다.

"제 말이 맞는지 틀린지는 아직 모르겠사오나 어쨌든 걱정하지 않을 수 없나이다."

난성이 사내종 몇에게 일러 행장을 몰래 옮기게 하고 연왕을 모셔 산에 오르니, 객점에서는 아는 자가 없었다.

아니나 다를까 객점 앞 말꼴 더미에서 불이 일더니 순식간에 불길이 하늘을 찔렀다. 객점 사람들과 행인들이 놀라 깨어 불을 끄려 하였으나 속수무책이었다.

한 어사는 미처 의관을 제대로 하지 못한 채 화염을 무릅쓰고 언덕에 올랐다. 뒤이어 동풍이 크게 일어 세찬 바람이 불었다. 객점이 순식간에 터럭같이 불타 버렸다.

연왕 일행은 벌써 산에 올라 다행히 화를 면하였으나 사내종 두엇이 미처 불속에서 헤어나지 못하였다.

한 어사가 연왕이 있는 곳을 찾아 올라왔다.

"어찌 아시고 미리 피하셨나이까?"

"내 어찌 미리 알았겠소. 다만 인명은 재천이니, 사람 힘으로 할 바 아닌가 하오."

말이 끝나기도 전에 산 아래서 함성이 일어나며 사내 여남은 명이 창과 칼을 들고 외쳤다.

"우리는 녹림객이다! 죽기가 두렵거든 가진 재물을 어서 내놓아
라."

이렇게 고함을 지르며 산 위에 오르자, 난성이 얼른 쌍검을 빼어
들고 대적하려 하니 문득 저쪽에서 젊은이 둘이 창을 들고 말을 놓
아 불빛 속을 뚫고 달려오며 꾸짖었다.

"간악한 놈들아, 함부로 날뛰지 말고 내 창을 받으라! 네 대군 말
꼴에 불을 질러 나라에 큰 죄를 짓고도 또 무슨 일로 죄 없는 행
인을 해치려 드느냐?"

우레 같은 목소리 그치자마자 악당 두엇을 무찔러 꺼꾸러뜨리니
나머지 것들이 겁을 먹고 달아났다. 젊은 장수 둘이 서둘러 쫓아가
좌충우돌하며 찌르고 치고 하였다. 그러고는 연왕 쪽을 우러러 외
쳤다.

"저희는 사냥하는 젊은이들이옵니다. 도적들이 불을 지르고 사
람을 죽이는 것을 보고 돕고자 왔나이다. 이젠 돌아가나이다."

말을 마치고 남쪽으로 말을 달려 아득히 사라지는데, 바로 동초
와 마달이었다. 멀리서 연왕 일행을 호위하며 좇아오다가 말꼴 더
미에 불길이 치솟는 것을 보고 놀라 달려와 구하고 가는 것이다.

연왕과 난성은 비록 속으로 짐작하나, 한 어사는 무슨 영문인지
몰라 놀랍고 기쁘기만 하였다. 마음을 가라앉히고 사람이며 짐이
며 두루 헤아려 보니 사내종 둘과 말과 수레가 불에 타고 말았다.
객점에 내려와 보니 불길이 채 꺼지지 않고 그곳 일꾼들 주검도 여
럿 보였다.

한 어사가 사내종들을 호령하여 창에 찔리고 칼에 맞아 신음하는 괴한들을 끌어 오라 하였다. 먼저 괴한 하나가 중상을 입은 몸으로 끌려왔다.

"네 어떠한 강도이관데, 평화로운 때 부질없이 불을 지르고 길 가는 사람을 해치려 드느냐?"

놈이 머리를 숙이고 대답하지 않으니 한 어사가 더욱 노하였다. 좌우를 명하여 다시 때리며 심문하니 그놈이 제발 살려 달라 애원하였다.

"소인이 이 지경에 이르러 어찌 속이리까. 저는 노 참정 수하 심복이옵니다. 노 참정이 사람을 세 패로 나누어 연왕 상공을 살해하려 하였나이다. 첫 패는 어사 일행에 섞여 좇아온 사내종이요, 둘째 패는 저희 여남은 명으로 형편을 보아 불을 지르되 일이 뜻대로 되지 않으면 녹림객 모양으로 위협하여 연왕 상공을 해치라 하였나이다. 일을 이루고 오면 천금을 주겠다기에 돈이 탐나 죽을죄를 지었나이다."

한 어사가 듣고 보니 어이가 없어 한동안 아무 말도 못 하였다.

"그렇다면 셋째 패거리들은 무엇 하는 자들이며 어디로 갔는고?"

"셋째 패는 자객이옵니다. 길이 달라서 지금 어디에 있는지는 모르겠나이다."

한 어사가 치를 떨며 꾸짖었다.

"네 우리를 위협한 죄뿐 아니라 대군이 쓸 말꼴을 불살라 없앴으니 살기를 바라지 말라."

하고, 본현 지방관에 분부하여 놈들을 옥에 가두고 조정 명을 기다리라 하였다. 그리고 본현에 기별하여 말과 수레를 새로 마련하라 하였다.

이날 밤 객점이 죄다 불타 머물 곳이 없어, 연왕은 한 어사와 산에서 밤을 꼬박 새우고 이튿날 본현 말과 수레가 도착하자 다시 길을 떠났다.

예닐곱 날을 더 가니 운남 경계에 이르렀다. 객점을 정하고 하룻밤 쉬기로 하였다.

달빛이 명랑하고 날씨가 쓸쓸하여 남방 팔월이 명나라 칠월 같았다. 연왕이 창문을 열고 밝은 달을 바라보며 무료히 앉았노라니, 우거진 참대 숲에서 처량한 두견이 소리와 곳곳에서 들리는 구슬픈 잔나비 소리에 잠을 이룰 수 없었다.

연왕이 잠이 오지 않아 뜨락에 나와 난성 손을 잡고 달빛 아래를 거니는데, 문득 담장 머리에서 찬바람이 일며 마른 잎새들이 날렸다. 난성이 화닥닥 놀라 바삐 방 안으로 들어가 부용검을 찾아 들고 나왔다. 그리고 연왕을 모시고 서서 담장 가에서 동정을 살폈다. 곧 한 사내가 휙 하니 담장을 넘어와 나는 듯이 연왕에게 달려들었다. 난성이 재빨리 부용검을 들어 막으니 사내가 난성에게 달려들었다. 달빛 아래 서릿발 칼날이 서로 어우러져 하얀 눈이 날리는 듯하더니 갑자기 사내가 나가 엎어지며 한탄하였다.

"내 일찍이 두루 돌아다니며 검술로는 천하에 맞설 자가 없더니 이 검술은 내 처음 보는 바라. 이는 하늘이 나를 죽이려는 것이로다."

연왕이 노하여 꾸짖었다.

"네 어떠한 놈이기에 누구를 위하여 애먼 길손을 해치려 하는고?"

이때 싸우는 소리를 듣고 사내종들과 어사 일행이 달려와 불을 밝혔다. 괴한은 불빛에 연왕을 잠깐 우러러보았다. 그러더니 무릎을 꿇고 말하였다.

"상공이 예닐곱 해 전에 과거 보러 가시는 길에 소주로 지나가지 않으셨나이까?"

"네 어찌 그것을 아느냐?"

"소인이 비록 눈이 있사오나 영웅 군자를 몰라보고 두 번 죽을죄를 졌나이다. 상공은 혹시 소주 산길에서 만난 녹림객을 기억하나이까?"

연왕은 그제야 깨닫고 놀랐다.

"네 십여 년 전부터 도적으로 있으면서 아직까지 나쁜 버릇을 고치지 않고 이렇게 자객으로 다니니, 비록 지난날 안면이 있다 해도 죄를 용서치 못하리라."

괴한이 한숨을 지으며 탄식하였다.

"상공이 비록 저를 죽이고자 하나 제가 이미 칼에 상하였으니 다시 온전한 사람이 되지 못하려니와 죽은들 아까울 것이 없사옵니다. 다만 한스러운 것은 노 참정의 천금을 탐내어 상공을 살해할 뻔하였으니, 살아서는 눈 없는 도적이 되고 죽어서는 의리 없는 자객이 될 테니 누구를 한하리오?"

말을 마치자 칼을 들어 자결하니, 연왕이 가엾이 생각하여 객점 사람에게 얼마간 은자를 주어 장사 지내 주라 하였다. 그리고 숙소에 돌아와 한 어사에게 옛날 소주 산길에서 녹림객을 만나 노자며 옷가지까지 다 벗어 준 이야기를 하니, 어사와 좌우 사내종들이 모두 탄복하였다.

일행은 다시 대엿새를 더 가서야 운남 유배지에 이르렀다. 운남 지부에서 나와 연왕을 보고 거처를 관아로 정하려 하자 연왕이 굳이 사양하였다.

"죄인이 어찌 관아에 머물겠소?"

연왕은 성 밖에 있는 몇 칸짜리 민가를 하나 골라 수리하여 살았다.

한 어사가 연왕과 작별하고 돌아갈 적에 슬픔을 이기지 못하며 연왕에게 솔직한 심정을 털어놓았다.

"제가 마땅히 뒷날 문하에 나아가 오늘 배우지 못한 도덕 문장을 더 배우겠나이다. 이제 돌아가 황상께 복명하고 표문을 올려 길에서 겪은 일과 노 참정이 나랏일을 그르친 것을 사실대로 규탄하려 하옵니다."

연왕이 손을 저으며 그러지 말라고 말렸다.

"그럴 수 없소. 그대가 나와 몇 달 동행하였으니 그대 말이 공평하지 못하오. 그러다가 오히려 내 죄가 무거워질까 걱정이오."

한 어사가 할 수 없이 연왕에게 작별 인사를 하였다.

"부디 나라를 위하여 옥체 보중하소서. 성상께서 해와 달 같은 밝으심으로 후회할 날이 멀지 않은 듯하나이다."

연왕도 한 어사와 헤어짐을 슬퍼하며 말하였다.

"내 불충하여 어사에게 이처럼 수고를 끼쳤으니 부디 먼 길에 몸 조심하오. 죽지 않으면 다시 만날 날이 있을까 하오."

한 어사는 차마 발길이 떨어지지 않아 종들까지 하나하나 인사를 나누고서야 떠났다. 연왕이 종아이 하나를 집에 보내어 무사히 도착함을 기별하였다.

노균이 연왕을 쫓아낸 뒤 권세가 날로 높아져 그의 문객들과 집안사람들이 조정에 가득하고 일가친척이 벼슬길에 올랐다. 노균이 밖으로는 공교하게 짜고들어 조정을 억지로 내리누르고 안으로는 아첨을 일삼아 황제를 속이니, 황제는 그를 더욱 믿고 크고 작은 나랏일을 다 맡겼다. 부족한 것이 없고 생각대로 안 되는 것이 없자 노균은 더욱 교만해져 무서운 것이 없으나, 오직 연왕이 살아 돌아올까 두려워하여 운남으로 보낸 자들에게서 소식이 오기를 목마르게 고대할 뿐이었다. 하루는 둘째 패로 보낸 집안 심복 하나가 돌아와 낭패한 소식을 고하였다. 노 참정이 크게 성이 나 심복을 엄히 처치하고 다시 생각하였다.

'내 황제의 총애를 잃지 않고 조정 권세를 잡는다면 연왕이 비록 재주와 충성이 있다 해도 마침내 남방을 떠도는 귀신이 되리라.'

이어 노균은 한 가지 계교를 생각하였다.

옥루몽 2 원문

제15회 홍혼탈이 연화봉에 달을 바라보고
손야차 밤에 태을동에 들어가다
紅魂脫望月蓮花峰 孫夜叉夜入太乙洞

각설却說, 양 원수 홍랑을 보내고 즉시 소 사마를 장중帳中으로 불러 가만히 말하여 왈,

"만장 홍혼탈은 본래 중국 사람이라. 나탁의 휘하 됨을 부끄려 나에게 돌아올 뜻이 있나니, 장군은 필마단기匹馬單騎로 이제 연화봉 아래 간즉 홍혼탈이 반드시 거기서 월색月色을 구경하여 방황할 것이니 장군은 기틀을 보아 의리로 달래어 데리고 오라."

소 사마 자저赳趄하여 왈,

"홍혼탈은 어떠한 장수이니까?"

원수 소 왈,

"향일向日 쌍검을 춤추어 싸우던 만장蠻將이라."

소 사마 대경大驚 왈,

"원수 만일 그 장수를 얻으신즉 남만을 평정하기 어렵지 아니하려니와 소장이 그 위인을 일찍 보매 달래어 항복할 자는 아닌가 하나이다."

원수 소 왈,

"홍혼탈은 의기 있는 장수라. 귀순할 뜻이 있음을 내 아노니 장군은 의심치 말라."

소 사마 응낙하고 가며 생각하되,

'내 전일 진상陣上에서 그 만장이 원수와 접전할새 재주를 다하지 않음을 수상히 보았더니 어찌 심지心志 상통相通하여 서로 약속함이 있는 줄 알리오? 수연雖然이나 그 장수의 검술은 내 이때껏 간담이 서늘하니 경솔히 가지 못하리라.'

하고 단병短兵을 몸에 지니고 필마단기로 연화봉을 향하여 가니라.

차시此時, 홍랑이 객실에 돌아와 손삼랑을 대하여 명진明陣에 가 원수를 보고 여차여차함을 말한 후 옥적玉笛과 행장을 거두어 손삼랑을 데리고 연화봉에 이르러 완월玩月하며 방황하더니, 소 사마 원수의 명을 받아 초초草草 단기單騎로 연화봉을 향하여 올새 반륜半輪 잔월殘月은 서산에 거의 지고 동천東天 서색曙色은 원촌遠村에 희미한데 멀리 바라보니 한 장수 일개 노졸을 데리고 연화봉에 배회하며 완월하거늘, 소 사마 차경차희且驚且喜

하여 심중에 헤오되,

'이 필연 홍혼탈이라.'

하고 앞에 나아가 장읍長揖 왈,

"방금 양진兩陣이 상대하여 장수 된 자 한가하지 못하거늘 장군은 어찌 음풍농월하는 서생의 기미 있나뇨?"

홍혼탈이 쌍검을 안고 답례 왈,

"그대는 어떠한 사람이뇨?"

소 사마 왈,

"복僕[1]은 명진明陣 척후斥候하는 장수라. 장군의 한가하신 풍채를 흠앙하여 편복便服으로 파탈擺脫[2]하고 왔으니, 옛적의 양숙자羊叔子[3]와 두원개杜元凱[4]는 몸이 대장이 되었으나 경구완대輕裘緩帶[5]로 적국을 의심치 아니하였으니, 이 장군이 능히 고장古將 유풍遺風이 있을쏘냐?"

혼탈이 소 왈,

"대장부 세상에 나매 지심知心하는 자 있은즉 어찌 죽기를 저어하리오? 그대 이미 허심許心하고 후의로 찾으니 내 또한 방심하고 무간無間히 말하리라. 내 비록 조감藻鑑이 없으나 그대 거동을 보고 말씀을 들으니 양숙자의 호의로 옴이 아니라 괴철蒯徹의 삼촌설三寸舌[6]을 자랑코자 함이로다."

소 사마 소 왈,

"괴철은 불과 망령된 변사辯士라. 무단히 회음후淮陰侯[7]를 달래어 평생을 그르치니 복僕의 취하지 않는 바라. 복이 이제 이같이 옴은 산동의 이소경李少卿[8]을 효칙하여 옴이니 장군이 어찌 이소경의 무쌍지재無雙之材로 추계좌임椎髻左衽[9]함을 감수하고 전화위

---

1) 자기를 낮추어 이르는 말.

2) 갑옷을 벗고 편한 차림으로 격식에서 벗어남.

3) 중국 진晉나라 양호羊祜. 숙자는 호. 오吳나라를 칠 때 갑옷을 입지 않고 국경을 지켰으며 덕으로 상대를 복종시키기에 힘써, 적장이 병이 나자 약을 보내기까지 하였다.

4) 진晉 나라 때의 장수 두예杜預. 원개는 자. 무제를 도와 강남을 정벌하였으나 말을 타지 않고 병법을 잘 썼으며 늘 선비다운 모습을 보였다고 한다.

5) 가벼운 가죽 옷과 느슨하게 맨 띠.

6) 한신韓信의 모사였던 괴철의 세 치 혀. 괴철은, 유방劉邦이 나라를 통일하면 한신을 버릴 것이라면서 유방에게 가지 말고 스스로 제후로 서라고 했으나 한신이 듣지 않았다.

7) 한나라 개국 공신 한신. 괴철의 말을 듣지 않다 모해를 입어 회음후로 강등되었다.

8) 한나라 때의 장군 이릉李陵. 흉노를 치러 갔다가 흉노에게 잡혀 항복했다.

9) 흉노의 풍속으로, 뾰족한 상투머리에 옷깃을 왼쪽으로 여민다는 뜻.

복함을 생각지 아니하나뇨?"

혼탈이 냉소 왈,

"내 어제 진상에서 양 원수를 보매 연소기예年少氣銳한 장수라. 어찌 사람을 알아 재주를 시기치 않으리오? 내 차라리 산중에 종적을 감추어 평생을 보낼지언정 마음을 모르는 자의 휘하는 되지 않으리라."

소 사마 탄 왈,

"양 원수는 장군을 아나 장군은 양 원수를 모르는도다. 복이 실로 원수의 명으로 옴이니 원수가 복을 보내며 말하되, '홍 장군은 의기 있는 장수라. 만일 나를 좇은즉 내 마땅히 지기로 허심許心하여 평생을 사귀리라.' 하니, 어찌 장군을 시기하리오? 양 원수는 비록 나이 어리나 웅재대략雄才大略은 말하지 말고 제장을 예대禮待함과 인재를 사랑함이 실로 옛날 주공周公의 토포악발吐哺握髮[10]함을 사모하시니, 어찌 한갓 맹상孟嘗, 평원平原의 하사지풍下士之風[11]이 있을 따름이리오?"

혼탈이 차언此言을 듣고 머리를 숙여 침음양구에 홀연 쌍검을 들어 바위를 치매 바위 두 조각이 나거늘 칼을 잡고 일어서며 왈,

"대장부 일을 결단함이 마땅히 이 바위 같으리라."

하고 소 사마를 보아 왈,

"장군은 나를 위하여 소개하라."

소 사마 대희大喜하여 홍과 노졸을 데리고 본진에 돌아와 원문轅門 밖에 세우고 먼저 들어와 원수께 고한대, 원수 대회 왈,

"내 홍혼탈의 위인을 잠간 보니 교앙 당돌驕昂唐突한 자라. 심상한 항장降將[12]으로 대접지 못하리라."

하고 즉시 융복戎服을 벗고 학창의鶴氅衣를 입고 윤건綸巾[13]을 쓰고 원문 밖에 나아가 홍혼탈의 손을 잡고 소 왈,

"사해四海가 넓다 하나 일천지하一天之下에 있고 구주九州가 크다 하나 육합지내六合之內[14]에 처하였거늘 복의 안목이 좁아 동세同世에 생장한 지 이십 년에 영웅호걸을 이곳에 와 이같이 만나니 어찌 참괴慙愧치 않으리오?"

---

10) 주나라 주공이, 손님이 오면 먹던 밥도 뱉고 손님을 맞고, 머리를 감다가도 머리털을 쥔 채 손님을 맞음. 인재를 중시했다는 말.

11) 제나라 맹상군과 조나라 평원군은 모두 문객들을 잘 대우하여 그들을 따르는 문객이 삼천여 명이나 되었다고 한다. 하사지풍은 자신의 몸을 낮춰 선비들을 예로 대하는 기풍.

12) 항복한 장수.

13) 굵은 실로 만든 두건으로, 선비들이 쓰는 관의 하나.

14) 육합은 하늘, 땅, 동서남북. 곧 천지사방.

홍혼탈이 앙연昂然[15] 대對 왈,

"만장蠻將 항졸降卒이 어찌 지기知己를 말하리오마는 이제 원수의 하사지풍을 뵈오니 소장의 칼을 짚고 서로 좇는 자취 거의 후회 없을까 하나이다."

인하여 서로 손을 잡고 진중에 들어올새, 홍혼탈이 그 노졸老卒을 가리켜 왈,

"저 노장은 소장의 심복이라. 이름은 손야차요 약간 창법槍法을 아오니 복망伏望 휘하에 조용調用[16]하소서."

원수 허許하더라.

천명天明에 원수 제장諸將을 모으고 홍혼탈을 가리켜 왈,

"홍 장군은 본래 중국 사람으로 남방에 유락流落하였더니 이제 도로 천조天朝 명장이 되었으니 금일 풍진風塵에 동고同苦할 사람이라. 각각 한훤지례寒喧之禮[17]를 베풀라."

선봉장 뇌천풍雷天風이 웃고 나와 사례 왈,

"노장老將이 추한 도채(도끼)를 믿고 두 번 호수虎鬚를 거우다가[18] 비록 생활生活하신 은덕을 입었으나 갑옷 위의 칼 흔적이 성한 곳이 없고 서리털 가득한 머리가 지금까지 없는 듯하여이다."

일좌一座 대소大笑하니, 소 사마 웃고 혼탈의 찬 칼을 만지며 왈,

"장군은 보검을 모두 몇 자루를 차시뇨?"

혼탈 왈,

"다만 둘을 찼나이다."

소 사마 소 왈,

"만일 그러한즉 향일向日 진상陣上에 그리 미만彌滿하여[19] 천백이나 되니이까? 내 지금까지 모골毛骨이 송연悚然하고 정신이 현황하여 다시 이 칼을 대하매 오히려 눈이 미란迷亂함을 깨닫지 못하나이다."

모두 대소하더라.

원수 소유경으로 좌사마 청룡장군을 삼고 홍혼탈로 우사마 백호장군을 삼고 손야차로 전부前部 돌격장을 삼으니라. 차시, 양 원수 홍랑을 군중에 두매 끊어진 인연을 다시 이으니 기쁠 뿐 아니라 낮이면 군무를 의논하고 밤이면 객회를 위로하여 일시 좌우를 떠나지 아니하나 홍의 기경 민첩機警敏捷[20]하므로 승상접하承上接下[21]하여 종적을 탄로치 않으

---

15) 당당하게.

16) 벼슬아치로 등용함.

17) 서로 만나서 안부를 물으며 인사하는 예.

18) 범의 수염을 집적거려 성나게 하다가.

19) 지난번 진에 그리 가득하여.

20) 재빠르고 재치가 있음.

매 제장 삼군이 그 여자임을 아는 자 없더라.

차설, 나탁이 익일 청신淸晨[22]에 객실에 와 홍의 안부를 문후하니 적연寂然히 동정이 없는지라. 수문졸守門卒이 고 왈,

"홍 장군이 미명未明에 수하 노졸을 데리고 동구로 나가시나 감히 묻지 못하나이다."

나탁이 그 달아남을 알고 처음은 어이없어 낙담하더니 다시 대로 왈,

"내 저를 대접함이 극진하거늘 이제 불고이거不告而去[23]하니 이는 과인을 하시下視함이라. 내 마땅히 백운동에 가 도사를 죽이고 타처他處에 구원을 청하여 설치雪恥하리라."

장하帳下의 일인이 응성應聲 왈,

"소장이 일인을 천거하리니 운남국雲南國 축융동祝融洞에 일위一位 대왕이 있으니 천하에 무쌍한 영웅이요, 왕이 또 일개 소교小嬌[24]가 있어 쌍창을 쓰매 만부부당지용萬夫不當之勇[25]이 있으나 다만 축융왕이 탐욕이 많아 예물이 적은즉 즐겨 오지 않을까 하나이다."

나탁이 대희하여 즉시 만포蠻布 이백 필과 명주 이백 필과 금은 채단을 갖추어 축융동을 찾아갈새 만장蠻將 철목탑, 아발도 양장兩將을 불러 약속 왈,

"과인이 회환回還하기 전은 문을 단단히 닫고 명 원수 비록 이르러 도전하나 경이輕易히 출전치 말라."

양장이 응낙하니라.

일일은 홍 사마 원수께 고 왈,

"만왕 나탁이 연일 동정이 없으니 이는 청병請兵하러 감이라. 차시此時를 타 태을동을 취함이 좋을까 하나이다."

원수 왈,

"만중蠻中 동학洞壑[26]이 중국 성지城池와 다르니 만일 지키고자 한즉 일부당관一夫當關에 만부막개萬夫莫開[27]라. 장군은 무슨 묘계妙計가 있나뇨?"

홍 사마 가만히 고 왈,

"첩이 만진蠻陣 제장을 보매 꾀 있는 자 없어 그 속임이 쉬울지니 마땅히 여차여차함이

---

21) 윗사람을 받들고 아랫사람을 거느려 그 사이를 잘 주선함.

22) 첫새벽.

23) 말없이 감.

24) 어린 딸.

25) 수많은 장부라도 당해 내지 못할 용맹.

26) 깊고 큰 골짜기.

27) 한 사람이 관문을 지키면 만 사람으로도 열 수 없을 만한 험한 지형.

좋을까 하나이다."

원수 칭선稱善 왈,

"내 오래 군무에 피곤하니 낭은 나를 대신하여 경륜과 재주를 아끼지 말라. 자금自今으로[28] 양 원수는 옥장玉帳에 높이 누워 편안함을 누리고자 하노라."

홍 사마 미소하고 이날 밤 손야차를 장중으로 불러 가만히 약속하니라.

익일 평명平明에 원수 제장을 모아 군중 일을 상의할새, 홍 사마 원수께 고 왈,

"남만의 천성이 간교하여 반복反覆이 무상無常하니[29] 믿을 길이 없는지라. 군중에 생금生擒한 만병蠻兵을 오래 둔즉 도리어 신기누설神機漏泄할까 하오니 일병一竝[30] 진전陣前에 다 베어 화근을 끊음이 옳을까 하나이다."

손야차 간 왈,

"병서에 하였으되 항자降者는 불살不殺이라 하였거늘 이제 만일 다 벤즉 이는 투항하는 길을 막아 적병의 일심一心을 도움이로소이다."

홍 사마 노怒 왈,

"내 요량함이 있거늘 노장이 어찌 감히 잡담을 하나뇨?"

손야차 왈,

"사마의 요량하심을 비록 알지 못하나 만중蠻中 백성이 또한 우리 성천자聖天子의 적자 창생赤子蒼生이라. 어찌 무단히 살육을 일삼으리오?"

홍 사마 대로 왈,

"네 만병을 이같이 고호顧護[31]하니 반드시 나탁을 위하여 반심反心을 둠이라. 내 마땅히 만병과 같이 베리라."

손야차 또한 대로 왈,

"내 본래 산중에 숨어 있던 사람이라. 장군과 더불어 만왕을 구하러 왔으니 어찌 장막將幕 체통의 절엄切嚴함이 있으리오? 내 육십지년에 백발이 성성하거늘 장군이 이같이 만모慢侮[32]하니 구태여 장군을 좇아 욕을 감수할 바 없도다."

홍 사마 더욱 노하여 별 같은 눈을 맹렬히 뜨고 푸른 눈썹을 거스르며 부용검을 빼어 들고 호령 왈,

"노졸이 어찌 내 앞에 무례함이 이 같으뇨? 네 불과 백운동 초당 전前에 뜰 쓸고 나무하던 자라. 사부의 명을 받아 창을 메고 나를 좇아왔으니 어찌 장막지분將幕之分[33]이 없으

---

28) 지금부터.
29) 말이나 일 따위를 이랬다저랬다 하여 일정하지 않으니.
30) 남김없이 모조리.
31) 마음을 써서 돌보아 줌.
32) 멸시함.

304 | 옥루몽 2

리오?"

손야차 또한 더욱 대로 왈,

"장군이 만일 사부의 명을 생각하실진대 어찌 만왕을 버리고 반복 투항反覆投降[34]하뇨? 나는 본디 만중지인蠻中之人이라. 이제 마땅히 산중에 돌아가 무의무신無義無信한 자의 휘하로 되지 않으리라."

홍 사마 이 말을 듣고 발연히 몸을 일어 칼을 빼어 손야차를 베려 한대 좌우 제장과 원수가 만류하여 손야차를 붙들어 밖으로 내어 보내니 홍 사마 분분함을 마지아니하더라.

손야차 밖에 나와 불승분울不勝憤鬱[35]하여 왈,

"내 나이 많고 저를 위하여 수고함이 있거늘, 제 이제 조그만 재주를 믿고 이같이 교만하니 어찌 그 욕을 받으리오?"

하니, 제장 군졸이 모두 권勸 왈,

"홍 장군의 성품이 조급함이 이 같으니 장군은 다시 들어가 사례하고 거스르지 말라."

손야차 앙천仰天 탄歎 왈,

"내 머리털이 서리 같거늘 어찌 잘못한 바 없이 입에 젖내 나는 아이에게 부형사죄負荊謝罪[36]하리오?"

인하여 울울불락鬱鬱不樂하여 밤든 후 창을 짚고 월하에 배회하며 단우장탄短吁長歎[37]하고 사로잡은 만병 있는 곳으로 지나가니 모든 만병이 고두사례叩頭謝禮 왈,

"소지[38] 등의 금일 생존함은 손 장군의 덕이라. 장군은 다시 생로生路를 지시하소서."

손야차 탄 왈,

"너희 다 동향同鄕 사람이라. 심곡心曲을 어찌 은휘隱諱[39]하리오? 작일昨日 홍 장군의 거동을 보라. 내 또한 고향으로 가려 하노니 너희도 일제히 도망할지어다."

하고 즉시 칼을 빼어 맨 것을 끊고 일러 왈,

"너희 이 길로 흩어져 월성越城 도주逃走하라. 내 또한 필마단기로 추신抽身[40]하여 도망코자 하노라."

만병이 불승감격不勝感激하여 눈물을 뿌려 왈,

---

33) 장수와 군졸 사이에 지켜야 할 의리.

34) 마음을 돌이켜 항복함.

35) 분하여 가슴이 답답함을 견디지 못함.

36) 가시나무를 등에 지고 매질해 주기를 바람. 깊이 사죄함을 이르는 말.

37) 짧은 한숨 긴 탄식.

38) 아랫사람이 윗사람에게 자기를 낮추어 이르던 말.

39) 마음을 숨김.

40) 어려운 처지에서 몸을 빼냄.

"장군은 장차 어디로 가려시나이까?"

손야차 탄 왈,

"이곳이 번요煩擾하여 오래 말할 곳이 아니라."

하고, 시야是夜 삼경三更에 말을 끌고 창을 들고 가만히 동문에 나려 하니, 수문졸이 거처를 묻거늘 야차 왈,

"이제 척후斥候하러 가노라."

하고 동문에 나 말께 올라 월하에 수 리를 행하더니 노변에 오류 개 만병이 내달아 왈,

"장군이 어찌 이제야 나오시나뇨?"

손야차 말을 잡고 문 왈,

"여러 만병이 다 어디 가고 너희만 여기 있는다?"

만병 왈,

"장군은 잠깐 하마下馬하여 소지 등의 말을 들으소서. 소지 등이 장군의 생활生活하신 은덕을 갚사올 길이 없어 먼저 한 패는 태을동에 가 철목 장군에게 성덕을 말씀하고 장군을 모셔 동중에 들어가 만중 부귀를 누릴까 하나이다."

손야차 소 왈,

"내 어찌 구구히 이를 요구함이리오? 동향 인정을 위한 연고니 너희는 빨리 돌아가 면화免禍하라. 나는 이 길로 옛날 있던 산중에 가 사슴을 쫓으며 토끼를 사냥하여 평생을 구속함이 없으리라."

하고 채를 저어 행하거늘, 만병이 눈물을 뿌리며 고삐를 잡아 만류하더라.

이때 철목탑, 아발도는 태을동 문을 닫고 나지 아니하더니 홀연 십여 개 만병이 명진으로 도망하여 와 읍고泣告 왈,

"소지 등은 이미 죽은 목숨이라. 만일 손 장군의 성덕이 아니면 어찌 금야 생환生還함이 있으리꼬?"

철목탑이 연고를 물은대 십여 만병이 일시에 고 왈,

"홍 장군은 한독悍毒[41]한 장수더이다. 소지 등을 무단히 진전陣前에 죽이자 하매 손 장군이 간하다가 홍 장군이 대로하여 칼을 들어 손 장군을 베려 하니, 제장과 원수의 만류함을 힘입어 손 장군을 문외에 끌어 내치매 손 장군이 종야終夜 분분하여 도로 옛 곳으로 가려 하며 가만히 소지 등을 지휘하여 맨 것을 끊고 빨리 도주함을 말하니, 이는 전혀 동향 인정을 돌아봄이라. 이같이 의기 있는 장수를 인유引誘[42]하여 군중에 둔즉 첫째는 홍 장군과 이미 혐극嫌隙이 있으니 마땅히 우리를 위하여 힘을 다할 것이요, 둘째는 타일 부귀를 같이 누려 생활한 은덕을 갚음이 옳을까 하나이다."

---

41) 성질이 아주 사납고 표독스러움.

42) 꾀어냄.

철목탑이 침음양구沈吟良久에 왈,

"이 어찌 계교 아님을 알리오?"

십여 개 만병이 일시에 몸을 일어 고 왈,

"소지 등이 목도함이라. 만일 궤계詭計[43]라 할진대 손 장군의 기색을 보매 가만한 탄식과 은근한 눈물이 분울불평憤鬱不平하여 홍 장군을 원怨함이 골수에 사무치고 심곡에 맺힘 같으매 어찌 거짓 지어 할 바리오?"

아발도 왈,

"손 장군이 지금 어디 있느뇨?"

언미필에 수개數個 만병이 또 망망忙忙히 와 고 왈,

"손 장군이 지금 필마단기로 동전洞前을 지나며 소지 등이 들어옴을 청하나 듣지 아니하더이다."

아발도 철목탑을 보아 왈,

"우리 군중에 장수 적고 손 장군이 도사를 좇아 응당 배움이 많을 것이니, 이제 만일 진眞 명진을 배반하고 갈진대 어찌 아깝지 않으리오? 또 손 장군은 남방 사람이라. 우리 마땅히 좇아가 기색을 보아 의심 없을진대 꾀어옴이 묘할까 하노라."

철목탑이 종시 자저하거늘 아발도 창을 들고 몸을 일어 왈,

"내 마땅히 단기로 먼저 가 동정을 보아 결단하리라."

하고 즉시 만병 오륙 개를 데리고 말을 바삐 몰아 이르니, 과연 손야차 필마단창匹馬單槍으로 월하月下에 남을 향하여 우량踽凉 초창悄愴히 가거늘 아발도 외쳐 왈,

"손 장군은 별래別來 무양無恙하뇨?[44] 내 잠깐 할 말이 있으니 말을 잡으라."

손야차 고삐를 돌려 노방路傍에 섰거늘 아발도 또한 말을 잡아 왈,

"장군이 이미 공업功業을 뜻 두고 시석풍진矢石風塵에 고초를 비상備嘗하다가[45] 어찌 다시 산수를 찾아 저같이 돌아가느뇨?"

손야차 소 왈,

"인생 백년이 초로草露 같고 공명 훈업이 뜬구름 같거늘 대장부 나서 수염을 훗날리고 어찌 사생고락을 남의 장중掌中에 바라리오? 남방 산천이 곳곳이 내 집이라. 유수流水를 마시며 주수走獸를 사냥하여 기갈을 면함이 또한 쾌활한 일인가 하노라."

아발도 소 왈,

"장군이 이미 풍진風塵을 하직하고 산수를 찾고자 할진대 차소위此所謂[46] 천지간 한인

---

43) 간사하게 남을 속이는 꾀.

44) 헤어진 뒤로 별다른 탈이 없느냐?

45) 화살과 돌이 날아다니는 싸움터에서 온갖 고초를 갖추 맛보다가.

46) 이야말로.

閑人이라. 적국의 혐의할 바 없으니 누추한 동중洞中에 잠깐 임하여 일숙지연一宿之緣을 펴고 감이 늦지 않을까 하노라."

손야차 침음 왈,

"장군의 말씀이 감사하나 돌아갈 마음이 살 같아 머물지 못하나이다."

아발도 말 위에서 소매를 잡고 재삼 간청하니 손야차 마지못하여 말 머리를 연連하여 태을동에 이르러 들어가니 철목탑이 불열不悅하나 단기單騎로 옴을 보고 또한 겁할 바 없어 맞아 좌정 후 아발도 철목탑을 향하여 소 왈,

"금일 손 장군은 작일 손 장군이 아니라. 작일은 적국 명장이요. 금일은 동향同鄕 고인故人이라. 마땅히 심곡을 감추지 말고 서로 수작하리라."

철목탑 왈,

"내 비록 사귐이 엷고 깊은 혐의 없으나 손 장군을 위하여 취치 아니함이 두 가지라. 장군이 홍 장군과 같이 산에 내려오니 군중은 위지危地라. 홍 장군이 비록 효용驍勇[47]하나 나이가 어리거늘 일시 구설로 다툼을 인연하여 버리고 가니 그 불취不取할 바 하나요, 명 원수의 웅재대략雄才大略과 홍 장군의 무예 병법으로 공을 이루어 중국에 돌아가 부귀를 누림이 조석에 있거늘 이제 장군이 작은 분을 참지 못하여 대사를 그르치니 그 불취할 바 두 가지라. 만일 나를 속인즉 가피커니와 진개眞箇 명진明陣을 버리고 갈진대, 이는 아녀자의 결결한 편성偏性[48]이라. 어찌 대장부의 홍대弘大한 도량이리오?"

손야차 장탄長歎하고 부답不答하더니 아발도를 향하여 왈,

"내 장군의 후의를 감격하여 사례코자 잠깐 옴이라. 이제 돌아가노니 양위兩位 장군은 동심합력同心合力하여 대공을 세우소서."

말을 마치매 몸을 일고자 하거늘, 아발도 다시 소매를 잡아 왈,

"장군이 잠깐 다시 앉아 수배數杯를 마시고 가라."

철목탑이 소 왈,

"내 동향지의同鄕之義를 믿고 심곡을 다하고자 함이러니 추솔麤率[49]한 말씀이 장군의 귀에 거슬림이 있느냐? 만일 그렇지 않을진대 청산 백운에 돌아가는 종적이 어찌 이다지 총총悤悤하리오?"

손야차 웃고 다시 앉아 술이 수배에 미치매 손야차 가장 취하여 잔을 놓고 허희장탄獻欷長歎하며 두 줄기 눈물이 종횡하거늘, 아발도 왈,

"장군은 무슨 번뇌한 일이 있느냐? 금일 시석풍진이 아니라 주석酒席이니 어찌 흉중의 불평한 생각을 쾌히 말하여 서로 무간無間한 뜻을 보이지 아니하느뇨?"

---

47) 날쌔고 용맹스러움.
48) 한쪽으로 치우친 성질. '결결하다'는 '빈틈없고 곧다'.
49) 거칠고 경솔함.

손야차 이에 이를 갈고 팔을 뽐내며 북향北向하여 책責 왈,

"반복反覆 무신無信한 아이 조금 무예를 믿고 저같이 교항驕亢[50]하니 반드시 그 패함을 보리라."

하거늘, 아발도 문 왈,

"이는 누구를 책責함이뇨?"

손야차 탄 왈,

"장군이 이미 충곡衷曲으로 물으시니 내 또한 은휘치 아니하리라. 백운도사가 홍 장군을 보내며 그 연소 고단年少孤單함을 염려하여 노부를 명하여 우익羽翼[51]이 되게 하니, 칠십 노물老物이 저를 위하여 몸을 아끼지 아니하고 위태함을 무릅써 고초를 비상備嘗하였거늘, 제 이제 조진모초朝晉暮楚의 반복소인反覆小人[52]이 되어 마침내 이렇듯이 구박하여 방인傍人의 구원이 아니런들 내 뉘 손에 죽음을 알지 못할지니 어찌 한심치 않으리오? 내 또한 도사를 좇아 저 배운 재주를 못 배움이 없거늘 나를 이같이 업신여기니 내어찌 머리를 숙이고 감수하리오? 아까 철목 장군이 나를 두 가지 불취不取로 책하시나 제 나를 살해코자 하니 내 어찌 저를 돌아보며, 성품이 조급하고 식견이 천단淺短하여 충언을 듣지 아니하니 무슨 일을 같이하리오? 연고然故로 차시此時를 타 고향에 돌아가 타일 추회追悔[53]됨이 없고자 함이라. 수연雖然이나 내 십 년 산중에 병법과 창 쓰기를 배움은 장부가 세상에 생겨나 이름이 골몰하여 초목과 같이 스러짐을 면코자 함이러니, 명수命數 기박하고 시운時運이 불행하여 기회를 만나지 못하니, 이제 두어 잔 주기酒氣를 빌어 흉중의 불평한 심사를 감추지 못함이라. 양위 장군은 노장의 낙척落拓한 탄식을 웃지 마소서."

차시, 철목탑이 손야차의 거동과 말을 들으매 진실로 홍혼탈을 원망하여 뇌확牢確히[54] 잡은 마음이 있는 듯한지라, 바야흐로 웃으며 다시 주배酒杯를 들어 위로 왈,

"장군의 용맹으로 어디 가 공업을 이루지 못하리오? 구태여 적막한 산중에서 신세를 맞고자 함은 장부의 뜻이 아닐까 하노라."

손야차 소 왈,

"노부 장군의 의향을 아노니 손야차의 외로이 돌아가는 신세를 가련히 보사 거두어 휘하에 두고자 하심이나 노부 어찌 백수풍진白首風塵에[55] 두 번 추회할 일을 행하리오?"

---

50) 교만하고 자존심이 강함.

51) 바로 옆에서 날개처럼 돕는 자.

52) 아침에는 진나라에, 저녁에는 초나라에 붙듯 이쪽에 붙었다 저쪽에 붙었다 하는 소인.

53) 지나간 일을 후회함.

54) 굳게.

55) 늘그막에 싸움터에서.

철목탑 왈,

"어찌 두 번 추회될 일이뇨?"

손야차 왈,

"사부의 명으로 만왕을 구하러 왔다가 무신無信한 사람의 간계奸計에 속아 명진에 투항하였으니 이 지경을 당하여 한 번 추회함이요, 만일 다시 휘하에 의탁코자 한즉 얼굴이 두터울 뿐 아니라 장군은 야차의 심곡을 알거니와 만왕이 어찌 용납하시리오? 이는 두 번 추회됨이라. 일찍이 산중에 돌아가 범을 좇아 창법을 시험하고 돌을 모아 진법陣法을 강마講磨하여 여생을 소견消遣함이 옳을까 하노라."

철목탑이 차언此言을 듣고 이에 손야차의 손을 잡아 왈,

"장군은 의심치 말지어다. 우리 대왕이 재주를 사랑하시고 도량이 관홍寬弘하사 홍 장군의 편협함과 명 원수의 연소기예年少氣銳함이 없을지니 장군은 본디 만중지인蠻中之人이라. 타일 만중 부귀를 같이 누림이 어찌 아름답지 않으리오?"

손야차 철목탑을 이윽히 보다가 홀연 여성厲聲[56] 왈,

"내 홍 장군의 명을 받아 거짓 항복하여 계교를 행코자 왔으니 장군은 다시 생각할지어다."

철목탑이 대소 왈,

"손 장군의 조감藻鑑은 가위可謂 거울 같도다. 내 아까 과연 장군의 행색을 잠간 의심하였으나 이는 적국지간敵國之間의 상사常事라. 장군은 개의치 말라."

손야차 또한 대소 왈,

"양위 장군이 이같이 허심 관대許心寬待하시니 어찌 감동치 않으리오? 다만 만왕이 회환回還하신 후 고쳐 거취를 정하리라."

하고, 다시 술 먹고 한담할새 밤이 이미 사오 경이 지나 군중 누수漏水는 끊어지고[57] 새벽별이 동천東天에 높았더라.

철목탑, 아발도 자연 배주杯酒에 곤한 바 되어 각각 갑옷을 끄르고 미첩眉睫[58]에 졸음이 몽롱하더니 홀연 북문 밖에 함성이 대작大作하거늘 철목탑, 아발도 대경大驚하여 급히 갑옷을 입고 대군을 호령하여 북문으로 가려 하니, 손야차 소 왈,

"장군은 경동驚動치 마소서. 이는 홍 장군의 병법이라. 장차 남문을 치려 하면 먼저 허성虛聲을 내어 북문을 방비케 함인가 하노라."

철목탑이 오히려 불신不信하고 스스로 정병을 몰아 북문으로 가 방비하더니 과연 기척이 적연하고 또 서문에 함성이 대작하거늘 철목탑이 다시 정병을 나누어 서문을 지키니,

---

56) 성이 나서 큰 소리를 지름.

57) 물시계에서 떨어지는 물이 끊어지고. 시간이 지났음을 말한다.

58) 눈썹과 눈.

손야차 또 소 왈,

"이는 홍 장군의 병법이라. 장차 동문을 치려 함이라."

철목탑이 반신반의하여 오히려 서북 양문을 힘써 방비하더니 아이오(이윽고) 서북 양문에 함성이 침식寢息하고 과연 명병明兵이 일제히 동남 양문을 급히 쳐 포향砲響이 천지를 흔들며 바위 같은 철환鐵丸이 동문을 깨치려 하며 형세 가장 급한지라. 철목탑, 아발도 바야흐로 손 장군의 말이 맞음을 알고 급히 서북 문의 정병을 거두어 두 패에 나눠 철목탑은 남문을 지키고 아발도는 동문을 지키며 남은 군사로 서북 양문을 방비하게 하더니, 홀연 손야차 창을 들고 말께 올라 크게 한소리를 지르며 나는 듯이 북문에 이르러 수문守門 만병蠻兵을 한 창에 찌르고 북문을 통개洞開하니, 일대 명국明國 병병兵이 일시에 납함吶喊[59] 하고 살같이 돌입하며 일원一員 대장이 벽력부霹靂斧를 들고 우레같이 소리쳐 왈,

"명국 선봉장군 뇌천풍이 여기 있으니 철목탑은 부질없이 남문을 지키지 말라."

하고, 그 뒤를 이어 소 사마 수천 기를 거느려 시살廝殺하니, 손야차 또 이미 서문을 통개한지라. 동초, 마달이 또 일대 군마를 몰아 서문으로 돌입하니, 차시 동남 양문에 포향이 오히려 부절不絶하고 철목탑, 아발도는 수각手脚이 황망하여 방비치 못할 줄 알고 일시에 창을 둘러 명장明將을 대적할새 뇌천풍, 소 사마와 동초, 마달 사장四將이 합력 시살하니 철목탑, 아발도 어찌 저적抵敵하리오? 손야차 웃고 창을 두르며 말을 놓아 남문을 향하여 달려가며 왈,

"철목 장군은 나를 따라오라. 내 남문을 마저 열고 도망할 길을 빌리리라."

하거늘, 철목탑이 황망한 중 손야차를 보매 흉중에 무명업화無明業火[60]가 만장이나 일어나는지라, 대책 왈,

"이 수염 없는 노구 같은 적한賊漢아! 간교한 꾀를 내 알고 속았으니 마땅히 네 간을 취하여 이 분함을 풀리라."

하고 창을 춤추어 바로 찌르려 하니, 손야차 싸우지 않고 말을 달려가며 가가대소呵呵大笑 왈,

"장군은 분노치 말지어다. 산중으로 돌아가는 사람을 무단히 만류하여 돌아다니며 여러 문을 열라 하니 어찌 수고롭지 않으리오?"

하고 일변 말하고 일변 말을 채쳐 남문에 이르러 또 남문을 통개하니, 양 원수 홍 사마와 대군을 거느려 동중에 돌입하니, 차시 동중에 칠장七將과 십만 대군이 물밀듯 들어와 목목이 에워싸며 곳곳이 엄살掩殺하니[61], 함성은 동학을 뒤집고 천지를 흔들거늘 철목탑, 아발도 비록 만부부당지용이 있으나 어찌 헤어나리오? 하회를 보라.

---

59) 함성을 지름.

60) 거센 불길같이 성내는 마음.

61) 기습하여 죽이니.

제16회 축융왕이 환술로 신장을 내리고
홍 사마 진을 변하여 만병을 피하다

祝融王幻術降神將 紅司馬變陣破蠻兵

각설却說, 철목탑, 아발도는 도망코자 하나 도망할 길이 없고 싸우고자 하나 저당抵當할 방략이 없어 다만 창을 들고 동으로 충살衝殺하여 남으로 닫고 서로로 충돌하여 북으로 달으며 비록 죽기로 싸우나 천라지망天羅地網[1]을 어찌 벗어나리오? 다만 동문 길이 열림을 보고 말을 놓아 동을 향하고 달아나더니, 손야차 또 손을 두르며 외쳐 왈,

"철목 장군은 빨리 행할지어다. 노부 분주하여 미처 동문을 열지 못하였으니 장군은 친히 열고 나가라. 명일 노부 다시 산중으로 돌아가고자 하노니 마땅히 또 철목동에 들어가 남은 술을 마저 먹으리라."

이때 철목탑이 손야차를 만나매 새로이 분기가 일어나 충천衝天할 듯하여 크게 한소리 고함지르고 달려들며 바로 야차를 찌르려 한대, 손야차 웃고 말을 채쳐 달아나며 양 원수의 대군이 이르는지라. 철목탑, 아발도는 할 수 없이 동문을 열고 겨우 성명을 보존하여 철목동으로 들어가 패한 만병을 점고點考하니 절반이나 없더라.

아발도, 철목탑을 향하여 개연慨然 장탄 왈,

"금일 패함은 내 죄라. 장군의 밝은 장략將略을 거슬러 손가 노적老賊을 청하여 이 화를 자취自取하니 장차 하면목何面目으로 우리 대왕을 뵈오리오?"

하며 칼을 빼어 자문自刎[2]코자 하니, 철목탑이 급히 붙들어 왈,

"우리 양인이 같이 대왕의 명을 받아 동학洞壑을 지키니 공을 이루어도 마땅히 부귀를 같이 누릴 것이요 죄를 지어도 마땅히 그 율律을 같이 당할지니, 장군의 야차를 청함도 왕사王事를 위함이라. 그 마음으로 의논한즉 일호一毫 다름이 없거늘 이같이 자협自狹[3]하여 부인 여자같이 죽음을 경이輕易히 하려 하니 평일 믿던 바 아니로다."

설파說罷에 칼을 앗아 땅에 던지니, 아발도 사례 왈,

"지아자知我者도 포숙鮑叔이요 애아자愛我者도 포숙이라."[4]

하더라.

이때 양 원수 다시 태을동을 취하매 대군을 동중洞中에 안돈安頓하고 크게 호궤犒饋할

---

1) 하늘에는 새 그물, 땅에는 고기 그물. 아무리 해도 벗어나기 어려운 상황이나 재액.

2) 스스로 목을 찔러 죽음.

3) 스스로 생각이 좁음.

4) 나를 알아주는 이도 포숙이요 나를 사랑하는 이도 포숙이라. 중국 춘추 시대 사람 관중管仲이 친구 포숙鮑叔을 두고 한 말로, 둘은 우정이 깊기로 이름났다.

새, 소 사마가 홍 사마를 보고 왈,

"금일 싸움은 장군의 처음 용병用兵함이라. 내 장군을 한갓 무예 절륜絕倫한 소년 명장으로 알았더니 어찌 그 옹용雍容한 기상과 정제整齊한 지략이 유장지풍儒將之風이 있음을 짐작하였으리오?"

손야차 소 왈,

"태을동 싸움은 전혀 노장老將의 수단이라. 필마단창匹馬單槍으로 월하月下에 독행獨行하여 아니 나는 눈물과 하기 싫은 탄식을 억지로 자아내어 도망하는 노장의 본색을 지으려 하나, 철목탑은 다모多謀한 자라 의심하는 기색이 미우眉宇에 가득하거늘 마침내 추한 팔뚝을 뽐내며 빠진 어금니를 아드득 갈아 우리 홍 장군을 원망하니 어찌 재능 없는 자의 할 바리오?"

모두 대소하더라.

차설且說, 나탁이 백운동에 이르러 도사를 찾으니 이미 간데없고 다만 청산이 첩첩하고 백운이 유유하거늘 나탁이 분함을 이기지 못하여 방황하다가 축융동을 향하여 가니 동학이 기험하고 산천이 장대하여 호표虎豹의 휘파람과 시랑豺狼의 자취 백일白日에 횡행하더라. 동중에 이르러 축융대왕을 보니 신장이 구척이요 눈이 푸르고 얼굴이 붉으며 범의 나룻과 곰의 허리라. 빈주지례賓主之禮로 나탁을 맞아 좌정 후 나탁이 채단과 명주明珠, 보패寶貝를 드리며 구원을 청하니, 축융대왕이 대희大喜 왈,

"인국隣國에 처하여 어찌 환난을 같이 아니 하리오?"

하고, 즉시 수하 만장 삼 인을 데리고 갈새, 그 하나는 천화장군天火將軍 주돌통朱突通이니 강철 삼척모三脊矛를 쓰고, 둘째는 촉산장군觸山將軍 첩목홀帖木忽이니 개산대부開山大斧를 쓰고, 셋째는 둔갑장군遁甲將軍 가달賈㺚이니 언월도偃月刀를 써 각각 절인絕人한 용맹이 있더라.

나탁이 다시 축융에게 청 왈,

"과인이 들으니 대왕께 소교가 있어 영용무쌍英勇無雙하다 하니, 비록 불감不敢하오나 부왕을 모셔 종군從軍하신즉 더욱 감사할까 하나이다."

축융이 침음沈吟 왈,

"여아의 나이 어리고 천성이 졸하여 종군함을 즐겨 하지 않을까 하노라."

나탁이 다시 명주 백 매枚와 만포蠻布 이백 필을 드리며 간절히 청한대 바야흐로 허락하더라.

원래 축융의 딸 일지련一枝蓮의 나이 십삼 세라. 자색이 절대한 중 절묘한 무예와 총혜聰慧한 성품이 남만南蠻 풍기風氣는 없고 불우 강개한 마음이 있어 중화 문물을 한번 구경코자 하나, 만 리 남천南天에서 북두北斗를 바라보고 여자 유행有行이 장부와 다르므로 오매寤寐에 매양 불우지환不遇之患[5]이 있더니, 부왕이 나탁의 청하는 뜻을 전하매 일지련이 쌍창을 들고 부왕을 좇아오니라.

차시此時 나탁이 본국에 돌아오니 이미 태을동을 잃고 철목동에 웅거하였거늘 나탁이

대경하여 철목탑, 아발도를 찾으니 좌우가 보報 왈,

"양장兩將이 진문陣門 밖에 대죄待罪하나이다."

만왕이 바삐 부르라 하니, 양장이 투구를 벗고 도채를 지고 장전帳前에 엎드려 죽기를 청하여 왈,

"소장 등이 대왕의 부탁하심을 삼가지 못하여 동학을 잃었으니 군율을 도망치 못할지라. 복망伏望 대왕은 소장의 머리를 베어 군중을 징계하소서."

만왕이 허희탄식歔欷歎息하고 오름을 명하여 위로 왈,

"이는 과인의 명수命數[6]라. 어찌 장군이 부러 한 바리오?"

명진 동정을 일일이 물은대, 양장이 대강 고하고 홍 장군의 지혜와 장략이 양 원수에 더함을 말한대 축융대왕이 불열不悅 왈,

"과인이 비록 용렬하나 대왕의 잃은 땅을 불일不日[7] 회복하리니 명일 도전하겠노라."

하더라.

차시, 홍 사마는 연소 가인年少佳人의 연약한 자질로 풍진시석風塵矢石에 실섭失攝[8]하여 신기身氣 자로(자주) 불평하더니, 일일은 원수 조용히 장중에 불러 군무를 의논할새 용모 파리하고 기색이 곤함을 보고, 경驚 왈,

"낭이 나를 인하여 저같이 고초하니 연소 약질이 강박强迫할 바 아니라. 몸을 쉬어 조리할 도리를 생각하라."

홍랑이 소이사笑而謝 왈,

"장수 되어 어찌 수일 풍진을 수고롭다 하리꼬?"

원수도 웃고 손을 들어 도화 같은 뺨을 어루만져 왈,

"부용장芙蓉帳[9] 거울 앞에 매화를 단장하여 새벽 기운을 겁내던 옥안 홍협玉顔紅頰[10]으로 기치창검旗幟槍劍의 모진 바람을 무릅쓰게 하니, 내 소위 양 공자는 박정한 남자로다."

홍랑이 아미를 찡기며 물러앉아 왈,

"장불환령將不還令[11]이라. 삼장 약속을 어느새 잊으시니이까? 창외窓外에 소 사마의 발자취 나나이다."

---

5) 때를 만나지 못했다는 근심.

6) 운명.

7) 얼마 지나지 않아 곧.

8) 싸움터에서 몸을 돌보지 못함.

9) 연꽃을 수놓은 휘장.

10) 옥 같은 얼굴에 붉은 뺨. 곧 아름다운 여자의 얼굴.

11) 장수는 명령을 거두지 않음.

아이오 제장諸將이 이르렀거늘 홍 사마 물러 막차幕次[12]로 돌아가 쉬더니 시야是夜 야심 후 손야차 급히 와 원수께 고 왈,

"홍 사마 대단히 한전寒戰[13]하고 고통한다."

하거늘, 원수 대경大驚하여 막차에 이르러 보매 홍랑이 촉하燭下에 베개를 의지하였는데 녹운쌍빈綠雲雙鬢[14]에 성관星冠이 기울었고 양류세요楊柳細腰에 전포戰袍가 무거운 듯[15] 무르녹은 태도와 병약한 용모에 정신이 혼혼한 중 신음하는 소리 후중喉中에 은은하거늘, 원수 집맥執脈하고 소笑 왈,

"이는 풍한소수風寒所祟[16]이라. 비록 심려深慮 없으나 십분 조심하라."

하고, 친히 요대腰帶를 끄르며 전포를 벗겨 침상에 누움을 재촉하니, 홍랑이 사양 왈,

"군중이 규방과 달라 원수의 일동일정一動一靜을 제장 군졸이 눈을 밝히고 귀를 기울여 살피나니 상공이 돌아가신 후 첩이 누우려 하나이다."

원수 웃고 몸을 일어 왈,

"내 부질없이 낭을 장수로 부려 타일 환가還家한 후 이 버릇을 고치지 않아 개주介冑의 불배不拜[17]하는 풍도만 있고 화촉華燭의 유한한 재미 없은즉 어찌하리오?"

홍랑이 또한 미소하더라. 원수는 홍랑이 수일 조섭하며 군무를 참례치 말 것을 재삼 당부한 후 돌아오니라.

익일 나탁이 만장蠻將을 보내어 도전하니, 원수 소 사마를 불러 왈,

"홍혼탈의 병세 비경非輕하기에 내 이미 수일 조섭함을 허락하였으니, 금일지사今日之事는 내 장군과 주선하리라."

소 사마 왈,

"나탁이 구병救兵을 청하여 왔거늘 경적輕敵지 못할까 하나이다."

원수 점두點頭하고 행마行馬하여 철목동 전전에 진을 칠새 선천先天 십방十方을 응하여 음양진陰陽陣을 치니 일천 기騎는 검은 기旗를 가져 북방에 치고, 이천 기는 붉은 기를 가져 두 떼에 나눠 정남방 제이위第二位에 치고, 팔천 기는 푸른 기를 가져 세 떼에 나눠 정동방에 치고, 육천 기는 검은 기를 가져 여섯 떼에 나눠 정북방 제이위에 치고, 칠천 기는 붉은 기를 가져 일곱 떼에 나눠 정남방 제이위에 치고, 팔천 기는 푸른 기를 가져 여덟 떼에 나눠 정동방 제이위에 치고, 구천 기는 흰 기를 가져 아홉 떼에 나눠 정서방 제이위에 치고,

---

12) 싸움터에서 임시로 장막을 쳐서 장수들을 쉬게 하던 곳.

13) 추운 듯이 몸을 떠는 것.

14) 검푸른 구름 같은 귀밑머리.

15) 버들가지 같은 가는 허리가 갑옷을 이기지 못해 버거운 듯.

16) 찬 바람이 빌미가 되어 생긴 병.

17) 군사가 갑옷을 입고는 허리를 굽히지 않음.

오천 기는 누런 기를 가져 다섯 떼에 나눠 중군이 되어 중앙방에 치니 이른바 선천 음양진이라.

진세陣勢를 베푼 후 전부선봉前部先鋒 뇌천풍으로 진전陣前에 나서 도전하니 축융대왕이 머리에 홍건紅巾을 쓰고 몸에 구리 갑옷을 입고 손에 홍기紅旗를 들고 코끼리를 타고 만병蠻兵을 거느려 북을 치며 쟁錚을 울려 항오의 차례 없이 나오거늘, 원수 소 사마를 보아 왈,

"내 고금의 병서를 약간 보았으나 저 같은 병법은 초견初見이라."

언미필言未畢에 일개 만장蠻將이 삼척모三尺矛를 두르며 말을 놓아 나와 왈,

"나는 천화장군天火將軍 주돌통朱突通이라. 당할 자 있거든 내 삼척모를 받으라."

하거늘, 뇌천풍이 웃고 벽력부霹靂斧를 들고 나오며 크게 외쳐 왈,

"나는 명국 선봉장군 뇌천풍이요, 이 도채는 이름이 벽력부라. 네 이미 천화장군이라 하니 천화는 벽력을 따라다니는 불이라. 빨리 나와 내 도채를 받으라."

하고 맞아 싸워 십여 합에 불분승부不勝負러니, 만진 중의 또 일개 만장이 개산대부開山大斧를 들고 나오며 왈,

"나는 촉산장군觸山將軍 첩목홀帖木忽이라. 내 또한 큰 도채 있어 뫼를 찍은즉 뫼도 무너지나니 노장의 머리 능히 뫼같이 단단할쏘냐?"

하거늘, 명진明陣 중 동초 창을 춤추며 나가 꾸짖어 왈,

"나는 명진 좌익장군 백일표白日豹 동초董超라. 내 수중에 일조一條 장창長槍이 있어 오래 창신槍神에게 제잔祭祭하지 못하였더니, 오늘 첩목홀의 피를 묻혀 창신을 위로하리라."

하고 네 장將이 범같이 뛰놀며 곰같이 달려들어 대전對戰 이십여 합에 뇌천풍이 홀연 말을 빼어 달아나니 주돌통이 삼척모를 들고 쫓아오거늘, 뇌천풍이 한소리를 지르며 몸을 솟아 벽력부를 뒤로 돌려 치니 주돌통이 미처 피치 못하여 말 머리를 맞아 말이 엎더지며 주돌통이 번신낙마翻身落馬[18]하니, 만진 중 둔갑장군遁甲將軍 가달賈韃이 대로하여 언월도偃月刀를 두르며 크게 소리쳐 왈,

"나는 축융대왕의 휘하 명장 둔갑장군 가달이라. 명진 양장은 빨리 목을 늘이어 내 월도를 받으라."

하고 곧 뇌천풍을 향하여 달려드니, 명진 중 손야차 급히 창을 들고 말께 올라 나가며 대소 왈,

"네 둔갑을 잘할진대 내 네 머리를 벨지니 다시 새 머리를 개비改備할쏘냐?"

가달이 대로하여 손야차를 맞아 대전 수합에 홀연 월도를 옆에 끼고 몸을 곤두쳐 일개 백액대호白額大虎[19]로 되어 달려들거늘, 뇌천풍이 대경大驚하여 황망히 벽력부를 둘러 손

---

18) 몸을 뒤처 말에서 떨어짐.

야차를 도우려 하더니 백액호가 곤두쳐 다시 변하여 양개兩個 대호로 되어 달려드니, 양 원수 진상陣上에서 바라보다가 경 왈,

"만장蠻將의 환술幻術이 저 같으니 혹 실수함이 있을까 하노라."

하고 쟁을 쳐 삼장三將을 거두니, 차시此時 축융대왕이 진전에 나서 승부를 보다가 양 원수의 쟁을 쳐 삼장을 거둠을 보고 급히 수기를 쓸며 입으로 진언을 염하니, 붉은 구름이 사면에 일어나며 무수 기병騎兵이 편산만야遍山滿野하여 입으로 불을 토하며 코로 내를 뿜어 명진을 충돌하니, 양 원수 급히 제장諸將을 약속하여 진문陣門을 닫고 방위를 차려 기치旗幟를 정제히 하고 부오部伍를 착란치 말라 하니, 축융의 기병이 사면으로 에워싸되 파破치 못하는지라. 축융대왕이 진언을 다시 염하며 현무玄武 방위[20]를 가리켜 작법作法하니, 경각간에 천지 혼흑昏黑하고 풍우風雨 대작大作하여 양사주석揚沙走石[21]하나 명진이 기치旗幟 정정하고 고각鼓角이 연연淵淵하여 조금도 요동치 아니하니, 원래 양 원수의 음양진은 이에 무곡성관武曲星官의 제원帝垣을 호위하는 진이니, 전혀 음양오행의 상생지리相生之理를 응하여 혼연渾然한 일단一團 화기和氣[22]라. 사기邪氣가 어찌 침범하리오? 축융이 다만 요술을 알고 진법은 모르는 고로 두 번 침범하다가 파치 못함을 보고 심중에 의아하여 즉시 군사를 거두어 돌아가 나탁을 보고 왈,

"명 원수 비록 진법을 아나 신기한 도술이 없으니 과인이 마땅히 명일 고쳐 도전하여 육병육무六丙六戊의 신장을 부르고 육정육갑六丁六甲의 귀졸鬼卒을 호령하여[23] 생금生擒하리라."

하니, 나탁이 대희大喜하더라.

차설, 양 원수 소 사마를 장중帳中으로 불러 왈,

"축융이 수하에 맹장猛將이 많고 괴술怪術이 난측難測하니 졸연猝然히[24] 파치 못할지라. 어쩌면 좋으리오?"

소 사마 왈,

"홍 장군이 일찍 도사를 좇아 병법을 배웠다 하니 또한 요술을 제어하는 방략이 있을까 하오니 불러 상의함이 옳을까 하나이다."

원수 침음양구沈吟良久에 심중에 생각하되,

'홍랑의 병이 전혀 절역絶域 풍진風塵에 뇌심惱心 노력한 소수所祟[25]라. 이제 다시 요란

---

19) 눈썹이 하얀 늙은 호랑이.

20) 북쪽.

21) 모래가 날리고 돌멩이가 구름.

22) 원만하고 조화로운 기운.

23) 육병육무와 육정육갑은 모두 둔갑술을 할 때 부르는 귀신의 이름들.

24) 갑자기. 쉽게.

한 거동과 음휼陰譎한 기운을 받게 한즉 병중 약질이 어찌 촉상觸傷치 않으리오?'

하여, 소 사마를 보아 왈,

"홍 장군이 신병이 있어 내 이미 조섭함을 허하였으니 장군은 조용히 가 다만 계교를 물어 오라."

소 사마 응명應命하고 가니라.

차시, 홍랑이 정신이 혼혼昏昏하여 융복戎服을 끄르고 침상에 누웠더니 소 사마의 옴을 보고 일어 서안書案에 의지하여 앉으니, 파리한 귀밑에 한기寒氣가 가득하고 몽롱한 미첩眉睫에 곤한 기색이 자욱하여 천식喘息이 맥맥脈脈하고 성음聲音이 미미微微하거늘[26] 소사마 심중에 경이驚異하여 왈,

'내 홍혼탈은 영웅英雄 무적無敵하고 국사國士 무쌍無雙으로 알았더니, 어찌 이제 서시西施의 찡긴 태도와 귀비貴妃[27]의 조는 기미를 띠었는고?'

하고 앞에 나아가 문 왈,

"장군의 병세 금일은 어떠하뇨?"

홍 사마 왈,

"천질天疾은 일시 미양微恙이라 염려할 바 없으나 금일 진상陣上 동정이 어떠하뇨?"

소 사마 대강 말하고 원수의 문계問計하는 뜻을 전한대, 홍 사마 대경 왈,

"소장이 무슨 계교 있으리오마는 멀리서 요량치 못할지니 친히 가 보리라."

하고 좌우로 전포, 쌍검을 가져오라 하여 입고, 소 사마를 따라 진중에 이르니, 원수 경 왈,

"장군의 병세 풍한風寒을 촉상觸傷함이 불가하거늘 어찌 몸소 이르뇨?"

홍 사마 왈,

"소장의 병은 그리 중치 아니하니 과려過慮하실 바 아니라. 다만 묻잡나니 적세敵勢 어떠하니이까?"

원수 왈,

"나탁이 새로 구병救兵을 청득請得하여 오니 소위 축융대왕이라. 도술이 비상하고 수하에 맹장猛將이 많아 내 남방에 온 후 처음 당하는 강적이라, 경솔히 대적지 못할 듯한 고로 문을 닫고 지키었으나 명일 다시 도전한즉 결승決勝할 방략이 망연하니 장군은 무슨 묘계妙計 있나뇨?"

홍 사마 왈,

"소장이 아까 보니 원수의 치신 진은 천상 무곡성의 제원을 호위하는 음양진이라. 그 지킴은 족하나 취승取勝함은 부족하니, 소장이 마땅히 후천진後天陣을 쳐 도적을 사로잡

---

25) 마음을 쓰고 힘을 쏟은 탓.
26) 숨결이 막힌 듯 답답하고 목소리도 몹시 작음.
27) 당나라 현종의 비인 양귀비.

올까 하노니, 원수는 수기帥旗를 빌리소서."

원수 대희하여 허락하니, 홍 사마 즉시 원수의 수기를 들고 진상에 올라 북을 쳐 진을 칠새, 정남과 정동방은 의구依舊히 두고 정북과 정서방은 방위를 바꾸고 북방 제이위는 동북 간방으로 보내고 서방 제이위는 서북 간방으로 보내고 동방 제이위는 동남 간방으로 보내고 남방 제이위는 서남 간방으로 보내되 정방의 군사는 붉은 기를 가져 각각 제 방위를 낯하여 서고 간방의 군사는 검은 기를 가져 각각 제 방위를 등지고 서라 한 후 다시 약속 왈,

"북을 치며 붉은 기를 들거든 정방의 군사가 응하고 검은 기를 들거든 간방의 군사가 응하라."

하며 이미 진세를 변역變易하고 약속을 정하매, 원수 진상에 올라 보고 심중에 기이히 여겨 왈,

'내 홍랑을 일개 경국가인傾國佳人으로 알았더니, 어찌 경천위지經天緯地[28]할 재주 있음을 믿었으리오?'

하더라. 홍 사마 다시 소 사마와 제장을 불러 각각 가만히 약속한 후 장중에 들어와 원수께 고 왈,

"병불염사兵不厭詐[29]라. 축융의 요술을 어찌 전혀 정도正道로 대적하리까? 첩이 일찍 백운도사를 좇아 선천둔갑 병서를 보아 강마제살降魔制煞[30]하는 법을 배웠으니, 그 법이 외인外人을 기휘하나니 원수는 잠깐 제장을 조속操束하소서."

하고, 시야是夜 삼경에 진중 중앙방에 장帳을 내리고 홍랑이 목욕하고 오방을 응하여 다섯 등잔을 밝히고 부용검을 짚고 가만히 작법作法하니, 거조擧措 비밀하여 외인은 알 길이 없더라.

익일翌日, 축융대왕이 만병蠻兵을 거느려 진세陣勢를 베풀새, 열두 방위를 나눠 오색기를 꽂고 군사 각각 창검을 들고 나서니, 홍 사마 바라보고 미소하며 뇌천풍으로 도전한대 만진蠻陣 중 첩목홀이 출전하니 수합이 못 되어 명진 중 동초, 마달이 일시에 창을 두르며 크게 외쳐 왈,

"내 금일은 축융의 머리를 취할지니 첩목홀은 빨리 들어가고 축융을 내어보내라."

한대, 만진 중 주돌통, 가달이 대로하여 또한 일제히 나와 육장六將이 어우러져 대전 십여 합에 명장 삼 인이 일변 싸우며 일변 물러나니, 나탁이 축융을 보아 왈,

"명장이 싸움에 뜻이 없고 차차 물러나니 이는 유인함이라. 명 원수의 궤술詭術이 난측難測하니 삼장三將을 거두어 낭패함이 없게 하라."

축융은 본래 천성이 급한지라. 이 말을 듣고 분연憤然 왈,

---

28) 온 천하를 경륜하여 다스림.

29) 싸움에서는 속이는 꾀를 꺼리지 않음.

30) 귀신이 항복케 하고 미리 재액을 막음.

"내 금일 명 원수를 잡지 못한즉 돌아가지 않으리라."

하고 급히 기를 쓸며 진언을 염하니, 홀연 광풍이 대작大作하며 음운陰雲이 일어나는 곳에 무수한 귀병鬼兵이 기괴한 형용과 현황한 거동으로 들을 덮어 장수의 위세를 도와 명진을 충살衝殺하거늘, 홍 사마 급히 북을 치며 기를 좌우로 쓴대 간방의 군사 일시에 문을 열고 갈라서니, 이때 만장 삼 인이 귀병을 몰아 명진을 에워싸고 사변四邊을 치되 깨치지 못하더니, 홀연 터진 곳을 보고 귀병을 몰아 돌입한대, 홍 사마 다시 북을 치며 검은 기를 쓸어 간방의 진문을 닫고 부용검을 들어 오방을 향하여 가만히 작법作法하니, 홀연 일진청풍一陣淸風이 칼끝을 좇아 일어나며 음운이 사라지고 무수 귀병이 봄눈 슬듯 변하여 나무 잎새되어 공중에 떨어지니, 주돌통, 가달, 첩목홀이 대경하여 필마단창匹馬單槍으로 진중에 방황하며 사방을 충돌하여 돌아다닐새, 홍 사마 진상에 높이 앉아 부용검을 들어 남을 가리키매 삼리화三離火 불이 일어 화광火光이 충천衝天하고, 북을 가리키매 육감수六坎水 물이 솟아 대해大海 망망茫茫하며, 동서를 가리키매 뇌우雷雨 대작하고 큰 못이 앞에 당하니, 삼장이 정신이 미란迷亂하여 갈 바를 모를지라. 가달이 곤두쳐 변신코자 하더니 홍 사마 또 검을 들어 가리키니 한 줄기 기운이 머리를 누르며 세 번 곤두쳐 변형치 못하고 한마디 소리를 지르며 낙마하니 주돌통, 첩목홀이 앙천 탄식仰天歎息하고 칼을 빼어 제 목을 찌르고자 하더니, 홍 사마 손야차로 하여금 진상에 외쳐 왈,

"만장은 들으라. 네 생명을 빌려 죽이지 아니하노니 빨리 돌아가 축융에게 전하여 일찍 와 항복하게 하라. 만일 더딘즉 대화大禍 있으리라."

하고 즉시 진문을 열어 주거늘, 삼장이 머리를 싸고 쥐같이 도망하여 축융을 보고 탄 왈,

"홍 장군의 도술은 정정한 도라. 당치 못할지니 대왕은 각승角勝[31]치 마시고 일찍 항복함이 가할까 하나이다."

축융이 대로하여 삼장을 물리치고 칼을 들어 십이 방위를 가리키며 양구良久히 진언眞言을 염하더니 홀연 공중에 일성一聲 포향砲響이 동천을 흔들며 살기 자욱하여 사면팔방으로 무수 신장이 음습陰濕한 기운과 흉녕凶獰한[32] 모양으로 각각 병장기를 들고 풍우같이 몰아오니 하늘이 무너지고 땅이 꺼지는 듯 일시에 명진을 치거늘, 홍 사마 수기를 높이 들고 호령 왈,

"제장 삼군은 다만 이 수기를 바라보되 한눈파는 자는 참하리라."

하니, 제군諸軍이 청령聽令하고 일제히 수기를 우러러보며 군중이 숙연하여 감히 요동치 못하는지라. 홍 사마 이에 북을 치며 중앙 오천 기騎로 방진方陣을 이루어 지키고 다시 북을 치며 붉은 기를 쓴대 동서남북 정방 군사들이 일시에 진문을 열고 갈라서니, 차시 축융이 신장을 호령하여 명진을 뚫고자 하다가 홀연 진문이 터짐을 보고 신장을 모아 진문에

---

31) 승패를 겨룸.

32) 흉악하고 사나운.

돌입하니, 홍 사마 즉시 북을 치며 기를 쏠어 진문을 닫고 부용검을 들어 오방을 가리키매 오색구름이 오방으로 일어나 진중에 가득하여 삼군의 눈에 신장이 보이지 아니하고 다만 말굽소리와 기치창검旗幟槍劍이 운중雲中에 섬홀 분분閃忽紛紛[33]하더라.

홍 사마 북을 울리며 합전合戰할새 정서방 구백 기騎는 금극목金克木[34]으로 갑을방甲乙方을 치고 정동방 삼천 기는 목극토토로 무기방戊己方을 치고 정남방 칠천 기는 화극금으로 경신방庚申方을 치고 정북방 칠천 기는 수극화로 병정방丙丁方을 치고 중앙 오천 기는 토극수로 임계방壬癸方을 치니[35], 산악이 무너지고 바다가 뒤집는 듯 천지진동하여 일장一場을 싸우더니, 홍 사마 다시 북을 치며 검은 기를 쏠매 동서남북 간방의 군사 일시에 진문을 열거늘, 차시 열두 신장이 오행의 상극함을 이기지 못하여 퇴군코자 하다가 간방 진문이 열림을 보고 일제히 뚫고 나와 사방으로 헤어져 간 곳이 없는지라. 축융대왕이 진전에서 바라보고 분한 기운이 충천하여 다시 입으로 진언을 염하며 수중의 장검을 공중에 던지니 이 무슨 요술인고? 하회를 보라.

제17회 일지련이 단기로 제장과 싸우고 축융왕 의를 감동하여 명진에 항복하다
一枝蓮單騎鬪諸將 祝融王感義降明陣

각설, 축융대왕이 대로하여 수중手中 장검長劍을 공중에 한 번 던지매 삼척 장검이 변하여 백여 척 장검이 되거늘 다시 곤두쳐 몸을 변하여 키 백여 장이나 되어 장검을 두르며 명진을 향하여 오니, 홍 사마 바라보고 미소하며 몸을 일으켜 장중으로 들어가며 사면에 장帳을 늘이고 적연寂然히 동정動靜이 없더니, 홀연 한 줄기의 백기白氣 장중에서 일어나 백여 장이나 되는 홍 사마 되어 백여 척 부용검을 들고 축융을 대적하니, 축융이 다시 변하여 크기가 팥만 한 사람이 되어 침 끝 같은 칼을 두르며 오거늘 홍 사마 또한 변하여 티끌 같은 사람이 되어 털끝 같은 부용검을 두르며 축융의 침 끝 같은 칼날에 엉기어 떨어지지 아니한대, 축융이 다시 변하여 칼과 사람은 간데없고 한 줄기 흑기黑氣 되어 하늘에 닿았거늘, 홍 사마 또한 한 줄기 청기靑氣 되어 두 줄기 기운이 반공에 어우러져 다만 장연鏘然[1]한 칼소리 운간雲間에 들리더니, 홀연 흑기 떨어져 변하여 흰 잔나비 되어 달아나거늘 청기 또

---

33) 갑자기 빛이 번쩍하고는 어지럽고 뒤숭숭함.
34) 오행을 상극 관계로 설명한 것 중 하나로, 금金이 목木을 이긴다는 말.
35) 갑을방은 동쪽, 무기방은 중앙, 경신방은 서쪽, 병정방은 남쪽, 임계방은 북쪽.

변하여 둥근 탄자彈子[2] 되어 잔나비를 맞히매 잔나비 다시 변하여 뱀이 되어 바위틈으로 들어가니 그 탄자 또 변하여 벽력이 되어 바위를 깨친대 그 뱀이 입으로 검은 안개를 토하여 지척을 불변하니 그 벽력이 또 일진 대풍一陣大風을 지어 안개를 불어 멀리 쫓으매 천지 청명하고 아무것도 없는지라.

아이오(이윽고) 홍 사마 웃고 장중帳中으로 나오니, 차시 제장과 삼군이 진전에서 바라보며 정신이 송구悚懼하더니 홍 사마 장중으로 나옴을 보고 다투어 앞에 나아가 문 왈,

"축융은 어디로 갔으며 장군의 금일 도술은 그 무슨 법이니이까?"

홍 사마 소 왈,

"세간 요술이 오행지리五行之理에 벗어남이 없나니, 그 상생상극相生相克한 이치를 알아 제어한즉 지이至易[3]한지라. 대범大凡 사람의 눈은 목木에 속하고 마음은 화火에 속하니 눈으로 요란함을 본즉 목기木氣 허虛하고 목기 허한즉 목생화木生火[4]니 화기 따라 허하며, 화기 허한즉 마음이 약하고 심기 허한즉 화공즉발火空卽發[5]이라. 화기 일어나 금기金氣를 극克할지니 금은 살벌지기殺伐之氣라. 사람이 살벌지기 전혀 없은즉 잡념이 생기나니 어찌 요술에 현란치 않으며 한번 현란한 바 된즉 어찌 제어하리오? 연고然故로 내 후천진後天陣을 쳐 오행의 상극지리相克之理를 베풀고 수기帥旗를 높이 들고 삼군의 이목과 마음을 전일하게 함이니, 삼군의 마음이 전일하고 오행의 상극함을 잃지 아니한즉 요술이 어찌 범하리오? 또 나중 싸우던 바는 검술이니 그 변화함이 크기는 쉽고 작기는 어려우며 그 흑기는 요술이요 청기는 도술이라. 지어至於 흰 잔나비는 당나라 원공袁公[6]의 칼 법이요, 탄자彈子 됨은 한나라 위 씨魏氏[7]의 검술이며, 그 뱀 됨은 도 장군陶將軍[8]의 비법이며, 벽력霹靂은 창해군滄海君[9]이며, 그 안개와 바람 됨은 검술자의 심상尋常한 병법이라. 대개 검가劍家의 기忌하는 바 세 가지니, 재물을 탐하여 검술을 부림을 기하며 착한 이를 해치려고 검술을 부림을 기하며 애자지원睚眥之怨[10]을 위하여

---

1) 쇠나 옥이 부딪쳐 나는 소리가 큼.

2) 총알.

3) 매우 쉬움.

4) 나무는 불을 일으킴.

5) 불은 비어 있으면 더 잘 탐.

6) 중국의 옛 소설《월녀전》에 나오는, 주인공 월녀의 스승. 흰 원숭이로 변하기를 잘하여 '원공猿公'이라고도 했다 한다.

7) 한나라 사람인 위상魏相.

8) 중국 남북조 시대의 도홍경陶弘景. 양나라 무제를 도와 '산중 재상'으로 불렸다.

9) 진시황秦始皇 때 장량張良이 창해군을 만나 역사力士를 얻어 가지고 철퇴를 만들어 진시황을 죽이려 한 일이 있다.

무단히 살인함을 기하나니, 이제 축융의 검술은 잡념이 가득하여 정도正道 아니라. 내 죽이지 아니함은 정히 인명을 살해코자 아니함이라. 연然이나 축융이 두 번 패하여 술법이 궁하였으니 다른 계교 없을까 하노라."

제장이 탄복하더라.

차시, 축융이 패하여 본진에 돌아와 불승분기不勝憤氣하여 칼을 빼어 목을 찌르려 하니, 일지련이 간諫 왈,

"소녀 이미 야야爺爺를 모셔 종군하여 이곳에 왔으니 한번 싸워 사생을 결단할지니 부친은 잠깐 분하심을 참으시고 소녀의 돌아옴을 기다리소서."

축융 왈,

"네 일개 여자가 어찌하리오? 명장의 병법과 검술은 천신天神이 하강함이니 여아의 당할 바 아닐까 하노라."

일지련이 분하여 말께 올라 진전에 나가 도전한대 홍 사마 바야흐로 대군을 몰아 만진蠻陣을 시살廝殺[11]코자 하더니 홀연 일개 여장이 다시 도전함을 듣고 진상에 나서 바라보매 과연 소년 여장이 머리에 붉은 모자를 쓰고 몸에 초록 수놓은 옷을 입고 대완마大宛馬를 타고 쌍창을 춤추며 나오니 백설 같은 안색에 홍훈紅暈[12]을 잠간 띠어 도화桃花가 반개半開함 같으니 그 연치 어림을 알 것이요, 원산遠山 같은 아미에 추파秋波 맥맥脈脈하여 정기 어리었으니 그 총혜聰慧함을 짐작할지라. 호치단순皓齒丹脣에 절대絶代한 자색姿色과 녹빈운발綠鬢雲髮[13]에 화려한 기상이 어찌 남방 풍토에 생장한 인물이리오? 홍 사마 심중에 대경하여 손야차를 명하여 나가 대적하라 하니, 야차 창을 들고 나가며 소 왈,

"이는 반드시 축융이 요술을 부려 귀물鬼物을 청하여 옴이라. 남방 오랑캐 어찌 이 같은 딸을 낳으리오?"

하고 서로 싸워 두어 합이 되매, 일지련이 쌍창을 옆에 끼고 손야차를 생금生擒하여 본진으로 돌아가니, 홍 사마 대경하여 좌우를 보아 왈,

"네 능히 저 장수를 생금하여 손야차를 바꾸어 오리오?"

뇌천풍이 벽력부를 들고 분연히 나가 싸움이 사오 합에 이르매 뇌천풍의 도채 쓰는 법이 어지러워 도채로 쌍창 막기를 겨를치 못하거늘 동초, 마달이 일시에 창을 들고 천풍을 도와 또 십여 합을 싸울새 일지련이 정신이 추월秋月 같고 기상이 돌올突兀하여 창법이 조금도 혼란치 아니하고 일호一毫 궤술詭術이 없거늘, 홍 사마 바라보고 일변 그 재주와 안색을 사랑할 뿐 아니라 같은 소년 여자로 어찌 마음이 가렵고 호승好勝이 없으리오? 쟁을 쳐

---

10) 한번 흘겨보는 정도의 원망이란 뜻으로, 하찮은 원한.

11) 싸움터에서 마구 쳐서 죽임.

12) 발그레하게 달아오른 기운.

13) 검푸른 귀밑머리와 구름 같은 머리.

삼장을 거두고 친히 말께 올라 왈,

"세 장수 일개 여자를 못 취하니 무엇이 쾌하리오? 홍혼탈이 비록 병들었으나 나가 생금함을 보라."

하고 쌍검을 춤추어 나가니, 일지련이 바야흐로 수합을 접전할새 양 원수 홍랑의 출전함을 알고 대경하여 친히 진전에 나와 쟁을 치니, 홍 사마 돌아와 연고를 물은대 원수 정색 왈,

"내 장군을 편벽되이 사랑함이 아니라 국가를 위하여 간성지재干城之材를 아껴 병을 조섭함을 부탁하였거늘 이제 도리어 출전함은 어찌함이뇨?"

홍 사마 왈,

"손야차는 소장의 고인故人이라. 이제 만장에게 생금한 바 된 고로 그를 구코자 함이니이다."

원수 소 왈,

"내 장군의 뜻을 아나니 소년 예기銳氣로 연소 여자의 도전함을 보고 무예를 겨루고자 함이나 이제 장군의 용모 기색이 전일과 달라 망령되이 출전치 못할지라. 어찌 다른 장수 없으리오?"

뇌천풍이 크게 소리 왈,

"소장이 다시 나가 아까 다 못 쓴 도채를 시험할까 하나이다."

원수 대희 허락하니, 홍 사마 소 왈,

"내 만장을 보매 무쌍한 자색이요 절인絶人한 재주라, 그윽이 애지석지愛之惜之[14]하노니, 장군은 삼가 살해치 말고 생금生擒하여 오소서."

뇌천풍이 대소 왈,

"천풍이 행년行年 칠십에 장부의 마음이라. 어찌 구상유취口尙乳臭의 잔약한 여자를 도채로 취하리오? 마땅히 홍 장군을 위하여 무양無恙히 안아올까 하나이다."

하고 말을 놓아 나가더라.

차시, 일지련이 창을 거두고 진전陣前에 배회하며 심중에 생각하되,

'내 일찍 중화 인물을 구경치 못하였더니, 금일 명 원수의 용병 장략用兵將略과 제장諸將의 인기 물색人氣物色을 잠간 보매 슬프도다! 우리 만맥지방蠻貊之邦에 생장한 인생은 짐짓 우물 밑 개구리라. 이제 중국이 만왕을 저버림이 없거늘 만왕이 무단히 병혁兵革을 일으켜 천위天威[15]를 항거하니, 어찌 당랑螳螂이 수레바퀴를 막음[16] 같지 않으리오? 내 또 들으니 명 원수는 살육을 일삼지 아니하고 의리를 주장하여 덕으로써 남방을 감화코자 한다 하니, 마땅히 이때를 타 사기事機[17]를 보아 천조天朝에 귀순歸順하여 부

---

14) 아끼고 사랑함.

15) 천자의 위엄.

16) 사마귀가 수레를 막아섬. 제힘을 생각지 않고 강한 상대에게 무모하게 덤벼드는 것.

왕의 미천지죄彌天之罪[18]를 풀게 하리라.'

또 가만히 의심 왈,

'아까 그 쌍검 쓰던 장수는 용모 풍채가 비범할 뿐 아니라 그 자색과 칼 쓰는 법을 보니 사람을 아끼고 사랑하는 의사 있으나 미목이 아름답고 성음이 유한하여 십분 남자의 기상이 없으니 어찌 괴이치 않으리오?'

하더니, 뇌천풍이 다시 와 도전함을 보고 맞아 싸울새 좌수左手로 창을 들고 도채를 막으며 우수右手로 뇌천풍을 농락하여 서리 같은 창날이 섬홀분분閃忽紛紛하여 노장의 귀밑에 바람같이 지나되 일찍 상함이 없거늘 천풍이 일변 의아하며 일변 당치 못할 줄 알고 힘을 다하여 도채로 한번 치매 일지련이 몸을 솟구치며 우수의 창을 번개같이 들어 천풍의 투구를 때려 깨치니 천풍이 번신낙마翻身落馬한대, 일지련이 낭랑히 소 왈,

"장군은 빨리 돌아가 아까 쌍검 쓰던 장군을 내어 보내라."

하거늘, 천풍이 스스로 대적지 못할 줄 알고 본진으로 돌아와 홍 사마를 대하여 여장女將의 창법이 절륜함을 고하니, 홍 사마 원수께 고 왈,

"소장이 남방 강한强悍[19]한 풍기를 배워 분함이 있은즉 사생을 불고不顧하나니 이제 출전함을 허락지 아니하신즉 도리어 병이 더할지라. 바라건대 십 합을 정하고 만장을 생금生擒치 못하거든 쟁을 쳐 거두소서."

원수 즐겨 허치 아니코자 하나 형적이 너무 드러날까 하여 민면黽勉[20] 허락하니, 홍 사마 생각하되,

'일지련의 창법이 일호一毫 궤술詭術이 없으니, 내 또한 정도로 싸워 자웅을 결하리라.'

하고 수중 쌍검을 어지러이 흔들어 한 번 뛰어 들어가고 한 번 돌쳐 물러나니 이는 해룡농주법海龍弄珠法이라. 용이 여의주를 어르는 법이니, 일지련이 홍 장군의 검술이 법도 있어 경적輕敵지 못할 줄 알고 쌍창을 춤추어 곧 홍 장군에게 달려드니, 이는 추전하산법秋鸇下山法이니 가을 새매 뫼에 내리는 모양이라. 홍 장군이 좌수左手의 칼을 공중에 던지고 우수右手의 칼로 일지련을 겨누며 말을 달려 스쳐 지나가니 이는 연축비화법燕蹴飛花法이니 제비가 나는 꽃을 치는 모양이라. 일지련이 우수의 창으로 칼을 막으며 좌수의 창으로 홍 장군을 취하려 하니 이는 미후투과법獼猴偸果法이니 잔나비 과실實果를 도적하는 모양이라. 홍 장군이 몸을 굽혀 창을 피하며 쌍수 쌍검을 공중에 던지고 말을 돌려 달아나니, 이는 맹호접미법猛虎摺尾法이니 사나운 범이 꼬리를 살에 끼는 모양이라. 일지련이 마상馬上에서 몸을 솟구쳐 쌍창으로 쌍검을 막으며 말을 달려 홍 장군을 쫓으니, 이는 백랑축록

---

17) 일이 되어 가는 형편.

18) 하늘에 닿을 듯이 크고 많은 죄.

19) 성질이 굳세고 강함.

20) 어쩔 수 없이.

법白狼逐鹿法이니 흰 이리의 사슴을 쫓는 모양이라. 홍 장군이 말 머리를 돌리며 쌍수로 쌍검을 들고 우수의 부용검으로 공중을 겨누며 좌수의 부용검으로 일지련을 치려 하니, 이는 사자박토법獅子搏兔法이니 사자의 토끼를 치는 모양이라. 일지련이 쌍창을 동으로 겨누며 서로 번뜩이며 일진일퇴一進一退하니 이는 지주박접법蜘蛛縛蝶法이니 거미 나비를 얽는 모양이라. 홀연 쌍검 쌍창이 일시에 어우러져 서리 같은 칼날과 번개 같은 창끝이 섬홀분분하니 이는 회풍곤설법回風滾雪法이니 회오리바람이 백설을 날리는 모양이라.

아이오 창검과 사람은 간데없고 두 줄기 청기靑氣 반공에 일어 서로 싸우니 이는 쌍교비천법雙蛟飛天法이니 교룡 한 쌍이 하늘에 닿게 나는 모양이라. 반상半晌[21]이 못하여 일지련이 쌍창을 거두며 말을 빼어 닫고자 하니 이는 경홍망운법驚鴻望雲法이니 놀란 기러기 구름을 바라보며 날고자 하는 모양이라. 홍 장군이 말을 놓아 들어가며 부용검을 옆에 끼고 팔을 늘여 일지련을 마상에 생금하니 이는 창응확치법蒼鷹攫雉法이니 푸른 매 꿩을 움키는 모양이라. 홍 장군이 육합에 일지련을 생금하여 본진에 돌아오니, 대개 이번 싸움이 적수敵手 상봉相逢하여 궤술을 버리고 정도로 겨루매 일지련의 심열성복心悅誠服[22]함은 말하지 말고 홍 사마 일지련을 사랑함이 또한 간절하여 즉시 진중에 이르러 홍 사마 일지련의 손을 잡고 위로 왈,

"내 금일 낭을 생금함은 검술에 승勝함이 아니라 하늘이 지기知己 상봉相逢함을 도우심인가 하노라."

일지련이 사 왈,

"첩은 패군지장敗軍之將이라. 어찌 지기를 말하리오? 장군은 그 신세의 자닝함을 불쌍히 여기실진대 마땅히 휘하 천졸賤卒이 되어 견마지성犬馬之誠[23]을 다할까 하나이다."

홍 사마 소 왈,

"내 비록 심히 불민不敏하나 낭이 만일 멀리 아니 할진대 붕우지의朋友之義를 맺을까 하노라."

일지련이 눈물을 뿌려 왈,

"첩의 아비 일찍 천조天朝에 득죄함이 없고 불과 인국지의隣國之義로 만왕蠻王을 구하러 왔다가 망사지죄罔赦之罪[24]를 범하였사오니 어찌 살기를 바라리오마는 장군의 인자하심과 원수의 관홍寬弘하심으로 만일 측연惻然히 보시고 대죄를 사赦하여 수령首領[25]을 보존케 하시면 그 은덕을 결초結草하여 갚을까 하나이다."

---

21) 반나절.
22) 마음속으로 기뻐하며 성심을 다하여 순종함.
23) 개나 말의 정성. 자신의 정성을 낮추어 이르는 말.
24) 용서할 수 없이 큰 죄.
25) 한 사람의 목숨.

홍 사마 왈,

"이는 원수께 고한 후 혹 도리 있을까 하노라."

하고, 일지련을 데리고 원수께 뵈온 후 홍 사마 조용히 고 왈,

"축융이 비록 만왕을 도와 천조에 득죄하였으나 본심을 추이推移하매 인국지정隣國之情을 괄시치 못하고, 구태여 불궤지심不軌之心을 포장包藏함[26]이 아니오니 그 죄를 용서하여 하여금 와 항복하게 한즉 다시 반복함이 없을까 하나이다."

원수 일지련을 곁눈으로 보며 침음양구沈吟良久에 왈,

"내 성지를 받자와 남방을 덕으로 감화하고 힘으로 항복받지 않을지니 축융이 만일 성심으로 투항한즉 어찌 용대容貸[27]함이 없으리오?"

일지련이 장하帳下에 고두사례叩頭謝禮하여 감루感淚 영영盈盈[28]하거늘 원수 또한 그 모양을 가련히 여겨 위로하여 보내니라.

차시此時, 축융이 어아女兒의 명진明陣에 잡혀감을 보고 바야흐로 투항하여 연連을 구코자 하더니 의외에 일지련이 돌아와 원수의 말과 홍 사마의 은덕을 칭송한대, 축융이 듣고 나서 마음을 정한 후 즉시 주돌통, 가달, 첩목홀을 거느리고 어아를 좇아 손야차를 데리고 명진에 투항하니, 원수 흔연欣然 관대寬待하여 일호 의심이 없거늘, 축융은 본디 우직하고 교사巧詐함이 적은지라. 원수와 홍 사마의 이같이 관곡款曲함을 보고 감루感淚 비 오듯 하며 손가락을 깨물어 유혈流血이 임리淋漓[29]하여 왈,

"과인이 비록 만맥지중蠻貊之中에 생장하나 칠정七情을 품수稟受[30]하여 목석과 다르오니 어찌 원수의 은덕을 각골刻骨하여 자자손손이 감송感頌치 않으리꼬?"

원수 대희하여 군중에 막차幕次를 정하여 휘하 삼장三將과 일지련을 데리고 있게 하니라. 일지련이 부왕을 모셔 막차에 들어가 가만히 생각 왈,

'내 비록 조감藻鑑이 없으나 홍 장군은 반드시 남자가 아니라. 만일 여자 같은즉 누구를 위하여 만 리 종군從軍한고? 원수의 용모 풍채를 보매 비록 십분 수려하여 설만褻慢[31]한 의사를 일호 드러내지 않으나 불언不言 중 미첩眉睫 간에 은근한 풍정風情을 띠었으니, 이 어찌 지기知己 상종相從하여 변복 종군變服從軍함이 아닌가?'

하더니, 또 의심 왈,

'아미蛾眉를 투기妬忌함은 세간 여자의 상정常情이라. 홍 장군이 이미 남자 아닐진대

---

26) 반역할 마음을 품음.

27) 용서.

28) 감격하여 눈물이 가득 참.

29) 피가 흘러 홍건함.

30) 타고남.

31) 행동이 거만하고 무례함.

나를 이같이 사랑함은 무슨 곡절인고?'

하여 총혜聰慧한 마음에 조급한 심사를 참지 못하여 홍 사마의 눈치를 알고자 하여 조용히 막차에 이르니 홍 사마 마침 혼자 앉았거늘, 일지련이 앞에 나아가 고告 왈,

"첩이 장군의 생활生活하신 은덕을 입어 휘하에 모셔 견마지성을 다할까 하였삽더니 다시 생각건대 종적이 남자와 다르고 군중에 여자 있음은 자고로 기휘하는 바라. 첩의 부친은 이미 군중에 모셔 있사오니 첩은 본국으로 돌아가 행지行止의 얼올魔魑함[32]을 면할까 하나이다."

홍 사마 소 왈,

"낭의 말이 과하도다. 옛적 목란木蘭[33]은 야야爺爺를 대신하여 만 리에 종군하나 그르다 한 이 없었으니 낭이 어찌 홀로 이를 구애拘礙하리오?"

일지련이 추파를 흘려 홍 사마를 보며 소 왈,

"첩이 비록 만이지방蠻夷之邦에 자라 예법을 강론치 못하였으나 남녀부동석男女不同席함은 성인의 명교名敎하신 바라. 자연 군중軍中에 처한즉 어찌 남자와 비견동석比肩同席[34]지 않으리오? 연고로 첩은 써 하되 목란이 충효 극진하나 규범 내칙閨範內則의 단정한 행실은 부족할까 하나이다."

홍 사마 이 말을 듣고 눈을 들어 보매 어찌 일지련의 뜻을 해득解得지 못하리오? 자기의 종적을 알고자 함인 줄 깨닫고 장탄長歎 왈,

"세간에 단정 정일端正貞一하여 규범 예절에 어기지 아니한 여자 몇몇이리오? 혹 환난을 당하여 박부득이迫不得已[35]한 자도 있고 혹 지기를 좇아 예절을 돌아보지 못하는 자도 있나니, 어찌 일규一揆[36]로 의논할 바리오?"

일지련이 사례하고 돌아오며 심중에 소笑 왈,

'과연 내 조감이 흐리지 않도다. 홍 사마는 어떠한 여자인지 내 비록 모르나 그 말과 의기를 볼진대 반드시 나의 평생을 그르치진 않을지니 내 맹세코 좇아 중국 번화繁華를 한번 구경하리라.'

하더라.

익일 축융이 조용히 고告 왈,

"과인은 들으매 유죄有罪한 자는 공으로 속贖한다[37] 하니, 원수 차시此時를 타 철목동을

---

32) 행동거지가 잘못되어 불안함.
33) 아비를 대신해 싸움터로 나가 공을 세운, 중국 고대의 효녀 화목란花木蘭.
34) 어깨를 나란히 하여 자리를 같이함.
35) 아주 급한 사정으로 어찌할 수 없음.
36) 한 가지 잣대.
37) 죄를 용서받으려는 자는 공을 세워 면죄받는다.

치신즉 과인이 일비지력一臂之力을 돕사와 써 속죄할까 하나이다."

일지련이 간諫 왈,

"이는 불가하오니 야야 인국지의隣國之誼로 만왕을 구코자 하여 오셨다가 이제 도리어 해치심은 의義 아닐까 하나니, 야야 조용히 만왕을 보시고 원수의 성덕을 포장襃獎[38]하사 스스로 와 항복하게 하심이 옳을까 하나이다."

축융이 옳이 여겨 즉시 명진을 떠나 철목동을 향하여 가니라.

차설, 나탁이 축융의 삼장을 데리고 명진에 투항함을 보고 대로 왈,

"내 두 번 구원救援을 청득請得하여 도리어 적국을 자뢰資賴[39]하니 어찌하면 이 분을 신설伸雪하리오?"

모든 만장이 대 왈,

"양 원수의 장략과 홍 장군의 용맹으로 이제 다시 축융과 일지련의 우익을 더하였으니 경적輕敵지 못할지라. 일찍 항복하여 전화위복함이 가할까 하나이다."

나탁이 묵묵 양구良久에 칼을 빼어 서안書案을 치며 왈,

"내 동중洞中에 십 년 적곡積穀[40]이 있고 방비함이 철통같으니 동문을 굳이 닫고 지킨즉 비록 나는 새라도 능히 들지 못하리니 명 원수인들 어쩌리오? 만일 다시 항복을 말하는 자 있으면 이 서안같이 하리라."

하고 이날부터 동문洞門을 닫고 지키니, 철목동의 지형이 험할 뿐 아니라 만왕의 처자 권속妻子眷屬과 보패와 재물을 이곳에 둔 고로 그 방비함이 십분 단단하더라.

나탁이 동중에 돌아와 방비를 신칙하더니 홀연 축융이 동문을 두드려 뵈옴을 청한대, 나탁이 대로하여 문루에 올라 대책 왈,

"눈 푸르고 얼굴 붉은 오랑캐 반복 투생反覆偸生[41]하여 무의무신無義無信하니, 내 마땅히 네 머리를 베어 천하의 신의를 저버리는 자를 징계하리라."

설파說罷에 활을 당겨 쏘아 축융의 명문命門[42]을 맞추매 축융이 노기충천하여 일변 살을 빼며 칼을 들어 나탁을 가리켜 왈,

"불에 든 나비와 솥에 든 고기 명재조석命在朝夕[43]함을 모르고 이같이 무도하도다."

하고 말을 채쳐 명진으로 돌아와 원수께 청 왈,

"이제 정병精兵 오천 기騎를 빌리신즉 철목동을 깨쳐 원수의 번뇌하심을 더시게 하리

---

38) 칭찬하여 장려함.

39) 밑천으로 삼고 의지한다는 뜻으로, 여기서는 적국의 밑천을 더해 준다는 말.

40) 쌓아 둔 곡식.

41) 이랬다저랬다 하며 살기를 꾀함.

42) 사람 몸의 급소 가운데 하나로 가슴 아래 오목하게 들어간 곳. 명치.

43) 목숨이 아침저녁에 달려 있을 만큼 위태로움.

다."

원수 허락한대, 일지련이 간 왈,

"만왕은 계궁역진計窮力盡[44]한대 항복지 아니하고 동학洞壑을 지키려 하니 이는 믿음이 있음이라. 야야는 경이輕易히 치지 마소서."

축융이 듣지 아니하고 오천 기를 거느려 삼장三將을 데리고 철목동을 에워싸고 삼일 삼야三日三夜를 치되 깨치지 못하니 원래 철목동의 주회周回 일백여 리요 석벽이 높기 수십 장丈이라. 석벽을 인연하여 성을 쌓았으며, 성상城上에 구리즙을 녹여 부어 철통같이 견고하고, 외성外城 안에 다시 아홉 성이 있어 중중첩첩重重疊疊히 방비하였으니 인력으로 깨칠 바 아니라. 축융의 성품이 과급過急하여 분기 불같이 일어나니 어찌 참으리오? 신장과 귀병鬼兵을 부려 돌아다니며 치되 태산반석 같은지라, 다시 오방 천화五方天火를 일으켜 전후좌우로 충화衝火[45]하니 나탁이 이미 성상에 풍거風車를 처처處處에 놓아 불이 범치 못하고 또 임계방壬癸方 물을 당기어 동중洞中에 부은대, 나탁이 이미 동중에 은구隱溝[46]를 두어 한 점 물도 고이지 아니하니 축융이 하릴없이 돌아와 원수께 고 왈,

"철목동은 천험지지天險之地라. 인력으로 깨치지 못할러이다."

원수 침음 왈,

"대왕은 물러가 쉬소서. 내 마땅히 다시 생각하리라."

하고, 시야是夜에 원수 홍 사마를 장중으로 불러 왈,

"나탁이 이제 철목동을 지키니 어찌 써 파하리오?"

홍 사마 왈,

"첩이 이를 생각한 지 오래나 실로 계교 없고 다만 한 가지 방략方略이 있으니 나탁이 비록 동중洞中 적곡積穀이 여산如山하나 십년지계十年之計에 불과할지니, 원수 이제 대군을 머무르사 십 년을 지키신즉 항복을 받을까 하나이다."

원수 대경 왈,

"이는 못될 바 두 가지라. 공사公事로 말한즉 대군을 몰아 호지胡地에 이같이 두류逗留치 못할 것이요, 사사私事로 말한즉 학발鶴髮이 재당在堂하여 귀심歸心이 일일삼추一日三秋[47]라, 어찌 슬하를 떠나 십 년을 머물리오? 장군은 다시 묘계를 생각하여 보라."

홍 사마 소 왈,

"상공이 스스로 생각건대 호용투한好勇鬪狠[48]하여 군센 용력이 축융과 어떠하시리까?"

---

44) 꾀가 다하고 힘을 다 써 버림.

45) 일부러 불을 지름.

46) 물이 흘러가도록 땅속에 묻은 봇도랑.

47) 부모님 계신 집에 돌아가고 싶은 마음 때문에 하루가 삼 년 같다. 학발은 두루미의 깃처럼 하얀 머리털로, 여기에서는 늙은 부모가 집에 있다는 말이다.

"내 당치 못할까 하노라."

홍 사마 왈,

"연즉 축융의 수단으로도 삼일 삼야를 쳐 깨치지 못하니 상공은 어찌코자 하시나이까?"

원수 묵묵 양구에 왈,

"이제 낭의 말과 같을진대 내 만 리 밖에 출전하여 반년을 고초하다가 필경 공을 이루지 못하고 그저 돌아갈쏘냐?"

홍 마사 미소 왈,

"이제 한 가지 계교밖에 없으니 상공의 뜻에 어떠하시니이까?"

하니, 그 무슨 계교인고? 하회를 보라.

제18회 홍 사마 칼 짚어 정자頂子[1]를 취하고
양 원수 첩서를 보하여 남적을 평하다
紅司馬仗劍取頂子　楊元帥報捷平南賊

각설, 원수 홍 사마에게 계교를 물은대, 홍 사마 소 왈,

"옛적 위나라 오기吳起[2]는 아내를 죽여 장수 됨을 구하고, 당나라 장순張巡[3]은 애첩을 잡아 군사를 먹였으니 상공이 첩으로써 만왕의 머리를 바꾸심이 어떠하니꼬?"

원수 악연愕然 부답不答하고 홍 사마를 숙시熟視하거늘, 홍 사마 다시 소소笑 왈,

"첩이 연일 경륜하나 실로 철목동 파할 방략이 없사오니 금야 삼경에 변신하여 칼을 품고 철목동에 들어가 여차여차하여 나탁 앞의 금합金盒을 도적하여 당나라 홍선紅線[4]이

---

48) 용력勇力을 좋아하여 사납게 날뛰며 싸움.

1) 전립이나 투구 따위에 꼭지처럼 다는 꾸밈새. 품계에 따라 다르게 한다. 증자.
2) 중국 전국 시대 장수로 증자曾子의 가르침을 받고 노나라 임금을 섬겼다. 제나라가 노나라를 침범하자 노나라에서 오기를 장수로 삼으려 했으나 그의 아내가 제나라 사람이기 때문에 망설이자, 오기는 아내를 죽인 뒤 노나라 장수가 되었다.
3) 당나라 때의 장수로 안녹산의 난이 일어났을 때 성을 지키고 있는데, 양식이 바닥나 군사가 굶주리자 자기 첩을 죽여서 그 고기를 먹었다.
4) 당나라 때 여자 협객으로, 자신이 섬기던 설숭薛嵩이 번진의 침입으로 고심하자 번진의 장군 전승사田承嗣의 막사에 들어가 금합을 훔쳐 내었다. 이에 위협을 느낀 전승사가 화

될 것이요, 사불여의事不如意한즉 나탁의 머리를 취하여 형경荊卿[5]의 생환生還함이 어려울까 하나니, 소위 첩으로써 만왕의 머리를 바꿈이니이다."

원수 청파聽罷에 노색怒色이 있어 왈,

"살처구장殺妻求將은 오기의 박행薄行이요 소애少艾로써 군사를 먹임은 장순의 계궁計窮[6]함이라. 내 이제 백만 군을 거느려 만왕 일개를 항복받지 못하고 어찌 장순의 계궁함과 오기의 박행함을 효칙하리오? 이는 낭이 나를 격동激動함이 아닌즉 조롱함이로다."

홍랑이 웃고 사례 왈,

"첩이 어찌 상공의 뜻을 모르리꼬? 총애하심을 믿잡고 희롱함이나 첩이 일쌍 부용검을 가진즉 철목동 중 나탁의 머리를 취함은 낭중囊中의 물건같이 아니니 어찌 연남燕南 협객俠客의 서어齟齬한 검술로 역수易水 한풍寒風에 돌아옴이 없을까[7] 탄식하리꼬?"

원수 침음 왈,

"낭의 검술이 비록 신통하나 병여약질病餘弱質이 실수 있을까 염려하노라. 명일 대군을 거느리고 다시 철목동을 쳐 깨치지 못한즉 다시 의논해도 늦지 않으리라."

익일翌日 원수, 제장諸將 삼군三軍을 거느려 철목동鐵木洞을 칠새 운제雲梯[8]를 놓아 동중洞中을 굽어보며 목석木石을 쌓아 성 위에 오르려 하니, 나탁이 만병蠻兵으로 성 머리에 파수把守하고 독한 살과 강한 쇠뇌[9]로 어지러이 쏘거늘, 원수 다시 성 밖으로 돌아가며 화포火砲를 놓으니 바위 같은 철환이 빗발같이 떨어져 석벽을 치매 돌이 부서져 번개 같은 불과 벽력같은 포향砲響은 산천이 상응相應하고 천지진동하여 사면 십 리에 비금주수飛禽走獸[10]도 없더라.

반일半日을 치되 깨치지 못하니 다시 지함地陷[11]을 파 용도用道[12]를 통하여 동중에 들어가고자 하더니 수십 장丈을 파되 동중 전후좌우에 철망을 중중첩첩히 묻어 뚫기 어려운지라.

홍 사마 간 왈,

친하자고 했다. 《태평광기》에 실린 이야기다.
5) 전국 시대의 자객 형가荊軻. 연나라 태자 단丹의 부탁으로 진시황을 죽이러 갔다가 살아 돌아오지 못했다.
6) 애첩을 군사들에게 먹인 것은 장순이 계교가 다하여 더 어떻게 해 볼 꾀가 없음이라.
7) 연나라 남쪽의 협객 형가가 어설픈 검술로 역수의 찬 바람을 맞고 갔다 돌아오지 못함.
8) 구름사다리. 성을 공격하는 데 쓰는 키 높은 사다리.
9) 화살 여러 개를 연달아 쏠 수 있게 만든 활.
10) 나는 새와 달리는 짐승.
11) 땅굴.
12) 성안에 무기나 곡식을 운반하거나 군사들이 잠복하는 데 쓰기 위해 만든 길.

"자고로 용병하는 도가 적국이 힘으로 한즉 나는 계교로 하며 적국이 궤술로 한즉 나는 정도로 할지라. 나탁이 이제 험함을 믿고 힘으로 지키니 돌아가 지혜로 취함이 옳을까 하나이다."

하고, 진전陣前에 외쳐 왈,

"명국 원수 만왕을 보고 할 말이 있으니 잠깐 성상城上에 나서라."

나탁이 성두城頭에서 장읍長揖하거늘, 홍 사마 크게 소리 왈,

"네 이제 오대 동천을 잃고 일편 고성一片孤城을 지키고자 하니 이는 고기 솥 속에서 놀고 제비 막 위에서 깃들임 같은지라. 원수 황명皇命을 받자와 호생지덕好生之德을 베풀고 살벌지심殺伐之心을 두지 아니하는 고로 네 머리를 오늘까지 보전하였거늘 망극한 은덕을 모르고 흉악한 마음을 고치지 아니하여 대군을 오래 수고롭게 하니 내 어찌 힘으로 파하리오? 돌아가 지혜로 네 머리를 취할지니 십분 방비하여 후회 없게 하라."

하고 쟁을 쳐 군사를 거두어 돌아오니라.

시야是夜에 홍 사마 축융을 조용히 장중帳中으로 청하여 왈,

"대왕이 나탁으로 더불어 이미 인국지의隣國之義 끊어질 뿐 아니라 나탁이 무양無恙한즉 대왕의 복이 아닐까 하나니 대왕은 어찌 나탁을 취하여 천은天恩을 도보圖報[13]하여 대공을 세우고자 아니 하느뇨?"

축융이 구연懼然[14] 왈,

"과인이 실로 계교 적고 장략將略이 없어 만왕 동학을 깨치지 못하였사오니, 만일 장군이 가르치신즉 부탕도화赴湯蹈火[15]라도 사양치 않으리다."

홍 사마 왈,

"내 대왕의 검술을 아노니 어찌 철목동에 들어가 만왕의 머리를 베어 오지 아니하느뇨?"

축융이 이 말을 듣고 이윽히 생각하더니 소 왈,

"과인이 의사 천단淺短하여 다만 철목동을 깨칠 방략만 생각하고 이는 뜻하지 못하였더니 이제 이 길로 가려고 하나이다."

홍 사마 소 왈,

"대왕이 이미 수고를 아끼지 않으사 이제 행계行計코자 하실진대 다시 부탁할 말씀이 있사오니, 이제 원수 백만 대군을 거느려 일개 만왕을 마음으로 항복받지 못하고 자객을 가만히 보내어 그 머리를 취함은 본의가 아니라. 바라건대 대왕은 금야今夜 삼경에 철목

---

13) 임금께 갚으려고 시도함.

14) 두려워하며.

15) 끓는 물이나 뜨거운 불도 가리지 않고 감. 아주 어렵고 힘겨운 일이나 수난을 겪는다는 뜻이다.

동에 들어가 나탁의 장중帳中에 이르러 그 머리를 취하지 말고 다만 머리 위에 달린 산호 정자[16]를 떼어 오되 나탁의 머리 위에 칼 흔적을 두어서 왔던 자취를 표하고 오소서."

축융이 허락하고 즉시 가니라.

원수 홍 사마를 보아 왈,

"낭은 축융더러 어찌하고 오라 하였느뇨?"

홍 사마 대 왈,

"축융의 검술이 추솔麤率[17]하여 다만 나탁을 놀래고 오리다."

원수 왈,

"연연즉 이 일은 숙호충비宿虎衝鼻[18]라 어찌 유해무익有害無益함이 아니리오?"

홍랑이 소 왈,

"이 중에 계교 생길까 하나이다."

아이오 축융이 칼을 잡고 장중에 들어서며 천식喘息이 미정未定하여 허희탄식 왈,

"과인이 검술을 배운 지 십 년이라. 백만 군중에 검극劍戟이 서리 같으나 왕래 출입이 무난하더니 이제 철목동은 가위 천라지망天羅地網이라. 과인이 하마 함양 전상咸陽殿上의 다리 없는 귀신[19]이 될 뻔하니이다."

홍 사마 그 곡절을 물은대, 축융이 칼을 놓고 앉으며 일일이 말하여 왈,

"과인이 동전洞前에 이르러 칼을 잡고 성을 넘으매 성상城上에 무수 만병蠻兵이 혹좌혹립或坐或立하여 잠들지 아니하였거늘, 과인이 변하여 바람이 되어 아홉 성을 이어 넘어 여덟째 성에 이르니 성상에 철망을 치고 처처에 쇠뇌를 묻었으며 또 그 성을 넘으니 평지에 궁장宮墻이 접천접천接天하니 이는 나탁의 처소라. 주회周回[20] 육칠 리요 높기 수십 장이라. 몸을 솟구쳐 궁장宮墻을 넘고자 하더니, 길이 없고 무슨 소리 쟁쟁하거늘 칼을 멈추고 자세히 보니 육칠 리 궁장을 구리 장막으로 덮었으니 어찌 뉘 능히 들어가리오? 다시 궁문을 찾아 들고자 하더니 별안간에 흉녕凶獰한 소리 나며 좌우로 두 날짐승이 내달으니 모양이 비록 개 같으나 키는 십여 척이요 날래기 바람 같아 과인과 반야半夜를 싸우니 과인이 일찍 전렵田獵을 좋아하여 능히 손으로 맹수를 때려잡았으나 이 개는 당할 길이 없더이다. 나탁이 궁중의 매복한 군사를 발發하여 치려 하기로 도망하였으니, 나탁의 방비함은 고금에 듣지 못하던 바라."

하니, 원래 만왕 궁중에 두 마리 삽살개 있으니 이름은 사자방獅子尨이라. 남방에 사자라

16) 산호로 만든 정자. 만왕이 투구 꼭지에 산호로 치레를 한 것.
17) 거칠고 찬찬하지 못함.
18) 자는 범의 코를 건드리다.
19) 진나라 함양 궁궐에서 진시황을 죽이려던 형가가 칼에 맞아 다리 부러져 죽은 것을 말함.
20) 둘레.

하는 짐승이 있고 헐교獝狹[21]란 사냥개 있으니 사자 헐교와 교합하여 낳은 새끼가 사자방이다. 그 사납기 범과 코끼리를 잡으니 항상 문을 지키더라.

홍 사마 소 왈,

"사불여의事不如意하니 대왕은 돌아가 쉬소서. 명일 다시 의논하리라."

하더라.

이때 홍 사마 축융을 보내고 원수께 고 왈,

"첩이 축융을 먼저 보냄은 나탁을 놀래어 방비하기를 더하게 한 후 첩이 가서 머리에 달린 정자를 떼어 오고자 함이니 이제 행할지라. 상공은 잠깐 앉아 기다리소서."

원수 경경驚驚 왈,

"낭의 당돌함이 이 같도다. 내 비록 공을 이루지 못하고 그저 돌아갈지언정 낭을 보내지 않으리라."

홍 사마 소 왈,

"첩이 설마 상공을 기망欺罔하고 스스로 위지危地에 들어가 위로 총애하시는 뜻을 저버리고 아래로 제 몸의 안위를 가벼이 하리까? 스스로 사랑함이 있사오니 상공은 방심放心하소서."

원수 반신반의 왈,

"축융이 일찍 철목동을 출입하여 향배向背를 짐작하나 오히려 들어가지 못하였거늘 이제 낭은 생소한 종적이라. 어찌 고단히 위지에 들어가리오?"

홍 사마 왈,

"검술이라 하는 것이 전혀 신神으로 가고 신으로 오나니, 축융의 검술은 심히 부족한 고로 향배에 자저趑趄하여 출입에 낭패함이라. 첩이 비록 잔약하나 검술을 부려 신을 얻은즉 그 행함이 바람 같고 그 돌아옴이 물 같을지니 붙들어 잡지 못하며 방비하여 막지 못할 바는 이에 검술이라. 어찌 그 생소함을 염려하리오."

원수 우문又問 왈,

"낭이 축융을 먼저 보내어 나탁을 놀래어 방비함을 더하게 함은 무슨 곡절이며 또 동중에 사나운 짐승이 있다 하니 어찌 삼가지 않으리오?"

홍랑이 소 왈,

"검객의 왕래는 귀신도 헤아리기 어려우니 어찌 개를 놀래리오? 이것은 축융의 검술이 추졸한 탓이라. 지어至於 나탁으로 방비하게 함은 검술의 신통함을 뵈어 그 항복함이 빠르게 함이니이다."

원수 바야흐로 홍의 손을 놓고 친히 화로에 술을 데워 일 배를 권하며 왈,

"밤이 서늘하니 낭은 일 배를 마시고 행하라."

---

21) 주둥이가 짧은 개.

홍랑이 웃고 잔을 받아 상두床頭에 놓으며 왈,

"첩이 마땅히 이 잔술이 식지 아니하여 돌아오리다."

언필言畢에 쌍검을 들고 표연히 나가니라.

이때 홍랑이 부용검을 들고 바로 철목동의 성을 날아 넘을새 시야장반是夜將半[22]에 월색이 만공滿空하고 성상에 등촉이 조요照耀하여 무수 만병이 창검을 들고 둘렀으니 이는 축융에게 놀라 더욱 방비함이라. 홍랑이 구중성九重城[23]을 지나 내성에 이르매 성문이 닫히고 좌우로 푸른 삽살개 범같이 엎드렸으니 두 눈의 광채 성월星月같이 굴러 가장 흉녕 더라.

홍랑이 즉시 변하여 붉은 기운이 되어 문틈으로 살같이 들어가 바로 나탁 궁중에 이르니 나탁이 바야흐로 자객지변刺客之變을 겪고 휘하 만장蠻將을 모아 좌우에 모셨으니 검극劍戟이 서리 같고 등촉燈燭이 백주白晝와 같더라.

나탁이 장검을 앞에 놓고 촉하燭下에 앉았더니 홀연 촛불이 잠깐 부치며 쟁연한 칼 소리 머리 위에서 나거늘 나탁이 대경하여 급히 장검을 집어 공중을 치고자 하더니 다시 기척이 없고 궁문 밖에 한소리 벽력이 내리매 궁중이 대경大驚 요란하여 모든 만장과 동중 만병이 일시에 내달아 구중성을 뒤집어 찾으나 자취도 보지 못하고 다만 사자방이 죽은지라. 자세히 보니 전신에 칼 흔적이 낭자하거늘 나탁이 정신이 비월飛越[24]하여 제장더러 상의 왈,

"자고로 자객지변이 무수하나 이같이 신통함은 듣지 못하던 바라. 이 반드시 사람의 한 바 아니요 귀물의 조화로다."

하며 의논이 분분하더라.

이때 양 원수 홍랑을 보내고 어찌 방심하리오? 철목동 원근을 요량料量하며,

'홍랑이 거의 동구를 바라보리로다.'

하더니, 홀연 장이 걷어지며 홍랑이 들어오거늘 원수 차경차희且驚且喜 왈,

"낭이 병여약질病餘弱質이라 중로에 회환回還함을 내 아노라."

홍랑이 쌍검을 던지고 천식이 맥맥 왈,

"첩이 병여病餘라 거의 동중에 들어가 두 마리 개에게 쫓긴 바 되어 성명性命을 도망하니이다."

원수 경 왈,

"상한 곳이나 없느냐?"

홍랑이 아미를 찡기며 신음하여 왈,

"비록 상치는 아니하였으나 놀람이 과하더니 가슴이 결리는 듯하오니 더운 술을 마시고

---

22) 그날 밤의 한밤중.

23) 아홉 겹으로 두른 성.

24) 정신이 달아나거나 오락가락하는 것.

만왕의 두상에 달린 정자를 얻어야 쾌활할까 하나이다."

원수 바야흐로 무사히 다녀온 줄 알고 대희大喜하여 홍랑에게 사례하니 낭이 웃고 회중懷中에서 나탁의 산호 정자를 내어 놓으며 상 위를 가리켜 왈,

"첩이 이미 군령을 두었으니 어찌 감히 허행虛行하리꼬?"

원수 어이없어 술을 보니 오히려 식지 아니하였더라.

홍랑이 웃고 인하여 정자 취하던 설화說話를 세세히 고 왈,

"과연 나탁의 방비함은 축융의 하수下手할 바 아니라. 첩이 처음은 정자만 취하고 종적을 누설치 말까 하였더니 다시 생각하매 검술인 줄 알린 후에야 나탁의 두려워함이 더할지라. 짐짓 칼 소리를 내고 문밖에 나오다가 두 마리 개를 죽였으니 금야 나탁이 눈을 뜨고 앉아 귀관鬼關[25]을 꿈꿀지라. 밝기를 기다려 일봉서一封書를 닦아 정자를 철목동에 보낸즉 나탁의 항복함이 미구未久할까 하나이다."

원수 대희하여 홍랑으로 일봉서를 써 살에 매어 철목동으로 쏘니라.

차설, 나탁이 경혼驚魂이 미정未定하여 모든 만장을 보며 왈,

"먼저 다녀간 자는 모야무지暮夜無知에 출기불의出其不意[26]함이니 의심될 게 없거니와 이번 일은 심상한 자객지변刺客之變이 아니라 궁중이 잠들지 아니하고 과인의 방비함이 더하여 밤이 낮 같거늘 자취 없이 들어와 기척 없이 나가니 이 어찌 형가荊軻, 섭정聶政[27]의 유류리오? 더욱 의심된 바는 이미 궁중에 들어와 사람을 상하지 아니하고, 문외門外의 사자방은 사납기 범보다 더하거늘 삽시간에 죽이되 칼 흔적이 이같이 낭자하니 이 어찌 괴변이 아니리오?"

하고 궁속宮屬[28]을 한곳에 모아 잠들지 못하게 하더라.

천명天明에 수문 만장이 보하되,

"명진 원수 일장 글월을 살에 매어 동중洞中에 떨어뜨리기에 집어 오니이다."

하거늘, 나탁이 보니 황룡수黃龍繡 조각 비단에 두어 줄 글을 썼으니 왈,

　　명국 원수 대군을 수고하여 철목동을 깨치지 아니하고 장중에 누워 일개 정자를 취하여 왔더니 쓸데없어 도로 보내니 슬프다, 만왕은 동학洞壑을 더 단단히 지킬지어다. 내 정자 취하던 수단으로 이다음 다시 취하여 올 것이 있노라.

---

25) 저승으로 들어가는 문.

26) 어두운 밤중이라 듣고 본 사람이 없는 때에 뜻밖에 일이 생김.

27) 형가는 진시황을 죽이려던 자객이고, 섭정은 엄군평嚴君平의 부탁으로 한韓의 승상 협루俠累를 죽인 자객이다.

28) 각 궁에 속한 종.

하였더라.

나탁이 글을 펴 보다가 산호 정자 그 속에 들었거늘 어찌 자기 머리에 달렸던 것을 모르리오? 대경실색하여 바야흐로 머리를 만져 보니 과연 정자가 없는지라. 수각手脚이 황망하고 정신이 비월飛越하여 다시 썼던 홍두자紅兜子[29]를 벗어 보니 칼 흔적이 완연하거늘, 청천벽력이 꼭뒤를 치며 홀지忽地에 빙설을 품속에 품은 듯 모골이 송연하고 간담이 서늘하여 손을 들어 머리를 만지며 좌우더러 문 왈,

"과인의 머리 어떠하뇨?"

하니, 좌우 왈,

"대왕의 영용英勇하심으로 어찌 이같이 경동驚動하시니이꼬?"

나탁이 허희탄식歔欷歎息 왈,

"과인이 자지 않고 죽지 아니하였거늘 제 머리에 달린 것을 칼로 베어 가도 막연히 몰랐으니 어찌 그 머리를 보전하리오?"

모든 만장이 일시 제성齊聲[30]하여 위로 왈,

"위태함을 징계한즉 평안할 장본이요 두려움이 있은즉 기쁜 일이 생기나니 요마 자객을 어찌 이다지 근심하시리오?"

나탁이 묵묵 양구에 왈,

"과인은 들으니 역천자逆天者는 망하고 순천자順天者는 창창한다[31] 하니 과인이 오대동천을 잃고 철목동을 또 허탄히 잃지 못하여 진력盡力하여 지켜 전후 수십여 번 싸움에 한번 이利함이 없으니 이 어찌 하늘이 하신 바 아니리오? 내 만일 굳이 지키고자 한즉 이는 역천함이오 또 과인이 누차 역경을 당하여 양 원수 살해치 아니하고 곡진히 생활生活하니 이제 항복지 아니한즉 이는 은덕을 모름이라. 하물며 양 원수 다시 자객을 보내어 삼척 비수로 정자를 취하던 수단으로 또 시험한즉 과인이 살아 천위성덕天威聖德[32]을 모르는 사람이 되고 죽어 머리 없는 귀신 됨을 면치 못할지니 어찌 한심치 아니하리오? 과인이 마땅히 금일 투항하리라."

하고, 즉시 항번降幡[33]을 성상城上에 꽂고 만왕이 소거素車와 소기素旗[34]로 인끈을 목에 매고 명진明陣에 이르러 항복함을 청한대, 양 원수 대군을 거느려 진세陣勢를 베풀고 군법으로 만왕의 항복을 받을새, 원수 홍포 금갑紅袍金甲으로 대우전大羽箭을 차고 진상에 오

---

29) 투구의 하나.

30) 소리를 같이하여 함께 외침.

31) 하늘의 뜻을 거스르는 자는 망하고 하늘에 순종하는 자는 번창한다.

32) 임금의 위엄과 은덕.

33) 항복을 알리는 깃발.

34) 소거는 항복할 때 쓰는 흰 포장을 친 수레. 또는 장식을 하지 않은 수레. 소기는 흰 깃발.

르매 좌편에 좌사마 청룡장군 소유경과 우편에 우사마 백호장군 홍혼탈과 전부선봉 뇌천
풍과 좌익장군 동초와 우익장군 마달과 돌격장군 손야차 등 일대 제장이 동서로 모셨으니,
정정亭亭한 기치旗幟는 일광日光을 가리고 연연淵淵한 고각鼓角은 산천이 진동하니, 만왕
이 슬행포복膝行匍匐[35]하여 장하帳下에 고두청죄叩頭請罪[36]하니 철목탑, 아발도 모든 만
장이 투구를 벗고 장전帳前에 궤복궤복跪伏[37]한대, 원수 일러 왈,

"네 천명을 모르고 변방을 소요하니 내 성지를 받자와 덕으로 무마하고 인의仁義로 인도
할지라. 네 만일 남은 용맹이 있거든 또 능히 싸움할쏘냐?"

만왕이 고두叩頭 왈,

"나탁이 금일까지 생존함은 황상의 천지 같은 성덕이요 원수의 하해 같은 덕택이라. 나
탁이 비록 만이지인蠻夷之人이나 오히려 오장칠정五臟七情을 품수稟受하여 하늘을 이
고 땅을 밟아 인류에 참여한 바라. 어찌 덕화를 감동하여 마음으로 항복지 않으리꼬? 나
탁이 생어절역生於絶域[38]하여 인의仁義를 모르고 지견知見이 고루하여 스스로 부월지
주斧鉞之誅[39]에 나아가니, 나탁의 머리털을 빼어 나탁의 지은 죄를 헤고자 하나 헤지 못
할까 하나이다."

원수 왈,

"방금 성천자聖天子 위位에 임하사 성신문무聖神文武하시고 자인애무慈仁愛撫하시니
사해를 덕으로 다스리사 비록 초목금수라도 황화를 감복感服하여 혜택惠澤을 아니 입은
자 없나니, 네 천명을 항거한즉 수령首領을 보전치 못할 것이요 항복한즉 용대容貸하심
이 있을지라. 마땅히 황상께 주달하여 처치하리라."

한대, 만왕이 고두백배叩頭百拜 왈,

"나탁은 이미 죽은 목숨이라. 비록 하늘이 크고 바다가 넓으나 어찌 이를 용납함을 바라
리꼬?"

하더라.

원수 즉시 만왕을 가두고 삼군 제장을 거느려 철목동에 들어가 파진악罷陣樂[40]을 아뢰
며 크게 호군犒軍한 후 천자께 표문를 올려 승전함을 주달할새, 일봉一封 가서家書[41]를 또
한 부치매 홍랑이 초연愀然하여 원수께 고 왈,

---

35) 배를 땅에 붙이고 무릎으로 기어감.

36) 머리를 땅에 조아려 벌을 주기를 청함.

37) 꿇어 엎드림.

38) 멀고 궁벽한 나라에 태어남.

39) 부월, 즉 도끼로 사형을 당할 만한 죄.

40) 진을 파할 때 울리는 군악.

41) 집에 보내는 글.

"첩이 금일 생존함은 윤 소저의 덕이라. 사생지간에 기심欺心[42]치 못할지니 생존한 소식을 잠간 고告코자 하나이다."

원수 웃고 허락하니라.

원수 좌익장군 동초를 불러 분부 왈,

"장군은 첩서를 받들고 속히 왕반往返하여 대군이 원방遠方에 지체치 말게 하라."

동초 청령聽令하고 즉일 등정登程하여 황성으로 가니라.

차설且說, 이때 천자 침식寢食이 미감未甘하사[43] 양 원수의 첩서捷書를 고대하시더니, 동초 표表를 받들어 주달하니 천자 자신전紫宸殿에 전좌殿座하사 동초를 탑전에 인견하시고 한림학사를 명하사 원수의 표를 읽으라 하시니, 그 표에 왈,

정남도원수征南都元帥 신臣 양창곡은 돈수 백배頓首百拜 상서우황제폐하上書于皇帝陛下하노니, 복이伏以 신이 황명을 받자와 남정南征한 지 이미 반년이라. 도량이 작고 재주 불민하여 천병天兵을 원방遠方에 오래 두류逗留하오니 성황성공誠惶誠恐 돈수돈수頓首頓首[44]하나이다. 신이 금월 모일에 만왕 나탁을 철통곡 전에 수항受降하고 첩서를 치보馳報[45]하오니 마땅히 조서를 기다려 환군하려니와 신은 써 하되 남방이 왕화王化 절원絶遠[46]하고 풍속이 강하여 덕화로 무마하고 위력으로 억제치 못할지라. 만왕 나탁이 비록 사죄死罪를 범하였사오나 이미 심복心服하였고 또한 나탁이 아닌즉 남방을 진정할 자 없을까 하나니, 복원伏願 폐하는 나탁의 죄를 사赦하시고 왕호를 잉존仍存[47]하사 하여금 성덕을 감동하여 길이 반복反覆함이 없게 하소서.

천자 표를 들으시고 대희하사 황, 윤 양 각로와 제신諸臣을 모으시고 왈,

"창곡의 장략은 제갈 무후에 양두讓頭치 않을지니, 어찌 국가의 동량주석棟樑柱石과 어모간성禦矛干城[48]이 아니리오?"

하시고, 동초를 가까이 나오라 하사 왈,

"너는 본디 어느 땅의 사람이뇨?"

동초 왈,

---

42) 죽었는지 살았는지를 속임.

43) 잠도 못 자고 밥도 잘 먹지 못한다는 말.

44) 참으로 황공하여 머리를 조아리고 조아림.

45) 싸움에 이겼음을 급히 아룀.

46) 임금의 덕행이 너무 멀어 미치지 못함.

47) 왕의 칭호를 그대로 둠.

48) 창을 막는 방패 같은 성. 적을 막는 굳은 성을 말한다.

"소신은 소주 사람으로 원수의 장재將材 뽑음을 알고 자원 출전하나이다."

상이 좌우를 보시며 칭찬하시고 우문又問 왈,

"네 군중에서 경력하던 말과 양 원수의 용병하던 바를 대강 말하라."

하신대, 동초 일일이 주달하니, 천자 대경하사 왈,

"양 원수의 장재將才 있음을 이미 짐작하였으나 홍혼탈은 어떠한 장수며 무예 도략度略
이 이같이 절륜絶倫하니 이는 원수의 복이로다."

동초 왈,

"홍혼탈은 본디 중국 사람으로 남방에 유락流落하여 산중에서 술업術業을 닦아 연금年
수 십육 세라. 의기를 좋아하고 용모, 풍채는 장자방張子房[49]과 방불하니이다."

상이 재삼 칭찬하시더니, 마침 교지왕交趾王의 상소가 이르니 그 상소에 왈,

교지交趾 남방 천여 리 밖에 홍도국紅桃國이라 하는 나라가 있으니, 자고로 중국에 조
공 아니 하고 원방遠方 만이지국蠻夷之國으로 빈척擯斥[50]하여 변방을 침노함이 없더니,
이제 만인蠻人 백여 부락을 체결締結하여 교지 지방을 침노하기로 신이 토병土兵을 조
발調發하여 삼전삼패三戰三敗하니 그 기세가 강성하여 대적지 못할지라. 복원伏願 폐하
는 천병天兵을 조발하사 평정하게 하소서.

천자 남필覽畢에 대경大驚하사 양兩 각로를 보시며 문계問啓하신대, 황 각로 주奏 왈,

"적세敵勢 이같이 난측難測하니 용장庸將[51]으로 대적지 못할까 하오니 양창곡에게 조
서詔書하사 군사 일만을 나눠 홍혼탈을 주어 홍도국을 치게 하소서. 창곡은 이미 성공하
였으매 대군을 오래 변방에 두류함이 불가하오니 빨리 회군케 하소서."

윤 각로 왈,

"홍혼탈의 위인을 들으매 변방에 낙척落拓하였다가 난시亂時를 당하여 재주를 나타내
어 입신양명코자 하는 장수라. 폐하 만일 조서하사 조용調用하신즉 그 도보圖報함이 태
만치 않을까 하나이다."

상이 그 말을 좇으사 즉시 양창곡에게 조서하실새 동초로 호분장군虎賁將軍을 배拜하
여[52] 성야星夜 회정回程[53]케 하시니라.

이때 양 원외 아자兒子의 승전 환국함을 주소晝宵[54] 고대하더니, 동초 서간을 드리고 망

---

49) 한나라 개국 공신 장량張良.

50) 싫어하여 물리침.

51) 변변치 않은 장수.

52) 조정에서 벼슬을 주어 임명함.

53) 별이 총총한 밤에 바로 이어 돌아가게 함.

망忙忙 회정回程하거늘 원외 나와 서간을 펴 볼새, 그중 작게 봉한 편지 있고 피봉皮封에 '윤 소저' 세 자를 썼거늘 원외 즉시 소저 침실로 보내니, 소저 바삐 떼어 보매 어찌 홍랑의 글씨를 모르리오? 사연에 왈,

천첩 강남홍은 기박한 명도命途로 편애하신 은덕을 입사와 강중江中에 놀란 혼이 산중에 의탁하여 명도 신고辛苦하나 하늘이 가르치사 도동道童으로 변복하고 장수로 환형換形하여 백 년의 끊어진 인연을 삼군 진전陣前에 장막으로 이었으니, 천종賤蹤[55]을 책망할 바 아니로되 백일에 환형幻形하여 귀물과 같은지라 참괴慙愧, 참괴로소이다. 다만 은근히 생각하고 몽매夢寐에 앙모仰慕하더니, 세간의 죽은 몸이 물외에 생존하여 맑은 얼굴과 높은 말씀을 다시 모셔 여생을 보낼지니 스스로 기쁘오이다.

윤 소저 평생 전도顚倒함이 없더니 의외에 홍랑의 편지를 보고 선후도착先後倒錯하여 왈,
"홍랑아, 연옥이 살았구나."
연옥이 당황 부답不答하니, 소저 소 왈,
"내 말이 도착倒錯하도다. 연옥아, 네 고주故主 홍랑이 세간世間에 생존하여 편지 왔으니 어찌 기특지 않으리오?"
연옥이 반김이 극진하매 도리어 대경실색大驚失色하여 소저께 달려들며 울어 왈,
"소저 그 무슨 말씀이니이까?"
하거늘, 소저 그 정경을 불쌍히 여겨 위로 왈,
"사생死生이 유명幽明하고 고락苦樂이 재천在天이라. 홍의 얼굴이 화길和吉하여 필경 수중고혼水中孤魂이 아니 되지 않을까 하였더니 과연 살았도다."
하고 서간을 내어 주니, 연옥이 보고 여취여몽如醉如夢하여 일희일비一喜一悲하여 일변 누수淚水를 뿌리며 일변 웃음을 띠어 왈,
"천비賤婢 고주를 본 지 삼 년이라. 어찌하면 바삐 보오리까?"
소저 왈,
"상공이 미구未久에 회군하신즉 자연 따라오리라."
옥이 소 왈,
"상공 환차還次하시는 날 천비 남교南郊 십 리에 창두를 좇아 고주를 영후迎候[56]코자 하오나 다만 협중篋中에 고운 의상이 없어 군사가 부끄러워 어찌하오리까?"

---

54) 밤낮으로.
55) 천한 신분.
56) 맞이하며 기다림.

윤 소저 소 왈,

"편지를 보매 몸이 장수 되었다 하니 이는 종적을 감춤이라. 아직 누설치 말라."

익일 천자 다시 하교 왈,

"짐이 고쳐 생각하니 적세 비경非輕하거늘 일개 편장偏將으로 가 치게 함이 불가한지라. 다시 창곡에게 조서하여 병력幷力[57]하게 하리라."

하시고 즉시 양 원수에게 조서를 내리시니, 그 조서에 왈,

경은 주지방소周之方召요 송지한부宋之韓富[58]라. 덕망이 조정에 나타나고 위엄이 변방에 진동하매 준이만형蠢爾蠻形이 망풍와해望風瓦解[59]하니, 종금이후로 짐이 고침무우高枕無憂[60]할까 하였더니, 교지 홍도국의 급보 이르러 적세 비경하니 경은 회군치 말고 교지로 향하여 도적을 마저 평정하고 돌아오라. 짐이 덕화 부족하여 경으로 하여금 우설양류雨雪楊柳에 현로賢勞[61]하는 수고와 영해 풍진領海風塵에 장모長慕[62]하는 심사를 도우니, 남으로 바라보매 참괴慙愧함이 극極하도다. 이제 경을 특별히 우승상 겸 정남대도독을 배拜하노니, 부원수 홍혼탈을 데리고 편의종사하여 짐의 뜻을 저버리지 말라. 만왕 나탁은 죄를 사하노니 왕호를 잉존仍存하여 남방을 진정케 하라.

또 홍혼탈에게 조서하시니 그 조서에는 어찌하신고? 하회를 보라.

---

57) 힘을 한데 합함.

58) 주나라의 방숙方叔, 소호召虎요, 송나라의 한기韓琦와 부필富弼. 주나라 선왕宣王 때 방숙은 장수가 되어 만이蠻夷를 정복했고, 소호는 쇠약해진 주나라를 일으켰다. 한기와 부필은 둘 다 송나라 신종神宗을 섬긴 어진 신하이자 장수로, 국가 대사를 맡아 늘 자기 몸을 돌보지 않았다고 한다.

59) 미련한 남방의 오랑캐 종족이 높은 덕망을 우러러보고는 기왓장처럼 무너짐.

60) 베개를 높이 베고 걱정이 없음.

61) 눈비 내리는 겨울이나 버드나무에 눈트는 봄이나, 재주가 많아 홀로 힘씀.

62) 전쟁터에서 고향을 길이 그리워함.

제19회 노랑이 의를 감동하여 황부黃婦를 욕하고
가인이 단거로 강주를 향하다
老娘感義辱黃婦　佳人單車向江州

각설, 천자 친필로 홍혼탈에게 조서하시니, 그 조서에 왈,

　짐이 덕이 부족하므로 보위에 처한 지 우금于今 사 년이라. 인재를 쓰매 유주遺珠하는 탄식[1]이 있고 초야草野를 들매 포옥抱玉하는 눈물이 많으니[2] 경 같은 절세한 재주를 유락遺落[3]하여 성문聲聞이 조정에 미달未達하고 종적이 만향蠻鄉에 침체하니 이는 짐의 허물이라. 하늘이 도우시고 종사宗社 다복多福하여 위빈渭濱의 낚시를 걷어 주방周邦을 붙들고[4] 한계寒溪의 칼을 짚어 한중漢中으로 돌아오니[5] 장군의 덕이로다. 창천蒼天이 짐을 돌아보사 양필良弼을 주심이라. 이미 대공을 이룸은 단서철권丹書鐵卷[6]에 훈업勳業을 의논하고 청사죽백青史竹帛[7]에 이름이 빛나려니와 이제 홍도국 도적이 다시 변경을 침노하여 형세 창궐하니 경이 아니면 평정치 못할지라. 경을 특별히 병부시랑 겸 정남부원수를 배拜하노니 되도록 양창곡과 대군을 거느려 교지에 나아가 대공을 다시 이루라. 전포 한 령領과 궁시弓矢 절월節鉞과 부원수 인수印綬를 보내니 경기흠재卿其欽哉[8]하라.

　천자 즉시 천사天使 일인을 명하사 조서를 가지고 성야星夜 등정登程하라 하시니 천사 하직하고 남으로 가니라.

　차설, 선랑이 춘풍春風 같은 기상과 추월秋月 같은 지절志節로 불의지변不意之變을 당

---

1) 구슬같이 귀한 인재를 등용하지 못하고 잃어버림을 탄식함.
2) 중국의 변화卞和가 형산에서 귀한 옥돌을 얻어 임금에게 바쳤으나 임금은 그것을 알아보지 못하고 오히려 벌을 내렸다는 데서 온 말로, 포옥하는 눈물이란 변화가 옥돌을 안고 운 것을 말하는데, 여기에서는 큰 포부를 간직하고서도 알아줌을 입지 못한 것을 말한다.
3) 미처 거두지 못하고 빠뜨림.
4) 강태공이 위수 가에서 낚시를 하다가 문왕을 만나 낚시를 그만두고 주나라를 도운 일.
5) 한신韓信이 한나라 유방劉邦에게 귀의하였으나 유방이 잘 대우하지 않자 떠났는데, 승상이었던 소하蕭何가 달려가 한계寒溪에서 한신을 다시 데리고 와서 예우한 일.
6) 공신을 표창하던 문서와 철로 만든 표지.
7) 역사를 기록한 대나무나 비단. 종이가 없던 시절에 대나 비단에 글을 남겼음.
8) 왕이 신하에게 이르는 말로 '경은 삼가 공경하게 생각하여 행할지어다.' 라는 뜻.

하여 더러운 이름과 간특한 죄목을 신설무지伸雪無地[9]하고 호소무처呼訴無處하매 죄인으로 자처하고 발자취 방문 밖에 나지 아니한 지 이미 반년이라. 밤이면 고등孤燈을 향하여 처량히 잠을 이루지 못하고 낮이면 문호門戶를 닫고 적막히 눈물로 세월을 보내더니 여액餘厄이 미진하고 조물이 무심하여 일장풍파一場風波가 새로 일어나니 슬프다! 그 신수의 공참孔慘[10]함이여.

차시 위씨 모녀 간특한 계교로 두 번 선랑을 모해하다가 뜻과 같지 못하매 황 소저 인하여 병들었다 핑계하고 본부에 있어 주소일념晝宵一念[11]이 초조 착급하더니 양 원수의 회군함을 듣고 위 씨 소저를 대하여 왈,

"이는 좋은 소식이 아니라. 여아는 장차 어찌코자 하느뇨? 악한 물건이 함독含毒한 지 오래니 원수 환가還家한즉 그 보복함이 어느 지경에 미치리오?"

소저 아미를 숙이고 답지 아니하거늘, 춘월이 소 왈,

"봄이 진盡한즉 가을이 돌아오고 그릇이 가득한즉 기울어 엎어짐은 떳떳한 일이라. 부인이 처음 계교를 서어齟齬히 하시고 무익한 심려를 허비하심이로소이다."

위 씨 탄 왈,

"춘월아, 너는 소저의 심복이라. 어찌 사생 환난에 남의 말 하듯 하느뇨? 소저는 천성이 인약仁弱하여 원려遠慮 없으니 네 어찌 묘계를 말하지 아니하느뇨?"

춘월 왈,

"속담에 하였으되, '풀을 벰에 뿌리를 빼라.' 하니 부인이 종시 화근을 묻어 두고 방략을 물으시니 천비賤婢 어찌하리오?"

위 씨 이에 춘월의 손을 잡아 왈,

"이는 정히 나의 근심하는 바라. 이제 어찌하면 뿌리를 빼리오?"

춘월 왈,

"금일 풍파 오히려 결말이 없음은 선랑을 세상에 살려 두었으니, 초패왕을 죽인 후 팔 년 풍진이 침식寢息할지니 부인이 만일 엄중자嚴仲子[12]의 백금을 아끼지 아니하신즉 천비 마땅히 장안을 편답遍踏하여 섭정聶政의 날랜 칼을 도모할까 하나이다."

소저 차언을 듣고 침음 왈,

"이 일이 가장 장대하니 불가함이 두 가지라. 삼엄한 재상부에 자객을 보냄이 십분 소홀하니 그 불가함이 하나이요, 내 선랑을 모해함은 불과 그 고움을 시기하고 은총을 투기함이라. 이제 자객을 보내어 머리를 취함은 형적이 낭자하니 뜻을 이루나 보고 듣는 자

---

9) 억울함을 씻을 길이 없음.

10) 너무도 참혹함.

11) 밤낮 한 가지만 생각하는 마음.

12) 한나라 때 사람 엄수嚴遂. 섭정에게 거금을 주어 한韓의 승상 협루俠累를 죽이게 했다.

의 이목을 어찌 도망하리오? 이는 불가함이 두 가지니 너는 다른 계교를 생각하라."

춘월이 냉소 왈,

"소저 저같이 겁懷하실진대 어찌 별당에 남자를 들여보내시며 독약을 구하여 무죄한 사람을 음해하시니이꼬? 천비 들으매 선랑이 죄인으로 자처하여 풀 자리와 베 이불에 초췌한 안색과 가련한 자태로 원수의 환가還家하심을 굴지고대屈指苦待[13]한다 하니 비록 대장부의 철석간장이나 오매불망하여 신정新情이 미흡하던 총희寵姬[14]로 하여금 그 경상景狀이 됨을 보신즉 어찌 촌장寸腸이 부서지고 살점이 아픔을 면하리오? 측연惻然한 곳에 인정이 생기며 처량한 가운데 사랑하는 마음이 더하나니 슬프다! 소저의 신세는 이로조차 소반 가운데 구르는 구슬이 될까 하나이다."

황 소저 홀연 얼굴이 푸르러지며 맥맥히 춘월을 보거늘, 춘월이 다시 탄 왈,

"선랑은 진개眞個 당돌한 여자니이다. 근일 하는 말이 황 씨 아무리 지혜 많으나 근원 없는 물이라. 동해가 변하고 산이 무너질지언정 양 원수와 벽성선의 정근情根은 금석 같으리라 한다 하더이다."

소저 이에 발연대로勃然大怒 왈,

"천기賤妓를 세간에 두고는 내 차라리 이 세상에 있지 않으리라."

하고, 즉시 백금을 내어 춘월을 주며 왈,

"바삐 행계行計하라."

하니, 춘월이 변복하고 장안을 편답하여 자객을 구하더니, 일일은 일개 노랑老娘을 데리고 와 부인께 뵙거늘 위 씨 그 노랑을 보니 신장이 불과 오 척이요 백발이 귀밑을 덮었으며 별 같은 눈에 맹렬한 기운이 어리었거늘, 부인이 좌우를 물리치고 조용히 문 왈,

"노랑의 나이 몇이며 성명이 무엇인고?"

노랑 왈,

"천한 나이는 칠십이요 성명은 기존記存하여 쓸데없을지나 평생에 의기를 좋아하여 불쾌한 일을 들은즉 항상 급란지풍急亂之風[15]을 사모하더니, 이제 춘랑의 말을 들은즉 부인과 소저의 처지 십분 측연한 고로 한번 진력하여 불평한 심사를 풀고자 함이며, 살인보수報讐[16]는 중대하니 일호 협잡함이 있은즉 도리어 그 화를 받나니 부인은 다시 생각하여 하소서."

위 부인이 탄 왈,

"노랑은 의기 있는 자로다. 어찌 잡념을 두어 인명을 살해하리오?"

---

13) 손가락을 꼽아 세어 가며 애써 기다림.

14) 특별한 귀여움과 사랑을 받는 여자.

15) 남이 어려움에 처했을 때 구해 주는 의로운 태도.

16) 앙갚음.

인하여 주찬을 가져 대접하며 소회所懷를 대강 말하여 왈,

"부녀의 투기는 인간에 많은 일이라. 그 어미 된 자 마땅히 웃고 만류하며 꾸짖어 경계할지니 어찌 도리어 보수報讐할 생각을 두리오마는 오늘 일은 가위 천고소무千古所無요 인간의 듣지 못하던 바라. 내 딸이 본디 혼암昏暗하여 세간의 투기가 무엇인 줄 모르고 자랐더니 간인奸人의 수중에 들어 한번 중독한 후로 병입골수病入骨髓할 뿐 아니라 다시 구가舅家에 감을 겁怯하여 노신老身 슬하에 평생을 맞고자 하니, 내 어찌 차마 저 몰골을 보리오? 또 생각건대 양가楊家 흥망은 즉 여아의 평생이 달림이라. 요물이 생긴 후 가중家中에 변이 첩출疊出하고 더러운 말이 귀로 들을 길이 없어 여아의 신세는 이르지 말고 양가 일문이 패망지환을 면치 못할지라. 노랑이 이미 의기를 좋아할진대 삼척 상인 三尺霜刃[17]을 한번 던져 양씨 일문이 위태함을 구하고 여아 평생의 화근을 없이한즉 노신이 마땅히 천금으로 그 공을 갚으리라."

노랑이 일변 눈을 흘겨 위 씨의 기색을 살피며 소 왈,

"진개眞個 그러한즉 또한 거리낄 바 없나이다. 이미 춘랑에게 들은 바니 수일 후 마땅히 칼을 가지고 오리다."

위 씨 대희하여 먼저 백금으로 정표情表코자 한대 노랑이 받지 아니하여 왈,

"이는 바쁘지 아니하니 성공한 후에 주소서."

하더라.

수일 후 노랑이 작은 칼을 몸에 지니고 먼저 황부黃府에 이르러 위 부인과 소저를 보고 승야乘夜하여 양부楊府로 갈새, 춘월이 양부 담 밖에 이르러 후원 길과 별당 문을 자세히 가르치고 오니라.

차시는 삼월 중순이라. 천기 청랑晴朗하고 월색이 조요照耀한대 노랑이 칼을 잡고 담을 넘어 좌우를 둘러보니 후원이 유수幽邃한대 과목果木이 성림成林하여 행화杏花는 이진已盡[18]하고 도화桃花는 만발한 중 쌍쌍 백학白鶴은 임林 중에 잠들고 층층석대層層石臺에 이끼가 깔렸는데 희미한 한길이 월하에 뵈는지라. 자취를 가만히 하여 석대를 내려서매 동서의 별당이 좌우에 벌였는데 일각一角 중문이 적막히 닫혔거늘 동별당을 버리고 서별당에 이르러 칼을 잡고 몸을 솟구쳐 담장을 넘어 드니 좌우 행각行閣이 있는지라. 춘월의 지도함을 생각하고 행각 제일방 앞에 이르러 보니 침문이 고요히 닫혔고 그 옆에 작은 창이 있어 촉영燭影이 은영隱映하거늘 창틈으로 가만히 엿보니 양개 차환은 촉하에 잠들고 일위 미인이 상상牀上에 누웠거늘 자세히 보니 풀 자리에 때 묻은 의상과 파리한 얼굴이 십분 초췌하고 칠분 아리따워 몽롱한 춘수春睡는 추파秋波를 감았으며[19] 무궁한 근심은 아

---

17) 서너 자 되는 시퍼런 칼.
18) 살구나무 꽃은 이미 짐.
19) 봄날의 졸음으로 눈이 감겼으며.

미아蛾眉를 쩡기었으니 양대陽臺 운우雲雨에 초 양왕楚襄王을 꿈꿈²⁰⁾이 아니라 강담江潭 방초芳草에 굴 삼려屈三閭의 수심을 띠었거늘 노랑이 의아하여 심중에 생각하되,

'내 칠십 노안이 세상을 열력閱歷하여 인정물태를 한번 보면 짐작할지니 어찌 저러한 가인이 그러한 행실이 있으리오?'

다시 창틈을 뚫고 둘러보더니, 그 미인이 홀연 탄식하고 돌아누우며 옥 같은 팔을 내어 이마 위에 얹고 다시 잠들거늘, 노랑이 별 같은 눈을 맥맥히 흘려 찬찬히 살펴보매 해진 나삼 소매 반만 거드치고 빙설 같은 팔뚝이 절반이나 드러났는데 일편 홍점紅點이 촉하燭下에 완연하니 운소선학雲宵仙鶴²¹⁾이 이마를 드러내고 망제望帝 원혼이 붉은 피를 토한 듯²²⁾ 심상한 홍점이 아니라 앵혈鶯血일시 분명하니, 노랑이 간담이 서늘하고 마음이 떨리어 칼을 들고 생각하되,

'아미의 투기함과 천비의 망극함은 자고 있는 바나 증자曾子의 살인함과 효기孝起의 불효함²³⁾은 노신의 불쾌하는 바라. 평생에 의기를 좋아하다가 이러한 사람을 구치 아니한즉 녹록한 여자로다.'

하고 바로 칼을 들고 침문寢門을 열고 들어서니, 그 미인이 놀라 일어나며 차환을 부르거늘 노랑이 웃고 칼을 던지며 왈,

"낭자는 경동치 마소서. 양원梁園의 자객이 어찌 원 중랑袁中郞을 구치 아니할 줄²⁴⁾ 아나니이까?"

미인이 문 왈,

"노랑은 어떠한 사람이뇨?"

노랑 왈,

"노신은 이에 황 각로 부중에서 보낸 자객이로소이다."

미인 왈,

"낭이 이미 급란지풍急亂之風으로 왔은즉 어찌 내 머리를 취하여 가지 아니하느뇨?"

노랑 왈,

---

20) 옛날 중국의 무산선녀가 초 양왕 앞에 나타나 인연을 맺고는, 자신은 무산 양지쪽에 살면서 아침저녁으로 구름과 비가 된다고 한 데서 온 말. 남녀간 즐거움을 꿈꾼다는 말.

21) 구름 뜬 하늘을 나는 학.

22) 소쩍새가 피를 토하여 우는 듯. 초나라 망제 두우杜佑가 죽어서 소쩍새가 되었다 함.

23) 증자가 살인을 했다고 여러 번 거짓말하여 믿게 하는 것과 은나라 때 효자인 효기가 불효했다고 거짓말하는 일.

24) 양원은 한나라 양효왕梁孝王 유무劉武의 정원 이름이고, 원 중랑은 이때의 재상 원앙袁盎. 유무가 황태제 되는 것을 원앙이 반대하다가 원한을 사 자객을 맞게 되었으나 자객이 그의 성품에 감화되어 칭송하고 돌아갔다고 한다.

"노신의 소회는 천천히 들으시고 먼저 낭자의 처지를 잠깐 말하소서."

미인이 소 왈,

"노랑이 이 사람을 죽이러 왔거늘 어찌 그 곡절을 묻느뇨? 첩은 천지간 강상綱常[25]을 범한 죄인이라. 무슨 다른 말이 있으리오?"

노랑이 허희탄식 왈,

"낭자의 소회를 그만 들은즉 알려니와 노신은 본디 낙양 사람이라. 젊어 청루에 놀아 검술을 배웠더니 늙으매 문전이 냉각冷却하고 풍정風情이 적은지라. 제일 강개지심慷慨之心이 남아 도문屠門에 탄식하여 살인 보수함을 일삼더니 그릇 황가黃家 노구老嫗의 말을 듣고 거의 무죄한 가인佳人을 상할 뻔하였도다."

미인이 반겨 왈,

"첩도 낙양 청루에 놀던 사람이라. 명도命途 기박하여 강주에 표박하였다가 이곳에 이르니 노류장화의 천한 자취로 소성 건즐小星巾櫛[26]의 직책을 당치 못하여 주모主母[27]께 득죄하니 의호宜乎[28] 의기 있는 사람의 검두고혼劍頭孤魂[29]이 될지라. 노랑이 용서함이 그르도다."

노랑이 다시 대경 왈,

"연즉 낭자의 이름이 벽성선이 아니오니이까?"

미인 왈,

"노랑이 어찌 첩의 이름을 아느뇨?"

노랑이 선랑의 손을 잡고 함루 왈,

"노신이 낭자의 방명芳名을 우레같이 듣고 낭자의 빙설 같은 지조를 거울같이 비치거늘 황가 노부 하늘을 이고 귀신을 속여 요조숙녀를 이같이 모해하니, 노신 수중의 서리 같은 칼날이 무디지 않은지라. 요악한 노구老嫗 간녀奸女의 피를 묻혀 검신劍神을 위로하리라."

하고 분연히 나가거늘, 선랑이 그 소매를 잡아 왈,

"노랑이 그르도다. 처첩지분은 군신과 같으니 어찌 그 신하를 위하여 임금을 해하리오? 이는 의리 있는 사람의 일이 아니라. 노랑이 만일 고집한즉 첩의 목의 더러운 피로 먼저 노랑의 칼에 묻히리라."

언필言畢에 기색이 당당하여 추상열일秋霜烈日[30] 같거늘 노랑이 다시 탄식 왈,

---

25) 삼강三綱과 오상五常을 아울러 이르는 말. 곧 사람이 지켜야 할 도리.

26) 소성은 작은 별이라는 뜻으로 첩을 일컫는 말. 건즐은 낯을 씻고 머리를 빗는 일 따위.

27) 첩이 본처를 일컫는 말.

28) 마땅히.

29) 칼에 맞아 죽은 외로운 혼.

"낭자는 가위 명불허득名不虛得[31]이로다. 내 십 년 일검一劍을 황부에 시험치 못하니 심중에 가장 불평하나 낭자의 낯을 아니 보지 못할지라. 낭자는 천만보중하소서."

하고 칼을 들고 표연히 나가거늘, 선랑이 재삼 당부 왈,

"노랑이 만일 첩의 주모를 해친즉 그날은 첩의 명진지시命盡之時[32]니 그리 알라."

노랑이 미소 왈,

"노신이 어찌 두말을 하리오?"

하더라.

노랑이 칼을 잡고 다시 장원牆垣을 넘어 황부에 이르니 이때 이미 동방이 밝았더라. 춘월 노주奴主 조민躁悶히 앉았다가 노랑의 옴을 보고 춘월이 내달아 왈,

"어찌 그리 더디며 천기賤妓의 머리 어디 있나뇨?"

노랑이 허희歔欷히 웃고 좌수左手로 춘월의 머리채를 풀쳐 단단히 잡고 우수右手로 서리 같은 칼을 들어 위 부인을 가리키며 노안老眼을 흘기어 이윽히 보더니 크게 꾸짖어 왈,

"잔악한 노구老嫗가 편협한 투부妬婦를 도와 숙녀 가인을 모해하니 내 수중의 삼척 비수 네 머리를 취하고자 하였더니, 선랑의 지극한 충심을 감동하여 용서하거니와 선랑의 지조, 절개는 백일이 조림照臨하고 창천蒼天이 아신 바라. 십 년 청루에 일편 홍점은 천고소무千古所無라. 네 선랑을 다시 모해한즉 내 비록 천만 리 밖에 있어도 이 칼을 갈아 기다리리라."

하고 언필言畢에 춘월을 끌고 문외에 나가니, 황부 상하 대경 요란하여 수십 명 창두들이 일제히 내달아 노랑을 잡고자 하니, 노랑이 돌아보며 왈,

"네 만일 내게 범한즉 이 여자를 먼저 찌르리라."

하니, 좌우 감히 하수下手치 못하더라.

노랑이 춘월을 끌고 대도大道 상에 나가 크게 외쳐 왈,

"천하의 의기 있는 자는 노신老身의 말을 자세히 들으라. 노신은 자객이라. 황 각로 부인 위 씨 간악한 딸을 위하여 시비 춘월을 변복變服하여 노신을 천금으로 구하여 양 승상의 소실 선랑의 머리를 베려 하거늘, 노신이 양부에 가 선랑 침실의 창틈을 엿보니 선랑이 풀 자리와 베 이불에 남루한 의상으로 촉하燭下에 누웠는데 우연히 본즉 비상臂上 홍점紅點이 지금까지 완연하니, 노신이 평생 의기義氣를 좋아하다가 간인奸人의 말을 그릇 듣고 숙녀 가인을 살해할 뻔하니 어찌 모골이 송연치 않으리오? 노신 그 칼로써 위 씨 모녀를 죽여 선랑의 화근을 덜까 하였더니, 선랑이 지성으로 말려 말이 강개하고 의리 삼엄하니, 슬프다! 십 년 청루에 앵혈鶯血이 분명한 여자를 음해한다 하며, 원수를 잊고

---

30) 매서운 가을 서리와 뜨거운 햇빛. 형벌이 엄하고 권위가 있음을 이르는 말.

31) 명예나 명성은 헛되이 얻을 수 있는 것이 아님.

32) 목숨이 다하는 때.

처첩지분妻妾之分을 지키는 정대한 부인을 도리어 간인이라 하니 어찌 한심치 않으리오? 노신이 선랑의 충심을 감동하여 위 씨 모녀를 용서하고 그저 가거니와 만일 이후에 다시 귀 없는 자객이 위 씨의 천금을 탐하여 선랑을 해치고자 하는 자 있으면 내 마땅히 듣고 봄이 있으리라."

하고, 이에 칼을 들어 춘월을 가리켜 왈,

"너는 천인賤人이라 말할 바 아니나 또한 오장육부를 가진 자니 백일지하白日之下에 선랑같이 현숙한 가인을 어찌 차마 모해하는다? 너를 이 칼로 없이하고자 하였더니, 다시 생각하매 일후日後 황 씨의 행흉行凶 절차를 증거할 곳이 없을까 하여 일루 잔명一縷殘命을 붙여 두고 가노니 그리 알라."

하고, 서리 같은 칼날이 한번 번뜩이며 춘월은 땅에 엎어지고 노랑은 간 곳이 없거늘, 모두 대경大驚하여 춘월을 보니 유혈이 낭자하고 두 귀와 코가 없더라. 자차自此로 노랑의 풍성風聲이 도하都下에 자자하여 선랑의 애매함과 황 씨의 간독奸毒함을 모르는 자 없더라.

차설且說, 황부黃府 창두 춘월을 업어 부중으로 들어가니 이때 위 씨와 소저 노랑의 기세를 보고 십분 송구悚懼하던 차에 춘월의 모양을 보고 더욱 대경차악大驚且愕하여 바삐 약을 주어 구호하라 하고 위 씨 가만히 생각 왈,

'천지신명이 돕지 않으심인가. 사람의 경륜이 지혜롭지 못하여 내 부른 자객이 도리어 나를 해치고 수인囚人을 위할 줄 어찌 알았으리오? 더욱 절통한 바는 세 번 계교에 한 번도 뜻 같지 못하고 여아를 위하여 안중정眼中釘[33]을 빼어 주려 하다가 도리어 불미한 지목指目을 얻어 들으니, 어미 된 마음이 어찌 부끄럽지 않으리오? 내 결단코 선랑을 세간에 없애지 못한즉 차라리 우리 모녀 죽어 합연溘然히 모르리라.'[34]

하고 다시 일계一計를 생각하고, 짐짓 춘월을 자기 침실에 뉘고 각로의 들어옴을 기다리더라.

위 씨와 소저 실심하고 앉았거늘 각로 들어와 기색을 보고 문 왈,

"부인이 무슨 불평한 일이 있나뇨?"

위 씨 왈,

"상공은 진실로 귀먹고 눈 어두운 가장이로소이다. 일실지내一室之內의 야간夜間 풍파風波를 모르시나이까?"

각로 대경 왈,

"무슨 풍파뇨? 빨리 말하라."

부인이 손을 들어 춘월을 가리켜 왈,

"저것을 보소서."

---

33) 눈엣가시.
34) 우리 모녀는 죽어서 아무것도 모르는 게 나으리라.

각로 어두운 눈을 황황히 뜨고 자세히 보니 일개 여자 유혈이 만면하고 두 귀와 코가 없으니 참혹한 모양을 바라볼 수 없는지라. 각로 더욱 놀라 왈,

"그것이 누구뇨?"

좌우 왈,

"시비侍婢 춘월이니이다."

각로 대경실색大驚失色하고 곡절을 물은대, 위 씨 초연愀然 왈,

"세상에 무서운 바는 간악한 사람이라. 부질없이 벽성선과 험원嫌怨을 맺어 그 화를 자취自取하니, 아득한 경륜과 흉참凶慘한 거조가 이에 미칠 줄 알았으리오? 차라리 처음에 독약을 마시고 조용히 죽으니만 못한가 하나이다."

각로 왈,

"이는 어찌한 말인가?"

위 씨 왈,

"거야去夜 삼경에 일개 자객이 첩의 모녀 자는 침실에 들어왔다가 춘월에게 쫓겨 간 바라. 도리어 첩의 모녀는 성명性命을 보전하였으나 시비는 저같이 상하였으니 고금천지에 듣지 못한 괴변이라. 첩이 실로 송구하여 하나이다."

각로 경 왈,

"이 어찌 선랑의 보낸 바인 줄 아나니이까?"

위 씨 왈,

"첩이 또한 어찌 알리오? 춘치자명春雉自鳴[35]하여 그 자객이 돌아가는 길에 외쳐 왈, '나는 황 씨를 구하러 온 자객으로 선랑을 죽이러 양부에 갔다가 선랑의 무죄함을 알고 도리어 황 씨 모녀를 해하고자 왔노라.' 하니, 어찌 천기賤妓의 요악한 계교 아니리오? 제 이제 자객을 보내어 뜻을 이룬즉 첩의 모녀를 없이하고 불행히 이루지 못한즉 흉녕한 지목으로써 도리어 첩의 모녀에게 미루고자 함이 아니오니이까?"

각로 이 말을 듣고 대로하여 일변 법부法部에 기별하여 자객을 기찰譏察하고 탑전榻前에 주달奏達하여 선랑을 처치코자 하니, 위 씨 말려 왈,

"전일 상공이 선랑의 일에 황야께 주달하여 마침내 엄치嚴治를 얻지 못함은 무타無他[36]라, 그 말씀이 공변되지 못하여 조정이 모두 사사 있음을 의심함이라. 이제 체중體重하시므로 구구소회區區所懷를 누누앙달屢屢仰達함이 불가할 듯하오니, 간관諫官 왕세창王世昌은 첩의 이질姨姪이라. 조용히 불러 사기事機를 일일이 말씀하신즉 이는 법강法綱 소관所關이요 풍화風化 손상損傷한 일이라. 일장一張 표를 올려 기강을 바로 함이 또한 간관의 직책일까 하노이다."

---

35) 봄 꿩이 저절로 운다. 묻지 않은 것을 스스로 다 말함을 이르는 말.

36) 다른 까닭이 없음.

각로 옳이 여겨 즉시 세창을 청하여 의논하니, 세창은 본디 중무소주中無所主[37]하여 주견 없는 자라 응낙하고 가니라.

위 씨 다시 가 궁인買宮人을 조용히 청하여 왈,

"우리 상봉한 지 오래도다. 매양 석사昔事를 생각하여 초창怊悵할 뿐 아니라 오늘은 특별히 인명을 위하여 그대에게 약을 구코자 청함이라."

하고 인하여 춘월을 가리켜 왈,

"천비는 여아의 심복이라. 횡리지액橫罹之厄[38]으로 주인을 대신하여 자객에게 검두 원혼劍頭冤魂이 될 뻔하니 비록 성명을 보전하였으나 면목을 훼상毁傷하여 정히 측연하더니, 의원의 말이 금창약金瘡藥[39]을 수궁혈守宮血[40]에 화하여 바른즉 나으리라 하니, 금창약은 얻으려니와 수궁혈은 귀한 물건이라 어찌 얻으리오? 들으매 궁중에 많다 하니 그대는 잔명殘命을 자비하여 얻어 줄쏘냐?"

가 궁인이 춘월의 모양을 보고 악연실색愕然失色하여 곡절을 물은대, 위 씨 이에 경력經歷한 바를 일일이 고하고 탄 왈,

"노신이 향일 여아의 혼사를 인연하여 태후께 엄교를 뫼옵고 지금까지 송름송름悚懍[41]함을 이기지 못할러니 그대는 구태여 등철登徹[42]하여 노신의 죄를 더하지 말려니와 벽성선의 간악함은 독한 뱀이요 교사巧詐한 여라. 괴변怪變이 무수하여 양씨 일문이 망하게 되었으니 노신이 여아의 평생을 위하여 합연히 모르고자 하노라."

가 궁인이 경 왈,

"귀부 환란이 이같이 해연駭然하니 어찌 자객을 근포跟捕하고 간인을 사핵査核[43]하여 징일려백懲一勵百[44]하는 도리 없사오리까?"

위 씨 탄 왈,

"이는 다 여아의 신수身數라. 신수를 어찌 도망하리오? 하물며 우리 상공이 연로무기年老無氣[45]하사 규문지사閨門之事를 두 번 등철코자 않으시니 어찌하리오?"

가 궁인이 묵묵히 돌아가 즉시 약을 보내고 바로 태후 궁중에 들어가 황부 괴변과 위 씨

---

37) 마음속에 줏대가 없음.

38) 뜻밖의 재앙.

39) 칼에 상한 곳에 바르는 약.

40) 수궁은 갈호蝎虎라고도 하는 도마뱀과 비슷한 도마뱀붙이. 그 피를 수궁혈이라 한다.

41) 두려워서 마음이 떨림.

42) 임금에게 알림.

43) 자객을 찾아 쫓아가서 잡고 간사한 사람의 실정을 자세히 조사함.

44) 한 사람의 죄를 다스려서 여러 사람을 경계함.

45) 늙어서 기운이 없음.

의 말을 세세히 고하여 왈,

"황 씨 비록 부덕婦德이 적다 하나 벽성선의 간사함이 또한 없지 않은가 하옵나니, 위 씨는 낭랑의 고휼顧恤하시는 바라. 이러한 일을 당하여 어찌 굽어 살피지 않으시리까?"

태후 불열不悅 왈,

"일편지언一便之言을 어찌 준신遵信하리오?"

하더라.

익일 천자 조회를 받으실새 간관諫官 왕세창이 일장 표를 올리니, 표에 왈,

　　풍화 법강風化法綱은 국가의 대정大政이라. 이제 출전 원수 양창곡의 천첩 벽성선이 음란한 행실과 간악한 경륜으로 주모主母를 살해코자 하여 처음 독약을 시험하고 조차 자객을 보내어 승상 황의병의 부중에 들어가 그릇 시비를 찔러 명재시각命在時刻하니 청문聽聞이 해연駭然하고 사기 흉참凶慘함은 이르지 말고 중첩衆妾이 주모를 모해하니 이는 풍화를 손상함이요, 자객이 규문閨門에 횡행하니 이는 법강이 없음이라.

　　복원伏願 폐하는 법부에 신칙申飭하사 우선 자객을 근포跟捕하시고 또한 벽성선을 치죄治罪하사 풍화 법강을 세우소서.

상이 대경하사 황 각로를 보시며,

"이는 경의 가사家事라. 어찌 말하지 아니하뇨?"

하신대, 황 각로 돈수頓首 왈,

"신이 조모지년朝暮之年으로 외람히 대신지열大臣之列에 처하여 물러가지 못하고 자주 가간지사家間之事로 천폐天陛[46]에 등철함이 불감不敢한 고로 앙달仰達치 못하나이다."

천자 침음沈吟 왈,

"비록 여항閭巷 소민小民의 집이라도 자객의 출입함이 놀라운 일이거늘 하물며 원로대신의 집에 이러한 변이 있으리오? 다만 자객의 종적이 은밀하니 졸연猝然히 잡지 못할지라. 그 뉘 보냄을 어찌 사핵査劾하리오?"

황 각로 주奏 왈,

"신이 향일向日 벽성선의 일로 탑전에 앙달함이 있더니 조정 의논이 신의 협잡함을 의심하오나 신이 백수白首를 흩날리고 어찌 규중부녀의 세쇄細瑣한 사정私情을 가져 천청天聽을 번거롭게 하리오? 벽성선의 간상妖狀은 도하都下에 낭자한 바라. 금일 자객지변刺客之變이 또한 선랑의 보낸 바니, 별로 사핵할 바 없을까 하나이다."

하고 인하여 왈,

"자객의 입으로 선랑의 일을 스스로 노출하여 도하 백성이 무인부지無人不知하오이다."

---

46) 궁전의 섬돌.

상이 진노하사 하고 왈,

"투기지사妬忌之事는 혹 인간에 있는 바나 어찌 자객을 체결하여 이같이 낭자하리오? 우선 자객을 근포하고 벽성선은 본부本府로 축출逐出하라."

하신대, 전전어사殿前御使 주주 왈,

"벽성선을 본부로 축출한즉 그 둘 곳을 알지 못하오니, 금위부禁衛府에 가둘까 하나이다."

상이 양구良久히 생각하시더니 답 왈,

"이는 고쳐 분부할지니 선랑의 일은 그만두고 자객을 근포하라."

하시다.

천자 파조罷朝하시고 태후 궁중에 이르사 한담하시다가 태후께 선랑의 일을 고하시고 그 처지 난처함을 말씀하신대, 태후 미소 왈,

"노신이 또한 들은 바오나 이는 불과 규문지내閨門之內 투기지심妬忌之心으로 말미암음이라. 시비 비록 장대하나 세쇄한 곡절과 설만褻慢한 말씀을 조정이 어찌 참섭參涉하리오? 하물며 만일 일호 원통함이 있은즉 여자는 편성偏性이라 임령지하任令之下[47]에 반드시 사생을 경이輕易히 할지니, 이 어찌 감상화기減傷和氣[48]하여 성덕聖德의 누 됨이 없으리오?"

상이 미소 왈,

"모후의 가르치심이 극진하시니, 소자 일계一計 있어 아직 풍파를 안돈安頓하고 양창곡을 기다리게 하겠나이다."

태후 왈,

"무슨 계교니이꼬?"

상 왈,

"선랑을 아직 고향으로 보내라 함이 어떠하리까?"

태후 미소 왈,

"폐하, 이같이 생각하심은 노신의 미칠 바 아니라 양편지도兩便之道[49] 이에서 더함이 없을까 하나이다."

상이 소 왈,

"소자 매양 황 씨의 일을 들은즉 사정이 없지 못하거늘 모후는 일호一毫 고념顧念[50]하심이 없사오니 혹 억울할까 하나이다."

---

47) 명령을 받은 후.
48) 화평한 기운을 손상함.
49) 두 편 모두에게 편한 방법.
50) 다른 사람의 사정을 보아줌.

태후 왈,

"이것이 정히 저를 위함이라. 위씨 모녀 부덕을 닦지 못하고 다만 노신을 믿어 자연 교앙 방자驕昻放恣함이 있을까 저어하나이다."

상이 유유唯唯[51]하시더라.

익일 조회에 상이 황, 윤 양 각로를 대하사 하고 왈,

"벽성선의 일이 비록 십분 해연駭然하나 양창곡은 벼슬이 대신지열大臣之列에 처하고 짐이 예대禮待하는 바라. 어찌 거연遽然히 잉첩媵妾으로써 법부法部에 나아가게 하리오? 짐이 한 방략을 지시할지니, 경 등은 다 창곡의 인아姻婭[52]라. 환난상구患難相救함이 마땅할지니 금일 퇴조退朝하여 가는 길에 양현楊賢을 가 보고 벽성선을 아직 고향으로 보내어 가간家間 풍파를 침식케 하고 창곡의 환가還家하기를 기다려 처치케 하라."

이때 윤 각로는 황 각로의 협잡하여 이같이 다툼을 괴로이 여기는 터이나 또한 생각하매 선랑으로 하여금 잠깐 고향에 돌아가 평안히 있게 함이 무방할 듯한지라. 즉시 주 왈,

"성교 이같이 극진하시니 신 등이 마땅히 양현을 가 보고 성지聖旨를 전하오리다."

하고 조회를 파하고 나올새, 황 각로 종시 불열不悅하여 생각하되,

'내 여아를 위하여 비록 흡족히 설치雪恥는 못 하였으나 오히려 다행한 바는 고향으로 방축放逐한즉 우선 목전目前 광경이 족히 분함을 풀지니, 내 마땅히 가 즉각에 축송逐送[53]하리라.'

하고 황망히 양부楊府로 오니, 어찌한고? 하회를 보라.

제20회 춘월이 변복하여 산화암에 가고
우격이 취하여 십자가를 지나다
春月變服山花菴　虞格醉過十字街

각설却說, 황 각로 양부楊府에 와 원외員外를 보고 성지聖旨를 전하여 왈,

"노부老夫 이미 황명皇命을 받자왔으니 천기賤妓를 축송逐送한 후 돌아가리라."

하더니, 아이오 윤 각로 또 이르러 왈,

"금일 황상 처분은 전혀 풍파를 안돈安頓코자 하심이라. 형은 종용從容 조처하여 성상

---

51) 시키는 대로 따르겠다고 함.
52) 사위 쪽 사돈과 동서 쪽 사돈을 아울러 이르는 말.
53) 쫓아 보냄.

의 곡진하신 명의名意를 저버리지 말라."

하고 즉시 돌아가니, 원외 내당에 들어와 선랑을 불러 왈,

　"내 귀먹고 눈이 어두워 몸을 닦아 가도家道를 정제치 못하고 엄교嚴敎를 뫼오니 금일
처지 극히 황름惶懍[1]한지라. 네 아직 고향으로 돌아가 원수의 회군하기를 기다리라."

　선랑이 누수淚水 영영盈盈하여 불감앙시不敢仰視[2]하거늘, 원외 측연惻然하여 재삼 위
로한 후 행장을 지휘하여 일량一輛 소거小車에 수개數個 창두로 자연紫燕은 부중에 두고
소청小蜻과 동거동차同車하여 보낼새 선랑이 부인과 윤 소저께 하직한 후 계하階下에 내리매
주루珠淚 홍협紅頰을 적시니, 이날 양부 상하 수참愁慘하여 누수淚水 여우如雨하고 위로
하는 말은 백일白日이 무광無光할 뿐 아니라 윤, 황 양부 시비 구름같이 모여 구경하다가
차마 보지 못하여 얼굴을 돌리고 혹 오열함을 깨닫지 못하니, 황 각로 심중에 불락不樂하
여 생각하되,

　'자고로 간사한 인물이 인정을 얻나니 이 어찌 여아 신상에 방해롭지 않으리오.'

하더라.

　차설且說, 선랑이 수레를 몰아 강주로 향할새 낙교洛橋 청운靑雲[3]은 걸음마다 멀어지고
천 리千里 장정長程은 산천이 첩첩하니 고단한 행색과 외로운 심사는 흐르는 물과 높은 언
덕을 임하여 촌장寸腸이 끊어지고 넋을 사르더니 홀연 일진광풍一陣狂風이 급한 비를 몰
아 천지 망망하고 지척을 분별치 못할지라. 겨우 삼사십 리를 향하여 객점에 쉴새 어찌 잠
을 이루리오? 등잔을 돋우고 노주奴主 양인이 처량히 앉아 생각하되,

　'내 신세 괴이하도다. 어려서 부모를 잃고 가련한 처지와 표박한 종적이 의탁할 곳이 없
다가 의외에 양 한림을 만나 한 조각 마음을 바다같이 기울이고 태산같이 바랐더니 오늘
이 길이 어찌한 길이뇨? 강주江州에 부모 친척이 없으니 누구를 바라고 가며 내 이곳을
떠난 지 주년週年이 못 되어 이 몰골로 돌아가니 어찌 부끄럽지 않으며 또한 그 명색이
무엇이뇨? 나라 죄인이라 한즉 조정에 득죄得罪함이 없고 사문私門의 출부黜婦[4]라 한
즉 군자의 본의 아니니 진퇴행장進退行藏이 당한 곳이 없는지라. 차라리 이곳에서 목숨
을 끊어 천지신명께 사례하리라.'

하고, 행중의 작은 칼을 내어 들고 누수淚水 여우如雨하거늘, 소청이 읍고泣告 왈,

　"낭자의 빙설氷雪 같은 마음을 창천蒼天이 아시고 백일白日이 조림照臨하시니, 만일 이
곳에서 불행하신즉 이는 간인奸人의 소원을 이루고 누명을 신설伸雪할 날이 없을지니,
차라리 승당僧堂 도관道觀을 찾아 일신을 의탁하여 때를 기다릴지니 어찌 이러한 거조

---

1) 위엄이나 직위에 눌려 두려워함.
2) 감히 우러러보지 못함.
3) 서울에 뜬 푸른 구름.
4) 여염집에서 쫓겨난 여자.

擧措를 하시리오?"

선랑이 탄 왈,

"궁박한 인생이 갈수록 궁박하니 무엇을 기다리며 어느 때를 바라리오? 내 나이 미만未滿 이십이라. 반드시 차생此生의 적악積惡은 없으려니와 전생의 악업으로 화망禍網을 벗어날 길이 없으니, 어찌 한번 쾌히 죽어 모르니만 하리오?"

소청이 다시 고 왈,

"천비는 들으니 군자는 의義 아니면 죽지 아니한다 하오니, 낭자의 금일 소회所懷는 천비賤婢 알지 못하나이다. 대범大凡 여자의 죽을 일이 두 가지라. 어려서 부모를 위하여 죽은즉 효행이라 할 것이요 자라서 가부家夫를 위하여 죽은즉 열행烈行이라 할지니, 이 두 가지 밖에 죽은즉 이는 음녀투부淫女妬婦의 한악悍惡한 행실이라. 이를 어찌 생각지 아니하시나이까? 하물며 만 리 절역絶域에 창망蒼茫히 가 계신 우리 상공이 가중 환란을 망연히 모르시고 타일 환가還家하사 이 소문을 들으신즉 그 심사 어떠하시리꼬? 각 침야장寢夜帳에 이부인李夫人의 진영眞影5)을 생각하사 금궐 서상禁闕西廂에 홍도객鴻都客6)을 보내고 암연黯然 초창하사 소혼단장消魂斷腸7)하심을 낭자 만일 아신즉 비록 돌아가는 정령精靈이라도 반드시 위하여 전도轉倒 방황하며 정근情根을 차마 끊지 못할지니, 이때를 당하여 낭자 비록 왕사往事를 추회追懷하시고 환혼단還魂丹8)을 구하나 어찌 얻으리꼬?"

언미필言未畢에 선랑이 두 줄기 눈물을 금치 못하여 왈,

"소청아, 네 나를 그르침이 아니냐? 내 맹렬치 못함을 한하노라."

하고, 즉시 점파店婆9)를 불러 문 왈,

"나는 낙양으로 가는 사람이라. 연일 객관客館 몽사夢事 불길하니 만일 이 근처에 영험한 부처 있을진대 향화香火로 잠깐 기도하고 가고자 하노니 혹 근처에 도관 승당이 있느냐?"

점파 왈,

"여기서 도로 황성을 향하여 십여 리를 들어간즉 일개 승당이 있으니 이름은 산화암山花菴이라. 관음불을 공양하여 가장 영험하니이다."

선랑이 대희大喜하여 천명天明에 행장行裝을 재촉하여 산화암을 찾아가니 과연 경개景

---

5) 이부인은 한 무제의 세 번째 황후로 일찍 죽었는데, 한 무제가 이부인을 너무도 사랑하여 도사의 도움을 받아 휘장 속에 나타난 이부인의 환영을 보았다는 이야기가 전한다.
6) 신선의 도읍인 홍도에서 이 세상에 온 신선 손님.
7) 혼이 스러지고 애가 끊는 듯한 슬픔.
8) 죽은 이의 넋이 돌아오게 한다는 약.
9) 가겟집 노파.

槪 유수幽邃하고 암중菴中에 십여 명 여승이 있어 탑상에 세 불佛을 모셨으니, 금광金光이 찬란하고 좌우에 채화를 꽂았으며 비단 장帳과 수놓은 금낭錦囊을 무수히 걸었으니, 이상한 향내 암중에 가득하더라. 모든 여승이 선랑의 용모를 보고 막불흠앙莫不欽仰[10]하여 다투어 차를 드리며 좌우를 떠나지 아니하더라.

저녁 재齋를 파罷한 후 선랑이 그 중 장여승長女僧[11]을 조용히 청하여 왈,

"첩은 낙양 사람으로 가중의 환란을 피하여 선사의 방장方丈[12]을 빌어 수월數月 유留코자 하노니 보살의 뜻은 어떠하뇨?"

여승이 합장 왈,

"불가는 자비를 일삼나니 저 같으신 낭자 일시 액운을 피하여 누추한 곳에 의탁코자 하시니, 어찌 영행榮幸치 않으리꼬?"

선랑이 치사하고 행리行李를 안돈한 후 창두와 거장車仗[13]을 돌려보낼새, 일봉서一封書를 윤 소저께 부처 심곡을 대강 고하니라.

차설, 황 각로 당일 본부에 돌아와 부인과 소저를 보고 왈,

"노부 오늘에야 네 원수를 갚도다."

하고 선랑을 강주로 축송逐送한 일을 말한대, 위 부인이 냉소 왈,

"독한 뱀과 모진 짐승을 죽이지 못하고 다만 놀래니 이는 도리어 후환을 더함이로소이다."

각로 묵묵부답하고 불쾌하여 나가더라. 위 씨 이에 춘월을 지성으로 구호하여 일삭이 지나매 상처는 비록 나았으나 이미 완인完人이 못 된지라. 찡긴 흔적과 추한 면목이 옛날 춘월은 아닐러라. 이때 춘월이 거울을 들어 제 얼굴을 비추어 보며 이를 갈고 맹세 왈,

"전일 벽성선은 소저의 적이러니 금일 벽성선은 춘월의 원수라. 천비 결단코 이 원수를 갚고 말리라."

위 씨 탄 왈,

"천기 이에 강주로 돌아가 평안히 누웠으니 양 원수 돌아온즉 일이 뒤집히어 우리 모녀 노주의 성명이 어찌될 줄 알리오?"

춘월 왈,

"부인은 근심치 마소서. 천비 마땅히 먼저 선랑의 거처를 안 후 꾀하리다."

하더라.

차시는 정월 상원上元[14]이라. 황태후 궁인 가 씨를 부르사 왈,

---

10) 존경하지 않는 사람이 없음.

11) 주지 스님.

12) 높은 중들이 거처하는 방

13) 수레.

"내 해마다 황상皇上을 위하여 하던 불사佛事를 폐치 못할지니, 네 향화, 과품果品을 가져 금일 상원에 산화암에 가 기도하고 오라."

하신대, 가 궁인이 명을 받아 즉시 산화암에 이르러 불사를 베풀새 보개운번寶蓋雲幡[15]은 산풍山風에 나부끼고 법고불음法鼓佛音[16]은 도량道場을 진동하여 만세萬歲를 불러 수복壽福을 발원發願한 후 가 궁인이 불사를 맞고 암중菴中을 구경할새, 동편 행각行閣에 이르니 일개 정쇄精灑한 방이 있으되 문은 닫히고 인적이 없는 듯하거늘, 가 궁인이 문을 열고자 한대 일개 여승이 조용히 고 왈,

"이는 객실이라. 일전에 일위一位 낭자 지나가시다가 신상이 불편하여 이곳에 유하시니, 그 낭자의 성품이 졸렬拙劣하여 외인을 기忌하나이다."

가 궁인이 소 왈,

"내 만일 남자 같으면 피하려니와 동시 여자라. 잠깐 봄이 무슨 방해되리오?"

하고 문을 열매, 일개 미인이 일개 차환과 소슬히 앉았으니 아리따운 태도는 짐짓 경국지색傾國之色이요 꽃다운 용모는 또한 청춘지년靑春之年이라. 아미蛾眉에 잠깐 무궁한 근심을 띠었으며 홍협紅頰에 은은히 수삽羞澀한 기색이 있어 칠분 요조窈窕하고 십분 단아하거늘, 가 궁인이 심중에 대경大驚하여 앞에 나아가 문 왈,

"어떠한 낭자 저같이 고운 자질로 적요寂寥한 승당僧堂에 두류逗留하시느뇨?"

선랑이 추파를 들어 가 궁인을 보고 얼굴에 홍훈紅暈이 오르며 역력 앵성嚶嚶鶯聲[17]으로 나직이 대對 왈,

"첩은 지나가는 사람이라. 신병身病을 인연하여 객점客店이 번잡하기로 이곳에 와 조섭코자 함이니이다."

가 궁인이 그 말을 듣고 그 용모를 보매 스스로 사랑하는 마음이 애연藹然히 생기는지라. 인하여 옆에 앉으며 왈,

"첩은 암중에 기도하러 온 사람이니 성은 가씨라. 이제 낭자의 아름다운 용광容光을 접하고 아담한 말씀을 들으매 자연 향모向慕하는 마음이 일찍 친숙함 같으니 아지 못게라, 낭자의 춘광春光이 얼마나 되시며 꽃다운 성씨를 뉘라 하시나이까?"

선랑이 반겨 왈,

"첩도 또한 가씨요, 천한 나인 십육 세니이다."

가 궁인이 더욱 반겨 왈,

"동성同姓은 백대지친百代之親[18]이니 첩이 오늘 돌아가지 못할지라. 마땅히 같이 경야

---

14) 음력 정월 보름날.

15) 화려한 휘장과 깃발.

16) 재 올리는 북소리와 염불 소리.

17) 역력은 새가 지저귀는 소리. 앵성은 꾀꼬리 소리.

經夜하리라."

하고 자기 침구를 옮겨 선랑의 처소로 오니, 선랑이 또한 고적히 있다가 가 궁인의 정일精 一한 자품資稟과 관곡款曲한 뜻을 탄복할 뿐 아니라 또한 흐름이 다르나 근원이 같고 지엽 枝葉이 각각이나 뿌리 한가지라. 비록 십분 심곡心曲을 토출吐出치 않으나 미미한 수작과 은은한 정회를 아끼지 아니하니, 가 궁인은 본디 혜힐慧黠한 여자라, 선랑이 언어 동정이 범상치 않음을 보고 가만히 문 왈,

"첩이 이미 동성으로 어찌 사귐이 옅어 말씀이 깊지 않으리오? 첩이 낭자의 범절을 보매 심상한 여항閭巷 사람이 아니니 어찌 이곳에 외로이 이르시뇨? 심곡心曲을 기이지 말라."

선랑이 그 다정함을 보고 비록 신세를 말함은 불긴不緊[19]하나 또한 과히 속임은 의義 아니라, 이에 대강 고 왈,

"첩은 본디 낙양 사람으로 부모 친척이 없고 가중의 환난을 만나 몸이 갈 바를 모르는 고로 이곳에 의탁하여 환난이 침정沈靜함을 기다리노니, 첩이 비록 나이 어리나 세사世事를 그만 열력閱歷하매 초로인생草露人生이 무비無非 고해苦海[20]라, 사기事機를 보아 삭발하고 숭니 도사를 좇아 놀고자 하나이다."

말을 마치고 기색이 참담하거늘, 가 궁인이 그 말하기 어려운 곡절이 있음을 짐작하고 다시 강박히 묻지 못하나 정경을 측연惻然하여 위로 왈,

"첩이 낭자의 소조所遭를 알지 못하나 낭자의 용모를 보매 전정前程이 골몰치 않으리니 어찌 일시 액운을 견디지 못하여 평생을 그르치리오? 이 암자는 첩이 왕래하여 집과 다름없는 곳이요, 모든 여승은 다 첩의 심복이라. 낭자를 위하여 부탁하려니와 낭자는 마음을 넓혀 불길한 생각을 두지 말라."

선랑이 치사하더라.

익일 가 궁인이 돌아갈새 선랑의 손을 잡고 서로 연연戀戀하여 차마 떠나지 못하여 모든 여승을 향하여 면면히 부탁 왈,

"가 낭자 노주奴主의 조석 반공朝夕飯供[21]은 첩이 약간 도우려니와 만일 연소年少 부인이 편협하신 생각으로 녹빈운발綠鬢雲髮에 체도剃刀를 대는 거조가 있은즉 제위諸位 보살이 다시 나를 대할 낯이 없을 뿐 아니라 또한 죄책을 도망치 못하리라."

제승諸僧이 합장 수명受命하니, 선랑이 그 극진함을 사례하더라.

가 궁인이 돌아와 태후께 복명復命한 후 자기 처소에 이르러 선랑을 잊지 못하여 수일

---

18) 먼 조상 때부터 친하게 지내 오는 친분.

19) 꼭 필요하지는 않음.

20) 풀잎의 이슬처럼 덧없는 삶이 세상살이가 고통스럽지 않은 게 없음.

21) 아침저녁으로 끼니를 드림.

후 시비 운섬을 명하여 수 냥兩 은자와 일합一盒 찬물饌物을 가져 산화암에 가 가 낭자께 드리고 오라 하니, 운섬이 응명應命하고 가니라.

차설且說, 춘월이 선랑의 거처를 알고자 하여 다시 변복하고 문을 날새 스스로 용모를 부끄려 푸른 수건으로 머리와 귀를 싸고 일장 고약膏藥을 면부面部에 덮어 코를 엄적掩迹[22] 한 후 희희嘻嘻 소笑 왈,

"옛적 예양預讓은 칠신위라漆身爲癩하여 조양자趙襄子의 원수를 갚았더니[23] 이제 춘월 은 부모의 유체遺體를 아끼지 아니하고 일편 고심一片苦心으로 선랑을 모해코자 하니, 이는 다 누구를 위함이니이꼬?"

위 씨 소 왈,

"네 만일 성공한즉 마땅히 천금을 주어 평생 쾌락을 누리게 하리라."

춘월이 웃고 나가며 생각하되,

'우물의 고기를 바다에 놓았으니 간 곳을 어디 가 물으리오? 내 들으니 만세교 아래 장 선생의 점술이 신통하여 황성 중 제일 명복名卜이라 하니 내 찾아가 물어보리라.'

하고, 즉시 수 냥 은자를 가지고 장 선생을 찾아보고 왈,

"나는 자금성紫禁城 사는 사람이라. 마침 일개 수인讐人이 있어 그 도망한 곳을 알 길이 없으니 선생은 밝히 가르치소서."

장 선생이 침음양구에 패를 던지며 왈,

"성인聖人이 복술卜術을 내심은 장차 피흉취길避凶取吉[24]하여 인간을 구제코자 하심이 라. 이제 괘상을 보매 그대의 금년 신수 대단 불길하니 십분 조심하여 남과 작혐作嫌치 말라. 비록 수인讐人이라도 감화한즉 은인이 되느니라."

춘월이 소 왈,

"선생은 긴말을 말고 그 간 곳만 지시하라."

하고 수 냥 은자를 내어 주니, 장 선생 왈,

"그대의 수인이 처음은 남으로 가다가 나중은 길을 돌려 도로 북으로 왔으니, 만일 산중 에 숨지 아니한즉 반드시 죽었을까 하노라."

춘월이 다시 자세히 묻고자 하더니 문복問卜하러 오는 자로 문이 메었거늘 종적이 탄로 될까 하여 즉시 장 선생을 작별하고 돌아올새 길에서 운섬을 만나니, 전일 위부衛府에서 수차 안면이 있는지라, 춘월이 불러 왈,

"낭은 어디 가느뇨?"

---

22) 떨어져 나간 코를 가려 덮음.
23) 예양은 진나라 때 사람으로, 섬기던 지백智伯이 조양자에게 죽자 복수하려고 옻칠을 하여 문둥병이 든 것처럼 꾸미고 때를 기다렸으나 결국 실패하고 스스로 목숨을 끊었다.
24) 나쁜 것을 피하고 좋은 것을 취함.

섬이 당황 부답不答하니 원래 춘월의 용모와 복색이 다르매 창졸에 기억지 못함이라. 춘월이 소 왈,

"나는 그사이 괴질을 얻어 이 모양이 되었으니 응당 몰라봄이 당연하도다. 마침 들으니 만세교 아래 신통한 의원이 있다 하기로 가 보고 오는 길이라. 병중에 촉풍觸風²⁵⁾함을 염려하여 잠깐 남복을 개착改着하였더니, 내 모양을 내 보아도 가장 우스우니 운랑은 흉 보지 말라."

섬이 바야흐로 놀라 왈,

"춘랑의 옛 얼굴은 일분이 없으니 무슨 병이 저같이 들었느뇨?"

춘랑이 손으로 코를 가리며 탄 왈,

"무비無非 신수身數라²⁶⁾ 어찌하리오? 죽지 않음이 다행한가 하노라."

운섬 왈,

"나는 우리 낭랑의 명을 받자와 남교南郊 산화암에 가노라."

춘월 왈,

"산화암은 무슨 일로 가느뇨?"

운섬 왈,

"일전에 우리 낭랑이 암중菴中에 기도하러 가셨다가 일위 낭자를 만나시니, 이에 동성지친同姓至親이라. 일면여구一面如舊²⁷⁾하여 금일 서간과 은자를 가져 그 낭자께 드리고 오라 하시기에 가노라."

춘월은 음흉한 인물이라. 이 말을 듣고 일변 놀라며 일변 의아하여 다시 자세히 알고자 하여 거짓 웃어 왈,

"운랑은 나를 속이지 말라. 내 또한 일전 산화암에 불공하러 갔으나 일찍 그러한 낭자를 보지 못하였으니 언제 왔다 하더뇨?"

섬이 소 왈,

"춘랑은 남을 잘 속이거니와 나는 속일 줄 모르노라. 여승의 소전所傳을 들으매 그 낭자가 암중에 온 지 불과不過 일망一望²⁸⁾이니 일개 차환과 객실에 처하여 사람을 기한다 하니, 이는 반드시 천성이 졸함이라. 다만 월태화용月態花容은 무쌍한 자색이라, 우리 낭랑이 한번 보시고 돌아오사 이때껏 차마 잊지 못하시나니 어찌 거짓말을 하리오?"

춘월이 일일이 듣고 생각하되,

'이는 반드시 선랑이로다.'

---

25) 바람을 쐼.

26) 운수 아닌 게 없다.

27) 처음 만나서도 오래도록 사귄 친구 같음.

28) 보름이 채 안 됨.

하고 심중에 대회하여 운섬을 총총히 작별하고 망망히 돌아와 부인과 소저께 고한대, 위 부인이 경驚 왈,

"가 궁인이 만일 사기를 안즉 태후 낭랑이 어찌 모르시며 태후가 아신즉 황상이 어찌 듣지 못하시리오?"

춘월이 소 왈,

"부인은 근심치 마소서. 선랑은 정일한 여자라 궁인을 대하여 심곡을 토출치 아니하였을까 하오니, 천비 마땅히 가만히 가 본 후 묘계妙計를 행하리다."

하고, 익일 춘월이 복색을 고쳐 일개 유산객遊山客의 모양으로 황혼을 띠어 산화암에 이르러 자고 감을 청하니, 여승이 일간 객실을 정하여 주거늘 춘월이 야심 후 가만히 몸을 일어 밖에 나와 정당正堂과 행각行閣으로 돌아다니며 창밖에서 들으매 곳곳이 송경誦經 염불하는 소리라. 동편에 일간 객실이 있고 등잔이 희미한 중 인적이 잠잠하거늘 춘월이 가만히 창을 뚫고 엿보니 일위 미인이 주벽主壁하여[29] 누웠으니 이에 선랑이요 일개 차환이 촉하燭下에 앉았으니 이에 소청이라. 춘월이 즉시 자취를 가만히 하여 객실로 돌아와 미명未明에 여승을 작별하고 부중에 와 소저와 부인을 보고 희희 소 왈,

"양 원수 부중이 깊고 깊어 춘월의 수단을 다하지 못하였더니, 하늘이 도우사 이제 선랑 노주를 지옥에 넣으니 춘월의 용계用計함이 회회恢恢[30]할까 하나이다."

황 소저 경 왈,

"선랑이 과연 암중菴中에 있더냐?"

춘월이 탄 왈,

"천비 선랑을 양부楊府에서 볼 적은 다만 절대가인으로 알았더니 이제 산화암 불등佛燈 앞에 가만히 바라보매 실로 진세塵世 인물이 아니라. 만일 요대선자瑤臺仙子 아닌즉 반드시 옥경선녀玉京仙女 하강下降함이니, 양상楊相이 비록 철석간장이나 어찌 침혹沈惑지 않으리오? 만일 차인此人을 다시 양부에 들여보낸즉 우리 소저의 신세는 반중盤中에 구는 구슬 같을까 하나이다."

위 부인이 춘월의 손을 잡아 왈,

"춘월아, 소저의 평생은 즉 너의 평생이라. 소저가 득의得意한즉 너도 득의할 것이요 소저가 처량한즉 너도 처량할지니 마음을 허소虛疎히 먹지 말라."

춘월이 이에 좌우를 물리고 고 왈,

"천비 일계一計 있으니, 천비의 오라비 춘성春成이 방탕 무뢰하여 황성 소년을 친한 자 많으니 그중 더욱 방탕한 자 있으되 성은 우虞요 명은 격格이라. 용력이 과인過人하고 주색을 탐하여 사생을 불고不顧하나니, 춘성을 인연하여 향기를 누설한즉 봄바람에 미

---

29) 벽을 향하여.
30) 넓고 넉넉함. 여유가 있는 모양.

친 나비 나는 꽃을 어찌 탐하지 아니하리오? 일이 여의如意한즉 선랑의 아름다운 자질이 뒷간에 떨어져 일생을 헤어나지 못할 것이요 사불여의事不如意한즉 일루 잔명一縷殘命이 검두고혼劍頭孤魂 됨을 면치 못할 것이니, 어차어피於此於彼에 우리 소저의 눈엣가시를 없이할까 하나이다."

위 부인이 대희大喜하여 바삐 도모함을 재촉하니, 춘월이 웃고 나가니라.

차설, 우격은 무뢰무법無賴無法한 자라. 누차 범법하고 부속附屬을 체결하여 성명을 고치고 양양揚揚히 다니더니, 일일一日은 잠류 소년 십여 인이 십자가十字街에서 술 먹고 지껄이다가 춘성을 만나 서로 손을 잡고 다시 주가酒家를 찾아 술을 마실새, 춘성이 홀연 장탄 왈,

"남자 세상에 났다가 절대가인을 지척에 두고 취치 못하니 어찌 아깝지 않으리오?"

우격 왈,

"그 무슨 말이뇨?"

춘성이 웃고 대답지 아니하니 우격이 괴로이 묻거늘, 춘성 왈,

"이곳이 조용치 못하니 금야今夜 내 집으로 와 들으라."

우격이 응낙하고 마음이 급하매 황혼에 춘성의 집에 이르니, 춘성이 그 손을 잡아 좌座에 앉히며 소 왈,

"내 공을 위하여 일개 경국지색傾國之色을 중매하려니와 공의 수단이 졸하여 성사치 못할까 하노라."

우격 왈,

"다만 말할지어다."

춘성 왈,

"내 들으니 강주 청루靑樓에 일개 명기名妓 있으니 월태화용月態花容은 고금에 무쌍하고 가무 풍류는 당세에 독보獨步하여, 한번 찡기매 월나라 서시는 그 추함을 부끄리고 한번 웃으매 명황明皇의 귀비貴妃는 실총失寵함을 시기하니, 공이 이같이 절대가인을 어찌 도모치 아니하느뇨?"

우격이 잡은 손을 떨쳐 춘성의 뺨을 쳐 왈,

"이놈 춘성아, 내 아무리 방탕하여 상중하 삼판三板에 구애함이 없으나, 네 불과 황 각로의 노속奴屬으로 나를 농락하느냐? 강주가 여기서 몇 리뇨?"

춘성이 또한 거짓 노怒 왈,

"속담에 중매를 그릇한즉 세 번 뺨 맞음은 있거니와 충곡지담衷曲之談[31]을 다 듣지 아니하고 이같이 하니, 내 다시 말할 바 없도다."

우격이 다시 소 왈,

---

31) 정성으로 하는 말.

"만일 그러할진대 쾌히 말하라. 세 잔 술로 사과하리라."

하고, 다시 춘성의 손을 잡아 왈,

"이제 그 미인이 황성에 왔느냐?"

춘성이 역시 웃고 왈,

"그 미인이 서울 왔다가 돌아가는 길에 산화암에 머물러 신병身病을 조섭調攝하나니, 공은 빨리 가 도모하라."

우격이 대회하여 잡은 손을 뿌리치고 일어서며 왈,

"내 이제 가 이 밤을 넘기지 아니하리라."

춘성이 소 왈,

"수연雖然이나 그 미인의 뜻이 높아 겁탈키 어려울까 하노라."

우격이 냉소 왈,

"내 수단에 달림이니 근심치 말라."

하고 망망히 가니라.

차설, 양 원수 동초를 보내고 성지聖旨를 기다려 회군코자 하더니, 동초 황명皇命을 받자와 홍혼탈은 군사 일만을 주어 홍도국을 치게 하고 원수는 환군하라 하신 조서를 전하니, 원수 대경하여 홍 사마를 불러 조서를 보인대, 홍 사마 악연실색愕然失色 왈,

"소장이 무슨 장략將略으로 중임을 독담獨擔[32]하리꼬?"

원수 침음沈吟하다가 이미 일모日暮하매 제장諸將을 물리고 홍 사마를 장중으로 불러 촉燭을 돋우고 옷깃을 쓸며 정대正大한 빛을 띠어 왈,

"내 낭으로 더불어 반년 풍진風塵에 고초를 같이하고 하늘이 도우사 개가凱歌를 불러 황성으로 돌아가는 날 수레를 같이하여 돌아가려 하였더니, 황명이 정중하사 이제 분로分路하여 나는 명일 황성으로 돌아가노니, 낭은 군사를 동독董督하여 교지交趾로 가 속히 입공立功하고 돌아오라."

홍랑이 이 말을 듣고 추파를 들어 원수의 기색을 보며 녹빈 홍협綠鬢紅頰에 누수淚水 점점點點하여 말이 없거늘, 원수 다시 정색 왈,

"창곡이 비록 용렬하나 사정私情으로 군명을 거스르지 않을지니, 빨리 물러가 행장行裝을 준비하라."

홍랑이 눈물을 거두고 초연愀然 왈,

"첩이 혈혈孑孑 여자로 백만 군중의 항오에 참예하여 칼을 두르며 창대를 잡아 풍진을 무릅쓰고 부끄럼을 참아 지우금일至于今日함은 어찌 공훈을 뜻 두어 부귀를 바람이리오? 다만 이 몸을 상공께 의탁하여 사생고락이 전혀 상공을 믿음이러니 이제 상공이 버리고 돌아가실진대 이 또한 첩의 자취自取함이라. 첩이 만일 고문대족高門大族의 군자

---

32) 혼자 담당함.

호구君子好逑로 규범 내칙의 예절을 지켜 상공이 백량百兩으로 맞으사 항려伉儷로 대접하실진대[33] 어찌 이 일이 있으며 이 말씀이 내리리꼬? 첩이 비록 청루 천종賤蹤이나 먹은 마음은 옥의 조절操潔하고 얼음의 맑음을 양두讓頭치 아니하리니 차라리 군령軍令을 입어 잔약孱弱한 몸에 도부수刀斧手[34]의 칼을 받을지언정 고단한 종적으로 장부에 섞이어 독행獨行치 않으리다."

언필言畢에 맹렬한 기색이 미우眉宇에 가득하고 처량한 누수淚水가 옥협玉頰을 적시거늘, 원수 바야흐로 미소 왈,

"천자 홍혼탈의 잔약함이 저 같음을 모르시고 중임을 맡기시니 조정 일이 어찌 한심치 않으리오?"

하거늘, 홍혼탈이 바야흐로 원수의 농락함인 줄 알고 수삽羞澁하여 대답지 아니하니, 아지 못게라 원수 필경 어찌한고? 하회를 보라.

제21회 적한을 만나 마달이 사람을 구하고
도관에 의탁하여 선랑이 안신하다
逢賊漢馬達救人　托道觀仙娘安身

각설, 이때 양 원수 홍랑을 한번 농락하고 청신淸晨에 제장을 모아 상의할새, 원수 소 사마를 보며 왈,

"근일 조정 일이 이같이 전도顚倒하니 어찌 한심치 않으리오? 내 이제 표表를 올리고자 하니 장군은 나를 위하여 쓰라."

하고 입으로 부르니, 그 표에 왈,

정남원수 신 양창곡은 돈수백배우황제폐하頓首百拜于皇帝陛下하노니 고지성군古之聖君이 장수를 변방에 보낼새 친히 수레를 밀며 궁시부월弓矢斧鉞과 간과고비干戈鼓鼙로써 그 위의를 포장襃獎함[1]은 다만 그 기운을 돋우고 공훈을 격동할 뿐 아니라 종묘사

---

33) 혼례를 올려 저를 안해로 대접하실진대. 백량은 혼인할 때 쓰는 백 채의 수레를 이르는 말이고, 항려는 짝, 배우자를 이르는 말.
34) 큰 칼과 큰 도끼로 무장한 군사.

1) 활과 큰 도끼 그리고 방패와 창과 북을 내려 위엄을 드러내어 줌.

직의 중함이 여기 있고 국가 흥망의 중대함이 달린 연고라. 이제 남방이 절원絶遠하여 왕화王化가 밎지 못하고 풍속이 불순不順하여 도적이 자주 일어나니, 은혜로 달래며 위엄으로 호령하여 춘생추살春生秋殺[2]하고 일장일이一張一弛[3] 아닌즉 평정할 날이 없을지라. 폐하 이제 홍혼탈로 수천 기騎를 거느려 홍도국을 치라 하시니, 신이 성의聖意를 알지 못하나이다. 홍도국의 강약을 폐하 측량치 못하실 것이요, 홍혼탈의 위인을 폐하 시험치 못하신 바이어늘 거연遽然히 중임을 맡기사 종사宗社 안위安危와 국가 흥망을 의신疑信 간에 상시嘗試[4]하시니 신이 의혹함을 이기지 못하오니, 복원伏願 폐하는 위명威命을 거두시고 다시 널리 물으사 대사에 후회 없게 하소서.

원수 표를 봉하여 마달을 주어 왈,
"군무 급하니 장군은 성야星夜로 빨리 돌아오라."
마달이 청령聽令하고 황성으로 향하여 십여 명 갑사甲士를 데리고 가니라.
차시, 마달이 주야로 행할새 중로에서 천사天使[5]를 만나 비록 다시 조서 있음을 알았으나 원수의 명령을 감히 중지치 못하여 천사는 남으로 가고 마달은 황성에 이르러 천자께 표를 올리매, 천자 대열大悅하사 황, 윤 양 각로를 보시며 왈,
"창곡의 위국진충爲國盡忠함이 이 같으니, 소적小敵을 어찌 족히 근심하리오?"
하시고, 표를 재삼 보시며 마달로 우익장군을 배拜하사 즉시 회정回程케 하시니, 마달이 하직하고 남으로 가니라.
차설且說, 선랑이 산화암에 몸을 의탁하여 종적이 문밖을 나지 아니하고 낮이면 여승과 불경을 강론하고 밤이면 분향 독좌焚香獨坐하여 세월을 보내니 비록 일신은 청정淸淨하나 오직 욕망이난망欲忘而難忘이요 불사이자사不思而自思[6]하는 바는 천애天涯 만 리의 군자를 생각하여 오매경경寤寐耿耿한[7] 일편단심이라. 일일은 사창紗窓을 의지하여 사몽비몽似夢非夢 중 양 원수 옥룡玉龍을 멍에 하여 어디로 가며 왈,
"내 상제의 명을 받아 남방의 요귀를 잡으러 가노라."
하거늘, 선랑이 같이 감을 청한대 원수 산호 채찍을 늘이어 주는지라, 선랑이 잡고 공중에 오르려다가 떨어져 놀라 깨니 꿈이라. 심중에 불길하여 여승을 청하여 왈,
"근일 내 몽사 요란하니 불전에 향화로 기도코자 하노라."

---

2) 봄에는 낳고 가을에는 죽인다는 말로, 때를 따라 사랑도 하고 엄벌도 내린다는 뜻이다.
3) 활시위를 죄었다 늦추었다 함. 사람을 부릴 때는 부리고 쉴 때는 쉬게 함을 이르는 말.
4) 의심스러운 것을 시험해 봄.
5) 황제가 보내는 사신.
6) 잊고자 하나 잊혀지지 않고 생각지 않고자 하나 절로 생각남.
7) 자나 깨나 마음에서 사라지지 않고 걱정되는.

여승 왈,

"삼불 제석三佛帝釋은 자비를 주장하실 따름이라. 인간 화복禍福과 강마 제살降魔制煞[8] 함은 시왕十王[9]이 으뜸이니 시왕전에 비소서."

선랑 노주 이에 목욕재계하고 향화를 받들어 시왕전에 이르니 바로 암자 뒤 언덕에 있더라.

선랑이 분향焚香 암축暗祝 왈,

"천첩 벽성선이 전생 공덕을 닦지 못하여 이생에 삼재팔난三災八難을 감수하오나 가부家夫 양楊 공은 시례 문중詩禮門中의 충효가성忠孝家聲을 훈습訓習[10]하여 천지신명이 복록을 내리실 바라. 이제 황명을 받자와 만 리 밖에 있사오니, 복원伏願 시왕은 명조冥助를 내리사 간과고비干戈鼓鼙에 침식寢食이 여상如常하고 시석풍진矢石風塵에 기거起居 무양無恙하여[11] 재액을 소멸하고 수복壽福이 창성하게 점지하소서."

선랑이 빌기를 마친 후 재배하고 장탄長歎 초창怊悵하여 하더라. 돌아 문전門前에 나매 여승이 고 왈,

"금야 월색이 명랑하니 낭자는 이 뒤 석대石臺에 오르사 심회를 풀게 하소서."

선랑이 비록 불긍不肯하나 간청함을 인하여 소청과 여승을 데리고 석대에 오르니, 여승이 고 왈,

"이 뫼 비록 높지 아니하나 청명한 날 멀리 바라본즉 낙양, 형산이 완연히 뵈나이다."

하거늘, 선랑이 추파를 들어 남편을 향하여 산연潸然 함루含淚[12]하니, 여승 왈,

"낭자 어찌 남방을 향하여 이같이 슬퍼하시나이까?"

선랑 왈,

"나는 남방 사람이라 자연 심사 처창悽愴하도다."

말이 맞지 못하여 동구에 화광火光이 조요照耀한 중 십여 개 한자漢子[13]들이 성군작당成群作黨하여 암중菴中을 향하고 일제히 달려드니, 여승이 대경 왈,

"이는 반드시 강도의 무리로다."

하고 황망 전도顚倒히 내려가더니, 암중이 소란한 중에 보매 그중 일개 한자 흉녕凶獰한 소리로 가 낭자 객실을 찾거늘, 선랑이 소청을 보며 왈,

---

8) 귀신을 내리며 재액을 없앰.

9) 불교에서 저승을 맡았다는 열 분의 왕들.

10) 학문과 예절이 있는 가문에서 충효를 다해야 한다는 집안의 가르침을 받음.

11) 창과 방패, 북이 뒤섞이는 싸움터에서 자고 먹는 것이 평소와 같고 화살과 돌이 날리는 싸움터에서 생활에 탈이 없어.

12) 줄줄 눈물이 흐름.

13) 남자를 낮잡아 이르는 말.

"이 어찌 우리 노주의 여액餘厄이 미진未盡하여 간인奸人의 풍파 다시 잃이 아니리오?"

소청이 선랑을 붙들고 울며 왈,

"적한賊漢의 기세 이 같으니 어찌 여기서 죽음을 기다리리오?"

선랑이 탄 왈,

"우리 이제 잔약한 여자로 비록 도망하나 다만 욕됨이 더할지니 어찌 화를 면하리오?"

소청이 울며 왈,

"일이 급하니 낭자는 자저赵趄치 마소서."

하고 선랑의 손을 이끌고 뫼를 타 달아날새, 월광이 비록 있으나 산길이 희미하여 십전구도十顚九倒[14]하여 돌을 차며 덤불을 헤쳐 수혜繡鞋[15]를 잃고 의상이 찢어지니 이미 각력脚力이 진하고 발이 부르튼지라. 선랑이 인하여 물러앉으며 탄 왈,

"이 어찌 죽음만 하리오? 소청아, 너는 생도生道를 찾아 은신하였다가 내 신체를 거두어 원수 회군하시는 노변에 묻어 망부산望夫山 일편석一片石을 대신하게 하라."

하고 회중으로 작은 칼을 내어 자결코자 하니, 소청이 황망히 칼을 앗아 왈,

"낭자는 다시 사세를 보소서. 만일 일이 불행하실진대 첩이 어찌 홀로 살리오?"

하고 좌우를 살펴보니 이미 뫼에 내려 탄탄대로가 앞에 있더라.

잠깐 쉬어 다시 도망코자 하더니 화광火光이 뫼를 덮어 내려오며 사람의 그림자 나무 사이에 흩어져 바위틈, 수풀 밑을 뒤져 오는지라. 선랑 노주 죽기를 다하여 다시 일어 대로를 좇아 겨우 수십 보를 행하매 적한이 이미 산에 내려 고함하며 또한 대로로 좇아 풍우같이 따라오거늘, 소청이 선랑을 안고 길에 엎디어 호천통곡呼天痛哭 왈,

"유유창천悠悠蒼天아, 이 어찌 이다지 무심하시뇨?"

언미필言未畢에 홀연 말 발자취 들리며 우레 같은 소리 크게 외쳐 왈,

"적한은 닫지 말라."

하거늘, 선랑 노주 눈을 들어 본즉 월하月下에 일위一位 장군이 몸에 전포戰袍를 입고 손에 장창長槍을 들고 말을 달려 적한을 좇으니, 그 뒤의 십여 명 갑사甲士 각각 수중에 환도를 빼어 들고 일제히 납함吶喊[16]하고 따르니, 그중 일개 적한이 막대를 둘러 그 장수를 대적코자 하다가 그 장수 크게 꾸짖고 창으로 한 번 찌르매 적한은 얼굴이 찔리고 다른 적한도 사면으로 흩어져 간 곳이 없는지라. 그 장수 바야흐로 말을 돌려 오거늘, 선랑 노주 더욱 겁내어 떨기를 마지아니하더니, 그 장수 곁에 이르러 말을 멈추고 마상馬上에서 소리하여 왈,

"어떠한 낭자 무슨 곡절로 저같이 고단히 나섰으며 적한은 어찌하여 만나뇨? 그 이유를

---

14) 열 번 구르고 아홉 번 넘어질 정도로 여러 번 뒹굶.

15) 수놓은 비단신.

16) 여러 사람이 일제히 큰 소리를 지름.

자세히 듣고자 하노라."

하거늘 소청이 더욱 떨며 말을 못하니, 그 장수 소 왈,

"나는 장령將令을 받들어 황성에 왔다가 도로 남방으로 가는 장수라. 낭자를 해칠 사람이 아니니 낭자는 쾌히 말하라."

선랑이 일변 놀라며 일변 반겨 바야흐로 정신을 차려 소청으로 말을 전하여 왈,

"우리는 지나가는 행인이라. 액운을 당하였거니와 급히 묻잡노니 장군이 남방으로 가신다 하니 어디로 가시니이까?"

그 장수 왈,

"나는 정남도원수 양 승상의 막하 편장이라. 어찌 그리 자세히 묻느뇨?"

선랑 노주 양 승상 세 자를 듣더니 흉중이 억색抑塞하고 정신이 황홀하여 서로 붙들고 실성 대곡失性大哭하며 어찌할 줄 모르니, 원래 그 장수 별인別人이 아니라 마달이 원수의 표表를 바치고 회정回程할새 군중 일이 급하므로 밤을 도와 행하더니 홀연 노상에 여자의 곡성이 나며 화광이 조요照耀한 중 무수한 한자 머리를 수건으로 동이고 성군작당成群作黨하여 쫓아오니 묻지 않아 적당賊黨임을 알러라. 비록 길이 바쁘나 어찌 인명을 구치 않으리오? 적한을 쫓은 후 곡절을 알고자 하여 신근辛勤히 묻더니 도리어 자기 종적을 들고 억색하여 옮을 보고 마달이 크게 의심하여 다시 문 왈,

"낭자 어찌 나의 말을 듣고 감창感愴하느뇨?"

선랑이 미처 답지 못하여 소청이 대 왈,

"우리 낭자는 이에 양 원수의 소실小室이로소이다."

마달이 다시 문 왈,

"양 원수는 어떠하신 양 원수뇨?"

소청 왈,

"자금성 제일방에 계신 양 승상이시니 만왕 나탁을 치러 출전하신 지 이미 반년이니이다."

마달이 대경하여 황망히 말을 내려 두어 걸음을 물러서며 왈,

"그러하실진대 저 말하는 차환은 이리 가까이 와 자세히 말하라."

선랑이 소청을 보며 말을 전하여 왈,

"첩이 이 지경을 당하여 비록 행로지인行路之人이라도 생활生活하신 은덕을 사례하여 예절의 구애함을 돌아보지 못하려든 하물며 장군은 우리 원수의 심복이시리오? 일실지인一室之人과 다름이 없으니 어찌 말씀을 다하지 않으리까? 첩이 원수의 출전하신 후로 가중 풍파를 당하여 아녀자의 나약한 성품으로 죽지 못하고 이러한 광경을 감수하니 장군을 향하여 얼굴이 두꺼운지라. 노상路上에 지필紙筆이 없어 구구심회를 원수께 부치지 못하오니 장군은 돌아가사 첩을 위하여 고하소서. 첩이 비록 죽으나 한 조각 마음은 저 달같이 둥글어 원수 영중營中에 비칠까 하나이다."

마달이 손을 맞잡고 몸을 굽혀 소청을 대하여 왈,

"차환은 낭자께 고하라. 소장은 원수 문하의 우익장군 마달이라. 장막지의將幕之義[17] 군신 부자와 다름이 없사오니 이제 낭자의 곤액困厄하심을 보고 어찌 그저 가리까? 낭자 이미 부중으로 돌아가지 못하실진대 소장이 마땅히 탁신托身하실 곳을 얻어 안돈安頓하심을 보고 돌아가 원수께 뵈올 낯이 있게 하오리다."

하고, 갑사甲士를 명하여 앞 객점에 가 작은 교자轎子를 얻어 오라 하니, 선랑이 사양 왈,

"첩은 궁박한 팔자라. 천지간 용납하여 의탁할 땅이 없을지니 장군은 과념치 마소서."

마달 왈,

"소장이 이곳에서 낭자를 뵈옴이 불행하오나 이미 뵈옵고 낭자의 안심하심을 못 보고 돌아감은 도리 아닐 뿐 아니라 또한 인정 밖이니 소장의 길이 바쁜지라. 낭자는 빨리 행케 하소서."

선랑이 하릴없이 몸을 일어 소청을 붙들고 행하여 왈,

"장군이 첩을 어디로 가자 하시느뇨?"

마달이 이에 창을 집고 걸어 인도하여 수 리를 행하더니 갑사들이 점중店中에 가 교자를 얻어 가지고 망망히 마주 오거늘, 마달이 소청더러 왈,

"차환은 낭자를 교상轎上에 모시라."

하고, 창을 들고 또한 말께 올라 왈,

"적한이 반드시 멀리 가지 아니하였을지니 낭자 이 근처에 두류하신즉 어찌 후환이 없으리오? 소장을 따라 일양일一兩日 더 행하여 유벽한 도관道觀 고찰古刹을 찾아 안돈하심을 보고 갈까 하나이다."

선랑이 그 지극한 정성을 감동하고 또 원수의 은덕임을 생각하여 교자에 오르매 마달이 행장을 재촉하여 다시 백여 리를 행하여 객점客店에 내려 문問 왈,

"이곳에 혹 도관 고찰이 있느냐?"

주인이 가르쳐 왈,

"예서 대로를 버리고 동으로 십여 리를 간즉 일좌 명산이 있으니 명은 유마산維摩山이라. 산하山下에 큰 도관이 있나이다."

하거늘, 마달이 대회하여 다시 행장을 재촉하여 산하에 이르니 과연 청수한 산과 기이한 경景이 가장 유벽幽僻하더라.

일개 도관이 있으니 명은 점화관點花觀이라. 관중에 백여 명 여도사 있어 청정 단아하거늘, 마달이 이에 도사를 보고 도관 뒤의 수간 정쇄淨灑한 집을 빌려 선랑 노주를 그곳에 안돈하고 갑사 두 명을 유留하여 잡인을 금하게 한 후 마달이 하직 왈,

"원수 황명皇命을 받자와 다시 교지交趾로 가시니 소장의 길이 바쁜지라. 이곳이 유벽하여 낭자의 안신安身함이 편하실까 하오니 존체尊體를 보중하소서."

---

17) 군대 장수들 사이에서 지키는 의리.

선랑이 즉시 일봉 소찰一封小札을 닦아 원수께 부친 후 함루含淚하고 창연悵然 작별 왈,

"첩이 체면에 구애하여 감사한 말씀을 다 못 하오니 장군은 원수를 모셔 대공을 이루시고 속히 돌아오소서."

마달이 별로 소청을 대하여 작별 왈,

"차환은 낭자를 모셔 조심 보호하라. 이후 회군하는 날 숙면熟面이 될지니, 그때 반겨 맞고 떨지 말라."

소청이 부끄러워 양협에 홍훈紅暈이 가득하거늘 마달이 웃고 창을 들고 말께 올라 남으로 가니라.

선랑 노주 죽은 목숨으로 의외에 마달을 만나 안신할 곳을 얻으매 소청이 또한 기쁨을 이기지 못하여 노주 서로 마 장군의 의를 칭송하며 모든 도사 또한 선랑 노주의 출중한 자색을 놀라며 사랑하여 극진히 친근하더라.

차설, 우격이 춘성의 꾀임을 듣고 무뢰배를 몰아 산화암에 돌입하여 가 낭자를 찾으니 여승이 어찌 바로 고하리오? 우격이 대로하여 여승을 무수히 구타하고 헤오되,

'우리 동구로 들어옴을 보고 반드시 산을 타 도망하도다.'

하고 산길을 넘으며 방방곡곡이 뒤지더니 수풀 밑에 한 짝 수혜 벗어져 놓였거늘, 우격이 대회 왈,

"그 미인이 필연 이 길로 갔도다."

수혜를 집어 들고 일제히 좇어 산을 넘어 평지에 이르더니 의외에 일위 장군을 만나 창끝에 얼굴을 찔리고 성명性命을 도망하여 돌아와 춘성을 보고 낭패함을 말하니 춘성이 또한 계교 이루지 못함을 한탄하며 춘월을 보고 일일이 고한대, 춘월이 머리를 숙이고 이윽히 생각하더니 웃어 왈,

"승평세계昇平世界[18]에 갑사를 데리고 밤에 다니는 장수 어찌 적장賊將이 아니리오? 이는 반드시 녹림 제장綠林諸將이 밤을 타 다니다가 선랑을 취하여 감이니 우습다, 선랑의 빙설 지조氷雪志操로 일조一朝에 압채부인壓寨夫人[19]이 되었으니, 비록 그 사생은 모르거니와 황 소저를 위하여 화근을 쾌히 없이함이로다."

춘성 왈,

"그는 그러하나 우리의 공은 없을지니 어찌 절통치 않으리오?"

춘월이 소 왈,

"가가哥哥[20]는 근심치 말라. 내 계교 있어 우격과 가가의 공로를 나타낼지니 가가는 누설치 말라."

---

18) 태평한 세상.

19) 도적의 아내.

20) 오라버니.

하고, 즉시 우격이 얻은 바 수혜를 가지고 황부에 이르러 부인과 소저를 보고 희희히 웃으며 수혜를 내어 놓고 왈,

"소저는 이 신을 아시나니이까?"

황 소저 자세히 보더니 집어 던지며 춘월을 책責 왈,

"천기賤妓의 신을 무엇 하러 가져오뇨?"

춘월이 고쳐 집어 들고 소 왈,

"불쌍하다 선랑이여! 이 신을 신고 천 리 강주로 다정랑多情郎을 따라 황성에 이르니 걸음걸음 금련화金蓮花러니 조물이 시기하여 은총을 못 누리고 구원 야대九原夜臺[21]에 발 벗은 귀신이 될 줄을 어찌 알았으리오?"

황 소저 당황 왈,

"춘비春婢는 그 무슨 말이뇨?"

춘월이 이에 손바닥을 뒤집으며 소저와 부인 앞에 다가앉아 왈,

"천비 춘성을 충동하여 우격을 산화암에 보내어 선랑을 겁탈하라 하였더니, 선랑은 절개 있는 여자라 순종치 않으매 우격이 분함을 견디지 못하여 칼로 찔러 시신을 없이한 후 일척 수혜를 취하여 와 천비를 보이며 증거하니, 종금이후로 선랑을 세간에 없이하여 우리 소저의 평생 화근을 덞은 이에 천비와 춘성과 우격의 공이라. 부인과 소저는 무엇으로 갚고자 하시나니이까?"

위 씨 이 말을 듣고 대열大悅하여 십여 필 채단과 일백 냥 은자를 주어 춘성과 우격의 수고함을 표하라 한대, 춘월이 냉소 왈,

"부인은 어찌 사소한 재물을 아끼사 다 된 일을 그르치려 하시니이까? 춘성이 처음 우격을 보낼 때에 천금으로 약속하고 우격의 당黨이 또한 수십여 명이라. 무비無非 방탕무겁放蕩無怯한 자니 만일 재물을 후히 하여 입을 봉하지 않으신즉 대사를 누설하여 뒤끝이 어찌 될 줄 모르리다."

위 씨 즉시 천금을 내어 주고 선랑은 죽은 줄로 믿더라.

차설, 양 원수 마달을 보내어 천자께 상표上表한 후 황명을 기다리더니, 홀연 천사天使 먼저 이르러 조서를 드리거늘 원수 북향 수명北向受命하고 장단將壇[22]에 올라 부원수 군례軍禮를 받을새 홍랑이 홍포 금갑紅袍金甲으로 대우전大羽箭을 차고 절월節鉞을 잡아 군례로 도독께 뵈오니, 도독이 개용改容[23] 답례 왈,

"성은이 망극하사 원수를 백의白衣로 택용擇用하시니 원수 어찌 보답코자 하나뇨?"

홍 원수 대 왈,

---

21) 저승, 또는 무덤.

22) 원수 또는 대장이 올라서서 군대를 사열하고 명령을 내리는 대.

23) 얼굴빛을 엄숙하게 고침.

"도독이 위에 계시니 소장이 무슨 방략이 있으리오? 다만 북을 치며 기를 들어 견마지력 犬馬之力을 다할까 하나이다."

도독이 미소하더라.

홍 원수 물러 막차幕次에 돌아와 부원수 기호旗號와 절월節鉞을 세우고 또한 제장의 군례를 받은 후 다시 도독 장중帳中에 이르러 행군할 계교를 의논하더니, 마달이 또 이르러 황명을 보報한 후 일봉 서찰一封書札을 드리거늘 떼어 보니, 사연에 왈,

천첩 벽성선은 풍류 방탕한 자취로 예절 법도를 배움이 없어 군자 문중의 가도家道를 탁란濁亂하고 산사야점山寺野店[24]에 종적이 표박漂迫하여 적한의 검두고혼劍頭孤魂 됨을 면치 못할까 하였더니, 마 장군의 구활救活함을 힘입어 도관에 탁신託身하오니, 이는 다 상공의 주신 바라. 다만 첩이 혼암昏暗하여 스스로 진퇴사생의 그 득중得中[25]한 도리를 깨닫지 못하오니, 군자는 거울같이 밝히 가르쳐 주심을 바라나이다. 대군이 교지로 가시매 음신音信이 더욱 창망할지라, 남천을 바라 뫼같이 쌓인 적회積懷를 지필紙筆로 다 못하나이다.

도독이 남필覽畢에 놀라며 측연惻然하여 홍 원수를 보아 왈,

"이는 반드시 황 씨의 풍파라. 선랑의 처지 십분 불쌍하나 내 군중에 앉아 어찌 가사家事를 의논하며 만 리 천애에 소식이 창망蒼茫하니 가장 잊을 길이 없도다."

하더라.

익일 평명平明에 도독이 제장 삼군을 모은 후 나탁을 잡아들여 장하帳下에 꿇리고 황명을 전한 후 바야흐로 장중에 들여 위로 왈,

"대왕이 성군의 재생하신 은덕을 입으사 다시 반복지 않으신즉 세세자손이 부귀를 누려 중국의 예대하심을 받으리다."

나탁이 눈물을 흘려 왈,

"과인이 천명을 모르고 사죄死罪를 범하였거늘 천자의 자육慈育[26]하심과 도독의 관홍寬弘하신 은덕을 입사와 수령首領을 보전하고 부귀富貴 여구如舊하니, 그 도보圖報할 곳을 알지 못하나이다."

다시 홍 원수께 하례 왈,

"원수 산문山門에서 내리심은 실로 과인을 인연함이라. 오늘 공명 훈업이 이같이 외외巍巍[27]하실 줄 어찌 알았으리오?"

---

24) 산속 절간과 들의 객줏집.
25) 지나치거나 모자람이 없이 알맞음.
26) 사랑하여 길러 냄.

홍 원수 소 왈,

"대왕이 오대 동천五大洞天을 영실永失치 않으시고 만왕蠻王 부귀를 의구히 누리실지니, 이는 다 성은이 망극하심이요 홍혼탈이 또한 대왕을 저버리지 않음인가 하나이다."

나탁이 대소大笑하더라.

익일 도독이 행군하여 교지로 갈새 나탁이 술과 소를 가져 수십 리 밖에 전송하고 대군을 호궤犒饋할새 축융과 일지련이 다 모인지라. 원수 만왕을 보아 왈,

"대군이 다시 원정遠征하니 대왕은 일대 만병蠻兵으로써 길을 인도케 하소서."

만왕이 응낙하고 즉시 휘하 정병精兵 삼천 기騎와 만장蠻將 철목탑을 명하여 선봉이 되게 하니, 홍 원수 미소하고 만왕을 대하여 왈,

"들으니, 대왕이 축융과 애자지원睚眥之怨을 기억하여 인국지의隣國之義를 돌아보지 아니하신다 하니 장부의 일이 아니라. 이제 다 성군聖君의 신하 되었으니 서로 화목함을 생각하라."

만왕과 축융이 일시에 일어 사례하고 서로 형제지의를 맺어 살을 꺾어 맹세하니라.

나탁, 축융이 도독께 하직 왈,

"도독이 남방에 은위恩威 병행하사 한나라 마 복파馬伏波[28], 제갈 무후에 양두讓頭치 않으실지라. 남방 백성의 장차 생사당生祠堂[29]을 경영하여 천추만세에 혜택을 유전할까 하나이다."

도독이 소 왈,

"이는 다 황상의 교화라. 창곡이 무슨 혜택이 있으리오?"

한대, 만왕 축융이 다시 홍 원수께 하직 왈,

"과인이 만맥지방蠻貊之邦에 생장하여 안목이 고루하더니 원수를 뵈오매 그 황홀하고 사모하는 정성이 다만 생활지은生活之恩을 감사할 뿐 아니라 종차고별從此告別에 관산關山[30]이 묘연杳然하니, 타일 만일 월상씨越裳氏의 백치白雉[31]를 받들어 천자께 조회하러 들어간즉 반가이 뵈올까 하나이다."

홍 원수 소 왈,

"싸운즉 적국이요 사귄즉 고인이라. 평수 남북萍水南北에 봉별逢別이 무정하나 구구 소망은 종금이후로 대왕은 천만 자애하사 다시 홍혼탈 같은 자로 이 땅에 이르게 마소서."

---

27) 높은 산이 우뚝 솟은 모양. 인격이 높고 뛰어남.

28) 후한 때 복파장군伏波將軍 마원馬援으로, 교지交趾를 진압하고 흉노를 쳐서 공을 세웠다.

29) 감사나 수령이 살아 있을 때부터 백성들이 선정을 기려 제사 지내는 사당.

30) 변방. 여기서는 축융이 사는 땅이 멀리 떨어져 있음을 말한다.

31) 남만 (지금 베트남 지역)에 살던 종족의 우두머리인 월상씨가 주 나라에 흰 꿩을 바쳤다는 고사가 있다. 자기가 중국 조정에 조회하러 감을 말한다.

나탁 축융이 대소하더라.

일지련이 홍 원수께 고 왈,

"첩이 이 길로 집편執鞭[32]하여 원수의 뒤를 좇고자 하오나 종적이 얼올跼跪하여[33] 뜻같이 못 하오니 타일 다시 뵈옵기를 바라나이다."

홍 원수 심중에 생각하되,

'내 일지련의 용모 재주를 아껴 거두고자 하더니 제 이제 좇을 마음이 없으니 이는 만종蠻種이라 풍기風氣 강한强悍하여 인정이 적음이로다.'

하며 오히려 집수執手 초창하여 양구良久 무언無言하더라.

도독이 행군함을 재촉하여 만장 철목탑은 만병 삼천 기騎를 거느려 길을 열어 선봉이 되고 뇌천풍은 오천 기를 거느려 전前 장군이 되고 소 사마는 오천 기를 거느려 후後 장군이 되고 동초 마달은 좌우 장군이 되고 도독과 홍 원수는 대군을 거느려 중군이 되어 교지를 향하여 행군할새, 차시는 삼월 모춘이라 남방이 자고로 절서節序가 일러 천기天氣 극열極熱하여 중국의 오뉴월 같은 중, 산천이 동탁童濯[34]하고 초목이 희소한데 한편으로 바다가 넓어 괴이한 바람과 습한 기운이 사시에 자욱하고 들이 넓어 혹 사오백 리에 인가가 없더라.

교지왕이 토병土兵을 거느려 경상境上에 영후迎侯하거늘, 도독이 적정賊情을 물은대, 교지왕 왈,

"홍도왕紅桃王 탈해脫解는 만인蠻人의 종락種落[35]이라. 천성이 흉녕凶獰하여 제 아비를 찬탈하고 그 아내 소보살小菩薩은 요술이 난측難測한 중 성품이 교악狡惡하여 지금 오계동五溪洞에 있으니 원래 남방 제국에 홍도국이 풍기 무도하여 천륜이 없고 위력威力을 주장하니 그 강악하고 굳셈이 금수와 다름이 없나이다."

도독이 우문 왈,

"오계동이 여기서 몇 리뇨?"

교지왕이 대 왈,

"사백여 리나 그 사이에 다섯 시내 있으니 일왈 황계黃溪요, 이왈 철계鐵溪요, 삼왈 도화계桃花溪요, 사왈 아계啞溪요, 오왈 탕계湯溪라. 황계를 건넌즉 사람의 몸이 누르러 창질瘡疾이 일고, 철계에 빠진즉 금철이 녹아 물이 되고, 도화계는 삼월에 도화 핀즉 물결이 붉어 독기가 십 리에 들레고, 아계는 모르고 마신즉 벙어리 되어 언어를 불통하고, 탕계는 항상 물결이 끓어 사람이 들어서지 못하니 연고로 비록 강병 맹장强兵猛將이라도 이곳에 이르르는 속수무책이니이다."

---

32) 채찍을 잡음.

33) 종적이 불안함.

34) 산에 초목이 없음.

35) 종자. 종내기. 본디 종자나 품종이 같고 다름을 나타내는 말.

도독이 이 말을 듣고 심중에 근심하나 기색을 노출치 아니하고 교지 토병 오천 기를 거느려 오계동을 향하여 행군할새, 한 곳에 이르니 산천이 광활하고 지평이 평평하여 가히 대군을 유둔할 만하고 이미 일모日暮한지라. 산을 의지하여 진을 치고 밤을 지낼새 황혼 월색이 명랑하거늘 도독이 원수로 더불어 편복으로 진문陣門 밖에 나와 배회하며 월색을 보더니 홀연 풍편에 풍경 소리 들리거늘 토병더러 물으니, 토병 왈,

"이 후산後山 아래 복파장군伏波將軍 신묘神廟 있나이다."

홍 원수 도독께 고 왈,

"마 복파馬伏波는 한나라 명장이라. 정령이 민멸泯滅치 아니하였을지니 잠깐 향화香火를 베풀고 옴이 좋을까 하나이다."

도독이 응낙하고 같이 묘묘 중에 이르러 일 주株 향을 사르고 가만히 심축心祝한 후 탑상榻床 거북을 집어 괘를 보니 길한지라. 묘문을 날새 밤이 이미 깊었는지라, 사면에 검은 안개 자욱하여 월광을 가렸거늘 도독이 원수를 보아 왈,

"이는 남방 장기瘴氣[36]라. 사람이 촉상觸傷한즉 병이 되는 고로 마 복파 의이薏苡[37]를 먹어 장기를 제어하였더니 이제 장군이 병여약질病餘弱質로 독기를 쏘임이 어찌 염려되지 않으리오?"

홍 원수 소이대소笑而對 왈,

"소장은 만인이라 관계치 아니하나이다."

하고 돌아와 쉬더니, 시야장반是夜將半에 원수 홀연 토혈혼절吐血昏絶하니 도독이 대경하여 친히 원수 막차에 이르러 반상半晌을 구원하매 바야흐로 회생하는지라. 도독이 좌우를 물리고 조용 문 왈,

"낭이 풍진에 노력하고 아까 부질없이 독한 안개를 쏘여 그러하도다."

홍랑이 신음하며 왈,

"이는 첩의 종신지질終身之疾[38]이라. 십 리 전당의 수중고혼水中孤魂이 물결을 마시고 천애 절역天涯絶域의 표박 종적이 풍토에 수상受傷[39]한 증인가 하나이다."

하고 통성痛聲이 그치지 아니하거늘, 도독이 우민憂悶하여 바삐 약을 권하며 앉아 보다가 손을 만지며 일러 왈,

"교지는 자고로 기괴한 곳이라. 내 비록 재주 없으나 마땅히 낭을 대신하여 오계동을 취할 것이니 낭은 후군이 되어 서서히 행하며 안온安穩히 조섭하라."

하더라.

---

36) 축축하고 더운 땅에서 생기는 독한 기운.
37) 율무.
38) 죽을 때까지 가질 병.
39) 상함을 입음.

익일 홍 원수 거중車中에 누워 후군이 되니 도독이 대군을 재촉하여 행군할새 한 곳에 이르매 토병이 고 왈,

"이곳이 황계니이다."

하거늘, 도독이 멀리 바라보니 누른 물결이 도도하여 하늘에 닿았으니 완연한 일대 황하수黃河水 천상天上으로 내림 같더라. 앞을 당하여 보니 깊기는 길에 지나지 못하나 흐름이 급하고 넓기 백여 간이나 되는지라. 도독이 삼군을 호령하여 목석木石을 수운水運하여 다리를 무을새, 가운데 이르면 물결에 채여 도로 무너지니 수십 명 역사하던 군사 미처 나오지 못하여 물에 빠지매 비록 건지었으나 이미 전신이 누르고 창질瘡疾이 일어나거늘 도독이 대경大驚하여 다시 부교浮橋⁴⁰⁾를 무을새, 세 번 이루어 세 번 끊어지니 방략이 없고 날이 점점 저물며 군중軍中이 황황惶惶하여 모두 물을 임하여 말 머리를 돌리고 섰더니, 그중 말 한 필이 고삐를 끊고 물로 달려들어 흐르는 물을 마시거늘 군사 급히 이끌어 내니 또한 창질이 일며 눕고 일지 못하는지라. 도독이 보고 묵연默然 양구良久에 묘책妙策이 없거늘, 군사를 물려 언덕에 진 치고 밤을 지낼새, 도독이 소 사마를 데리고 물가에 임하여 흐르는 물결을 망연히 바라보더니 밤이 들매 황기黃氣 안개를 이루어 사람을 엄습하는지라. 도독이 소 사마를 보아 왈,

"내 고금 병서를 약간 보고 천문 지리를 대강 배웠으나, 이는 물리物理로 추리하여도 통치 못할 바요 지혜로 경륜하여 꾀치 못할 일이라. 하늘이 국가를 돕지 않으심이요 조물造物이 대공大功을 저희沮戲함이로다."

소 사마 왈,

"홍 원수를 청하여 상의함이 옳을까 하나이다."

도독이 소 왈,

"홍 원수 병들 뿐 아니라 인력으로 못할 바에 홍 원수인들 어찌하리오?"

하고, 다시 장중으로 들어와 의사意思 삭막하고 마음이 번뇌하여 장탄長歎하고 몸을 일어 군중을 순행하다가 원수 막차에 이르니 홍랑이 혼곤히 잠들어 통성痛聲이 후중喉中에 그치지 아니하거늘 도독이 옆에 앉아 몸을 만지나 깨닫지 못하며 옥안玉顏이 소슬하여 잔약한 몸을 침상에 던졌으니 십분 가련하고 칠분 염려하여 손야차를 신칙하여 곁에 떠나지 말고 동정을 보報하라 하고 장帳을 내리고 혼자 돌아오며 심회心懷 불락不樂하여 생각하되,

'내 대군을 거느려 천입불모擅入不毛⁴¹⁾하여 대공을 이룰까 하였더니, 어찌 작은 시내에 막혀 경륜이 없고 홍랑의 병이 또한 심상치 아니하니, 이는 반드시 조물이 시기함이로다.'

도독이 자기 장중帳中에 이르러 책상을 의지하여 흉중이 울울불락鬱鬱不樂하더니 잠

---

40) 다리를 따로 만들지 않고 배나 뗏목을 잇대어 매고, 그 위에 판자를 깔아서 만든 다리.
41) 불모의 땅에 마음대로 들어옴.

간 잠들었다가 깨치니 새벽바람이 장帳을 걷어치며 냉기 품속에 침입하여 일장一場 한축寒縮[42]하더니 신기身氣 대단 불평한 중 군중이 흉흉하여 목말라 하는 소리 사면에 일어나니, 도독이 손으로 서안書案을 치며 크게 소리 왈,

"대사大事 거의 거의去矣[43]로다."

하고 인하여 혼도하니, 좌우 황황하여 즉시 원수께 고한대, 이때 홍 원수 또한 정신이 현혼眩昏[44]하여 누웠더니 이 소식을 듣고 대경하여 미처 융복을 갖추지 못하고 전지도지顚之倒之[45]하여 도독 장중에 이르러 보니 도독이 상상床上에 누워 잠든 모양이라. 맥을 짚으매 십분 홍대洪大하여[46] 중초中焦[47]의 화기火氣 치성熾盛하거늘, 원수 도독의 손을 잡고 불러 왈,

"홍혼탈이 왔으니 도독은 정신을 수습하사 증후症候를 말씀하소서."

도독이 미미微微히 답 왈,

"내 정신을 잃음이 아니라 두통과 현기 심하여 견디기 어렵도다."

원수 소 사마를 불러 수 첩의 약을 지어 먼저 표증表症[48]을 화해和解하고 동정을 보아 강화지제降火之劑[49]를 쓸까 하더니 뜻밖에 증세 점점 급하여 미처 걷잡지 못할지라. 원래 도독이 청춘지년靑春之年으로 예기銳氣 방장方壯하여 산악山嶽을 흔들며 두우斗牛를 꿸 듯 위국爲國하는 일편단심이 동동촉촉洞洞屬屬[50]하더니, 이제 이곳에 이르러 황계에 막힌 바 되어 경륜이 없으니 심심深深 번뇌煩惱하여 화기 충상衝上[51]함이라. 어찌 급하지 않으리오? 비유컨대 붙는 불 같으니 시각이 급한지라. 홍 원수 제장諸將을 불러 군중을 조속操束[52]하고 척후斥候를 멀리하여 소동치 말라 하고 원수 막차를 도독 장전帳前에 옮긴 후 다시 장중에 들어가 보니, 도독이 눈썹을 찡기고 손으로 가슴을 치며 욕언미언欲言未言[53]하는 기색이 있거늘, 홍 원수 옆에 나아가 문 왈,

---

42) 한바탕 추워서 기운을 내지 못하고 오그라듦.
43) 큰일을 이루는 일 따위는 물 건너가 버렸다.
44) 어지러움.
45) 엎어지며 거꾸러지며 몹시 급히 달려감.
46) 맥이 보통 이상으로 크게 빨리 뛰는 것.
47) 한의학에서 말하는 삼초三焦의 하나로, 지라와 위장.
48) 오한, 발열, 두통 따위 겉으로 드러나는 병의 증세.
49) 화기를 내리는 약.
50) 공경하고 삼가며 매우 조심스러움.
51) 매우 번민하여 화기가 위로 치밀어 오름.
52) 단단히 잡아서 단속함.
53) 말하고자 하나 하지 못함.

"두통, 현혼眩昏이 아까와 어떠하시니이까?"

도독이 손을 들어 입을 가리키며 필연筆硯을 찾는 듯하니, 원수 즉시 붓을 드린대 도독이 베개에 의지하여 수항數行 글로 유언하니, 그 유언에 왈,

　　내 불충불효하여 절역絶域에 병이 드니, 성주聖主의 추곡推轂[54]하신 은총과 양친의 의려倚閭하는 회포를 장차 어찌하리오? 내 병이 심상한 소수所祟 아니라 조물이 대공大功을 저회함이니, 지금 혀가 밭고 정신이 현황하여 무궁한 소회를 다 못 할지라. 유유悠悠 만사萬事를 낭에게 부탁하노니, 낭은 절세絶世한 영재요 초인超人한 지략이라. 종적이 비록 규중에 자랐으나 벼슬이 이미 조정에 나타나니 내 몸을 대신하여 삼군三軍을 동독董督하고 개가凱歌로 고국에 돌아가 군친君親을 위로하여 창곡으로 하여금 불충불효한 죄를 일분 덜게 함이 평생지기平生知己의 저버리지 않음이라. 부유인생蜉蝣人生이 자래自來로 이 같으니 낭은 과도히 슬퍼 말고 후천後天 타일他日에 차생此生의 미진한 인연을 다시 잇게 하라.

도독이 쓰기를 마치고 붓을 던지며 다시 홍랑의 손을 잡아 양구히 보더니 허회탄식歔欷歎息하고 성각醒覺이 없으니, 오호嗚呼라 출사미첩出師未捷하고 신선사身先死하니 장사영웅누만금長使英雄淚滿襟[55]은 천지 운수와 한실漢室 흥망에 관계한 일이라, 어찌 인력으로 할 바리오?

차시, 홍랑이 정신이 비월飛越하고 천지 아득하여 어린 듯이 앉아 생각하되,

'내 불과 일개 여자로 부모 친척이 없고 사생 영욕이 도독께 달렸으니, 구차 투생苟且偸生하여 지우금일至于今日함도 죽기를 겁냄이 아니라 양 도독을 위함이요 시석풍진矢石風塵에 공성약지攻城略地하여 고초 비상苦楚備嘗함[56]도 공훈을 뜻 둠이 아니라 양 도독을 위함이니, 이제 만일 도독이 불행하신즉 국가 안위를 내 어이 알며 삼군 진퇴를 내 어이 알리오? 마땅히 내 몸이 먼저 죽어 만사를 모르리라.'

하고, 도독 앞에 나아가 가만히 불러 왈,

"상공은 정신을 차리사 첩의 한마디 말씀을 못 들으시나이까?"

도독이 대답지 아니하니 홍랑이 불승억색不勝臆塞하여 생각하되,

'내 일찍 의약, 복서卜筮를 배워 이런 때에 한번 쓰지 못하면 어찌 원통치 않으리오.'

하고 한 괘를 얻으니, 괘효卦爻 난동亂動하여 길흉이 소연昭然치 아니하고[57] 맥을 짚어 약

---

54) 천거 또는 뒤를 밀어줌. 여기서는 등용한다는 뜻.

55) 군대를 이끌고 나와 싸움에서 이기지 못하고 먼저 죽으니 길이 영웅들로 하여금 눈물이 옷깃을 적시게 한다. 두보가 제갈량을 기리며 쓴 시 '촉상蜀相'의 마지막 구절.

56) 화살과 돌이 날리는 싸움터에서 성을 공격하며 온갖 고초를 두루 겪음.

을 생각하니 정신이 황홀하여 집중할 길이 없는지라. 장탄하여 왈,

"내 평생에 대사를 당하나 심신이 창황치 않더니 이는 반드시 하늘이 넋을 빼앗아 길치 않은 징조로다."

하고 좌우를 잠깐 물린 후 다시 도독의 손을 잡고 왈,

"첩이 상공을 만난 지 사 년에 이 년을 이별하여 사생을 모르다가 천리타향에 끊어진 인연을 뜻밖에 다시 이어 여생을 의탁할까 하였더니, 이제 차마 버리고 가시며 한마디 말씀도 없나이까?"

도독이 눈을 떠 잠깐 보고 눈썹을 찡기며 눈물을 머금어 듣기 싫어하는 듯하거늘, 홍랑이 그 성각이 있음을 오히려 다행하여 약을 들어 권하며 증세를 묻고자 하더니 도독이 홀연 큰 소리를 지르고 엄홀奄忽[58]하니, 오호 석재惜哉라, 개세군자蓋世君子요 풍류호걸이 청춘지년에 이같이 됨은 어찌 하늘이 알음이 있다 하리오? 홍랑이 약기藥器를 던지며 급히 몸을 만져 보니 백무일행百無一幸[59]이라. 홍랑이 탄식하고 일어나며 왈,

"내 차마 못 보리로다."

하고 원문 밖으로 나가매, 손야차 창을 들고 뒤를 좇고자 하니, 원수 왈,

"노장은 따르지 말라."

하거늘, 야차 당황히 물러나니, 차시 새벽달은 거의 지고 별빛이 하늘에 가득하니 군중 누수漏水 이미 오경이러라.

홍랑이 바로 황계 물가에 다다라 앙천仰天 탄헐歎歇 왈,

"유유창천悠悠蒼天아! 첩을 살리시려 하실진대 도독의 병세 어찌 이 지경에 이르시나이까? 첩이 어려서 청루에 생장生長하매 재승덕박才勝德薄하고, 자라 주문朱門에 의탁하매 복과재생福過災生[60]하여 만 리 절역에 다시 절명絶命케 하시니, 이는 첩의 박명薄命한 연고라. 도독 양 공은 효어사친孝於事親하고 충어사군忠於事君하여 백행百行이 무흠無欠하니 거의 신명께 획죄獲罪함이 없을지라. 하물며 나이 이팔에 있고 전정前程이 만 리 같으니 원컨대 첩의 몸으로써 도독을 대신하여 황계에 던져 수성水性의 한악悍惡[61]함을 고치게 하소서."

언필言畢에 몸을 솟구쳐 물에 빠지고자 하더니, 홀연 등 뒤에 막대 소리 나며 급히 불러 왈,

"홍랑은 별래 무양하냐?"

---

57) 괘와 효가 어지러워 길흉이 또렷하지 않고.
58) 갑작스러움. 여기에서는 기절한 것을 말한다.
59) 요행을 바랄 만한 가능성이 조금도 없음.
60) 복이 너무 지나치면 재앙이 생긴다.
61) 성질이 거칠고 사나움.

원수 놀라 돌아보니 이에 백운도사라. 일변 반기며 황망히 앞에 나아가 재배 함루含淚
왈,

"사부 어디로 오시며 어찌 이곳에 이르시나이까?"

도사 미소 왈,

"노부 마침 관음보살과 남천문南天門에 올랐더니 그대의 금일 액운을 알고 구코자 왔노라."

원수 기쁨을 이기지 못하여 왈,

"사부 서천으로 가신 후 다시 배알함을 뜻하지 못하였더니 이같이 뵈옴은 하늘이 지시함
이로소이다."

도사 왈,

"돌아갈 길이 총망하니 도독의 병세를 잠깐 보고자 하노라."

원수 대희하여 도사를 장중에 인도하니, 차시 도독이 이미 혼절하여 사람을 모르는지라.
도사 숙시熟視 양구良久(62)에 낭중으로 세 개 금단金丹을 내어 원수를 주어 왈,

"이것을 먹인즉 쾌차하리라."

언필에 일어나 가거늘, 원수 진문 밖에 나와 다시 고 왈,

"도독의 병이 장부臟腑의 소수所崇 아니라 근원이 오계동에 있으니, 사부는 방략을 밝히
가르치소서."

도사 웃고 세 귀 글을 외워 왈,

　한 덩이 흙이 물을 이기고
　만 자루 불이 쇠를 녹이느니라.
　저 도화 물결에 뜨매
　반드시 도화 잎사귀를 머금으라.
　아계의 물을 많이 마시고
　야반에 탕계를 건너가라.
　一抔土克水 萬柄火消鐵
　泛彼桃花浪 必含桃花葉
　痛飮啞溪水 夜半渡湯溪

도사 읊기를 마치고 원수를 보며 왈,

"홍랑의 미간 액운이 금일까지 다하였으니 전정 부귀 극진할지라."

하고 수중에 들었던 백팔 보리주菩提珠를 주어 왈,

---

62) 눈여겨 오래도록 봄.

"석가세존이 묘법을 강론하실 제 윤회 염불하시는 구슬이라. 낱낱이 정심공부正心工夫를 듣자와 사기邪氣가 범치 못하나니 자연 쓸 곳이 있을까 하노라."

언필에 일진청풍一陣淸風이 되어 간 곳이 없거늘 원수 공중을 향하여 백배사례하고 장중에 들어와 급히 금단을 갈아 도독의 입에 넣으니, 일 개에 흉중이 상연爽然[63]하고 이 개에 정신이 청명하고 삼 개에 신기身氣 여상如常하니, 원래 금단은 석가의 상품 영약靈藥이라, 도독이 약을 먹은 후 병세 쾌차할 뿐 아니라 총명 정력이 평일에 배승倍勝하더라.

이때 홍 원수 도독의 병이 쾌차함을 보고 기쁨을 이기지 못하여 백운도사 왔었음을 고하니, 도독이 또한 놀라고 창연함을 마지아니하거늘, 원수 인하여 세 귀 글을 외니 도독이 듣고 경탄하더라.

원수 세 귀 글을 외며 급히 행군할새 군중에 하령下令 왈,

"대군이 일시에 황토 한 줌씩 가지고 황계를 건너되 만일 구갈口渴이 있거든 흙을 먼저 입에 물고 물을 마시라."

한대, 백만 대군이 다투어 흙을 옷 앞에 꾸리고 건너며 일변 입에 물고 황계수를 마시니 무양無恙한지라. 삼군이 용약踊躍[64]하여 즐기는 소리 우레 같더라.

익일, 철계에 이르러 보매 물빛이 검고 푸른 중 한기 어리어 병장기를 담가 보매 과연 녹아 물과 합하는지라. 홍 원수 하령 왈,

"삼군이 다 각각 한 자루 횃불을 켜 들고 건너라."

한대, 대군이 일시에 풀을 묶어 홰를 만들어 불을 켜 들고 건널새 백만 자루 횃불이 철계를 덮었으니, 그중 화광이 드물게 선 곳은 건너는 군사와 말이 한기를 이기지 못하여 다시 횃불을 더한 후 바야흐로 무양히 건너니라.

다시 행군하여 도화계에 이르니 차시는 삼월 모춘暮春이라. 남방 기후가 일러 언덕에 도화桃花 만발하고 물결이 창일漲溢한대 낙화 분분하여 수상水上에 가득히 떠오니, 물빛이 붉어 독기 코를 거스르는지라. 군사 중의 젊고 실없는 자 손가락으로 물을 찍어 맛보니 경각간에 손이 부릅고 입으로 토혈吐血하거늘, 홍 원수 하령 왈,

"대군이 각각 언덕에 올라 도화를 따 인마의 다리에 문지르고 꽃 한 송이씩 입에 물고 건너라."

백만 대군이 다투어 꽃을 꺾으니 경각간에 언덕 위의 도화 희소稀少하더라. 이에 북을 치며 도화계를 건널새 점점點點한 화영花影이 조요하니 홍 원수 도독과 말 머리를 연하여 행하며 낭연琅然히 소 왈,

"강남 전당호 십 리 하화荷花[65]를 아름답다 하나 이에 지나지 못하리로다."

---

63) 시원하고 상쾌함.
64) 신나서 뛰어오름.
65) 십 리에 걸쳐 핀 연꽃.

하거늘, 도독이 미소하고 도화계를 건너 다시 아계를 당하니, 홍 원수 하령 왈,

"제장 삼군이 만일 목마른 자 있거든 각각 물을 싫도록 마시고 건너라."

하니, 군중이 오히려 자저하거늘, 손야차 내달아 왈,

"우리 원수는 신인神人이라. 어찌 의심하느뇨?"

하고 표자瓢子를 들어 물을 떠 한 번 마시며 뇌천풍을 보고 그 쾌함을 말하고자 하더니, 홀연 혀가 굳어 말을 못 하는지라. 표자를 던지고 눈물을 흘리며 가슴을 치고 혀를 가리켜 방성대곡하니, 홍 원수 대소하고 다시 양껏 마시라 한대, 손야차 자저하다가 연하여 두어 표자를 먹으매 도리어 흉중이 청쾌清快하고 성음이 분명하거늘 야차 대희하여 원수께 고 왈,

"노신이 항주서 원수를 업고 수중으로 행할 적에 절강 조수를 배불리 마셨으나 어찌 이같이 청쾌하리오?"

하거늘, 원수 아미를 찡기며 추파를 흘려 보아 왈,

"네 부질없이 물을 더 먹어 횡설수설하는도다."

손야차 알아듣고 무연히 물러가니 대군이 일시에 아계수를 통음痛飲[66]한대 정신과 기운이 도리어 더하더라.

익일 탕계에 이르니 급한 물결이 일광을 따라 끓으니 불 같은 기운에 가까이 서지 못할지라. 홍 원수 수변水邊에 진을 치고 밤을 기다릴새 친히 물을 임하여 보매, 군중 누수漏水해말 자초亥末子初[67]에 이르러 물결이 고요하고 한기 수상水上에 돌거늘, 원수 급히 삼군을 호號하여 건넌지라. 제장 군졸이 서로 치하하며 홍 원수의 신통하심을 탄복하더라.

원래 황계는 토정土精이라 이토극토以土克土[68]하고, 철계는 금정金精이라 이화극금以火克金하고, 도화계는 도화 독기라 이독제독以毒制毒하고, 아계는 풍토가 달라 처음 먹은즉 병이 나고 통음한즉 장위腸胃에 익음이며, 탕계는 남방의 화기라 자야지반子夜之半에 천일생수天一生水[69]하여 상극相克함이니, 대범大凡 천하 만물이 화기를 과히 받은즉 독기 생기나니, 남방의 산천초목이 무비無非 화기火氣라. 그러한 고로 독기 이곳에 모인 연고러라.

차설且說, 홍도왕 탈해 그 아내 보살과 더불어 천병의 이름을 듣고 대경하여 즉시 소대왕小大王 발해拔解를 청하니 발해는 탈해의 아우라. 만부부당지용萬夫不當之勇이 있고 성품이 불같이 급하더라. 탈해 발해를 대하여 왈,

"명병明兵이 이제 오계동을 건너니 어찌 써 방비하리오?"

발해 팔을 뿜내어 왈,

---

66) 실컷 마심.

67) 해시亥時 끝 무렵에서 자시子時의 처음. 자정쯤.

68) 흙의 정기이기 때문에 음양설에 따라 토土로 토를 이김.

69) 자시의 반, 곧 한밤중에 하늘이 한번 물을 낸다는 말. '하도河圖'에 나오는 구절이다.

"요마么麼 잔병殘兵을 한 북에 무찌를지니 어찌 방비함을 근심하리오?"

탈해 왈,

"현제賢弟는 쉬이 말하지 말라. 내 정병 삼천 기騎를 주리니, 자고성鷓鴣城을 지키어 들어오음을 막으라."

발해 응낙하고 가니라.

자고성은 오계동 들어가는 북편에 있는 성이니, 높은 뫼 위에 있어 그곳에 자고鷓鴣[70]가 많은 고로 자고성이라 하니라. 차시此時 도독이 오계동을 향하여 행군할새 한 곳을 바라보니 산에 수목이 참천參天하고 일편고성一片孤城이 은은히 보이거늘, 홍 원수 대경하여 교지交趾 토병土兵을 불러 물으니, 토병 왈,

"소지 등이 오계에 발자취 이르지 아니하여 자세히 모르오나 다만 들으매 오계동 들어가는 길이 자고성을 지나간다 하더이다."

홍 원수 점두點頭하고 도독께 고 왈,

"탈해, 만일 복병을 두어 대군의 뒤를 엄습한즉 낭패할지니, 먼저 자고성을 취함이 묘할까 하나이다."

도독 왈,

"어찌 써 취코자 하나뇨?"

원수 왈,

"대군이 이곳에 진 치고 밤을 타 동, 마 양장으로 오천 기를 거느려 자고성 북편에 매복하고 미명未明에 대군을 몰아 오계동을 향한즉 자고성 복병이 반드시 내달아 길을 막을지니, 차시를 타 동, 마 양장으로 자고성을 취케 함이 묘할까 하나이다."

도독이 허락하고 대군을 머물러 밤을 지낼새 시야是夜 삼경에 동초, 마달로 오천 기騎를 거느려 보내고 천명에 고각을 울리어 대군을 몰아 오계동을 바라보고 풍우같이 행군하니, 소대왕 발해 과연 성문을 열고 정병을 거느려 뫼에 내려 대책大責 왈,

"쥐 같은 아이 겁 없이 호구虎口를 지나니 네 담이 얼마나 크뇨?"

하고 말을 놓아 달려들거늘, 원수 급히 진세陣勢를 변하여 후군으로 선봉을 삼고 선봉으로 후군을 삼아 일제히 말 머리를 돌리며 기를 둘러 발해를 대적할새, 원수 도독과 진전에서 바라보니 발해의 신장이 십 척이요 얼굴이 검고 범의 눈이요 곰의 허리라. 흉녕한 모양이 인형人形 같지 아니하고 두 손에 각각 철퇴를 들고 천지를 흔들듯 소리치고 달아드니, 도독이 원수를 보며 왈,

"이 어찌 인류리오? 만일 귀신이 아닌즉 짐승의 무리로다."

하고 뇌천풍으로 나가 대적하라 하니, 천풍이 벽력부霹靂斧를 들고 발해를 치려 한대, 발해 우수右手의 철퇴를 옆에 끼고 좌수左手로 벽력부를 받아 탈취코자 하니, 천풍이 대로하

---

70) 꿩과에 속하는 꾀꼬리 비슷한 새.

여 도채 자루를 쥐고 놓지 아니한대, 발해 홀연 한마디 소리 지르며 한 번 뿌리치니 천풍이 몸을 번쩍여 낙마한대, 발해 대소 왈,

"장재壯哉[71]로다! 네 능히 나와 수합數合을 싸우는도다. 노야의 능력을 알고자 하거든 이 철퇴를 들어 보라."

하고 옆에 꼈던 철퇴를 마전馬前에 던지니 절반이나 땅에 박히거늘, 천풍이 더욱 분노하여 진력하여 들고자 하나 무게 천만 근이라. 겨우 한 번 들어 땅에 던지며 몸을 솟구쳐 말께 올라 본진으로 돌아와 탄 왈,

"이는 범인凡人이 아니라. 만일 옛날 촉산蜀山을 무너뜨리던 오정五丁 역사力士 아닌즉 구정九鼎을 들던 초패왕楚霸王의 후신後身인가[72] 하노라."

언미필言未畢에 발해 크게 외쳐 왈,

"네 백만 명병明兵을 말하지 말고 비록 명 천자 일국을 기울여 친히 와도 노야 겁내지 아니하노라."

하거늘, 도독이 대로 왈,

"오랑캐 새끼 무례함이 이 같으니 그 머리를 취치 못한즉 내 회군치 않으리라."

홍 원수 소이대笑而對 왈,

"소장이 비록 무용無勇하나 한번 싸워 보리다."

도독이 침음 부답하니, 원수 다시 소 왈,

"소장의 쌍검은 평생 사랑하는 칼이라. 요마 만장蠻將의 더러운 피를 어찌 써 묻히리꼬? 허리에 찬 살이 다섯 개오니 세 대에 만장을 취치 못한즉 군령을 두리다."

하고, 쌍검을 끌러 손야차를 주고 환도와 궁시를 차고 말께 오르니 아리따운 거동과 한가한 풍채 만장에게 비유컨대 너무 상적相適지 아니하니, 제장 삼군이 진전陣前에 나서 승부를 구경할새 도독이 또한 진상에 높이 앉아 만일 홍 원수 위태함이 있은즉 대군을 몰아 구원코자 하더라.

대개 승부 어떠한고? 하회를 보라.

---

71) 어떤 일이 장하여 감탄할 때 하는 말.

72) 오정五丁은 전설에 나오는 힘이 센 다섯 사람. 구정九鼎은 아홉 주에서 거두어들인 쇠로 만들었다는 솥인데, 힘이 장사였던 항우가 아무도 들지 못하던 이 솥을 들었다고 한다.

제22회 양 도독이 술을 가져 자고를 듣고
홍 원수 기운을 바라 호구를 보내다
楊都督携酒聽鷓鴣　紅元帥望氣送狐裘

각설却說, 소대왕小大王 발해拔解 철퇴를 두르며 명진明陣을 향하여 무수히 질욕叱辱하며 싸움을 돋우니, 홀연 명진으로 일개 소년 장수 머리에 성관星冠을 쓰고 몸에 금포金袍를 입고 대완마大宛馬를 타고 대우전大羽箭을 차고 보조궁寶雕弓을 띠고 표연히 나오니, 옥 같은 용모와 별 같은 눈에 정신이 돌올突兀하고 풍채 표일飄逸하여 시석풍진矢石風塵에 못 보던 인물이라. 또한 수중에 병기 없고 섬섬옥수로 말고삐를 거슬러 잡아 완완緩緩히 나오니, 발해 바라보고 대소 왈,

"노추老醜한 자 들어가고 묘소妙少한 여자 나오니, 노야 한번 소견消遣[1]하리라."

하고 철퇴를 공중에 던져 재주를 자랑하며 홍랑을 얼러 왈,

"네 얼굴을 보니 귀물鬼物이 아닌즉 경국가인傾國佳人이라. 노야 마땅히 생금生擒하여 가리라."

하고 철퇴를 옆에 끼고 말을 놓아 들어오거늘, 홍랑이 미소하고 말을 돌리며 보조궁을 다리어(당기어) 옥수玉手 번쩍이는 곳에 발해의 왼눈을 맞혀 눈알이 솟으니, 발해 한마디 소리를 벽력같이 지르고 한 손으로 살을 빼며 한 손으로 철퇴를 들고 노기충천하여 불같은 성식性息이 일 배 더하여 갑옷을 벗어 땅에 던지고 검은 살을 드러내며 왈,

"네 요괴로운 재주를 믿고 이같이 당돌하니 시험하여 다시 쏘라. 노야 마땅히 가슴으로 받으리라."

하고 이를 갈며 달려드니, 홍랑이 또 미소하고 말을 돌려 헛 활을 다리어 시위 소리 나니, 발해 마상馬上에 일어서 배를 내밀며,

"노야 마땅히 배로써 네 살을 받을지니 요괴는 머리로써 내 철퇴를 받으라."

하고 우수右手에 철퇴를 들고 홍랑을 향하여 던진대, 홍랑이 급히 피하여 옥수를 번뜩여 시위 소리 나는 곳에 별같이 빠른 살이 들어가 발해의 말하는 입을 맞히매, 발해 오히려 살을 빼며 피를 뿜어 남은 눈의 등잔 같은 화광이 굴며 분기를 이기지 못하여 말께서 뛰어내려 범같이 달려드니, 홍랑이 설화마雪花馬를 채쳐 황망히 피하며 대책大責 왈,

"네 눈이 있으나 하늘 높음을 모르기로 내 먼저 쏘이요 입이 있으나 말을 삼가지 아니하기로 내 두 번 쏘이거늘, 이같이 무례하니 마음이 막히어 흉두역장兇肚逆腸을 포장包藏함[2]이라. 내 셋째 대 있으니 다시 네 심통을 쏘아 막힌 구멍을 통케 하리라."

---

1) 시간을 보냄. 소일.
2) 흉악한 마음을 감춤.

언필言畢에 옥수 번뜩이며 다시 시위 소리 나거늘, 발해의 흉악함으로도 가슴을 가려 피하더니 빈 활에 속음을 깨닫고 더욱 분노하여 길길이 뛰며 다시 달려드니, 홍랑이 형세 급한지라. 홍랑이 대책大責하고 성모星眸[3]를 굴리며 나는 살이 바로 발해의 가슴을 쏘아 등까지 사뭇 나가니, 발해 바야흐로 반길이나 솟아 한소리를 지르고 땅에 엎더지니, 홍랑이 환도를 빼어 발해 두상頭上에 썼던 홍두자紅兜子를 벗겨 꿰어 들고 본진에 돌아와 도독께 드리니, 도독이 대회하여 제장 삼군을 면면面面이 상고相顧하며 원수의 궁법弓法과 담대함을 놀라더니 동, 마 양장이 자고성 북편에 매복하였다가 발해의 산에 내림을 보고 일시 함매啣枚하고 자고성을 취하니, 도독이 원수와 대군을 몰아 패병을 시살廝殺하고 성에 들어 성지를 순행하니 짐짓 철옹산성이라. 다시 부고府庫를 보매 군량이 불소不少하고 집에 가득한 군기軍機 모두 수전水戰하는 병기와 배 만드는 재목이라.

도독이 대경 왈,

"우리 군사 일찍 수전을 가르치지 못하였으니, 만일 탈해 세궁勢窮하여 수전으로 달려든즉 어찌하리오?"

홍 원수 소이대소笑而對 왈,

"소장이 실로 육전陸戰에 능함이 없으나 일찍 수전하는 법을 배워 비록 주공근周公瑾[4], 제갈 무후가 갱생更生하더라도 양두讓頭치 않을까 하나이다."

도독이 대회하더라.

이날 도독이 대군을 호궤犒饋하고 각각 처소를 정하여 안돈한 후 자고성 동편에 높은 석대石臺 있어 경개 가장 쾌활하거늘, 도독이 원수를 보아 왈,

"우리 오래 풍진에 노고하여 배주杯酒의 종용함을 겨를치 못하였더니 만 리 절역에 이같은 경개 쉽지 아니할지라. 잠깐 술을 가져 소창消暢[5]코자 하노라."

원수 미소하고 제장諸將을 물린 후 다만 손야차를 데리고 편복便服으로 대에 오르니, 석양 산색은 울울창창하여 안하眼下에 벌여 있고 하늘가에 돌아가는 구름은 유유 망망悠悠 茫茫하여 가없이 널렸는데, 자고의 소리 처처에 낭자하여 객수客愁를 돕는지라. 도독이 손야차를 명하여 술을 가져오라 하여 각각 취하매 홍랑이 홀연 취미翠眉를 숙이고 초창怊悵하여 하거늘, 도독이 웃고 그 손을 잡고 왈,

"낭이 어찌 즐겨 아니 하나뇨?"

홍랑이 왈,

"첩은 들으니 유자遊子는 사고향思故鄕[6]이라. 고기도 놀던 물을 생각하나니 저 자고는

---

3) 빛나는 눈.
4) 삼국 시대 오나라 장수 주유周瑜. 손책孫策을 도와 강동을 평정하고, 제갈량과 함께 적벽에서 조조의 군대를 크게 깨뜨렸다.
5) 심심하거나 답답한 마음을 풀어 후련하게 함.

강남서 듣던 새라. 그 소리 다름이 없으나 전일은 어찌 그리 화창하며 금일은 어찌 그리 처량하니이꼬? 첩이 본래 청루 천종賤蹤으로 의외 상공을 만나 금일 영화 극하오니 거의 여한이 없을 듯하나 아녀자의 마음이 그 족함을 모르고 매양 이러한 경개를 만난즉 제 경공齊景公의 눈물과 양숙자羊叔子의 탄식[7]이 무단히 생기니, 이는 다름이 아니라 첩이 평생 풍류장風流場에 놀아 규문 내칙閨門內則에 조속操束하는 학력學力이 부족하고 풍월가무風月歌舞에 감개感慨한 흥금胸襟이 있어 탄광음지여류嘆光陰之如流하고 애오생지수유哀吾生之須臾하여[8] 연연한 정근情根을 차마 잊지 못함이라. 상공은 저 자고의 소리를 들어 보소서. 삼월 춘풍에 북산에 꽃이 피고 남산에 잎이 푸르러 구십 소광九十韶光[9]이 난만 호탕할 제 쌍쌍이 나는 자고들이 나래를 연하여 꽃가지를 찾아 웅창자화雄唱雌和[10]하니 그 소리 화창하여 안류岸柳는 춘풍春風을 춤추고 정초庭草는 세우細雨에 처처萋萋한대, 한 번 울매 오릉五陵 소년은 준마를 멈추고 두 번 울매 창가娼家 소부少婦는 단장을 재촉하여 번화한 소리와 아리따운 웃음이 자고를 시기하며 춘광春光을 다투다가, 삼춘三春이 여류如流하여 낙화가 분분하고 서풍이 쓸쓸한즉 그 소리 애원하여 한 번 울매 열사옥호烈士玉壺[11]는 편편이 부서지고 두 번 울매 가인취수佳人翠袖에 누흔淚痕이 점점點點하니[12], 이는 무심 자고를 유심히 들음이라. 첩이 상공을 평수萍水 강남에서 정근을 한번 맺어 천애天涯 절역絶域에 다시 이같이 모이니, 나탁, 축융의 서리 같은 칼날과 풍우 같은 시석矢石에 일편 정근이 조금도 동치 않아 사생 환난에 떠나지 아니하고 다시 이 대에 오르니, 다만 한하는 바는 백발이 무정無情하고 홍안이 유시有時하여 석양 자고鷓鴣 심사를 촉동觸動하니, 첩이 아지 못게니와 오늘날 마음이 백년 후 어디로 가나이까?"

도독이 소 왈,

"낭의 지견智見으로 어찌 이 같은 심회를 두느뇨? 내 낭과 이 대에 오름도 우연한 일이요 마침 자고를 들음도 우연한 일이라. 살아 정근을 맺음이 이미 망령되거늘 하물며 죽어 정근을 잊음이리오? 백년 무양하여 편안히 지낸즉 백년지락百年之樂이요 일일을 한

---

6) 떠돌아다니는 사람은 고향을 생각함.

7) 전국 시대 제나라 경공이 우산牛山에 올라 "이처럼 아름다운 곳을 두고 어떻게 죽을 것인가." 하며 눈물을 흘렸다. 또 진晉나라 무제武帝 때 양숙자가 오나라를 치려 하나, 왕이 허락지 않자 천하에 맘대로 되지 않는 일이 많다며 탄식했다. 양숙자는 양호羊祜.

8) 세월이 물같이 빠름을 탄식하고 인생이 잠간임을 슬퍼하여. 소식의 '전적벽부'의 한 구.

9) 구십 일의 아름다운 경치. 화창한 봄 경치를 말한다.

10) 수컷이 노래하면 암컷이 화답한다.

11) 절의가 굳은 선비의 맑은 마음.

12) 미인의 푸른 옷소매에 눈물 자국이 방울지니.

가하여 조용히 보낸즉 이는 일일지복一日之福이라. 서산에 낙조를 보내고 동산에 명월을 맞음이 무비無非 경개니, 군중에 남은 술이 있거든 가져오라. 내 낭과 한번 대취大醉하여 낭의 녹록한 심회를 풀게 하리로다."

홍랑이 또한 미소하고 다시 수배數杯를 마실새 밤이 이미 깊고 이슬이 옷깃을 침노하거늘 홍랑이 종용 고 왈,

"상공이 원융元戎의 체중體重하심으로 취하여 제장을 대하심이 불가할 뿐 아니라 밤이 깊고 술이 독하오니 천금지구千金之軀[13]를 자보自保하사 일시지락一時之樂을 탐하지 마시고 일찍 가심이 옳을까 하나이다."

도독이 소 왈,

"내 오래 배주의 즐김이 없어 흉중이 울울하더니 금일 마침 군중이 무사하고 이곳 경개 쾌활하니 잠깐 취함이 무슨 불가하리오? 낭은 다시 일 배를 치라. 만리타향에 이 밤이 쉽지 않을까 하노라."

홍랑이 다시 간諫 왈,

"군중은 사지死地라. 제장 삼군이 칼을 안고 창을 베어 위태한 생각과 두려운 근심이 밤마다 안심치 못하거늘 상공이 돌아보지 아니하고 배주의 진취盡醉함을 일삼고자 하시니 이는 천첩의 죄라. 첩이 다시 가까이 모시지 못할까 하나이다."

도독이 홀연히 노怒 왈,

"근일 낭의 기색을 보매 일분 유순한 태도 없고 말을 거슬러 미타未妥[14]하니 그 무슨 도리뇨?"

홍랑이 머리를 숙이고 묵연默然 양구良久에 술을 다리어 잔을 채우지 아니하고 도독께 드리며 화和한 말씀으로 나직이 고 왈,

"첩이 비록 배움이 없으나 무위부자無違夫子하여 필경필계必敬必戒함[15]을 들었사오니, 상공의 말씀을 거스르고 뉘 말을 순종하리꼬? 상공이 춘추 장성하사 예기를 믿으시고 존체를 보중치 않으사 장야지음長夜之飮[16]을 효칙코자 하시니, 어찌 천애 만 리에 양당兩堂 학발鶴髮이 조석에 의려倚閭하사 유질지우有疾之憂하심[17]을 생각지 않으시나니이까?"

도독이 청파聽罷에 더욱 미타하여 잔을 받지 아니하고 장중帳中에 돌아오니, 홍 원수 따라와 감히 앉지 못하고 반상半晑을 시립侍立하였더니, 도독이 정색 왈,

---

13) 천금같이 귀한 몸.
14) 온당하지 아니함. 사리에 어그러짐.
15) 남편의 뜻을 어기지 않아 반드시 공경하며 경계함.
16) 밤을 새워 술을 마심.
17) 늙으신 부모님께서 밤낮으로 문에 기대어 자식이 병이 날까 걱정함.

"원수의 체중體重하심으로 오래 섰음이 불안하니 돌아가심이 가할까 하노라."

원수 더욱 공손히 서서 물러가지 아니하니, 도독이 손야차를 불러 장중에 이르니, 도독이 분부 왈,

"원수를 인도하여 빨리 막차로 돌아가되 내 부르기 전에는 다시 장중에 출입 말라."

언필言畢에 기색이 엄숙하니, 원수 하릴없어 물러 막차로 올새, 손야차 종용 문 왈,

"원수 도독께 무슨 미타한 일이 계시니이까?"

홍랑 왈,

"이는 노장의 알 바 아니니 과려過慮치 말라."

하더라.

이날 밤에 홍 원수 융복을 끄르지 아니하고 전전불매輾轉不寐하며 생각하되,

'도독의 성품이 본디 관홍寬弘하사 편협히 성내심을 보지 못하였더니 금일지사今日之事는 반드시 곡절이 있음이라. 명일明日 자연 알리라.'

하고, 침상에 누웠다가 다시 생각 왈,

'내 본래 천한 자취로 안색으로써 사람을 섬기더니 근일 규규赳赳한[18] 풍도가 많고 유순한 기색이 없어 군자의 미타히 보심이라. 이 어찌 나의 허물이 아니리오?'

하고, 스스로 거울을 가져 얼굴을 보며 기색을 고치고자 하여 이렇듯 생각하매 자연 심사 번뇌하여 잠을 이루지 못하고 천명天明에 원수 즉시 도독 장전帳前에 이르러 감히 들어가지 못하고 방황하더니, 도독이 다시 손야차를 불러 정색 왈,

"내 어제 이른 말이 있거늘 원수 장전에 이름은 어쩌한 일인고? 바삐 물러가게 하라."

홍랑이 즉시 돌아와 자연 울울불락鬱鬱不樂하니 우습다, 양 도독의 홍랑을 사랑함과 홍랑의 양 도독을 믿음으로 어찌 노함이 있으며 의심함이 생기리오마는, 대범 사람이 정이 극한즉 가림이 있고 친함이 깊은즉 노함이 쉬우니 홍랑의 조감藻鑑과 지혜로도 양 도독에게 이르러는 의사意思 어리고 마음이 약하여 도독이 웃은즉 같이 웃고 도독이 근심한즉 같이 근심하는지라. 이제 의외지책意外之責[19]을 당하여 처음은 곡절을 의심하고 나중은 허물을 생각하며 마침내 울울불락하니, 이는 부부지간의 간절한 마음이요 핍진한 경계라. 만일 이 마음이 없은즉 여자의 본색이 아니요, 또한 이 마음이 과한즉 부덕婦德의 손상함이 될지니 어찌 삼갈 바 아니리오?

차시此時, 양 도독이 홍랑의 충언을 듣고 심중에 탄복하여 사랑함이 더욱 간절하니 도리어 염려하되,

'조물이 사람을 내시매 그 안색이 고운 자는 덕이 부족하고 재주 성한 자는 지견이 천단淺短하나니 이제 홍랑을 친한 지 몇 해에 그 단처短處를 보지 못하니, 만일 내 침혹沈惑

---

18) 용맹스러움.

19) 뜻밖의 꾸중.

함이 아닌즉 홍랑을 위하여 염려 적지 아니하도다. 티 없는 옥이 부서지기 쉽고 꽃다운 풀이 번성치 아니하나니 어찌 도리어 애처롭지 않으리오? 명일의 오계동 싸움에는 홍랑이 반드시 나를 독행獨行케 아니할지니 잔약한 자질로 연일 노력함이 실로 불안한지라. 내 이때를 타 한번 농락하여 미타함을 뵈고 동중洞中에 누워 조섭하게 하리라.'

하고 배주지간盃酒之間의 세미지사細微之事를 인연하여 무정지책無情之責을 더하니[20], 차시 원수 심란히 돌아와 자기 막차에 이르러 책상을 의지하여 불언불소不言不笑하고 앉았더니, 손야차와 도독이 평명平明에 오계동 치러 가시는 군령을 고한대, 원수 묵묵히 생각하더니 표연히 일어 도독 장전에 이르매 도독이 마침 조용히 병서를 보거늘 홍랑이 장중에 돌입하여 고 왈,

"첩의 작일지과昨日之過는 만사유경萬死猶輕이나[21] 금일 종군함을 허許치 않으심은 구구 소망이 아니로소이다. 첩이 작일 발해를 보매 족히 탈해의 흉녕함을 짐작할 뿐 아니라 오계동은 험지요, 근일 접전은 처음이라. 그 허실을 모르고 경적輕敵지 못할지니, 첩이 이미 상공을 좇아 이곳에 와 홀로 위지危地에 들어가심을 어찌 앉아 보리꼬? 첩이 비록 다른 경륜이 없사오나 채찍을 잡고 휘하에 좇아 환난을 같이할까 하나이다."

도독 왈,

"원수 없은즉 낭패할 줄 아나 승패는 병가兵家의 상사常事라. 금일 싸움은 용렬한 양 도독이 주장하리니 원수는 번뇌치 말라."

홍랑이 불승개연不勝慨然[22]하여 돌아온 지 수유須臾에 손야차 또 도독의 군령을 받들어 이르거늘, 보니 군사 삼천 기騎와 손야차는 원수로 더불어 자고성에 있게 하고 기외其外의 제장 제군은 금일 평명에 오계동으로 행군하라 하였더라.

아이오 소 사마 또 이르러 원수를 보고 왈,

"금일 오계동 싸움이 작지 아니하거늘 도독이 원수의 병환을 염려하사 독행하시니 구구한 염려 불소不少하도소이다."

원수 왈,

"이는 장군이 모르심이로다. 창을 메고 칼을 둘러 장수를 베며 진을 충돌함은 혼탈이 잠깐 능한 바 있으나 정정지진井井之陣[23]과 당당지법堂堂之法으로 문무겸전하여 소향무적所向無敵함은 십 개 홍혼탈이 어찌 양 도독 일인을 당하리오? 다만 휘하에 제장이 없거늘 혼탈이 병들어 좇아가지 못하니, 장군은 도독을 모셔 만일 급함이 있거든 혼탈에게 알게 하여 환난을 같이하게 하라."

---

20) 술 마시는 사이에 일어나는 사소한 일로 마음에 없는 꾸지람을 함.
21) 어제 잘못은 만 번 죽어도 가벼우나.
22) 억울하고 분한 마음을 억눌러 참지 못함.
23) 질서정연한 진법.

소 사마 응낙하고 가니라.

평명에 도독이 행군할새 자고성에서 오계동 가기 불과 이십 리라. 대군을 다섯 떼에 나누어 선봉장군 뇌천풍이 제일대第一隊 되고 좌익장군 동초가 제이대 되고 우익장군 마달이 제삼대 되고 우사마 소유경이 제사대 되고 도독은 중군이 되어 오계동 전前에 진을 칠새, 마군馬軍은 동서각東西角을 이루어 일자진一字陣을 치고 수레와 보졸은 중간에 처하여 동서각을 연하여 뻗쳐 형세 극히 서어한지라. 소 사마 심중에 생각하되,

'오랑캐 풍속이 치돌馳突[24]하기를 좋아하니 만일 적병이 우리 진 중간을 충돌한즉 수미首尾 끊어져 어찌하리오.'

하고, 가만히 진세를 그려 원수께 보내어 득실을 물으니라.

이때 도독이 진을 친 후 격서檄書를 살에 매어 동중洞中에 쏘니, 그 격서에 왈,

　내 황명皇命을 받자와 남방을 덕으로 항복받고자 하여 정도로 싸우고 궤술詭術로 겨루지 않을지라. 홍도왕은 빨리 나와 승부를 결단하라.

이때 탈해 궁중에 있다가 동문에 올라 명진明陣을 바라보고 왈,

"명 원수 십만 대군을 일자로 진 치니 이는 형세를 포장함이라. 내 들으매 속이 단단한 자는 겉을 자랑치 아니하나니 내 기병을 내어 중간을 충돌한즉 수미를 거두지 못하여 양단에 나뉘어 낭패함을 보리라."

하니, 소보살이 왈,

"첩이 명진을 보매 기치 정정하고 거마 착란치 아니하니 경적輕敵지 못할까 하나이다."

언미필言未畢에 격서 동중에 떨어지니, 탈해 보고 대소 왈,

"과인 소료所料에 나지 아니하도다[25]. 명 원수는 우활한 유장儒將이라. 정도를 말하니 내 마땅히 한 북에 생금生擒하리라."

하고, 동문을 열고 군사 육칠천 기를 거느려 바로 명진을 충살衝殺하니 그 형세 풍우 같은지라.

도독이 급히 수기를 휘두르며 북을 쳐 동서를 합하니 수미상응하여 일개 원진圓陣이 되매, 탈해 진중陣中에 싸여 바야흐로 대경大驚하여 급히 만병蠻兵을 한곳에 모아 방진方陣을 치고 친히 창을 들고 에워싼 것을 충돌코자 하거늘, 도독이 바라보니 탈해의 신장이 십여 척이요 얼굴이 푸르고 고리눈이요 범의 수염이라. 도독이 좌우를 보아 왈,

"뉘 능히 탈해를 취하리오?"

하거늘 뇌천풍이 도채를 들고 나가니, 탈해 대로하여 크게 소리하며 고리눈을 부릅뜨고 호

---

24) 달려들어 충돌함.

25) 내가 생각한 데서 벗어나지 아니하도다.

수虎鬚를 거슬러 우레같이 호통하니 산악이 무너지는 듯 천풍의 탄 말이 놀라 십여 보를 물러서니, 동, 마 제장이 일시에 창검을 들고 합력하여 치니, 탈해 조금도 겁怯함이 없어 동충서돌東衝西突하여 기세 더욱 흉녕한지라. 소 사마 도독께 고 왈,

"탈해의 한악悍惡함을 만일 생금코자 한즉 반드시 상하는 자 많을지니 궁노수弓弩手를 불러 일시에 쏨이 가할까 하나이다."

도독이 소 왈,

"병법에 하였으되, '궁구막추窮寇莫追26)라.' 하였으니 이제 다만 그 기세를 꺾어 놓음이 무방하도다."

소 사마 왈,

"탈해는 범 같은 자라. 함정에 든 범을 놓아 후환을 끼침이 불가하니이다."

도독이 허락한대 즉시 수백 명 궁노수를 불러 에워싸고 쏘니, 탈해 위태함을 보고 말께서 뛰어내려 창을 들어 살을 받으며 몸에 이미 십여 살을 받고 피 흘러 땅에 드리나 벽력같이 소리하고 몸을 솟구쳐 두어 겹 에워싼 것을 넘어 세 번 솟아 진 밖에 나매 기세 더욱 흉녕한지라. 뉘 감히 앞을 당하리오? 도독이 인하여 대군을 몰아 엄살掩殺하니, 이때 소보살이 동중 만병을 거느려 탈해를 구코자 하여 급히 오다가 도독의 대군을 만나 일장一場 박전博戰할새 함성은 천지를 진동하고 주검이 뫼 같은지라. 또한 탈해 중상重傷하여 음을 보고 즉시 만병을 거두어 동중에 들고 동문을 닫은대, 도독이 일모日暮함을 보고 또한 군사를 돌려 자고성으로 올새 홀연 손야차 말을 달려오거늘, 도독이 대경大驚하여 연고를 물은대, 야차 왈,

"원수 소 사마께 서간이 있나이다."

도독이 우문又問 왈,

"원수 오늘은 무엇 하던고?"

야차 왈,

"종일 신음하시는 중 진상陣上 동정을 몰라 종일 자고대에 오르사 남을 바라보시며 울울불락하시더이다."

도독이 미소하고 심중에 생각하되,

'내 한번 기롱코자 하였더니 급하고 어린 마음에 어찌 첨병添病27)치 않으리오.'
하여 추회追悔하며 소 사마를 향하여 그 무슨 편지임을 물은대, 소 사마 왈,

"소장이 아까 도독의 진세를 의심하여 물었더니 그것을 답함이로소이다."

도독이 웃고 펴 보니, 그 서書에 왈,

---

26) 궁지에 다다른 적은 쫓지 말라.

27) 어떤 병에 다른 병이 겹침.

진도陣圖를 보니 이 진 이름은 솔연진率然陣[28]이라. 상산商山에 큰 뱀이 있어 그 이름이 솔연이라. 그 머리를 친즉 꼬리 응하고 꼬리를 친즉 머리 응하며 그 허리를 친즉 수미 일시에 응하여 서로 합하나니 이 진은 이를 의방依倣함이라. 그 형세 서어齟齬한 고로 모르는 자 허리를 충돌하다가 낭패하나니 다만 생각건대 탈해의 위인이 발해 같은즉 진중에 든 후 힘으로 잡지 말음이 옳을까 하노라.

도독이 보고 미소하더라.

대군이 자고성에 이르매 원수 성문을 나와 맞거늘 도독이 삼군을 정돈하니, 이때 이미 황혼이 지나 장중帳中에 등촉燈燭이 조요照耀한데 도독이 짐짓 정색 무언無言하고 앉았으니, 홍 원수 홀로 시립하여 아미를 숙여 도화 양협桃花兩頰에 홍훈紅暈이 무르녹아 어린 듯 조는 듯 그림 속 사람같이 가만히 섰으니, 도독이 봉안鳳眼을 흘려 자로 제시睇視하다가[29] 참지 못하여 거짓 장탄 왈,

"내무양장內無良將하고 외유강적外有强敵하니[30] 어찌하면 좋으리오?"

하고 상상床上에 눕거늘, 홍랑이 추파秋波를 흘려 도독의 눈치를 보며 종용 문 왈,

"금일 진상陣上 득실이 어떠하니이까?"

도독이 다시 탄 왈,

"백면서생으로 병서를 읽지 못하여 다행히 소 사마를 인연하여 일개 진법을 만장에게 배우니 이름은 솔연진이라."

언미필에 홍랑이 고개를 숙이고 잠깐 미소하거늘, 도독이 바야흐로 대소大笑하고 홍랑의 손을 잡아 좌座에 앉히며 왈,

"백만 군중의 장수 됨은 쉬우나 미혼진迷魂陣 중의 가장家長 됨은 어렵도다. 내 오계동 파하기 전에 미타한 기색을 뵈어 낭을 종요치 말게 하여 병을 조섭할까 하였더니, 장략將略이 부족하고 수재秀才로 청루에 놀던 마음을 걷잡지 못하여 기색을 노출하니 비로소 세간에 영웅 열사 없음을 알리로다."

홍랑이 새로이 부끄러워 부답不答거늘, 도독이 다시 탄 왈,

"내 낭으로 동시同時 소년이라. 만 리 절역에 수년 풍진을 겪으매 심사 울적하여 소창消暢할 곳이 없는지라. 작일지사昨日之事는 일시 회롱으로 소견消遣코자 함이라. 금일 진상陣上의 적세를 보니 나탁의 유 아니라. 탈해는 오히려 영악한 인물이나 소보살을 잠깐 보니 가장 다모다재多謀多才하여 요란擾亂 난측難測하니 근심이 불소不少할까 하노라."

---

28) 긴 뱀 모양으로 치는 장사진.
29) 봉 같은 눈으로 자주 흘금거리다가. 봉안은 끝이 위로 찢어진 눈인데 남자 눈으로는 제일로 친다.
30) 안에는 좋은 장수가 없고 밖에는 강한 적이 있으니.

홍랑이 소 왈,

"첩이 비록 무재無才하나 마땅히 소보살을 취할지니 상공은 또한 탈해를 취하여 각각 힘을 나눔이 어떠하니이까?"

도독이 웃고 허락하더라.

이 밤에 도독이 원수를 장중帳中에 머물러 왈,

"내 낭과 일찍 삼장약三章約[31]이 있으나 이는 나탁을 파하기 전 약속이라. 금일 같이 밤을 지내어 고적한 회포를 위로하리라."

하고, 손야차를 불러 분부 왈,

"금야수夜에 군무軍務를 상의할 일이 있어 원수 야심 후 돌아갈지니, 막차를 비지 말고 가서 지키라."

야차 응낙하고 돌아오며 은근히 소笑 왈,

"시속 남자가 총첩寵妾을 둔즉 사랑 끝에 다투고 다툼 끝에 동침한다 함을 내 변스러이 보았더니 어찌 도독의 침중沈重함과 원수의 단아함으로 작일 풍파가 금일 운우로 될 줄 알았으리오?"

하더라.

차시, 도독이 금금錦衾을 연하여 금실의 화창한 정회情懷로 고비鼓鼙[32]의 지리한 근심을 위로하매 원수 자연 곤뇌困惱하여 새벽 됨을 깨닫지 못하고 졸음이 몽롱하거늘 도독이 먼저 깨어 보니 군중 누수漏水 이미 끊어지고 서산의 잔월殘月이 장중에 조요照耀한대, 원수 비취금翡翠衾을 헤치고 원앙침에 의지하여 옥 같은 살빛이 월하月下에 영롱하고 구름터럭은 침상에 서렸는데 천식喘息이 맥맥하고 기운이 저미低迷하여 십분 어리고 칠분 연약한지라. 도독이 가만히 어루만지며 생각하되,

'저같이 잔약한 기질을 내 장수로 부려 검극劍戟을 무릅쓰고 시석矢石을 충돌하니, 가위可謂 박정한 남자로다.'

하더니, 원수 바야흐로 잠을 깨어 황망히 일어 전포戰袍를 입거늘, 도독 왈,

"내 낭의 기질을 보매 내 기운이 도리어 상한지라. 금일 싸움에 낭은 또한 출전치 말고 병을 조섭하라."

원수 또한 스스로 생각건대 신기 심히 불평하여 전장에 나가지 못할 듯하매 함소부답含笑不答하니, 도독 왈,

"내 오계동을 보매 지형이 낮고 앞에 큰 물이 있으니 금일 쳐 깨치지 못한즉 명일은 물을 다리어 동중에 붓고자 하나니 그 계교 어떠하뇨?"

원수 왈,

---

31) 세 가지 약속.

32) 큰북과 작은 북이라는 뜻으로, '전쟁'을 가리킴.

"이는 지형을 자세히 보신 후에 하소서."

하니 도독이 점두點頭하더라.

이날 평명에 도독이 손야차와 원수는 성중에 두고 대군을 거느려 오계동 전에 이르러 진을 칠새 도독이 소 사마를 보아 왈,

"금일 오계동에 괴이한 기운이 자욱하니 반드시 소보살이 무슨 요술을 행코자 함이라. 무곡진武曲陣을 쳐 지키며 동정을 보리라."

소 사마 청령聽令하고 물러가니라.

원수 도독의 대군을 보내고 즉시 자고대에 올라 오계동 즈음을 바라보다가 급히 놀라 장중에 돌아와 손야차를 불러 왈,

"금일 서풍이 음랭陰冷하니 도독의 호백구狐白裘[33]를 보낼지라. 낭은 빨리 가라."

하고 홍보紅褓에 싼 것을 주며 왈,

"이 중에 갖옷과 서찰이 들었으니 부디 도독께 뵙고 드리라."

야차 즉시 보를 가지고 말을 달려 오계동으로 가니라.

이때 도독이 무곡진을 치고 도전하니 탈해 동문을 열지 않고 적연히 동정이 없더니 홀연 손야차 이르러 호백구를 드리니 도독이 괴히 여겨 왈,

"금일 일기 온화하고 춥지 아니하거늘 이것은 어찌 보낸고?"

손야차 왈,

"그중에 서찰이 있다 하더이다."

도독이 찾아 펴 보니, 서찰에 왈,

대군이 출성出城하온 후 자고대에 올라 동남간을 보매 괴이한 기운이 가득하니, 병서에 운云하되, '흑기지하黑氣之下에 필유요술必有妖術이라.'[34] 하니 소보살의 요술이 비상함은 첩의 들은 바라. 만일 마왕을 부린즉 가장 제어하기 어려울지라. 첩이 일찍 한 진법을 배워 이름은 강마진降魔陣이라. 제석帝釋이 마왕魔王을 사로잡는 진법이니 소보살이 마왕을 부리거든 이 진법을 쓰신즉 범치 못할까 하나이다. 소보살의 이름이 불가佛家에 가깝고 마왕은 불가의 신장이라. 연고로 첩의 염려하는 바라. 누설함을 저어하여 호백구를 보내나이다.

도독이 남필覽畢에 또 적게 봉한 것이 있거늘 보니 이에 진도陣圖라. 도독이 손야차를 보아 왈,

"원수께 돌아가 보報하라. 금일 일기 비록 화창하나 오계동 바람이 음랭하더니 호백구

---

33) 여우 겨드랑이의 흰 털이 있는 곳의 가죽으로 만든 갖옷.

34) 검은 기운 밑에는 반드시 요술이 있다.

를 보내어 다행하다 하라."

손야차 즉시 돌아와 보하니 원수 또한 점두點頭 미소하더라. 도독이 야차를 보내고 책상을 의지하여 진도를 펴 보더니 홀연 함성이 대작하며 소보살이 도전한다 하니, 아지 못게라 승부 어찌된고? 하회를 보라.

제23회 보살이 작법하여 마왕을 내리고
홍랑이 단기로 도독을 구원하다
菩薩作法降魔王　紅娘單騎救都督

각설, 탈해 패하여 동중洞中에 들어가 소보살을 대하여 명병明兵 파할 방략方略을 상의할새, 소보살이 냉소 왈,

"대왕이 평일 용맹을 포장襃獎하시더니 이제 백면서생을 당치 못하사 저같이 낭패하시니 첩이 마땅히 재주를 시험하여 대왕의 원수를 갚으리라."

하고 만병蠻兵을 거느려 동문洞門을 열고 진세陣勢를 베풀어 도전하니, 도독이 진상陣上에서 바라보매 소보살이 머리에 붉은 수건을 쓰고 몸에 오색 옷을 입고 우수右手에 장검을 들고 좌수左手에 방울을 흔들며 나오니 혜힐慧黠한 기상과 요사妖邪한 태도 짐짓 만맥지蠻貊之邦의 동인動人[1]할 자색이라. 소보살이 홀연 우수의 칼을 들어 공중을 가리키며 좌수의 방울을 흔드니 오색구름이 진상을 덮어 오며 무수한 신장이 마왕을 몰아오니, 괴이한 형용과 흉녕한 거동이 혹 코끼리를 타고 혹 호표虎豹를 멍에 하여 서른여섯 개 천강성天罡星과 일흔두 개 지살성地煞星이 야차 귀졸鬼卒을 거느려 명진明陣을 충살衝殺하니, 그중 일개 마왕이 사자를 타고 황금갑을 입고 좌우 어깨에 일월이 돋았으며 머리에 칠성을 이고 가슴에 이십팔수二十八宿를 벌여 광채 십방十方을 비추고 기운이 사람에게 쏘여 감히 앞을 당하여 나갈 자 없는지라. 도독이 급히 진세를 변하여 강마진을 칠새 오백 기騎는 북방 육감수六坎水[2]를 응하여 피발선족披髮跣足하고[3] 진언眞言을 외게 하고, 일천 기는 창을 들고 동남방을 향하여 서고, 일천 기는 칼을 들고 서남방을 향하여 서고, 일천 기는 북을 치며 쟁을 울려 사면으로 돌아다니라 하니, 제장 군졸이 비록 곡절을 모르나 다만 지휘

1) 사람의 마음을 움직임.
2) 정북쪽. 육감수는 복희씨가 그린 '선천팔괘도先天八卦圖' 가운데 여섯 번째로, 아래 나오는 '감육위坎六位'와 같은 말.
3) 머리를 풀고 맨발로.

대로 하니라.

대개 불법佛法이 황당하여 그러하나 사십팔만 대장경이 불과 일개 심법心法이라. 부처는 마음이요 마왕은 욕심이니 마음을 정한즉 욕심이 사라지는 고로 마왕을 제어하기 부처밖에 없나니, 불가의 청정적멸淸淨寂滅을 말함은 마음과 욕심을 이름이라. 마음은 물 같고 욕심은 불 같으니 북방 감육위坎六位를 위함은 수극화水克火하여 욕화慾火를 극克하고 심수心水를 생함이요, 진언을 염함은 마음을 거두어 전일케 함이니, 심수心水 안정한즉 이이른바 청정이며 욕화 소멸한즉 이 이른바 적멸이라. 홍랑의 강마진이 비록 서어하나 북방 감육위를 응하여 심수 청정하니 마왕의 욕화 어찌 소멸치 않으리오?

차시 마왕이 야차 귀졸을 몰아오다가 명진을 바라보매 오백 나한羅漢과 이천 금강신金剛神[4]이 창검을 짚고 섰으니 전후좌우에 천라지망天羅地網이 중중첩첩하여 들어갈 길이 없는지라. 마왕의 광채 스스로 사라져 봄눈 슬듯 하여 간 곳이 없거늘, 도독이 대군을 호령하여 만진을 시살하니 소보살이 대경大驚하여 즉시 만병蠻兵을 거두어 동중으로 들어가 탈해를 보고 탄 왈,

"명 원수의 장략이 출중할 뿐 아니라 도술이 신통하니 아직 동문을 닫고 기틀을 보아 방략이 있으리라."

하더라.

이때 도독이 소 사마를 불러 왈,

"이제 소보살이 패하여 동문을 닫고 나지 아니하니 내 명일 동전洞前의 물을 끌어다가 동중에 붓고자 하노니 장군은 동, 마 양장兩將을 데리고 오계동 북편에 가 지형을 자세히 보고 오라."

사마 응낙하고 양장을 거느려 가니라.

탈해 소보살을 대하여 명병 대적할 계교를 의논하더니, 척후 만병이 보報 왈,

"지금 명장明將 삼인이 본동本洞 북편에 와 배회하며 지형을 엿보나이다."

하거늘, 탈해 대로 왈,

"내 갑옷과 말을 가져오라. 명장의 수급首級을 취하여 오리라."

소보살이 소 왈,

"대왕은 식노息怒[5]하소서. 지형을 보러 온 장수 불과 명진明陣 수장數將이라. 그 머리를 취하여 무엇 하리오? 첩은 들으니 지혜 있는 자는 기틀을 잘 본다 하니, 이제 명장이 지형을 엿봄은 반드시 금야今夜에 성을 겁박코자 함이라. 차시를 인연하여 계교를 쓸지니 대왕은 금야 초혼初昏[6]에 오천 기를 거느려 오계동 동편에 매복하여 있고 첩은 오천 기

---

4) 불교에서, 오백 야차신을 거느려 부처를 수호하는 신.

5) 노여움을 가라앉힘.

6) 초저녁 어스름할 무렵.

를 거느려 북편에 매복하였다가 명병이 성을 겁박하거든 내달아 치되 동중의 남은 군사와 제장諸將을 약속하여 동구에 함성이 일어나거든 일제히 내달아 내응외합內應外合한 즉 명 원수를 생금生擒할까 하나이다."

탈해 칭찬하고 계교대로 행하니라.

이때 소 사마는 동, 마 양장과 지형을 보고 도독께 회보回報하니, 삼 인의 말이 잠깐 달라 분명치 못함을 보고 도독 왈,

"일을 경솔히 못 하리니 금야 월하月下에 내 친히 가 보리라."

하고, 소 사마를 장중에 두고 시야 삼경에 도독이 뇌천풍, 동초, 마달 삼장三將과 휘하 갑사甲士 일백 명을 데리고 가만히 오계동 북편에 이르러 보매 언덕이 높고 동중 지형이 낮아 물 나갈 길이 없는지라. 도독이 대희하여 양구良久히 돌아보고 다시 월하에 돌아올새 홀연 함성이 대작大作하며 오계동 북편으로 소보살이 오천 기를 거느려 길을 막고 동편으로 탈해 또한 오천 기를 거느려 좌우협공하며 다시 동중 만병이 일제히 돌출하니 수만 만병이 기세를 내어 도독을 철통같이 에워싸니, 도독이 갑사 백 명으로 방진方陣을 치고 동, 마 양장과 뇌천풍이 분연히 나서 진력 충돌하나, 만병이 이미 들을 덮어 월하에 바라보니 그 다과多寡를 요량치 못할지라. 동을 헤치매 서를 에워싸고 서를 헤치매 남을 에워싸 중중첩첩하여 뚫을 길이 없으니 함성은 천지를 흔들고 시석은 비같이 떨어지거늘, 뇌천풍이 도채를 두르며 도독께 고 왈,

"일이 급하니 소장이 마땅히 죽기를 다하여 만진蠻陣을 헤치고 길을 열지니, 도독은 단기單騎로 뒤를 따르소서."

도독이 소 왈,

"내 남방에 온 후로 한 번도 패함이 없더니 금일 잠깐 솔이率爾히[7] 나섰다가 이같이 곤한 바 되니 차역此亦 천수天數라[8]. 어찌 시석을 무릅쓰고 필마로 도망하여 구차히 욕됨을 보리오? 다만 급한 화를 방비하여 대군이 이르러 구함을 기다림이 가하니라."

하고 도독이 친히 말고삐를 거슬러 잡고 섰으니, 동초, 마달이 창을 잡아 들어오는 만병과 십여 인을 베어 도독을 호위하여 섰더니, 진 밖이 요란하며 함성이 대작하고 만병이 더욱 단단히 에워싸 들어오니 원래 소 사마 도독의 곤함을 알고 대군을 몰아 충돌함이라. 소보살이 군사를 지휘하여 도독을 점점 급히 치니 형세 정히 창황하더라.

차설, 홍랑이 자고성에 있어 신기身氣 피곤하여 장중에 잠깐 졸더니 홀연 일 쌍 자고 창 밖에 날아가며 울거늘 원수 잠을 깨어 손야차를 불러 문 왈,

"이제 어느 때나 되뇨?"

야차 왈,

"거의 이경이나 되나이다."

원수 왈,

"밤이 깊었거늘 도독이 어찌 회환回還치 않으시는고?"

하고 나와 월하에 배회하며 천상을 우러러보니, 천기天氣 청랑晴朗하고 중성衆星이 뇌락磊落한데 일개 대성大星이 광채 희미하여 흑기黑氣에 싸였거늘 자세히 보니 이에 문창성文昌星이라. 원수 대경 왈,

"도독이 아니 오시고 주성主星⁹⁾이 겁기劫氣에 싸였으니 반드시 무슨 연고 있음이로다."

하고 한 괘를 얻으니, 이에 중천건괘重天乾卦¹⁰⁾라.

원수 악연실색愕然失色 왈,

"건괘乾卦 상구효上九爻 동동하니, 그 말에 왈, '상구上九는 항룡亢龍이 유회有悔라.'¹¹⁾ 하였으니, 군중에 무슨 소루疏漏한 일이 있어 크게 뉘우침이 있을 것이요, '용전우야龍戰遇野는 기도궁야其道窮也라.'¹²⁾ 하였으니 그 곤함이 불소不少할지라. 어찌 친히 가 보지 않으리오?"

하고, 손야차를 불러 전포와 쌍검을 빨리 가져오라 하여, 일변 말을 타며 야차를 성중에 두고 갑사 백 명을 거느려 망망히 오계동을 향하여 가더니 홀연 풍편에 함성이 천지를 흔들거늘 원수 더욱 착급着急하여 말을 놓아 경각간頃刻間에 오계동을 바라보니, 일개 말 탄 군사 급히 달려 마주 오다가 원수를 보고 천식喘息이 미정하여 고 왈,

"도독이 만진蠻陣에 싸이사 그 어찌 되심을 모르나이다."

원수 정신이 비월飛越하여 다시 묻지 못하고 말을 놓아 진전陣前에 다다르니, 소 사마 바야흐로 창을 들고 대군을 몰아 만진을 충살하여 어우러져 대전對戰하다가 멀리 바라보고 외쳐 왈,

"원수는 잠깐 말을 잡으라."

원수 말을 잡고 문 왈,

"도독이 어디 계시뇨?"

소 사마 왈,

"진중에 싸이사 계신 곳을 모르나이다."

원수 다시 부답不答하고 말을 놓아 진중에 돌입하니, 억만 만병이 편야遍野하여 바다를 이루었으니 묘연杳然한 도독 일신一身이 어느 곳에 있는 줄 알리오? 다만 쌍검을 둘러 만

---

9) 사람의 운명을 맡고 있는 별.

10) 하늘, 곧 남편을 위한 괘.

11) '하늘 끝까지 올라가 내려올 줄 모르는 용은 반드시 후회할 때가 있다.' 항상 조심하고 겸손하게 물러날 줄도 알아야 한다는 말. 건괘 상구효는 육효 가운데 맨 위에 있는 양효陽爻.

12) '용이 들에서 싸우는 것은 그 길이 막힌 것이다.' 《주역》 건괘乾卦에 나오는 말.

병 둔취屯聚한 곳을 바라보고 만장蠻將 만졸蠻卒을 만나는 대로 묻지 아니하고 베어 칼날이 이르는 곳에 다만 안개 같은 기운이 일며 진중이 요란하거늘, 소보살이 대로하여 일변 만장을 베어 군중을 진정코자 하나 무가내하無可奈何라. 난데없는 칼이 동편에 번쩍이며 만장의 머리 떨어지고 서편에 지나가며 만졸의 머리 떨어져, 남을 겨우 진정한즉 북이 또 요란하고 앞을 겨우 방비한즉 뒤가 다시 창황하여 그 표홀飄忽함은 바람 같고 빠르음 번개 같으며 섬섬閃閃한 말 그림자 지나가며 분분한 만병의 머리 일시에 없어지니 그 왕래 종적을 측량치 못할지라. 소보살이 또 방략이 없어 진중에 분부하여 독한 살로써 어지러이 쏘라 하니, 만장이 일시에 활을 다려 동에 감을 보고 동으로 쏜즉 이미 서에 있고 남에 감을 보고 남을 쏜즉 이미 북에 있어 남북에 홀왕홀래忽往忽來하여 맞지 아니하고 공연한 만병이 맞아 죽은 자 뫼 같으니, 소보살이 대경大驚 왈,

"이 장수를 살려 둔즉 비록 억만 대군이 있으나 쓸데없을지라. 양 도독은 오히려 둘째니 이 장수를 에워싸 잡으리라."

한대, 만병이 양 도독을 백여 겹 쌌다가 일시에 풀어서 홍 원수를 쫓아 에워싸니, 차시 도독이 삼장三將과 일백 갑사甲士로 더불어 해심垓心¹³⁾에 곤하여 경륜이 없더니, 홀연 에워싼 군사 일시에 납함吶喊하며 진을 옮겨 서남방을 에워싸니, 도독이 곡절을 몰라 삼장과 갑사를 거두어 나올새 무수한 만병의 머리 진중에 편만하여 말굽에 밟히거늘 도독이 의아하더니 나오다가 소 사마를 만나 대군이 이르매, 도독이 바야흐로 위지危地에서 벗어난지라.

소 사마 도독께 문 왈,

"장졸將卒의 상한 자 없나니이까?"

도독 왈,

"다행히 일인도 상함이 없노라."

소 사마 왈,

"원수는 어디 가니이까?"

도독이 대경 왈,

"원수 어찌 진중陣中에 오뇨?"

소 사마 왈,

"아까 필마단기로 도독을 찾아 진중에 들어가는 것만 보니이다."

도독이 듣고 악연愕然 함루含淚 왈,

"홍혼탈이 죽었도다. 탈해의 군사는 천하 막강지병莫强之兵이라. 또한 그 수를 알 길이 없으니, 혼탈이 비록 효용驍勇하나 자질이 약하고 나이 어리니 나를 찾다가 보지 못한즉 반드시 홀로 살아 돌아오지 아니하리라."

다시 탄 왈,

---

13) 적들에게 포위되어 둘러싸여 있는 그 가운데.

"혼탈이 나를 지기로 알아 주년周年 풍진에 환난을 같이하다가 금일 나를 위하여 위지에 빠져 사생을 미분未分하니, 내 어찌 차마 버리고 가리오? 고언古言에 하였으되 '국사우지國士遇之어든 국사보지國士報之라.'[14] 하였으니 내 평생에 창대를 잡아 보지 않았으나 약간 들은 바 있나니 금일에 만일 홍혼탈을 찾지 못한즉 내 돌아가지 않으리라."

하고, 개연慨然히 이화창梨花槍을 들고 말을 돌려 만진蠻陣을 다시 충돌코자 하거늘, 제장諸將이 일시에 말을 잡고 간諫 왈,

"소장 등이 비록 무용無勇하나 각각 군령을 두고 만진을 헤쳐 원수를 찾아올지니 도독은 참으소서."

하더라.

차시, 도독이 연소年小 강장지기强壯之氣[15]로 비록 체통을 돌아보아 몸을 경솔히 아니하나 평생 총애하는 홍랑이 자기로 인연하여 사지死地에 들어감을 보고 자닝한 마음[16]에 뼈가 부서질 뿐 아니라 사생 환난의 지기지의知己之義를 어찌 저버리리오? 용맹과 의기 일시에 불같이 일매 십만 만병이 안하眼下의 초개草芥[17] 같은지라. 허리에 찬 칼을 빼어 고삐를 끊고 바로 만진에 돌입하니, 뇌천풍, 동초, 마달이 각각 창을 들고 죽기로 따를새 도독이 이화창을 두르며 진을 충돌하여 무인지경 같으니 삼장이 심중에 대경하여 바야흐로 도독의 용력이 또한 과인함을 탄복하더라.

이때 홍랑이 혈혈단신으로 진중을 편답遍踏하며 도독을 찾으나 보지 못하매 심사 황급하여 누수淚水 앞을 가려 다만 황황망조遑遑罔措[18]히 돌아다니니 소보살이 진상에서 바라보다가 좌우를 보며 왈,

"내 일찍 상산常山 조자룡趙子龍이 당양當陽 장판長坂에 횡행함을 들었으나 저 장수에 및지 못하리니 내 이 장수를 잡지 못하리로다."

하고 침음양구沈吟良久에 왈,

"그 장수의 거동을 보매 동서남북에 망망 급급忙忙急急하여 무엇을 찾는 모양이라. 이는 반드시 명 도독의 휘하 편장으로 도독을 찾고자 함이니 내 이제 죽은 만병의 머리를 달아 진상에 멀리 뵈며 도독의 불행함을 말한즉 제 반드시 기운이 저상沮喪하여 잡기 쉬울까 하노라."

하고, 이에 일개 만병의 머리를 취하여 깃대에 달고 높이 외쳐 왈,

"저 진상에 횡행하는 장수는 헛되이 수고 말라. 네 도독의 머리 이미 여기 있으니 보

14) '나를 나라의 뛰어난 선비로 대우하거든 나도 나라의 선비로 보답한다.'
15) 젊고 씩씩한 기운.
16) 애처롭고 불쌍하여 차마 보기 어려운 마음.
17) 지푸라기. 곧 쓸모없고 하찮은 것.
18) 허둥거리며 어쩔 줄 몰라 함.

라."

하거늘, 홍랑이 비록 눈이 밝으나 월하月下에 높이 달린 머리를 어찌 분간하리오? 다만 양 도독의 개세지풍蓋世之風과 홍랑의 총명지감聰明之鑑으로 평생을 믿은 바 거울 같으니 어찌 간계奸計에 속으리오마는 사람이 창황한즉 마음이 동하고 마음이 동한즉 팔공산八公山 초목도 오히려 의심함[19]이 있나니, 하물며 홍랑의 도독을 향하는 지극한 마음이리오? 진상에 외치는 소리를 듣고 처음은 머리에 벽력이 내리는 듯 정신이 아득하고 나중은 흉중에 불이 일어나매 사생이 초개 같으니 이에 쌍검을 들고 일러 왈,

"쌍검아, 네 나를 좇아 일편지심이 서로 비추니 금일 혼탈의 사생을 판단할지라. 네 또한 지극한 보배로 신령이 있을지니 나를 돕고자 하거든 쟁연錚然히 소리하라."

언미필에 양개 부용검이 일시에 쟁연히 울거늘, 홍랑이 다시 설화마를 경계 왈,

"네 비록 짐승이나 천지간 준물俊物이라. 만일 주인을 돕고자 할진대 진력하여 사생을 같이할 때는 오늘이라."

하니, 설화마 굽을 치며 길이 한소리를 지르거늘, 홍랑이 이에 칼을 들고 말을 채쳐 바로 진상을 향하여 올라가며 양수兩手의 쌍검을 번개같이 두르니, 차시 소보살이 탈해와 진을 임하여 군사를 지휘할새 모든 만장이 좌우에 옹위하고 창검이 별 겯듯 하였더니, 홀연 쟁연한 칼 소리와 난데없는 말 발자취 바람같이 들어오니 다만 한 조각 눈빛과 한 줄기 푸른 안개 월하에 섬홀閃忽한지라. 좌우 창황하여 일제히 창검을 빼어 어지러이 치려 하니 습습한 한풍이 살같이 지나가며 수개數個 만장의 머리 땅에 떨어지거늘 탈해 대경하여 크게 소리하며 소보살을 옆에 끼고 몸을 솟아 도망하니, 홍랑이 뒤를 좇으매 형세 급박한지라. 보살이 일변 달아나며 빌어 왈,

"장군은 어찌 이같이 핍박하나뇨? 우리 일찍이 도독을 해침이 없고 잠깐 장군을 속임이라. 장군은 보수報讐코자 마소서."

홍랑이 더욱 통한痛恨하여 답答지 아니하고 칼을 날려 치고자 한대, 탈해 보살을 마하馬下에 던지고 말을 돌려 홍랑을 맞아 대전 수합에 어찌 홍랑의 검술을 저당抵當하리오? 바야흐로 몸을 빼어 달고자 하더니 만장 십여 인과 일대 만병이 다시 홍랑을 에워싸고 일진 일퇴一進一退하며 혹좌혹우或左或右하여 갈마들며 홍랑을 대적하니, 일개 홍랑이 비록 만인을 당할 검술이 있으나 백만 군중에 단기로 횡행하여 종야終夜 진력盡力한 중 모든 만장과 허다 만병이 탈해를 위하여 죽기로 싸우니 어찌 위경危境이 아니리오? 홀연 진중이 요란하며 월하에 의희依俙히[20] 바라뵈니 일위 소년 장군이 창을 두르며 말을 달려 만진을 충돌하니 기세당당하고 위풍이 늠름하매 출중한 거동과 비범한 풍채는 창해신룡蒼海神龍이

---

19) 오호십육국 시절 전진前秦의 장수였던 부견苻堅이 동진東秦을 치러 갔다가 어려움에 처했을 때 팔공산 초목을 모두 동진의 병사로 착각할 만큼 두려워했다고 한다.

20) 어렴풋이.

물결을 박차고 심산맹호深山猛虎가 바람을 부르는 듯 일진 대풍에 티끌이 일어나며 그 장수의 탄 말이 크게 소리하고 지나가니, 홍랑이 대경 왈,

"이 어찌 우리 상공의 타신 말 소리 아니리오?"

급히 말을 달려 당전當前하여 보니, 비록 어두운 중이나 어찌 양 도독을 모르리오?

마전馬前에 소리하여 왈,

"도독은 어디로 가시니이까? 홍혼탈이 여기 있나이다."

도독이 경驚 왈,

"장군이 죽은가 하였더니 어찌 그저 이같이 다니느뇨?"

홍랑 왈,

"정히 상공을 찾음이라. 이제 탈해와 소보살이 비록 동중으로 들어갔으나 남은 만장 만졸이 오히려 진을 거두지 아니하였사오니 바삐 돌아가사이다."

하고, 말을 연하여 나올새 머리 없는 주검이 땅에 널렸고 창황한 만병이 무단히 서로 놀라 칼을 들고 말 탄 장수를 만난즉 담이 떨어지고 기운이 저상하여 머리를 싸고 도망하니 뇌천풍, 동초, 마달이 보고 도리어 승승乘勝한 기색이 있어 무수히 즉치며[21] 나오니, 도독이 미소하더라.

본진에 돌아와 도독과 원수 장전에 말을 내릴새 홍 원수 홀연 엎더져 혼절하니 도독이 대경하여 급히 촛불을 비추어 보매 홍랑 전포戰袍에 혈흔이 임리淋漓[22]하거늘 더욱 놀라 혹 상함이 있는가 하여 도독이 친히 홍랑의 전포를 끄르고 몸을 자세히 보니 다만 주한珠汗[23]이 전신에 가득하고 별로 상처는 않은지라.

아이오 또 말 맡은 군사 보報 왈,

"원수 타신 말과 안장에 혈흔이 점점點點하다."

하니, 도독이 일변 약을 권하며 일변 측은하여 홍랑을 어루만지며 자닝한 마음을 진정치 못하더니 반상半晌이 지난 후 홍랑이 정신을 차려 일어났으며 왈,

"상공이 천금지구千金之軀를 가벼이 하사 매양 위지에 들어감을 무단히 하시니 이는 다 첩의 죄라. 처음 곤하심은 국사를 위하심이니 첩이 감히 의논치 못하오나 두 번째 진중에 들어오심은 첩이 그윽이 그 불가함을 아오니, 여필종부라 첩의 사생은 당연히 상공을 좇아 같이하려니와 상공의 안위 어찌 첩을 좇고자 하시나니이까? 지식 없는 여자는 혹 감격 난망難忘하려니와 유식자有識者로 본즉 도리어 첩을 조소하여 그 도리로 군자를 섬기지 못하고 일시지정一時之情으로 미혹케 한다 하리니, 이는 상공의 첩을 사랑하심이 아니요 또한 첩이 상공을 바라던 바 아니로소이다."

---

21) 서슴없이 대번에 치며.
22) 핏자국이 질펀함.
23) 구슬땀.

도독이 개용改容 왈,

"낭의 말은 금석지언金石之言이라. 내 명심하려니와 내 낭을 지기로 알고 부부로 대접지 않나니 어찌 급난지풍急難之風[24]이 없으리오? 그러나 나는 오히려 사랑함이 있거니와 낭은 매양 열협지풍烈俠之風이 있어 사생을 불고不顧하니 또한 경계할 바라. 차후는 삼갈지어다."

홍랑이 사례하더라. 홍랑이 다시 쌍검을 어루만져 도독께 고 왈,

"요마妖魔 만녀蠻女 흉한 소리로 진상에 외쳐 사람을 놀래니 지금까지 마음이 서늘하고 골절이 떨리어 통한痛恨한 마음을 반드시 풀고야 말지니, 첩이 금야今夜 동중洞中에 물을 대어 보살과 탈해를 생금生擒코자 하나이다."

도독 왈,

"수차水車를 미처 준비치 못하였으니 어찌하리오?"

홍랑 왈,

"첩이 수일 자고성에 한가히 있어 이미 준비하여 두었으니 근심 마소서."

하고, 마달을 자고성에 보내어 가져오라 하니라.

이윽고 마달이 십여 척 수차를 수운輸運하여 오니 제도 정묘하여 심상한 수차 아니라. 대강 그 제도를 보니 경장頸長[25]이 육 척이니 육감수六坎水를 응함이요, 미장尾長[26]이 열두 척 구 촌寸 육 분分이니 일월日月 소장지수消長之數[27]를 취함이요, 둥글기 경經 일一 위緯 이二이니 열두 시를 취함이요, 제일층은 반을 꺾어 물을 인도하게 하니 자시子時 야반夜半에 천일생수天一生水[28]를 취함이요, 삼백육십 굽이를 틀게 하니 하늘 삼백육십 도를 취함이요, 두 번 틀어 다섯 층을 올리니 오년 재윤五年再閏[29]을 취함이요, 연連한즉 장長이 사십구 척이니 대연 용수大衍用數[30]를 응함이요, 합한즉 사 척 사 촌이니 사시四時를 응함이요, 용두어미龍頭魚尾에 귀배경복龜背鯨腹[31]이더라.

도독이 보고 심중에 탄 왈,

'홍랑의 수차는 제갈 무후의 목우유마木牛流馬[32]에 양두讓頭치 않으리로다.'

---

24) 남이 어려운 일에 처했을 때 구해 주는 의로운 태도.

25) 목의 길이.

26) 꼬리의 길이.

27) 해와 달이 줄었다가 커졌다가 하는 수.

28) 음양오행에서 쓰는 말로, 한밤중인 자시에 하늘이 한 번 물을 낸다는 말.

29) 오년에 한 번씩 윤달이 있는 것을 말한다.

30) 대연수大衍數는 《주역周易》 '계사系辭'에 나오는 말로 50을 말하는데, 천문 역법에서는 거기서 1을 뺀 49를 쓴다.

31) 용의 머리에 물고기 꼬리를 하고, 거북의 등에 고래 배를 합친 모양.

하더라.

원수 군사 사백 명을 거느려 십 척 수차에 군사 이십 명씩 분배하여 일제히 틀매 장경長鯨이 백천百泉을 마시는 듯[33], 은하수 구천九天에 떨어지는 듯, 우레 같은 물소리와 안개 같은 물 기운이 반공半空에 요란하여 스무 굽이 물결이 무지개를 이루어 오계동에 떨어지니, 원수 즉시 본진에 돌아와 뇌천풍으로 이천 기騎를 거느려 오계동 북문 밖에 매복하고 동초로 이천 기를 거느려 오계동 서문 밖에 매복하고 마달로 이천 기를 거느려 오계동 동문 밖에 매복하여 탈해의 가는 길을 막게 하고 소 사마로 일천 기를 거느려 수차를 간검看檢[34]하라 한 후 도독과 원수 대군을 거느려 오계동 남문 밖에 결진結陣하여 동중의 동정을 기다리니라.

차설且說, 탈해와 보살이 동중에 들어가 제장 군졸을 점고하니, 만여 명 만병蠻兵이 절반이나 없더라. 탈해 칼을 안고 제장을 보아 왈,

"명 도독과 원수는 불과 젖내 나는 아이라. 과인이 명일 마땅히 단기로 출전하여 자웅을 한번 결하리라."

하니, 소보살이 말려 왈,

"금야 쌍검 쓰던 장수는 천고 무쌍한 명장名將이라, 육전陸戰으로 당치 못할지니 명일 수군을 조발하여 수전水戰으로 승부를 결함이 가할까 하나이다."

탈해 왈,

"부인의 말이 교묘하나 수전할 제구諸具 모두 자고성에 있으니 어찌하리오?"

소보살이 침음沈吟 왈,

"대룡동大龍洞 수군이 오히려 만여 명이요 대룡강大龍江 전선戰船이 백여 척이니 어찌 명병明兵을 근심하리오?"

언미필言未畢에 만장이 황망히 와 고 왈,

"대왕은 빨리 몸을 일어 급한 화를 피하소서."

하니, 아지 못게라 무슨 곡절인고? 하회를 보라.

---

32) 마소 모양으로 만들어 기계 장치로 움직이게 한 수레. 제갈량이 양식을 실어 나르기 위해 만들었다고 한다.

33) 고래가 많은 물을 마시는 듯.

34) 두루 살피고 보호함.

제24회 남쪽 도적 평정하고 도독이 천병을 돌리고
도관에 들어가 원수 옥인을 놀래다

平南賊都督回天兵 入道観元帥驚玉人

각설却說, 탈해 급보急報를 듣고 대경大驚하여 보살과 함께 장대將臺에 올라 바라보니 난데없는 물줄기 공중에 쏟아져 하늘이 터지고 바다가 마른 듯 경각간에 오계동이 화하여 일개 수국이 되니, 탈해 대경 왈,

"이는 반드시 명병明兵이 수차를 틀어 물을 댐이라. 동중洞中에 큰 수로水路 없고 물줄기 이 같으니 만일 조금 있은즉 비록 도망코자 하나 어찌 얻으리오? 차시를 타 북문을 열고 달아남이 옳도다."

보살이 왈,

"불가하다. 명병이 반드시 물을 대고 곳곳에 매복하여 가는 길을 막을 것이니 대로를 버리고 성을 넘어 각각 명을 보전함이 가할까 하나이다."

탈해 옳게 여겨 즉시 보살과 함께 대臺에 내려 마필 군졸을 돌아보지 못하고 단병短兵을 지니고 새벽에 가만히 월성越城하여 걸어 도망할새, 수개數個 만장蠻將이 창을 짚고 뒤를 따라 대룡동大龍洞으로 들어가니라.

차시此時, 도독과 원수 남문을 지켜 동정을 기다리더니 남문으로 물이 넘어 누른 물결이 창일漲溢하거늘, 원수 도독께 고告 왈,

"동중의 물이 이미 문을 넘으나 탈해 동정이 없으니 이는 다른 길로 도망함이라."

하고, 수차를 파한 후 성상에 올라 동중을 굽어보니 망망대해에 계견마필鷄犬馬匹이 부평초같이 떴거늘, 원수 탄 왈,

"옛적에 제갈 무후 등갑군甲軍을 불 지르고 감수減壽함을 탄식하였더니[1] 금일 홍혼탈이 오계동을 수침水沈하여 생물生物을 이같이 살해하니 어찌 복福에 손상치 않으리오?"

하더라.

아이오 동, 마 양장兩將과 뇌천풍이 군사를 거두어 돌아오니 하늘이 밝은지라.

도독 왈,

---

[1] 제갈량과 일곱 번 싸워 일곱 번 붙잡혔던 남만 왕 맹획孟獲이 마지막으로 싸울 때 오과국烏戈國의 왕 올돌골兀突骨을 끌어들였는데, 올돌골은 온몸에 철사 같은 비늘이 돋아 창이나 칼로도 찌를 수 없었다. 올돌골의 군사들은 기름 먹인 등나무 등걸로 만든 갑옷을 입어 등갑군이라고 하는데, 이 갑옷은 칼과 창으로도 뚫을 수 없고 물에 들어가도 잠기지 않았다고 한다. 그런데 제갈량이 이들을 반사곡盤蛇谷으로 유인해 모두 불태워 죽이고는 그 참혹한 모습을 보며, 어찌 제명대로 살기를 바라겠냐고 탄식했다고 한다.

"오계동은 이미 수국水國이 되었으니 별로 정돈할 바 없고 다시 자고성으로 가 고쳐 경륜經綸하리라."

하고, 제장 삼군을 거두어 자고성에 돌아와 즉시 제장 중 영리한 자 일인을 보내어 탈해의 종적을 탐지하니, 회보回報 왈,

"탈해와 보살이 대룡동에 웅거하니 대룡동은 상거相距 삼십 리라. 동전洞前에 큰 강이 있어 이름은 대룡강이요 강두江頭에 백여 척 전선이 있어 선상船上에 기를 꽂고 탈해와 소보살이 수군을 발한다."

하거늘, 도독이 원수를 보며 왈,

"과연 소료所料에 벗어나지 아니하도다. 오늘 일은 장군이 나를 대신하여 수군을 동독董督하고 편의종사便宜從事[2]하라."

원수 수명受命하고 즉시 동초, 마달을 불러 분부 왈,

"장군은 일천 기騎를 거느려 강두에 올라가며 왕래 선척船隻을 대소 다과大小多寡를 계교計較치 말고 탈취하여 오라."

또 뇌천풍을 불러 분부 왈,

"장군은 삼천 병을 거느려 뫼에 올라 재목을 베되 호부好否를 가리지 말고 다만 무수히 구취鳩聚[3]하여 강두江頭에 쌓으라."

삼장이 청령聽令하고 가니, 또 소 사마를 불러 왈,

"군중에 선척이 없으니 내 별別로 수십 척 전선을 만들고자 하나 제도制度 시속 배와 다르니, 장군은 장인匠人을 데리고 간검看儉하여 만들라."

하고 제도製圖를 내어 주니, 그 형용이 자라 같은 고로 이름은 타선鼉船이라. 사면에 발이 있어 안에서 기계를 튼즉 왕래지속往來遲速을 임의로 하며 머리를 숙인즉 물 위에 떠올라 빠르기 풍우 같으며, 안에 작은 배가 있어 외선外船이 비록 출몰 무상하나 내선內船은 흔들리지 않고 사면에 각양各樣 병기와 군사 백 명을 용납케 하니라. 소 사마 제도를 의지하여 시역始役할새 원수 그 쓰는 법을 일일이 가르치니 제장이 막불탄복莫不歎服[4]하더라. 익일 동, 마 양장이 수십 척 어선과 십여 척 해랑선海浪船[5]을 탈취하여 오니, 원수 손야차, 철목탑을 가만히 불러 선척을 주며 비밀히 약속하여 보낸 후 뇌천풍이 와 재목을 강두에 쌓음을 고하니, 원수 다시 일천 명 군사와 십여 명 장인匠人을 주어 재목을 다듬어 뗏목을 만들라 하더라.

차설且說, 이때 탈해와 소보살이 대룡강 강상江上에 수군을 연습鍊習할새, 수군 추장酋

---

2) 수군을 감독하고 형편껏 일을 처리함.
3) 어떤 것을 구하여 한곳에 모음.
4) 탄복하지 않을 수 없음.
5) 해적선.

長이 고告 왈,

　"수전水戰하는 병장기 모두 자고성에 있고 또한 선척이 부족하여 진세陣勢를 이룰 길이 없나이다."

하니, 소보살이 정히 근심하더니 홀연 수상水上으로 수개數個 어부가 수척 어선을 저어 내려오거늘 소보살이 만병으로 선두에서 배를 부르니 그 어부들이 대답지 않고 배를 돌려 달아나거늘, 소보살이 대로하여 일척 경선輕船을 풀어 쫓아가 잡아 오라 하여 크게 꾸짖어 왈,

　"네 어떠한 어부로 내 부름을 거역한다?"

　어부 왈,

　"소지는 해상海上 어옹漁翁이라. 수일 전 자고성 앞에서 양개兩個 장군을 만나 수십 척 해선이 오다가 십여 척을 빼앗겨 여겁餘怯이 미진未盡하여[6] 그리하나이다."

　소보살이 대희大喜 왈,

　"그러할진대 기여其餘의 십여 척은 어디 있느뇨?"

　어부 왈,

　"수상水上에 있어 바람을 기다리고 소지[7]는 생선을 쫓아 이곳에 이르니이다."

　소보살이 곧 만장 수인과 군사 백 명을 보내어 그 배를 끌어 오라 하니, 아이오 만장이 선척을 무수히 거느려 이르니, 선상의 어부들은 녹사의綠簑衣[8]를 입고 작살을 들었으니 얼굴이 검고 터럭이 누르러 묻지 아니하여도 해상 사람이라.

　소보살이 대희 왈,

　"네 반드시 만중 백성이라. 무비無非 내 군사니 군중에 있어 배를 저으라."

　그중 얼굴 검은 어부 흔연하여 왈,

　"소지 해상에 생장하여 물속에 출입함을 평지같이 하오니 대왕이 만일 휘하에 쓰실진대 힘을 다할까 하나이다."

　소보살이 더욱 대희 왈,

　"네 수중에 능히 출입할진대 재주를 구경코자 하노라."

하니, 그 어부 작살을 들고 물속에 뛰어들어 고래같이 날뛰며 물결을 충돌하여 평지와 다름이 없거늘 모든 만장과 소보살이 막불칭찬하고 하여금 전선戰船을 보게 하니라.

　소보살이 수군을 정돈하고 명진에 도전하니, 홍 원수 소 사마에게 군사 이천 명을 주어 타선을 영거領去하여 여차여차하라 하고 동초, 마달을 각각 삼천 기를 주어 여차여차하라 한 후 기여其餘의 제장諸將과 대군을 거느려 떼를 타고 역류逆流하여 대룡강으로 올라갈

---

6) 겁먹은 것이 아직 남아 있어.

7) 아랫사람이 윗사람에게 자기를 낮추어 이르는 말.

8) 도롱이.

새, 이때는 사월 망간望間이라.

남풍이 연일 대작大作하니, 탈해와 소보살이 돛을 높이 달고 풍세風勢를 따라 북을 치며 행군하여 중류에 이르나, 홀연 명진에서 일성一聲 포향砲響이 일어나더니 난데없는 불이 만선蠻船에 일어나며 양개 어부 크게 소리를 지르고 일엽一葉 어선을 빨리 저어 명진으로 달아나니, 원래 얼굴 검은 어부는 손야차요 그 하나는 철목탑이라. 원수의 명을 받아 화약과 염초焰硝를 선중船中에 감추었다가 포향을 응하여 충화衝火하고 달아남이라. 급한 불꽃이 풍세風勢 좇아 백여 척 전선戰船에 경각간頃刻間에 번지니, 탈해 분연히 창을 들고 화염을 무릅쓰고 일척 전선을 빼어 내어 소보살과 수개 만장으로 배에 올라 언덕을 바라보고 닫더니, 홀연 명진에 북소리 진동하며 십여 척 타선이 강상에 떠오니 그 빠르기 바람 같고 형용이 기괴하여 입을 한번 벌리매 벽력같은 포향砲響과 번개 같은 철환鐵丸이 공중에서 내려져 탈해의 뱃전을 치매 배 십여 리를 물러나며 그 타선은 수중으로 들어가고 다시 일개 타선이 수중에 또 솟아 입을 벌리매 포향과 철환이 천지진동하여 수십 척 타선이 차례로 갈아들며 반상半晌을 작요作擾하니[9], 비록 탈해의 흉녕함과 소보살의 다모多謀함으로도 저당抵當할 방략이 없는지라.

뱃전이 부서지고 돛대 꺾어져 형세 위급하더니, 수십 보 밖에 또 일개 타선이 머리를 숙이고 수중으로 들어가거늘 소보살이 미처 피치 못하여 순식간에 타선이 이미 탈해의 배 앞에 들어와 머리를 들고 물 위에 솟으며 탈해의 배를 떠이고 한번 곤두치매 배 뒤집히며 탈해와 소보살이 일시 수중에 빠지니, 탈해는 본디 물에 익은 자라 소보살을 업고 수상에 솟으매 일개 만장이 일엽소선一葉小船을 급히 저어 구하더니, 또 일개 타선이 머리를 숙이고 들어오니 소보살이 급함을 보고 요술을 행코자 하여 손을 들어 사방을 가리키며 진언을 염하더니 미처 작법作法지 못하여, 그 타선이 들어와 탈해의 배를 이고 십여 보를 닫다가 곤두쳐 수중으로 들어가니 배 뒤집혀 탈해와 보살이 또 수중에 빠진대, 만진의 전선이 다 불붙고 대군이 절반이나 수화水火에 죽는지라.

남은 만병蠻兵과 약간 만장蠻將이 정신을 수습하여 십여 척 불붙고 남은 배를 저어 탈해와 보살을 구하여 남을 바라보고 달아나거늘, 원수 대군을 동독董督하여 떼를 저어 대강大江을 덮어 시살廝殺하더니, 홀연 수상을 바라보매 무수한 해랑선海浪船이 순풍에 돛을 달고 북을 울리며 마주 오거늘, 원수 대경 왈,

"이 어찌 탈해의 구병救兵이 아니냐?"

하더니, 선두의 일원 소년 장군이 수중에 쌍창을 들고 나서며 외쳐 왈,

"패한 도적은 닫지 말라. 명국 원수의 일지군마一枝軍馬 여기 있으니 빨리 항복하라."

탈해 소보살을 보며 왈,

"과인이 이 길로 가 해상 제국에 구원을 청할까 하였더니 의외에 또 적병이 길을 막으니

9) 반나절을 야단스레 싸우니.

우리 어찌 대적하리오? 빨리 육지에 내려 경륜하리라."

하고, 배를 급히 저어 가까운 언덕에 올라 소보살과 함께 걸어 대룡동을 향하여 달아나니라.

차시 수상으로 내려오던 배가 바로 명진 앞에 다다르니 쌍창 든 장수 창을 들고 읍 왈,

"원수는 별래別來 만복萬福하시니이까?"

홍 원수 자세히 보니 이에 일지련이라. 원수 일변 반기며 놀라 배를 가까이 대고 집수執手 왈,

"철목동 전前에서 길을 나누어 장군은 고국으로 향하고 복僕은 남으로 오니, 평수 종적萍水蹤跡[10]이 다시 이같이 만남은 뜻하지 못한 바로다."

일지련이 소 왈,

"첩이 원수의 재생하신 은덕을 입사와 어찌 초초草草 수어數語[11]로 길이 고별하리오? 정히 오늘을 기약한 고로 잠간 휘하를 떠나이로소이다."

원수 일지련의 손을 이끌고 도독께 뵈오니, 도독이 또한 반겨 왈,

"장군이 국가를 위하여 탈해의 도망하는 길을 시살하니 그 공이 불소不少하도다."

일지련이 추파를 흘려 도독을 자로 보며 새로이 수삽羞澁하여 홍 원수를 향하여 왈,

"첩은 일개 여자라. 무슨 국가를 위하여 공을 말하리오? 이 길은 실로 첩의 부왕이 진력하여 원수의 은덕을 도보圖報코자 함이로소이다."

언미필言未畢에 축융대왕이 또 이르러 도독과 원수를 보고 왈,

"과인이 향일 철목동 전에서 바로 종군코자 하나 심중에 생각건대 홍도국 지방이 광활하여 남으로 바다를 인연하여 백여 부락이 있으니 이를 평정치 못한즉 후환이 끊기지 아니할지라. 과인이 여아를 데리고 해상으로 순유巡遊하여 오며 이미 다 멸하였으니 도독의 근심을 덜까 하나이다."

도독이 대희하여 치사함을 마지아니하더라.

원수 축융을 대하여 왈,

"대왕이 천조天朝를 위하여 이같이 진충盡忠하니 이는 국가의 복이라. 다만 탈해와 소보살을 잡지 못하였으니 불소한 근심이라. 대왕이 이번 길에 제장과 군졸을 얼마나 거느려 오시니이까?"

축융 왈,

"과인의 수하 정병精兵 칠천과 주돌통, 첩목홀, 가달의 삼장을 데려오니이다."

홍 원수 대희하여 도독께 고 왈,

"소장이 이미 동, 마 양장을 보내어 탈해의 달아나는 길을 막았으니 바삐 대군을 몰아 뒤

---

10) 부평초같이 물 위를 떠돌아다님.

11) 간략한 두어 마디의 말.

를 엄살掩殺함이 가할까 하나이다."

도독이 즉시 대군을 거느려 육지에 올라 바로 대룡동을 향하여 호호탕탕히 행군하니라.

차설且說, 탈해와 소보살이 걸어 언덕에 오르매 패한 만병이 차차 모이고 수개數個 만병이 말께 내려 자기 탄 말을 탈해와 보살을 태우고 대룡동으로 가려 하더니, 홀연 바라보니 동문洞門에 기를 꽂고 일원一員 장군이 크게 꾸짖어 왈,

"나는 대명 좌익장군 동초라. 대룡동을 이미 취하였으니 탈해는 어디로 가려 하느뇨? 빨리 항복하라."

탈해 보살을 보아 왈,

"우리 군사 없고 또 동학洞壑을 잃었으니 방략이 없는지라. 마땅히 남으로 성수해星宿海[12]를 건너 남에게 의탁하여 다시 보수報讐할 방략을 도모하리라."

하고, 소보살과 만장을 데리고 남을 향하여 가더니 홀연 함성이 대작하며 일원 장군이 길을 막아 왈,

"대명 우익장군 마달이 여기 있어 기다린 지 오래니 탈해와 소보살은 빨리 와 내 칼을 받으라."

하거늘, 탈해 대로하여 진력하여 수합을 싸우더니 홀연 등 뒤에 포향砲響이 일어나며 고각鼓角이 흔천掀天하고 정기旌旗 폐공閉空하여[13] 도독의 대군이 이르거늘, 탈해 황망히 말을 빼어 닫고자 하더니 백만 대군이 이미 철통같이 에워싸고 급히 치는지라. 탈해 백여 명 만병으로 방진方陣을 쳐 소보살을 호위케 하고 친히 창을 들고 분연奮然히 나서며 왈,

"내 이제 하늘이 돕지 않으사 이곳에 곤困하니, 한번 명 도독과 친히 싸워 자웅을 결단코자 하노라."

축융대왕이 칼을 들고 나서며 책責 왈,

"도독이 황명을 받자와 삼군을 동독董督하시니 어찌 무도한 오랑캐와 힘을 다투리오? 과인은 남방 축융대왕이라. 네 머리를 취코자 왔으니 빨리 나오라."

탈해 대소大笑 왈,

"축융동은 남방 부용지국附庸之國[14]이라. 네 불과 소국小國 잔왕殘王으로 인국지의隣國之義를 모르고 이같이 무례하는다?"

축융이 소소笑 왈,

"인심을 얻은즉 적국도 화목할 것이요 천도天道를 모른즉 인국隣國도 배반하나니, 과인이 인국에 처하여 어찌 네 죄를 듣지 못하였으리오? 부귀를 탐하여 네 아비를 찬탈하니 이는 윤기倫紀를 모름이요 나라를 다스림에 힘을 숭상하고 인의를 법받지 아니하여 교

---

12) 황하 물줄기가 처음 시작되는 곳.

13) 북과 나팔소리가 하늘까지 울리고 깃발이 하늘을 덮어.

14) 큰 나라에 매여 그 지배를 받는 작은 나라. 속국.

지교趾 이남이 금수禽獸의 굴혈窟穴이 되게 하니 이는 풍속을 교란함이라. 내 이제 너를 베어 홍도국 백성을 징계하고 남방의 수치를 씻게 하리라."

탈해 대로하여 서로 맞아 백여 합에 싸울새, 축융의 영특함은 범같이 뛰놀며 탈해의 흉포함은 곰같이 달려들어 산악이 무너지고 천지를 흔드는 듯 반상半晌을 박전搏戰하니, 도독과 원수 바라보고 왈,

"탈해의 기세 일양一樣 흉악하니 그저 잡지 못할지라. 제장 삼군이 합력하여 치게 하라."

한대, 좌편의 뇌천풍, 손야차, 동초, 마달과 우편의 주돌통, 첩목홀, 가달이 군사를 몰아 북을 치며 일제히 내달아 창검이 빗발치듯 에워싸고 치매, 탈해 십여 곳 창을 맞고 바야흐로 낙마落馬하니, 제군諸軍이 일시에 달려들어 결박하여 본진으로 돌아오니, 이때 소보살이 탈해의 생금生擒함을 보고 대경하여 급히 진언을 염하여 몸을 한번 곤두치매 광풍이 일어나며 돌과 모래를 날리고 무수 괴물이 기형괴상奇形怪狀으로 진중에 편만遍滿하여 에워싼 것을 뚫고자 하니, 축융이 대로 왈,

"요물이 도술을 자랑하는도다!"

하고, 역시 변하여 오류 개 나찰羅刹[15], 야차로 되어 일장一場을 구축驅逐하니, 홀연 무수 귀물鬼物이 사라져 흔적이 없고 괴이한 바람이 마른 잎새를 불어 사면팔방으로 흩어지며 잎새마다 가가대소呵呵大笑하고 말하여 왈,

"축융은 번뇌치 말라. 녹수청산에 내 종적을 뉘라서 잡으리오?"

하거늘, 홍 원수 대경 왈,

"금일 만일 요물을 잡지 못한즉 후환이 길리로다."

하고, 부용검을 들어 공중을 가리키며 가만히 진언을 염하매 그 잎새 분분히 떨어져 다시 변형치 못하고 의구依舊한 일개 보살이 되어 창황히 달아나려 하거늘, 홍 원수 대군을 재촉하여 급히 에워싸고 잡고자 하더니 소보살이 다시 곤두쳐 백여 개 보살이 되니 제군諸軍이 안목이 현란하여 그 잠을 바를 알지 못하는지라. 원수 즉시 낭중囊中에 든 백운도사의 주던 보리주菩提珠를 내어 공중에 던지니 백팔 개 보리주 낱낱이 화하여 백팔 금수패佩[16] 되어 소보살을 일일이 씌우니, 일백칠 개 소보살은 간데없고 다만 일개 소보살이 머리를 부둥키고 땅에 굴며 살기를 애걸한대, 홍 원수 군사를 호령하여 빨리 베라 하니, 소보살이 황겁하여 애애哀哀히 빌어 왈,

"원수는 어찌 백운동 초당 밖에 섰던 여자를 모르시나뇨? 만일 은덕을 입사와 구일 안면으로 잔명을 살리신즉 멀리 종적을 도망하여 다시 인간에 현형現形치 않으리다."

홍 원수 이 말을 듣고 바야흐로 의희依俙히 깨달아 왈,

---

15) 사람을 잡아먹으며 지옥에서 죄인을 못살게 군다는 악한 귀신.
16) 쇠고리.

"네 어찌 요마幺麼 호정狐精으로 탈해의 사나움을 도와 남방을 요란케 하뇨?"

보살 왈,

"이 또한 천지 운수라. 어찌 나의 할 바리오? 내 일찍 도사의 설법을 익히 절청竊聽[17]하여 깨달음이 있으니 종금이후로 겁진劫塵[18]을 벗고 불전佛前에 돌아가 악업을 짓지 않을까 하나이다."

하거늘, 원수 침음양구에 보리주를 거두고 부용검을 들어 보살의 머리를 치며 크게 소리하여 왈,

"요물은 빨리 가라. 만일 다시 장난한즉 내 오히려 부용검을 쓰리라."

하니, 소보살이 머리를 조아 백배사례하고 몸을 변하여 한낱 붉은 여우로 되어 간데없거늘, 제장諸將이 막불대경莫不大驚하여 원수께 고 왈,

"이같이 요사한 것을 놓아 보내시니 어찌 타일 근심이 아니 되리꼬?"

원수 미소하고 백운동에서 여차여차함을 말하고 왈,

"자고로 호정의 장난함은 사람을 인연함이니 국가 태평하고 사람이 수덕修德한즉 제 어찌 장난하며 시운이 불행하고 사람이 착지 못한즉 심산궁곡에 호정이 무수하니 어찌 다 죽이리오?"

하더라. 도독이 대군을 거두어 대룡동에 이르니 이미 일모日暮한지라.

원수, 도독 장중帳中에 들어와 고 왈,

"상공이 축융의 멀리 와 근로勤勞하는 뜻을 아시나이까?"

도독 왈,

"내 또 의심함이 있으니 먼저 말함을 듣고자 하노라."

원수 소 왈,

"축융은 욕심이 많은 자라. 홍도 지방이 광활하여 남방 중 불소한 나라이라, 축융이 반드시 이를 회개晞覬[19]함인가 하나이다."

도독이 소 왈,

"내 또한 이를 의심하노니, 탈해의 무도함이 성명性命을 용대容貸[20]치 못할진대 홍도국을 진정할 자 없을까 하였더니, 인하여 축융의 소원을 이루어 줌이 무방할까 하노라."

원수 그 좋음을 말하더라.

익일 평명平明에 도독이 대군을 동전洞前에 진 치고 탈해를 잡아들여 장하帳下에 꿇리니, 탈해 즐겨 꿇지 아니하고 우러러보며 크게 꾸짖어 왈,

---

17) 몰래 엿들음.
18) 천지가 온통 뒤집힐 때 일어나는 먼지. 속세를 말한다.
19) 분에 넘치게 노리고 바라는 것.
20) 목숨을 살림.

"과인이 또한 만승지군萬乘之君이라. 명 천자와 항례抗禮[21]할지니 어찌 네 앞에 굴슬屈膝[22]하리오?"

도독이 소 왈,

"준준蠢蠢한[23] 오랑캐 하늘 높음을 모르니 비록 책망할 바 아니나 너도 또한 천지간 오행지기五行之氣를 타고 오장 칠정이 있으니 네 죄를 네 어찌 모르리오? 사람의 사람됨은 충효 으뜸이라. 네 아비를 찬탈하니 부자지은父子之恩을 모름이요 상국上國을 침범하니 군신지의君臣之義를 모름이라. 내 성지聖旨를 받자와 비록 호생지덕好生之德을 베풀고자 하나 너같이 무도한 유는 용대치 못하리로다."

탈해 눈을 부릅뜨고 수염을 거슬러 왈,

"부귀지심富貴之心은 사람마다 있는 바라. 무엇이 이른바 충효뇨? 과인이 만인을 대적할 용맹이 있고 천지를 흔들 기운을 가졌으나 시운이 불행하여 이 지경에 이르니 네 어찌 간사한 소리로 충효를 말하나뇨? 네 닫는 짐승을 보라. 약한 자의 고기를 강한 자가 먹나니 예절과 충효는 교식巧飾한 말이라. 과인 앞에 발설치 말라."

하거늘, 도독이 제장을 보며 탄 왈,

"이는 소위 화외지맹化外之氓[24]이라. 죽이지 아니한즉 어찌 이역異域 백성을 징계하리오?"

하고, 무사를 명하여 빨리 참斬하라 하니라.

도독이 축융대왕을 청하여 일러 왈,

"대왕이 천조天朝를 위하여 멀리 와 진충盡忠하니 그 공이 불소不少한지라. 돌아가 황상께 주달奏達하고 공을 표하려니와 이제 홍도국을 진정할 자 없으니 대왕은 이 땅의 왕이 되어 정사를 섭행攝行하되 백성을 교훈하여 반복함이 없게 하소서."

축융이 일어 재배 왈,

"과인이 성조聖朝의 은덕을 입사와 이미 대죄를 사赦하사 생활지은生活之恩을 더하시고 다시 홍도국을 맡기시니 망극하신 천은天恩을 도보圖報할 땅이 없을지니 세세자손이 은덕을 각골刻骨하여 도독의 가르치심을 잊지 않을까 하나이다."

도독이 대희하여 군사를 크게 호궤犒饋하고 부로父老 백성을 불러 어루만져 위로하고 충효와 인의를 베풀어 곡진히 효유曉諭하니, 모두 백배계수百拜稽首[25]하고 칭송 감복하더라.

---

21) 한편으로 치우지지 않은 동등하게 사귀는 예.

22) 무릎을 꿇음.

23) 어리석고 미련한.

24) 교화가 미치지 않는 곳에 있는 백성.

25) 머리를 조아리며 백번 절함.

수일 후 도독이 회군할새 축융이 제장을 거느려 멀리 나와 도독과 원수께 고별하고 또 원수를 향하여 초창悄愴 왈,

"과인이 비록 만맥지인蠻貊之人이나 애자愛子함은 다름이 없으니 여아 일지련이 천성이 괴이하여 평일 중국을 구경코자 일념一念 경경耿耿하던 차에 원수의 풍채를 흠앙하여 천애天涯 만 리에 아비를 버리고 지기 상종함을 맹세하니 그 뜻을 억제치 못할지라. 바라건대 원수는 거두어 가르치소서."

다시 일지련의 손을 잡고 함루含淚 왈,

"여자 유행有行이 원부모형제遠父母兄弟라[26] 하였으니 여아는 원수를 모셔 영화를 누리라. 네 아비 만일 천조의 은총을 입어 조회朝會함을 허許하신즉 부녀지정父女之情을 다시 펼 날이 있을까 하노라."

일지련이 부왕의 손을 받들고 누수淚水 여우如雨하여 반상半晌을 말을 이루지 못하다가 오열하며 고 왈,

"소녀 불효하여 슬하를 떠나 혈혈단신이 만 리 원행遠行하니 이 또한 인연이라. 복원伏願 야야爺爺는 불효 여식을 생각지 마시고 홍도국 부귀를 영향永享[27]하사 천세千歲 향수享壽하소서."

도독이 길을 재촉하여 행군할새 선봉장군 뇌천풍이 제일대第一隊 되고 좌익장군 동초 제이대 되고 우익장군 마달이 제삼대 되고 도독과 원수는 대군을 거느려 중군이 되고 손야차는 제오대 되고 소 사마는 후군이 되어 제육대 되니 일지련은 홍 원수 군중에 따르니라.

만장 철목탑이 만병蠻兵을 거느려 하직하니, 도독이 군에 남은 은자와 채단을 가져 만병을 상사賞賜하고 만왕에게 편지하여 철목탑을 상장군 벼슬을 더하여 공을 표창하니라.

도독이 행군하여 북으로 올새 제장 삼군이 기쁨을 이기지 못하여 고각鼓角을 울리며 창검槍劍을 춤추어 고국산천을 바라보고 왈,

"저기 푸른 봉우리 뵈는 산이 유마산維摩山이니 점화관點火觀이 그 아래 있나이다."

하거늘, 이때 마침 일모日暮한지라. 도독이 인하여 유마산 앞에 대군을 쉬어 경야經夜할새 홍 원수 도독께 고 왈,

"첩이 선랑과 비록 상면함이 없으나 마음을 알기는 형제와 다름이 없사오니, 이때를 타 한번 기롱하고 정을 펴고자 하나이다."

도독이 웃고 허락한대, 원수 이에 전포 쌍검으로 설화마를 타고 점화관을 향하여 가니라.

차시, 선랑이 관중觀中에 있어 낮이면 도사를 좇아 소일하나 밤이면 무료한 심사를 억제치 못하여 객창客窓을 열고 황혼 월색을 바라보며 생각하되,

---

26) 여자는 부모 형제를 떠나 멀리 간다.

27) 영원히 누림.

'내 일개 여자로 사고무친四顧無親한 곳에 외로이 붙어 있어 장차 무엇을 바라리오? 저 중천의 둥근달이 천첩의 심회를 가져 만 리 천애의 우리 상공께 비칠 것이요, 우리 상공의 거울 같으신 조감藻鑑이 저 달을 대하사 첩을 이같이 생각하시나이까?'

심회 읍읍 처창悒悒悵愴함을 이기지 못하더니 홀연 뜰 옆에 나무 그림자 은은한 중 사람의 발자취 소리 나며 일개 소년 장군이 장검을 짚고 돌연히 들어와 촉하燭下에 서거늘, 선랑이 대경大驚하여 급히 소청을 깨우니, 그 장군이 소 왈,

"낭자는 경동驚動치 말라. 나는 녹림綠林 과객過客이라. 낭자의 재물도 탐함이 아니요, 낭자의 성명性命을 해치고자 함도 아니라. 다만 낭자의 꽃다운 이름을 듣고 오매경경寤寐耿耿하여 탐화광접貪花狂蝶[28]이 향내를 밟아 이곳에 이르렀으니, 낭자는 청춘 가인이요 복僕은 녹림호걸이라. 무단히 산중 도관道觀에 소슬히 처하여 월태화용月態花容을 여위게 말고 복을 좇아 산채山寨 부인이 되어 부귀를 누리소서."

선랑은 환난 여생患難餘生이요 풍파 여겁風波餘怯이라[29], 이 거동을 당하매 마음이 떨리고 심신이 비월飛越하여 어찌할 바를 모르더니, 그 장수 칼을 안고 가까이 들어서며 소 왈,

"낭자 이제 천라지망天羅地網에 벗어나지 못할지라. 자저越趄치 마소서. 내 일찍 낭자의 절개를 들었으니 십 년 청루靑樓의 일편 홍점紅點은 고금에 드문 바나 금일은 쓸데없으리라. 낭자 비록 죽고자 하나 죽지 못할 것이요 도망코자 하나 도망치 못하리니, 빨리 일어나 나를 따르소서. 순종한즉 부귀를 누릴 것이요 거역한즉 죽으리라."

선랑이 처음은 창졸이라 다만 망조罔措하더니 이에 미쳐는 악심惡心이 생기니 어찌 사생을 돌아보리오? 몸을 빨리 일어 안두案頭의 작은 칼을 짚고자 하매 그 장수 웃고 앞을 막아 선랑의 손을 잡으며 왈,

"낭자는 고집지 말라. 인생 백 년이 초로草露와 같으니 북망산 한 덩이 흙에 홍안이 적막할새 낭자의 구구한 지조를 말할 자 뉘 있으리오?"

선랑이 손을 떨치고 물러앉아 크게 꾸짖어 왈,

"승평 성세昇平盛世에 개 같은 도적이 어찌 이다지 무례하뇨? 내 너를 대하여 순설脣舌을 더럽히지 않을지니 빨리 내 머리를 취하여 가라."

언필言畢에 기색이 추상秋霜같거늘, 그 장수 왈,

"낭자 비록 저같이 맹렬하나 내 뒤에 낭자를 겁박하러 오는 장수 또 있으니 그때도 능히 순종치 아니할쏘냐?"

언미필言未畢에 밖이 요란하며 과연 일위一位 장군이 양개兩個 부장副將과 십여 명 갑사甲士를 데리고 거지擧止 헌앙軒昂[30]하여 엄연儼然히 걸어 들어오거늘, 선랑이 탄 왈,

---

28) 자나깨나 잊혀지지 않아 꽃을 탐내는 미친 나비.

29) 환난 끝에 살아남아 풍파를 겪다 보니 겁을 먹음이라.

"괴이하도다, 내 신세여! 천난만고千難萬苦를 열력閱歷하고 필경 적장의 칼머리에 원혼이 될 줄 어찌 알았으리오? 이제 비록 피코자 하나 피할 길이 없고 죽고자 하나 죽을 방략이 없으니 세상에 어찌 이 같은 경상景狀이 다시 있으리오?"

하더니, 그 장수 당堂에 오르며 부장과 갑사를 물리고 바로 방중房中으로 들어와 촉하에 서거늘, 선랑이 한번 우러러보고 옥안이 변색하며 더욱 놀라 망연히 정신을 잃을 같으니 이는 별인別人이 아니라 이에 양 도독이라. 도독이 홍 원수를 먼저 보내고 대군을 안돈한 후 뒤미처 옴이라. 도독이 좌座를 정한 후 선랑이 오히려 경혼驚魂이 미정未定하여 말을 이루지 못하매 도독이 미소하고 선랑을 향하여 왈,

"낭은 평지풍파平地風波를 무수히 당한지라. 또 의외 방탕한 남자를 만나 능히 욕을 면하뇨?"

선랑이 초연愀然 왈,

"도관에 처한 후 세간 소식을 망연히 듣지 못하니 금일 상공의 이같이 이르심은 뜻하지 못한 바라. 저 장군은 누구니이꼬?"

도독이 소 왈,

"이는 낭의 지기知己 강남홍이요, 나의 장수 홍혼탈인가 하노라."

홍 원수 이에 선랑의 손을 잡고 가로되,

"낭은 강주에 처하고 첩은 강남에 있어 겸가 옥수兼葭玉樹[31]에 용광容光이 조격阻隔하나 영서 빙호靈犀氷壺에 흉금이 비치어[32] 평수萍水 종적이 한번 만남을 원하였더니 동시 기박한 명도命途라, 평지풍파와 수중 겁혼怯魂이 삼재팔난을 겪고 이곳에 이같이 만남을 어찌 기필期必하였으리오?"

선랑이 사례 왈,

"첩은 경궁지조驚弓之鳥[33]라. 홍랑의 강중 원혼 됨을 이미 꿈인가 하였더니, 다시 장수 되어 잔명殘命을 겁박劫迫함은 더욱 꿈속의 꿈이로다."

도독 왈,

"다소 설화說話는 비록 듣지 않아도 알려니와 낭이 이미 엄명嚴命을 뫼와 고향으로 축송逐送한 몸이 되었으니, 언연偃然히[34] 나를 좇아 입성入城치 못할지라. 이곳이 가장 조용하고 모든 도사 응당 숙면熟面이니 아직 있던 곳에 있어 나의 찾음을 기다리라."

---

30) 풍채가 좋고 의기가 당당함.

31) 겸가는 갈대, 옥수는 옥같이 아름다운 나무. 두 사람의 차이가 매우 큼을 말한다.

32) 영서는 무소뿔로, 가운데 작은 구멍이 있어 빛이 통한다고 하며, 빙호는 얼음처럼 맑은 호리병. 둘 다 사람의 마음에 한 점 티끌도 없이 서로 맑게 비추는 것을 말한다.

33) 한 번 화살에 맞아 구부러진 나무만 보아도 놀라는 새.

34) 버젓이.

선랑이 응낙하더라.

홍 원수 소 왈,

"선랑이 녹림객綠林客을 만나 놀람이 적지 아니할지니 압경주壓驚酒[35]를 권하사이다."

하고, 손야차로 군중의 남은 술을 가져오라 하니, 도독 왈,

"세간에 저 같은 아름다운 녹림객이 있으며 저같이 잔약한 압채부인壓寨夫人이 있으리오?"

하고, 서로 대소하며 각각 취한 후 도독이 원수와 군중에 돌아갈새 모든 도사를 불러 채단과 은자로써 면면面面이 치사하니, 도사 불승황공不勝惶恐하여 선랑을 더욱 공경 흠앙하더라.

차시 천자 도독의 대군이 가까이 이름을 아시고 예부시랑 황여옥黃汝玉을 명하여 도독을 맞으라 하시니, 원래 황여옥이 당일 전당호로 돌아와 추회지심追悔之心이 날로 더하여 왈,

"내 방탕하여 지조 있는 여자로 나를 인연하여 수중 원혼이 되게 하니, 이 어찌 천지신명에 획죄獲罪치 않으리오? 고인이 일렀으되, '뉘 허물이 없으리오마는 그 고침이 귀하다.' 하였으니, 내 이미 그 그름을 알고 고치지 못한즉 장부 아니로다."

하여 일체 주색을 끊고 정사를 힘쓰매 수월지간數月之間에 소주蘇州 대치大治하여 인읍 백성이 모여드니, 밭과 들이 크게 열리고 여염이 즐비하여 뇌를 닦아 길을 넓히고 수목을 베어 촌락이 생기니, 그 치적이 천하제일이 되매 천자 들으시고 예부시랑을 배拜하여 부르시니, 붕우 친척이 모두 크게 놀라 전후 만한사람을 기이히 여기더라.

이때 천자 탑전榻前에 부르사 하교 왈,

"정남도독 양창곡과 부원수 홍혼탈이 회군하여 가까이 온다 하니, 경은 짐의 명을 받아 나아가 맞아 오라."

하시고 또 하교 왈,

"양창곡은 경의 매부라. 남매의 적조積阻한 정을 겸하여 펴라."

하시니, 시랑이 수명受命하고 즉시 행할새 도독의 대군이 이미 백여 리 밖에 이르렀더라. 시랑이 공복公服을 갖추어 진전陣前에 통한대 도독이 진문을 열고 인도하여 서로 예필禮畢에 도독이 눈을 들어 시랑을 잠간 보매 거지擧止 옹용雍容하고 기상이 수연秀然하여 전일 압강정 상에 보던 황 자사 아니라. 심중에 대경大驚하여 흠신欠身[36] 소 왈,

"내 귀문貴門에 전안奠雁한 지 수년에 형을 이제 상면하니 비록 서어齟齬하나 형이 압강정 연석의 양 수재를 기억할쏘냐?"

황 시랑이 개용改容 사謝 왈,

---

35) 놀란 마음을 가라앉히는 술.

36) 공경하는 뜻을 보이기 위하여 몸을 굽히는 것.

"하관下官이 불민不敏하와 풍류 과실로 도독께 득죄함이 많으나 금일 이미 수류운공水流雲空하고 시이사왕時移事往[37]하니 허물치 마소서."

도독이 대소하고 그 절절切切 개과改過[38]함을 공경하더라. 황 시랑이 부원수께 청알請謁하니 도독이 그 본색이 탄로함을 자저趑趄하나 또한 공례公禮라 만류치 못하니, 황 시랑이 홍 원수 장중帳中에 이르러 예필禮畢 좌정坐定에 시랑이 눈을 들어 원수를 보니 단순호치丹脣皓齒에 눈썹이 가늘고 녹빈홍안綠鬢紅顔에 용모가 아리따워 성관 전포星冠戰袍로 회매히[39] 앉았으나 정정한 태도와 당돌한 기상이 십분 눈에 익으나 창졸간 의희依俙하여 왈,

"하늘이 국가의 양필良弼을 주사 원수의 성명이 우레 같으므로 한번 뵈옴을 원하였더니, 이제 황명皇命을 받자와 용광容光을 접하오니 어찌 영행榮幸치 않으리오?"

홍 원수 추파秋波를 흘려 황 시랑의 거지擧止를 살펴며 말을 들으니, 구일舊日 소주 자사 황여옥이 아니라, 심중에 괴이하여 왈,

"혼탈이 만중蠻中 유락流落한 자취로 천은이 망극하여 중국의 의관문물衣冠文物을 뵈오니, 일찍 뜻한 바 아니로소이다."

황 시랑이 그 성음을 들으니 낭랑히 옥을 부수고 역력히 대를 때리는 듯하며 또 귀에 익은지라, 심중에 당황하여 하다가 바야흐로 의희히 깨달아 왈,

"강남홍의 후신이 아니냐? 세간에 얼굴 같은 자 많으나 홍랑은 당시 무쌍한 국색國色이라. 그 하나 있고 둘이 없을지니 홍 원수의 용모 성음이 어찌 그리 홍랑과 흡사하뇨?"

하고 문 왈,

"원수의 연기年紀 몇이나 되시뇨?"

원수 왈,

"이십오 세이이다."

시랑이 소 왈,

"원수 만생晩生[40]을 속이심이로다. 연기 약관에 지나신즉 용모 어찌 저같이 어리시리오?"

하고 가만히 손을 꼽아 보더니, 다시 미소 왈,

"원수의 외모를 짐작컨대 청춘이 십칠 세에 지나지 못하신가 하나이다."

홍랑이 이 말을 듣고 심중에 생각하되,

'황여옥이 비록 구습을 고쳤으나 오히려 나를 잊지 아니하고 이같이 힐난하니 어찌 괴롭

---

37) 흐르는 물이나 하늘에 뜬구름처럼 세월이 지나면 사물도 변한다는 말.

38) 간절히 허물을 뉘우침.

39) 가뿐히.

40) 선배를 대하여 자기를 낮추어 일컫는 말.

지 않으리오?'

하고, 이에 정색 왈,

"대장부 평생 행지行止를 뇌뢰낙락磊磊落落[41]하고 광명정대하리니 어찌 나이를 속이리오? 이는 시랑이 혼탈을 만모慢侮[42]함이로다."

황 시랑이 개용改容 사례하고 스스로 실언함을 추회追悔하더라. 즉시 몸을 일어 도독 장중에 와 소 왈,

"승상이 남정南征하여 간성지재干城之材를 얻으시니 이제 그 용모를 보매 과연 명불허득名不虛得이나 십분 여자 기상이 있으니 괴이하더이다."

도독이 소 왈,

"한나라 장자방張子房은 삼걸에 들었으나 그 얼굴이 부인 같다 하였으니, 혼탈의 여자 기상을 어찌 족히 의심하리오?"

하더라.

도독이 시랑을 군중에 쉬게 한 후 홍 원수를 불러 소 왈,

"낭이 황 시랑을 보매 반갑지 않더냐?"

홍 왈,

"수년지간에 만사여몽萬事如夢하여 은원恩怨을 잊었으니 무엇이 반가우며 무엇이 미울 바 있으리오?"

도독이 소 왈,

"황 시랑은 낭의 은인이라. 만일 전당호 풍파 아닌즉 부원수의 공명이 어찌 생기리오?"

홍랑 왈,

"황 시랑은 본디 흐린 자라. 십분 강남홍과 칠분 홍혼탈을 분변치 못하니 비록 우스우나 그 위인이 변하여 일개 군자 되었으니, 종금이후로 압강정 상의 양 수재를 착래捉來하는 과거過擧[43]는 없을까 하나이다."

도독이 또한 웃더라.

차시, 도독이 행군함을 재촉하여 이미 남교南郊 십 리 밖에 이르매 천자 법가法駕[44]를 명하사 성외城外에 삼층 단을 무으시고 헌괵지례獻馘之禮[45]를 받고자 하사 문무백관을 거느리시고 단상壇上에 전좌殿座하신 후 도독의 대군을 기다리시더니 이윽고 홍진이 일어나는 곳에 일대 군마 전행前行하여 이르니 이는 전부前部 선봉 뇌천풍이라. 단하壇下 백 보 밖

---

41) 마음이 넓고 시원하여 작은 일에 얽매이지 않음.

42) 오만한 태도로 남을 업신여김.

43) 사람을 붙잡아 오는 지나친 행동.

44) 임금이 타는 수레.

45) 전쟁에서 이기고 온 장수가 임금에게 적장의 머리를 바치는 예식.

에 진세陣勢를 베푸니 도독과 원수 뒤를 이어 제장 삼군을 거느려 차례로 이르러 단하에 결진結陣할새 기치창검은 일월을 가리고 고각 포향鼓角砲響은 천지를 진동하여 출전하는 날과 조금도 다름이 없더라. 도성 내외의 구경하는 자 구름같이 모여 십 리 남교에 사람의 바다를 이루었으니 도독과 원수 홍포 금갑紅袍金甲으로 궁시弓矢를 차고 수기帥旗를 들고 제장을 지휘하여 헌괵지례를 행할새, 북을 쳐 진세를 세 번 변하여 방진方陣을 이루고 군악을 울려 승전곡을 아뢰며 삼군이 춤추어 개가凱歌를 부르니 그 소리 산악이 무너지고 바다를 뒤집는 듯하더라.

부장副將 일인은 정남대도독征南大都督 기호旗號를 잡아 제일위第一位에 서고 또 일원은 백모白矛[46]를 잡아 제이위 좌편에 서고 또 일원은 황월黃鉞[47]을 잡아 우편에 서고 또 일원은 탈해의 수급首級을 받들어 제삼위에 서고 도독은 갑주甲冑 궁시弓矢로 제사위에 서고, 또 부장 일원은 정남부원수 기호旗號를 잡아 제오위에 서고 또 일원은 백모를 잡아 제육위 좌편에 서고 또 일원은 황월을 잡아 우편에 서고 홍 원수도 또한 갑주 궁시로 제칠위에 서고, 소유경, 뇌천풍, 동초, 마달, 손야차 이하 제장이 차례로 벌여 선 후 군악을 울리며 단상에 오를새, 제이층에 이르러 기호와 절월節鉞을 좌우로 갈라 세우고 도독이 탈해의 수급을 친히 들어 원수와 함께 제일층에 올라 탑전에 놓고 삼 보步를 물러서 군례軍禮로 뵈오니, 천자 교의交椅에 내리사 읍하시니, 이는 종묘사직의 안위를 위하심이라.

도독과 원수 헌괵지례를 맞고 본진에 돌아와 삼군을 호궤하고 파진악罷陣樂을 아뢸새 제군이 취포醉飽[48]하매 창검을 춤추고 즐기는 소리 우레 같더니 장전帳前에 쟁을 치며 대군을 일시에 해송解送[49]하니, 제군이 도리어 도독과 원수의 휘하 떠남을 초창招悵하여 하더라. 이때 종군한 군사의 부모처자 서로 손을 잡고 소매를 끌어 혹 눈물을 뿌리며 혹 춤도 추고 혹 전도顚倒하여 오래 떠난 회포를 이기지 못하며 백만 군軍이 전장戰場에서 죽은 자 일인도 없으니, 모든 부로父老 곳곳이 칭송 왈,

"우리 황상의 성덕聖德과 도독의 복력福力은 전고에 드물다."

하더라.

천자 단상에 전좌하사 도독의 파진罷陣함을 보시고 희동안색喜動顏色[50]하사, 황, 윤 양 각로를 보시며 왈,

"짐의 양창곡은 한나라 주아부周亞夫[51]도 당치 못하리라."

하시더라.

---

46) 세모난 창.

47) 황금으로 장식한 도끼.

48) 취하도록 술을 마시고 배부르도록 음식을 먹음.

49) 군대를 해산하여 돌려보냄.

50) 기쁨이 얼굴에 나타남.

법가 환궁하시매 도독이 또한 원수를 데리고 부중으로 돌아올새, 원수 가만히 도독께 고왈,

"첩이 남복男服으로 본부本府에 들어감이 불가不可치 않으리까?"

도독이 소 왈,

"천자지전天子之前에도 장부로 뵈었으니, 본부本府 문전門前에 홀로 남자 되지 못하리오?"

하고, 각각 휘하 장졸 백여 기騎를 거느리고 일지런, 손야차로 입성入城하니라.

차설且說, 양부楊府 상하 도독의 입성함을 듣고 원외는 외당外堂을 치우고 접빈接賓함을 분별하고 허 부인은 의문倚門하여 바라보고 윤 소저는 주식을 준비하여 기다리며 남노여비男奴女婢가 분분히 전도顚倒하더니, 도독이 원수와 본부 문전에 수레를 내리며 창두에게 분부하여 원수는 자기 침실로 인도하라 하고 바로 외당에 이르러 먼저 부친께 뵈오니, 원외 평생 성품이 준직俊直하여 희로喜怒에 격동激動함이 없더니 이날 아자兒子를 대하매 기쁨을 이기지 못하여 아자를 데리고 내당에 들어갈새 걸음이 전도하여 신이 벗어지고 간이 떨어짐을 깨닫지 못하더라.

허 부인이 마주 나와 아자의 손을 잡고 반김이 과하매 함루含淚하며 도독을 어루만져 왈,

"아자 수년 풍진風塵에 노고하나 얼굴이 풍영豐盈하고 기질이 장대하니 어찌 기특지 않으리오?"

원외 왈,

"노부 윤 현부賢婦를 인연하여 홍랑의 생존함을 대강 들었더니 부원수 부중에 이르렀다 하니, 이 홍랑이 아니냐?"

도독이 소이대소笑而對 왈,

"종적을 은휘隱諱하고 군중軍中에 부림은 왕사王事를 위함이요 가중家中에 이르러 즉시 현알見謁치 못함은 여자의 의상이 없음을 인함인가 하나이다."

원외 대소 왈,

"군부일체君父一體라. 황상이 이미 장수로 예대禮待하시니 노부 어찌 구애하리오? 빨리 부르라."

이때 홍랑이 비록 사실私室에 있으나 벼슬이 오히려 몸에 있는지라. 제장 군졸이 문전에 모셔서 잡인을 금하니 홀로 연옥이 심중에 홍랑인 줄 알고 급히 보고자 문외에 방황하나 감히 들어가지 못하더니, 홍 원수 손야차를 불러 분부 왈,

"내 사실에 있으니 잠깐 장졸을 물리라."

---

51) 전한 문제文帝와 경제景帝 때 이름난 장수. 흉노족을 막고 오초칠국吳楚七國의 난을 평정하였다.

한대, 제장 군졸이 청령聽令하고 물러나매 다만 손야차 옆에 있더라. 내당의 시비 도독의 명으로 홍 원수를 청하러 나오다가 문외의 연옥을 만나 제장이 물러감을 보고 같이 침문寢門 앞에 이르니, 문밖에 일개 노장이 융복戎服에 궁시를 차고 섰으니 검은 얼굴과 푸른 눈이 십분 영악한지라. 내당의 시비 놀라 물러서거늘 연옥이 어찌 손삼랑을 몰라보리오? 반겨 손을 잡고 실성 호곡失聲呼哭하니, 그 노장이 또한 함루含淚 왈,

"원수 방중房中에 계시니 크게 훤화喧譁치 말라."

하고 방으로 들어가더니 즉시 나와 연옥을 부르매, 연옥이 시비를 밖에 세우고 노장을 따라 침실에 들어가니 구원九原 일별一別52)에 음용音容이 적막하여 안중眼中에 삼삼하고 심중心中에 암암黯黯하던 고주故主 홍랑이 돌연突然히 앉았거늘 연옥이 반기며 놀라 원수에게 엎드리며 방성대곡放聲大哭하니, 홍랑의 장부 같은 심사로도 한 줄기 눈물을 금치 못하여 양구良久히 말을 못 하다가 연옥의 손을 잡아 일으켜 왈,

"우리 노주奴主 죽지 않고 다시 만났으니 무궁한 정회는 후일이 있을지라. 급히 묻나니 도독이 어디서 나를 부르시더뇨?"

연옥 왈,

"내당 시비 상공의 명을 받자와 문밖에 왔나이다."

원수 즉시 부른대, 시비 방중에 들어서며 우선 원수의 얼굴을 잠깐 쳐다보고 심중에 대경 왈,

'내 천하 국색을 우리 소저와 선랑밖에 없는가 하였더니 또 어찌 저러한 자색이 세간에 있는고?'

하여 눈이 황홀하고 정신이 취하여 말없이 어린 듯이 섰거늘, 홍 원수 문 왈,

"차환은 어느 내당 시비뇨?"

시비 대 왈,

"천비賤婢는 노부인 수하 천비로소이다."

원수 우문又問 왈,

"도독이 지금 어디 계시며 나를 어디로 들어오라 하시더뇨?"

시비 대對 왈,

"도독이 윤 소저 침실에 들어가시며 원수께 노부인 침실로 오라 하시더이다."

원수 일지련, 손야차를 보며 소 왈,

"내 백만 군중에 남복男服으로 횡행하나 조금도 수삽羞澁함이 없더니, 이제 이 형상으로 노상공, 노부인께 뵈옵기 어찌 부끄럽지 않으리오?"

하고, 궁시 창검을 끌러 손야차를 주고 성관 전포로 연옥을 앞세우고 내당으로 들어갈새 일지련을 돌아보아 왈,

---

52) 저승으로 이별한 뒤.

"내 처소를 정한 후 낭과 손랑을 부르리라."

하고 침문에 나매, 본부 시녀 십여 명이 계하에 가득하여 원수의 나옴을 보고 다투어 뒤를 따르며 가만히 자랑 왈,

"짐짓 우리 상공의 소실이로다. 벼슬이 또한 우리 상공과 같으시니 천자도 공경하시는 바라. 어찌 우리 부중府中의 빛난 일이 아니리오?"

하더라.

침실 중문에 나매 윤, 황 양부 시비와 황성 중 모든 경상가卿相家 차환叉鬟이 구름 모이 듯 하여 가리키며 칭찬 왈,

"우리 주문갑제朱門甲第[53]에 생장하여 규중 숙녀를 무수히 보았으나 이 같은 안색은 처음 보는 바라. 붓으로 그리고자 하나 채색이 없고 옥으로 새기고자 하나 흔적이 있을지라. 하늘이 무슨 조화로 이같이 기절奇絶하게 품부稟賦[54]하신고?"

하며 모두 지껄이더니, 그중 수개數個 시비 반겨 내달으니 이는 윤부尹府 시비로 항주 왔던 자라. 원수 위하여 걸음을 멈추고 윤 각로와 소 부인 안부를 일일이 물은 후 또 일개 동자와 일개 창두마저 문후하니, 동자는 항주 왔던 동자요 창두는 자기 청루에서 부리던 창두라. 원수 추연惆然 개용改容하고 면면이 위로하더라.

원수 허 부인 침실 당하에 이르러 발을 멈추고 시비로 고한대 원외와 부인이 오름을 재촉하니, 원수 바야흐로 당에 올라 공수拱手하고 모서 서니 원외 가까이 앉음을 명하고 숙시熟視 양구에 희색이 만면하여 왈,

"세상에 부모 된 자 자식의 총첩 둠을 구태여 기뻐할 바 아니나 너는 내 집에 천정天定 인연이라. 범상한 아들의 잉첩媵妾으로 대접지 않을지니 네 또한 더욱 조심하여 구고舅姑의 뜻을 저버리지 말라."

허 부인이 우又 왈,

"내 네 이름을 알고 악보愕報[55]를 들은 후 심중에 차석嗟惜하기 독척毒慼[56]과 다름이 없더니 이제 신명이 도우사 다시 오가吾家에 들어와 자부지열子婦之列에 참예하니 어찌 기특지 않으리오?"

하고, 원수의 전포 소매를 걷고 손을 만지며 소 왈,

"네 나이 몇이뇨?"

원수 왈,

"십칠 세로소이다."

---

53) 붉은 대문을 단 큰 집. 높은 벼슬아치가 사는 집.
54) 기이하게 타고남.
55) 불길한 소식.
56) 자식이 죽은 슬픔.

우문 왈,

"이같이 연약한 기질로 시석풍진에 장수 노릇함을 내 믿지 못하노라."

원수 수삽羞澁하여 머리를 숙이고 대답지 아니하니, 부인이 다시 소 왈,

"내 늙고 일 없어 심심할 때 많으니 시어미로 서어히 알지 말고 벗 삼아 전장의 싸우던 설화說話로 소견消遣케 하라."

원수 유유唯唯하고 복색이 괴이하여 오래 존전尊前에 모심이 불안한지라. 일어 호외戶外에 나매, 원외員外 부인더러 왈,

"자고로 홍안紅顏이 복 있는 자 적으나 이제 홍랑은 절세絶世한 자색으로 평생 수부귀壽富貴를 누릴 것이요, 여자로 장수 되매 혹 살기殺氣와 당돌함이 있을까 하였더니 또한 단아 유순하고 화길和吉한 인물이니, 이는 오가吾家의 복이로다."

하더라.

차시 원수 노부인 침소로 나옴을 알고 윤 소저 연옥과 모든 시비를 늘어세워 원수를 인도하여 바삐 옴을 재촉하니 어찌 반긴고? 하회를 보라.

제25회 군공을 의론하여 도독으로 왕을 봉하고
생황笙簧을 아뢰어 동홍이 자취를 발하다
論軍功都督封王　奏笙簧董弘發跡

각설却說, 홍 원수 윤 소저 침실에 망망忙忙히 이르러 오니, 윤 소저 침문에 마주 나오며 왈,

"홍랑아, 네 능히 죽지 아니하고 고인故人을 찾아오느냐?"

원수 소저의 손을 잡고 양항兩行 옥루玉淚 귀밑을 적시어 왈,

"첩은 이미 죽은 몸이라. 종금이후는 소저의 주신 바니 생아자生我者는 부모요 애아자愛我者는 소저로소이다."

인하여 서로 붙들고 침실에 들어가 별후別後 흉금胸襟은 일희일비一喜一悲하고 무궁無窮 정회情懷는 혹담혹소或談或笑하더니, 소저 문 왈,

"홍랑아, 그 수중 야차 손삼랑이 어찌 된고?"

홍 원수 왈,

"또한 첩을 좇아 밖에 왔나이다."

소저 괴이히 여겨 연옥을 명하여 부르라 하매 야차 즉시 이르러 문후하니, 소저 반기며 놀라 왈,

"낭의 석일昔日 용모를 알아볼 길이 없도다. 나로 인연하여 수중고혼이 된가 하였더니,

어찌 확삭矍鑠[1]한 노장老將이 되어 이름이 국가에 빛날 줄 알았으리오?"

야차 왈,

"이는 다 소저와 원수의 은덕이로소이다."

하더라.

도독이 후원 동별당東別堂을 원수 처소로 정하니 원수 일지련, 손야차와 연옥을 데리고 가니라. 시야에 도독이 양친을 모셔 조용히 말씀할새 원외와 부인이 측연한 빛이 있어 그 사이 선랑의 풍파를 대강 말하며 왈,

"네 아비 귀먹고 눈 어두워 가사家事를 알지 못하노니 아자兒子는 알아 처치하라."

도독이 피석避席 왈,

"이는 다 소자의 죄로소이다. 부질없이 정수定數에 넘는 처첩을 두어 슬하에 불효를 이같이 끼치오니 추회막급追悔莫及이오며, 사기事機 장대張大하여 언관言官의 상소가 일어났사오니 한갓 소자의 천단擅斷할 바 아닐까 하나이다."

하더라.

익일 천자 문무백관을 모으시고 군공軍功을 의논하실새 도독이 융복을 갖추어 입궐하려 하더니, 홍 원수 고 왈,

"첩이 일시 권도權道로 장수 되어 헌괵지전獻馘之前에는 비록 벼슬을 사면辭免치 못하였으나 금일 녹훈錄勳하는 자리[2]에 다시 들어감은 불가하니, 이제 상소하여 실상을 아뢰고자 하나이다."

"내 바야흐로 권코자 하였더니 낭의 말이 당연하도다."

하고, 도독이 즉시 소유경, 뇌천풍, 동초, 마달, 일반 제장諸將을 거느려 조반朝班에 오르매, 천자 홍 원수의 아니 들어옴을 물으신대, 한림학사 일장一張의 표표를 가져 탑전榻前에 주奏 왈,

"부원수 홍혼탈이 조반朝班에 불참하고 표를 올리나이다."

천자 대경하사 바삐 읽으라 하시니, 그 표에 대강 왈,

신첩 홍혼탈은 강남 천기賤妓라.

천자 들으시다가 악연실색愕然失色하사 좌우를 보시며 왈,

"이 어쩐 말이뇨? 바삐 읽으라."

학사 대어 읽어 왈,

---

1) 늙어도 기력이 정정함.
2) 전쟁에서 세운 공을 기록하고 포상하는 자리.

명도기박命途奇薄하여 풍도風濤에 표박漂迫하니 창해일속滄海一粟이 기사근생幾死僅生[3]하고 남천南天 만 리에 유왕막래有往莫來[4]하여 심산 도관道觀에 도동道童으로 상종相從하고 절역絶域 풍진風塵에 장수로 탁신託身함은 고국에 돌아옴을 위함이요 공명을 바라옴이 아니니, 의외에 이름이 조정에 등철登徹하고 벼슬이 원수에 및사오니 남교南郊 헌괵獻馘에 이미 한출첨배汗出沾背[5]하와 기군지죄欺君之罪[6]를 도망치 못하려든, 하물며 금일 논공論功에 다시 당돌히 참여한즉 군부君父를 길이 기망欺罔하고 조정을 은연 조롱함이라.

복원伏願 폐하는 천지 부모시니 신첩의 정지情地를 측연히 살피사 분외分外의 벼슬을 삭削하시고 기군한 죄를 다스리사 종적의 얼울觖蹶함이 없게 하소서.

천자 대경하사 양 도독을 보시며 왈,
"이 어찌한 곡절이뇨?"
도독이 황공 돈수 왈,
"신이 불충하와 금일까지 군부께 기망한 데 가깝사오니 사죄死罪, 사죄로소이다."
상이 소 왈,
"이는 짐을 속임이 아니라 이제 짐을 위함이니, 그 자세함을 듣고자 하노라."
도독이 더욱 불승황공不勝惶恐하여 이에 수재秀才로 부거赴擧[7]할 제 홍을 만난 말과 전당호에 빠져 죽은 줄 알았던 말과 진상陣上에 만나 권도로 부리던 말씀을 일일이 주달奏達하니, 천자 무릎을 치시며 왈,
"기재奇哉라, 미재美哉라! 전고소무前古所無로다. 짐이 혼탈을 일개 명장으로 알았더니 어찌 열협지풍烈俠之風이 이 같음을 짐작하였으리오?"
하시고 즉시 비답批答하시니, 그 비답에 왈,

기이하다. 경의 일이여! 주나라 현신賢臣 십인十人[8]에 여자가 참여하였으니 국가의 용인用人함이 다만 재주를 취할지라. 어찌 남녀를 의논하리오? 경은 벼슬을 사양치 말

---

3) 거의 죽을 뻔하다가 겨우 살아남.
4) 한 번 간 후 돌아오지 못함.
5) 몹시 부끄럽거나 무서워서 땀이 흘러 등을 적심.
6) 임금을 속인 죄.
7) 과거를 보러 감.
8) 주나라를 잘 다스린 어진 신하 열 사람. 십란十亂이라고도 한다. 그중 한 명이 문왕의 후비后妃 태사太姒라고도 하고, 무왕武王의 처 읍강邑姜이라고도 한다. 뒤에 왕을 잘 보좌하는 덕 있는 신하를 가리키는 말로 썼다.

고 국가를 도와 대사 있거든 남복으로 조반朝班에 오르고 소사小事는 가중家中에서 결단하게 하라.

도독이 돈수頓首 주奏 왈,

"홍혼탈이 비록 신을 좇아 시석풍진矢石風塵에 견마지력犬馬之力을 효칙效則함이 있사오나, 그 분의를 말씀한즉 불과 제 가부家夫를 위함이니 신의 벼슬이 즉 혼탈의 벼슬이라. 미천한 여자로 관직을 오래 모첨冒忝[9]함이 불가하니이다."

상이 소 왈,

"경이 총희寵姬를 위하여 짐의 간성지재干城之材를 빼앗고자 하니 평일 믿던 바 아니로다. 짐이 다시 혼탈을 인견引見코자 하나 대신의 소실 됨을 예대禮待하여 못 하거니와 그 벼슬은 사면치 못하리라."

하시고 군공을 의논할새, 정남도독 양창곡은 연왕燕王을 봉하여 행 우승상行右丞相을 사仕하고 부원수 홍혼탈은 난성후鸞城侯를 봉하여 행 병부상서行兵部尙書를 사하고 행 군사마 소유경은 형부상서 겸 어사대부를 배拜하고 뇌천풍은 상장군을 배하고 동초, 마달은 전전殿前 좌우 장군을 배하고 손야차는 파로장군破虜將軍을 배하고 기여其餘 제장諸將은 공대로 벼슬을 더하시니, 도독이 우주又奏 왈,

"제장 중 손야차는 또한 강남 여자라. 혼탈을 따라 군공이 비록 없지 못하나 관직은 불가할까 하나이다."

상이 왈,

"유공사관有功賜官은 국가용인지법國家用人之法[10]이라."

하시고, 직첩職牒을 주고 황금 천 냥을 별별로 상사賞賜하시다.

도독이 우주又奏 왈,

"남만 축융왕이 홍도국 싸움에 유공有功할 뿐 아니라 축융이 아닌즉 홍도국을 진압할 자 없삽기에 이미 홍도왕을 섭행攝行[11]하라 하였사오니, 인하여 왕작王爵을 봉하심이 좋을까 하나이다."

상이 의윤依允[12]하시다.

연왕이 사은謝恩 퇴조退朝할새, 상이 또 하교 왈,

"난성후鸞城侯 홍혼탈이 성중城中 저택이 없을지니 탁지부度支部[13]로 자금성 제일로第

---

9) 더럽힘을 무릅쓴다는 뜻으로, 여기에서는 벼슬을 가지고 있다는 말이다.
10) 공 있는 자에게 벼슬을 줌은 국가에서 사람을 쓰는 법임.
11) 임금을 대신하여 일을 행함.
12) 신하가 아뢰는 청을 임금이 허락함.
13) 재정을 맡아 금전과 물품의 출납을 맡은 관부.

一路에 연왕부燕王府를 연이어 난성부를 짓고 가동家童 백 명과 시비 백 명과 황금 삼천 냥과 채단 삼천 필을 사급賜給하라."

하시니, 연왕과 난성후 재삼 상소하여 사양하나, 상이 불윤不允하시더라.

수월數月 후 난성부를 이루니 장려 굉걸壯麗宏傑함이 연왕부와 상등하나 난성후 거하지 아니하고 시비 가동과 부속을 두고 난성은 연왕부에 있더라.

연왕이 왕작王爵을 더하매 예부禮部에서 원외와 허 부인, 윤, 황 양 소저 직첩을 내리어 원외는 연국燕國 태공太公이 되고 허 부인은 연국 태비太妃로 되고 윤 소저는 연국 상원부인上元夫人이 되고 황 소저는 연국 하원부인下元夫人이 되고 소실은 각각 숙인淑人을 봉하니라.

일일은 연왕이 파조罷朝 후 천자 조용히 인견引見하시고 문 왈,

"경이 출전한 후 가중에 무슨 요란한 일이 있는 듯하기로 짐이 경의 소실을 잠깐 고향으로 보내라 함은 풍파를 진정하여 경의 환가還家함을 기다림이라. 경은 구애치 말고 뜻대로 처치하라."

연왕이 돈수頓首하고 벽성선의 일을 대강 고한대, 상이 소 왈,

"자고로 인가人家에 이 같은 일이 혹 있나니 경은 종용 결처決處하여 화목함을 힘쓰라."

연왕이 황공 사례하더라.

즉시 퇴출退出하여 돌아오는 길에 윤 각로 부중에 이르니, 소 부인이 반김을 이기지 못하여 만 리 원방遠方에 회군함을 치하하고 친히 배주杯酒를 권하며 탐탐耽耽한 정회와 미미한 말씀이 그치지 아니하여 왈,

"승상의 연기 비록 청춘에 계시나 벼슬이 높으사 왕공대인이 되시니, 도리어 교서嬌婿의 재미를 모르고 의연히 대빈大賓의 존경함이 있으니[14] 매양 무궁 정회를 다 못하는지라. 한가함이 있거든 자주 심방하여 담소로 교서의 재미 뵈기를 바라노라."

연왕이 웃고 잔을 들어 마시며 응낙하거늘, 소 부인이 왈,

"근일 여식을 오래 보지 못하고 엄연히 왕후 부인이 되었으니 기특함이 어떻다 못 하려니와 노신老身의 마음은 강보 유치襁褓幼稚와 다름이 없어 사랑으로 기르고 가르침이 없으니, 아지 못게라 큰 허물이나 없더니이까?"

연왕이 차시 반취半醉하여 춘풍이 미간에 가득하고 봉안鳳眼에 웃음을 띠어 왈,

"외생外生이 본디 허물이 많은 사람이라. 실인室人의 우실優失[15]을 모르거니와 위로 양친이 마땅하다 하시고 아래로 비복이 원망치 아니하오니 평일 교훈하신 덕인가 하오나, 다만 한 가지 부족처不足處가 있더이다."

소 부인이 무안하여 얼굴이 붉어 왈,

---

14) 사위의 벼슬이 높아 사위 본 재미는 없고 높이 공경해야 하는 큰 손님이니.
15) 아내의 나은 점과 못한 점.

"제 부족처 백 가지라. 어찌 한 가지뿐이리오?"

연왕이 소 왈,

"외생이 방탕하여 양개 기첩妓妾을 두었더니, 부인이 투기지심이 과하여 왕왕히 해거駭舉[16]가 무수하니 이게 근심이로소이다."

부인이 심중에 대경하여 혹 선랑지사仙娘之事에 간섭함이 있는가 하여 묵묵부답하더니, 연왕이 다시 소 왈,

"빙모聘母는 혹 강남홍을 기억하시니이까?"

부인 왈,

"노신이 홍을 항주서 보고 그 위인을 지금까지 잊지 못하노이다."

연왕 왈,

"외생이 남정南征하여 의외에 홍을 만나 데려왔더니, 실인이 대단 불락不樂하여 과거過舉[17]가 많으니 이는 다 외생의 죄로소이다."

부인이 소 왈,

"이는 승상이 노신을 속임이로다. 여아 홍과는 지기지우知己之友라. 그러할 리 없을까 하노라."

연왕이 소 왈,

"빙모 종시 자애에 가리우사 미처 살피지 못하심이라 실인이 전일은 홍을 공심公心으로 사귀며 지기知己로 사랑하고 금일은 적국敵國으로 보매 안중眼中의 가시 같으니, 이 또한 연소 여자의 상정이니 빙모는 종용 훈계하소서."

소 부인이 차언을 듣고 수괴무면羞愧無面하고 치신무지置身無地하여[18] 다시 말이 없거늘, 승상이 미소하며 다시 옴을 고하고 돌아올새 황 각로 부중에 이르니, 위 부인이 한훤 예필寒喧禮畢[19]에 처연悽然 왈,

"승상이 성공 환국하시니 그 기쁨이 비할 데 없사오나 여아의 병이 골수에 깊었으니, 진소위眞所謂 남궁가란북궁수南宮家亂北宮愁[20]라. 조물이 시기함인가 하나이다."

연왕이 냉소 왈,

"길흉화복이 제게 있나니 어찌 전혀 조물을 탓하리꼬?"

위 부인이 다시 답고자 하더니, 연왕이 총총함을 말하고 곧 일어 돌아가니라.

차설, 윤 부인이 구가舅家에 들어온 지 수년에 동용주선動容周旋이 삼일 신부와 다름이

---

16) 해괴한 행동.

17) 잘못된 행동.

18) 부끄러워 볼 낯이 없고 두려워 몸 둘 바를 알지 못하여.

19) 날씨 따위로 안부를 물으며 인사함.

20) 앞집이 어지러우매 뒷집이 걱정임.

없어 효어구고孝於舅姑하고 순어군자順於君子[21]하여 관저 규목關雎樛木[22]에 부끄릴 바 없더니, 일일은 유모 설파薛婆 모부인의 서간을 가지고 왔거늘, 윤 부인이 서간을 보니 왈,

> 내 너를 아들같이 가르쳐 구가에 보내매 아름다운 기림은 바라지 못하나 듣기 싫은 훼언毁言[23]이나 없을까 하였더니, 이제 들으매 현숙한 덕행은 없고 낭자한 소문이 있어 노모로 치신무지置身無地케 하니 어찌 한심치 않으리오? 대범大凡 부녀의 투기는 칠거지악에 우심尤甚한 추명醜名이라. 내 몸을 닦은즉 군자 비록 중첩衆妾이 있으나 우익羽翼이 될 것이요 내 덕이 없은즉 군자 비록 중첩이 없으나 은의를 어찌 보전하리오? 내 세간에 덕이 있고 투기하는 자를 보지 못하였으니, 슬프다 내 딸이여, 여기 이르단 말가!

윤 부인이 남필覽畢에 미소 무언無言하더니, 설파를 보며 왈,
"어미 올 제 노부인이 무슨 말씀이 계시더뇨?"
설파 이윽히 생각하다가 왈,
"별로 말씀이 없으시나 투기가 무엇인지 소저의 투기함을 걱정하시더이다."
윤 부인이 또 미소하니, 설파 은근히 문間 왈,
"무엇이 투기니이까? 소저는 마소서. 노부인이 대단히 근심하시더이다."
윤 부인이 또 소이부답笑而不答하니 설파 재삼 문 왈,
"투기가 무엇이니이꼬?"
윤 부인이 괴로이 여겨 왈,
"그것은 알아 무엇 하려 하나뇨? 밥 먹고 잠자는 것이 투기니라."
설파 대경 왈,
"우리 노부인이 노망이로소이다. 노신은 늙어갈수록 세상에 생각나는 것이 투기밖에 없더이다."
윤 부인이 혼자 웃음을 참지 못하더니 홍란성이 들어오거늘 윤 부인이 모친의 서간을 내어 뵈며 왈,
"낭이 그 출처를 알쏘냐?"
난성이 남필에 낭연琅然 소 왈,
"첩이 마땅히 부인을 위하여 금야今夜 언근言根을 탐득探得하여 명일로 부인께 해혹解

---

21) 시부모에게 효도하고 남편에게 순종함.
22) 관저는《시경》의 첫 시 '관관저구關關雎鳩'에서 온 말로, 군자에게 걸맞은 아내를 나타내는 말. 규목 역시《시경》에 있는 시로, 아래로 휘어 늘어진 나무를 말한다. 규목의 그늘이 두터워 칡넝쿨이 거기 기대 번성한다는 뜻인데, 처첩간의 화목함을 이르는 말.
23) 비방하는 말.

惑하시게 하리니, 부인은 다만 여차여차하소서."

윤 부인이 웃더라.

시야時夜에 연왕이 난성을 찾아 별당에 이르니, 난성이 촉하燭下에 초연愀然 독좌獨坐하여 무슨 생각이 미우眉宇에 가득하거늘 연왕이 곁에 앉으며 문 왈,

"낭이 또 신상이 불평하냐? 어찌 기색이 초초悄悄하뇨?"

난성 왈,

"기색이 불평치 아니코 심중이 불평하오이다."

연왕이 경 왈,

"무슨 불평함이 있느뇨?"

난성이 탄 왈,

"사람이 혐의지지嫌疑之地에 처한즉 심사를 밝히기 어렵고 심사를 밝히지 못한즉 평일 지기知己라도 틈이 생기나니 어찌 개연치 않으리오?"

연왕이 대경하여 곡절을 묻거늘, 난성이 침음양구沈吟良久에 왈,

"첩이 아까 윤 부인 침실에 갔더니, 부인의 유모 설파 노부인 서간을 가져와 사연이 여차여차하고 설파의 기색이 첩을 의심하니, 첩이 일찍 시석풍진에도 겁함이 없으나 이 일을 당하여는 발명무로發明無路[24]하니, 자연 찬땀이 등에 젖음을 깨닫지 못하니 비로소 인간의 중첩衆妾 됨이 어려움을 알리이다."

연왕이 소 왈,

"이는 낭의 자협自狹한 생각이라. 윤 부인의 밝음으로 설마 낭을 의심하리오?"

낭성 왈,

"첩이 역지사지易地思之할지라도 첩밖에 의심할 자 없으니, 부인의 임사지덕姙姒之德[25]은 세상이 아는 바라. 이 말이 어디서 나리꼬?"

언필言畢에 기색이 참담 불락不樂하거늘, 연왕이 웃고 난성의 손을 잡아 왈,

"이는 나의 일시 농락을 인연함이니 결자해지結者解之라. 내 마땅히 윤 부인을 보고 풀리라."

하고 즉시 윤 부인 침실로 가거늘, 난성이 웃고 가만히 뒤를 따라가 창밖에서 들으니 연왕이 부인을 보고 문 왈,

"아까 설파 무슨 서간을 가져오니이까? 혹 학생이 오래 빙모聘母께 가 뵈옵지 않음을 책하심이러니이까?"

부인이 왈,

---

24) 변명할 길이 없음.

25) 임사는 주나라 문왕의 어머니 태임太姙과 문왕의 안해이자 무왕의 어머니인 태사太姒로, 임사지덕은 어진 부인의 덕행.

"아니러이다."

연왕이 소 왈,

"그 편지 어디 있느뇨? 잠깐 보고자 하노라."

하고, 그릇을 뒤여(뒤져) 찾아 들고 부인을 돌아보며 소 왈,

"이 편지에 혹 은근한 사연이 없나니이까?"

부인이 아미를 숙이고 대답지 아니하니, 연왕이 촉하燭下에 펴 들고 고성대독高聲大讀 왈,

"학생이 혼암昏闇하여 부인은 투기지심이 없는가 하였더니, 빙모 어찌 천금 소교小嬌에게 애매한 말씀을 책하시리오?"

부인이 또 대답지 아니하거늘, 연왕이 다시 편지를 읽으며 소 왈,

"부인은 성내지 말고 종금이후로 투기지심을 버리소서. 속담에 운하되 '불 아니 땐즉 연기 어디서 나리오.' 하였으니, 빙모의 명찰明察하심으로 어련히 듣자오시고 말씀하시리까?"

부인 왈,

"노친이 외外로 계시니 소문이 어찌 절로 가리오?"

연왕이 소 왈,

"연즉 뉘 이러한 말을 지어내니이꼬?"

부인이 왈,

"군자의 사귐은 담淡하기 물 같고 소인의 사귐은 달기 술 같다 하니, 그 사람이 단즉 필경 변하나니, 첩이 부질없이 달게 사귀어 허심許心함이 있더니 마음이 점점 당돌하여 이에 이름인가 하나이다."

연왕이 난성의 말이 옳음을 알고 심중에 추회追悔 왈,

'윤 부인의 통달함으로도 여자는 편성偏性이라. 내 부질없는 희언戲言으로 양인兩人을 이간離間하도다.'

하고 다시 가로되,

"이는 학생의 농락이라. 작일昨日 빙모께 뵈매 교서嬌壻의 재미를 못 보아 하시며 부인의 배움 없음을 겸사謙辭하시기로 여차여차하였더니 빙모 속으심이로다."

윤 부인이 혼자 웃음을 참지 못하더니, 창외에 기침 소리 나며 난성이 웃고 들어와 앉으며 왈,

"상공이 백만 군중에 강적을 대하시나 항복지 않으시더니, 이제 규중 부인을 당치 못하사 항번降旛[26]을 꽂으시나이까?"

연왕이 난성의 계교를 알고 대소 왈,

---

26) 항복을 알리는 깃발

"내 부인께 항복함이 아니라 만장蠻將 홍혼탈의 궤술詭術에 빠짐이로다."

하고 인하여 부인과 난성을 대하여 탄 왈,

"금일 일장一場 농담은 한번 웃고자 함이라. 만일 난성이 아닌즉 어찌 솔이率爾히 하리
오? 자고로 부녀의 투기는 칠거지악에 우심尤甚한 추명醜名이라. 불행히 내 집에 이를
범한 자 있어 조정까지 등철登徹하니 마땅히 한번 엄치嚴治 사핵査覈[27]한 후 옥석玉石
을 분변하려니와 제일 자객을 근포跟捕한 후 사기事機 탄로할지라. 내 근일 조정에 다사
多事하여 사사私事를 겨를치 못하니, 객관 산중에 고초를 홀로 겪는 자 어찌 측연치 않
으리오?"

하더라.

차시此時 조무朝務 분답紛沓[28]하여 연왕이 축일逐日 입궐하여 야심 후 나오더니, 일일
은 월색이 가장 아름답고 마침 연왕이 일찍 퇴조하여 조복을 벗지 아니하고 양친께 뵈온
후 바로 동별당에 이르니 난성이 난간을 의지하여 달을 바라보고 앉았거늘, 연왕이 소 왈,

"혼탈아, 금야 동별당 월색이 석일 연화봉 월색과 어떠하뇨?"

난성이 웃고 맞아 왈,

"옛일을 생각한즉 무비無非 춘몽春夢이라. 한가한 저 명월明月이 어찌 홍혼탈의 분주함
을 웃지 않으리꼬?"

연왕이 대소하고 난성의 손을 끌어 당하에 내려 월하에 배회하며 천상을 우러러보매 청
천晴天에 일점 구름이 없고 성광星光이 뇌락磊落하여 파리반玻璃盤[29]에 구슬을 흩은 듯하
고 북편을 바라보니 자미제원紫微帝垣[30]에 흑기黑氣 자욱하고 삼태팔좌三台八座[31]에 흑
기 어리었거늘, 연왕이 놀라 난성을 보고 왈,

"난성은 저 기운을 알쏘냐?"

난성이 추파를 흘려 이윽히 보더니 왈,

"첩이 어찌 천상을 알리꼬마는 일찍 백운도사에게 듣사오니 삼태팔좌에 겁기劫氣 끼고
자미제원에 흑기 덮힌즉 간신이 조정을 탁란濁亂하여 천자의 총명을 가린다 하니, 어찌
국가의 큰 근심이 아니리오?"

연왕이 탄 왈,

"내 또한 심중에 이를 염려함이라. 자고로 임금이 매양 민간질고民間疾苦와 가색稼穡
간난艱難[32]을 아신즉 천하를 다스리나니, 이제 황상이 춘추정성春秋鼎盛[33]하시고 총명

---

27) 엄밀히 조사하여 밝힘.

28) 조정의 일이 분주함.

29) 수정으로 만든 소반.

30) 천자의 운명과 관련된다는 자미성 별자리.

31) 삼태성을 중심으로 한 여덟 성좌.

예지하사 다행히 사방에 대사 없거늘 좌우지신左右之臣이 식견이 없어 충언가모忠言可謀로 그 평안함을 경계하여 위로 요순지덕堯舜之德을 찬양치 못하고 다만 시절이 태평함을 말하여 아당阿黨[34]한 소리와 승순承順한 기색이 일호一毫 귀에 거스리고 뜻에 어김이 없어 목전目前 은총을 요구하여 부귀를 탐하고 장구한 염려와 깊은 생각이 있는 자적으니, 이는 나의 근심하는 바니 이제 또 천상이 저러하니 내 대신지열大臣之列에 처하여 어쩌면 좋으리오?"

난성이 종용 대 왈,

"국가 대사를 첩이 어찌 당돌히 의논하리꼬마는 상공의 춘추 삼십이 못 되사 출장입상出將入相하여 안으로 벼슬이 높으시고 밖으로 병권을 잡으시니, 군자는 그 과함을 의심하고 소인은 그 권세를 시기할지라. 바라건대 상공은 조정 대사를 천단擅斷치 마시고 언론 풍채를 십분 도회韜晦[35]하사 위권威權과 명망을 남에게 사양하심이 좋을까 하나이다."

연왕이 잡은 손을 떨쳐 왈,

"내 낭을 지견이 과인하여 녹록한 장부로 당치 못할까 하였더니, 오늘 밤 이 말은 아녀자의 구기口氣[36]로다. 내 본디 남방의 일포의一布衣로 성주聖主의 은총을 망극히 입사와 벼슬이 왕후장상에 미쳤으니, 만일 이 몸을 없이하여 국가에 일분 유익함이 있을진대 비록 만 번 죽으나 사양치 않을지니, 어찌 영해부월嶺海斧鉞[37]을 두려 자신지책資身之策[38]을 돌아보리오?"

난성이 사례 왈,

"상공의 말씀은 명월이 조림照臨하시니 첩이 어찌 우러러 다시 대답할 바 있으리꼬마는, 첩은 들으니 조물이 원만함을 시기하여 둥근 바퀴 이지러지고 가득한 그릇이 기울기 쉽사오니, 상공은 또한 이를 생각하사 겸퇴謙退[39]함을 힘쓰소서."

연왕이 묵연부답默然不答더라.

차설, 천하 치란과 국가 흥망이 매양 평안함을 조심할지니, 일신으로 비유컨대 사지四肢 해타懈惰한즉 정신이 혼모昏耗하고 기운이 날연茶然하여 백병百病이 교침交侵하나니, 연고로 요순 같은 성인으로 천하를 교화하여 풍속과 기상이 희희호호熙熙皥皥[40]하나 고기직

---

32) 농사일의 어려움.
33) 제왕의 나이가 한창 젊음.
34) 남의 비위를 맞추거나 환심을 사려고 다랍게 아첨함.
35) 자기의 재능, 지위, 형적 같은 것을 삼가 숨기어 감춤.
36) 말씨.
37) 바닷가로 유배당하는 것과 도끼로 사형을 당하는 것.
38) 자기 한 몸을 보호하는 방책.
39) 겸손히 물러남.

설고기직契의 경계하는 말이 그 어지럽고 위태함이 조석에 있듯 함을 징계하고 안일함을 조심함이 아니리오?

이때 남방을 평정한 후 바깥 근심이 없으매 조정이 자못 해타하여 사방이 무사한 듯 묘당 관각廟堂館閣[41]에 논도 경방論道經邦[41]하는 풍기 없고 궁중 후원에 상화 조어賞花釣魚[42]하는 즐김이 계시니, 필문규두簞門閨竇[43]에 그윽한 염려 많으나 주문갑제朱門甲第에 진쇄振刷[44]하는 생각이 없더라. 연왕이 매양 이를 근심하여 조반朝班에 오른즉 충성된 말씀과 정직한 풍채 내 몸을 잊어 영해부월을 사양치 않을 기상이 있으니, 군자는 그 덕망을 우러러 태산북두泰山北斗같이 믿고 소인은 엄위嚴威함을 겁하여 더욱 모해할 기회를 기다리나, 풍운 어수風雲魚水에 군신君臣이 상득相得하니 처비금패萋斐錦貝의 참설讒說[45]이 어찌 행하리오?

광음이 숙홀倏忽하여 봄이 진하고 여름이 되어 천기 극열極熱한지라. 천자 만기지가萬機之暇[46]에 후원에 피서避暑하시더니, 일일은 월색이 명랑한대 상이 근시近侍를 데리시고 높이 임하사 완월玩月하실새, 홀연 풍편에 생황 소리 단속斷續 처량凄凉하여 운소雲宵에 들리거늘, 상이 본디 음률에 총명이 계시더니 이윽히 들으시고 좌우를 보사 왈,

"이 소리 어디서 나느뇨? 알아오라."

하신대, 액례掖隸[47] 그 소리를 밟아 한 곳에 이르니, 장안 소년이 일개 남자를 데리고 탕춘대蕩春臺에 올라 완월하며 부는지라. 액례 그 부는 자를 잡아 궐하闕下에 대령하고 아뢰니, 상이 소 왈,

"짐이 다만 그 부는 자를 알고자 함이니 어찌 잡아 오뇨?"

하시고 불러 보시매 미목이 청수하고 거지擧止 첩리捷利하여 용모 기색이 여자와 방불한지라.

상이 문 왈,

"너는 어떠한 사람이며 성명은 무엇인다?"

대 왈,

"소신의 성은 동董이요 명은 홍弘이니 황성 사람이로소이다."

---

40) 백성들의 생활이 매우 즐겁고 화평함.

41) 조정의 각 부서가 도리를 논하며 나라를 다스림.

42) 꽃구경과 고기 낚기.

43) 싸리로 만든 사립문과 벽을 뚫어 낸 작은 문. 가난한 집을 말한다.

44) 진쇄는 새롭게 떨쳐 일어섬. 주문갑제는 붉은 대문을 단 큰 집. 곧 높은 벼슬아치의 집.

45) 여럿이 하는 말이 얽히고 얽혀 비단 짜듯 하다는 말. 소인배들이 입을 모아 참소하는 것.

46) 여러 가지 복잡한 일들 사이의 잠깐의 틈.

47) 임금을 가장 가까이에서 모시는 하인.

상이 미소 왈,

"부는 생황을 가져온다?"

홍이 요간腰間[48]으로 생황을 내어 드릴새 소매를 떨쳐 양수兩手로 받들어 환시宦侍를 주니 그 주선함이 십분 민첩하여 조금도 얼올兀兀함이 없거늘, 상이 그 영리함을 기리시고 친히 받아 자세히 보신 후 도로 주시며 왈,

"짐이 마침 심심하고 네 이미 왔으니 일곡一曲을 다시 불라."

동홍이 꿇어 받자와 향월向月하여 알연戛然히 한 소리를 아뢰니, 상이 칭찬 불이不已하시고 다시 문 왈,

"네 무슨 다른 풍류를 아는다?"

홍이 왈,

"약간 배움이 있사오니 박이부정薄而不精[49]하오나 명대로 아뢰오리다."

상이 대희하사 궁중에 있는 악기를 가져오라 하사 차례로 시험하시니, 홍이 평생 배운 바를 다하여 재주를 나타내니, 상이 칭찬하시고 후히 상사하여 내어 보낼새, 하고 왈,

"한가한 날 다시 찾으리라."

하시니, 홍이 돈수頓首더라. 소인이 조정을 탁란濁亂하매 이 또한 국가의 운수라. 하늘이 반드시 기회를 빌리시나니 임금이 어찌 일동일정一動一靜을 삼가지 않으리오.

차시此時 참지정사參知政事 노균盧均이 가풍家風을 승습承襲하여 소인의 심장으로 인주人主를 농락하여 위권威權을 천단코자 하더니, 연왕의 관일지충貫日之忠과 통천지재通天之材[50]로 제우際遇 융숭隆崇[51]하고 대공을 세워 명망 훈업이 날로 훤혁烜赫[52]함을 보고 흉두 역장兇肚逆腸을 펼 곳이 없어 기운이 저상沮喪한 중 등과지초登科之初에 탑전榻前 논박함과 문희지연聞喜之宴[53]에 구혼求婚 낭패한 혐원이 첩첩한지라. 자연 심사 번뇌하여 울울성병鬱鬱成病하니 날마다 성색풍류聲色風流를 가까이하여 마음을 위로할새, 잡류雜類 소년이 문하에 출입하는 자 많더니, 일일은 일개 소년이 동홍의 말을 고하거늘 노균은 기경機警[54]한 자라. 일일이 듣고 심중에 대회하여 다시 가만히 문 왈,

"내 벼슬이 재열宰列에 처하여 조정 대소사를 모름이 없거늘 일찍이 말을 듣지 못하였으니, 이는 소년의 말이 낭설인가 하노라."

---

48) 허리춤.

49) 널리 알지만 깊이 알지는 못함.

50) 해를 꿰뚫을 만한 빛나는 충성과 하늘에 닿을 듯한 높은 재주.

51) 임금이 신하를 대우함이 매우 두터움.

52) 공로가 밝게 빛남.

53) 과거에 급제한 것을 축하하는 잔치.

54) 재빠름.

소년 왈,

"전언傳言을 들음이 아니라 장안 소년이 홍을 데리고 놀다가 목격한 바요 또한 그 후에 동홍을 자주 만나 수차 들었으니 어찌 낭설浪說이리꼬?"

참정이 정색 왈,

"이는 황상이 사사로이 하신 일이라. 소년은 경솔히 전파치 말라."

그 소년이 사례 왈,

"합하閣下[55]께서 마침 풍류를 좋아하시기에 말함이니, 어찌 감히 비밀한 일을 누설하리꼬?"

참정이 갱소更笑 왈,

"수연雖然이나 내게는 허물할 바 없고 또한 이런 유를 사랑하노니 한번 조용히 불러 오라."

소년이 응낙하고 가니라.

차시 노균이 소년을 보내고 별당에 깊이 누워 향벽向壁하여 삼일 삼야三日三夜를 불언 불소不言不笑하고 경륜이 많은 모양이러니 수일 후 그 소년이 과연 일개 미남자를 데리고 오거늘, 노균이 좌우를 물리고 몸을 일어 맞아 왈,

"저 소년이 동생董生이 아니냐?"

홍이 준순逡巡[56] 피석避席 왈,

"홍은 미천한 사람이라. 합하의 관대款待하심을 감히 당치 못하나이다."

참정이 개용改容 왈,

"소년의 성향姓鄉이 미산眉山이 아니냐?"

홍 왈,

"그러하니이다."

참정이 더욱 공경 왈,

"미산 동씨는 본시 대성大姓이라. 화주華胄[57]의 연원을 노부 자세히 아노니, 어찌 중간에 침체하여 관면冠冕[58]이 없으므로 대접지 않으리오? 옛적에 일개 명사로 고인故人을 위하여 거문고를 탄 이가 있었으니, 내 또한 그대의 높은 재주를 듣고 한번 청함이로다."

동홍이 사례하고 소매 속으로 작은 퉁소를 내어 수 곡을 불매 참정이 칭찬하고 본디 풍류에 마음이 있는지라. 홍을 만류하여 서당에 두었더니, 일일은 액례 황명을 받자와 홍을 찾아 참정 부중에 이르렀거늘 홍이 노균을 보고 입궐함을 고하니 참정이 대희하여 가만히

---

55) 정일품 벼슬아치를 높여 부르는 말.

56) 주저하여 머뭇거림.

57) 왕족이나 귀족의 자손.

58) 벼슬.

수어數語를 가르쳐 보내니라.

차시, 동홍이 액례를 따라 입궐하니 이미 야심한지라. 천자 편전便殿에 계시사 근시를 데리시고 노실새 홍을 명하여 전상에 오르라 하시고 다시 자세히 보시매 의표儀表 더욱 선명하고 용모 더욱 아름다워 남중男中 국색國色이라.

상이 미소하시고 수 곡 풍류를 들으신 후 문 왈,

"짐이 너를 가까이 두고자 하니 네 소원이 무엇이뇨?"

홍이 돈수頓首 왈,

"소인이 미천한 종적으로 천총天寵을 입사와 자로 가까이 모심을 얻사오나 췌췌율률惴惴慄慄[59]하여 그 도보圖報할 바를 알지 못하오니 무슨 소원이 있사오리까?"

상이 미소하시며 재삼 물으신대, 홍 왈,

"성교聖敎 이에 미치시니 신이 어찌 소회를 앙달仰達치 않으리오? 구구소원은 신의 집이 본디 잠영세족簪纓世族[60]으로 한나라에 미쳐 동탁董卓[61]의 연좌連坐로 죄인이 되어 차차 추락하와 지금은 천류賤流에 빠지오니, 구구소망은 다시 충효를 닦아 구일舊日 가정을 찾을까 하나이다."

상이 들으시고 일변 측연히 여기시며 일변 그 뜻을 기특히 알으사 좌우를 보시며 왈,

"군자지택君子之澤도 오세이참五世而斬[62]이요 소인지택도 오세이참하나니, 동탁의 죄명이 비록 천고에 신설伸雪치 못하려니와 어찌 그 자손에게 미쳐 지금까지 폐인廢人이 되리오?"

하시고, 다시 홍더러 문 왈,

"네 능히 글자를 아는다?"

홍 왈,

"약간 배움이 있나니이다."

상이 옆에 놓은 책을 주시며 읽으라 하신대 홍이 받자와 무릎을 꿇고 광연曠然히[63] 읽으니, 그 소리 애연히 옥을 바수는 듯 또한 율려律呂에 합하거늘, 상이 서안을 치시며 크게 칭찬하시고 다시 근시를 보시며 왈,

"선비 일경一經을 통한즉 사제賜第[64]하는 법이 아니냐?"

좌우 어찌 천의天意를 모르리오? 일시에 국궁鞠躬 왈,

---

59) 몸이 떨릴 정도로 매우 두렵거나 송구스러움.

60) 대대로 벼슬하는 가문. 잠영은 높은 벼슬아치가 쓰는 비녀와 갓끈.

61) 한나라 말의 장수. 횡포가 심하여 나중에 왕윤王允 등에 의해 죽임을 당했다.

62) 군자의 은택도 다섯 세대에 이르러 끊어짐.

63) 환하게.

64) 경서 하나를 통달하면 임금이 집을 내려 주는 일.

"그러하니이다."

상이 즉시 사제하시고 채화 법악彩花法樂을 사賜하사 즉시 노 참정 부중으로 돌아올새 상이 또 하교 왈,

"동홍의 저택을 궁궐 가까이 지어 주라."

하시니, 조정이 그 곡절을 몰라 의아하는지라.

익일 어사대부 소유경이 상소하니, 그 소 왈,

설과 취사設科取士는 국가 용인지법用人之法이라. 반드시 광명정대히 하여 사사私事 없고 공변되게 하실지니, 비록 동홍의 위인을 보지 못하였사오나 폐하 그 인재를 취하실진대 마땅히 다사多士를 모으사 재주를 비교하여 상자조정上自朝廷으로 하지사해下至四海에 듣는 자로 하여금 다른 의논이 없게 하실지라. 어찌 반야半夜 금중禁中에 비밀히 부르사 정중한 은총과 막대한 과갑科甲65)을 한 터럭같이 들려 주시나이까?

슬프다, 저 수풀 아래와 언덕 밑에 무너진 집을 의지하여 부모 주리고 처자 처량한 중 책상을 대하여 독서하는 궁유서생窮儒書生이 목이 마르고 기운이 진하며 마음을 썩이고 정신을 허비하여 서리털이 귀밑을 침노하사 단심丹心으로 북궐北闕을 첨앙瞻仰하여 부모처자를 위로 왈, '천자 위에 계시니 재주를 닦은즉 버리지 않으시리라.' 하다가, 만일 이 소문을 들은즉 반드시 책을 덮고 함루含淚 왈, '고인이 나를 속이도다. 만 권 서책을 복중腹中에 넣으나 주린 창자를 펴지 못하며 고금성패를 심중心中에 개간開刊66)하나 자신지책資身之策을 꾀하기 어려우니, 이 길이 없은즉 십 년 황권黃卷이 빈궁을 돕고67), 때를 만난즉 일곡一曲 생황도 부귀를 얻으리라.' 하여, 장차 장옥場屋68)이 비고 첩경捷俓을 엿보는 자 있을까 하오니, 어찌 사기士氣를 길러 인재를 장발獎拔하는 본의리꼬? 복원伏願 폐하는 동홍의 과명科名을 거두사 나라의 용인지법用人之法을 삼가게 하소서.

차시, 백관이 조반朝班에 올랐더니 상이 소 어사의 상소를 보시고 천안天顔이 불열不悅하사 왈,

"근일 조정의 용인用人함이 일호 협사挾私도 없느냐? 어찌 짐은 일인을 쓰지 못하리오?"

하시거늘, 참지정사 노균이 주奏 왈,

"동홍이 비록 미천하나 본디 문벌은 혁혁한 대성大姓이라. 폐하 이제 장발하시니 만구

---

65) 과거 시험.
66) 예부터 있어 온 성공과 실패를 마음속에 펴냄.
67) 십 년 동안 공부했어도 더욱 가난해지고. 황권은 책.
68) 과거장.

일담萬口一談[69]이 성덕을 칭송하거늘, 소유경이 이같이 장대히 상소함은 신이 그 뜻을 해득지 못하나이다."

윤 각로 주 왈,

"국조國朝 과법科法이 일찍 조정 모르게 하는 바 없사오니, 만일 이 길이 열린즉 후폐後弊 무궁無窮할지니, 소유경의 상소는 이를 염려함인가 하나이다."

노 참정이 분연忿然히 주 왈,

"비록 재상 귀인이라도 다 각각 수개數個 문객이 있거늘, 폐하 이제 만승지존萬乘之尊으로 일개 동홍을 들어 쓰지 못하시리꼬? 신은 듣자오니 동홍을 탑전榻前에 취재取才하사 능히 경서 장구章句를 강講한다 하오니, 어찌 공도公道가 아니라 하리꼬?"

상이 진노하사,

"어사대부 소유경을 삭직하라."

하신대, 연왕이 출반주出班奏 왈,

"간관諫官은 조정朝庭 이목耳目이라. 폐하 이제 간관을 죄주사 이목을 막으시니, 어찌써 허물을 듣고자 하시나이까? 가령 소유경의 상소가 과하다 할지라도 폐하 용납하사 그 직책을 다함을 포장褒獎하실지니 하물며 간하는 말이 당연함이리꼬? 폐하 이제 조정 용인用人이 사사 없느냐 하시니, 신 등이 불초 무상不肖無常하와 공도公道로 용인치 못하오니, 마땅히 그 죄를 밝히사 태만함을 동독董督하실지라. 어찌 격한 말씀으로 신자臣子를 억륵抑勒하사 하여금 개구開口치 못하게 하시나니까?

신 등이 사사를 좇아 공도를 해함은 폐하를 기망欺罔하여 제 몸을 이利코자 함이니, 그 죄 만사무석萬死無惜이오나 폐하 이를 인연하사 과환科宦[70]을 사정私情으로 쓰고자 하심은 장차 누구를 이코자 하심이니이꼬? 조정은 폐하의 조정이요 천하는 폐하의 천하라. 불초한 신자를 데리사 폐하 비록 십분 공심公心을 두시나 신 등의 찬양贊襄[71]함이 이같이 무상無狀하거늘, 이제 만일 재상의 문객文客을 본받으사 사사로 쓰고자 하신즉 이는 상하 각승角勝[72]하여 서로 사정을 둠이니, 폐하의 조정과 천하를 뉘 다스리리꼬?

신이 구태여 소유경을 구하고 동홍을 논박함이 아니라 간관을 죄주심은 임금의 실덕失德이어늘 조정 의론이 도리어 소유경을 논죄하여 폐하로 하여금 과실을 듣잡지 않으시게 하니, 신이 그 한심함을 이기지 못하나이다."

이때 연왕의 아뢰는 말씀이 십분 간절한 중 충직 명쾌하니, 노균의 간사함으로도 말이 막히고 기운이 저상하여 등 위에 찬땀이 물 흐르듯 하더니, 천자 이연怡然히 웃으시며 왈,

---

69) 여러 사람의 의견이 일치함.
70) 벼슬아치.
71) 임금이 나라를 잘 다스리도록 도움.
72) 서로 힘을 겨룸.

"임금은 간하매 이같이 할지니 경의 말은 가히 금석지론金石之論이라. 수연雖然이나 동홍은 과연 짐의 총애하는 바라. 이미 사제賜第하였으니 어찌 환수還收하리오? 소유경은 도로 서용敍用[73]하여 직첩을 환급還給하라."

하신 후 백관이 퇴조하매, 상이 연왕을 만류하사 탑전에 앉음을 명하시고 천안天顔에 화기 융융融融하사 미소 왈,

"짐이 얼굴로 취인取人하는 병통이 있더니 동홍은 진개眞個 기절奇絶한 인물이라. 잠영 환족簪纓宦族으로 천인賤人 됨을 측연惻然하여 장발코자 함이니, 경 등은 용서하라. 짐이 장차 홍을 명하여 경을 가 보게 할지니 짐을 위하여 교훈 지도하라."

연왕이 황공 돈수 왈,

"신이 비록 불충하오나 군부의 사랑하시는 바를 어찌 사랑치 않으리꼬? 다만 염려하는 바는 그 천심淺深을 모르시고 외모만 취하여 도리로 장발치 않으시고 편벽되이 사랑하신즉 타일 추회됨이 계실까 하나이다."

상이 왈,

"홍은 불과 영리한 인물이라. 무슨 후폐後弊 됨이 있으리오?"

하시더라.

연왕이 즉시 퇴조하여 태공께 탑전 수작을 일일이 고하여 왈,

"동홍은 비록 보지 못하였사오나 노균의 당돌 간악함이 적지 아니한 근심이로소이다."

하더라. 좌우 일장 명자名刺[74]를 들이거늘 본즉 동홍이라. 연왕이 즉시 자기 침소로 들어오라 하니 동홍이 오사 녹포烏紗綠袍로 승당陞堂 배알拜謁할새 연왕이 봉안鳳眼을 흘려 잠깐 보매 옥안에 도화색桃花色을 띠었으며 춘산春山 같은 눈썹에 앵순櫻脣[75]이 분명하여 십분 여자의 기상이 있더라.

연왕이 화한 얼굴로 문 왈,

"군의 연기年紀 몇이뇨?"

홍 왈,

"십구 세니이다."

연왕이 우又 왈,

"천은이 망극하사 군을 저같이 장발하시니 어찌 보답코자 하느뇨?"

홍이 차언此言을 듣고 눈을 들어 연왕의 기색을 살피어 왈,

"홍은 천생賤生이라. 합하의 교훈하심을 듣자올까 하나이다."

연왕이 소 왈,

---

73) 죄를 지어 벼슬에서 물러나게 한 사람에게 다시 벼슬을 주는 것.
74) 명함.
75) 앵두 같은 빨간 입술.

"내 무엇을 알리오마는 군은 다만 군의 몸을 잊지 말라."

동홍이 당황 무어無語하거늘, 연왕이 다시 웃고 왈,

"군이 내 말을 몰라 듣느냐? 자식이 되어 불효하며 신하 되어 불충한즉 그 죄 어느 곳에 미치리오? 수령首領을 보전치 못할지니 어찌 몸을 잊음이 아니냐?"

동홍이 면여토색面如土色[76]하여 다시 대답지 못하고, 돌아와 노균을 보고 왈,

"연왕은 심상한 사람이 아니러이다. 한마디 말에 청천벽력이 꼭뒤를 치는 듯, 홍의 등에 젖은 땀이 지금까지 마르지 아니하나이다."

하고 가르치던 말을 고하니, 노균이 냉소 왈,

"세간에 충신이 몇몇이리오? 초나라 굴삼려屈三閭와 오나라 오자서伍子胥는 만고충신이나 청강淸江 어복魚腹에 찬 뼈를 장사하고 백마 한조白馬寒潮[77]에 원혼冤魂이 되었으니, 이는 다 썩은 선비의 심상한 말이로다."

하니, 홍이 묵묵히 섰다가 서당으로 돌아가니라.

차설且說, 노균이 일개 누이 있어 연왕과 통혼通婚하다가 낭패한 후 그 아름다운 부덕婦德이 없으므로 저마다 결혼코자 아니하매 연방 십칠 세에 오히려 표매摽梅[78]를 탄식하더니, 자고로 소인이 일을 경영하매 어찌 윤기倫紀를 알며 체모를 돌아보리오? 차시 노균이 천자의 동홍을 총애하심을 보고 홍과 남매지의男妹之義를 맺고자 하여 심중에 생각하되,

'홍으로 누이의 배필이 되게 한즉 누이의 전정前程 부귀는 말할 바 없고 내 또한 이를 인연하여 묘리 있으리라.'

하고, 익일 홍을 조용히 불러 왈,

"노부老夫 군의 용모 재국容貌才局을 보매 타일 대귀大貴하려니와 다만 지벌地閥이 미천함을 조정이 의심하여 환로宦路에 방해로울지라. 노부에게 한 누이 있으니 재덕才德이 또한 남에게 뒤지지 않을까 하노니 군이 이제 백량百兩으로 맞아 노부와 남매 된즉 천한 이름을 신설伸雪할 뿐 아니라 노부 또한 나이 많고 벼슬이 높아 선진지열先進之列[79]에 처하였으니, 군을 위하여 전정의 주선함이 있으리라."

동홍이 피석 사례避席謝禮하며 불감不敢함[80]을 사양하니, 참정이 소 왈,

"지벌로 사람을 의논함은 근일의 풍도라. 사람이 잘난즉 천인도 굴기崛起[81]하여 혁혁한 문호 되고 사람이 못난즉 명문거족이라도 가정을 보전치 못하나니 내 어찌 이를 구애하

---

76) 얼굴이 흙빛이 됨.

77) 백마강의 찬 물결.

78) 잘 익어 떨어진 매실. 혼기가 지난 여인을 뜻한다.

79) 선배의 항렬.

80) 감당할 수 없음.

81) 벌떡 일어선다는 뜻으로, 기울어 가는 집안에서 뛰어난 인물이 나는 것을 이르는 말.

리오?"

하고 즉시 택일擇日 성례成禮할새, 천자 들으시고 잡채雜綵 백 필을 부조扶助하시고 홍을 자신전 학사紫宸殿學士를 배拜하시니, 이도 특별히 장발獎拔코자 하심이라. 조정 백관이 천의天意를 봉승奉承하여 모두 노 참정 부중에 이르러 연석에 참예하나 오직 연왕과 윤 각 로, 소 어사, 황여옥, 뇌천풍, 동초, 마달 십여 인이 참예치 아니하니, 이로조차 조정 의논이 괴격乖隔[82]하여 청개준직淸介峻直한 자는 노균의 비루 아당함을 배척하여 연왕을 따르니 차소위此所謂 청당淸黨이요, 탐권낙세貪權樂勢하여 환득환실患得患失[83]하는 자는 연왕의 정대 엄위正大嚴威함을 싫게 여겨 동홍, 노균에게 붙으니 차소위 탁당濁黨이라.

이때 청, 탁 양당이 조정에 벌였으니 천자 비록 청당을 옳게 여기시고 탁당을 그르게 여기시나 음식으로 비한즉 숙속菽粟의 담담함[84]은 저마다 무미無味히 알고 고량膏粱의 닮은 사람마다 취하며, 의복으로 말한즉 포백布帛의 검소함은 저마다 싫어하나 금수錦繡의 고 움을 사람마다 좋아하나니, 청당을 비록 겉으로 예대禮待하사 언청계용言聽計用[85]하시나 탁당을 또한 속으로 사랑하사 은근히 고호顧護하시더라.

차설, 수월 후 동홍의 사제賜第하신 저택이 이루매, 홍이 노 소저를 친영親迎하여 문호 門戶를 차리고 홍은 매일 대궐에 입직하여 황상의 총애하심이 날로 더하니, 홍이 더욱 삼 가고 조심하여 진퇴주선이 천의天意를 맞추어 입의 혀 같으며 혹 편복便服으로 전내殿內 에 출입함이 주야가 없으니, 궁중이 한 문제의 등통鄧通[86]에게 비하더라. 이때 천자 근시 를 데리시고 야연夜宴하실새 홍이 좌우에 모셔 비록 모든 궁녀들이 응장성식凝粧盛飾[87]으 로 별같이 섰으나 홍이 한번 눈길을 흘려 봄이 없거늘 궁인이 서로 가리켜 왈,

"동 학사는 남중 여자라."

하니, 상이 더욱 기특히 여기사 전후 상사賞賜하신 것이 누거만累巨萬에 지나니, 동홍이 재물을 흩어 문객을 무수히 놓아 도하都下 동정과 변방 소식을 일일이 알아 밤이면 천자를 모셔 가인 부자家人父子같이 수작하니, 혹 조정 대신이 미처 듣지 못한 바를 홍이 먼저 주 달奏達하는지라. 천자 대열大悅하사 홍의 말을 많이 믿으시고 조정의 용인用人함을 왕왕 往往 상의하시니, 홍의 문전에 거마 물 끓듯 하여 재상 귀인이 그 한번 봄을 영행榮幸으로

---

82) 서로 어그러지고 멀어짐.

83) 세력을 얻으려고 걱정하고 또 잃을까 봐 걱정하는 것.

84) 콩과 조의 싱거운 맛.

85) 남의 말을 듣고 계책을 쓴다는 뜻으로, 남의 인격을 믿어 그가 하자는 대로 함.

86) 한나라 문제文帝 때 사람. 관상 보는 사람이 등통을 굶어죽을 상이라 하자 시험삼아 왕이 등통에게 구리산을 주어 돈을 주조하게 하여 매우 부유하게 살았다. 문제가 죽은 뒤, 등통 이 주조한 돈을 빼돌린다는 탄핵을 받아 재산을 몰수당하여 결국 굶어죽었다.

87) 얼굴을 곱게 단장하고 옷차림을 환하게 꾸밈.

알더라.

일일은 천자 동홍더러 문 왈,

"방금 조정의 인기를 의논할진대 뉘 마땅히 제일이 되리오?"

홍이 돈수頓首 왈,

"지신知臣은 막여주莫如主라.[88] 폐하의 거울 같으신 총명으로 어찌 모르시리꼬?"

상이 소 왈,

"네 말을 듣고자 함이니 소견대로 말하라."

홍 왈,

"임금이 신하를 쓰시매 장인이 재목을 씀과 같사오니 큰 나무는 기둥과 들보를 할 것이요 가는 나무는 외를 얽으며 굽은 나무는 추녀로 쓸 것이요 곧은 나무는 창호를 만들지라. 연왕 양창곡은 문무쌍전하고 용모 풍채 고인을 압도하니 인기人氣를 말할진대 연왕이 제일이요, 참지정사 노균은 문학이 출중하고 재국才局이 과인過人한 중 위인이 정제하고 경륜이 노련하니, 인기로 말할진대 노균이 둘째가나이다."

상이 칭찬하시니, 홍이 다시 주 왈,

"수연이나 연왕은 연소기예年少氣銳하고 출장입상出將入相하여 안으로 조권朝權을 잡고 밖으로 병권을 가져 명망과 위엄이 천하에 진동하니, 폐하 이제 그 예기를 누르사 권세를 덜게 하심이 연왕을 위하시는 뜻일까 하오며, 노 참정은 천성이 공근恭謹[89]하고 고사를 열력閱歷하여 정벌 환난征伐患難에 비록 능함이 없으나 승평 예악昇平禮樂에 문채를 찬양함은 고인에 뒤지지 않을까 하나이다."

상이 미소하시고 익일 노 참정을 자신전 태학사 겸 경연시강원 강관을 배拜하사 날마다 인견하시니, 일일은 상이 노균더러 문 왈,

"근일 조정에 청당, 탁당이 나뉘어 서로 각립角立한다 하니, 이 어찌한 이름이뇨?"

노균 왈,

"당론이 비록 자고로 있는 바나 이는 국가의 복이 아니라. 이는 인심이 괴격乖隔하고 기강이 미약하여 임금께 붙어 공순恭順한 자는 이른바 탁당이라 하고 임금을 핍박하여 언론이 각립各立한 자는 이른바 청당이라 하나이다."

상이 우문又問 왈,

"청당은 뉘 영수 되며 탁당은 뉘 영수 되뇨?"

노균 왈,

"폐하 동홍을 사랑하사 발신發身코자 하시니 홍은 본디 미천한 가문이 아니라. 신이 또한 그 인재를 아껴 남매지의를 맺었더니 조정의 준격峻激한 의논이 신을 추세趨勢[90]한

---

88) 신하를 아는 일은 임금만 한 이가 없음.
89) 공순하고 근신함.

다 지목하여 신으로써 탁당 영수라 하오니 신이 어찌 발명發明하오며, 연왕 양창곡은 언론이 조정을 진압하고 위권威權이 천하에 우레 같아 스스로 일개 문호를 이루어 비록 군부君父라도 뜻을 굽혀 붙일 바 없는 고로 의논이 연왕으로 청당 영수라 하나이다."

상이 묵묵히 들으시고 즐겨 아니 하시니, 슬프다 참언의 망극함이여! 하회를 보라.

제26회 예악을 말하여 노균이 나라를 그르치고
충분이 격동하여 연왕이 상소를 올리다
說禮樂盧均誤國　激忠憤燕王上疏

각설却說, 천자 노 참정의 말을 들으시고 심중에 불열不悅하사 익일翌日 조회에 홀로 연왕을 머무르사 조용히 인견引見하시고 문 왈,

"짐이 들으니 근일 조정에 청, 탁당의 의논이 생긴다 하니 이 어찌한 말이뇨?"

연왕이 주奏 왈,

"홍범洪範에 하였으되, 왕도탕탕王道蕩蕩하여 무편무당無偏無黨[1]이라 하였으니, 구태여 임금의 말하실 바 아니라. 신이 아무리 불충하오나 어찌 붕당을 지어 권權을 다투리까? 이는 불과 사론士論이 상격相隔하여 서로 지목하는 바니, 폐하는 다만 그 착한 자를 쓰고 불충한 자를 내치실지라. 당론으로써 시비를 분석코자 마소서."

상이 흔연히 웃으시며 연왕의 손을 잡고 왈,

"짐이 경의 충성을 아노니 어찌 경을 당론으로 의심하리오마는 우연히 들으매 일종 준격峻激한 의논이 짐의 총애하는 신하를 일변 탁당이라 한다 하니, 이 어찌 아름다운 말이리오?"

연왕이 부복俯伏 주 왈,

"이 말씀이 폐하 앞에 이름은 국가의 복이 아니라, 이는 군부를 격동하여 당론을 돕고자 하는 자의 일이오니, 복원伏願 폐하는 그 사람을 멀리하소서."

상이 무연憮然하시더니, 다시 왈,

"짐이 경의 마음을 알고 경이 짐의 마음을 알지니 종금이후로 군신지간에 서로 격함이 없게 하라."

90) 세력에 붙어 따름.

1) 왕의 도는 크고 넓어 치우치지도 않고 패거리를 지음도 없음.

연왕이 돈수 퇴출頓首退出하여 부중에 돌아와 근심하거늘, 난성이 종용 문 왈,

"상공이 연일 번뇌하시니 조정에 무슨 일이 있나니이까?"

연왕이 탄 왈,

"작일 황상이 조정 당론黨論을 물으시고 군신지간에 서로 격지 말 것을 면계面戒[2]하시니, 내 다시 아뢸 말씀이 없으나 이는 반드시 참언讒言이 행하여 나의 벼슬이 높고 권權이 중함을 시기함이라. 이 어찌 신자臣子의 듣자올 바리오? 내 만일 천의天意를 승순承順하여 충곡衷曲을 다하지 않은즉 이는 군부를 저버림이요 직언 극간直言極諫하여 소회所懷를 은휘隱諱치 않은즉 이는 참언의 자구藉口[3]함을 도와 조정에 일을 일으킴이니, 금일 처지 가위可謂 진퇴양난이라. 또한 동홍의 혜힐慧黠함과 노균의 간특함이 이미 조정을 탁란濁亂할 장본이나 내 대신지열大臣之列에 있어 언관言官과 다르니 은밀한 일을 경솔히 말씀치 못할지라. 자연 심중이 번뇌함이노라."

난성 왈,

"조정 대사를 아녀자의 말할 바 아니오나 상공의 위망威望이 구존具存하사 정히 공겸자퇴恭謙自退[4]하실 때오니 바라건대 언론 풍채를 십분 도회韜晦[5]하소서."

연왕이 미소하더라.

차시 천자 총명예지하사 만기지가萬機之暇에 오히려 한극閑隙[6]이 많으신지라, 강연을 파하신 후 시강侍講 제신諸臣[7]을 데리사 동홍의 거문고를 들으시더니, 노 참정이 또한 곁에 시좌侍坐한지라, 천안이 대열大悅하사 노 참정을 보시며 소 왈,

"고지성왕古之聖王은 만기지가에 무엇으로 소견消遣하뇨?"

참정이 주 왈,

"만기萬機의 호번浩煩함[8]을 마음으로 응접應接하나니 심성 공부로 소견하나이다."

상 왈,

"어찌 이른바 심성 공부뇨?"

참정 왈,

"사해의 지광至廣함과 만사의 지중至重함으로 그 질고 휴척疾苦休戚이 임금에게 달렸사오니, 임금이 만일 이목으로 살피고 수족으로 건지고자 한즉 비록 요순지성堯舜之聖

---

2) 마주 대하여 가르쳐 주의를 줌.
3) 참소하는 말을 핑계나 구실거리로 삼음.
4) 겸손히 스스로 물러섬.
5) 재능 따위를 숨겨 감춤.
6) 온갖 일이 많은 가운데 한가한 틈.
7) 임금 앞에서 옛글을 강론하는 자리에 모인 신하들.
8) 온갖 일로 마음이 급하여 허둥지둥함.

과 문무지인文武之仁[9]으로도 행치 못할지라. 연고然故로 고언古言에 하였으되, '제후는 황황遑遑하고 천자는 목목穆穆이라.' [10] 하고, 우又 왈, '불치불롱不癡不聾이면 불가위인가장不可謂人家長이라.' [11] 하였사오니, 비록 한 집의 가장이 되어도 세무細務에 찰찰察察한즉 못 쓰려든 하물며 천자는 묘연한 일신으로 만민을 임하사 마음으로 훈화薰化[12]하시니, 무릇 마음이라 하는 것은 항상 활발하고 체울滯鬱함이 없은 후에야 백무百務를 응접하고 만기를 총찰하는 고로 고지명왕古之明王은 먼저 마음을 공부하여 심성을 활발케 하나이다."

상이 우문 왈,

"짐이 덕이 없이 보위寶位에 처하여 비록 금의옥식錦衣玉食과 이러한 풍류를 들으나 적자창생赤子蒼生의 기한飢寒을 생각한즉 마음이 구연懼然하여 그 즐거움을 깨닫지 못하나니 어찌하면 좋으리오?"

노 참정 왈,

"고금이 부동不同하고 풍속이 변하여 토계 삼등土階三等에 모자茅茨를 부전不剪하던 집[13]이 변하여 고대광실과 구중궁궐이 되었으나 오히려 부족하고 구목위소構木爲巢하고 식목실食木實하여 희희호호熙熙皞皞하던 백성[14]이 변하여 예악 형정과 의관문물로 다스리나 화하기 어려우니, 대범 천하 다스림은 도리 여러 가지 아니라. 신은 듣자오니 힘을 수고하는 자는 그 이름이 적고 마음을 수고하는 자는 그 이름이 크며 덕으로 다스림은 쉽고 법으로 다스림은 어렵다 하오니, 복원伏願 폐하는 덕을 닦으사 천지의 화기和氣를 부르시고 마음을 넓게 하사 교화의 체색滯塞[15]함이 없게 하소서."

상 왈,

"연즉 마음을 넓게 하며 화기和氣를 부르는 도는 무엇이뇨?"

노 참정 왈,

"옛 성인이 예악을 지어 천하를 다스리니 예는 땅을 본받고 악은 하늘을 의방依倣하여 만민을 교화하니 그 감응함이 빨라 그림자 형용을 좇음과 같은지라. 한당漢唐 이후로 예악이 무너져 교화를 이루지 못하고 다만 법령 형정으로 치도治道를 말하니, 이는 그 임

---

9) 주나라 문왕과 무왕의 어짊.

10) 제후는 고생스러우며 천자는 아름답고 위엄 있느니라.

11) 바보나 귀머거리 되지 않으면 한 집안의 가장이 될 수 없다.

12) 교화.

13) 흙섬돌 세 층에 지붕을 인 띠풀을 가지런히 베지 않고 그대로 둔 집. 요임금의 궁궐이 아주 검소했던 것을 가리키는 말.

14) 나뭇가지를 얽어 집을 짓고 나무 열매를 먹으면서도 즐겁게 살던 백성.

15) 머물러 막힘.

금을 요순지도로 찬양치 못하고 오패지술五覇之術[16]로 기망欺罔함이라. 연왕 양창곡이 등과지초登科之初에 또한 패도覇道를 말씀하므로 노신이 일찍 논박함이 있사오나 이는 후세에 신하 된 자 임금을 만모慢侮하여 당우唐虞 삼대三代로 기필치 아니하고 제환齊桓, 진문晉文의 사업[17]을 바람이라.

　폐하 즉위 이래로 예덕睿德이 창문彰聞[18]하시고 신성 문무神聖文武하사 금일 다행히 변방이 무사하고 백성이 안락하니 노자老者는 함포고복含哺鼓腹[19]하여 격양가擊壤歌를 노래하고 소자少子는 수무족도手舞足蹈[20]하여 강구康衢요謠[21]를 화답하는지라. 오직 폐하는 홀로 심궁深宮에 처하사 유한한 정신을 무한히 쓰시니 좌우 제신諸臣이 그 어려움만 말하고 법령 절차에 종일 구속한 바 되어 마음이 관대치 못하시니 어찌 화기를 부르리까? 신은 써 하되 이때를 타 예악을 일으켜 위로 천지를 법받고 아래로 인심을 응하여 태평지치太平之治를 칭송한즉 자연 화기를 이룰 것이요 상서와 복록이 창성하여 국조國祚 면원綿遠[22]하고 요순 삼대지화三代之化를 다시 볼까 하나이다."

슬프다, 소인이 임금을 달래매 반드시 말씀을 달게 하고 기색을 살펴 뜻을 맞추나니, 차시 천자 춘추정성春秋鼎盛하시고 풍류의 벽癖이 계심을 아는지라, 균이 짐짓 태평을 칭송하고 예악을 말씀하니 어찌 즐겨 듣지 않으시리오?

상이 소 왈,

"짐이 덕이 없으니 어찌 예악을 창졸에 말하리오마는 경의 말을 들으매 깨달을 바 있도다. 짐이 근일 신기身氣 무단히 혼곤하여 만기萬機를 당한즉 정신이 해태解怠[23]하고 강연講筵을 임하면 의사 지리하여 스스로 총명을 수습할 길이 없으니 시험하여 풍류로 한번 소창消暢코자 하노니, 뉘 능히 전악지관典樂之官[24]이 되리오?"

참정 왈,

"동홍이 음률의 재주 비범하니 족히 이원梨園[25]의 직책을 감당할까 하나이다."

상이 대열하사 익일 동홍을 자신전 학사 겸 협률도위協律都尉를 배拜하사 날마다 후원

---

16) 중국 춘추 시대 때 패업을 이룬 다섯 사람의 방법, 곧 힘으로 사람을 다스리는 방법.
17) 제나라 환공과 진나라 문공이 힘으로 나라를 다스렸던 방법.
18) 아름다운 덕이 드러나 소문이 남.
19) 배불리 먹고 배를 두드림.
20) 손과 발로 춤을 춤.
21) 태평을 즐기며 거리에서 부르는 노래.
22) 국가의 복이 길이 계속되어 내려옴.
23) 게으름.
24) 음악을 맡은 벼슬아치.
25) 궁궐 안에 두었던 음악 교습소.

에 풍류로 소창하시니, 이는 자내自內26)로 하심이요 조정에서 아는 자 없더라.

일일은 노 참정이 동홍을 보고 조용히 일러 왈,

"천자 군을 장발獎拔하사 전악지관을 맡기시니 마땅히 직책을 힘쓸지라. 근일 이원 법악法樂이 들을 것이 없으니, 군은 어찌 악기를 중수重修하고 악공을 광구廣求하여 천의天意를 저버리지 말 것을 생각지 아니하느뇨?"

동홍 왈,

"황상이 아직 사사私事로 소창消暢코자 하사 외조外朝에 아는 자 없거늘 만일 이같이 장대한즉 조정에 간하는 자 있을지라. 황상의 본의 아닐까 하나이다."

참정이 정색 왈,

"임금의 일을 마땅히 광명히 할지라. 어찌 인언人言을 겁하여 외수외미畏首畏尾27)하리오? 예악을 중수함은 또한 성인의 정사政事라. 뉘 감히 간하리오? 군은 다만 직책을 다하여 보답함을 생각하라."

동 협률이 유유唯唯하고 즉시 민간에 음률하는 자를 광구廣求하여, 일등지재一等之材를 얻어 바친즉 일등지작一等之爵을 더하고 이등지재를 얻어 바친즉 이등지작을 더하게 하니, 자연 소문이 낭자하여 벼슬을 탐하는 자 비록 자서제질子壻弟姪이라도 총명과 재주 있은즉 풍류를 가르쳐 은근히 바치니, 천자 그 처소 협착함을 근심하사 후원에 수백 칸 집을 짓고 이름을 의봉정儀鳳亭이라 하시니, 매일 동홍, 노균이 천자를 모셔 밤이면 의봉정에 풍류를 사습私習하고 구경하시게 하니, 어사대부 소유경蘇裕卿이 이 일을 알고 상소 극간極諫한대 상이 비답批答 않으시니, 소 어사 다시 수삼 간관諫官으로 더불어 재삼 표를 올려 말씀이 준격峻激하니, 상이 진노하사 일변 삭직하라 하시고 한응문韓應文으로 어사대부를 하이시니(하게 하시니) 응문은 이에 탁당이요 노균의 압객狎客28)이라. 한응문이 즉시 상소하여 소유경을 논죄하니 그 뜻을 이어 탁당이 일어나 제성합력齊聲合力하여 소유경을 치는지라. 연왕이 윤 각로를 보고 왈,

"조정 일이 이같이 해연駭然하니 금일 신자臣子 된 자 어찌 그저 있으리오? 악장岳丈29)이 간치 않으실진대 소서小壻가 간코자 하나이다."

윤 각로 탄 왈,

"노부 어찌 이를 생각지 못하리오마는 황상의 총명예지하심으로 서기개지庶幾改之30)하실까 하였더니 소 어사의 충언이 천의를 돌리지 못하고 현서賢壻의 말이 또 이러하니,

---

26) 궁궐 안. 또는 임금이 친히 행함.
27) 목을 움츠리고 꼬리를 사림. 남이 알게 되는 것을 꺼리고 두려워한다는 말.
28) 주인과 스스럼없이 친하게 지내는 손님.
29) 장인에 대한 존칭.
30) 허물을 고치기를 바람.

내 이에 상소코자 하노라."

하고 익일 윤 각로 상소를 아뢰니, 그 소에 왈,

　　신은 들으니 고지성왕古之聖王이 치성제정治成制定[31]한 후 풍류를 지으니 요지대장堯之大章과 순지소소舜之簫韶를 이름이라. 폐하 이제 즉위 수년에 교화 만방에 미치지 못하고 형정刑政이 백성에게 그치지 아니하였거늘 종고지음鐘鼓之音과 사죽지성絲竹之聲[32]이 먼저 민간에 사무치니, 폐하의 신성 예지하심으로 성기聲技에 침혹沈惑지 않으실 줄 신이 비록 밝히 아오나 천하 백성은 써 하되, '신천자新天子 즉위 이후로 선정善政을 듣지 못하고 다만 풍류를 일삼으신다.' 하여, 장차 낙담상혼落膽喪魂하고 질수축안疾首蹙顔[33]하리니, 그 일초지정一初之政[34]에 실망함이 불소不少한지라. 신이 대신지열大臣之列에 있어 보도輔導하는 정성이 불충한 죄오니 왕법으로 다스리시고, 종고지현鐘鼓之絃을 끊으사 듣고 보는 자로 하여금 성인의 개오改悟하심이 출어심상出於尋常 만만萬萬[35]함을 알게 하소서.

　　차시 천자 의봉정에서 풍류를 들으시더니, 윤 각로의 상소를 보시고 천안天顔이 불열不悅하사 왈,

"짐이 불과 일시 소창消暢함이어늘 대신의 논박이 태과太過하도다."

노 참정이 주奏 왈,

"제왕齊王이 풍류를 좋아하매 맹자의 말씀이, '대왕이 호악好樂 즉 제국齊國이 서기庶幾라.' 하시고 우 왈, '금지악今之樂이 유고지악猶古之樂이라[36]. 하시니, 맹자는 치덕齒德이 구존具尊하사 빈사賓師의 위를 겸하시되[37] 임금에게 고하심이 이같이 충후 관곡하거늘, 윤형문은 연로 대신으로 일국의 중권重權을 잡아 폐하의 춘추 높으시지 않으심을 가벼이 보아 고군지사告君之辭를 일분 조심함이 없사오니, 어찌 대신에게 바라던 바리꼬? 또 어사대부 소유경은 윤형문의 처질妻姪이라. 그 삭출削黜[38]함을 분울憤鬱하여 함이로소이다."

---

31) 정치와 제도가 안정됨.
32) 종소리, 북소리, 여러 악기 소리.
33) 걱정하며 얼굴을 찡그림.
34) 정사를 펼치는 처음.
35) 성인이 반성하고 고치심은 보통보다 훨씬 뛰어남.
36) 《맹자》에 나오는 말로, 지금 음악이 옛 음악과 같다는 뜻.
37) 나이와 덕이 모두 높고 제후에게 귀한 손님으로 대접받던 학자의 자리를 아울러 갖추시되.
38) 벼슬을 떼고 쫓아냄.

천자 분히 여기사 비답批答하시니 왈,

　짐이 일시一時 소창消暢함을 경의 심려 태과太過하니, 이는 짐이 연소 덕박年少德薄하여 견부見孚[39]치 못함이노라.

윤 각로 미안지교未安之敎[40]를 받자와 즉시 금위부禁衛府에 대명待命하니, 노균이 이에 어사대부 한응문과 모든 간관諫官을 선동하여 윤 각로를 논박하는 상소 일어나니, 그 소에 대강 왈,

　폐하, 만기지가萬機之暇에 예악禮樂을 숭상하시니, 비록 천하 백성이 들으나 화심禍心을 포장包藏[41]한 자 아닌즉 다른 말씀이 없을지라. 하물며 심궁지중深宮之中에 일시 소창消暢하심을 외간에 미처 들을 자 없거늘 이제 좌승상 윤형문이 장황여열張皇臚列[42]하여 사기의 위태함과 종사宗社의 흥망이 조석에 있는 듯이 하여 천하 사람이 혹 듣지 못할까 저어하니, 신 등이 그 뜻을 알지 못하나이다. 만일 가로되 충성이라 할진대 종용 품간慫慂稟諫[43]하여 화평한 기색이 없고 위협 공동하여 억륵抑勒할 의사 있으리오? 이는 심중에 당론을 좌단左袒[44]하여 안중에 군부를 몰라봄이니, 법강法綱이 소지消之[45]하고 신분臣分이 멸절滅絶함이라.
　복원伏願 폐하는 좌승상 윤형문을 정형 징죄定刑懲罪하사 호당지풍護黨之風[46]을 징계하고 모군지습侮君之習[47]을 고치게 하소서.

　상이 남필覽畢에 답 왈,
　"경 등의 말이 태과太過하니 이는 대신의 본의 아니라."
　노균이 연하여 간관 한응문, 우세충을 격동하여 윤 각로와 소 어사를 논죄하는 상소 빗발치듯 하니, 차시 탁당이 대각臺閣에 벌여 기세 불 일듯 하는지라. 상이 일변 부답不答하

---

39) 믿음을 얻음.
40) 임금이 불편하게 여기며 내린 하교.
41) 반역심을 품음.
42) 장황하게 길게 늘어놓음.
43) 설득하고 달래어 잘못된 것을 고치도록 잘 아룀.
44) 왼쪽 소매를 벗음. 남의 편을 들거나 동의하는 것을 이르는 말.
45) 법이 없어짐.
46) 당파를 옹호하는 버릇.
47) 임금을 업신여기는 습성.

시더니, 노균이 종용 고 왈,

"대간臺諫은 조정의 이목이라. 공의의 분운紛紜함이 이 같사오니 윤형문의 관작을 잠간 삭削하고 소유경을 찬배竄配하여 공의公議를 위로함이 어떠하니이꼬."

상이 침음沈吟하시다가 허하시니, 조정 백관이 낙담 상기落膽傷氣하여 다시 간할 자 없더라.

차시, 연왕이 마침 미질微疾[48]이 있어 수일 조반朝班에 불참不參하였더니, 시일是日에 백관이 대루원待漏園에 앉아 합문閣門[49] 열기를 기다릴새, 노균이 늦게야 들어와 또한 원중園中에 정좌定座하매 만조백관이 다투어 몸을 일어 문후한대 노균이 냉락冷落하여 일변 대답함이 없거늘, 황 각로 앞에 나아가 왈,

"참정의 소명所明함으로 금일 조정이 이 무슨 모양이뇨? 우리 천은을 입사와 외람한 벼슬이 대신지열에 있어 마땅히 진력하여 국가 휴척休戚을 같이할지니 어찌 붕당을 일으켜 이 같은 풍파를 지으리오? 노부 비록 불사不似[50]하나 마땅히 청당을 진압할지니 참정은 또한 탁당을 조제操制하여 무단히 상격相擊함이 없게 하라."

노 참정이 냉소 왈,

"금일 조정이 무비無非 황상의 신자臣子라. 어찌 다른 명목이 있으리오? 만생晚生이 이미 탁당이 무엇임을 모르거늘 어찌 조제하리오? 다만 임금의 과실을 창배唱言[51]하여 자기의 명망을 요구하는 자는 이 이른바 난신적자亂臣賊子라. 이러한 무리를 없이한 후 청, 탁 당론이 자연 진정할까 하노라."

인하여 한응문 등을 보며 정색 여성勵聲 왈,

"공 등은 대간에 처하여 역신逆臣을 성토하되 구멍의 쥐같이 기색을 관망하니 이 어쩐 도리뇨?"

하거늘, 좌우 노 참정의 기세를 보고 감히 다시 말할 자 없더라.

예부시랑 황여옥이 분함을 이기지 못하여 출반出班 직간直諫코자 하니, 황 각로 대경 왈,

"네 노 참정의 거동을 보라. 만일 촉노觸怒한즉 네 아비 늙은 뼈를 고향에 묻지 못할지니 망령된 말을 구외口外에 내지 말지어다."

하거늘, 황 시랑이 하릴없어 기운을 참고 소리를 삼켜 집에 돌아와 즉시 연왕을 문병한 후 노 참정의 말을 고하니, 연왕이 개연히 몸을 일어 왈,

"노균은 간악한 무리라. 어찌 그 거동을 본 후에 알리오? 다만 황상의 총명예지하심으로

---

48) 가벼운 병.
49) 궁궐에 출입하는 문.
50) 그럴듯하지 않음. 능력이 없음을 이르는 말.
51) 임금의 허물을 드러내 놓고 말하거나 앞장서서 말함.

잠깐 부운浮雲에 가리오사 일월지명日月之明이 회색晦塞[52]하시니 내 이에 상소코자 하노라."

하고 좌우를 명하여 조복朝服을 가져오라 하니, 황 시랑 왈,

"합하의 환우患憂 평복平復지 못하시니 구태여 입궐치 마시고 집에서 표를 올리심이 가할까 하나이다."

연왕이 탄 왈,

"금일지사今日之事 비록 적은 듯하나 국가의 안위 흥망이 여기 달렸으니, 그 신자 되어 어찌 안연晏然히 집에 누워 소본疏本[53]을 바치리오?"

하고, 즉시 조복을 갖추고 양친께 궤고跪告 왈,

"소자 불효하와 옥련봉 하의 수경數頃 박전薄田을 갈아 숙수지공菽水之功[54]을 못 하고 소년등과少年登科하여 국가에 헌신한 고로 강남에 적거謫居하고 남방에 출전出戰하여 하루도 슬하에 조용히 모셔 농추무반弄雛舞斑[55]하는 정성을 펴지 못하였더니, 금일 또 황상의 과거過擧하심을 보옵고 아니 간諫치 못할지라. 한 번 간하여 듣지 않으신즉 지재지삼至再至三하여 영해부월領海斧鉞을 피치 못할까 하오니, 이는 다 소자의 불효한 죄로소이다."

태공 왈,

"대신의 처지 혹 간관諫官과 다름이 없으랴?"

연왕 왈,

"방금 조정의 사기 해연駭然하여 일개 간관이 없이 되었사오니 만일 대신의 처지로 말할진대 한번 간하여 천의를 돌리지 못한즉 벼슬을 버리고 사면함이 사람마다 행하는 바나 소자 편벽되이 천은을 입사와 심상 문구로 일언에 그침이 불가할까 하나이다."

태야太爺 탄 왈,

"노부 너를 만득晚得하여 사랑으로 기르매 칠 세에 비로소 글을 가르쳐 십 세 후 사군事君하는 도리를 가르치니 구구소망이 성주聖主를 모셔 입신양명함을 원하고 구태여 구체지양口體之養을 바람이 아니라. 금일 오아吾兒의 잡은 뜻이 고인古人에 부끄릴 바 없으니 이는 막대지효莫大之孝라. 노부 거의 여감餘憾이 없으리로다."

태미 추연惆然 함루含淚 왈,

---

52) 밝았던 것이 깜깜하게 꽉 막힘.

53) 상소문.

54) 몇 이랑 되는 밭을 갈아 콩과 물로 봉양함. 가난한 가운데에도 검소한 음식으로 정성을 다하여 부모를 섬기는 것을 말한다.

55) 알록달록한 옷을 입고 춤도 추고 새 새끼를 가지고 노는 것. 옛날에 효자들이 늙어서도 부모의 마음을 기쁘게 하려고 그렇게 하였다 한다.

"아자兒子 남정南征하고 돌아와 사방이 무사하매 모년 슬하의 영화를 조용히 누릴까 하였더니, 또 조정에 일이 생긴가 싶으니 즐거울 것이 없도다."

연왕이 화한 말씀으로 위로 왈,

"소자 비록 불초하오나 교훈을 받들어 대죄에 범치 않을지니 모친은 십분 관심寬心[56]하소서."

하고, 침문寢門에 나올새 윤 부인과 홍란성, 손야차가 경황없이 섰거늘, 연왕이 돌아보지 아니하고 안색이 씩씩하여 바로 대루원에 들어가니 이미 오시午時 되었더라.

원리院吏[57]를 불러 상소 쓸 지필紙筆을 가져오라 하니, 원중 좌우 창황 전도하여 즉시 지필을 대령하니 연왕이 서사관書士官을 불러 입으로 부르며 쓰라 하니, 그 소疏에 왈,

우승상 신 양창곡은 복이伏以 임금이 천하를 다스리매 일어일동一語一動을 가벼이 못하심은 종묘사직의 중함이 여기 있고 사해 창생의 고락苦樂이 달림이라. 연고로 고지명군古之明君은 진선지정進善之旌과 비방지목誹謗之木[58]을 세워 언로言路를 넓히고 현자賢者를 오게 하며 설어지잠藝御之箴과 좌우지사左右之史[59]를 두어 기거起居를 삼가고 비벽非僻[60]을 물리나니, 고운 빛과 좋은 음식을 뉘 아니 사랑하리오마는 성인이 포백지문布帛之紋을 말하고 대갱지미大羹之味를 일컬음[61]은 이목지욕耳目之欲을 다하기 어렵고 심지지락心志之樂을 궁진窮盡치 못함이라. 여항 소민閭巷小民이 천금 재산이 있고 수삼 자손을 두어도 오히려 평생을 조심하여 소욕所欲을 다 못 하나니, 하물며 만승지군이 부유사해富有四海하고 자유만민子有萬民[62]하심이리오? 충성된 말이 귀에 거슬리고 아당阿黨한 소리 마음에 합하며 쾌한 말이 위태함이 있고 독한 약이 병에 유익하나니, 어찌 일시의 즐거움을 취하여 천추에 그르침을 돌아보지 않으리오?

복유伏惟 황제 폐하 신성문무神聖文武하사 즉위지초卽位之初에 예덕睿德이 외외巍巍[63]하사 태평지치太平之治를 조야朝野가 옹망顒望[64]하니 일동일정一動一靜에 백성이

---

56) 마음을 너그러이 함.

57) 대루원에 속한 구실아치. 대루원은 이른 아침에 대궐 문이 열리기를 기다리는 곳.

58) 요임금이 큰길가에 깃발을 세워 두고 누구든 거기서 정치에 대한 의견을 말하게 했는데, 그 깃발, 그리고 임금의 잘못을 지적한 글을 적어 기둥에 써 붙여 임금이 보게 한 나무.

59) 평소 옆에 걸어 두고 경계로 삼는 말과 좌우에서 기록하는 사람.

60) 도리에 어긋난 행위.

61) 베와 비단의 무늬를 말하고, 제사 때 쓰는 고깃국의 맛을 일컬음.

62) 부유함으로 말하면 천하를 소유하고 자식으로 말하면 온 백성을 자식으로 둠.

63) 높은 산이 우뚝 솟은 모양. 인격이 높고 뛰어남.

64) 크게 우러러 바람.

귀를 기울이고 일언일묵—言—默에 만민이 목을 늘이어 왈, '우리 천자 새로 즉위하사 무슨 혜택이 계실꼬?' 하며, 목마른 자 물을 기다림 같고 젖 잃은 아이 어미 바라듯 하니 이는 인지상사人之常事라. 이제 폐하 비록 그 소망을 흡연洽然케 못 하시나 어찌 차마 하여금 낙담 실망하여 구구히 바람을 저버리시리오?

폐하 풍류를 좋아하시니 신이 풍류를 말씀하리다. 《악기樂記》에 왈, '대악大樂은 여천지동화與天地同和라.' [65] 하고, 우 왈, '무성지악無聲之樂이 일문사방日聞四方이라.' [66] 하니, 임금이 덕을 닦으사 정사를 힘쓰고 교화를 베풀어 백성이 안락하고 천하 태평한 즉, 노자老者는 격양가를 화답하고 소자는 강구요를 노래하여 여항閭巷에 흩어진 소리와 천지에 가득한 음률이 무비無非 풍류라. 금석사죽金石絲竹과 포토혁목匏土革木[67]은 불과 그 소리를 응함이니 이 이른바 성왕지악聖王之樂이라.

후세 임금은 덕을 닦지 아니하고 정사에 해태懈怠하여 여항의 수탄愁歎하는 소리 낭자하거늘 궁중에 음일淫佚한 풍치 요란하여, 당 명황唐明皇의 이원지악梨園之樂과 진 후주陳後主의 옥수지곡玉樹之曲이 마음에 즐겁고 귀에 생신生新치 않음이 아니나, 그 즐거움과 생신함을 맞지 못하여 병진兵陣이 일어나고 나라가 망하였으니, 지금까지 개연차석慨然嗟惜하는 바는 진, 당 양군兩君이 바야흐로 풍류를 들을 때 좌우 제신諸臣이 반드시 성덕聖德을 찬양하며 즐거운 말씀을 하여 혹 왈, '천하 무사하다.' 하며 혹 왈, '일시 소창消暢이 대덕大德에 방해롬이 없다.' 하며 혹 왈, '고지성군古之聖君도 풍류로 소창하였다.' 하여, 미련한 자는 수무족도手舞足蹈하여 길이 즐김을 기약하고, 간사한 자는 구시심비口是心非[68]하여 임금의 뜻을 아당하다가 마외지변馬嵬之變[69]과 경양지화景陽之禍[70]를 당하여 임금의 자취自取를 탓하고 처자를 보존함만 생각하니, 오호라! 명황, 후주도 도차지두到此地頭[71]하여 비록 왕사를 추회追悔하고 직언을 생각하나 이미 미칠 바 없는지라. 연고로 진선지정進善之旌과 비방지목誹謗之木은 직언을 미리 듣고자 함이요, 설어지잠褻御之箴, 좌우지사左右之史는 추회를 길이 없게 함이라.

신이 엎드려 생각건대 폐하의 예지叡智하심으로 어찌 여기 이르시리오마는 요순지치

---

65) 큰 음악은 천지와 더불어 조화를 이룸.

66) 소리 없는 음악이 날마다 사방에 들림.

67) 옛날의 갖가지 악기, 곧 종, 경쇠, 현악기, 관악기 따위들.

68) 입으로 옳다고 하나 마음으로 그르게 여김.

69) 양 귀비에 빠져 정사를 제대로 감당하지 못하던 당나라 현종이 안녹산의 난 때 신하들의 강요로 마외역에서 양 귀비를 죽인 일.

70) 진陳나라 왕 후주後主가 정사를 제대로 하지 못하다가 수隋나라가 침략하여 자신의 궁궐인 경양궁의 우물에 숨은 치욕.

71) 이 경우에 이르러.

堯舜之治로도 고기직설皐夔稷契의 충언 가모忠言嘉謨가 그치지 아니하고 탕무지성湯武之聖으로도 이부주소伊傅周召[72]의 협찬명계協贊明戒함[73]을 말지 아니하여 국가 존망이 조석에 있음같이 하였으니, 이는 방어미연防於未然하고 제어미발制於未發함[74]이라.

신은 듣사오니 폐하 이제 후원에 토목지역土木之役을 일으키시고 민간의 가무지재歌舞之才를 택입擇入하사 만기萬機의 총좌총췌叢坐叢脞[75]함을 돌아보지 않으시고 일시 소창消暢함을 빙자하사 날마다 음악을 일삼으시니 아지 못게이다, 폐하를 위하여 이 계교를 낸 자 누구오니이까?

선인이 음란한 소리와 어지러운 빛을 멀리함은 그 마음이 방탕할까 저어함이라. 무릇 마음이 외물外物에 변역變易함이 비유컨대 무좃는 듯하나니, 폐하 금일은 소창으로 하신즉 명일은 전례前例로 하실 것이요, 명일 전례로 하신즉 우명일又明日은 일삼아 하시리니, 추차이왕推此而往하면 금일 들으시는 풍류 명일 무료하신즉 부득불 새 소리를 생각하실 것이요 명일 새 소리를 생각하신즉 우명일은 음성난색淫聲亂色[76]이 차례로 이를지니, 이원갈고梨園羯鼓[77]와 후정옥수後庭玉樹[78] 폐하 앞에 아니 이름을 신이 믿지 못하나이다. 이를 생각한즉 모골이 송연하고 간담이 서늘하여 차라리 구중 천폐九重天陛에 머리를 바수어 합연溘然히 모르고자 하나이다.

폐하 만일 일시 소창을 위하심인즉 그 한번 고치심이 무엇이 어려우사 언관言官을 죄 주시며 대신을 폐출廢黜하사 조정으로 입을 봉하고 기운이 저상沮喪하게 하시나이까? 비록 봉우지간이라도 듣기 싫은 말로 책선責善함을 저어하나니, 금일 폐하의 신자臣子 된 자 사생고락이 폐하께 달렸고 화복영욕이 폐하께 있사오니 어찌 무단히 폐하의 듣고자 아니하시는 말씀으로써 천청天聽을 거슬러 엄책嚴責을 자취自取코자 하리오? 이는 무타無他라, 나라가 평안한 후 제 몸이 평안하고 나라가 위태한즉 제 몸이 위태한 고로 각각 구구한 소견을 다함이니, 폐하의 일월같이 밝으심으로 어찌 이를 짐작지 못하시리오마는 목전의 즐거움이 있고 내두來頭의 이해를 보지 못하심이라. 광부狂夫의 말씀을 취할 바 없으나 폐하 조정의 언로를 막으시고 장차 어찌코자 하시나이까?

신은 본디 여남汝南 궁유窮儒로 폐하의 망극하신 은덕을 입사와 벼슬이 대신지열大臣

---

72) 옛 충신들인 이윤伊尹, 부열傅說, 주공周公, 소공召公.
73) 도와주며 밝히 경계함.
74) 미리 방지하여 나타나지 않도록 경계하고 일어나기 전에 미리 누름.
75) 정무의 번잡함.
76) 음란한 소리와 어지러운 빛깔.
77) 당 명황 때에 궁중 음악원인 이원에서 쓰던 장고 비슷한 악기.
78) 뒤뜰의 아름다운 나무라는 뜻으로, 진 후주가 즐기던 곡조 '후정옥수곡'.

之列에 처하고 부귀 포의지인布衣之人에 극하오니, 견마犬馬같이 지천至賤한 것도 오히려 먹이는 임자를 사랑하고 돈어豚魚같이 지우至愚[79]한 것도 신의를 안다 하였사오니, 신이 비록 불초 무상하오나 오히려 견마, 돈어의 심장이 있는지라. 차마 그 임금의 녹을 먹고 옷을 입고 사랑하심을 받자와 오늘의 실덕한 거조와 망국할 기미를 보고 영해부월嶺海斧鉞을 저어하여 수수방관한즉 견마, 돈어에 부끄릴 바 있을까 하나이다.

복원伏願 폐하는 이 계교 드린 자를 유사攸司[80]에게 부치사 머리를 베며 징일여백懲一勵百[81]하시고, 이원 악공과 후원 신정을 철파撤罷하사 천하 만민으로 하여금 일월같이 밝으심과 천지같이 홍대弘大하신 성덕을 알게 하소서.

천자 이 상소를 보시고 어찌하신고? 하회를 보라.

제27회 의봉정에 천자 풍류를 들으시고
황교점에 난성이 중독하다
儀鳳亭天子聽樂 荒郊店鸞城中毒

각설, 천자 의봉정儀鳳亭에서 풍류를 들으시다가 연왕의 상소를 보시고 옥안玉顔이 불열不悅하사 노 참정을 보시며 왈,

"짐이 비록 덕이 적으나 어찌 명황明皇, 후주後主의 망국亡國할 과실이 있으리오?"

노균이 왈,

"이 일은 당론이오니 소유경의 망솔妄率함과 윤형문의 위협함과 양창곡의 어핍語逼[1]함이 장두상련腸肚相連하여 일창일화一唱一和함[2]이라. 폐하 비록 이에서 지나는 과실이 계시나 어찌 이같이 장대하여 기세의 위험함이 장차 군부를 구박하여 갱참坑塹[3]에 넣을 듯이 하리오? 신이 백수지년白首之年에 분외分外의 천총天寵을 입사와 탁당濁黨으로

---

79) 돼지나 물고기와 같이 매우 미련함.
80) 해당 관청.
81) 한 사람을 징계하여 백 사람을 격려함.

1) 말로 괴롭힘.
2) 사람들끼리 마음이 맞아서 한편에서 말하면 다른 편에서 응답함.
3) 깊고 길게 파 놓은 구덩이.

지목함을 감수하오니, 금일 말씀이 공심公心이 아니려니와 창곡이 연소 대신으로 병권을 잡아 출장입상出將入相하매 방자무기放恣無忌[4]한 중 윤형문은 그 처부妻父요 소유경은 그 구일舊日 종사從事라. 이제 관작을 삭출함을 보고 호당지심護黨之心으로 군부를 공갈하니 차습此習을 징계치 않으신즉 조정에 군신지분君臣之分이 없어질까 하나이다."

상이 부답하시고 한림학사를 보사 연왕의 상소를 다시 가져오라 하시고 천안天顏이 엄려嚴厲하시며 옥음이 장렬하사 서안을 치시며 왈,

"저는 고요직설皐陶稷契과 이부주소伊傅周召로 자처하고 짐은 당 명황, 진 후주에게 비하니 이 어찌 신자의 구기口氣리오?"

하시고, 다시 옥음을 크게 하사 왈,

"이원제자梨園弟子는 가까이 나아와 일시에 풍류를 아뢰라. 짐이 장차 장야지락長夜之樂을 하리라."

하신대, 동홍이 단판檀板[5]을 안고 풍류를 아뢰고자 하더니, 노균이 간 왈,

"폐하 어찌 동홍을 죄 없이 죽이고자 하시나니이까? 금일 조정은 폐하의 조정이 아니라 연왕의 권세 일국을 기울여 인주人主를 하시下視하거늘, 그 간하는 풍류를 동홍으로 아뢰게 하신즉 이는 연왕의 뜻을 거스름이라. 폐하 어찌 한적漢賊 조조曹操의 동승董承 죽임을 생각지 못하시나니이까? 신이 또 듣자오니 폐하 향일 동홍을 명하사 연왕을 가 보라 하실새 연왕이 노 왈, '네 장차 수령首領을 보전치 못하리라.' 하니 이는 다름이 아니라, 근일 조정의 용인用人함이 연왕 모를 자 없거늘 홍이 홀로 천은을 입사와 자기 수중으로 나지 않음을 통한하여 이미 죽일 마음을 둔 지 오래거늘 이제 만일 다시 그 뜻을 거슬러 당돌히 풍류를 아뢴즉 동홍이 목숨을 보전하여 합문 밖에 나지 못할까 하나이다."

상이 더욱 진노하사 풍류를 재촉하신대 이원제자 일시에 선악을 질탕히 아뢰니, 차시 연왕이 상소를 바치고 대루원에 앉아 비답을 기다리더니 오래 소식이 없고 이원의 풍류 소리 궁중을 흔들거늘 정성이 천박하여 천의를 돌리지 못함을 알고 다시 표를 올리매, 상이 보시지 아니하고 내치시며 하교 왈,

"연왕의 상소를 받아 들이는 자는 참하리라."

하시니, 원리院吏 상소를 도로 가지고 나와 바치지 못함을 고하니, 연왕이 개연히 몸을 일어 왈,

"내 그저 물러간즉 우리 성주의 밝은 덕을 뉘 깨치시게 하리오?"

하고 바로 합문으로 들어가니, 차시 노균이 이미 전전군殿前軍[6]을 지휘하여 후원문을 막

---

4) 함부로 덤벼 거리낌이 없음.
5) 박자를 치는 판.
6) 궁궐을 지키는 군사.

아 연왕을 들이지 말라 하였거늘, 연왕이 돌아보지 않고 곧 들어가 왈,

"내 비록 번쾌樊噲의 충성이 없으나 어찌 배달직입排闥直入[7]하여 성주聖主의 실덕失德 하심을 간치 않으리오?"

하고 후원문을 들어 의봉정 앞에 다다르니, 모든 시위와 액례들이 도리어 반겨 길을 치우거늘 연왕이 전폐에 오르니, 어사대부 한응문이 급히 내려와 말려 왈,

"황상이 승상을 들이지 말라 하시니이다."

연왕이 정색 왈,

"군은 홀로 우리 성주의 신자가 아니냐?"

하고 일 쌍 봉안鳳眼에 광채 혁혁하여 기색이 십분 준절하니, 한응문이 기운이 저상沮喪하여 물러서거늘, 연왕이 정전에 부복주俯伏奏 왈,

"폐하의 과거過擧하심이 어찌 이에 미치시니이꼬? 신이 수년 전 일개 수재로 은총을 입사와 폐하를 자신전紫宸殿에 뵈오니 천안이 온화하시고 옥음이 정녕丁寧하사 하교 왈, '짐이 새로 즉위하여 다스리는 도를 알지 못하노니 너는 짐의 동량주석棟梁柱石이라 그 불체不逮[8]함을 돕게 하라.' 하시던 말씀이 어제 같거늘 어찌 금일 군신이 의봉정에 심기를 통치 못하옵고 이같이 뵈올 줄 알았으리꼬?"

설파說罷에 누수淚水 홍포 소매에 젖거늘 좌우의 보는 자 그 충성이 지극함을 감동하여 막불함루莫不含淚하더라.

상이 진노 왈,

"경이 비록 직, 설, 주, 소의 착함이 있으나, 그 진 후주, 당 명황 같은 망국지군亡國之君을 어찌하리오?"

연왕 왈,

"폐하! 어찌 일시지분一時之忿으로 신하를 억제코자 하시나니이까? 제순帝舜같이 착하시나 고요의 경계하는 말씀이 무약단주오無若丹朱傲[9]라 하고 한조漢祖같이 영걸英傑하되 송창宋昌의 간하던 말씀이 걸주지군桀紂之君[10]이라 하였사오니, 신이 비록 고요, 송창의 충직함이 없사오나 폐하 어찌 제순, 한조의 종간여류從諫如流[11]하는 성덕을 생각지 않으시나니이까?"

상이 더욱 노 왈,

---

7) 항우項羽가 홍문연을 벌여 한 고조를 죽이려 할 때 번쾌가 문을 밀치고 곧바로 들어간 일.
8) 미치지 못함.
9) 단주의 오만함과 다름이 없음. 단주丹朱는 요堯의 아들인데 어질지 못하여 요가 아들 대신 순에게 나라를 맡겼다.
10) 폭군으로 유명한 하나라 걸왕과 은나라 주왕.
11) 충고를 순순히 들음.

"짐이 명황, 후주 같은 일이 무엇이뇨?"

연왕 왈,

"폐하 덕을 닦으신즉 요, 순, 우, 탕이 되실 것이요 덕을 닦지 않으신즉 명황, 후주 되실지니 한 번 마음을 쓰시기에 있는지라. 신이 비록 불충하와 폐하를 명황, 후주에 비하오나 폐하 만일 요, 순, 우, 탕의 덕이 계신즉 그 듣는 자 요, 순, 우, 탕이라 할 것이요, 신이 또한 아당阿黨하여 폐하를 요, 순, 우, 탕에 비하오나 폐하 만일 명황, 후주의 과실이 계신즉 그 듣는 자 명황, 후주라 하올지니, 복원伏願 폐하는 다만 덕을 닦으시고 신하의 기림을 기뻐 마소서."

천자 청파聽罷에 좌불안석하사 서안을 밀치시고 어탑御榻에 나앉으사 왈,

"근일 조정에 군신지분은 없고 각각 편당을 나누어, 짐을 탁당으로 이같이 배척하느냐?"

연왕이 돈수頓首 왈,

"폐하! 매양 미안지교未安之敎로 신하를 누르고자 하시나 세간에 신자 된 자 어찌 임금과 당을 나눠 권세를 다투는 자 있으리오? 이는 반드시 간신의 참언을 신청信聽하심이라. 원컨대 상방尙方 참마검斬馬劍[12]을 빌어 간신奸臣의 머리를 베어 천지간 떳떳한 윤기倫紀를 밝힐까 하나이다."

상이 어탑을 치시며 옥음玉音을 높이사 간신이 누구임을 박문迫問[13]하신대, 연왕이 부복俯伏 주 왈,

"신이 비록 불초하오나 벼슬이 대신지열大臣之列에 처하였사오니, 폐하 예사지지禮使之地[14]에 어찌 이다지 논박하시니이꼬? 참지정사 노균은 폐하의 간신이라. 제 양조兩朝에 탁용擢用하신 은총을 입사와 벼슬이 족하고 백발이 성성하거늘 다시 무엇을 희개晞覬하여 아당한 말씀으로 군부를 농락하여 예악을 빙자하고 당론을 말씀하여 은연히 폐하로 탁당 영수를 삼아 조정을 한 북에 무찌르고자 하오니, 폐하 만일 노균을 베지 않으신즉 천하의 사군자士君子 폐하 조정에 벼슬함을 부끄릴까 하나이다."

언필言畢에 연왕의 기색이 당당하여 눈을 흘려 노균을 보니, 차시 노균이 전상에 시좌侍坐하였다가 이 거동을 보매 비록 소인의 담이 크기 말 같으나 어찌 송름悚懍치 않으리오? 자연 등 위에 땀이 흐르며 정하庭下에 내려 돈수 청죄頓首請罪하니라.

상이 대로 왈,

"경이 짐을 이같이 협박하니 장차 어찌코자 하느뇨?"

---

12) 상방은 천자가 쓰는 칼을 만드는 곳이고, 참마검은 전한 때의 명검으로 단칼에 말을 베어 쓰러뜨리는 칼. 옛날에 천자가 대신에게 상방의 칼을 내려 전권全權을 맡겼다.

13) 대질러 협박하여 물어봄.

14) 임금이 신하를 예로 부리는 자리.

하신대, 옥음이 우레 같으사 의봉정이 흔들릴 듯한지라. 전상 전하殿上殿下의 시위 제신이 막불전율莫不戰慄하여 서로 보며 연왕에게 대화大禍가 내릴까 저어하되, 연왕은 일양 사기辭氣 옹용雍容하고 성기聲氣 애연藹然하여 다시 궤복跪伏 주 왈,

"신이 어찌 군부를 협박하리꼬? 이 이른바 호읍이수지號泣而隨之[15]로소이다. 신이 듣자오니 부무쟁자父無爭子면 불의에 빠지고 사무익우士無益友하면 몸이 위태하거든[16] 이제 폐하는 만승지군萬乘之君으로 일개 쟁신爭臣이 없으사 외로이 의봉정 상에 앉아 계시니 신이 차마 물러가지 못하나이다. 신도 또한 항성恒性을 품부稟賦[17]한 자라, 어찌 살기를 좋아하고 죽기를 겁하지 않으리오마는, 만일 천의를 돌리지 못하고 사생을 돌아보아 그저 궐문을 나간즉 문 지킨 군사 반드시 소笑 왈, '불충하다 연왕이여! 정종모발頂踵毛髮이 무비無非 성은聖恩[18]이어늘 죽기를 겁하여 군부의 과실을 월나라 사람이 진나라 파리함을 보듯 하는도다.' 하며, 길에 나간즉 행로지인行路之人이 다투어 가리켜 왈, '우리 성천자 작은 허물이 계시거늘 조정 백관이 일인도 간하여 깨달으시게 못 하니 만일 이에서 큰일이 있은즉 임금이 누구를 믿으시리오?' 하며, 집에 돌아간즉 부모 엄책嚴責하여 사군불충事君不忠하여 가풍을 떨어침을 슬퍼하고, 조반朝班에 오른즉 군자들이 부끄려 환득환실患得患失함을 침 뱉을지니, 폐하 어찌하여 써 신으로 일조에 궁박한 도적이 되게 하시나니이까?

이제 만일 일월지명日月之明을 잠깐 돌리사 의봉정을 훼철毁撤하시고 이원을 파하사 다시 정사를 힘쓰시고 간신을 멀리하신즉 천하 만민이 좋아하여 왈, '밝으시도다! 우리 임금이여. 일월이 부운을 헤치매 광채 더욱 빛나시도다. 착하도다, 연왕이여! 능히 천총을 받자와 성주를 저버리지 않도다.' 하리니, 이는 폐하 삽시간 마음을 돌리키사 하여금 성덕으로 사해에 우레 같고 신같이 불충 무상한 자도 얻어 천은을 힘입어 현재상賢宰相이 되올지라, 신이 이를 폐하께 바라지 아니하고 어느 곳에 바라리꼬?"

말씀을 다하매 다시 양항兩行 누수淚水 땅에 드림을 깨닫지 못하니, 상이 분하여 일어나사 대답지 않으시고 의봉정 후문으로 환궁하시니, 시위 당황하여 뒤를 따르니라.

연왕이 하릴없이 몸을 일어 대루원에 나오니, 상이 친필로 하교 왈,

짐은 망국할 임금이라. 짐의 과실이 더한 후 연왕의 충성이 나타날지니 우승상 양창곡을 운남군雲南郡에 투비投畀[19]하라.

---

15) 울며 따라감.
16) 아비에게 간하는 아들이 없으면 불의한 데 빠지고 선비에게 유익한 벗이 없으면 위태해짐.
17) 누구에게나 다 있는 성품을 타고남.
18) 정수리부터 발꿈치, 온몸의 터럭까지도 임금의 은혜가 아닌 것이 없음.
19) 죄인을 정해진 곳으로 귀양 보냄.

하신대, 좌우 고 왈,

"대신을 찬배竄配하는 법이 먼저 삭관방출削官放黜[20]하나이다."

천자 노왈,

"망국할 임금이 어찌 법을 알리오? 바삐 투비하라. 어사대부 한응문이 영거領去[21]하여 즉시 발배發配하라."

하시니, 홀연 전하殿下의 일인이 대성 왈,

"연왕은 충신이라. 폐하 어찌 충신을 용대容貸치 않으시나니이까?"

하거늘, 좌우가 보니 이에 상장군 뇌천풍이라.

상이 대로 왈,

"요마么麼 무부武夫 감히 무례하뇨? 바삐 궐문 밖에 내치라."

하시니, 전전어사殿前御使, 천풍을 이끌어 내려 한대, 천풍이 두 손으로 자신전 난간을 잡고 외쳐 왈,

"연왕은 국가 동량이라. 폐하 천하를 다스리려 하시며 동량지신棟樑之臣을 없이하시니, 어찌 이러한 망극한 일이 있으리오?"

상이 진노하사 앞에 놓인 철여의鐵如意[22]를 던지시며 왈,

"노장의 머리를 바삐 베어 드리라."

그 철여의 천풍의 이마를 맞혀 피 흘러 얼굴에 가득하니, 천풍이 크게 부르짖어 왈,

"신이 분골쇄신하여도 폐하를 위하여 연왕을 구하고 죽으리라. 연왕이 충군애국忠君愛國함은 천지신명이 조림照臨하시나니, 다만 연기 청춘이요 기질이 청약淸弱하여 운남 같은 악지惡地에 간즉 성명性命을 보전치 못할까 하오니 차라리 근지近地에 바꾸어 보내소서. 폐하 일시지분으로 현신을 죽이시고 불구不久에 추회追悔하시리다."

상이 더욱 노하사 좌우를 호령하여 빨리 내어 베라 하시니, 전전어사 천위天威 진첩震疊[23]하심을 보고, 여럿이 천풍을 끌어내매 난간이 부러지며 천풍이 대성통곡 왈,

"신이 시석풍진에 보존한 머리를 연왕을 구하다가 죽사오니 한恨이 없사오나 폐하 연왕을 살리시고 신을 죽이신즉 죽은 혼이라도 즐거울까 하나이다."

차시, 어사 천풍을 끌어 문외에 나오매, 상이 사赦라 하시고 연왕의 찬배를 재촉하시니, 날이 이미 황혼이 된지라.

연왕이 엄명을 받자와 잠깐 부중에 돌아와 양친께 하직할새, 참담한 기색과 창황한 거동을 어찌 다 말하리오? 화한 얼굴로 양친께 꿇어 고 왈,

---

20) 벼슬을 떼고 내보냄.

21) 데리고 감.

22) 심心 자 모양 머리에 자루는 갈고리같이 생긴 쇠로 만든 등긁개.

23) 임금이 몹시 성을 내어 그치지 아니함.

"성상의 일월지명日月之明이 오래지 않으사 밝히 돌리심이 계실까 하오나 차시此時를 타 교외에 나가사 혼솔渾率을 데리시고 한양閑養[24]하심이 좋을까 하나이다."

태야太爺 왈,

"이 정히 내 뜻이나 마땅히 갈 곳이 없도다."

연왕 왈,

"윤 각로 교외에 향장鄕莊[25]이 있어 산수원림山水園林의 경개 아름답고 저택이 협착지 않을지라. 상의하여 보소서."

하니, 태야 점두點頭하더라.

연왕이 물러나 부인을 작별하고 난성을 찾으니, 난성이 이미 얼굴의 지분脂粉을 세척하고 몸에 청의靑衣를 입고 안연晏然히 나서거늘, 연왕이 그 뜻을 알고 왈,

"금일은 낭도 또한 벼슬이 몸에 있는지라. 어찌 저같이 적객謫客을 좇아가고자 하느뇨?"

난성이 개연 왈,

"운남은 악지惡地요 간인奸人의 함독含毒함이 난측難測하리니, 첩이 어찌 평안히 앉아 홀로 위지危地에 들어가심을 보리이꼬? 이제 비록 적객으로 가시나 일개 가동家僮은 데려가실지니, 첩의 구구한 정을 막지 마소서. 만일 이 일로 조정에 득죄得罪한즉 첩이 부끄려 아니 하나이다."

연왕이 그 금치 못함을 알고 인하여 행장을 재촉하여 가동 일인一人과 창두 오 명으로 일량一輛 소거小車를 몰아 등정登程할새, 한 어사 일찍 난성을 보지 못한지라. 자로 숙시熟視하며 가동의 얼굴이 고아비범古雅非凡함을 의심하더라.

차시, 노균이 연왕을 함독함이 골수에 사뭇더니 비록 만 리 적객이 되어 목전의 근심을 덜었으나 차인此人을 세간에 둔즉 내 잠을 편히 자지 못할지라 하고, 심복 창두 일인을 한 어사 행중行中에 따라 보내며 여차여차하라 하고 다시 가인家人 오륙 명과 일개 자객을 구하여 보내며 중로中路에서 관세觀勢[26]하여 계교를 행하라 하니, 그 흉모 비계凶謀秘計를 어찌 다 측량하리오?

차설 동, 마 양장이 연왕의 원찬遠竄[27]함을 보고 개연 탄 왈,

"우리 양인이 연왕의 은덕을 산같이 입어 부귀를 같이하고 환난에 저버림은 의 아니라. 이제 연왕이 만 리 악지惡地에 일개 심복이 없이 행하니 우리 마땅히 장군의 인수印綬를 바치고 연왕을 좇아 동사생同死生하리라."

하고 양인이 즉시 칭병사직稱病辭職한대, 노균이 본디 양장의 풍채 인물을 흠모하여 문하

---

24) 식구들을 이끌고 나가 한가롭게 지냄.

25) 별장.

26) 형편을 봄.

27) 먼 곳으로 귀양 감.

에 두고자 하더니 불러 보고 좋은 말로 위로 왈,

　"장군이 연왕 문인인 줄 내 아노니, 이제 만일 연왕께 향한 정성으로 노부를 좇아 놀진대 벼슬이 어찌 좌우 장군에 그치리오?"

하거늘, 마달 왈,

　"소장은 무부라. 비록 옛글을 읽지 못하고 신의를 모르나 어찌 차마 실세失勢한 옛 주인을 버리고 득세한 새 주인을 구하리까?"

　설파說罷에 기색이 불평하거늘, 노균이 가장 미타未妥하여 초연히 대답지 아니하니, 동초가 다시 고 왈,

　"소장 등이 본디 소주 사람으로 고향에 돌아가지 못한 지 이미 수년이라. 잠깐 벼슬을 갈고 부모 분묘에 성소省掃하여 고묘古墓 백양白楊에 자손이 있음을 표하여 정리를 편 후 다시 문하에 나아와 금일 관대款待하심을 잊지 말까 하나이다."

　노 참정이 미소하고 양인이 자기 문하에 복종치 않을 줄 알고 관직을 거두게 하니, 동, 마 양장이 십분 쾌활하여 즉시 필마단창으로 남을 향하여 연왕을 따를새 말 머리를 연하여 행하며, 동초가 마달을 책 왈,

　"일을 경영하는 자 추한 주먹을 부리고자 하니 노균의 간특함으로 한 번 노한즉 우리 또한 타향 적객謫客이 될지니, 어찌 연왕을 좇아 환난상구患難相救하리오?"

　마달 소 왈,

　"대장부 불쾌한 말을 들은즉 죽기도 겁하지 않을지니, 어찌 저같이 간사한 말로 간인을 달래리오?"

하고, 양인이 서로 박장대소하더라.

　동초 다시 가로되,

　"우리 이제 연왕을 따라 일행에 참예한즉 연왕이 필경 즐겨 아니하실지니 멀리 행하며 불우지변不虞之變[28]을 기찰譏察함이 가하도다."

하고, 수풀과 들을 만난즉 혹 짐승을 사냥하며 말을 달려 전렵田獵하는 소년의 모양으로 혹전혹후或前或後하여 가니라.

　차설且說, 한 어사 노균의 꾀임을 듣고 수일 행중을 총찰總察하더니 오륙 일이 지나매 자연 마음이 해태懈怠할 뿐 아니라 처처處處 주점에 든즉 점인店人이 연왕의 행차를 알고 모두 놀라 왈,

　"이 상공이 연전에 도원수로 출전하실새 연로에 일호一毫의 폐하심이 없어 지금까지 덕화를 칭송하여 고금에 없는 바라 하더니, 이제 무슨 죄로 이 길을 하시느뇨?"

하며 주찬酒饌과 행자行資를 가져 지성으로 드리거늘, 연왕이 일병一並 받지 아니한대, 점인들이 한 어사께 드리며 혹 눈물을 흘려 왈,

---

　28) 미처 생각지 못한 의외의 변고.

"소지 등이 길가에 생애하여 자자손손이 전하는 말이 한번 출전 행차를 겪은즉 도로에 계견鷄犬도 없다 하더니, 우리 양 원수 행군하실 적은 점인店人이 다만 발자취 소리만 듣삽고 일배주를 허비함이 없사오니 노변지인路邊之人이 각각 말하되 '조정이 이러하신 상공을 쓰시면 백성이 살리라.' 하더니, 금일 차행此行이 무슨 죄명으로 가시니이꼬?"

한 어사 말이 막히고 귀 아파 심중에 생각하되,

'내 일찍 연왕을 일개 소년 대신으로 문무쌍전함을 들었으나 어찌 이 같은 명망과 덕화가 있음을 알았으리오.'

하고 자연 감동하여 점중店中에 든즉 자주 연왕 사처에 이르러 수작할새, 연왕이 흔연관접欣然款接[29]하여 혹 마음을 의논하며 문장을 말씀하니 번화한 기상은 춘풍이 만좌滿座하고 부섬富贍[30]한 학문은 바다의 가를 보지 못하여 사사事事에 항복되고 언언言言에 깨달을지라. 한 어사 탄 왈,

"내 평생에 허송세월하여 참사람을 구경치 못하였더니 금일에야 보도다."

하고 도리어 행리行李를 각별 보호하더라.

차설, 난성이 열협지풍烈俠之風과 충의지심忠義之心으로 행색의 구차함을 돌아보지 아니하고 다시 그 지아비를 좇아 가동으로 변복하니 낮이면 기거 음식을 몸소 받들고 밤이면 침선의복을 친히 가음알아(가말아) 연왕의 물 한 번 마심과 발 한 번 옮김을 그림자같이 따라 수유須臾 불리不離하더니 차시 연왕이 떠난 지 일삭이라. 추풍이 일어나고 하늘가에 돌아가는 기러기 애원히 소리하며 노변 낙엽이 분분히 날리거늘 적공狄公의 구름을 바라는 심사[31]와 두 공부杜工部의 북두北斗를 의지하는 정성이 종일 초창비장悄愴悲壯하여 심회를 진정치 못하더니, 일모 후 객점客店에 드니 황성서 사천여 리라. 이름은 황교점荒郊店이니 서남으로 교지交趾 땅이요, 동남으로 간즉 운남雲南 지경地境이라. 연왕이 행리行李를 안돈하고 경야經夜할새 경경耿耿한 등잔을 대하여 전전輾轉히 잠을 이루지 못하더니 난성이 앞에 나아가 문 왈,

"상공이 취침치 못하시니 신상이 불평하시니이까?"

연왕 왈,

"그러함이 아니라 군친君親을 이별하고 외로이 작객作客하여 환절換節함을 보니, 자연 심사 즐겁지 못하도다."

난성이 행중의 술을 권하며 번화한 말씀으로 위로하니, 연왕이 배주杯酒를 마시고 왈,

"요사이 황성 어해魚蟹 안주할 만하리로다."

---

29) 반갑게 접대함.

30) 아주 넉넉함.

31) 당나라 때 문인 적인걸狄仁傑이 구름을 보며 고향을 그리워한 마음.

하거늘, 난성 왈,

"아까 보오니 점문店門 밖에 생선을 파는 자 있더니 물어보사이다."

하고 점인더러 물은대, 과연 두어 마리 생선을 들고 오거늘 난성이 대희하여 친히 국을 끓일새 주하廚下[32]에 내려 젖은 나무를 꺾어 불을 불며 손을 씻어 골몰하니, 연왕이 보고 심중에 탄 왈,

"나는 불충하여 적객이 되었으나 저는 무죄히 고초가 비상하도다."

하고 창두를 불러 맡기고 올라옴을 말하니, 난성이 혜오되,

'이제 야심하고 인적이 그쳤으니 다른 염려 없으리라.'

하여 창두로 불을 때라 하고 잠깐 방중에 들어가 연왕을 모셔 수작하다가 다시 주하에 내려가 보니 국이 이미 다 되었거늘 떠가지고 올라와 식기를 기다릴새, 연왕이 취중에 저를 들어 맛보고자 하니, 난성이 급히 말려 왈,

"경당문노耕當問奴요 직당문비織當問婢라[33]. 팽임함담烹飪鹹淡을 맛봄[34]은 여자의 일이라. 첩이 먼저 맛보리다."

하고 한번 마시더니, 홀연 그릇을 땅에 던져 엎지르고 소리 왈,

"상공은 잡숫지 마소서."

하며 입과 전신이 푸르고 입으로 피를 흘리며 성각醒覺이 없으니[35], 어쩐 일인고? 하회를 보라.

제28회 초료퇴에 연왕이 화겁[1]을 만나고
운남점에 난성이 자객을 사로잡다
草料堆燕王遭火劫　雲南店鸞城擒刺客

각설却說, 연왕이 불의지변을 당하여 급히 행중行中의 해독하는 약을 내어 먹은 후 동정을 기다릴새, 한 어사 차언此言을 듣고 창황히 이르러 왈,

---

32) 부엌.

33) 농사일은 남자 종에게 묻고 길쌈 일은 여종에게 묻는다.

34) 끓이고 지져서 음식을 만드는 것과 음식이 짜거나 싱거움을 맛보는 것.

35) 정신을 차리지 못함.

1) 화재.

"가동家僮이 중독하다 하오니, 그 어찌한 일이니이꼬?"

연왕 왈,

"내 또한 해득지 못하거니와 반드시 간인이 나를 살해코자 하다가 가동이 횡리지액橫罹之厄[2]을 당함인가 하노라."

한 어사 왈,

"합하의 덕망이 남방이 우레 같으시니 어찌 이곳에 모해할 자 있으리꼬? 이 필연 묘책이 있음이로다."

하고 자기 수하에 데려올 창두를 일일이 불러오라 하니, 그중 일인이 간 곳이 없거늘, 한 어사 대로하여 좌우를 호령하여 연부燕府 창두와 합력하여 일제히 근포跟捕[3]하라 하고, 이에 연왕께 고 왈,

"하관下官이 자금自今으로 승상의 문인이 될지라, 어찌 심곡을 은휘隱諱하리꼬? 하관이 등정登程할 때에 노 참정이 일개 한자漢子를 부탁하여 데려감을 간청하기에 허락하였으나 그 곡절을 알지 못하였더니, 금일 사기事機 가장 수상하고 그 한자 무단히 도망할 리 없사오니 빨리 근포함이 가할까 하나이다."

하더라.

차설 동초, 마달이 연왕 일행을 밟아 멀리 따라오며 산을 만나면 짐승을 사냥하더니 일일은 한 마리 사슴이 앞을 스쳐 지나가거늘 양인이 창을 들고 말을 달려 수 리를 좇으매 그 사슴이 산으로 들어가는지라, 양인이 또한 말을 놓아 준령을 넘으니 수풀이 깊어 십여 리 산곡 중에 이르러 사슴은 간데없고 일개 노인이 암상巖上에 앉아 졸거늘, 양인이 크게 외쳐 왈,

"저 노옹은 앞으로 지나가는 사슴을 보지 못하뇨?"

노인이 돌아보고 미미히 웃거늘, 마달이 대로하여 창을 두르며 앞에 나아가 꾸짖어 왈,

"어떠한 늙은이 귀먹은 체하고 묻는 말을 대답지 아니하느뇨?"

노인이 소 왈,

"그대는 궁한 사슴을 좇지 말고 급한 사람을 구할지어다."

양인이 그 말을 듣고 반드시 심상한 노인이 아님을 알고 일제히 창을 놓고 앞에 나아가 가르침을 청하여 왈,

"급한 사람이 어디 있으며 누구를 이르심이니이까?"

노인이 이에 일개 단약을 내어 주며 왈,

"그대 이것을 가지고 이 산을 넘어 수 리를 행한즉 자연 급한 사람을 만나 인명을 구하리라."

---

2) 뜻밖에 당하는 재액.

3) 죄인을 찾아 좇아가서 잡는 것.

언필畢에 거처 없거늘, 양인이 서로 보며 당황 양구良久에 다만 그 단약을 가지고 노인의 말대로 산을 넘어 남으로 행하더니 차시 야심한지라, 대로大路로 좇아 수 리를 가매 일개 한자漢子 망망히 오다가 양인을 보고 놀라 길을 에워 닫거늘, 양인이 서로 보며 왈,

"저 한자의 기색이 수상하니 우리 좇아 잡아 그 거처를 힐문하여 보리라."

하고 일시에 말을 채쳐 잡으니, 복색이 창두의 모양이라.

동초 문 왈,

"네 어떠한 사람으로 야심 후 외로이 행하며 우리를 보고 놀라 피함은 어인 일인다?"

그 한자 황망히 대 왈,

"소지는 황성 창두로 급한 일이 있어 남방에 갔다가 돌아가는 길이라. 무인지경無人之境에 장군을 만나니 자연 겁하여 달아남이로소이다."

동초 우문 왈,

"그러할진대 네 뉘 집 창두며 무슨 일로 남방 어느 곳에 갔다 오뇨?"

그 한자 자저하며 말이 모호하거늘 양인이 심중에 생각하되,

'우리 연왕을 위하여 간인奸人을 기찰譏察코자 하더니 그 한자의 거지擧止 십분 의심되니 경이輕易히 놓지 못하리라.'

하고 하마下馬하여 그 한자를 반상半晌을 힐문하여 짐짓 다투매, 그 한자 착급着急하여 왈,

"소지 길이 바쁘니 양위兩位 장군은 무단히 노상 행인을 지체치 마소서."

하고 손을 뿌리쳐 달아나려 하니, 마달이 웃고 더욱 단단히 붙들어 왈,

"우리는 전렵田獵하는 소년이라. 근일 산중에 호정狐精이 있어 밤이면 길에 내려 행인 과객을 침범한다 하더니, 이제 네 창두로 환형換形이라. 마땅히 결박하여 가지고 이 앞 객점에 가 사나운 개를 불러 그 진가眞假를 시험하리라."

하고 말고삐를 끊어 결박코자 하더니, 홀연 남방南方으로 화광火光이 조요照耀하며 육칠 개 창두 길을 덮어 오거늘, 그 한자 애걸 왈,

"장군은 잔명殘命을 살리소서. 소지 저 오는 자와 혐원嫌怨이 있어 만일 잡히면 죽을지니 빨리 놓으소서."

오륙 개 창두 앞을 당하였거늘, 동, 마 양인이 화광 중 그 얼굴을 보고 대경 왈,

"너희 연왕 상공을 모시고 운남 갔던 창두 아니냐?"

그 창두 또한 경 왈,

"양위 장군이 어찌 이곳에 이르시니이까?"

하고 인하여 황교점의 낭패한 말을 고하니, 동초, 마달이 그 결박한 자를 가리켜 용모를 보라 하니 모든 창두 불을 들어 비추어 보고 크게 소리 왈,

"간인을 잡았도다."

하고 일제히 달아들어 단단히 매어 양장兩將과 같이 황교점을 향하여 올새, 연부燕府 창두 가만히 양장의 귀에 대고 난성이 가동으로 가다가 점중店中에 중독하여 회생지망回生

之望이 없음을 말하니, 양장이 악연실색愕然失色하고 서로 보며 왈,

"그 노인은 이인異人이라. 이미 우리 주던 바 단약을 가졌으니 마땅히 먼저 가 급함을 구하리로다."

하고 말을 채쳐 황교점을 바라보고 오니라.

차시 연왕이 만 리 객지에 평생 총애하고 지기지심知己知心하던 홍랑이 자기를 위하여 비명중독非命中毒함을 보고 비록 대범한 장부의 철석심장이나 억색참독抑塞慘毒한 심사를 어찌 진정하리오? 앙천仰天 탄탄 왈,

"괴이하도다! 조물이 사람을 농락함이여. 내 저를 우연히 만나 무한 풍파와 무궁 환난을 겪고 끊어진 인연을 공교히 다시 이어 수년 풍진에 고초를 같이하고 진정 부귀를 한가지로 누릴까 하였더니 어찌 이곳에 와 비명 원혼이 될 줄 알았으리오?"

하고 다시 금침衾枕을 열고 몸을 만져 보매 옥모화용玉貌花容이 찬 재 같고 영발穎發한 기상과 총혜聰慧한 재주 돈연頓然히 사라져 온기 끊어진 지 오래거늘, 연왕이 탄 왈,

"이의己矣라! 내 차마 너를 이곳에 버리고 가리오? 청산에 옥을 묻고 수중에 구슬을 잃음은 자고로 차석嗟惜하는 바라. 하늘이 내 수족을 베이고 지기를 앗으니 그 모르는 자는 나를 이르되 연연한 정근情根이 운우 풍정雲雨風情을 사모한다 하려니와 그 아는 자는 반드시 백아伯牙의 산수금山水琴이 있으나 종자기鍾子期의 귀 없음을 슬퍼하리로다."

하고 양항兩行 누수淚水 소매를 적시더니, 홀연 점문店門을 급히 두드리며 양개 소년이 망망히 들어오거늘 연왕이 자세히 보니 이에 동초, 마달이라. 바로 앞에 와 문후하니 연왕이 경 왈,

"장군 등이 어찌 이곳에 이르렀느뇨?"

양장이 그 좌우에 사람 없음을 보고 대 왈,

"소장 등의 차행此行은 견마지성犬馬之誠을 본받고자 함이나 급히 묻잡노니 홍 원수의 환후 어떠하시니이까?"

연왕이 봉안鳳眼에 누수淚水를 어리어 왈,

"그대 또한 수년 풍진에 동고하던 고인이라. 어찌 창결悵缺[4]치 않으리오? 하룻밤 찬 서리에 떨어진 꽃을 말할 바 없으니 공 등은 다만 치상지구治喪之具[5]를 가음알아 고인지의故人之義를 저버리지 말라."

동초 이에 수중으로 단약을 내어 드리며 노인의 주던 말을 대강 고하니, 연왕이 반신반의하여 즉시 갈아 입에 넣으매 반상半晌이 못 되어 난성이 구중口中으로 다시 붉은 물을 무수히 토한 후 길이 한숨 쉬며 돌아눕거늘, 연왕이 대희大喜하여 양장을 보며 왈,

---

4) 몹시 서운하고 섭섭함.

5) 초상 치르는 데 쓰는 기구.

"난성의 금일 회생은 양장의 준 바라. 수연雖然이나 내 오늘 죄인의 행색으로 또 장군은 구일舊日 종자從者라. 만일 같이 간즉 참언의 구설이 될지니 장군에게 재화 생길 뿐 아니라 또한 적객謫客의 엄명嚴命을 모시어 조심하는 도리 아닌가 하노라."

양장이 국궁鞠躬 대 왈,

"소장 등이 어찌 합하의 의향을 모르리꼬? 이제 홍 원수 천행으로 무양無恙하심을 얻으시니, 소장 등이 마땅히 지금으로 하직하고 남방 산천을 편답遍踏하여 흉중의 불울怫鬱한 심사를 덜고자 하나이다."

연왕이 침음沈吟 소소笑 왈,

"내 장군의 뜻을 아나니 사생은 재천在天이라. 장군은 과려過慮치 말고 빨리 돌아가라."

양장이 낙낙諾諾 응성應聲하고[6] 가니라.

아이오 모든 창두 그 한자漢子를 잡아 오거늘, 연왕이 정색 문 왈,

"네 일찍 나와 은원恩怨이 없거늘 무단히 치독置毒함은 어찐 일인다?"

그 한자 처음은 발명하더니 이에 토설吐說 왈,

"소지는 노 참정 수하 심복 창두라. 주인의 명으로 독약을 가지고 한 어사 행중에 따라오며 상공을 해치고자 하나 가동家僮이 수유須臾 불리不離하여 식음食飮을 친집親執하기로 감히 하수下手치 못하였더니, 마침 가동이 방중에 들어가고 불 때는 창두 졸음을 인연하여 독약을 시험하였사오니 만사무석萬死無惜이로소이다."

연왕이 미소하고 한 어사께 보내어 처치하라 하니, 한 어사 본현本縣에 보내어 단단히 가두어 조령朝令을 기다리라 하니라.

차시此時 난성이 정신이 청명하고 신기 여상如常하니, 연왕이 동, 마 양장의 노인을 만나 여차여차함을 말한대, 난성이 반기며 탄 왈,

"이는 반드시 우리 사부 백운도사로소이다."

하고 서천을 향하여 재배 사례再拜謝禮하고 초창함루怊愴含淚하더라.

익일翌日 연왕이 발행發行 전진前進하여 다시 십여 일 만에 계림 땅에 이르니, 황성서 육천여 리라. 산천이 동탕動蕩하고 인가 희소稀少하여 혹 백여 리에 주점이 없더라. 일개 주점을 찾아 쉴새 점명店名은 초료점草料店이라. 주점 전후좌우에 시초柴草[7]를 뫼같이 쌓았거늘 점인店人더러 곡절을 물은대, 점인 왈,

"이곳에 시초 귀하고 또한 남만南蠻과 접계接界라. 창졸에 병혁兵革 일이 있은즉 점인과 백성이 대군의 초료草料를 염려하여 매양 가을이면 미리 준비하여 이같이 처처에 준비하여 두나이다."

하더라.

---

6) 그러겠다고 응낙하고.

7) 땔나무로 쓰는 풀.

이날 밤에 난성이 조용히 고 왈,

"이곳에 간인奸人의 충화衝火[8]가 무서우니 방심치 못할지라. 창두와 일행을 조속操束하여 행리行李와 거장車仗을 풀지 말고 등대等待하도록 함이 가할까 하나이다."

하고 난성이 친히 객점 전후좌우로 돌아다니며 지형을 살펴보니, 점후店後에 일좌一座 토산土山이 있어 비록 높지 아니하나 산세 동탁童濯하여 초목이 없거늘 난성이 심중에 크게 기뻐 객실에 돌아와 연왕을 모시고 의대를 끄르지 아니하고 앉았더니, 이윽고 밤이 사오 경에 이르매 점인이 모두 잠들고 사면이 적요寂寥하거늘, 난성이 연왕께 고 왈,

"이 정히 위태한 때로소이다. 잠깐 이 뒤 토산에 올라 피함이 묘할까 하나이다."

연왕이 소 왈,

"이 어찌 낭의 자겁自怯함이 아니랴?"

난성 왈,

"비록 허실을 난측難測이나 불가불념不可不念이니이다."

하고 수개數個 창두로 행구를 먼저 가만히 옮기라 하고 연왕을 모셔 걸어 산상에 오르니, 점중店中에 아는 자 없더라.

아이오(이윽고) 객점 동편 시초 퇴堆에 불이 일며 경각간에 전후좌우에 화광이 충천하여 그 빠름이 흐르는 별 같으니, 점중이 바야흐로 대경大驚 요란하여 구고자 하나 어찌 얻으리오? 한 어사 또한 천식喘息이 미정하여 미처 의관을 못 하고 화염을 무릅써 언덕에 올라오니, 이날 밤 동풍이 대작大作하여 급한 불길이 풍세風勢를 따라 상하 객점이 한 터럭같이 붙으니, 차시 연왕 일행이 이미 산상에 올라 면화免禍하였으나 한 어사의 거장車仗 마필과 수개 창두 화염 중에 헤어나지 못한지라.

한 어사 바야흐로 연왕의 있는 곳을 알고 찾아오며 왈,

"합하 어찌 아시고 미리 피하시니이까?"

연왕이 소 왈,

"만생晩生이 어찌 요탁料度함이 있으리오? 다만 사생死生이 재천在天이라. 인력으로 할 바 아닌가 하노라."

언미필言未畢에 산하에 함성이 요란하며 십여 개 한자漢子 각각 단병短兵을 들고 외쳐 왈,

"우리는 녹림객 여당이라. 그대 만일 죽기를 두려워할진대 행중 재물을 빨리 내어 놓으라."

일변 고함하며 산상에 오르려 하니, 난성이 급히 쌍검을 빼어 들고 대적코자 하더니 홀연 양개 소년이 창을 들고 말을 놓아 화광을 충돌하여 들어오며 꾸짖어 왈,

"간인은 당돌치 말고 내 창을 받으라. 네 대군의 초료 퇴를 불 지르니, 미천대죄彌天大

8) 일부러 불을 지름.

罪[9]를 짓고 또 무단히 과객을 상하고자 하는다?"

우레같이 소리하며 수개 한자를 찔러 거꾸러진대 모든 한자 일시에 달아나거늘 그 소년이 좇아 동충서돌東衝西突하여 일장一場을 시살廝殺하고 크게 외쳐 왈,

"우리는 전렵하는 소년이라. 적한賊漢의 충화衝火 작란作亂함을 보고 구원코자 왔더니 이제 돌아가나이다."

하고 향남向南하여 말을 달려 간 곳이 없으니, 이는 별인別人이 아니라 이에 동초, 마달이라. 차시 동, 마 양인이 연왕 일행을 멀리 좇아오더니, 초료 퇴에 화광을 보고 놀라 와서 구하고 감이라.

연왕과 난성은 비록 심중에 짐작하나 어사는 차경차희且驚且喜하여 반상半晌에 겨우 경혼驚魂을 진정하여 자기 창두와 행장을 수습하여 보니, 양개 창두와 필마 거장은 이미 화신火燼 중에 들었는지라. 모두 차악嗟愕[10]하여 객점에 이르고자 하나 화염이 오히려 꺼지지 아니하고 점인의 죽은 자 또 무수하더라. 한 어사 바야흐로 모든 창두를 호령하여 그 창 맞은 적한을 끌어 오라 하니, 양개兩個 한자 비록 중상重傷한 바 되었으나 죽지는 아니한지라. 한 어사 대로 왈,

"네 어떠한 강도로 승평 세계에 무단히 충화하여 행인을 겁박하는다?"

그 한자 머리를 숙이고 대답지 아니하니, 한 어사 더욱 대로하여 좌우를 호령하여 다시 박문迫問하니, 한자 바야흐로 고 왈,

"소지 이인二人이 이 지경에 어찌 기망하리꼬? 소지는 이에 노 참정의 수하 심복지인心腹之人이라. 노 참정이 사람을 세 패로 보내어 연왕 상공을 살해코자 하니, 제일패는 어사 행중에 좇아온 창두요, 제이패는 소지 등 십여 인이라. 사기를 보아 충화하되 만일 못 되거든 녹림객의 모양으로 겁박하여 연왕 상공을 해치고 온즉 천금을 주리라 하기로 소지 재물을 탐하여 사죄死罪를 범하였사오니, 빨리 죽여 주소서."

하거늘, 한 어사 어이없어 양구良久 무언無言하더니, 다시 문 왈,

"그러할진대 제삼패 간인은 어디로 가뇨?"

한자 왈,

"제삼패는 자객이라. 길이 다른 고로 다만 그 보냄을 들었으나 있는 곳은 모르나이다."

어사 왈,

"네 우리를 겁박한 죄뿐 아니라 대군 초료 퇴를 소화燒火하였으니 살기를 얻지 못하리라."

하고, 본현 지방관에 분부하여 현옥縣獄에 가두어 조령朝令을 기다리라 하고 또한 본현에 기별하여 마필 거장馬匹車仗을 마련하라 하니라.

---

9) 하늘에 닿을 만큼 큰 죄.
10) 슬픈 일을 당하여 몹시 놀란 상태.

차시 상하 객점이 몰수이 붙어 지접止接할 곳이 없으니, 연왕이 한 어사와 산상山上에서 경야經夜하고 익일 본현 거마를 기다려 다시 발행 전진하여 육칠 일 만에 운남 지경에 이르러 일개 객점을 정하고 경야할새, 월색이 명랑하고 천기 소슬하여 남방 팔월이 중국 칠월 기후 같은지라.

연왕이 객창을 열고 망월望月하며 무료히 앉았으니 우거진 죽림의 처량한 두견성과 곳곳의 잔나비 애원히 우니 연왕이 잠을 이루지 못하고 난성의 손을 잡아 월하에 배회할새 홀연 담 머리에 찬 바람이 일며 마른 잎새 날리거늘 난성이 대경大驚하여 급히 몸을 일어 방중으로 들어가더니 부용검을 들고 연왕을 모시고 선 지 수유에, 일개 한자 섬홀閃忽히 월장越牆하여 나는 듯이 연왕께 범하거늘 난성이 황망히 쌍검을 들어 막으니 연왕을 버리고 난성에게 달아들어 월하에 분분한 칼이 서로 어우러져 백설이 날리는 듯하더니, 한자 필경 넘어져 탄 왈,

"내 일찍 검술로 횡행하여 천하에 대적할 자 없더니 이러한 검술은 처음 보는 바라. 이는 하늘이 나를 죽이심이로다."

연왕이 노질怒叱 왈,

"네 어떠한 놈으로 누구를 위하여 무단한 행인을 해코자 하는다?"

차시此時 이미 모든 창두와 한 어사 일행이 다 이르러 등촉을 밝힌지라. 그 한자 화광 중에 연왕을 잠깐 우러러보고 문 왈,

"상공이 육칠 년 전에 부거赴擧하시는 길에 소주로 지나가시지 않으니이까?"

연왕 왈,

"네 어찌 이를 아는다?"

그 한자 탄 왈,

"소자 비록 눈이 있사오나 영웅 군자를 몰라보고 두 번 사죄死罪에 범하였사오니 상공은 혹 소주 노상에서 수재로 만나시던 녹림객을 기억하시리까?"

연왕이 바야흐로 깨닫고 경 왈,

"네 십 년 적한賊漢으로 오히려 구습을 고치지 아니하고 다시 자객으로 다니니, 비록 석일昔日 안면이 있으나 죄를 사赦하지 못하리라."

그 한자 허희장탄歔欷長歎 왈,

"상공이 비록 소지를 사하고자 하시나 소지 이미 칼에 상한 바 되었으니 다시 완인完人이 되지 못하려니와, 다만 한恨 되는 바는 그릇 노 참정의 천금을 탐하여 군자를 살해할 뻔 하였으니 살아 눈 없는 적한이 되고 죽어 의 없는 자객이 될지니 누구를 한하리오?"

언필에 칼을 들어 자경自剄[11]하니, 연왕이 도리어 측연惻然하여 수냥數兩 은자로써 점인을 주어 장葬하라 하고 한 어사를 향하여 전일 봉적逢賊하던 말을 하니, 어사와 좌우가

---

11) 스스로 목을 베거나 찔러 죽음.

막불탄복莫不嘆服하더라.

다시 오류일을 행하여 운남 적소謫所에 이르니, 운남 지부知府 나와 연왕께 뵈옵고 사처私處를 관부官府로 정코자 한대, 연왕이 사謝 왈,

"만생이 죄인의 몸으로 어찌 관부에 처하리오?"

하고, 성외城外에 수간 민가를 수소修掃[12]하고 있게 하니라.

한 어사 고귀告歸[13]할새 불승창연不勝悵然 왈,

"하관이 마땅히 타일 문하에 나아가 오늘 배우지 못한 도덕 문장을 더 배우려니와 이제 돌아가 황상께 복명復命하고 일장 표를 올려 길에서 본 바와 노 참정의 오국誤國한 바를 탄박彈駁[14]코자 하나이다."

연왕이 대경 왈,

"불가하도다. 형이 나와 수삭 동행하여 그 말이 공변되지 못하니, 족히 소인의 구설을 더할까 하노라."

한 어사 유유 고별 왈,

"합하는 국가를 위하사 존체를 보중하소서. 성상의 일월지명日月之明으로 추회追悔하심이 멀지 아니하실 듯하나이다."

연왕이 역시 창연 왈,

"만생의 불충함을 인하여 형으로 괴롭게 함이 이 같으니, 바라건대 원로遠路에 보중保重하라. 죽지 아니한즉 다시 상봉할 날이 있을까 하노라."

한 어사 차마 떠나지 못하여 가동 창두를 면면이 작별하고 등정登程할새 연왕이 또한 창두 일인을 가중에 보내어 무사히 옴을 기별하니라.

차설, 노균이 연왕을 방축放逐한 후 위권威權이 날로 더하여 문객 가인門客家人이 조정에 벌었고 인아친척姻婭親戚이 환로宦路에 등양騰揚[15]하니 밖으로 교식巧飾함을 꾸며 조정을 겸억鉗抑하고[16] 안으로 아당阿黨을 일삼아 군부君父를 기망하니, 천자 더욱 믿으사 조정 대소사를 맡기신지라. 뜻이 가득하고 마음이 족하니 양양자득揚揚自得하여 비록 겁함이 없으나 오직 연왕의 돌아옴을 두려워하여 운남 간 회보를 고대하더니, 일일은 제이패에 보낸 가인家人이 돌아와 낭패한 소식을 고한대 노 참정이 대로하여 가인을 중치重治하고 다시 생각하되,

'내 상총上寵을 잃지 아니하고 조권을 잡은즉 연왕이 비록 고요직설의 재주와 용방龍方,

---

12) 수리하여 깨끗하게 함.
13) 돌아오거나 돌아갈 때 인사함.
14) 나라를 그릇되게 만든 죄상을 들어 탄핵함.
15) 세력이 높아서 드날림.
16) 겉으로만 그럴 듯하게 꾸며 조정을 억누르고.

비간比干[17]의 충성이 있으나 마침내 남방 객귀客鬼 됨을 면치 못하리라.'

하고 이에 일계一計를 생각하여 동 협률董協律을 청하니, 장차 이 무슨 계교인고? 하회를 보라.

---

17) 용방은 하夏나라 걸왕의 신하, 비간은 은殷나라 주왕의 숙부. 두 사람 모두 임금에게 충간 하다가 죽음을 당하였다.

글쓴이 남영로(南永魯, 1810~1857)

남쪽 학자들은 〈옥루몽〉을 남영로가 썼다고 보고 있다. 북의 학계에서는 확정을 못 내리고 있는 듯하다.
전하는 말에 따르면, 남영로가 과거에 거듭 낙방한 뒤 소설에 관심을 두었는데, 그러던 중 소실 조 씨가 병으로
눕자 위로차 이 소설을 썼다고 한다. 헌데 조 씨가 병이 나은 뒤 본디 한문본이던 것을 국문으로 옮겼다는 말도
전한다. 이 소설이 둘이 함께 쓴 합작품이라는 의견도 있다.

고쳐 쓴 이 리헌환

북의 학자이자 작가. 전설이나 소설 같은 옛이야기를 지금 세대에게 전하는 일을 해 왔다.

겨레고전문학선집 32

옥루몽 2

2008년 1월 25일 1판 1쇄 펴냄 | 2009년 6월 12일 1판 2쇄 펴냄 | **글쓴이** 남영로 | **고쳐 쓴 이** 리헌환 |
편집 김성재, 남우희, 전미경, 하선영 | **디자인** 비마인bemine | **영업** 김지은, 백봉현, 안명선, 이옥
한, 이재영, 조병범, 최정식 | **홍보** 조규성 | **관리** 서정민, 유이분, 전범준 | **제작** 심준엽 | **인쇄** 미
르인쇄 | **제본** (주)상지사 | **펴낸이** 윤구병 | **펴낸곳** (주)도서출판 보리 | **출판 등록** 1991년 8월 6일 제
9-279호 | **주소** 경기도 파주시 교하읍 문발리 파주출판도시 498-11 우편 번호 413-756 | **전화** 영업
(031) 955-3535 홍보 (031) 955-3673 편집 (031) 955-3678 | **전송** (031) 955-3533 | **홈페이지**
www.boribook.com | **전자 우편** classics@boribook.com

ⓒ 보리, 2008 | 이 책의 내용을 쓰고자 할 때는 보리 출판사의 허락을 받아야 합니다. | 잘못
된 책은 바꾸어 드립니다. | 값 22,000원

ISBN 978-89-8428-513-2 04810
ISBN 978-89-8428-185-1 04810(세트)

이 책의 국립중앙도서관 출판시도서목록(CIP)은 e-CIP 홈페이지(http://www.nl.go.kr/cip.php)에서 볼 수 있습니다.
(CIP 제어 번호: CIP2007004123)